항몽전쟁
그 상세한 기록

❶ 풍운천하

항몽전쟁

그 상세한 기록

구종서 지음

1 풍운천하

살림

일일이 현장을 취재하면서 이글을 썼다

강대국들 사이에서 약소국이 살아남는 전략

한반도에 태어나 겨레와 나라의 운명을 돌아보게 되면, 강대국 사이에 놓여있는 약소국가들이 평화를 누리면서 번영을 이룰 수 있는 길이 무엇인가를 생각하게 된다. 우리 선조들은 그 방법으로 사대교린(事大交隣)을 내세웠다.

'사대'는 수치스런 굴욕이 아니다. 문명되고 강대한 패권국가를 받들어, 그들로부터의 침략과 핍박을 방지하면서 문명을 교류하는 공존전략(共存戰略)이나. 이런 원식에 따라 패권을 상악한 상대국과는 조공을 맺어 평화를 유지했다.

'교린'은 사납고 후진된 주변의 약소국가들과는 사이좋게 지내면서, 그들을 교화시켜 나간다는 회유정책(懷柔政策)이다. 낙후된 야만민족들은 달래고 베풀면서 문명화시켜 그들로부터의 도전을 막아왔다.

사대교린은 '명분'을 세우면서도 '실리'를 도모하는 양면전략이다. 문제는 강대했던 패권국가가 쇠약해져서 국제질서 유지능력을 잃을 때, 또는 약소했던 세력이 강화되어 지역패권에 도전할 때, 그리고 새로 패권을 잡은 제국이 지배질서를 확립키 위해 주변국에 복종과 충성을 요구할 때 생겼다.

중원에서 당(唐)이 일어나 천하를 통일한 수(隋)를 없애고 중원의 패권을 잡은 뒤 고구려·백제를 쳐서 멸망시켰다. 거란이 요(遼)를 세워 대국이 되자 발해를 쳐서 없애고 고려를 침공했다. 몽골이 고려를 6차례나 침공하고, 후금(청)이 조선을 두 차례 공격해 온 것도 그와 같은 이치다.

대륙에서 강대세력들 사이에 패권쟁탈전이 일어나 기존의 국제질서가 교란되면, 한반도는 외교적 갈등과 전쟁의 고통을 겪었다. 그럴 때마다 우리 선조들은 '사대교린'을 적절히 활용하여 나라를 지키고 민족을 살려왔다.

명분과 실리, 자주와 독립을 함께 추구하는 이 원칙은 우리 역사의 일관된 외교노선이자 국가와 민족의 생존전략이었다.

명분인가, 실리인가

국제권력이 교체되면서 대륙으로부터 외침이 있을 때마다, 우리 조정에서는 명분파-주전론 진영과 실리파-주화론 진영 사이에 자주와 사대를 둘러싸고 화전논쟁(和戰論爭)을 벌여왔다.

적을 배척하여 독립을 지키려는 '자주'(自主)가 고구려의 정신이라면, 강대국과 동맹하여 생존과 발전을 시도하는 '사대'(事大)는 신라의 정책이었다.

삼국통일 과정에서는 외세와 동맹한 신라의 사대정책이 자력 방어에 주력한 고구려의 자주정신을 이겼다. 신라가 자주를 포기한 대가로 통일은 이루었지만 대동강 이북의 고구려 영토를 중국에 빼앗겨야 했다.

고려는 신라가 차지했던 영토와 국민을 이어받아 국가를 형성했지만 정신은 고구려의 자주를 추구했다. 나라 이름을 고려리 히고, 북진정책을 써서 고구려의 옛 땅을 회복하려 한 것은 자주정책의 승계를 의미한다.

두 개의 유산인 자주와 사대, 명분과 실리는 항상 고려의 이론가와 정책가들 사이에 노선투쟁·정책논쟁의 대상이었다.

몽골이 등장하여 아시아 패권에 도전하면서 동아시아의 패권국가 금을 밀어내고 고려에 침공했을 때, 개경(開京)의 정치인들은 강국이 된 몽골을 대국으로 인정하고 사대(事大)하여 실리를 취할 것인가, 야만족과 싸워서 자주(自主)하여 명분을 지킬 것인가를 놓고 진지하면서도 격렬한 논쟁을 벌였다.

결국 임금인 고종과 권력자 최우의 반몽항전(反蒙抗戰) 노선에 따라, 고려는 고구려의 자주를 택하여 강경책을 써서 몽골과 싸웠다. 그러나 고려는 힘에 밀려 제1차 여몽전쟁에서 패하여 항복하고, 금을 배척하고 몽골에 조공했다. 신라적인 사대로의 전환이다.

그러나 몽골의 조공요구와 내정간섭이 커지자 항몽파들은 다시 자주를 내걸고 수도를 강화로 옮겨, 세계제국이 된 몽골과 40년간 전쟁을 치러야 했다. 고구려식 자주로의 복귀다.

명분을 중시한 항몽파 임금 고종이 죽고 현실파인 그의 아들 원종이 즉위하자, 원종은 자주와 투쟁의 명분에서 평화와 사대의 실리로 노선을 바꿨다. 결국 고려는 다시 몽골에 항복하고 몽골을 상국으로 받들어 현실적인 실리의 길을 걸었다.

자수와 항몽을 고수하는 군부 강경파 세력인 삼별초(三別抄)가 원종의 화평과 사대에 반발하여 전란은 3년간 더 계속됐다. 그러나 고려는 결국 몽골의 군사력을 빌려 삼별초를 토벌하고, 신라의 사대노선으로 돌아갔다.

이래서 삼국시대에 실리를 추구한 신라가 자주를 추구한 고구려를 이겼듯이, 고려시대에도 실리의 화평파가 자주의 항전파를 이겨 강대국 몽골과 공존하여 평화를 되찾았다. 그렇다고 해서 실리론(實利論)이 명분론(名分論)보다 우월하거나 더 좋은 정책이었다는 말은 아니다.

이상을 존중하는 명분과 현실을 중시하는 실리는 서로 모순되고 상반하는 명제(命題)지만, 이는 나라를 지키고 역사를 빛내는 데는 절대로 필요한 불가결의 대의(大義)다. 그러면 중대한 사태가 발생했을 때 그 두 개의 명제 중에서 어느 쪽을 선택할 것인가.

과거사를 돌아보면, 한 나라의 역사가 권력자에 의해 창조됐듯이 세계의 역사는 주변 국가들을 장악한 패권제국에 의해 결정됐다. 역사를 만들고 발전시키는 요인에는 경제도 있고, 정신도 있고, 환경도 있다. 그러나 경제와 정신과 환경을 지배하고 이끌어가는 것은 결국 권력이다. 명분이냐 실리냐의 선택도 국가 권력자가 결정할 문제다.

그러나 어떤 권력자도 완전한 존재는 아니다. 정치권력을 장악한 영웅들이 항상 성공한 것도 아니다. 변화를 가져온 그들의 행동엔 성공도 있지만 실패도 있었다. 그들은 역사를 발전시켰지만 후퇴도 가져왔다.

역사에는 그런 모순된 양극이 공존하지만 변화와 결정은 결국 권력자들에 의해 좌우돼 왔다. 어느 시대나 권력을 장악한 영웅이 바로 역사를 결정하고 변화시켜 나가는 주도자였다. 그래서 나는 역사를 창조하는 힘은 권력(power)이라고 믿어왔다.

패권질서냐, 균형체제냐

세계 평화유지의 방법으로 나온 상반된 두 이론은 '패권체제론'과 '세력균형론'이다.

패권론(霸權論)은 절대적인 힘을 갖는 강대제국이 나타나서 주변 국가들을 장악하고 국제질서를 확립해야 평화가 형성된다고 주장한다. 반면에 균형론(均衡論)은 비슷한 힘을 갖는 복수의 국가가 나와서 서로 견제하고 협력할 때 평화가 가능하다고 믿는다.

동아시아의 경우, 패권세국이 들어서서 주변국들의 조공을 빌을 경우 평화가 유지됐다. 반면에 신흥세력이 등장하여 기존 제국에 도전할 때 패권체제가 붕괴되면서 혼란이 일어났다.

중국에서 주(周)나라 붕괴 후에는 춘추전국시대, 한(漢)나라 붕괴 후에는 5호16국의 남북조시대, 당(唐)나라 붕괴 후에는 5대10국시대의 혼란이 계속됐다.

이처럼 동양에서는 패권질서의 형성과 붕괴가 반복되면서, 치세(治世)와 난세(亂世)가 번갈아 일어났다.

반면에 서양에서는 패권질서와 세력균형이 교체되면서 전쟁과 평화가 반복됐다

로마제국이 붕괴되면서 게르만민족의 대이동이 시작되고, 그와 함께 유럽의 평화는 깨졌다. 그 후 세력이 비슷한 강국들의 오랜 대립과 경쟁 끝에 정변으로 국권을 장악한 영웅 나폴레옹이 천하를 지배하여 프랑스를 패권제국으로 만들었다.

이에 강대국들이 프랑스의 패권에 반대하여 동맹을 맺고 반격에 나섬으로써, 유럽을 전쟁터로 만들었다. 결국 이 전쟁에서 나폴레옹이 패하여 프랑스의 패권은 붕괴됐다. 그 후 유럽은 영국·러시아·프러시아·오스트리아·프랑스의 5대강국 사이에 세력균형이 형성되어 그들의 협조체제 안에서 평화를 유지했다.

그러나 균형체제는 곧 붕괴되어 식민지 확보와 경제발전·민주화를 먼저 이룩한 영국이 세계패권을 장악한 뒤에 평화를 맞았다. 대영제국이 붕괴되면서 세계패권을 놓고 전 세계가 두 차례의 전쟁에 휩쓸렸다. 지금은 대전의 승전국인 미국이 세계패권을 잡아 평화체제를 구축해 나가고 있다.

일반적으로 패권체제는 통제를 가져오고, 균형체제는 긴장을 수반한다. 패권체제와 균형체제가 평화를 가져오지만 무한정 계속되는 것은 아니다. 그 어느 체제나 일단 붕괴되면 전쟁을 몰고 온다. 평화는 한정돼 있고, 전쟁과 혼란은 계속돼 왔다.

싸우면서 공존한 고려의 생존 방식

패권강대국인 몽골과 싸운 나라들이 승리와 생존을 위해 선택한 대응 방식은 크게 세 가지였다.

첫째는 투항조공형(投降朝貢型)이다. 몽골의 투항권고를 받고는 싸우지 않고 항복한 나라들이 있었다. 그것은 지금의 중국 신강-위구르 지역에 있던 두 왕국 카를루크와 위구르다. 몽골은 이들을 무혈점령했다. 실리와 평화를 중시하던 약소국인 그들은 국가와 왕위가 보장되고, 국민들은 피정복민 중에서 최상의 대우를 받았다.

둘째는 항전멸망형(抗戰滅亡型)이다. 몽골의 침공을 받아 투항을 거부하고 철저히 대항하여 싸우다 패망한 나라들이 있었다. 그것은 강대국이었던 중국의 금과 남송, 중동의 코라슴이다. 서역의 서요(西遼)도 비슷한 운명이다. 제국의 패권과 지배자의 권위를 유지하려던 이들은 몽골과 싸워 패한 뒤 나라는 없어지고, 임금은 도망하다 사망했거나 붙잡혀 처형됐다. 패망국의 국민들은 노예가 되거나 징용되어 노역에 동원되는 등 최악의 취급을 받았다.

셋째는 항전공존형(抗戰共存型)이다. 처음에는 전쟁에 패하여 몽골을 상국으로 받들다가 조공과 지배를 거부하고 저항을 계속한 나라가 있다. 그것은 유일하게 고려다. 고려는 몽골의 제1차 침공에 패하여 형제조약을 맺고 몽골을 상국으로 받들어 사대했다. 그러나 몽골의 요구가 너무나 크고 이를 무리하게 독촉하는 수공사절(收貢使節)들의 행패가 가혹해지자, 고려는 사대를 버리고 자주를 택하여 수도를 강화로 옮겨 저항을 계속했다.

그러나 고려는 몽골과의 전쟁이 진행되고 있을 때도 사절을 교환하여 협상을 계속하면서 조공을 바쳤다. 철수했던 몽골군이 쳐들어오면 고려는 수시로 몽골군 부대에 음식과 술을 보내 위로했다. 임금이 몽골에 국서를 쓸 때는 스스로 신하임을 칭하고 몽골 임금을 상국의 폐하라고 높였다. 그러면서도 항복하지 않고 항전을 계속했다.

몽골은 6번이나 침공하여 40년 전쟁을 치렀으면서도 고려를 군사적으로 패배시키진 못했다.

그러나 약소국 고려가 장기전을 계속할 수 없게 되자, 국왕은 외교방식으로 세자를 몽골에 보내 강화를 청하여 항복했다. 몽골은 이를 쾌히 받아들여 고려를 신복시키는 대신 국가와 왕위를 보장해 주었다.

몽골 임금은 자기 딸을 고려의 세자나 임금에게 아내로 주어 고려를 부마국(駙馬國)으로 만들었다. 고려는 수도를 강화로 옮겨 전쟁을 치렀으면서도 멸망하지 않고 몽골과 공존했다. 이것은 몽골과 싸우지 않고 항복한 카를루크와 위구르가 받은 대우와 같다.

금나라도 처음에는 항복했다가 몽골군이 철수하자 수도를 남쪽으로 옮겨 다시 대항했다. 그러나 결국 몽골군의 공격으로 멸망했다. 서하도 처음에는 고려와 같은 방식으로 대응하여 6번 침공 당했으나, 결국은 전쟁에 패하여 나라는 없어지고 임금은 처형됐다.

역사평가는 진부의 문제가 아니라, 인식의 문제다

우리 선조들은 사대교린의 이념에 따라, 강대한 패권제국을 사대하여 무마하고 야만 약소국은 교린하여 달래면서 나라를 유지하고 민족을 생손시켜 오늘에 이르렀다.

고려도 패권제국 몽골에 대해 사대와 교린의 이중정책을 적절히 구사하여 패망을 방지하고 생존할 수 있었다. 그러면 고려의 정책이 옳은 것인가. 주전론을 펴는 무인세력의 명분론과 주화론을 내세운 문신의 실리론 중에서, 어느 것이 옳고 어느 쪽이 그른가.

다수의 사학사들은 항몽과 최우의 강화천도를 '독재정권을 유지하기 위한 방편'이라고 몰아 부치면서, 그의 자주정신과 전략운영을 부정하려 한다.

그러나 당시 최우의 권력을 위협할 세력이 고려 안에는 없었다. 몽골은 적장이라도 항복하면 누구든 용서하고, 새로 지위를 주거나 기존의 권익을 유지시켜 주었다. 최우도 항복했다면, 그런 대우를 받을 수 있었다. 따라서 최우는 천도항쟁이 아니라도 기존의 권력을 유지할 방법은 얼마든지 있었다.

고려가 취한 정책과 전략의 시비를 평가하는 것은 17세기 조선이 후금(청)의 공격을 맞을 때, 목숨을 걸고 주화론을 편 최명길과 당당하게 주전론을 편 김상헌의 잘잘못을 따지고 가리는 것과 같다. 그것은 객관적으로 단정할 진부(眞否)의 대상이 아니라, 주관적으로 판단할 인식(認識)의 문제다.

나는 권력이 역사를 만든다는 권력사관(權力史觀)의 입장에 서서, 역사를 보고 역사소설들을 써왔다. 그런 관점에서 국가 안에서의 개인들의 권력쟁탈과 국제사회에서의 국가들의 패권경쟁에 특히 관심을 두었다.

세계의 지배자가 되려는 몽골은 동양의 패자인 금나라와 23년간 전쟁을 벌이고, 중동의 패자인 코라슴과는 13년간 싸워 두 강대국을 아주 멸망시켰다. 몽골은 42년간 전쟁을 치뤄 남송을 없앴다. 국제권력 경쟁에서 사대의 지혜가 없었던 강자들이 겪은 비운이었다.

몽골의 고려침공과 고려의 장기항전은 국제권력(패권)의 쟁탈과정에서 발생한 전란이다. 당시 고려는 격동을 계속하던 국제적인 혼동에 빠져 고난을 겪었다. 역대의 우리 왕조들이 이때처럼 시달린 적은 없었다.

몽골은 끝없는 정복전쟁을 통하여 세계의 패자가 됐으나, 나라 안에서는 임금이 바뀔 때마다 권력투쟁이 일어났다. 황권에 도전하는 신세력과 구세력간의 싸움이었다. 고려에서도 마찬가지로 그 기간에 정변이 잇달았다. 고려에서는 무인과 무인의 투쟁, 임금과 장군의 대결이었다.

나는 이 『항몽전쟁, 그 상세한 기록』에서 몽골과 고려의 국내 권력변동이 어떻게 이뤄졌는가, 강대국 간의 패권경쟁에서 몽골은 어떻게 정벌했고, 약소국가들은 그 난국을 어떻게 헤쳐 나갔는가에 특별히 주의를 기울였다.

그리하여 나는 국내는 물론 국외의 해당 지역을 일일이 방문·취재하여 사실성을 높이려고 배가의 노력을 기울였다. 몽골·중국·일본을 3회씩, 러시아·우즈베키스탄·이란을 한 차례씩 방문, 답사했다. 국내에서는 강화도·제주도·진도·해남·완도·남해·춘천·진천·충주·안성·남한산성 등을 수시로 방문했다.

나는 평생 글을 쓰면서 살아왔다. 내가 그런대로 해낼 수 있는 일은 글을 쓰는 문필작업 뿐이다. 그러나 지금 나에게 가장 힘든 일도 바로 그 문필(文筆)이다.

한정된 능력과 제한된 환경에서도 좋은 글을 쓰기 위해 최선을 다하지만, 항상 결과에는 만족하지 않았다. 『항몽전쟁, 그 상세한 기록』의 경우도 마찬가지다. 다시 작품을 내지만, 부끄럽고 송구할 뿐이다.

2007년 6월 10일
구종서

차 례

2권 차례

3권 차례

일러두기

- 인명·지명·중요 관직이름의 한자나 영문 표기는 괄호 또는 각주에 넣었다.
- 나이는 요즘의 법정 방식대로 만으로 표시했다. 그러나 출생 연대가 불명한 것은 자료의 표기대로 따랐다.
- 사료에 음력으로 되어 있는 사건 발생 날짜는 그대로 두었다.
- 구체적인 사실이나 개념은 알기를 원하는 독자와 원치 않는 독자의 편의를 고려하여, 따로 각주 또는 칼럼으로 써서 선택할 수 있게 했다.
- 문자가 없던 시대의 몽골어가 후세에 한문이나 영문으로 번역되는 과정에서, 표기 형태나 발음이 저자마다 다른 것들은 한국인들에게 익숙한 것을 선택하여 쓰고, 채택되지 않은 것은 병기 또는 각주로 소개하는 다른 책과 혼란이 없게 했다.

제 1 장

최충헌의 천하

폐태자의 한과 꿈

12세기에서 13세기로 넘어가던 무렵. 제20대 임금 신종(神宗)이 왕위에 앉아있던 고려에서는 최충헌(崔忠獻, 상장군, 문하시중)이 무인정권의 집정이 되어 나라의 권력을 완전히 장악하고 있었다.

그때 대륙 저쪽 몽골 초원에서 칭기스(Chinggis, 成吉思)[1]라는 영걸이 일어나 분열상쟁하던 여러 부족을 하나하나 쳐서 없애고 천하를 통일해 나가고 있었다.

그러나 고려에서는 그런 거대한 역사의 동요를 전혀 모르고 있었다.

당시 강화도에서는 고려 19대 임금 명종의 외아들 왕숙(王璹)이 최충헌에 의해 유배되어, 어두운 세월을 보내고 있었다.

최충헌은 병진정변(丙辰政變, 1196)을 일으켜 무인정권의 영수였던 이의민(李義旼)과 그 일족 그리고 문무 대신들을 멸한 다음, 명종을 폐위시켜 수도 개경(개성)의 별궁에 연금해 놓고 태자였던 왕숙 일가를 강화도로 유배했다. 최충헌이 임금으로 앉힌 사람은 명종의 형인 신종이었다.

태자로 책봉돼 있다가 섬에서 죄수같이 살게 된 왕숙의 한은 쌓이고 쌓

---

1) 칭기스는 칭기스칸(Chinggis Khan, 成吉思汗). 칸(汗)은 황제라는 경칭이므로, 여기서는 이를 생략하여 그냥 칭기스로 쓴다.

였다. 그러나 그는 아무 것도 할 수 없는 무력한 존재였다.

이러면 안 된다. 사람은 꿈을 가져야 한다. 꿈이 없는 사람은 망자(亡者)일 뿐이다.

왕숙의 머리에는 어린 아들 왕진(王瞋)이 떠올랐다.

그래, 왕진. 너는 엄연한 왕손이다. 너만은 반드시 임금이 돼야 한다. 나야 아버님이 장수하신 데다 최충헌의 역모로 임금이 못 되고 유배 중인 폐태자(廢太子) 신세가 됐지만, 너는 임금이 될 수 있을 거야. 반드시 돼야 해.

왕숙은 쌓인 자기의 한을 아들 왕진에 대한 기대로 풀려고 했다. 왕숙의 그런 소망은 세상 사람들에게는 상상조차 하기 어려운 허망한 꿈이었다. 그러나 왕숙은 개경에서 벌어지고 있는 왕권의 행방에 촉각을 세우고 하루하루 인고(忍苦)의 세월을 보내고 있었다.

지금은 무인들의 천하다. 왕의 폐립이 저들의 마음과 기분에 달려있어. 그러나 자기들이 임금을 할 수는 없을 것이니, 왕위는 반드시 왕족 중의 누군가에게 돌아갈 것이다.

왕숙은 창밖을 내다보았다. 잡초가 군데군데 나있는 뜰에서 혼자 놀고 있는 왕진의 모습이 들어왔다.

왕숙은 입 속으로 말했다.

그래, 왕진, 네가 바로 그 왕족 중의 누구에 해당될 것이야, 저 무인들의 기분이 어디로 튈지는 아무도 모른다. 최충헌 자신도 다음 왕권의 행방을 모를 것이야. 불쌍한 내 아들 왕진, 너는 건강하게 자라서 열심히 공부하고 제왕 수업을 잘 해두어야 한다. 너도 이 고려의 임금이 될 수 있어. 기회는 있다.

왕숙은 그렇게 중얼거리면서 왕진에게 공부를 가르쳐야겠다고 생각했다. 짓눌려 있던 왕숙의 가슴은 두근거리기 시작했다.

그때 임금은 왕숙의 4촌동생인 희종(熙宗)이었다. 희종은 부왕 신종이 병으로 왕위를 아들에게 양위하여 임금이 됐다. 희종은 어려서부터 성품이 경박하고 행동이 성급했다.

희종은 결코 오래하지 못한다.

왕숙은 그렇게 생각하고, 다음날부터 왕진을 앉혀놓고 글을 가르치기 시작했다. 이미 천자문을 뗐으니까, 쉬운 것부터 하나하나 가르쳐 나갔다.

우선 역사부터 가르쳤다. 그래서 시작한 것이 김부식의 삼국사기였다. 왕숙은 먼저 공부할 부분의 역사 얘기를 해 주고, 책을 같이 읽은 다음에는 구절구절을 해석해 주었다. 그리고는 혼자서 복습하게 했다.

왕숙은 대학과 논어·맹자, 그리고 사마천의 사기도 왕진에게 가르쳤다. 그런 식의 학습 끝에 왕진은 웬만한 한문을 읽고 해석할 수 있게 되었다. 왕진은 한문 실력이 나날이 늘어나면서, 강의 내용에 대한 이해도 넓어졌다.

왕숙은 이제 자기가 가르칠 수 있는 한계를 느꼈다.

나는 왕진에게 지식은 가르칠 수 있지만, 그 안에 들어있는 지혜와 원리까지야 어찌 가르칠 수가 있겠는가. 지식과 함께 진리도 가르쳐야 한다. 아무리 훌륭한 학자라도 자식교육은 다른 스승에게 맡기지 않는가.

왕숙은 왕진을 가르칠 스승을 구해야겠다고 생각했다.

유배 생활 십 년이 되는 희종 3년(1207). 몽골에서는 칭기스가 초원을 통일하여 대제국을 건설하고(1206), 한 숨 돌리고 있을 때였다.

왕숙은 태자 때의 자기 시강(侍講)이었던 유승단(兪升旦)을 불러오기로 하고 사람을 보냈다. 명종 폐출 때 왕숙과 함께 축출됐던 유승단은 그때 고향 선주(善州; 경북 선산)에 내려가 있었다.

왕숙은 왕진을 불렀다.

"유승단을 불러오기로 했다. 앞으로는 그에게 배워라. '배움이 넓지 못하면 요령을 알 수 없고'(學不博者 不能守約), '뜻이 독실하지 못하면 힘 있게 행동할 수 없다'(志不篤者 不能力行). 배우고 뜻을 익혀 방략과 힘을 키워야 한다."

"예."

"유승단은 보는 것이 넓어서 망설이지 않고, 듣는 것이 밝아서 유혹되지 않는 선비다. 참으로 배울 것이 많은 사람이니, 그를 네 스승으로 모시기로 했다. 아무쪼록 많이 배우도록 하라."

"예, 아버님."

그때 왕진은 15세였다.

유승단은 입이 무거워 말이 적었다. 그래서 아주 믿음직하면서도 항상 겸손했다. 그는 고금의 책을 두루 읽어서 아는 것이 많았고, 기억력이 좋아서 한 번 읽은 것은 오래 기억하여 어디서나 활용할 수 있는 수재였다.

유승단은 '글을 읽을 때 한꺼번에 열 줄씩 읽어나간다'는 이른바 일목십행(一目十行)의 속독자였다. 그는 박학한 사학자이고 다식한 유학자였다.

그런 점에서 유승단은 '성품이 강직하고 두뇌가 명석한' 고려의 강명지신(剛明之臣)이었다.

유승단은 왕숙의 부름을 받고, 선산을 떠나 강화로 갔다. 왕숙이 그를 반가이 맞아들였다. 유승단은 큰절부터 했다.

"전하, 이 섬에서 얼마나 고초가 크십니까?"

"참으로 오랜만이오, 유(兪) 공."

"그 후 십년이 지났습니다. 창해상전(滄海桑田)의 세월이지요."

깐깐한 선비 유승단의 눈에서는 물빛이 하얗게 반짝이고 있었다.

"그 동안 어떻게 지내셨소?"

"이것저것 다 버리고, 향촌에 내려가 자연을 벗삼아 강호지락(江湖之樂)으로 소일했습니다."

"청경우독(淸耕雨讀)하며 지내셨구려. 부럽소. 그렇게 지내는 분을 예까지 오게 해서 미안하오."

"잊지 않고 불러주시어 오히려 망극합니다, 전하."

"개경에서 나에게 중요한 것을 많이 가르쳐 주어 유익하게 공부하고 있었는데, 불운을 만나 우리는 헤어지게 되었소. 허나, 여기서 그때처럼 다시 글을 가르쳐 줄 수 있겠소?"

"예, 전하. 당연한 일입니다. 신이 다시 시강을 맡겠습니다."

"고맙소. 고생이 많겠지만, 이곳 강화(江華)는 그런 대로 살만한 곳이오. 인심이 순후하고 물산도 풍족한 편이오. 게다가 개국의 성조이신 단군성제(檀君聖帝)께서 터를 잡아 천제를 지내던 땅이오. 말하자면 강화는 우리나라 개국의 성지이지. 오늘 같은 난세에는 이런 의미 있는 곳으로 불러나, 함께 고생하며 책이나 읽읍시다."

"어차피 신은 공부하는 몸입니다. 향촌에서 혼자 하느니, 이렇게 전하를 모시고 함께 공부하는 것이 제게도 더 좋습니다, 전하."

"정말 고맙소. 나도 배우겠지만, 중요한 것은 우리 아들이오. 왕진에게도 글을 가르쳐 주시오."

"왕진 저하도 벌써 15세군요. 가르치다마다요. 그리 하겠습니다, 전하."

유승단은 태자였던 왕숙에게는 임금의 존칭인 전하(殿下)라고 했고, 폐태자의 아들인 왕진에게는 태자의 예로 저하(邸下)라고 불렀다.

"고맙소, 유 공. 이건 극비의 일이지만, 솔직히 말하겠소. 지금은 난세요. 보위가 어디로 갈지는 아무도 모르오. 특히 사촌 아우인 희종은 성격이 급하고 자만한 점이 있어 보위를 지켜낼 수 있을지 의문이오. 최충헌이 앞으로 어떻게 나갈지는 아무도 모르오. 그 때문에 왕권의 행방이 더욱 불안해졌소."

"그렇습니다, 전하. 옳게 보셨습니다."

"그런 만일의 사태에 대비해서, 왕진에게도 글을 가르쳐 놓아야 하겠소. 제왕학(帝王學) 말이오. 밖에서 알면 안될 일이지만, 아비된 나로서는 가만히 앉아 있을 수만은 없소. 그래서 유 공을 다시 오게 한 것이오."

"현명하신 결정입니다, 전하."

"그 동안 내가 틈틈이 글을 가르치기는 했소. 그러나 학문을 가르치는 일이 어디 아무나 할 수 있는 일인가? 지금까지 대학과 논어·맹자, 사마천의 사기와 통감, 우리 삼국사기 등의 초보적인 것들은 가르쳐 놓았으나, 그 이상은 나로서는 불가능해서 공이 오지 않으면 안 되겠다는 생각이 들었소이다."

"알겠습니다, 전하."

"과거 태자 시절 나에게 가르쳤듯이, 왕진에게 마음을 써서 경전과 사서들을 가르쳐 주시오."

"예, 전하. 염려하지 마십시오."

"유학의 왕도정치는 물론이거니와 법가와 병가·종횡가 등 난세의 학도 가르쳐 주시오. 세상엔 항상 치세만 있는 것이 아니요. 더구나 지금은 난세이니, 난세의 학도 함께 가르쳐주어야 하겠소."

"옳은 말씀입니다."

이렇게 해서 유승단이 강화에 머무르면서, 왕숙과 왕진 부자를 가르치기 시작했다. 그러나 힘을 들여 가르친 것은 주로 왕진이었다.

유승단은 시강을 마치고 틈이 나면 자주 강화향교에 드나들었다. 강화도의 선비들과 접촉하면서, 그들과 학문을 토론하고 시국을 논평하기도 했다.

유승단은 그 중에서도 위원(韋元)이라는 청년이 학문과 식견이 빼어나게 드러나는 유생임을 알아냈다.

어느 날 유승단이 위원을 불렀다. 위원이 유승단의 부름을 받고 그의 집으로 찾아가서 단 둘이 있을 때였다.

유승단이 말했다.

"나도 책을 좀 읽고 이름 있는 선비들과 교유도 해왔으나, 아직 젊은 나이에 그대같이 널리 알고 식견이 깊은 사람은 일찍이 보지 못했소. 글이나 재주는 아무리 감추려 해도 겉으로 드러나게 마련이오. 낭중지침(囊中之針)이라 할까, 마치 '주머니 속의 바늘' 같은 것이지. 그대는 그런 사람이오."

위원이 놀라는 표정으로 말했다.

"아닙니다, 선생님. 과찬이십니다. 그리고 저는 아직 소년입니다. 제가 글을 읽고는 있으나, 이 나이에 안들 얼마나 알겠습니까. 그리고 말씀을 낮춰주십시오, 선생님. 그래야 제가 더 편하겠습니다."

위원은 왕진보다 두 살 아래인 13세였다. 그러나 유승단은 말을 낮추지 않고 그대라고 부르면서 대했다. 위원은 유승단이 마치 자기 스승이라도 되는 것처럼, 그를 만나면 꼭 선생님이라고 불렀다.

"아직 왕숙 태자와 싱의께 보지는 못했지만, 그대가 나아 함께 왕진 공의 글동무가 되어 주었으면 좋겠소."

"저는 이제 과거 공부를 하고 있는 한낱 지방의 유생일 뿐입니다. 그런 보잘것없는 제 글로 어떻게 감히 그분의 학우가 될 수 있겠습니까? 아니 됩니다, 선생님."

"아니오. 왕진 공 같은 분에게는 늙은 나보다는 오히려 같은 또래인 그 대가 훨씬 더 도움이 될 것 같소. 나는 가르칠 것이나, 그대는 그냥 왕진 공과 함께 이미 배운 것을 복습하고 토론하면 되는 것이오. 이런 공부가 과거를 준비하는 그대에게 시간 낭비가 될 것은 분명하오."

"……"

"사람은 가르치는 동안 배우는 것이요, 한 번 가르치는 것은 두 번 배우 는 것이지. 특히 왕숙-왕전 두 분은 앞으로 국가의 지존이 될 수 있는 분 들이니, 나라의 선비된 우리가 그들을 가르치지 않으면 누가 가르치겠소. 어려운 일이지만 같이 합시다. 꼭 그리해 주시오."

"고맙습니다, 시강 어른. 전하의 허락이 계시면, 선생님 뜻에 따르겠습 니다."

"고맙소. 내가 왕진을 가르칠 때, 유 선비도 와서 함께 들으시오. 잘 이 해하고 기억해 두었다가, 나중에 왕진 저하와 같이 앉아 배운 것을 다시 읽고 뜻을 풀이하며 토론해서, 학습한 것을 심화시켜 주시면 되오."

"고맙습니다, 선생님. 이 기회에 저도 높고 깊은 선생님의 학문을 배우게 되어 감사할 따름입니다."

유승단은 위원이 자기 말을 들어준 데 대해 진심으로 고맙게 생각했다.

잠시 후 유승단이 위원에게 물었다.

"헌데, 현종 임금 때 시중을 하신 위수여(韋壽餘) 공이 바로 이곳 강화 분이신데."

"그렇습니다. 저의 4대조이십니다."

"오, 그래요? 아주 잘 됐소이다. 전하께서도 아주 기뻐하실 것 같소."

위수여는 광종 때 과거제를 소개한 중국의 후주(後周) 사람 쌍기(雙冀)와 함께 고려에 건너와 귀화한 사람으로, 강화 위씨(江華韋氏)의 시조다. 위수여는 성품이 단정하고 신중하여 법도에 어긋나는 일이 없었다.

위수여는 4대 광종(光宗) 이래 역대 임금의 인정을 받아, 8대 현종(顯宗) 때에는 문하시랑평장사를 거쳐 문하시중[2]에까지 이르렀다.

다른 나라에 와서 공경(公卿)의 지위에 올랐다는 점에서, 그는 고려의 객경(客卿)이었다. 위원은 바로 그 위수여의 고손자다.

유승단은 위원을 왕숙에게 추천했다.

"아직 어리지만, 훌륭한 선비군요. 위수여의 후손이니 더욱 좋소."

"한 번 보시지요."

그날 저녁에 위원이 왕숙의 집에 왔다. 위원을 한 번 접견한 뒤, 왕숙은 그를 높이 인정하여 유승단을 도와 아들 왕진의 글벗이 되게 했다. 유승단이 지금의 교수라면, 위원은 유승단의 조교이자 왕진의 학우인 셈이다.

왕진과 위원은 공부만 같이 하는 것이 아니었다. 그들은 공부를 마치고는 함께 가까운 절이나 경관 좋은 곳을 쏘다녔다. 공부가 없는 날이면 마리산(摩利山) 정상에 있는 참성단과 여러 산에 있는 유적지를 돌아다니면서, 현장에서 우리 역사와 강화의 전설들을 익히고 우정을 나누었다.

---

2) 문하시중(門下侍中, 종1품)은 문하성의 장으로 지금의 총리(수상) 급이고, 문하시랑평장사(門下侍郎平章事, 정2품)는 그 밑의 부총리 급이다.

왕숙은 유승단이 와 주었고 새로이 현지 강화도의 젊은 선비 위원을 얻어서, 왕진의 교육문제엔 한시름 놓을 수 있었다.

나라를 사유화한 사나이

그 무렵 왕숙의 기대와는 달리, 개경에서는 신왕 희종과 집정자 최충헌 사이에 밀월관계가 유지되고 있었다.

희종은 매년 한 두 번씩 연례행사처럼 최충헌 부자의 집에 갔다. 1208년(희종 4년) 10월 29일에도 임금은 최충헌의 맏아들인 최우(崔禹)의 집을 방문했다. 최우의 집은 배고개(梨坂)에 있었다.

최충헌은 왕의 행차를 활동(闊洞)에 있는 자기 집으로 연장시켰다. 최충헌은 희종을 위해서 축수의 연회를 베풀었다. 제왕과 조정의 백관들이 참석했다.

이름을 알 수 없는 산해진미의 각종 음식과 수를 헤아릴 수 없는 진기한 술이 수많은 상들을 빈틈없이 덮어 짓누르고 있었다. 비단으로 된 채붕(綵棚)[3]들과 중국의 한족과 북방 여러 민족의 각종 놀이는 지극히 기이하고 사치스러운 구경거리였다. 모든 왕족과 귀족, 고위급 신료들이 수시로 최충헌에 대해 감사의 뜻을 표했다. 그들은 최충헌을 바라보고 있다가, 그와 눈이 마주치면 목례로 경의를 표했다.

그 모습을 보면서 희종은 최충헌에 비해 임금인 자신이 너무나 초라하

---

3) 채붕(綵棚); 높게 만들고 비단을 깔아서 화려하게 만든 관람석.

다고 생각했다. 그는 자신을 아주 처량하게 느끼면서 혼자 중얼거렸다.

여러 신료들과 제왕(諸王, 봉작왕족)들은 권신 최충헌이 있는 것만 알고, 군부(君父, 임금)인 내가 있는 것은 모르는구나.

희종은 최충헌에게 말을 걸고 눈을 맞추려는 사람들을 다시 한 번 둘러보았다.

모든 권력이 최충헌에 몰려있으니, 조정 신하와 나의 근시들까지도 최충헌의 눈치를 살피고 그에게 충성하고 있어. 그렇게 하지 않으면 목숨이 살아남을 수 없고, 살아남는다 해도 자리를 지킬 수 없고, 자리를 지킨다 해도 승진할 수가 없으니 어쩔 수 없겠지,

최충헌은 그때 최고위 명예직인 수태사(守太師)에다, 정승인 문하시중(門下侍中), 감찰권을 행사하는 판어사대사(判御史臺事, 감사원장), 군사권을 장악하는 판병부사(判兵部事, 국방장관), 인사권을 장악하는 이부상서(吏部尙書) 등을 겸하고 있었다.

그 위에 귀족인 진강후(晉康侯)로 책봉되어 홍령부(興寧府)라는 부를 세우고 관리들을 소속시켜 홍덕궁(興德宮)이라 하여 왕궁처럼 사용했다.

그후 최충헌은 관복을 입지 않고 평상시에 입는 편복(便服)에다 일산(日傘)을 쓴 채 궁궐을 드나들었다고 한다. 당시 최충헌을 시종하는 문객은 3천여 명이었다고 기록돼 있다.[4]

따라서 무인정권의 집정인 최충헌은 나라일은 무엇이든지 자기 뜻대로 할 수 있던 최고 최강의 권력자였다.

희종은 이 나라의 지존(至尊)인 임금이면서도 지강(至强)한 신하 최충헌에 눌려 온 몸으로 소외와 모멸을 느꼈다.

그런 희종의 마음을 알아챈 대신과 신료들이 임금을 위로한다는 듯이 말했다.

"최충헌 시중께서 국정을 맡아 주셔서, 우리 폐하께서는 나라 일에 매달리지 않아도 되십니다. 이 또한 나라와 백성의 복이요, 임금님과 나라

---

4) 원문; 自後 忠獻出入宮 禁便服 張蓋 侍從門客 殆三千餘人(東國通鑑 1206년 3월 조).

에 대한 시중의 충성이지요."

"그렇습니다. 최 시중께서 왕실을 더욱 안정되고 편안하게 보살펴주고 계십니다."

뭐, 최충헌이 충성하고 왕실을 편안하게 보살펴 준다고? 저들이 최충헌의 신복(臣僕)이지, 어디 내 신하야? 고려에선 해와 달이 바뀌어 있다. 희종은 표정을 단정하게 유지해야 한다고 생각하고 내색을 하지는 않았지만, 마음은 뒤틀리고 있었다.

이 잔치는 이튿날에야 끝났다. 행사가 끝난 뒤, 최우가 말했다.

"큰 잔치를 열기에는 아버님의 집이 너무 작습니다. 앞으로 이런 행사를 종종 열어야 할 터인데, 이래 가지고서야 행사가 제대로 되겠습니까? 우리 집안의 체통이 서질 않습니다. 넓혀서 크게 지어야 하겠습니다."

최충헌도 집이 너무 좁다고 생각하고 있던 참이었다.

"그리 하십시오, 시중 어른."

배석했던 장수들도 덩달아 최충헌에게 집을 늘리라고 권했다.

"그대들이 잘 생각해 보시게나."

"곧 시작하겠습니다."

최충헌의 활동 자택에서 대규모 개축공사가 시작됐다.

최충헌은 새로 집을 지을 때 주변의 민가 1백여 채를 헐어냈다. 집 둘레가 몇 리가 되는 광대하고 호화로운 저택이었다. 그것은 대궐과 맞먹을 정도였다.

그때 전국적으로 이상한 말이 퍼져 돌고 있었다.

"지금 무서운 일이 벌어지고 있어. 최충헌이 자기 집을 지으면서 토목의 재기(災氣)를 물리친다고, 남의 집 동남동녀들을 잡아다가 오색 색동옷을 입혀 집터의 네 귀에 몰래 생매장하여 귀신에게 제사지내고 있다는 게야."

"나라 진체를 혼자 틀어쥐고 부귀영화를 누리면서 무엇이 부족하여 서 혼자 더 잘 되려고 죄 없는 생사람을 잡아다가 집터에 제사 지낸단 말인가."

"그야 권력을 잡아본 사람들이나 알 일이지, 우리가 어떻게 그들의 뱃속을 알겠나?"

물론 헛소문이다. 최충헌을 미워하거나 집을 뺏기고 쫓겨나간 사람들이 만들어서 퍼뜨린 얘기다.

그러나 이런 소문이 퍼지면서, 민가에서는 아이들을 깊이 감추거나 데리고 멀리 피난가는 소동이 벌어졌다. 불량배들은 이에 편승해서 남의 집 아이들을 붙잡아 두었다가 부모들에게 많은 재물을 빼앗고서야 돌려주기도 했다.

사태가 이렇게 되자, 민심이 뒤숭숭해졌다. 최충헌은 가만히 있을 수가 없었다.

"이런 날조가 어떻게 활개치게 내버려 두는가. 어사대는 속히 엄한 조치를 내려 이런 일이 없게 하라."

최충헌은 감찰기구인 어사대(御史臺)에 명해서 시가지에 방을 써 붙이게 했다.

어사대의 방문

사람의 목숨이 가장 귀중한 것인데, 어찌 어린 몸을 생매장하여 재앙을 물리치려 하겠는가. 요즘 어린이를 약취해서 부모들로부터 많은 돈을 받고 돌려주는 사례가 있었다. 만약 어린아이를 잡아가는 자가 있으면 붙잡아 관아에 고발하라. 엄벌에 처할 것이다.

이 벽보가 붙여진 뒤, 요언은 사라지고 백성들은 한숨 돌릴 수가 있게됐다. 당시 최충헌의 권세는 임금을 압도하고, 그의 위엄은 온 나라를 흔들었다. 자기 뜻을 거스르는 자가 있으면, 누구든지 즉시 잡아다가 처형했다.

그때 고려의 개경에서는 청교역(靑郊驛)[5]의 역리 3명이 모의하여 개경 주변 여러 절의 승군들을 모아 최충헌 부자를 죽이기로 했다. 그들은 이런 뜻을 적어 여러 절에 보냈다. 승도들을 불러 모으는 격문이었다.

공첩(公牒)의 형식을 띤 이 문서가 귀법사(歸法寺)에 이르자, 그 절의 중이 공첩을 가져 온 사람을 잡아 가두고 이를 최충헌에게 알렸다. 곧 최충헌의 군사들이 들이닥쳤다. 그들은 귀법사에 잡혀있던 문서 전달자를 최충헌이 있는 영은관(迎恩館)으로 잡아갔다.

이렇게 해서 정변모의는 실패로 끝났다. 희종 5년(1209) 4월의 일이었다.

최충헌은 측근들을 불러들였다.

"이번 사건은 심상치 않다. 벌써 몇 번째인가. 이런 반역행위를 취급할 특별기구가 있어야 하겠어. 도방(都房)만으로는 일을 제대로 처리할 수가 없다."

맏아들 최우가 말했다.

"도방은 무력기구로 해서 경호를 전담케 하고, 정무를 총괄할 정청을 새로 만드는 것이 좋을 듯합니다. 반역행위를 정탐하고 처리하며, 중요 정책문제를 처결하는 것은 별도의 정청에서 해야 합니다."

"그 말이 옳다. 경호와 사찰과 정무는 서로 다르다. 그런 업무를 구분해서 각각 별도의 기구에서 처리해야 한다. 지금의 도방은 경호업무만 전담케 한다. 그리고 교정도감을 새로 만든다. 도감은 사찰과 정사를 맡는다. 대역죄 사범들을 우선은 도감에서 처리하라."

최충헌은 청교역리 모반사건을 계기로 그 사건을 전담하기 위해 영은관에 교정도감(敎定都監)이라는 특별기관을 설치했다.

교정도감에서는 청교역의 역리들을 잡아다 조사한 끝에 한기(韓琦, 우복야) 등의 문무 관리들이 역리들과 공모했다는 자백을 받았다.

교정도감은 도성의 모든 문[6]을 폐쇄하고, 대대적인 수색작업을 폈다.

---

5) 청교역(靑郊驛); 노성 동남부의 보정문(保定門)에서 5리 되는 파발역(擺撥驛), 서북 변방에서 수도 개경으로 오는 파발마의 종착역이다.

한기와 그 아들 3형제가 잡혀 와서 모두 처형됐다. 그밖에 김남보(金南寶, 장군)등 9명이 살해되고, 그의 종자들은 먼 섬으로 유배됐다.

최충헌은 고려의 17대 임금 인종의 왕후였던 공예태후(恭睿太后)[7]의 질녀인 임(任) 여인을 둘째 부인으로 맞아들인 것만으로는 어딘가 아쉬웠다.

우리 가업을 확고히 다져놓기 위해서는 왕실의 외척인 황후가와 인척이 된 것만으로는 부족하다. 직접 왕실의 인척이 돼야 한다.

이듬해(희종 6년, 1210) 12월. 최충헌은 왕숙의 서녀 하나를 자기의 셋째 부인으로 맞아들이기로 하고, 사절을 강화도로 보냈다.

왕숙은 최충헌이 보낸 사절로부터 허락요청을 받고 속으로 기뻐했다. 지금 고려는 최충헌의 나라다. 딸을 최충헌에게 보내는 것은 바람직한 일은 아니지만, 우리가 다시 왕위를 찾는 길이 될 수도 있다.

왕숙은 표정을 감추고 정중히 말했다.

"최 시중이 원한다면, 나로서는 고마운 일이요. 동의하오."

최충헌은 왕숙의 서녀를 제3부인으로 맞아들이면서, 도성 안에 큰 저택을 마련하여 왕 부인이 거처하게 했다.

이래서 왕숙은 최충헌의 장인이 되면서 유배가 풀려 강화도를 떠나 개경으로 올라가게 됐다.

왕숙-왕진 부자가 개경으로 돌아갈 때에, 유승단도 함께 올라갔다. 그러나 위원은 고향인 강화에 남기로 했다. 과거 공부를 계속해야 하기 때문이었다. 왕숙과 왕진 부자는 물론 유승단도 위원을 떼어놓고 올라가는 것이 못내 섭섭했다. 친구가 되어 함께 배우고 놀며 여행했던 왕진의 서운함은 특히 컸다.

---

6) 개경 도성에는 8개의 큰 문과 23개의 작은 문이 있었다.

7) 공예태후(恭睿太后); 고려 17대 임금 인종의 제2왕후로서, 중서령 임원후(任元厚)의 딸이다. 그는 네 아들을 임금으로 둔 여걸. 18대 의종(毅宗), 19대 명종(明宗), 20대 신종(神宗), 22대 강종(康宗, 왕숙)이 모두 그의 아들이다. 덕성을 갖춘 데다 지모가 뛰어나, 고려 중기의 왕실정치를 주도했다. 그러나 임금이 된 아들들이 모두 무인정치 속에서 불행을 겪어 잠시도 편할 날이 없었다.

위원은 그들이 떠나던 날 강화도 북안의 승천포(昇天浦)까지 나가서 그들을 전송했다.

왕진이 위원의 손을 잡고 말했다.

"지난 몇 년간 위원 선비로부터 많은 것을 배웠고, 좋은 구경도 많이 시켜주어 정말 고맙소. 함께 상경했으면 좋겠는데, 과거시험 공부를 계속한다니 내 고집만 부릴 수도 없군요."

"고맙습니다, 저하. 그 동안 베풀어주신 호의에 감사드립니다. 저하 덕분에 저는 유 선생님과 같은 훌륭한 스승을 만나 정말 많은 것을 배웠습니다."

위원은 왕숙과 유승단을 향해서 허리를 깊이 숙여 인사했다. 유승단이 왕숙과 왕진을 돌아보며 말했다.

"제가 위 선비를 끌어들여 도움을 많이 받았으나, 위 선비는 과거시험 공부에 손해가 컸습니다. 우리가 공부한 것과 과거시험과는 거의 관계가 없는 것이니까요."

위원이 그렇지 않다는 표정으로 말했다.

"저는 선생님에게서 많이 배웠습니다. 그것은 저의 과거 준비에 큰 도움이 될 것이고, 제 생각과 행동에 큰 변화를 주었습니다. 정말 감사합니다, 선생님."

왕숙이 위원을 바라보며 말했다.

"빨리 과거에 응시해서 합격하기를 바라오. 나는 위 선비가 꼭 장원할 것으로 믿소."

"과찬이십니다, 전하."

왕진도 말했다.

"나도 위 선비가 머지않아 장원급제할 것으로 믿소. 그때 개경에서 다시 만나십시다."

"고맙습니다, 저하."

이렇게 해서 개경의 왕손과 강화의 선비는 헤어졌다. 그들이 처음 만난

지 3년 만이었다. 그때 왕진은 18세, 위원은 16세였다.

왕숙-왕진 부자가 유배생활을 마치고 개경에 돌아와서는 유승단이 혼자서 왕진을 가르쳐야 했다.

위원은 과거 준비를 처음부터 다시 시작했다.

고려 무인정권의 형성과정

무인정권 형성; 혼란기

- 1170년(의종 24년) ; 정중부·이의방·이고 등 상민출신의 무인 3명이 주도하여
  무인정변 발발. 18대 임금 의종을 폐하고, 의종의 아우 명종을 추대. 문관 대량
  학살. 3두정치 개시. 3자간의 정권경쟁 끝에, 이고가 이의민에 피살되어 정중
  부-이의방 쌍두정치 등장.
- 1174년(명종 4년) ; 서경유수(평양시장) 조위총이 무인정권 타도 위해 반란, 자비
  령 이북의 40여개 성을 점령. 이의방이 반란진압 위해 출정했으나 실패하여
  귀국.
- 1175년(명종 5년) ; 이의방이 정중부 지지자들에 의해 피살. 정중부의 단독 무인
  정치 형성.
- 1179년(명종 9년) ; 양반출신의 장군 경대승이 정변을 일으켜 정중부 일당을 살
  해하고 집권.
- 1183년(명종 13년) ; 경대승 병사.
- 1184년(명종 14년) ; 경대승이 죽자, 이듬해 명종이 노예출신의 장군 이의민을
  기용하여 무인정치 계속. 이의민은 의종을 살해하고, 조위총의 반란 진압에 공
  이 컸다.

최씨정권 성립; 안정기

- 1196년(명종 26년) ; 양반 출신의 최충헌-최충수 형제가 이의민을 살해하고 집
  권. 명종을 폐하고, 명종의 아우 신종을 20대 왕으로 추대. 최충헌은 장군, 최충
  수는 하급 문관으로 수도 개경부의 지방부처(구청) 직원이었다.
- 1204년(신종 6년) ; 신종이 중병으로 왕위를 세자 희종에게 이양하고 사망.

임금의 쿠데타

희종은 왕좌에 앉아있었지만, 천하를 맘대로 요리하고 있는 최충헌이 무서워서 견딜 수가 없었다.

나로서는 최충헌에 대해서 할 만큼 다했다. 앞으로도 무엇이든지 할 용의도 있다. 그러나 도무지 마음이 놓이지는 않는다. 그가 두렵다. 무섭다. 희종은 항상 최충헌의 눈치를 보고 조심하며 살고 있지만, 그 두려움은 좀체 가셔지지 않았다.

임금은 만인지상(萬人之上)이다. 그러나 지금 내가 무슨 임금이고 만인지상인가. 일인지하(一人之下)여야 할 최충헌이 오히려 나를 누르고 만인지상에 앉아있다. 국왕인 나는 한낱 최충헌의 포로요 들러리일 뿐이지.

희종은 늘 그렇게 한탄해 왔다.

그 무렵 내시부(內侍府)의 낭중인 왕준명(王濬明)이 희종에게 갔다. 낭중(郎中, 정5품)[8]은 지금의 국장급이다.

왕준명은 희종의 가까운 종친인 데다 영민(英敏)하면서도 신의가 깊었다. 일 처리도 빈틈없이 잘하여, 그는 희종의 신임을 두텁게 받고 있었다.

왕준명은 최근의 정세에 대해 상세히 보고했다. 청교역 사건과 중양절

---

8) 내시낭중(內侍郎中); 정5품의 내관. 내시부에 소속돼 있는 지금의 국장급 관리.

행사에 대한 얘기도 설명했다. 중양절 행사는 교정별감의 설치로 권한이 축소된 도방 사람들을 위로키 위해 잔치를 베풀고, 군사들에게 수박경기를 시켜 승자들에게 특진과 부상을 주는 행사였다.

최충헌은 이때 자기 사병들도 참여시켜, 많은 사람을 국가의 공병(公兵)으로 임명하고 승진시켜 자기 세력을 강화했다.

그 보고를 듣고, 희종은 침통한 표정으로 말했다.

"최충헌에 대한 모의가 잇따르고, 이들에 대한 최충헌의 보복살상이 끊이지 않고 있으니, 이게 난세가 아니고 무엇인가. 이 나라가 언제나 편안해져서 백성들이 안심하고 살 수 있는 치세가 될 것인가."

희종은 고개를 들어 천장을 한 번 쳐다보고는 다시 한숨을 섞어가며 말했다.

"인명의 살생(殺生)과 법제의 폐치(廢置), 관직의 여탈(與奪)을 모두 최충헌 혼자서 자의로 행하고 있다. 임금인 나는 지금 임금이 아니야. 최충헌의 충실한 들러리일 뿐이다."

희종은 자조적이었다.

왕준명은 희종의 눈을 보면서, 희종이 자기에게 무엇인가를 호소하고 있는 것이라고 생각했다.

전제군주국가(專制君主國家)에서는 군주가 모든 것을 결정하고 집행을 명령한다. 그런 나라의 주권자는 군주다.[9]

그러나 지금 고려의 주권자는 누구인가.

고려의 군주인 희종은 분명히 국왕의 전제권을 행사하지 못하고 있다. 따라서 그는 군주이면서 주권자가 아니다. 고려의 주권자는 바로 권신 최충헌이었다.

희종은 개탄했다.

---

9) 서양에서 주권자를 의미하는 '서버런'(sovereign)이 '통치자' '군주'와 같은 의미로 쓰이는 것도 같은 맥락이다.

"고려에는 임금의 왕업(王業)은 없다. 오직 권신의 가업(家業)이 있을 뿐이다. 이 나라에 나라의 정사(政事)는 없다. 다만 최충헌 일인의 권사(權事)가 있을 뿐이다. 이 땅에 나라의 국사(國事)는 없다. 최충헌 집안의 가사(家事)만 있을 뿐이다."

왕준명이 나섰다.

"최충헌이 강화에 유배되어 있는 폐태자 왕숙 공의 서녀를 제3부인으로 맞아들이고, 왕숙공을 해배하여 개경으로 다시 오게 한 것도 불길합니다. 음흉한 최충헌의 속셈을 의심하지 않을 수 없습니다."

"내가 이렇게 보위에 올라 있는데, 그가 딴 생각이야 하겠는가. 최충헌이 임금을 하찮게 보는 것은 사실이지만, 임금인 나를 증오하거나 기피하고 있지는 않아. 여색을 탐하고 가문이 한미한 최충헌으로서는 그저 왕가의 여자를 아내로 삼고 싶어 했을 것이야."

"하지만, 폐하. 최충헌이 보위를 하찮게 본다면, 임금도 그렇게 볼 것이 틀림없습니다. 그리되면 왕위 교체시기가 왔을 때, 그는 딴 생각을 품을 수도 있습니다."

희종은 왕준명의 얘기를 듣고, 자기 아들이자 태자인 왕지(王祉)의 왕위 승계에 대해 불안한 생각이 들었다.

"그래. 그 말이 맞을지도 모른다. 선왕인 신종 대왕께서도 임종을 앞두시고 나에게 보위를 안전하게 잇게 하려고 무던히도 애를 쓰셨어. 최충헌을 믿을 수 없다고 생각하셨던 것이야. 당시는 순조로운 왕위승계에 아무런 문제가 없었는데도 말야. 그래서 최충헌에게 부탁해서 생존해 있으실 때 내게 양위한 것이지. 내가 보위에 오른 것을 보시고서야 부왕께서는 눈을 감으실 수 있었다."

"그렇습니다, 폐하. 왕숙공은 이미 회갑이 됩니다만, 그 아들 왕진은 19세의 성숙한 성년입니다. 방심하시면 안 됩니다, 폐하."

"음, 그래야 하겠어."

"요즘 최충헌에 대한 세상의 명행(名行, 명성과 행위에 대한 평판)이 나쁩니다. 근래 벌어진 최충헌의 횡포에 대해서 문무백관과 만백성의 원성이 높습니다."

"최충헌을 비난하는 여분(輿憤, 다중의 분노, 공분)이 높고 강하다는 것은 과인도 알고 있다. 나라의 집정이면 여국휴척(與國休戚), '모든 안락과 근심을 나라와 같이 해야 함'에도, 최충헌은 나라나 임금 백성들을 아랑곳하지 않고, 모든 것을 자기를 위해 끌어 모으고 있다. 과인은 그런 걸 알고 있지만 그냥 알고만 있을 뿐, 아무 조치도 취할 수 없다. 이래 가지고서야 과인이 어떻게 나라의 임금이라 할 수 있겠는가. 참으로 부끄러운 일이다."

"폐하! 죄송합니다. 저희가 폐하를 잘못 보필해 왔습니다. 그러나 폐하께서는 우리의 유일 최고의 지존(至尊)이십니다. 만백성이 오직 폐하만을 우러러 존경하고 있습니다. 너무 상심하지 마십시오."

"지존인들 뭘 하나. 지강(至强)은 딴 데 있는데. 임금인 과인은 지위나 명예는 유일 최고일지 모른다. 그러나 막강한 권력을 쥐고 고려 천하를 마음대로 주무르고 있는 것은 최충헌이야. 그는 백성의 존경은 받지 못해도, 만백성이 그를 무서워하여 복종하고 있다. 군주는 지존이면서 지강이어야 하는데, 과인은 그렇지 못해. 반쪽짜리 임금일 뿐이다. 아니 반쪽이라 하기도 어려워. 나라를 다스림에는 권력이 중요하지, 지위가 중요하겠는가. 강력한 권력. 임금에게는 그 강권(强權)이 있어야 한다. 헌데, 그 강권을 최충헌이 독점하고 있다."

가녀린 희종의 호소조 한탄을 들으면서, 왕준명의 표정이 굳어졌다. 그는 결의에 찬 굳은 어조로 말했다.

"폐하, 지금 나라의 질서는 변칙 상태입니다. 이런 왜곡이 더 이상 계속돼서는 안 됩니다. 폐하는 가만히 계십시오. 제가 처리하겠습니다."

"뭐? 뭐라 했느냐?"

희종은 왕준명의 눈을 들여다보았다. 한없이 충직하면서도 결의가 다부져 보였다.

"소신이 세력을 모아 최충헌을 처단하고, 국권을 폐하에게 복구시키겠습니다."

희종은 의외로 담담하게 눈을 감고 있다가, 잠시 후 입을 열었다.

"이런 판국에 복정우왕(復政于王, 왕정복고)은 쉬운 일이 아니야. 아니 불가능한 일이다. 최충헌은 그 세력이 군사보다 강하고, 조직은 그물보다 치밀하고, 성격은 이리보다도 포악하다는 걸 알고 있느냐?"

"예, 폐하."

"힘으로 그를 몰아낸다는 것은 바로 누기지난(累碁之難)이다."

"깊이 유념해서 하겠습니다, 폐하."

그 말을 남기고 왕준명은 물러 나왔다.

문신 왕준명이 군사집단인 최충헌 세력을 타도할 수 있을까.

희종은 불안하면서도, 한 가닥 기대를 걸고 있었다. 왕준명은 바쁘게 쏘다녔다.

며칠 후 최충헌은 희종이 있는 수창궁(壽昌宮)으로 갔다. 다른 때와는 달리 그날은 평소 수행원으로 데리고 다니는 노영의(盧永儀, 다봉[10]) 등 수하 십여 명만 호종시켰다.

입궁한 뒤에는 수행원들은 수창궁 대문 안 별실에서 기다리고, 노영의만 최충헌을 따라 갔다.

종전대로 정유시(鄭允時, 사약[11])가 나와서 최충헌을 맞이 왕이 있는 대전(大殿)으로 안내했다.

최충헌은 인사 문제에 대해 열심히 설명하기 시작했다. 그러나 희종의 귀에는 아무 것도 들리지 않았다. 처음부터 들으려고 하지도 않았다. 최충헌이 한창 보고를 하고 있을 때, 희종이 느닷없이 말했다.

10) 다봉(茶捧); 고려 때 다방(茶房)의 한 관직. '다방'은 궁중이나 조정 행사 때 차를 준비하여 올리는 등의 의례를 맡아 진행하는 관청이다. 조선조에서는 탕약을 제조하여 임금에게 다려 올리는 일도 다방에서 맡았다.

11) 사약(司鑰); 정6품의 잡직.

"알겠소. 잠시 여기서 기다려 주시오."

임금은 그 말을 남기고 안으로 들어갔다. 변소라도 가는 것인가. 전에는 한 번도 이런 일이 없었다.

오늘은 임금이 아무래도 이상하다. 무슨 일일까.

최충헌은 기이하게 생각했지만, 그냥 기다리는 수밖에 없었다. 그러나 아무리 기다려도, 희종은 돌아오지 않았다. 최충헌의 마음은 점점 의문에 싸이기 시작했다.

그와 거의 때를 같이해서 밖에서는 수창궁의 중관(中官)[12] 한 명이 별실로 가서 최충헌의 수행원들에게 말했다.

"당신들에게 음식을 내리라는 폐하의 분부가 계셨소. 자, 모두 찬관(餐館, 취사실)으로 옮깁시다."

이것도 물론 이전에 없던 일이다. 그러나 낯익은 중관의 말에 누구 하나 의심하는 사람은 없었다.

"오, 폐하께서 음식을 하사하시다니, 오늘은 대단히 운수가 좋은 날인 모양이오."

최충헌의 수졸들은 오히려 이게 웬 떡이냐 싶은 표정으로 기꺼이 중관을 따라나섰다. 그들은 별실을 나와서 희희낙락(喜喜樂樂) 웃고 얘기하며, 중관의 뒤를 따라 안쪽 식당이 있는 곳으로 향했다.

그들이 복도로 들어서서 걸어가기 시작했다. 바로 그때. 칼을 뽑아 든 승려와 속인 10여명이 갑자기 나타났다. 양측 사이에 격투가 벌어졌다. 기습당한 최충헌의 수행자 몇 명이 쓰러졌다.

그 비명과 소란 소리는 최충헌에게도 들렸다. 감각이 예민해져 있던 최충헌은 무슨 변고가 있다고 직감했다.

일이 났구나. 이를 어쩌지?

최충헌은 당황하다가 희종이 들어간 방향을 향해 크게 소리쳤다.

---

12) 중관(中官); 내시. 조정 근무자를 지방관과 구별하여 중관이라고도 했다.

"폐하, 변고가 났습니다. 원컨대 폐하께서는 신을 구원하여 주십시오."

하고는, 대전 뒷문의 문고리를 잡고 힘을 다해 흔들었다. 그러나 안에서는 물을 걸어 잠근 채, 아무런 반응이 없었다.

최충헌은 더 큰소리로 외쳤다.

"폐하, 변란입니다! 신을 구해주십시오!"

그래도 희종은 꿈쩍하지 않았다. 최충헌은 어찌할 바를 모르고 안절부절 못하고 있었다.

"급합니다. 우선 피하시지요."

그 모습을 보다가 노영의가 최충헌의 팔은 잡아끌고 근처에 있는 정숙첨(鄭淑瞻, 지주사[13])의 집무실로 들어갔다.

정숙첨은 최충헌의 맏아들 최우(崔瑀)의 장인이다. 노영의는 몇 차례 정숙첨을 방문한 적이 있어 그 방에 익숙했다. 그러나 정숙첨의 방은 비어 있었다. 그때 정숙첨은 중방에 가 있었다.

최충헌과 노영의는 급한 대로 우선 문장지 틈에 엎드려 숨을 죽이고 있었다.

잠시 후 궁중의 검객들이 칼을 뽑아들고 최충헌을 찾아 이 방 저 방 뒤지고 다녔다. 그들은 정숙첨의 방에도 들어와 방을 한 바퀴 둘러보았다. 그러나 최충헌을 찾지 못했다.

"이상하다. 이놈들이 숨을 곳이 없는데……"

섬객들은 그 말을 남기고 나갔다. 그들은 두 번이나 그 방에 더 들어왔있으나, 끝내 그곳 문장지에 숨어있던 최충헌과 노영의를 찾아내지 못했다.

낭하에서 격투를 벌이던 최충헌의 수행원 다수가 쓰러졌으나, 그중 한 명은 날쌔게 현장에서 피해 나와 궁궐의 담을 뛰어넘어 도망했다. 그는 중방으로 달려갔다. 중방에는 최충헌의 심복인 김약진(金躍珍, 상장군)과 정숙첨이 있었다.

---

13) 지주사(知奏事); 중추원의 정3품 벼슬. 왕명 출납을 맡은 승선의 으뜸관직이다.

"궁궐에서 변고가 났습니다. 우리 수행원들이 살해됐습니다. 대감님의 안부를 알 길이 없습니다."

김약진이 물었다.

"뭐, 변고가?"

"시중 어른을 모살하려 했습니다. 임금의 짓입니다."

정숙첨이 되물었다.

"임금의 짓?"

"예. 틀림없습니다."

그들은 즉시 도방으로 가서 무장한 군사들을 이끌고 궁성 밖에 있는 수창궁으로 달려갔다. 그러나 최충헌의 안위를 몰라, 바로 궁으로 진격하지 못하고 망설이고 있었다. 김약진과 정숙첨은 신선주(申宣胄, 지유[14])와 기윤위(奇允偉, 지유)등 날랜 검객 십여 명을 뽑아서 데리고 담을 넘어 들어갔다.

승려들이 이것을 지켜보고 있다가 달려왔다. 그들과 승려들 사이에 곧 칼싸움이 시작됐다. 그러나 도방군사는 잘 훈련되고 사기가 높았을 뿐만 아니라 수도 많았다. 승패는 금세 가려지기 시작했다. 승병들 대부분이 쓰러져 피를 흘렸고, 일부는 도망했다.

칼싸움이 벌어지고 있는 틈을 타서, 김약진과 정숙첨이 안으로 들어갔다. 놀란 노영의가 씩씩대면서 나타났다.

정숙첨이 물었다.

"영공은 어떠신가?"

"예, 저기에 안전하게 계십니다."

"그럼 됐다. 가자."

정숙첨은 노영의를 앞세우고 김약진과 함께 최충헌이 숨어있는 곳으로 갔다. 바로 정숙첨 자기의 방이었다.

"내 방이었군."

---

14) 지유(指諭); 군부대의 참모장직. 보통 낭장(중령)급이 맡았다.

"예, 제가 익숙해서 이곳으로 모셨습니다."

노영의는 방문을 열고 들어가 최충헌 쪽을 향해서 말했다.

"대감님, 노영의입니다. 일어나십시오. 방주인이 오셨습니다."

"오, 정숙첨 지주사가?"

최충헌은 그때까지도 문장지 안에 죽은 듯이 엎드려 있다가 슬며시 고개를 들면서 말했다.

사돈 정숙첨이 말했다.

"안심하십시오. 상황은 끝났습니다. 우리 군사들이 궁중의 무뢰배들을 모두 제압했습니다."

"수고했소. 고맙소."

"얼마나 놀라셨습니까?"

"사돈. 내 목숨이 '장대 꼭대기에 올려져 있는 형세'(竿頭之勢)였소. 그러나 그대의 방이 여기 있어서 나는 위험했던 목숨을 구했소."

"천우신조(天佑神助)입니다, 시중 어른."

"사돈과 나의 인연은 하늘이 맺어주고 지켜주시는 것 같소."

이렇게 해서 최충헌은 구조됐다.

그때 노영의는 재빨리 수창궁의 지붕 위로 올라가서 밖에 있는 도방 군사들에 대고 소리 질렀다.

"대감님은 무고하시다!"

이 소리를 듣고 궁궐 밖에 집결해 있던 도방의 군사들이 대궐 문을 부수고 앞을 다퉈 수창궁으로 난입했다. 남아있던 승려들은 사태가 글렀음을 알고, 궁 뒷문으로 나가 도망했다.

이것이 이른바 왕준명의 궁정정변이다. 희종 7년(1211) 12월 22일의 일이다.

김약진이 흥분한 소리로 최충헌에게 말했다.

"이건 수창궁의 소행입니다. 제가 군사들을 이끌고 들어와서 궁궐에 있는 사람들을 모조리 없애겠습니다. 그리고 이 기회에 왕도 처단하겠습니다."

"분명히 그럴 것이다. 그러나 군사를 끌고 궁궐에 들어가는 것은 안 된다. 임금을 처단하는 것은 더욱 안 된다. 그렇게 하면 나라는 장차 어떻게 되겠느냐. 더구나 내가 관련된 사건이다. 당사자인 내가 나서서 그런 조치를 취하면 후세의 욕거리가 될까 두렵다."

"아닙니다. 이런 기회에 화근을 아주 뿌리째 뽑아 없애야 합니다. 허락하여 주십시오."

"일이 이미 진압되지 않았느냐. 내가 관련자를 잡아다 추국(推鞠)하여 진상을 밝히고 엄중 조치할 터이다. 너희는 결코 경거망동(輕擧妄動)하지 말라."

최충헌은 핵심 가신 중의 하나인 정방보(鄭邦輔, 상장군)를 불렀다.

"그대가 이 사건을 맡아 처리하라. 사안은 간단하다. 먼저 나를 대전으로 안내한 정윤시와 수행자들을 속여 유인한 중관을 잡아들여 문초하라."

"예, 시중 어른."

"그들에게 명령한 자가 있을 것이야. 뒤에서 명령한 자들을 밝혀 올라가면, 결국 주모자가 드러난다. 그러면 진상이 밝혀진다."

"예, 그리 하겠습니다."

"왕준명을 염두에 두고 심문해 보라. 임금 주변에서 그런 일을 꾸밀 만한 사람은 왕준명 밖에 없다."

그 무렵 몽골의 칭기스는 금나라 서쪽의 서하(西夏, 지금의 영하-감숙 지방)를 점령하고, 중국의 신강성 천산지역에 있던 위구르 왕국의 임금 바르추크와 카를루크 왕국의 임금 아슬란의 투항을 받아들여 그들을 사위로 삼았다.

이어서 남쪽의 금나라를 침공하여 수도 중도(中都, 지금의 북경)를 위협하고 있었다.

이 틈을 타서 만주의 지방 세력들인 거란족·여진족이 독립을 선언하고 나서서, 동아시아 대륙 전체가 전란에 휩싸여 있을 때, 고려에서는 임금과 장군 사이에 목숨을 건 권력투쟁이 벌어지고 있었다.

고려시대 군관의 계급과 품급

고려시대 군관의 계급은 9개였다. 그들의 계급을 현대 군관계급과 비교하면, 장관급(將官級) 셋, 영관급(領官級) 셋, 위관(尉官) 셋 등이다.

1) 상장군(上將軍) = 대장. 정3품

2) 대장군(大將軍) = 중장. 종3품

3) 장　군(將　軍) = 준장 또는 소장. 정4품

4) 중랑장(中郎將) = 대령. 정5품

5) 낭　장(郎　將) = 중령. 정6품

6) 별　장(別　將) = 소령. 정7품

7) 산　원(散　員) = 대위. 정8품

8) 교　위(校　尉) = 중위. 정9품.

9) 대　정(隊　正) = 소위 또는 준위. 종9품

정변재판

왕준명 정변의 수사를 맡은 정방보의 명령을 받고 도방의 군사들이 뛰어 나갔다. 그들은 정윤시와 중관을 잡다 최충헌이 쓰고 있는 인은관 (仁恩館)으로 끌고 왔다.

"이 나쁜 놈들. 너희가 나라의 시중을 해하려 해!"

그들은 아무 것도 묻지 않고, 같은 말만 반복하면서 매질을 해댔다. 일의 진상을 알아내려고 하지도 않았다. 정윤시와 중관은 곤장 50대씩 맞고 나서 끌려 나가 법정으로 갔다. 그들은 재판대 앞에 꿇어앉혀졌다.

곧 재판장 정방보가 법정으로 들어와 심문하기 시작했다.

"사건은 자명하다. 이 일을 계획해서 너희들에게 명령한 사람만 찾아내면 된다. 순순히 자복하면, 너희는 관대한 처분을 받을 것이다. 그러나 일을 숨기거나 거짓말을 하면 살아남지 못한다. 잘 헤아려서 행하라."

정방보는 이렇게 경고하고, 중관에게 먼저 물었다.

"중관! 너는 분명히 사전에 누구로부터 이번 일에 대해 얘기를 들었다. 누군가 분명히 네게 말해 준 사람이 있단 말이다. 그자가 누구인가?"

"……"

중관은 눈치만 살필 뿐 말을 않고 있었다.

"그날 너는 영공을 수행한 사람들에게 와서 '음식을 내리라는 폐하의 명을 받았다'고 했다. 그 폐하의 명을 누구로부터 들었느냐, 그 말이다."

그래도 중관은 말을 하지 않고 계속 눈치만 살피고 있었다. 좀 더 다그치면 그가 곧 배후 인물을 실토할 것이라고 생각하면서, 정방보가 다시 물었다.

"찬관(餐館)엔 음식이 준비돼 있지 않았다. 그런데도 너는 식사를 대접하겠다고 우리 사람들을 취사장으로 데려갔다. 빨리 말하지 못할까! 계속 대답하지 않으면 다시 곤장을 칠 것이다."

그때서야 중관은 힘없이 입을 열었다.

"사약 정윤시로부터 들었습니다."

"정윤시? 음, 진작 그렇게 실토할 일이지."

정방보는 아무 말 없이 정윤시를 뚫어질 듯이 쏘아보았다. 정윤시는 그 힘에 눌려 시선을 마루바닥으로 내렸다.

"정윤시! 너도 분명히 누군가로부터 사전에 얘기를 들었다. 누군가?"

"아니오. 나는 아무 것도 모르오. 나는 종전에 시중이 들어왔을 때 해온 관례대로, 그날도 시중을 안내했을 뿐이오. 이것은 시중이 잘 알 것입니다."

"물론 네 행동은 그러했다. 그러나 이번 일은 임금과 너와 중관이 모두 사전에 알고 있었다. 뒤에서 이 일을 꾸미고 명령한 사람이 분녕히 있어. 그 사람만 대면 된다. 그자가 누구냐!"

"정말 나는 모르는 일입니다."

"그러면 네가 주모자구나. 그렇지?"

"아니오. 절대로 나는 그런 건 생각조차 해 본 적이 없소이다."

"얘들아, 안되겠다. 뜨겁게 혼 좀 내라."

도방 군사들이 이번엔 시뻘건 부젓가락으로 정윤시의 허벅지 살을 지졌다. 정윤시는 고개를 젖히며 울부짖었다.

정방보가 다시 눈을 부릅뜨고 물었다.

"그래도 아니라고 할 테냐!"

정윤시는 괴로운 표정을 지으며 아무 말도 않고 눈물만 흘리고 있었다.

"이 일은 결국 진상이 밝혀지게 되어 있다. 그래도 입을 다물고 있을 것인가!"

다시 한 차례 고문이 시작됐다. 살 타는 냄새와 비명을 멀리서도 맡고 들을 수 있었다. 고문을 끝내고 정방보가 다그쳤다.

"그래도 말하지 않을텐가! 우리는 이미 주모자를 다 알고 있다. 빨리 네 입으로 말해보라."

"......"

"왕준명의 지시를 받지 않았는가!"

그 말에 정윤시는 놀랐다.

저들이 정말 모든 것을 알고 있으니 버틴들 아무 소용이 없겠구나.

정윤시는 결국 실토하고 말았다.

"그렇소. 왕준명 내시에게 들었소."

"그래 뭐라고 들었나?"

"영공이 들어오거든, 과거에 하던 대로 똑같이만 하라고 했소. '무슨 일이 있어도 놀라지 말고, 침착하라. 최충헌은 죽어서 나가게 되어있다.' 그렇게 들었소이다"

"음, 왕준명? 과연 그대로구나. 알았다."

정방보는 도방 군사들을 풀어 다시 왕준명을 잡아오도록 명령했다. 최충헌의 충견들이 길길이 뛰면서 달려 나갔다. 곧 왕준명이 잡혀왔다.

정방보가 왕준명을 앉혀놓고 말했다.

"왕 내시, 큰일을 벌이려다 안 됐으니, 실망이 크시겠소."

"그런 말은 듣기 싫다. 본건을 말하라."

"우리는 그대가 주모자일 것으로 알고 있었다. 우리 짐작은 적중했다."

"무슨 말인가?"

"임금을 위해서 이런 큰 모험을 저지를 사람은 왕준명 내시, 그대밖에 또 누가 있겠소? 그대는 임금에 대한 충성심이 남달리 투철하고, 매사에 치밀하고 추진력이 강할 뿐만 아니라, 누구든지 설득해서 동원할 수 있는 남다른 수완을 가지고 있소. 아무리 눈을 크게 뜨고 찾아보아도, 임금 주변에는 당신만한 사람은 한 명도 없소. 그러니 당신을 의심할 수밖에 없지 않겠는가."

"고맙소."

"이번 일은 꽤나 큰 사건이오. 나라의 모든 사람들이 이를 궁금하게 여기고 있소이다. 따라서 그 내용을 정확히 정리하고 넘어가야만, 백성들의 궁금증을 풀어주고 정확한 역사를 후세에 전해줄 수 있소. 나는 그대가 이제 와서 구차하게 변명하거나 숨기려 하지 않을 것으로 믿소."

"정확히 보았소."

"누구로부터 이런 일을 처음 제의 받았소이까?"

"제의 받다니? 내가 남의 제의를 받고 그런 일을 추진할 사람인가. 처음부터 나 혼자서 계획하고 추진했소."

"틀림없소이까?"

"같은 말을 반복하게 하지 마시오. 이 왕준명은 그런 사람이 아니오."

"좋소이다. 그대를 이번 일의 주동자로 알겠소. 그러면 누구와 함께 이 일을 의논했소이까?"

"내가 주동자인데, 나머지 사람들을 물을 필요가 있는가. 내가 모든 일을 다 했소. 모든 책임은 나에게 있소. 벌을 받을 사람은 나 하나로 족하오. 더는 묻지 마시오."

"그러나 이런 일을 성공하려면 군사도 필요하고, 일이 성공한 다음에는 정치적으로 수습해야 할 것인데, 겸손한 문관인 그대가 그런 일을 혼자서 다 하려하지는 않았을 것이오. 빨리 협력한 사람들을 대시오."

"……"

"뭘 망설이시오! 왕 낭중답지 않게."

왕준명은 괴로움을 참으면서 혼자서 무엇을 헤아리고 있었다.

잠시 후 그가 다시 입을 열었다.

"알겠소. 일이 이렇게 된 바에야 무얼 감추겠소. 그분들에게는 죄송하나, 다 말하겠소."

그러면서 왕준명은 자기와 함께 궁중정변을 의논해서 계획한 사람들의 이름을 대기 시작했다.

"나는 나의 계획을 가지고 우승경(于承慶) 참지정사와 사홍적(史弘績) 추밀원사, 왕익(王翊) 장군을 찾아가서 설명하고 협력을 부탁했소."

"그래서 그분들이 뭐라고 했소?"

"모두 주저하며 협조하기를 꺼려했소. 그래서 내가 임금에 대한 충성과 나라를 위한 대의를 내걸고 강력한 어조로 협력을 부탁했소."

"결국 그들이 그대의 요청에 응한 것이군."

"……"

"알겠소. 문하성 쪽의 우승경과 추밀원 쪽의 사홍적, 군부 쪽의 왕익을 동원했구료."

"동원은 무슨 동원인가? 내가 부탁해서 간신히 허락을 얻어낸 것뿐이오."

"아무래도 좋소. 참으로 역할 분남이 잘 됐소이다. 그래, 그들이 각자 어떤 일을 맡았소이까?"

"자명한 일을 가지고 뭘 자꾸 묻소. 정방보 상장군은 아주 명민한 무인으로 알고 있는데, 일을 왜 이리 번거롭게 하시오?"

"알았소이다. 정치적인 쪽은 우승경 참정과 사홍적 추밀이 맡고, 군사 동원은 왕익 장군이 맡았겠구료."

왕준명은 당연한 것을 가지고 뭘 그런 것까지 묻느냐는 표정만 지을 뿐, 그 이상 대답하지 않았다.

"임금에게 인제 최 시중 살해 정변의 허락을 받았소이까?"

"여보시오, 정방보 상장군. 알고 보니, 그대는 내가 알고 있던 그런 대범한 장수가 아니구료!"

"임금의 사전 허락 없이 어떻게 궁중에서 살인극을 벌인단 말이오. 임금이 국정보고를 듣다 말고, 왜 자리를 피해 안으로 들어갔겠소? 대답해 보시오."

"여보시오. 그래, 내가 이런 일을 가지고 임금과 상의할 사람이오? 그대는 내가 그렇게 임금을 곤혹스럽게 할 불충한 신하로 알고 있소? 참으로 답답하오, 그대는."

"좋소이다. 말하려 하지 않으니, 더는 묻지 않겠소, 그러면 왕 낭중은 왜 최충헌 시중을 살해하려 했소?"

"몰라서 묻는가?"

"짐작은 하지만, 그대의 생각을 들어보자는 것이오."

"그렇다면 말하리다."

왕준명은 잠시 마음을 가다듬고 있다가 입을 열었다.

"세상이 다 아는 바이지만 최충헌의 죄가 너무 크오. 첫째, 임금을 함부로 폐립한 대역죄(大逆罪)요. 어떻게 신하가 임금을 마음대로 폐하고, 제 맘대로 후계왕을 정해서 앉히고 말고 하는가? 이것이 대역죄가 아니고 무엇인가!"

정방보가 언성을 높였다.

"그대는 용서받지 못할 짓거리를 마구 벌이고 있구나."

"둘째, 최충헌은 임금을 무시하고 권력을 독점해서 남용한 반신죄(叛臣罪)요. 임금을 받들고 나라를 아끼는 자라면, 어떻게 이런 최충헌 같은 자를 그냥 내버려 둘 수가 있겠는가."

"그래서 임금을 받들고 나라를 아끼는 그대가 최 시중을 살해하려 했단 말이군."

"그렇소."

"그대는 정말 죽기를 자청하는가?"

"죽기를 두려워했다면, 그런 일을 했겠는가?"

"알겠소. 셋째도 있는가?"

"있소. 셋째는 살인죄(殺人罪)요. 최충헌은 너무나 많은 사람을 죽였소. 죄 없고 자기 집권에 반대하지도 않는 고위 무인과 문신들까지도 함부로 잡아다 죽였소. 그는 나라의 인재를 제멋대로 도살한 살인마요. 그런 사람이 어떻게 나라의 시중이 될 수가 있겠는가!"

"시중은 자기가 하는 것인가. 최 시중은 임금이 명해서 시중의 자리에 오른 것이오. 임금은 최 시중에게 더 높은 작위와 더 많은 관직을 내렸지만, 최 시중은 오히려 그것들을 사양했소. 그대도 이것은 알지 않는가?"

"폐하께서 최충헌에게 높은 작위와 관직을 내리고 싶어서 내리셨겠는가? 최충헌의 위협에 못 이겨 그리 하신 것이지. 그것은 내시부 낭중인 내가 다 알고 있소."

"최 시중이 언제 작위와 벼슬을 내놓으라고 임금을 위협했단 말인가."

"유치한 심문이다. 대답하지 않겠다. 최충헌 죄의 넷째는 대도죄(大盜罪)다. 최충헌은 백성의 재산을 수없이 강탈한 도적이다. 그 많은 창고에 가득한 금은보화는 바로 그가 나라의 큰 도적이라는 명백한 증거요 장물이다."

"듣기 싫다!"

"최충헌의 죄는 또 있다. 계속 듣겠는가?"

"그만 두라. 궤변은 더 이상 듣지 않겠다."

"이 졸장부 정방보. 그대에게 정말 실망했다."

"이제라도 잘못을 빌고 용서를 청할 생각이 있는가?"

"없다. 저 한강을 보시오. 한강은 그 지류가 아무리 많고 복잡해도 결국은 한 방향, 황해바다를 향해서 흘러가고 있다. 이 임진강을 보시오. 임진강은 아무리 굽이굽이 곡절이 많아도 결국은 한 방향, 서쪽으로 흘러가고 있다. 나는 희종 폐하의 신하다. 이미 임금을 위해 이 몸을 바치기로 한 몸, 어찌 폐하를 향한 일편단심(一片丹心)을 바꿔 그대들의 무리에게 목숨을 구걸하겠는가!"

그렇게 당당하게 말하는 왕준명은 차분하고 단호했다. 그러나 정방보의 얼굴은 벌겋게 달아올라 있었다.

정방보가 말했다.

"왕준명의 심문은 끝났다. 이 자를 밖으로 끌어내어 감옥에서 벌을 기다리게 하라!"

왕준명을 심문함으로써 궁정 쿠데타 계획과 그 주모자 및 그들의 역할에 대한 전모가 드러났다.

정방보는 다시 나머지 사람들을 모두 잡아들였다. 곧 우승경과 사홍적이 잡혀 와서 심문을 받았다. 전모가 드러났기 때문에 그들의 심문은 간단히 끝났다. 다만 처벌의 절차상 벌이는 심문일 뿐이었다.

심문 결과 드러난 왕준명의 궁중정변 계획의 전모를 요약하면 이렇다.

왕준명은 최충헌을 궁궐 안에서 살해할 책임을 맡았다. 그가 최충헌을 살해하면, 궁궐 밖에서는 왕익이 6위의 군사를 동원해서 궁궐을 수비하면서 금군을 풀어 최충헌의 당여(黨與)를 모조리 색출하여 처단키로 했다.

최충헌 일당을 처단한 다음에는, 우승경과 사홍적이 백관들과 함께 희종이 있는 수창궁의 대전으로 가서 무인들에 빼앗긴 왕권을 임금에게 돌려준다는 계획이었다.

왕준명의 정변 기도는 곧 왕정복고를 위한 궐기였다.

최충헌은 주모자 왕준명과 그의 아우 왕경의(王景儀, 정언), 우승경·사홍적·왕익 등 관련자와 그 가족들을 멀리 귀양보냈다. 그중 한 명도 목을 베지 않고, 외지로 유배하는데 그쳤다. 이것은 과거와는 전혀 다른 너그러운 처리였다.

관련자들이 귀양을 떠날 때, 그들의 친지나 친척들 중에는 유배자를 전송하는 사람이 없었다. 가족 몇 명이 전송했을 뿐이다. 최충헌의 보복이 두려웠기 때문이다.

그러나 단 한 사람, 왕경의를 배웅하는 사람이 있었다. 이유성(李維城, 장군. 산기상시[15])이었다.

이유성은 성문 밖에까지 나가서 친구인 왕경의를 전송했다.

"고생이 많겠소. 그러나 희망을 포기하지 말고, 책이나 읽으면서 마음 편안히 견뎌보시오."

"고맙소이다, 이 장군. 관직과 권력이란 이렇게 무상한 것이 아니겠소? 그대의 우정과 충언을 감사하게 생각하며 마음에 고이 간직하겠소이다."

이유성은 왕경의의 손을 잡아 흔들어 준 뒤, 작은 주머니 하나를 건네 주면서 말했다.

"나의 작은 정성이오. 이걸 노자로 보태어 압송하는 아전에게 쥐어주시오. 그러면 그들의 능멸하고 핍박하는 태도가 누그러질 것이오."

은자 30냥이었다. 왕경의는 감격하여 눈물을 쏟아내면서 말했다.

"고맙소이다. 그러나 이렇게 험한 세상에, 그대가 이렇게 해도 되겠는 가. 부디 몸조심하시오."

"멀리 가는 친구를 전송함은 인사(人事) 중에서도 중요한 인사요. 인사 란 사람(人)이 해야 할 일(事)이니, 하지 않으면 안 되지요. 내 그대와 함께 책을 읽으면서 자라 이미 이 나이가 되었는데, 남의 눈치가 무서워 사림 으로서 지켜야 할 일을 어찌 피하겠소이까."

"고맙소. 정말 고맙소이다."

왕경의는 눈물을 흘리면서 고맙다는 말만 되풀이할 뿐이었다.

이 얘기는 곧 세상에 널리 퍼져나갔다. 사람들은 용기 있고 우정 어린 이유성의 태도를 아름답게 여겨 칭찬했다.

이유성은 대장군 이간(李幹)의 아들로서, 무슨 일을 맡으면 강직하고 과감했다.

---

15) 산기상시(散騎常侍); 임금을 가까이서 보좌하는 관직. 중서문하성의 정3품 벼슬이다.

경주에서 이비(李備)와 패좌(孛佐)의 반란이 일어났을 때, 이유성은 관군의 병마부사로 출정했다. 그는 기계현(杞溪縣, 경북 영일군 기계면)에서 반군 1천여 명을 살해하고 2백 50명을 생포해서 반군인 '정국병마군(靖國兵馬軍)'의 토벌에 공이 컸던 장수다.

정변미수 관련자들을 유배한 뒤 최충헌은 이유성을 서경(西京, 지금의 평양) 부유수로 내보냈다. 물론 좌천이다. 이유성은 서경에 부임해서는 주가에 출입하며 술과 기녀로 세월을 보내다가, 왕경의와 헤어진 지 4년 후인 1215년 그곳에서 사망했다.

임금을 유배하고 왕숙을 옹립하다

정변이 실패하고 왕준명을 비롯한 관련자들이 검거됐다는 보고를 받고 희종은 통탄했다.

"어찌 이럴 수가. 그물에 들어온 고기를 놓치다니? 하늘이 날 버리지 않고서야, 어떻게 궁궐에 들어와 있는 최충헌을 놓칠 수가 있단 말인가."

그 후로 희종은 밥맛을 잃고 굶으면서 잠도 제대로 자지 못하고 있었다.

최충헌은 주모자들에게는 비교적 관대한 처분을 내렸지만, 희종에 대해서는 단호했다.

임금이 감히 내게 그럴 수가 있는가.

최충헌은 희종을 용서치 않으리라고 작심하고 있었다.

심문 과정에서 희종이 왕준명의 정변 기도에 관련됐다는 자백이나 증거는 잡지 못했다. 그러나 최충헌은 처음부터 주동자는 왕준명이고, 배후의 중심은 바로 희종이라고 생각했다.

이번 일은 바로 궁중에서 일어나지 않았는가. 임금이 동의하지 않고는 궁궐 안에서 이런 사건은 일어날 수 없다. 임금이 사전에 알고, 그리 하도록 지시한 것이다. 틀림없어.

최충헌은 단호하게 말했다.

"나는 자기 부자를 임금으로 즉위시켜 준 은인이다. 선대왕 신종 임금 이래 지금껏 자기네 부자를 그렇게 잘 보호해 주었거늘, 감히 나를 없애 려 하다니? 세상에 이런 배은망덕(背恩忘德)한 일이 어디 있어! 조용히 있 는 나의 역린을 임금이 건드린 것이야. 내 참으려 해도 도저히 참을 수가 없다. 절대로 그냥 두지 않을 것이야!"

역린(逆鱗)이란 다른 비늘과는 반대 방향으로 거슬러서 용의 턱밑에 붙 어있는 비늘이다. 이것을 건드리면 점잖던 용이 분노하여 일어나 요동을 치면서 건드린 자를 죽인다고 한다.

역린은 용에게만 있다. 용은 곧 임금이다. 그래서 임금의 얼굴을 용안 이라 하고, 임금의 자리를 용좌라고 한다. 역린은 바로 '임금의 분노'를 의미한다. 헌데, 최충헌은 자기를 용에 비유하고 임금이 자기의 역린을 건드렸다고 분개했다.

더구나 부왕이 사망하면 태자가 승계하는 것이 당연한 일인데도, 희종 이 보위에 오른 것은 자기가 준 크나큰 시혜라고 최충헌은 말하고 있었다.

최충헌은 결국 칼을 뽑았다. 자기를 배반하면 칼을 쓴다는 그의 원칙에 따라, 최충헌은 그해 희종 7년(1211) 12월 25일 희종을 폐위하여 궁궐에서 끌어내 강화도로 귀양 보냈다.

희종이 왕위에 오른 지 7년 11개월 됐을 때의 일이었다. 당시 희종은 만 30세였다.

왕위에서 축출되어 강화도로 유배된 희종에게는 아들 다섯이 있었다.

최충헌은 희종의 장자인 태자 왕지(王祉)를 인주(仁州, 인천)로, 2자인 시령후(始寧侯) 왕위(王禕)를 서해의 백령도로 유배했다. 신종의 2자이고 희종의 동생인 덕양후(德陽侯) 왕서(王恕)를 강화의 교동으로 각각 추방했 다. 희종의 셋째 아들인 경원군 왕조(王祚)와 나머지 왕자들은 어려서 화 를 면했다.

희종을 몰아낸 최충헌은 자기 맏아들 최우(崔瑀)와 평장사 임유(任濡)를 명종의 장자인 폐태자 왕숙(王璹)의 집으로 보냈다. 최우와 임유는 왕숙에게 가서 큰절부터 했다.

최우가 말했다.

"감축드립니다, 폐하. 폐하께서 곧 보위에 오르시도록 받들어 모시고 오라는 최충헌 시중의 명령을 받고 왔습니다."

"음."

"즉위식 준비는 모두 되어 있습니다. 밖에 어가가 대령하고 있으니, 빨리 거둥하십시오, 폐하."

왕숙은 아들 왕진과 함께 그들의 시위를 받으며 어가에 올라 궁궐로 갔다. 마차에 흔들리면서 궁궐로 들어가는 왕숙의 머리와 가슴에는 천상만감이 교차되고 있었다.

그는 15년 전에 궁궐에서 쫓아나 강화도로 유배됐던 일, 거기서 다음 왕위를 기대하면서 왕진에게 제왕학을 가르치면서 인고의 세월을 보냈던 일이 하나하나 스쳐갔다.

그때 자기 일족을 왕궁에서 몰아낸 그 최충헌이 지금은 그 일족을 다시 입궁시키고 있다.

왕숙은 희종의 왕위를 이어받아 수창궁 강안전(康安殿)에서 즉위식을 올렸다. 그가 제22대 강종(康宗)이다. 이것은 최충헌의 두 번째 왕위 폐립이자, 무인정권으로서는 의종·명종에 이어 세 번째 폐립이다.

새 임금 왕숙은 폐주가 된 희종의 사촌형이고, 명종의 원자였다. 그는 1197년 9월 명종이 최충헌에 의해 폐위될 때 함께 폐출되어, 부인과 함께 비를 맞으며 다섯 살 짜리 어린 아들 왕진을 데리고 궁궐을 걸어 나와서 역마에 실려 강화로 갔던 노(老) 태자, 그 사람이다.

왕숙이 유배됐다가 13년 만에 풀려 다시 개경으로 돌아온 것은 그가 왕이 되기 바로 전해인 희종 6년(1210) 12월이었다.

천하의 강권자 최충헌의 장인이 된 폐태자 왕숙은 이듬해 한남공(漢南公)으로 봉해진 뒤, 이름을 왕정(王貞)으로 바꾸고 한가한 세월을 보내나가 등극했다. 그때 강종의 나이는 만 59세로, 회갑을 1년 남짓 남겨놓고 있었다.

고려에서는 임금이 바뀌면, 상국인 금나라 황제에게 보고하고 그의 책봉을 받아왔다. 금은 상국이었으나 속방의 내정에는 간섭하지 않는 입장이었다. 따라서 고려에서 신왕의 책봉을 신청하면, 그대로 승인하는 것이 관례였다.

강종이 즉위하자, 최충헌이 조정회의를 열고 말했다.

"대륙정세가 풍운에 젖어, 지금 중원에서는 금나라의 몽골이 격전을 벌이고 있소. 침공을 당한 금은 연패를 거듭하여 위기에 처해 있소. 이런 판국에 새 임금의 즉위를 과거처럼 금나라에 알려 책봉을 받을 필요가 있을까."

최충헌은 금나라에 알리지 않아도 될 것이라고 생각하고 있었다. 그러나 추밀원사로 있는 상장군 최련(崔璉)이 말했다.

"전례로 볼 때 금나라는 우리가 자기네를 상국으로 받든다는 예만 갖추면, 정변에 의한 정권교체나 새로 즉위한 임금에 대해서 전혀 간섭하지 않는다는 입장입니다. 경인년의 명종이나 장군이 즉위시킨 신종에 대해서 금나라가 결국 책봉해 준 것이 그 예입니다."

"금나라가 고려의 정변을 몰라서, 우리 쪽에서 보낸 표문(表文)을 그대로 믿을 수밖에 없었기 때문이 아닌가?"

"책봉을 요구하러 갔던 우리 사절들의 말을 종합해 보면, 금나라 황제들은 확실한 증거는 없었어도 어떤 변칙에 의해 임금이 바뀐 것으로 믿고 처음에는 책봉하지 않으려 했습니다. 그러나 우리가 병을 이유로 들어 계속 책봉해 줄 것을 요구하자, 무인정권이라 해도 번국으로서의 자세를 인정하고 금나라를 받들 것이라고 여겨 묵인해 준 것이 틀림없습니다"

"그럴 수도 있겠다. 그렇다면 이번에도 신왕의 책봉을 금나라에 요구키로 합시다."

최충헌은 강종 원년(1212) 2월 이의(李儀, 中書史人, 주서문하서의 종4품)에게 강종의 이름으로 된 표문을 주어 금나라 황제 위소(衛紹)에 보내, 임금이 바뀌었음을 알렸다.[16]

그때 금나라는 몽골의 침공을 받아 황하 이북의 영토 대부분을 몽골군에 점령당하고 있었다. 따라서 금나라는 국가존망의 위기를 맞고 있어서 고려의 내정에 신경 쓸 겨를이 없었다.

금나라 숭경(崇慶) 황제 위소는 강종의 표문을 받고 조정에서 말했다.

"고려에 또 정변이 일어난 모양이다. 무인출신 권신이 임금을 임명한 모양인데, 짐이 신왕을 고려왕으로 책봉해야 하겠는가?"

신하들이 말했다.

"고려는 우리의 번방이자 믿을 만한 우방입니다. 중원 정세가 이런 판국에 고려의 내정에 간여할 필요가 없습니다."

"그렇습니다. 폐하에 대한 고려의 임금 책봉 요청은 오히려 다행한 일입니다. 폐하께서 고려의 새 임금을 책봉하면 오히려 우리 황실의 권위가 유지되고, 과거처럼 우리를 받들며 협조할 것입니다. 앞으로 고려의 도움이 있으면 몽골을 막는데도 도움이 됩니다, 폐하."

"알겠다."

그래서 금나라 위소는 강종의 표문을 받고, 그해 7월 대리경(代理卿) 완안유기(完顔惟基)를 고려에 보내왔다.

완안유기는 개경에 도착한 다음 날 서문으로 궁에 들어가 강종에게 금나라 숭경 황제의 표문과 선물을 전했다.

---

16) 강종의 표문;

　　삼가 보건대, 국왕이 일찍이 선업을 이어받아 외번(外藩)을 조심스럽게 지켰는데, 갑자기 병에 걸려 오랫동안 낫지 않고 점점 몸이 몹시 쇠약해져서 치료해도 효험이 없었습니다. 이렇게 되자 임금은 번거로운 정무에서 벗어나 여명을 보전하기를 바라고 있습니다. 신은 친족으로 왕의 종형이기에 도리로 보아 집안을 계승하는 것이 합당하여 나라의 정무를 임시로 맡게 되었습니다. 생각해보면 백성에게는 하루라도 임금이 없어서는 안 되며, 종묘사직은 시기가 지나 제사를 폐지할 수 없으므로 맡게 되었으니, 깊이 들어주신다면 더욱 큰 은혜를 입게 될 것입니다.

당시 몽골 침공으로 국가 붕멸의 위기에 처해 있던 금나라 위소는 강종을 책봉하여 고려국왕으로 삼는다고 전하고, 임금이 쓸 마차와 의복·말안장·비단·금인(金印) 등의 물품을 선사했다.

정변에 의한 폐립 치고, 강종에 대한 금나라의 즉위 승인은 쉽게 나왔다. 이것은 고려 임금에 대한 금나라 황제의 마지막 책봉이었다.[17]

그러나 환갑이 다 되어 즉위한 강종은 왕위에 앉은 지 1년을 넘기고는 시름시름 앓기 시작했다. 병이 심해져 더 이상 버티기 어렵다고 판단한 강종은 왕 2년(1213) 8월 임금의 자리를 왕진에게 넘겨준다는 양위조서를 내렸다.[18]

그날 저녁때 크기가 해만한 별이 서북쪽 하늘에 나타났다가 곧 땅으로 떨어졌다. 얼마 후 밤 아홉 시가 좀 넘어서 강종은 숨을 거두었다. 재위 1년 8개월, 향년 62세였다.[19]

고려 임금 중에서 강종보다도 재임 기간이 더 짧은 왕이 3명 있었다. 제12대 순종은 재위가 3개월로서 고려 임금 중에서 최단명이고, 14대 헌종과 33대 창왕은 다같이 17개월이다. 그 다음의 단명이 강종이다.

고종 즉위가 끝나자 최충헌이 말했다.

"이번 신왕 즉위는 부왕의 사망에 의한 세자의 당연한 등극이다. 금나라가 위태하고 몽골[20]의 지위가 확실하지 않은 지금, 신왕의 책봉을 상국

---

17) 강종의 책봉 이후 고려가 중원의 지배국가인 상국으로부터 임금 책봉을 받은 것은 97년 뒤인 추서왕 2년(1310) 7월에 고종·원종·충렬왕 등 세 임금에 대한 원(몽골)의 추증을 빈은 것이 처음이었다. 원나라의 간섭기에 이뤄진 이 책봉은 충선왕의 건의에 따라 취해졌다.

18) 강종의 양위 조서;
짐이 불초한 자질로 외람되이 대보(大寶, 왕위)를 이어받아 이제 수년이 되었는데, 덕은 얇은 데다 책임은 막중하므로 병이 차츰 심해져 위태롭게 되었다. 천위(天位)는 잠시도 비워둘 수 없거니와, 태자 왕진의 덕은 위로 하늘에 알려지기에 충분하고 총명은 아래로 백성들을 다스리기에 넉넉하므로 곧 왕위에 오르도록 명하노니, 너희들 모든 백관은 각자 자기의 일에 충실하면서 사왕(嗣王)의 명을 따르도록 하라. 그리고 산릉(山陵)의 제도는 검약을 힘써 따르고 '역월의 복제'(易月之服)를 써서 3일 만에 상복을 벗게 하라.

19) 강종의 양위조서에 따라 태자 왕진이 왕위에 올랐다. 그가 고려 제23대 임금 고종(高宗)이다. 고종은 서슬 퍼런 무인정권의 항몽 강경파에 얹혀서 끊임없이 침공해 온 몽골과 싸워나가야 했던 파란 많은 임금이다.

에 요구할 필요는 없다."

고려는 과거와는 달리 임금의 교체에 대해 상국에 보고하거나 신왕의 책봉을 요구하지 않았다. 이래서 고종은 고려 자신의 임금이 됐다.

왕진이 임금이 됨으로써, 그는 부왕 강종의 오랜 꿈을 풀어주었다. 고종은 강종이 못다 한 재위 기간까지 누린 것인가. 고종의 재위는 45년 10개월로서, 고려의 국왕으로서는 최장수 임금이다.

태풍이 한 차례 지나간 뒤, 왕위에서 축출된 희종의 부인 성평왕후(成平王后) 임(任)씨가 남아있는 두 아들을 불렀다.

"부왕(父王) 폐하는 저리 됐지만, 우리는 살아남아야 한다. 너희는 바로 출가해서 승려가 되거라."

두 아들은 서로 얼굴만 쳐다보았다.

"너희가 목숨을 구하려면 그 길밖에 없다. 출가 준비를 해 놓았으니, 내일 당장 이 도성을 떠나 산사로 들어가 있어라."

이래서 추방을 면한 희종의 4남과 5남은 곧바로 출가하여 승려가 됐다.

유력 가문의 자제들이 권력으로부터 생명의 위협을 느낄 때는 권력에 도전할 의지가 없음을 입증해 줄 필요가 있다. 그럴 때는 출가하여 승려가 되는 것이 가장 좋은 방법이다. 희종의 어린 자제들도 그런 길을 택했다.

---

20) 몽골의 명칭; 기록상 맨 처음 나타난 것은 945년에 나온 '구당서' (舊唐書)에 나온 '몽올' (蒙兀)이다. 그후 중국의 각 왕조에 따라 북적의 하나로 '몽와' (蒙瓦) '달단' (韃靼) '몽고' (蒙古) 등으로 쓰여져 현재까지 이어져 왔다. 이런 다양한 표현은 몽골 자신이 자기네 명칭에 대해 항구적으로 쓰여질 이름을 정하지 않은 데다, 몽골에 문자가 없어서 중국 기록에 의존한 결과다. 근래까지 몽고로 일반화됐으나, 최근 몽골측이 "중국의 표현은 몽골을 비하시킨 천한 명칭" 이라며, 몽골인 원래의 발음대로 '몽골 (Mongol)로 써줄 것은 요구하여 그대로 통용되고 있다.

국명과 지명이 다르다는 점에서는 우리 나라도 비슷하다. 우리는 일찍부터 문자를 사용해 왔으나, 우리 자신이 고유 지명을 정해놓지 않았기 때문에, 각 시대의 왕조 이름에 따라 지명이 바뀌어 왔다. 기본적으로는 '조선' (朝鮮) '고려' (高麗) '한' (韓) 중에서 어느 하나로 결정되어 일률적으로 통용될 수 있도록 해야 한다. 일본의 '일본' 이나 미국의 '아메리카', 독일의 '게르만', 불란서의 '프랑스' 등은 일찍부터 지명이 고정되어 혼란 없이 쓰이고 있다.

이리하여 고려 21대 임금이었던 희종 일가의 남자들은 모두 풍비박산
(風飛雹散)하여 서로 흩어져 하루아침에 이산가족이 됐다.

폐왕 희종은 승천부에서 배에 실려 좁다란 해협을 건너 강화 땅에 떨어
졌다. 유배처로 지정된 곳은 강화성 안의 꽤나 널찍하고 잘 지은 저택이
었다. 이 집은 1년 전까지도 희종의 4촌 형인 왕숙과 그 아들 왕진이 유배
되어 머물던 곳이었다.

희종에 대한 사평(史評)

이때에 최충헌이 국권을 잡은 지 이미 여러 해가 되었다. 그는 자기 일당을 곳곳에
널리 심어 위복을 마음대로 부렸으니, 희종이 아무리 일을 해보려고 한들 어떻게
할 수 있었겠는가.

희종이 해야 할 계책은 마땅히 스스로 처신을 바르게 하며 어질고 능력 있는 이를
등용하는 것이었다. 그리 했으면 왕실이 저절로 강성해져서, 비록 발호하는 신하
가 있다 해도 그 흉악을 부릴 길이 없었을 것이다. 그런데 희종은 이것을 모르고
경박한 꾀를 듣고 써서 일시의 분함을 풀려고 했다가 실패하여 마침내 축출됐으
니, 슬프도다.   ─ 동국통감

제 2 장

동북아의 혼란

고려 사신의 피살

금나라 정벌에 나선 몽골군의 좌군인 동로군은 코디아랄(Codee-aral, 울란바타르의 동남쪽)을 떠나 동쪽으로 우회하여 내몽골 둘룬(多倫, Duolun)을 향해 남쪽으로 갔는데 그 일부가 분견대로 편성되어 만주로 들어갔다. 중국 동북지역 탐색임무를 띠고 있는 그 분견대는 압록강 근처까지 내려와서 살상과 약탈을 벌였다.

그 무렵인 고려의 희종(熙宗) 7년(1211) 5월. 칭기스(Chinggis, 成吉思)의 몽골군이 만리장성을 넘어 한창 금나라를 공격하고 있을 때였다. 금나라는 고관인 완안유부(完顔惟孚)를 고려에 보내 희종의 생일을 축하하고 선물을 전해 주었다.

완안유부가 돌아간 뒤 희종은 그 답례로 김양기(金良器, 장군)를 금나라로 보내 사례토록 했다. 김양기는 그 달에 사절 9명을 데리고 개경을 떠났다. 김양기 일행이 압록강을 건너 통저우(通州)에 이르렀을 때였다. 낯선 복장을 한 한무리의 군사가 나타나서 길을 막아섰다.

그들의 대장이 물었다.

"그대들은 누구인가?"

말소리도 아주 낯설었다. 중국어로 통역해 주는 것을 듣고서야 그 말뜻을 알 수 있었다.

김양기가 통역에게 물었다.

"당신에게 묻겠소. 이 사람들은 군인 같은데, 도대체 어느 나라 군대요?"

그러나 통역은 대답은 하지 않고, 낯선 무리의 대장에게 김양기의 말을 통역해 주었다. 그러자 그쪽 사람들이 화를 내며 말했다.

"아니, 이 자들이! 묻는 말에 대답은 하지 않고, 우리의 정체를 알려고 해? 죽기 싫으면 빨리 대답하라! 너희들은 어디서 오는 누구냐?"

"우리는 고려의 사신들이오. 금나라에 가는 길이오."

"그렇다면 금나라의 졸개들이구나."

"졸개라니? 나는 고려의 장수요. 우리 임금의 명을 받고, 금나라 황제에게 가는 길이오."

"그러니까 금나라의 졸개들이지. 이 자들을 처단하라!"

그의 군사들이 칼과 창을 휘둘렀다. 아무런 전투태세가 되어 있지 않은 김양기 일행은 저항할 새도 없이 당했다. 그래서 고려의 사신단 일행 10명은 만주 땅에서 누구인지도 모르는 정체불명의 괴한들에게 전원이 피살됐다. 그러나 고려에서는 이런 사실조차 모르고 있었다.

얼마 뒤 금나라에서 김양기 일행이 유골을 거두어 안북(安北, 평남 안주)의 북계 도호부로 보내왔다. 금나라 사절의 설명을 듣고, 고려의 북계 병마사 독고정(獨孤靖, 대장군)이 물었다.

"고맙소. 헌데, 그 살인범들은 도대체 어떤 자들이오?"

"몽골놈들입니다."

"몽골놈?"

"달단(韃靼)의 군대들이지요. 요즘은 몽골부족이 힘을 얻어서 달단의 전 부족을 통일한 뒤로 달단의 이름이 몽골로 바뀌었습니다. 놈들이 지금 세력을 펴서 우리 금나라를 침공해 왔습니다. 그래서 우리는 온 나라가 몽골과의 전쟁에 여념이 없습니다."

"오, 그래요?"

금나라 사절은 몽골에 대해 설명했다.

몽골의 북쪽은 얼어붙은 거대한 삼림지방이고, 남쪽은 넓은 고비사막, 동쪽은 험준한 흥안령 산맥이 있다. 그런 환경 때문에 외부 세력이 몽골지방에 들어가기 어려웠다. 소수의 몽골인들은 척박한 지역에 살면서도 그 덕택으로 보호될 수 있었다.

그러나 그들의 목초지는 흥안령에서 저 먼 서양까지 펼쳐져 있는 넓고 긴 범위이다. 그곳이 비로 북방 유목민족들의 영역이다. 게다가 기후도 험하여, 여름에는 데워놓은 목욕물처럼 덥고, 10월이면 강물이 모두 얼어붙기 시작해서 겨울이면 눈이 내려도 녹지 않고 쌓이기만 하여 봄이 될 때까지 천지가 하얗다. 그래서 중국에서는 몽골은 사람이 살기 어려운 곳으로 여겨왔다.[21]

독고청이 그의 설명을 듣고 말했다.

"허니, 그들은 사납고 거칠지 않을 수가 없겠군요."

"그렇습니다. 사람이라기보다는 굶은 이리떼 같은 야수들입니다."

"사람의 목숨에 전혀 가치를 두지 않고 있으니, 야수나 다름없지요."

"우리가 고려 사신들을 잘 보호했어야 하는데, 몽골 때문에 워낙 나라 안이 소란해서 그만 일이 이렇게 되고 말았습니다. 정말 죄송하게 됐습니다."

"나라가 전쟁에 휩싸여 있다면 할 수 없는 일이지요. 헌데, 그렇다는 얘기는 들어왔소만, 몽골은 참으로 무도한 놈들이군요. 일국의 사신을 그렇게 함부로 살해하다니. 몽골은 더불어 상종할 상대가 못되는군요."

"그렇습니다. 야만의 오랑캐들이지요."

중국인들은 몽골이나 흉노는 모두 만리장성 이북에 사는 북적(北狄)이라 했다. 그들은 아직 수렵과 유목을 주업으로 하는 단계였다. 원래 장성

---

21) 몽골의 기온; 여름에는 섭씨로 영상 40도, 겨울엔 영하 40도다.

의 남방에서는 농경민인 한민족이나 여진인들이 일정 지역에 정주(定住)하면서 왕조를 이루어 발전시켜 왔지만, 장성 이북에서는 유목민족들이 나라를 세워 저희들끼리 패권 다툼을 벌여왔다. 그들은 성곽을 쌓고 거기에 들어가 정주하여 사는 것이 아니라, 풀을 따라 이동하며 살고 있다.[22] 목초가 있는 곳이 그들의 마을이었다.

"나도 말을 듣고 중국쪽 책도 읽었지만, 막북(漠北)이라는 말이 자주 나오던데, 그게 바로 유목민족들의 지역이군요."

"그렇습니다. 몽골 땅이 큰 사막인 '고비사막의 북쪽'이라 해서 막북이라 하지요. 거기엔 문명이라는 것이 없었습니다."

만리장성 이남에는 농경문화가 꽃을 피웠지만, 장성 이북에서는 유목 생활이 있을 뿐이었다. 그래서 장성을 경계로 해서 남의 농경민과 북의 유목민이 대결과 투쟁을 벌여 온 것이 바로 중국의 역사였다. 만리장성은 이런 유목민의 침입을 막기 위한 방벽으로 세워졌다.

"나도 그렇게 들어왔습니다. 헌데, 막북에 문화나 문명이 전혀 없다고 할 수 있겠습니까. 여진이나 우리 고려도 원래는 유목민으로 말을 타고 살아온 기마민족이었으나, 점차 농경으로 바뀌었습니다. 따라서 우리 사

---

22) 이동민(移動民)들은 주거를 옮기면서 자기들이 살던 지명을 그대로 가지고 간 예가 역사상 많다. 훈족(흉노족)은 중국 서북쪽에 있다가 서아시아를 거쳐 유럽에 들어가 헝가리 지역에 자리 잡았다. 지금의 헝가리(Hungary)는 바로 훈족(Huns)에서 나온 것이라 한다. 몽골에서는 이렇게 시닝·쿵오·부족명이 일치돼 왔다. 그 세 명칭의 혼용이라고도 할 수 있다. 이것은 수시로 이동하는 사람들과 그 후손들의 관행이기도 하다.

우리나라의 경우 제물(濟物)이라는 곳은 원래는 인천 남쪽의 남양(南陽)이었다. 그러나 그곳에 있던 제물진이라는 수군부대가 인천으로 이동하면서 인천이 제물포로 불렸다. 인천의 제물진이 다시 강화도 갑곶(甲串)으로 이동할 때도 그 이름을 그대로 가져와 갑곶이 제물진이 됐었다. 그러나 인천 사람들은 제물진이 이전한 뒤에도 인천을 제물포라 했고, 강화인들은 제물진이 있었던 지역을 제물이라고 부르지 않고 계속 갑곶으로 불러, 강화에서는 제물이 지명으로 정착되지 않았다.

조선시대의 연암 박지원 등 우리나라 학자들이 평양(平壤)이 원래 지금의 만주 요동지방의 요양(遼陽, 심양의 서남쪽)이라고 주장하는 것도 마찬가지 이치다. 요양 지방에 살던 우리 민족이 한반도로 이동하면서 평양이라는 이름의 지명을 함께 가져와 대동강 유역 일대에 정주할 때 그 지역 명칭을 평양이라고 붙여 오늘에 이르렀다. 우리 역사에 나오는 평양을 요동지방의 요양으로 비정하여 여기를 보는데서, '민족사학파'와 '실증사학파' 간에 논쟁이 되어있다.

회는 유목사회에서 농경사회로 바뀌고, 문화도 유목문명에서 농경문명으로 변한 것이지요."

"그렇지요. 막북이라 해서 문화가 전혀 없기야 하겠습니까. 유목문화도 문명이니까요. 막북은 우리 막남과는 전혀 다른 문명을 가지고 있어요. 그들은 자기네들이 문명사회이고, 자기네로부터 멀리 떨어져 사는 사람들을 야만인이라고 불러요."

중국인들은 막북의 이민족들을 북쪽의 오랑캐라고 해서 북적(北狄)이라 하지만, 몽골은 만리장성 이남의 중국 사람들을 만자(蠻子)라고 불렀다. 특히 남송은 금나라를 지나 더욱 먼 남쪽에 떨어져 있다고 해서, 남송 사람들을 남만(南蠻)이라 했다.

"그렇습니다. 그들도 자신들이 우월하다고 생각되겠지요."

유목문명에는 몇 가지 특징이 있다. 그들은 항상 움직이면서 문화를 쌓아 왔기 때문에, 이동성·간소성·투명성을 특징으로 하고 있다. 그들의 제도나 규칙은 항상 간명해서 누구나 알기 쉽고, 앞뒤와 안팎이 선명해서 착오가 없다. 문자가 없고 먹을 것이 모자라 항상 이동하며 살아왔기 때문에, 그들의 문화도 간소하고 투명할 수밖에 없었다. 물자가 부족해서 가난하고 힘들게 사는 사람들은 형식주의를 싫어하고, 현실을 직시해서 간단하고 쉽게 살아가는 독자적인 방법이나 문화가 있었다.

"옳은 말씀입니다. 그래서 저들의 문화에는 유적이나 흔적을 찾을 수 없습니다. 따라서 그들의 과거나 내용을 알기는 쉽지 않습니다."

독고정이 물었다.

"막북의 유목민들은 농사를 전혀 못 짓습니까?"

"그들은 아직 농사를 모르고 있습니다. 지을 수도 없고요. 국토의 대부분이 사막이 아니면 초원이라고 합니다. 궁발지지(窮髮之地)지요. 나무가 없기 때문에 물이 없습니다. 아니 물이 없어 나무가 못 자라는 것입니다."

옛 사람들의 우주관으로는 나무는 지구의 머리털이고 풀은 솜털이었다. 그래서 사막처럼 나무가 없는 땅을 '머리털이 없는 땅' 이라 해서 '궁발지지'라 했다. '털이 없는 땅'이라는 의미의 불모지(不毛地)도 같은 말이다.

몽골인들은 그렇게 북쪽 초원에서 살다가 세력이 강해지면 농사를 지어 살아가는 남쪽의 중국을 침공하고, 세력이 약하여 쫓기면 험악한 사막을 건너 다시 북의 초원으로 잠적해 버렸다.

"우리 중국에 대한 그들의 침공과 약탈은 자주 일어나고 있습니다. 그들의 침공은 유목생활하듯이 계절처럼 반복되고 있어요. 우리 땅에 쳐들어왔다가 도망한 몽골 놈들은 잡아 없앨 수가 없습니다. 길게 뻗은 산맥과 크고 넓은 사막이 그들을 지켜주는 자연의 요새지요. 이제 몽골의 세력이 다시 강해져서 남으로 내려온 것입니다."

"유목하며 가난하게 살아가는 족속이란 원래 그렇지요. 우리 고려인이나 여진인도 수천 년 전의 유목문명시대에는 그랬습니다. 그러나 우리는 유목에서 농경으로 전환하여 새로운 문명을 이룩했지만, 저 몽골 사람들은 아직도 유목단계에서 벗어나지 못하고 있는 것이지요."

"그들은 배가 고프면 짐승을 잡아먹거나 그 젖을 짜서 마시고, 추위가 오면 밤에는 짐승 가죽을 깔고 자고 낮에는 가죽으로 만든 털옷을 입고 다닙니다. 그뿐인가요? 심지어 가축의 분뇨까지도 말려서 땔감으로 쓰고 있어요. 그들은 말을 타고 사냥과 전쟁으로 나날을 보내고 있지요. 식량과 의복·연료는 물론이고, 전쟁과 사냥까지 말을 타고 하고 있으니, 말이 없으면 살 수 없는 족속입니다."

"전혀 개명이 안 된 사람들이군요."

"야만족(野蠻族)이어서 도덕으로 교화하는 것은 불가능합니다. 무력으로 토벌할 수도 없습니다. 말을 타고 정처 없이 떠돌아다니는 그놈들이 북쪽으로 도망해 버리면, 남쪽에서 농사하며 사는 우리 중국이 그들을 쫓아가 칠 수도 없습니다. 정해놓고 사는 곳이 없기 때문에 어디를 쳐야 할지, 그 공격목표도 분명치 않습니다."

"그럴 수밖에 없었군요. 말을 타고 멀리가서 머무는 곳이 비로 그들의 마을이라니까요."

"가축을 통해서 살아가는 몽골의 유목민들의 사회에는 오축(五畜)이 있습니다. 저들은 말과 소·낙타·양·염소를 오축으로 칩니다. 동물 중에서 특히 그 다섯 가지를 중시한다는 얘기지요. 오축의 수가 바로 저들의 빈부를 헤아리는 기준이 되어있습니다."

"그래요? 우리 고려에도 오축이란 말이 있습니다. 우리 오축에는 소와 양에 돼지·닭·개가 들어있는데, 우리와 많이 다르군요. 우리는 오축 중에서 소를 제일로 치는데, 몽골인들은 말을 제일 중요시하겠군요."

"그렇습니다. 그래서 저들은 군대 중에서 기군(騎軍)을 제일로 치고 있어요. 고려나 우리 금나라로서는 저들과는 싸움이 안 됩니다. 그래서 우리도 기병을 만들어 놓아야 합니다. 물론 우리나라에 지금도 기군이 있지만, 그 정도로는 안 됩니다."

농민들로 구성된 보군(步軍)을 위주로 하는 농경국가 군대가 전투 없이 하루 갈 수 있는 행군거리는 보통 사오 십리, 길어야 70리 정도다. 그러나 말 위에서 생활하는 몽골인들은 기병을 위주로 하기 때문에, 하루 2백 리를 행군할 수 있었다.

"이제 다시 태풍이 불겠군요?"

"이미 불어치고 있습니다. 달단이 태풍을 일으켰어요. 아직 고려에까지 미치지 못했을 뿐입니다. 그러나 곧 닥쳐올 것입니다. 우리에게는 이미 닥쳐와 저들은 황하 이북의 땅을 모두 점령했습니다. 수도인 중도(中都)도 언제 함락될지 모릅니다. 지금은 우리의 국가적 위기입니다."

달단(韃靼)은 원래 몽골 동남부(중국 북부)의 초원지대에 살던 타타르 (Tatar)를 한자로 옮기는 과정에서 유래된 명칭이다.

달단이라면 그 지역을 지배한 타타르 부족의 이름이면서, 그들의 영역을 부르는 지명으로도 통했다. 서구 사람들은 타타르 영역 이외의 막북 지역 사람과 땅도 모두 타타르라고 불렀다.

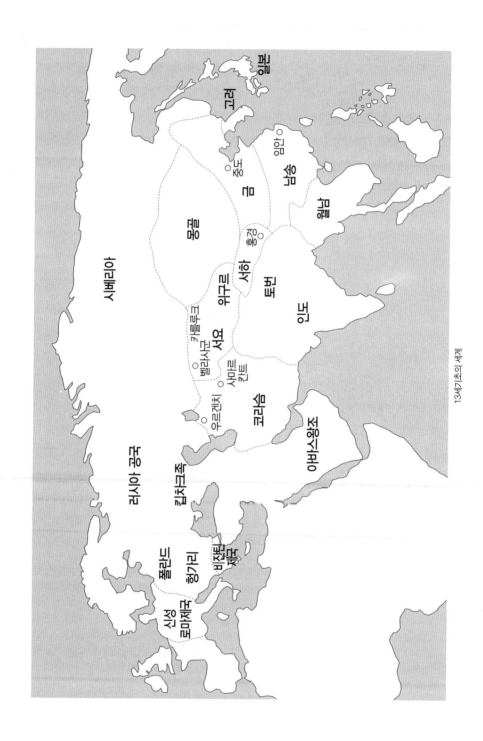

시베리아

러시아 공국

폴란드

신성
로마제국

헝가리

비잔틴
제국

킵차크족

우르겐치 ○

벨라사군 ○

카를루크

서요

몽골

위구르

서하

중도 ○

○옌안

금

○ 카이펑

남송

고려

일본

월남

토번

인도

사마르
칸트

호라즘

아바스왕조

13세기 초의 세계

몽골(Mongol, 蒙古)도 처음에는 초원 지역 일부를 지배한 부족의 이름에 불과했지만, 몽골부족이 흥성하여 타타르 부족을 누르고 막북 초원과 고원의 패권을 장악하면서, 과거 달단이라 불리던 종족과 지명이 이제는 몽골로 바뀌었다.

김양기 일행의 피살은 기록된 역사상 우리 민족과 몽골인의 최초의 접촉이었다. 두 민족의 관계는 이렇게 불행한 유혈의 참극으로 시작됐다.

따라서 몽골에 대한 고려인들의 인상은 처음부터 나빴다. 그것은 무지하고 야만스러우며 호전적이고 무자비하다는 인상이었다. 몽골인은 인명의 귀중함과 국가간의 예의를 모르는 야만족이라는 것이다.

고려는 그해 두 차례 더 금나라에 사신을 보냈으나, 모두 몽골군이 길을 막아 만주까지 갔다가 되돌아왔다.

이와 함께 몽골에서 일어난 검은 구름이 서북쪽에서부터 고려 땅으로 몰려오기 시작했다. 칭기스가 일으킨 돌풍으로 대륙정세는 급변하고 있었다. 다시 풍운의 시대가 오고 있었다.

거란족 옐루류게의 이탈

　몽골이 금나라의 황하 이북을 점령하고 중도가 포위되자, 몽골에 점령된 중국 북부의 화북과 만주지역은 지리적으로 금의 중앙정부와 단절됐다. 고립 상태에 있던 북부지방의 금나라 실력자들은 그 일대에서 스스로 독립하여 자위(自衛)할 수밖에 없었다.

　이래서 외침을 당한 금나라는 내부에서도 해체되기 시작했다. 맨 먼저 들고일어난 것이 이민족인 거란족(契丹族)이었고, 다음에는 금나라의 지배 민족인 여진족(女眞族)의 장수들이었다.

　거란족은 몽골족과 마찬가지로 12세기 초부터 금나라에 복속되어 여신족의 지배를 받아왔다.

　칭기스의 지휘 하에 몽골군이 만리장성을 넘어 금의 수도 중도를 공격하던 그해 1211년이었다. 몽골 동로군 분견대가 만주로 들어갔을 때, 요동의 거란인들을 장악하고 있는 거란의 왕족 옐루류게(耶律留哥, Yelu Liuge)는 금나라 국군의 북방 천호장이었다.

　지금이야말로 여진족의 굴레에서 벗어나 독립할 때다.

　그렇게 생각한 류게는 이듬해 1212년 중국 화북지방에 살고 있는 독립 지향적인 거란인 수민 명을 이끌고 동쪽으로 가서, 만주 땅 융안(隆安, 지금의 길림성 農安縣)으로 이동했다.

이들이 금나라 치하에서 성장한 새로운 '흑거란' (黑契丹) 세력이다. 흑거란이란 거란족 중에서 독립지향적인 자주파 세력을 말한다.[23]

그 뒤 류게는 거란족의 유력 부족장들인 진샨(金山) 어얼(鵝兒) 치누(乞奴) 퉁구위(統古與) 등의 추대를 받아서 집권하여, 금의 굴레에서 벗어나 독립했다.

옐루류게(야율유가)는 신흥 흑거란의 영수가 되어, 새로 이동한 융안에서 군사를 일으키고 스스로 도원수라고 칭했다. 그는 같은 거란인으로 반금 군사를 조직해서 저항하고 있던 에데(耶的, Yedu)와 연립해서 공동전선을 취하고, 나라를 세워 후요(後遼)라고 했다.

류게와 예데는 반금(反金) 선전과 거란 결집을 호소하면서 거란인 장정들을 끌어 모으기 시작했다. 사방에서 자주적인 거란인들이 모여들었다. 그들의 군사는 몇 달이 안 되어 10만이 됐다.

그때 후요의 군사들은 '군막이 백 리에 달하고, 위세가 요동을 진동했다' (營帳白里 威震遼東)고 전한다. 류게가 도원수가 되고 예데는 부원수가 됐다. 따라서 이들 흑거란 세력은 거란인들의 반금 연합체였다.

그러나 아직은 자력으로는 금나라의 간섭을 물리칠 수 없다고 생각한 옐루류게는 신생 거란국의 안전을 위해 칭기스에 항복하고, 몽골군의 도움을 받을까를 생각하고 있었다.

마침 그때 거란족의 동태에 관한 보고를 듣고 칭기스가 말했다.

"거란족이 독립하여 나라를 세웠다니, 거 반가운 소식이다. 거란의 후

---

23) 흑거란(黑契丹, Qara-Khitai); 대요국이 1125년 금나라에 망할 때, 대부분의 거란족은 금나라에 투항하여 그들의 지배를 받으며 살았다. 그러나 당시의 흑거란의 주류는 금나라에 투항하기를 거부하고, 대요국의 왕족인 야율대석(耶律大石)의 영솔하에 서역지방으로 이동하여 중앙 아시아 지역에 서요국(西遼國)을 세웠다. 서양사에서 카라 기타이(Kara Khitai)라고 하는 나라가 바로 이 흑거란의 서요국이다. 서요(西遼, Kara Khitai)는 중앙 아시아에 있던 거란족의 국가. 1132년에 야율대석에 의해 건국되어 1211년 몽골에 패망하기까지 90년간 존속했다. kara 또는 qara는 아시아 내륙 유목사회의 말로, 검다(black)는 뜻이다. 케레이트의 수도 흑림지대를 말하는 Qara Sigui나 Qara Tun, 우브베크에서 흑사막을 Qara Kum이라고 부르는 것도 같은 유래다.

요와 손을 잡으면, 금나라 정벌에 유리하다. 서남의 서하를 점령했으니, 이젠 동남의 후요를 끌어들여야 한다. 그러면 우리가 금을 동서에서 협공(挾攻)할 수 있다."

"그렇습니다, 폐하."

"옐루아하이(耶律阿海, Yelu Ahai) 형제의 예를 보건대, 금나라의 거란인들은 여진족에 대한 증오심이 깊다. 그들은 금나라에서 일정한 수준 이상의 출세가 어렵기 때문에, 빨리 출세하려는 기회를 열심히 찾고 있다. 이런 민족감정과 출세욕을 우리가 사들여야 한다."

이래서 칭기스는 류게를 포섭키로 했다.

"나는 일찍이 케레이트에 와있던 옐루아하이가 귀순해 왔을 때, 거란인이나 한족의 장수들이 금나라를 떠나 우리에게 오면, 그들을 중용하고 그들과 동맹을 맺어 함께 금나라를 치겠다고 약속한 바 있다. 이번에 류게와 동맹해서 금나라를 협공함으로써, 아하이와의 약속을 지킬 것이다."

칭기스는 우선 처남인 알치 노얀(Alchi noyan, 按陳那顔)을 사절로 삼아 선물을 주어 류게에게 보냈다. 칭기스는 류게에게 천호장 격인 원수(元帥, yungshai) 칭호를 주어 그의 기존 지위를 승인하고, 동맹을 체결하자고 제의했다.[24]

"그대가 나의 요구를 받아들이면, 나는 그대의 후요국을 지켜주고 거란인들을 보호하겠소."

류게는 기뻤다.

"이것이야말로 우리가 기대하던 바요. 고맙소. 칭기스칸의 제의를 받아들이겠소."

류게는 바로 칭기스의 제의를 받아들여, 알치와 함께 지금의 선양(瀋陽) 북쪽에 있는 금산(金山)으로 올라갔다.

그들은 그곳에 제단을 차려 흰 말과 흰 소 한 마리씩을 잡아놓고, 북쪽

---

24) 알치(Alchi)는 네이세센의 세 아들 중 맏님으로, 칭기스의 부인 브르테이 동생 하자르는 阿勒赤·安赤·斡陳 등으로 표기된다. 칭기스 취임 때 천호장이 됐고, 뒤에 만호장으로 승진했다.

을 향해서 각자 화살을 쏘았다. 화살은 시위 소리를 크게 내며 날아갔다. 류게의 화살은 칭기스에게 충성을 맹서하는 것이고, 알치의 화살은 금나라에 대항해서 류게의 후요를 돕겠다는 서약이었다.

이래서 류게는 1212년 칭기스와 동맹을 체결하여 몽골로부터 거란의 안전을 보장받는 대가로, 거란은 몽골의 금나라 정벌을 돕기로 했다.

알치가 말했다.

"우리는 훌륭한 약속을 맺었소. 이런 약속은 철저히 지켜져야 합니다. 우리 칭기스 다칸(Dakhan, 大汗)께선 배신을 가장 싫어합니다. 배신은 곧 원수입니다. 원수는 철저히 갚습니다. 옐루 류게 원수는 이런 약속을 지켜 배신하지 않겠다고 보장해 주어야 합니다."

"어떻게 보장하면 되겠습니까."

"우리 몽골에선 충성의 서약으로 아우나 아들을 바칩니다. 다칸은 그런 사람을 받으면 가까이 두고 벼슬을 주어 보호하고 육성합니다."

"알겠소. 그러면 나도 아들을 칭기스 다칸께 바치겠습니다."

류게는 결국 몽골에 대한 충성의 약속으로 센두(Sendu)라는 이름의 맏아들 야율설도(耶律薛闍)를 인질로 내놓았다. 알치는 센두를 데리고 돌아갔다.

금나라 정벌을 목표로 하고 있는 칭기스로서는 중요한 성과였다. 칭기스는 천호장급 원수 류게를 만호장급의 총수(總帥, chungshai)로 올려주었다. 그와 함께 요하 지방의 광영부(廣甯府, Guangningfu)와 금부(錦府, Jingfu) 두 곳을 주어 방어케 했다.

류게는 개선장군처럼 기뻐했다. 그러나 일부 흑거란파 자주세력은 불만이었다.

흑거란의 중심인물인 진샨(金山)이 말했다.

"우리가 여진의 금으로부터 독립코자 궐기한 것인데, 몽골에 투항하면 흑거란 독립정신에 위배되고 궐기의 목적에 반합니다. 몽골과의 동맹을 재고합시다."

흑거란의 이론가 치누(乞奴)도 나섰다.

"더구나 원수가 아들까지 인질로 주었으니, 이것은 우리의 치욕입니다. 앞으로 우리가 어떻게 거란 동포를 설득하고 끌어들이겠습니까. 이것은 동맹이 아니고, 굴복이요 투항입니다."

류게는 반대파들을 설득했다.

"우리가 칭기스의 몽골과 동맹을 맺은 것은 아직 국가 체제가 형성되지 않은 신생 약소국이기 때문이오. 우리의 안전을 보장받기 위한 생존전략이오. 지금 와서 동맹을 파한다면, 몽골이 우릴 그냥 놔두겠소? 그러면 우리는 금과 몽골 공동의 적이 됩니다. 그리되면 우리는 다 죽습니다."

류게는 독립론을 무시하고 투항 동맹을 유지했다.

금나라 황제 위소(衛紹)는 그 소식을 보고받고 분노했다. 그는 완안호사(完顏胡沙)에게 군사 60만을 주어 류게의 후요를 파하도록 명령했다. 백성들에게는 현상까지 걸었다.

> 반도인 옐루류게의 목을 베어오는 사람은 누구든지 큰 재산과 중요한
> 관직으로 보상한다. 류게의 뼈 한 두 개를 가져오는 자에게는 금 1냥,
> 살 한 두 점을 가져오는 자에게는 은 1냥을 상금으로 준다. 수상자들에
> 게는 각각 천호장을 주어, 후손에 세습토록 한다.

현상이 걸리고 대군이 몰려오자, 류게는 겁이 났다. 그는 즉시 칭기스에 지원을 청했다. 칭기스는 타이치우트(tachiut) 출신의 측근 명장 제베(Jebe)를 불렀다.

"금나라 조정에서는 옐루류게를 잡기 위해 현상을 걸었고, 그를 치기 위해 완안호사의 대군을 보냈다. 류게는 즉시 동맹국인 우리 몽골에 군사 지원을 요청했다. 제베, 그대가 가서 요양(遼陽)을 맡아라."

"예, 폐하."

"그대는 별동군을 편성하여 동쪽으로 가서, 요하(遼河)를 건너 요동(遼東)의 수도인 동경(東京, 지금의 요양)을 쳐서 점령하라. 금의 공격을 막는 한편, 류게가 우리를 도와 금나라 공격에 협력토록 하라."

칭기스칸은 제베에게 기병 3천명을 주어 류게에게 보냈다. 제베의 군사력은 호사의 60만 군에 비하면 200대 1에 불과했다.

그러나 제베는 두려움 없이 자기 부대를 데리고 요하를 건넜다. 몽골군은 넓은 평지로 이뤄진 요동평야를 달려 동경에 이르렀다. 소수의 몽골군들은 금나라 군사들을 도처에서 기습하여 무너뜨렸다. 재물을 약탈해서는 칭기스 진영으로 보냈다.

제베는 '동쪽의 궁전'으로 불리던 동경을 포위했다. 호사의 동경성 방어는 완강했다. 몽골군은 부상하여 죽어갔다. 제베는 적은 병력으로 동경을 함락하기 어렵다고 판단하여 공격을 중단하고 철수키로 했다.

"이대론 안 되겠다. 기략을 쓴다. 전원 철수!"

제베는 공성을 멈추고 철수했다. 그들은 철수하면서, 공격에 실패하자 반격이 두려워 도망하는 모습을 남겨두었다. 그러나 첩자들을 남겨 상황을 수시로 보고토록 했다.

제베의 명령에 따라 몽골군은 금나라 원정작전 중에 노획한 전리품들을 길가에 두고 갔다. 쓰고 있던 군수물자들도 쌓아두었다. 어떤 곳에는 약탈한 보화가 들어있는 주머니와 보따리도 놓아두었다. 제베는 군사를 이끌고 5백리 밖를 물러났나.

"몽골군이 철수했다. 반란군도 물러갔다. 우리가 이겼다."

동경 사람들은 기뻐했다. 요동에 다시 평화가 왔다. 그들은 길에 나왔다가, 몽골군이 두고 간 재물들을 주워갔다. 부대들이 나와서 군수물자를 실어갔다.

이런 소문이 돌자 백성과 군인들이 떼를 지어 나와서, 몽골군이 있던 자리를 쏘다니며 물건 줍기에 나섰다. 보화 보따리가 발견되자, 서로 빼앗으려고 다투다 싸움까지 벌였다.

제베는 첩자로부터 매일 몇 차례씩 동경의 사정을 듣고 있었다. 그는 동경이 다시 방심하고 있는 것을 알고, 공격을 명령했다. 사흘 뒤 몽골 군 사들이 다시 동경에 도착했다.

그때까지도 동경은 무사태평이었다. 제베가 완전히 철수한 것으로 믿고 있던 동경의 군사들은 한가히 쉬고 있었다.

몽골과 후요 동맹군이 동경성을 기습했다. 성문이 무너지면서 백병전이 벌어졌다. 그때 류게는 금군의 화살에 맞아 부상했다. 그러나 몽골-후요 동맹군은 동경을 정복했다.

몽골군에 의한 약탈과 방화가 다시 시작됐다. 이래서 만주가 몽골군의 통제 하에 들어갔다. 1213년 1월이었다.

"기쁜 승리다. 옐루류게와의 연합은 성공이다. 그가 부상했다고 하니, 성공을 축하하여 그에게 임금의 자리를 허용하겠다."

이래서 부상한 후요의 총수 류게는 칭기스칸의 허락을 받아, 요나라의 임금이라 해서 요왕(遼王, Liwang)이라 칭하고, 연호를 세워 원통(元通)이라 했다. 후요국(後遼國)은 독자적인 연호를 쓰고, 정부 체제를 갖춤으로써 자주적인 독립국가의 형식을 갖췄다.[25]

류게는 새로 정치를 지도할 재상과 작전을 지도할 원수를 정했다. 그 휘하의 장관과 지방 영주도 임명했다.

그는 함평(咸平, Qamping, 지금의 開原)으로 가서, 그곳을 도읍으로 징하고 이를 중경(中京)이라 했다.

옐루류게는 야오리씨가(姚里氏家)의 처녀와 결혼하여 왕비로 삼았다. 유력한 거란족의 부족이었던 야오리씨가는 이미 새 흑거란에 들어와 참전하고 있었다. 야오리씨가와의 결혼은 류게의 든든한 세력 강화였다.

옐루류게가 몽골과 동맹하여 완안호사의 대군을 물리치고 정식으로 나라를 세우자, 금의 위소왕은 분노했다. 그러나 몽골군의 위협을 받고 있

---

25) 옐루류게의 나라는 정해진 국호가 아직 없었다. 다만 그가 요왕이라고 자칭한 점을 고려하여 과거의 요나라(大遼國)와 구별하여 후요국으로 표기하기로 한다. 17세기에 누르하치가 세운 나라도 전의 대금국(大金國)과 구별하여 후금국으로 일컬어져 왔다. 후금은 뒤에 청(淸)나라로 개명.

는 당시 그로서는 어떻게 손을 쓸 수가 없었다.

몽골군이 침공하여 옐루류게를 방치해야 했던 금의 위소왕은 1214년 그도 몽골에 항복했다. 그리고 얼마 뒤 몽골군이 철수하자, 다시 류게를 토벌키로 했다.

"다른 자들은 거란족이니까 그렇다 치자. 그러나 류게는 거란족이지만 높은 자리를 주어 중용하고 있는 군의 원수다. 나라의 벼슬을 받고 국록으로 살아온 자가 이렇게 배반할 수 있는가. 이런 반역자는 없애버려야 한다."

위소는 1214년 여진인 장수 푸젠와누(蒲鮮萬奴)[26]를 요동 선무사로 삼아, 다시 군사 40만을 주어 후요국을 치게 했다.

완누는 1211년 칭기스가 처음 금나라를 침공하여 여우고개(野狐嶺)에서 격전이 벌어졌을 때, 위소왕으로부터 감군(監軍)으로 임명되어 야호령에 파견됐던 장수다. 그러나 금군이 패하고 금이 항복하여 직무가 없어지자, 위소는 이번에 그를 요동선무사로 다시 기용한 것이다.

옐루류게와 푸젠완누는 귀인현(歸仁縣)의 세하(細河) 강 북변에서 맞붙었다. 류게는 몽골군의 지원을 받아 완누의 대군도 격파했다. 완누는 군사를 이끌고 요양으로 후퇴하여 동경성으로 갔다. 그는 방비가 허술한 동경성을 격파하고 들어가, 성을 차지하여 기지로 삼아 후요국을 위협했다.

그러나 패전의 문책을 두려워한 푸젠완누는 고민하기 시작했다.

어자의 완안씨(完顔氏)의 금나라는 끝장이다. 망해 가는 나라에 붙어서 패전의 책임을 져야 하는가.

완누는 같은 금나라 장수였지만, 나라를 버리고 독립하여 거란족의 나라를 세워 성공을 거두고 있는 옐루류게를 생각했다.

류게가 비록 거란인이지만 그는 엄연히 금나라 장수였다. 그런데도 금을 버리고 새로 나라를 세웠다. 몽골과 동맹하여, 몽골과 함께 금나라를

---

26) 서양 책에서는 푸젠완누를 푸쥬타이시(Fujiu Taishi)로 표기. 서양 사람들은 동양의 태자(太子) 또는 태사(太師)를 서양어로 옮길 때, '타이시' 라고 썼다. 여기서 타이시는 후자(태사)다.

치고 있다. 그러나 나는 여진인이다. 위기에 처한 여진족의 나라인 금과 그 황제를 배반할 수 있을까.

푸젠완누는 여러 가지로 고민 끝에 하나의 생각에 도달했다.

여진족의 본향은 원래 만주다. 그러나 몽골이 화북을 차지함으로써, 금나라는 이제 본향을 지킬 수 없게 됐다. 그러나 누구든지 나서서 우리 여진 민족의 본향을 지켜야 한다. 내가 나서야 하지 않겠는가.

생각은 거기에 미쳤지만, 완누는 아직 단안을 내리지 못하고 계속 고민하고 있었다. 그러나 그의 마음속엔 이미 금나라에 대한 반심(叛心)이 싹트고 있었다.

만주 지방의 민족분포

한반도 북부와 만주 일대에 있는 민족은 예맥(濊貊)으로 불리는 우리 한민족과 거란족·여진족 등 셋이었다. 이 세 민족이 중국에서 말하는 동이족(東夷族)이다. 동이족의 지배자는 고대에는 한민족이었으나, 그 후 거란족·여진족으로 바뀌었다.

한민족(韓民族)

한민족은 요하 하류 일대와 남만주 한반도에 걸쳐서 농경으로 살았다. 단군왕검이 신권 군주제로 조선을 건국한 이래, 중국으로부터의 이민과 정권교체를 거쳐 열국시대를 열었다. 고구려와 발해는 한민족이 지배하는 동아의 제국으로 거란족과 여진족을 피지배 백성으로 다스렸다. 한민족은 상류사회를 이루는 귀족이 되고, 거란·여진은 하층사회를 이루고 있었다.

거란족(契丹族)

거란족은 한민족의 서북 즉 요하 상류의 시라무렌(西剌木倫, Siramuren) 남쪽에서 사냥과 유목으로 생활했다. 10세기 초에는 거란족 추장 야율아보기(耶律阿保機)가 거란족을 통일하여, 916년 거란국가 요(遼)를 세웠디. 요는 국력을 강화한 뒤 925년

에는 발해를 멸망시켜 동북아의 제국으로 발전했다. 10-11세기에 고려를 세 차례
나 공격했으나, 서희·강감찬·강민첨 등에 의해 격퇴됐다.

여진족(女眞族)

여진족은 한민족의 동북 곧 거란족의 동쪽인 송화강·흑룡강·목단강 유역의 만주
동부에서 거란족과 같은 사냥과 유목으로 살았다. 여진은 두 차례 동아시아를 지
배하는 패권국가가 됐다.

1115년에는 부족장 아골타(阿骨打)가 금나라를 세워 거란의 요를 멸하고, 한족의
송(宋)을 쳐서 동아이 제국으로 발전했다가 몽골에 멸망했다. 1010년에는 누르하
치(奴兒哈赤)가 후금(後金)을 세워 명(明)을 멸하고 동북아를 차지한 뒤, 1636년에는
국호를 청(淸)으로 바꿨다.

후금은 조선에도 두 차례 침공하여 정묘호란(1627)과 병자호란(1636)을 일으켰다.

요동정벌

"우리에게 항복한 금나라 황제와 조정이 남으로 수도를 옮겨 개봉으로 갔다고 합니다."

금나라가 항복하자 중국에서 철수하여 내몽골의 차간누르(漁兒濼)에서 여유있게 1214년 여름을 지내고 있던 칭기스에게 금나라의 천도 사실이 보고됐다.

"그래? 이건 금나라가 나의 뒤를 치려는 것이다. 금나라는 남쪽으로 가서 세력을 회복하여 우리를 공격하려 한다. 그것은 더러운 사술(詐術)이다. 나는 이것을 용서치 않을 것이다."

자기를 피하여 도망하는 것을 증오하는 칭기스는 철군을 중단하고 더 자세한 보고를 기다리기로 했다. 그러나 상황은 이미 금나라 선종 황제가 개봉으로 천도했고, 임금이 떠나고 없는 중도에서는 반몽 물결이 파도치고 있다는 보고였다.

"중원이 혼란하구나. 다시 중국으로 내려가자."

선종의 남천과 중도의 반몽을 응징하기 위해, 몽골군은 다시 남진했다. 칭기스의 정예 기마군이 즉시 남으로 출발했다. 1214년 7월이었다.

칭기스는 다시 중국으로 내려와, 선에 머물렀던 만디깡성의 남쪽 서리

키르(Sira Keer, 북경시 사하)에 진영을 폈다. 그는 거기서 금나라 토벌전을 지휘했다.

칭기스는 참모들을 불러 작전지시를 내렸다.

"외적도 중요하지만, 내적이 더 무섭다. 아무래도 국내가 걱정된다."

칭기스는 심복 장수인 체페(Cheppe)를 몽골로 보내, 본토에 남아있는 다른 부족들의 동태를 감시케 했다.

"중국의 황궁을 쳐야겠다. 중도 공격은 사무카(Samuqa)가 맡아라."

"예, 폐하."

"그대의 군사는 너무 적다. 시무밍안(石抹明安, Simo Mingan)이 군사를 모아놓고 있다. 그들을 데려가 앞세워라."

"감사합니다, 하오나, 폐하. 요서와 요동도 정벌해야 합니다. 요동은 금나라의 발상지이고 황실의 향토입니다. 금나라의 5경 중 상경(上京, 지금의 하얼빈 남쪽 會寧府)·동경(東京, 遼陽)·북경(北京, 臨橫府大名)이 모두 동북지역인 요동과 요서에 있습니다."[27]

귀순한 중국인 장수 사천예(史天倪)도 말했다.

"그렇습니다. 그래서 금나라는 동북지방을 중요한 배경으로 삼고 있습니다. 그들은 요하지방을 중시하여, 땅이 있으니 가히 의지할 수가 있고(有土可依), 길이 있으니 물러갈 수 있고(有路可退), 지세가 험하니 가히 지킬 수가 있다(有險可守)고 장담하고 있습니다. 역사·지리·민족의 면에서 요하는 아주 중요한 곳이지요. 그런 동북이 정복되면 선종도 투항할 것입니다."

칭기스가 고개를 끄덕이며 말했다.

"그렇지. 그리 하자. 무칼리(Mugali, 木華黎), 고구려의 후예인 그대는 선

---

27) 당시의 북경은 지금의 북경이 아니다. 그때는 지금의 북경을 중도라고 하여 나라의 중심인 수도로 하고, 대정(大定)을 중경(대정부), 개봉(開封)을 남경, 대동(大同)을 서경, 임횡(臨橫) 또는 명명(大名, 대정부)을 북경, 요양(遼陽)을 동경이라 하여 1도5경 체제를 갖추고 있었다. 황제의 궁도인 수도와 왕실 출신지를 중시한 체제다. 중국사에서 왕조가 바뀔 때마다 수도와 부도의 명칭은 그대로 있으면서 실제 장소는 바뀌어 혼란스런 점이 있다.

조 이래 동부지역과 인연이 있다. 그대가 요동을 평정하여 경략하라."

"고맙습니다, 폐하."

"그곳 만주에선 여진의 푸젠완누(蒲鮮萬奴)가 독립해서 거란의 옐루류게를 치고 있다. 류게는 우리와 동맹한 우리 편이다. 궁지에 몰린 그가 도움을 청해왔다. 가서 푸젠을 쳐서 류게를 도와주라."

마침 그때 금나라 도독인 여진인 장수 푸젠완누는 몽골과 후요 연합군에 패하기는 했지만, 동경성을 되찾아 그곳에 대진(大眞)이라는 나라를 세워 옐루류게를 쳐서 압력을 계속하고 있었다.

금나라의 천도는 나라의 분열과 혼란을 촉진했다. 거란족에 뒤이어, 불안한 여진인들도 이렇게 금나라를 등지고 나갔다.

화북에서 거란족 옐루류게의 후요국을 치다가 오히려 패배하여 고민하고 있던 여진족의 장수 푸젠완누는 임금과 조정이 개봉으로 남천하자, 이듬해인 1215년 1월 독립을 선언했다.

"조정이 수도와 화북을 몽골에 넘겨주고 남천했다면, 내가 굳이 화북과 동북을 지킬 필요가 없다. 거란인들이 나라를 세워 떨어져나간 지금, 나도 우리 여진의 이 땅에 나라를 세워 우리의 본향(本鄕)이자 고토(故土)인 만주를 지킬 것이다."

푸젠완누는 휘하의 군사와 여진인 백성들을 이끌고 요동반도의 농경(東京, 지금의 遼陽)으로 가서, 나라를 세워 대진(大眞)이라 했다. 그는 자신을 '대진국 천왕(天王)' 또는 '동경왕'(東京王, Tunggingwang)이라 칭했다. 중국에서는 대진국을 동하국(東夏國)이라고 불렀다.[28]

"칭기스가 철군한 지금 옐루류게의 힘도 약하다. 이 기회에 우리가 저 거란 놈들의 후요국을 쳐서, 땅을 넓히고 힘을 키우자."

푸젠완누는 군사를 몰아 류게의 후요국을 공격했다. 기습전이 곳곳에

---

28) 魯國을 세계의 종묘이라고 생각하는 중국인들은 동쪽 여진족의 신생 동진국을 동하(東夏)라고 기록하여, 그들이 서하(西夏)라고 일컫는 서쪽 탕구트족의 대하국에 대칭시키고 있다.

서 벌어졌다. 대진군은 후요군을 잇달아 물리쳤다. 칭기스칸의 철수와 함께 완누의 영토확장 전쟁으로, 류게의 후요국 영역도 좁아졌다.

반면에 대진국의 지배영역은 넓어졌다. 완누는 북으로 심주(瀋州, 지금의 심양)와 그 동북쪽의 함평(咸平, 지금의 개원)을 취하고, 남으로는 징주(澄州)에 이르렀다.

옐루류게가 칭기스에게 구원을 요청한 것은 푸젠완누에 쫓기고 있던 바로 그 때였다.

이래서 고려의 북방 변경지대 너머 저쪽의 화북과 만주 땅에서는 신흥국가 몽골과 구세력 금나라, 그리고 신생국인 기란족의 후요국과 여신족의 대진국 등 네 나라가 생존을 걸고 혈투를 벌이고 있었다.

무칼리는 원정 준비가 끝나자, 그해 10월 군사를 끌고 동쪽의 요하로 갔다.

칭기스는 세 명의 심복 장수, 곧 체페와 사무카, 무칼리 등에게 각각 임무를 부여하고, 자기는 진지에 앉아서 멸망해 가는 금나라의 운명을 지켜보기로 했다.

요동정벌의 임무를 맡은 무칼리는 자기의 직속 장수 소야선(蕭也先)을 불렀다.

"다칸께서는 푸젠완누와 싸우고 있는 옐루류게를 도우라고 명하셨다. 그대가 먼저 요동으로 가서 동경(東京, 지금의 遼陽)을 점령하고, 푸젠완누의 항복을 받아오라."

"예, 장군."

소야선은 무칼리의 선봉대가 되어 먼저 요동으로 가서 요양성의 완누를 위협했다.

"푸젠완누, 그대는 금나라 장수다. 그대는 하북에서 우리와 싸워서 패한 전력이 있다. 금을 배반한 것은 다행한 일이다. 그러나 우리의 동맹인 후요국을 왜 공격하고 있는가. 우리는 우리의 동맹을 치는 것은 용서하지 않는다. 그러나 지금이라도 항복하면 살고, 저항하면 끝장이다. 선택은 그대에게 달려있다. 속히 뜻을 정하여 행동하라.”

새로 나라를 겨우 세운 대진으로서는 몽골군을 당해낼 수 없었다.

지금 몽골과 싸워서는 아무 것도 안 된다. 그러나 내가 지금 나가서 소야선 따위에게 항복할 수는 없다.

완누는 군사들을 이끌고 황급히 성을 빠져나가 도망했다.

완누가 밀리자 영토가 축소된 류게도 반격에 나섰다. 그는 대군을 이끌고 동경을 쳐서 점거하고, 미처 피하지 못한 푸젠완누의 처 이선아(李仙娥)를 사로잡았다.

한편 요서의 요지들을 평정한 무칼리는 요하를 넘어 요동의 도시들을 하나하나 점령해 나갔다. 그는 개원으로 올라가 도망하고 있는 푸젠의 대진국을 쳤다.

대진은 몽골군과 후요군의 협공을 견뎌내지 못했다. 완누로서는 최대의 위기였다.

무칼리의 몽골군이라면 우리가 막아낼 수는 없다. 질 싸움을 계속해선 안 된다. 후요국 류게의 뒤를 따르자. 무칼리라면 내가 나가서 항복해도 부끄럽지 않다.

푸젠완누는 자기 아들 푸젠테거(蒲鮮帖哥)를 데리고 참모들과 함께 백기를 들고 나갔다. 그는 아들을 인질로 몽골에 주고 항복하여 안전을 보장받았다.

무칼리는 완누의 항복을 접수한 다음, 만주에서 철수했다. 중원의 몽골군이 중도 이남 지역을 정벌하기 위해 화북에서 남쪽으로 갔기 때문에, 무칼리 군은 몽골군이 없는 화북으로 이동했다.

몽골군이 멀어진 틈을 타서, 푸젠완누는 군사 10만을 이끌고 동쪽으로 이동했다. 그는 1217년 두만강 유역의 간도(間島, 연변지역)에 자리 잡았다. 동쪽으로 이동한 완누의 이 대진국이 바로 고려에서 말하는 동진국(東眞國)이다.

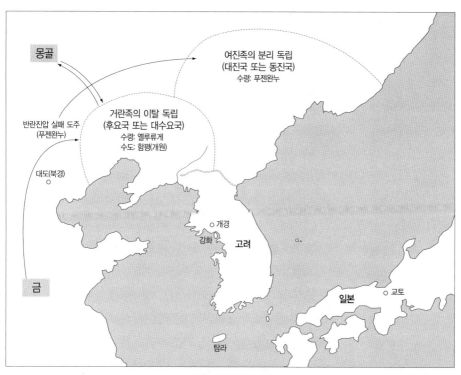

거란·여진의 만주 대결

푸젠완누는 부족한 식량을 조달키 위해 고려의 의주를 공격하여 점령했다. 고려에서는 별다른 저항이 없었다. 완누는 군사를 풀어 주변의 농민을 약탈하여 식량 8만석을 빼앗아 갔다.

대진이 동쪽으로 피했다는 보고를 받고, 칭기스가 말했다.

"푸젠완누가 우리를 피해 멀리 도망하여 근거지를 옮겨서 나라를 세운 것은 진정한 항복이 아니다. 이런 배신은 용서할 수 없다."

금나라가 항복한 뒤 남쪽으로 천도하자 몽골이 다시 침공했던 것처럼, 완누가 요동에서 두만강 쪽으로 이동하자 몽골은 다시 동진국을 공격해 들어갔다.

완누의 동진국은 다시 무칼리 휘하의 몽골군에 항복했다. 이래서 화북

을 정벌한 무칼리는 다시 요서와 요동을 점령하여 금나라 정벌의 수훈자
가 됐다.

푸젠완누는 몽골군에 항복한 후 자기의 동진국을 몽골의 동북아 정벌
전쟁의 기지로 제공하고, 스스로 그 앞잡이가 됐다. 후에 몽골이 고려에
침입했을 때, 동진국은 자기 영토를 몽골의 침략기지로 제공하고 군사도
내주었다.

고려계 출신의 몽골 명장, 무칼리

무칼리(Muqali, 木華黎)는 동부 몽골에 있던 자무카(Jamuqa) 휘하의 잘라이르(Jalayir)
씨족 출신의 무사다. 몽골의 왕족인 주르킨 부족에 속해 있다가, 1194년 칭기스
가 주르킨을 격멸할 때 칭기스에 귀순했다. 불어판 『칭기스칸 전쟁사』(Historie des
Campagnes de Gengis Khan)를 저술한 몽골역사 전문가인 프랑스 사학자 펠로와
(Pelliot)는 자기 책에서 "무칼리는 한국계 출신의 고려인" 이라고 소개했다. 그는 무
칼리가 고구려 유민의 후손이라고 믿었다.

무칼리는 몽골군의 기갑부대장을 맡아 철차장수(鐵車將帥)라는 별명이 있었다. 칭
기스 휘하의 맹장인 '네 명의 준마' 라는 4준장군(四駿將軍)의 하나. 몽골 통일의
수훈자. 건국공신표의 3위로, '국왕' (國王, Guyong)이라는 특별칭호를 받았다. 그
는 몽골의 10대 개국공신에다 칭기스 10장의 하나나.

무칼리는 좌익 만호장으로 임명되어 24개의 천호군단을 지휘했다. 금나라 침공
때는 결사대를 이끌고 나가 야호령(野狐嶺)을 점령하는데 공을 세웠다.

칭기스가 코라슴 원정중일 때, 무칼리는 중국정벌군 총수로 임명되어 화북과 만
주를 정벌하는 임무를 맡았다. 그는 칭기스로부터 누구의 허락도 받지 않고 독자
적으로 중국에서의 작전과 통치를 결정할 권한을 부여받아, 좌익군을 이끌고 금
나라 남부를 정벌하다가 전사했다. 1170-1223. 54세. 그가 죽은 뒤, 그의 직은 아
들 보로(Boro, 勃魯)가 맡아 중국 정벌전을 관장했다.

휩쓸리는 고려

　금나라가 수도 중도를 버리고 옛 북송의 수도 변경(卞京, 지금의 開封)으로 천도하고 만주와 화북이 전화에 휩쓸려 있었지만, 지금의 요양에 자리 잡고 있던 금나라의 동경총관부는 관부를 옮겨 숨어 다니면서 아직도 명맥만은 유지하고 있었다.

　1216년(고종 3) 윤 7월이었다.

　금나라 동경총관부에서 고려의 북계 병마사 독고정(獨孤靖, 대장군)에게 사신을 보냈다. 이것은 변경으로 남천한 금나라 중앙정부의 명령에 따라 동경총관부가 행한 조치였다.

　그 사신은 금나라 황제 선종(宣宗)의 칙령을 가지고 와 독고정에게 선달하면서 말했다.

　"전날에 몽골족(원문은 韃靼族)이 자기들의 흉악한 힘을 믿고 우리 수도에 왔다가 우리 군사와 화해하고 물러갔습니다."

　"알고 있소이다. 대국이 공주를 칭기스에게 주고 화해하다니, 몽골이 그렇게 강했습니까?"

　"우리 금나라는 오랫동안 평화에 젖어 저들을 경계하지 않는 사이에, 저들은 힘을 길러 우릴 기습했습니다. 그래서 우선 그렇게 해서 돌려보낸 것이지요."

"그래요? 저들이 그렇게 강하다면 앞으로 세상이 시끄러워지겠군요."

"우리 대금국 황제께서는 나라를 안전하게 지키기 위해서 수도를 임시로 개봉으로 옮겼습니다. 그랬더니 물러갔던 칭기스가 다시 군사를 몰고 와서 우리 대도를 점령하고 백성들을 도륙했습니다. 우리는 화북을 잃었습니다. 그 때문에 우리 총관부가 있는 만주지역은 수부(首府)와 육로가 끊겨있습니다."

"어느 정도 소문을 들었으나, 그게 확실하군요."

"그렇소이다. 몽골의 만행에 의한 그 여파가 곧 이 고려 쪽으로 파급되지 않을까 걱정입니다."

"걱정이군요. 그쪽 거란인들은 어떻습니까?"

"몽골에 덩달아서 거란인들이 패거리를 모아 가지고, 우리 변경에 들어와 백성을 살육하고 창고에 불을 질렀습니다. 그런데 이를 막을 책임을 진 푸젠완누(蒲鮮萬奴)가 중한 책임을 버리고 군사를 모아 동만주로 도망했습니다. 그러나 완누는 곧 패망할 것입니다. 패망이 가까워지면 그는 다시 도망할 것이고, 도망을 계속하다가 길이 막히면 결국 고려밖에 갈 곳이 없습니다."

"그래요? 그것도 사실이었군요."

"그래서 저는 우리 대금국 선종 황제 폐하의 교지에 따라 이렇게 왔습니다. 우리 황제께서는 두 가지를 고려에 부탁하도록 하셨습니다."

"무엇이오?"

"여기 황제폐하의 서찰이 있습니다."

독고정은 금나라 선종의 봉투를 받았다.

"무슨 내용입니까."

"첫째는 완누의 무리가 고려의 국경을 넘어 들어가거든, 고려에서 저들을 잡아서 우리에게 넘겨달라는 말씀입니다."

"그래요?"

"둘째는 우리가 대군을 보내 거란의 도당들을 쫓고 있는데, 군사가 많아 식량이 떨어질 수가 있고, 기병이 동원되어 자주 싸우고 있으니 말이 지치고 약해질 것이 걱정됩니다. 그러니 고려에서 식량과 말을 빌리고자 합니다."

"우리도 사정이 어렵기는 귀국과 다를 바가 없소이다."

"우리 선종 황제께서 드리는 부탁입니다. 장래를 생각하고 과거의 신의를 지켜 빨리 회답해주시기 바랍니다. 거듭 말씀드리지만, 이것은 우리 황제 폐하의 뜻입니다."

"알겠소. 허나, 이것은 중앙이 조정이 정한 문제입니다. 조정에 그리 보고하겠소이다."

독고정은 금나라의 국서를 개경으로 보내는 한편, 자신이 쓴 보고서를 조정에 올렸다.

금나라 선종이 고려에 보낸 문서

전날 몽골족이 자기들의 흉악한 힘을 믿고 우리 서울 중도에 들어왔다가 연전에 벌써 우리 군사와 화해하고 가버렸다. 그 후에는 거란인 수괴들이 무리를 끌어 모아 변경을 침략하여 우리 백성을 죽이고 창고에 불을 질렀다. 그러다가 우리의 반격을 받게 되자, 그 두목은 자기 군사들의 반대와 원망이 있었음에도 불구하고 그냥 돌아갔다.

그때 위협에 못 견디어 따라가던 사람들이 함께 공모하여 창끝을 돌려 놈들을 치고는 군사를 데리고 항복했다. 이래서 전체 요해(遼海, 요동) 지방이 회복됐다.

그런데 역적 푸젠완누만은 한 지방의 중한 책임을 버리고 나라에서 받은 큰 은혜를 잊어버렸다. 그의 심보가 옳지 못하기 때문에 하늘의 도움을 받지 못했다. 근자에 그는 융안부(隆安府)의 행성에 나가있는 이 날전(李刺全)이 영솔하는 우리 대군의 토벌을 받게 됐다.

적들은 앞으로 석 달이 넘지 못하여 응당 전부 섬멸될 것이요, 설혹 뿔

뿔이 흩어진 잔당으로 산림 속으로 도망한 자가 있더라도 며칠 내로 다 망할 것이다.

저들 푸젠완누의 무리들이 이렇게 불리하게 되었으니, 장차는 귀국 이외에 어디로 가겠는가. 우리는 그들이 간사한 말과 모략으로 우리 두 나라를 이간하는 일방, 침략과 소요를 일으킬까 염려하는 바이다. 만일 그들이 국경을 통과하여 고려로 들어가거든, 귀국에서 방비를 엄격하게 하고 있다가 닥치는 대로 잡아서 문서와 함께 우리에게 보내주기 바란다.

요새 거란의 잔여 도당이 서쪽으로 강을 건너오려 했다. 그러나 몽골족이 우리의 대군과 협력하여 저희들을 섬멸하기로 약속되었다는 말을 듣고는, 이렇게 되면 자기들이 빠져나갈 곳이 없을 것임을 알고 분주히 도망치면서 파속(婆速) 등지로 잠입했다.

오늘 우리가 이미 대군을 보내어 그들을 처리하게 하는 한편, 역량과 재간이 있는 유능한 관원을 파견하여 모든 도의 대군을 모아 일정한 날에 도착하도록 했다. 이 일행의 군사의 수가 많으므로 식량이 떨어질까 염려되고, 이와 아울러 기병이 싸움을 자주 하게 되니 마필들이 수척하고 약해질 듯하다.

지금 공문을 보내어 양식과 마필을 빌리고자 하니, 귀국에서는 역량을 타산하여 양식과 마필을 보내줌으로써, 환난을 서로 구원하고 근심과 기쁨을 서로 같이 해야 될 것이다. 만일 일조에 어떤 일이 생긴다면 우리와 귀국이 피차를 구분하기 어려울 것이니, 장래를 생각하고 신의를 지켜서 빨리 화답하기 바란다.

최충헌은 북계 병마사 독고정이 보내온 금나라의 국서와 독고정의 보고를 읽고 말했다.

"금나라가 아직도 정신을 못 차리고 있구나. 천하가 바뀌고 있는 이 판에, 우리가 아직도 자기네에게 순종할 줄 아는 모양이야. 지금 세상은 번

했다. 금은 이제 우리 상국이 아니다."

"금나라는 몽골에 쫓겨 남쪽의 변경으로 천도해 있습니다."

"그런 주제에 그따위 문서를 지방관을 시켜 보내오다니, 새로 황제가된 금나라 선종은 뭘 모르는 것이 아니냐?"

"금나라 임금은 이미 남쪽으로 멀리 쫓겨 가 있는지라, 경황이 없을 것입니다."

"하긴 그렇겠지. 푸젠완누가 우리 영으로 들어오면 우리가 물리칠 것이고, 그를 잡으면 우리가 알아서 처치할 일이다. 그런데 굳이 자기네에게보내달라는 것은 무엇인가?"

"과거의 군신지국(君臣之國)의 의를 지키라는 것입니다."

"바로 그게 문제다. 세상이 바뀌면 관계도 변하고 방침도 바뀌어야지.지금 우리가 저들에게 줄 양식이 어디 있고, 저들에게 빌려줄 마필이 어디있는가. 또 그럴 만한 식량과 마필이 있다한들, 줘야 할 필요가 있겠는가.몽골과 거란이 우리를 노릴 것이니, 북방 변경의 방비나 튼튼히 하라."

고려에서는 급변하는 국제정세를 고려하여 상국인 금나라의 요구를 묵살했다. 이젠 상국으로 받들지 않겠다는 최충헌의 의지를 보여준 조치다.

최충헌은 인종 4년(1126) 이래 90년간 지속해 온 금나라와의 조공관계를 청산할 생각이었다. 대륙의 권력관계 변화에 따라 밀월(蜜月)을 유지해 온 여금관계(麗金關係)도 단절되기 시작했다.

최충헌이 다시 말했다.

"그러나 금나라의 국서를 보니, 저쪽 사정이 소상이 적혀 있다. 잘 검토해서 보고토록 하라."

후요국의 노선투쟁

금이 몽골에 항복하고 황하 이남의 변경(卞京, 개봉)으로 남천한 그때 거란족의 후요국(後遼國)에서는 몽골에 대한 항복이냐, 독립이냐를 놓고 논쟁이 붙었다.

옐루류게가 칭기스의 요구를 받아들여 몽골에 투항하자, 이를 반대하는 자주적인 세력이 나타나서 류게에게 도전했다. 이른바 독립지향파로서의 흑거란(黑契丹)의 정체성을 지키자는 세력이었다. 그 중심인물은 옐루류게의 부장이자 일족인 옐루시부(耶律斯布, Yelu Sibu)였다.[29]

타협적인 온건파 옐루류게의 현실론과 자주적인 강경파 옐루시부의 명분론이 맞붙었다.

옐루시부가 먼저 포문을 열었다.

"임금께서 몽골에 투항한 것은 경솔한 속단이었습니다. 그렇게 외족에 투항할 바에야 편안하게 살고 있던 화북의 넓은 터전을 버리고, 무엇 하러 멀리 이곳 황무지로 동족의 백성들을 데려왔습니까?"

옐루류게가 변명했다.

"이곳 요동은 우리 거란족의 고토(故土)가 아닌가? 지금 몽골의 힘은

---

29) 역사기록에는 야사부(耶斯夫) 야사불(耶斯不) 등으로도 표현돼 있으나, 모두 야율사포와 동일 인물.

강하오. 우리가 나라의 기틀을 잡아 힘을 키울 때까지는 몽골과 화친해야 하오. 내가 몽골에 항복한 것은 싸움을 피해서 백성을 살리고 나라를 키우기 위한 일시적인 방략이오."

"그러면 우리도 임금을 국왕이라 칭왕(稱王)하는데 그칠 것이 아니라, 황제라고 하십시다. 과거 우리 선조들의 대요국(大遼國, 요나라) 임금들도 황제였습니다. 우리가 자주국가임을 강조해서 임금이 칭제(稱帝)하면, 우리나라는 왕국이 아니라 제국이 되고, 임금께서 우리 제국의 천자가 됩니다."

"오, 그래요? 내게는 고마운 일이나, 몽골의 눈치를 봐가며 국가와 종족의 생존 방략을 찾아야 하오. 몽골이 지원은 기회입니다. 시금이 아니면 우리가 어떻게 금나라를 치겠습니까. 그대의 주장은 너무 성급하고 과격한 생각이오. 천천히 봐가며 합시다."

"몽골에 항복할 것이었다면, 굳이 금나라에서 떨어져 나와 군사를 일으킬 필요가 없었습니다. 우리는 새로 나라를 세운 뒤로 금나라의 공격을 받았습니다. 지금은 몽골의 협박을 받아 그 속국이 됐습니다. 그렇다면 건국이나 독립이 무슨 의미가 있습니까? 이왕 군사를 일으켰으면 공격해 오는 세력과 싸우고, 힘이 부치면 피해 도망해서라도 국가를 유지해야 합니다."

"지금의 금나라는 과거의 대금제국(大金帝國)이 아니고, 지금의 몽골은 과거의 몽골부족(蒙古部族)이 아니오. 몽골에서는 테무진이 흩어졌던 부족을 통일하여 제국을 세웠고, 그 힘으로 대외정복에 나섰습니다. 이제 금나라는 곧 망할 것이오. 따라서 우리가 살기 위해서는, 몽골의 보호를 받아야 하오. 몽골의 보호를 받으려면, 공격해 오는 그들에게 우선 항복하여 후일을 기할 수밖에 없지 않소이까? 더구나 중국 각지의 우리 거란인들이 몽골군에 들어가, 그들과 함께 금나라를 치고 있소. 우리 대요국의 황족이었던 옐루아하이(耶律阿海, Yelu Ahai)와 옐루투화(耶律禿花, Yelu Tuhua) 형제와 시모밍안(石抹明安, Simo Mingan)도 몽골에 들어가 칭기스의 핵심 참모가 되어 있다고 하지 않소."

"우리는 흑거란의 민족 자주적인 전통을 계승해서 독립국을 세웠습니다. 그러니 흑거란 정신의 순수성을 고수해야 합니다. 몽골에의 투항은 받아들일 수 없습니다. 우리의 지리적인 배후는 깊고 넓습니다. 산악지대에서 약하고 이쪽 지리에 미숙한 몽골을 상대로 얼마든지 싸워서 우리는 독립을 지킬 수 있습니다."

새로 나라를 세운 거란족 사회 안에서 건국노선과 대몽정책을 둘러싸고 온건 점진파와 강경 급진파가 갈려 벌인 이론투쟁이다.

온건파는 실리와 안전을 중시하는 현실론자들이었다. 그들은 왕국론(王國論)과 유화론(宥和論)을 폈다. 강경파는 정신과 전통을 중시하는 명분론자들이었다. 그들은 제국론(帝國論)과 항몽론(抗蒙論)을 폈다.

그때 거란족들은 반농반목(半農半牧) 상태였다.

류게 중심의 온건파들은 어느 정도 익숙해진 농경을 포기하지 말고, 자유롭고 독립된 곳에서 다시 땅을 일궈 평화롭게 살아가자는 입장이었다. 그러려면 신생 강국인 몽골과 공존하기 위해 동맹할 수밖에 없다면서 '화친론'을 폈다.

그러나 시부 중심의 강경파들은 농경을 포기하고 거란인의 전통적인 유목으로 되돌아가는 한이 있더라도, 몽골에 저항하여 자주를 지키자는 입장이었다. 몽골과 싸우다가 힘이 모자라면 말을 타고 이동하여 피해서 사냥을 하거나 유목생활로 되돌아가면 된다면서 '항전론'을 폈다.

결국 대몽 항전파들은 옐루시부의 지도하에 1216년 정변을 일으켜, 옐루류게를 내쫓았다. 그들은 함평에서 다시 등주(登州, 만주의 海城)로 옮겨가, 거기에서 다시 나라를 세웠다.

그들은 국호를 대요수국(大遼收國)이라 하고 연호를 천성(天成)이라 했다. 대요수국은 12세기 초 금나라에 멸망한 거란족의 대요(大遼)를 계승했다는 뜻이다.[30]

---

30) 대요국도 중화사상을 신봉하는 중국인들이 내사를 삭제하고 그냥 요국(遼國)이라고 표기하여, 지금은 요(遼) 나라로 통용되고 있다. 대요수국도 보통 '요수국'으로 쓰였다.

옐루시부가 요수국의 황제라 칭하고, 치누(乞奴)는 승상, 어얼(鵝兒)은 행원수를 맡았다. 승상(丞相)은 행정 수반인 정승이고, 행원수(行元帥)는 군의 총수인 도원수다.

그들은 군사와 백성을 좌익과 우익으로 나누어, 만주의 개주(開州, 봉황성)와 그 남쪽의 압록강 사이에 깃을 쳤다. 이것은 고려에 대한 새로운 위협이었다.

한편 쫓겨난 옐루류게는 정적들을 피해서 몽골로 도망했다. 그는 거기서 칭기스의 책사가 돼 있는 옐루씨 일족을 만나 도움을 받았다.

온건 협상파인 옐루류게는 다시 함평으로 들어가 자기가 세운 후요국을 유지하면서, 몽골의 앞잡이가 되어 자주파의 요수국에 맞서 나갔다. 그 후 거란족 사회는 양분되어, 후요국과 요수국의 대결시대로 들어간다.

칭기스는 1216년 요양에 지방행정 관서인 행성요동(行省遼東)을 설치했다. 그것은 요동의 안정을 추구하면서, 위협받고 있는 옐루류게를 돕기 위한 제도였다.

거란족의 옐루씨족(耶律氏族)은 916년 요나라를 세워 임금이 된 야율아보기(耶律阿保機)의 혈족으로 요나라의 황족이 됐다. 그 후예인 옐루씨족의 류게에 이어 같은 씨족 시부가 대요수국의 황제를 자처함으로써, 옐루씨족이 다시 신생 거란국의 황족으로 등장했다.

그러나 다시 일어선 요수국의 다른 거란족 지도자들은 몽골에 귀부해 있는 옐루씨 일족에 대해 불신감이 높았다.

"우리는 옐루 일족을 믿을 수가 없소이다. 이미 옐루 일족이 칭기스의 참모가 돼 있고, 다시 류게도 나라를 세우고 몽골인을 부임금으로 두었다가 이제는 아주 몽골로 도망했습니다. 그 일족인 지금의 시부를 언제까지 받들 것입니까?"

맨 먼저 문제를 제기한 것은 진샨(金山)이었다. 여기에 어얼(鵝兒)이 동조하고 나섰다.

"옳은 말씀이오. 이제는 우리가 저들 옛날 황족의 후예들만 믿고 그들에게 국권을 맡길 수는 없습니다."

치누(乞奴)와 퉁구위(統古與) 등 거란족 사회의 평민출신 지도자들은 황족출신인 옐루시부도 몰아내기로 했다. 이래서 류게를 제거한 시부도 칠십여 일만에 피살됐다. 노선투쟁에 이어 이번에는 신분투쟁이 얽힌 정변이었다.

그 후 어얼·진샨·치누·퉁구위 등이 공동으로 지휘권을 맡아 요수국의 군사와 백성을 지도해 오다가, 나중에는 한서(喊舍, Hanshe)가 지도층의 추대를 받아 집권하기에 이르렀다.[31]

격변하던 대요수국의 권력 변동은 결국 한서에 이르러 고착됐다. 그 뒤로는 한서가 계속 거란족을 지도하고, 치누나 진샨·퉁구위 등은 한서의 장수로서 활동했다. 한서는 거란의 황족은 아니지만 귀족가문 출신으로, 영명하고 용기와 무예가 출중한 젊은 전사였다.

한편 몽골은 도망해 간 류게의 안내를 받고, 속국이 된 푸젠완누의 동진국을 앞세워, 요수국 토벌에 나섰다. 요수국은 몽골과 동진의 공격을 받아 쫓기다가, 그들의 군사거점인 개주(開州, 만주의 鳳凰城)에서도 크게 패했다.

요수국 거란인들은 계속 도주하여 남쪽으로 와서 압록강 건너편의 강변에 이르렀다. 가족과 부족을 대동한 그때 거란인의 규모는 9만여 명이었다.

흑거란 자주파가 밀려나자, 등주와 개주 일대의 요수국 땅은 다시 류게에게 돌아갔다. 류게는 후요국왕으로 요동지역을 지배하는 임금이 되어 몽골군을 돕고 있었다. 그는 1220년 사망했다. 류게는 배다른 아들 몇 명이 있었으나, 그들은 아직 어려서 정사를 맡을 나이가 아니었다.

---

31) 이 거란지도자 함사(한서)는 사료에 감사(撼括) 힘사(喊舍) 등 다양하게 표기돼 있다. 효청은 왕자, 한서는 진샨(金山) 왕자와 동일 인물이라는 설도 있다.

당시 상국인 몽골의 칭기스는 코라슴 정벌전을 중동 현지에서 지휘하고 있었다. 만주 지역의 몽골 책임자는 칭기스의 숙부인 다리타이 옷치긴 (Daritai Otchigin)이었다.

유목민은 원래 일정한 거처가 없이, 목초를 따라 수시로 이동한다. 그 때문에 어디로 이동할 때는 항상 온 가족이 함께 다니는 풍습이 있었다.

전쟁에서도 마찬가지였다. 유목민족들은 전쟁할 때에 가족을 동반하는 것이 상례였다.

일단 전쟁이 일어나면 군인과 평민이 구별이 없다. 남녀노소가 모두 전사가 된다. 모든 백성이 군사가 된다는 유목사회의 전민전사(全民戰士)의 형태다.

유목민의 전쟁은 목초지 쟁탈전일 때가 대부분이다. 따라서 그들의 전쟁은 테무진 시대의 몽골에서처럼 목초지를 중심으로 벌어졌다.

따라서 유목민의 전쟁은 민족이동의 성격을 띠고 있다. 민족이동은 곧 전쟁 양상을 수반한다. 서양사의 게르만민족 대이동도 그런 현상을 보였다. 만주에서 쫓기던 이때의 거란족도 마찬가지였다.

더구나 거란족을 공벌할 때, 몽골군은 초토화를 기본 전술로 하고 있었다. 거란인들이 있는 곳을 찾아 쳐들어가서는 먼저 사람들을 닥치는 대로 죽이고, 재보와 도구 가축 등의 재산을 약탈한 다음에는, 시설을 파괴하고 불을 질렀다.

따라서 몽골군의 침공을 피해 탈출하는 거란인들은 곧 종족의 생존을 위한 민족 대이동일 수밖에 없었다.

거란족은 원래 중국의 북부와 중앙아시아의 초원지대를 유랑하면서, 유목을 생업으로 성장해 왔다. 요수국을 구성하는 사람들은 목축과 거란인들이었다. 따라서 그들은 기마민족 특유의 생활과 유풍을 계승했다.

그 후 거란족은 중국 고구려 발해 등의 동아시아 농경국가들과 교류하거나 지배를 받으면서, 부분적으로 농경생활을 병행하여 반목반농 상태가 됐다. 그들은 생업상의 변화는 있었으나, 관습적으로는 기마민족의 기풍을 계속 유지하고 있었다.

제 3 장

거란족의 침공

거란의 고려 침입

　만주에서 거란을 추격하던 몽골과 동진국의 연합군이 만주의 개주(開
州, 봉황성 부근)에서 거란군 본거지를 소탕하자, 한서(喊舍, Hanshe)는
1216년 8월 거란 군인과 백성들을 이끌고 남쪽으로 내려왔다.

　거란인들은 의주 바로 앞의 압록강 가운데 있는 섬 대부영(大夫營)에 와
서 포진했다. 이 섬은 금나라가 관할하고 있었다.

　유목민의 습성을 유지하여 평소부터 전투조직을 갖추고 있던 거란인들
이 평화에 젖어있는 고려로 밀려왔다.

　이때 그들을 영솔하고 있는 장수는 진샨(金山)과 진시(金始) 형제였다.
귀족출신의 지도자였던 만큼, 그들의 이름 뒤에는 왕자(王子)라는 칭호가
붙여져 있었다.

　대부영 섬에 포진하고 있으면서, 진샨은 사람을 고려에 보냈다. 그 사
절은 압록강을 건너와서 북계 병마사 독고정(獨孤靖, 대장군)에게 말했다.

　"우리는 대요수국 군대입니다. 지금 우리는 몽골군에 쫓기고 있습니다.
식량도 떨어져 모두가 굶고 있습니다. 고려가 우리에게 군량을 보내 도와
주시오. 만약 고려가 우리를 돕지 않으면, 우리는 귀국의 강토를 침공할
수밖에 없습니다."

고종 3년(1216) 8월이었다. 거란족이 고려에 보낸 도전장이다.

독고정의 태도는 단호했다.

"우리는 그대들을 알지 못한다. 나라를 만들었다고 스스로 떠든다고 해서 국가가 되겠는가? 먼저 사신을 보내서 고려에 예를 표하고, 우리 폐하의 조칙을 기다려야 함이 국가관계의 당연한 순서가 아닌가?"

"몽골과 동진국의 공격을 받아 쫓기고 있는 우리는 그런 공식적인 절차를 밟을 한가한 입장이 아니오."

"절차가 없으면 예(禮)가 아니다. 예를 모르면 야만족이 아니겠는가. 우리 고려는 예를 모르는 야만족의 나라나 사람을 상대할 수 없다."

"우리 사정이 급하다고 말하지 않았소! 우리가 몽골을 막지 못하면, 그들이 고려에도 침공해 옵니다. 그래서 지원을 부탁하는 것이오. 고려가 지원해 주면 우리가 몽골이 고려로 남하하지 못하도록 막겠습니다."

"그대들이 우리나라 걱정까지 할 필요는 없소. 나라를 세웠거든 예와 절차부터 따르시오."

"독고정 대장군, 참으로 답답합니다. 우리는 바쁩니다. 고려가 이렇게 절차를 요구한다면, 후일 우리 진영에 황색 깃발을 꽂겠소. 그때 독고 장군이 압록강을 건너와서, 우리 황제의 조칙을 듣도록 하시오. 그것이 절차요. 만일 장군이 오지 않으면, 우리가 고려를 공격할 것이오."

이것은 위협이었다. 일종의 최후통첩이기도 했다.

고려의 북계에서는 그간의 정황을 개경의 조정에 보고하는 한편, 거란인들의 행동을 주시하고 있었다.

며칠 후였다. 급한 보고가 하나 독고정에게 들어 왔다.

"압록강 건너 거란의 진영에 황색기가 올랐습니다."

"그러냐? 내버려둬라. 거란 놈들은 예의를 모르는 야만인들이다. 그런 놈들의 왕에게 이 고려의 병마사가 가서 무릎을 꿇을 수야 있겠는가?"

독고정은 가지 않았다. 거란측의 요구를 묵살하여, 아무런 반응도 보이시 않았나.

그러나 독고정은 병마사로서 예하 부대에 미리 공격명령을 내려놓았다.

"거란 놈들은 성급하며 전투적이다. 저들은 분명히 쳐들어 올 것이다. 대비태세를 갖추고, 강을 건너오면 즉각 반격하라."

적이 쳐들어오면 상부에 보고하여 승인 받으려 하지 말고, 즉각 공격하여 격퇴하라는 명령이다.

독고정의 예측은 들어맞았다. 다음 날 그해(1216) 8월 14일 을축일이었다. 거란의 국왕이 된 진산 왕자는 어얼과 치누 두 장수를 보내 대거 압록강을 넘어 고려를 침입했다. 그때 거란인들은 군민 합쳐 9만 명이었다.

고려군은 독고정의 사전 공격명령에 따라 거란인들에 대해 즉각 공격했다. 그러나 중과부적이었다.

거란군은 의주(義州)·삭주(朔州)·창성(昌城)·운산(雲山)·영변(寧邊) 등의 여러 고을로 물밀 듯이 들어왔다. 그들은 모두 처자들을 데리고 왔기 때문에, 고려의 산과 들이 거란인들로 뒤덮였다.

굶주린 거란인들은 마을로 들어가 벼와 곡식을 마음대로 빼앗고, 소와 말 돼지를 마구 끌어다가 잡아먹었다. 그들은 그 지역에서 한달 이상이나 그렇게 유린하고 다녔다.

독고정은 각 성의 병력을 모아 위주성(渭州城, 평북 영변) 밖에 나가서 거란군을 공격했다. 그때의 접전에서 고려군은 거란인 5백 70여 명의 목을 벴다. 고려군의 전사자는 30명이었다.

북계의 고려군은 다시 청천강변의 조양진(朝陽鎭, 지금의 개천)과 창주(昌州)·운주(雲州)·귀주(龜州) 등지에서 거란군 7백 80여 명을 베었다. 그러나 수적으로 우세한 거란의 침공을 그런 정도의 승리로 격퇴할 수는 없었다.

고려 조정에서는 8월 18일 삼군을 편성해서 노원순(盧元純, 상장군)을 중군 병마사, 오응부(吳應富, 상장군)를 우군 병마사, 김취려(金就礪, 대장군)를 후군 병마사로 삼고, 그들에게 1만 5천의 군사를 주어 거란을 치게 했다.

출전부대에서는 중군병마사가 전체 군의 총지휘관이 된다.

한편 조정에서는 서경 분사(分司)에 조서를 내려, 서경의 군사를 통솔해서 노원순의 삼군을 도와 거란적을 물리치라고 명령했다. 그러나 중앙 정부에 불만이 많은 서경 사람들은 움직이려 하지 않았다.

그때 거란군은 평안북도 일대를 완전히 점령하고 있었다. 그들은 마구 사람들을 죽이고, 죽인 사람들의 집에 들어가 살았다. 북계 땅은 거란인들로 주인이 바뀌어 유린당하고 있었다.

그들은 떵떵거리고 주인 행세를 했다. 거란인들은 소와 돼지를 잡아서 매일 축제를 벌였다. 살아남은 고려인들은 마을에서 쫓겨나 들과 산을 헤매며 굶주려야 했다.

그때 8월 24일 거란군 측에서 고려측에 서찰을 보내왔다.

거란군이 고려군에 보낸 서찰

우리 대요(大遼)는 건국한 지 2백여 년 만에 여진의 침범을 받아 나라를 빼앗겼고, 그 후 거의 백년을 지나서 이제 여진에 빼앗겼던 모든 고을을 회복했다. 그러나 파속로의 일개 성이 항복하지 않으므로, 우리가 여러 번 쳐서 이제 막 항복을 받았다. 이 지역의 관리들은 종전대로 등용하고 백성들도 여전히 자기 일에 안착하고 있다. 고려도 빨리 항복하라. 항복하지 않으면 곧 대군을 보내어 사정없이 살육할 것이다.

노원순이 군사를 이끌고 출정하는 날이 다가오고 있었다.

고종은 공벌군이 떠나기 하루 전날 목욕재계한 다음 종묘에 들어가 열성전(列聖殿)에 국태민안을 빌었다. 신령의 도움과 조상들의 권위를 입겠다는 의식이었다.

거란군이 위세를 보이고 있던 그해 8월 22일, 노원순의 고려 3군은 출정식을 가졌다. 고종은 사태의 심각성을 인식하고, 궁궐을 나와 순천관

(順天館)으로 가서 그곳 숭문전(崇文殿)으로 나갔다. 순천관은 도성의 동북쪽 안정문 안에 있는 객관이다.

노원순과 오응부·김취려 등의 장수들이 군복을 입고 여러 총관(摠管)들과 함께 뜰에 들어와 도열해 있었다. 고종이 나타나자 그들이 엄숙하게 군례를 표했다. 고종은 그들과 함께 군사들 앞으로 갔다.

"전쟁은 '나라의 큰일' (國之大事)이다. 국가의 존망과 국민의 생사가 전쟁의 승패에 달려있다. 적을 가벼이 보지 말고, 두려워하지도 말라. 적의 '실한 것을 피하고 허한 곳을 치며' (避實擊虛), '방비가 없는 곳을 치고, 주의하지 않을 때 출격함' (攻其無備 出其不意)이 용병의 근본이다. 천시(天時)와 지리(地利)와 인화(人和)는 승패의 관건이다. 아무리 훈련이 잘 된 군사라도 바르게 지휘하면 승리할 것이고 잘 못 지휘하면 패배할 것이다. 장수들은 추위와 더위, 배고픔과 배부름, 고통과 즐거움, 안전과 위험을 항상 부하들과 같이하라. 자기 공적과 능력을 자랑하지 말라. 신의를 지키고 충성을 다하여 사직과 백성을 태평케 하라. 이제 토벌군 원수에게 짐의 부월(斧鉞)을 주노니, 전장(戰場)의 모든 결정과 집행은 짐을 대신하여 그대의 뜻에 따라 행하라. 적이 허약하면 진격하고 강력하면 물러서되, 그 진퇴 여부를 장수들이 결정하라."

지휘관의 권력을 상징하는 도끼를 부월(斧鉞)이라 한다. 부월은 출정하는 장수나 지방의 주요 군직을 맡아 떠나는 사람에게 주어졌다. 고종은 거기서 노원순에게 지휘용 군용 도끼를 주었다. 신성불가침의 지휘권인 부월권(斧鉞權) 부여다.

임금으로부터 부월을 받으면, 장수는 현장에서 모든 권한을 누구의 허락이나 간섭 받지 않고 자의로 행사할 수 있는 권력을 갖는다. 이 절대권력이 바로 '부월권' 이다.

고종은 난세에 대비하여 일찍이 유승단으로부터 배운 병학을 되새기며, 일일이 임금의 허락을 기다리지 말고 지휘관의 재량으로 전쟁을 치르도록 했다.

노원순이 부월을 받으면서 말했다.

"우리 공벌군 장수들은 폐하의 명령에 절대 복종하여 국태민안을 위해 충성과 생명을 다 바칠 것이며, 군사들과 함께 기필코 적을 물리칠 것을 천지신명과 폐하께 맹세합니다."

그는 도끼를 받아 쥐고 예를 표한 다음, 단에서 내려와 다시 고종을 향해서 섰다.

"폐하에 대하여 경례!"

크고 우렁찬 오웅부의 구령에 따라서 모든 군사들이 임금에게 군례를 표했다.

이어서 노원순·오웅부·김취려가 장수의 수레에 올랐다. 고종이 단에서 내려와 그 수레를 밀면서 말했다.

"이제 군사는 출동했다. 지금 이후에 원수 노원순은 어느 누구의 간섭도 받지 말고 일체의 휘하 군사업무를 직접 지휘하라. 임금의 명령이라도 따를 필요가 없다. 모든 휘하의 용병은 오직 원수의 명령으로 집행하라. 모든 장수와 군사들도 지금부터는 오직 원수 노원순의 명령에만 복종하라."

고취대(鼓吹隊)가 짧고 힘찬 군가를 연주하는 가운데 노원순의 북벌군은 개경을 출발했다. 군사 출동의 시작이다. 오색 깃발이 수없이 휘날리는 가운데 군사들이 개경 백성들의 환송을 받으면서 북벌 길에 올랐다.

삼군은 개경을 떠나 북진하여 반달이 지난 다음 달 9월에야 청천강 남변의 조양진(朝陽鎭, 평남 개천)에 이르렀다.

그때 개천 주민들이 부대를 찾아와서 말했다.

"적군이 가까이 와 있습니다. 신중히 진군해야 합니다."

"수는 얼마나 되는가?"

"상세히는 모르나, 상당히 많은 군사입니다."

노원순은 삼군에서 각각 별조 1백 명과 신기군 40명씩을 선발하도록 명령했다. 즉각 4백 20명이 뽑혀왔다. 이들 특공대는 적을 공격해 나가다 가 아이천(阿爾川, 순천강 상류)을 사이에 두고 적과 마주쳤다. 곧 사격전 이 벌어졌다.

이 첫 전투에서 고려군은 밀리기 시작했다. 그들은 곧 퇴각해서 다시는 나아가려 하지 않았다. 그것을 보고 신기군의 정순우(鄭純祐, 낭장)가 외 쳤다.

"왜 나아가려 하지 않는가? 이래도 너희가 관군에서 정예한 병사로 뽑 혀온 정병(精兵)이라 할 수 있겠는가?"

그러면서 정순우는 단신으로 적진에 돌입했다. 그는 먼저 지휘 깃발인 독기(纛旗)를 들고 있는 덩치가 큰 군사에게 달려가서 그의 목을 쳐서 쓰 러뜨렸다.

독기는 부대기이면서 장수의 기다. 장수는 이 독기를 흔들어 신호로 삼 아서 부대를 지휘한다. 거란군의 독기가 땅에 떨어져 짓이겨지자 적장은 군사를 지휘할 수가 없었다.

적진은 곧 혼란에 빠져 흩어지면서 거란 군사들은 도망하기 시작했다. 그 틈을 타서 정순우는 신출귀몰(神出鬼沒)하듯 적진을 누비면서 칼을 휘 둘렀다. 잠시 동안에 혼자서 거란군 80여 명의 목을 베고, 20여 명을 생포 했다.

정순우는 그밖에도 말과 소 1백여 마리와 많은 병장기들을 빼앗아 놓았 다. 물러갔던 고려군사들이 그때서야 나가서 정순우가 노획한 물건들을 가져오고 포로들도 데려왔다.

당시 고려군의 부대와 군인은 많았으나 일치된 단결이 없었다. 유일하 게 용기를 내어 목숨을 걸고 싸운 정순우가 단신으로 거란군 부대를 물리 쳤다. 조정에서는 정순우의 공로를 높이 평가하여 그를 두 계급 특진시켜 장군으로 임명했다.

정순우가 생포한 포로 중에는 고려의 양수척(揚水尺) 한 명도 끼어 있었 다. 천민 계급인 양수척이 거란 침입군에 영합하여 그들을 돕고 있었다.

양수척은 무자리 또는 화척(禾尺)이라고도 불렸다. 일정한 거처도 재산도 족보도 없이 떠돌아다니면서, 광대·기생·백정·숯구이 등 천업(賤業)일을 하며 생계를 유지하던 천민층이다.

아이천 전투에서 고려 삼군에 패배한 거란군들은 대오를 분산해서 여러 방면으로 흩어져 도주했다. 사기가 앙양된 고려군은 계속 그들을 추격하며 북진했다.

"대항하는 적군이면 남녀와 노소를 구별치 말고 모두 사살하라. 투항하여 귀순하면 모두 살려서 수용하라."

부월권을 가진 노원순의 명령이었다.

이 명령에 따라 삼군은 연주(連州, 평남 개천군)에서 거란군 1백여 명을 살해했다. 이어서 9월 13일 귀주의 직동촌(直東村)에서도 크게 이겨 적 2백 50여 명을 죽이고 3천여 명을 생포했다.

연전연승하기 시작한 고려군은 귀주의 삼기역(三岐驛)에서 적과 만나 이틀간이나 전투가 계속됐다. 그때 고려군은 적 2백 10여 명을 살해하고 39명을 생포했다.

도망하는 적을 추격한 신기군이 신리(新里)에서 다시 1백 90명을 죽이고 돌아왔다.

고려의 삼군은 연주(延州, 평북 영변) 방면으로 도망하는 거란군을 계속 추격해 들어가 다시 7백 80여 명을 살해하거나 생포했다. 거란군이 사용하던 말과 노새·소, 그리고 많은 병장기들도 빼앗았다.

그러나 3군의 중군병마사 노원순은 거란군의 세력이 심상치 않다고 판단하여 증원군을 보내주도록 조정에 요청했다.

고려에서는 평소 중앙에 2군6위의 경군을 두었다가 전쟁이나 내란이 일어나면 그들을 현지에 보내 종군시키는 것이 관례였다. 출동부대는 보통은 3군(중군 전군 우군)으로 하고 사태가 크고 위험하면 2군(좌군 후군)을 더하여 5군으로 했다.

노원순의 요청에 따라 최충헌은 차척(車僴, 좌승선)을 전군병마사, 송신경(宋臣卿, 상장군)을 좌군병마사로 삼아 출정시켰다. 이래서 노원순의 3군은 5군으로 증편됐다.

종군부대의 지휘관도 평소에는 없고, 출동할 때 임명했다. 병마사는 지금의 사령관(원수), 지병마사는 참모장, 부사는 부사령관(부원수)이 된다.

거란군 토벌 5군 지휘부

부대	병마사	지병마사	부사
중군	노원순(상장군)	백수정	김온주
전군	차 척(좌승선)	이 부	김군수
후군	김취려(대장군)	최정화	진 숙
좌군	송신경(상장군)	최유공	이실춘
우군	오응부(상장군)	최종준	유세겸

떠오르는 김취려

그해 1216년 9월 24일 거란군의 대병이 창주(昌州, 평북 창성군)에서 연주(延州)의 개평역(開平驛)과 원림역(原林驛)으로 이동하여 집결해 있을 때였다.[32]

분산하여 도망하던 거란군인들은 피해가 증대하자 다시 결집하여 대항하기 시작했다.

삼군도 그때 모두 개평역에 이르렀으나 거란군의 위세에 눌려 누구 하나 감히 앞으로 나가는 자가 없었다. 오직 후군의 병마사 김취려와 그의 수하 군사들이 칼을 빼어들고 말을 채찍질하여 적진을 드나들며 공격할 뿐이었다.

두 차례의 접전에서 김취려의 후군은 거란군 9백 50여 명을 벴다. 그 기세에 눌려 거란군은 곧 흩어져 달아났다. 그러나 거란군들은 후퇴하면서 정예기병 1백여 기를 길가에 매복시켰다.

노원순의 중군이 퇴각하는 거란군의 뒤를 추격했다. 중군이 개평역을 지나자 길 양편에 매복해 있던 거란군이 일제히 튀어나와 추격하는 고려

군의 뒤를 쳤다. 중군은 후미에서 역공 당하자 위기에 빠졌다.

김취려가 되돌아가서 거란의 매복군을 뒤에서 쳤다. 오히려 협공 당하게 된 거란군은 포위를 풀고 도망했다. 이래서 노원순의 중군은 김취려의 후군에 의해 구출됐다.

"장군, 고맙소이다. 장군이 아니었다면, 지금쯤 나는 죽었거나 적의 포로가 되어 있을 것이오."

연주의 개평역 전투에서 거란군에 협공 당했다가 겨우 구출된 노원순이 치하하자, 김취려가 말했다.

"만일 그리 됐디면 니 또힌 깅수로시 괙임을 면힐 수가 없시요. 선생터의 무인으로서 할 일을 했을 뿐입니다."

노원순이 그날 밤 잔뜩 겁이 나서 김취려를 찾아갔다.

"저들의 군사는 많고 우리 군사는 적소. 오응부 장군의 우군은 아직 개평역 저쪽에 머물러 있소. 식량도 사흘 분밖에 준비하지 않았는데, 이미 다해가고 있소. 허니, 우리 중군과 후군이 후퇴해서 연주성에 들어가 후일을 기다리기로 합시다. 연주성은 성이 견고하고 백성들이 또한 충용하니, 우리가 의지할 만합니다."

김취려의 견해는 달랐다.

"지금까지 우리 군사가 여러 번 싸워 크게 이겼으므로 그 투지가 오히려 정예합니다. 그 승세의 예봉을 타서 한 번 싸워본 다음에 그때 가서 다시 의논합시다."

그때 거란인들은 먹을 만드는 공장들이 들어서 있는 먹장들(墨匠坪, 묵장평)의 들판에 진을 치고 있었다. 이래서 노원순의 중군과 김취려의 후군은 그날 밤 먹장들을 공격했다.

김취려는 자기 맏아들과 비장인 문비(文備) 등 몇 명의 장수를 거느리고 나아가서 적진을 가로질러 대열을 끊었다.

김취려의 사졸들은 시퍼런 적의 칼날을 두려워하지 않고 다투어 달려

나갔다. 그의 군사들이 가는 곳마다 적병들은 태풍 만난 갈대처럼 쓰러져 나갔다. 김취려 부대는 연전연승했다.

모두가 일당백의 정예였다. 고려사와 동국통감은 그때의 상황에 대해 다 같이 고려군은 '한 사람이 1백 명을 당해내지 않음이 없었다'(無不一當百)고 적어놓고 있다.

그러나 김취려는 이 전투에서 맏아들을 잃었다.

적군은 9월 26일 향산(香山, 지금의 묘향산)에 들어가 보현사에 불을 질렀다. 그 안에 있던 기물과 전적들도 불태웠다. 그때 김취려의 고려군이 그들을 공격해 들어갔다.

이 향산전투에서는 거란의 진샨왕자가 와서 직접 군사를 지휘했다. 고려군은 크게 이겼다. 거란군의 승상 치누도 이 전투에서 전사했다.[33]

그때 다수의 거란인들이 포로로 잡혔다. 고려의 군관이 귀부인 모습의 여인을 심문했다.

"그대는 여자의 몸으로 어떻게 참전했는가?"

"나는 어얼의 아내입니다."

"행원수 어얼(鵝兒) 말인가?"

"그렇습니다."

"원수는 어디 있소?"

"사망했습니다."

"전사요?"

"아닙니다. 진샨에게 살해됐습니다."

"행원수가 살해되다니? 무슨 일이 있었소?"

"그렇습니다. 남편은 약산사(藥山寺, 영변)에 들어가 싸우고 있었습니다. 전세가 불리해지자, 원수는 이미 패전한 것으로 단정하고, 거란인의 피해를 줄이기 위해 싸움을 포기하고 고려군에 항복하자고 주장했습니

---

33) 《高麗史》는 여기서 '치누'를 只奴로 썼다. 그러나 只奴는 앞의 乞奴와 같은 인물이다.

다. 그러나 진샨(金山)이 계속 싸워야 한다면서 반대했습니다. 원수는 밤에 수하들과 가족들을 거느리고 고려군에 귀순하기 위해 고려군 진영으로 가려다가 검거되어 처형됐습니다. 어얼 원수가 죽은 뒤로는 진샨이 직접 군사를 지휘하고 있습니다. 저희는 그 후 도망하여 고려군에 귀순한 것입니다. 어얼 원수의 심복 다수가 여기에 같이 와 있습니다."

"알았소. 선처할 것이오."

"고맙습니다."

"지휘부가 분열되어 쟁투를 벌이면 전쟁을 할 수는 없을 것이오. 거란두 마지막인 것 같소."

"제가 보기에도 그렇습니다. 우리 측은 전의를 완전히 상실했습니다."

고려의 사료에는 거란의 행원수 어얼이 향산전투에서 화살을 맞아 전사한 것으로 되어있다. 그러나 중국의 사서인 원사(元史)의 기술은 이런 어얼 부인의 진술과 일치한다.

김취려의 고려군은 이렇게 거란군과 세 번을 싸워서 세 번을 다 이겼다. 이때 참획(斬獲)한 적군이 2천 4백여 명, 남강에 빠져 죽은 자가 1천이 넘었다. 적의 남은 무리는 밤에 창주(昌州) 방면으로 도망했다.

거란인들은 뒤따르지 못하는 부녀자와 어린아이들을 길에 버리고 갔다. 그 때문에 울부짖는 소리가 '마치 수많은 소 떼의 울음소리와 같이' (號哭聲如萬牛) 들렸다고 기록돼 있다.

적이 버리고 간 식량과 기구가 도로에 어지럽게 흩어져 있었다. 버려진 소나 말은 모두 허리가 잘리거나 배나 궁둥이가 창으로 찔려 있었다.

그것을 보고 김취려는 혀끝을 찼다.

"거란인들은 참으로 야만스럽구나. 도망하면서 길이 바빠 부녀자와 노약자들을 떼어놓고 갔다고 치자. 그러나 아무 죄 없는 소와 말을 빼앗아 가서 왜 이렇게 학대했단 말인가. 비록 말을 못하는 짐승들이지만 그것들이 얼마나 사람을 원망했을까."

김취려는 몹시 마음 아파하면서 군사들에게 명했다.

"거란인 부녀자와 노약자들을 데려다 먹이부터 주고 잘 위로해 주어라. 그리고 상처 입은 마소도 끌어다 쉬게 하고 상처를 보살펴 주도록 하라."

그때 도망하던 거란군 가운데서 건장하게 생긴 중년 사나이가 나타나서 고려군 쪽으로 걸어오고 있었다. 그는 곧바로 김취려에게로 다가가서 땅에 엎드려 절했다.

김취려가 물었다.

"그대는 누구인가?"

"나는 거란의 관인입니다. 우리가 귀국 변방을 소란케 한 것은 물론 죄가 됩니다. 그러나 여자와 어린아이들이야 무슨 죄가 있겠습니까. 그들을 모두 죽이는 일이 없기를 바랍니다. 그리고 나를 박해하지 마십시오. 그러면 우리는 곧 스스로 물러갈 것입니다."

"그대의 말을 내가 어찌 믿을 수 있겠는가?"

"나는 거란의 지도자입니다. 나를 믿으십시오. 그러면 후에라도 내가 거짓이 아님을 알게 될 것입니다."

"알겠소."

하면서 김취려는 그를 가까이 불렀다. 그리고 술을 가져오게 하여 그에게 따라주었다. 그는 술 석 잔을 단숨에 들이키고 돌아갔다.

조금 뒤에 거란군에서 공문을 보내와 추격하지 말아달라고 애원했다. 그 문서는 좀 전에 다녀간 거란 관인의 말과 같은 내용을 담고 있었다.

그 문서는 이미 죽은 어얼과 치누의 명의로 돼 있었다. 지휘관인 원수 어얼과 승상 치누의 죽음을 감추기 위한 술수인 것으로 보였다.

"이런 놈들의 말을 믿을 수 없다. 일단 도망하게 내버려 두었다가 추격하여 쫓아내라."

김취려는 삼군에서 각각 2천 명씩을 내어 6천 명으로 도망하는 거란인들의 뒤를 쫓아갔다. 고려군은 청새진(淸塞鎭, 평북 희천)에서 적을 쳐서 그 너머로 쫓아 보냈다.

삼군이 연주(延州)에 주둔해 있을 때, 적군이 대규모로 공격해 왔다. 노원순의 중군과 오응부의 우군은 군수품을 버려 둔 채 후방으로 철수했다.

김취려가 말했다.

"아니, 전쟁터에 나온 군사들이 군수품을 두고 도망하다니? 이래서야 싸울 수 있겠는가."

거란군이 양주(楊州)로 몰려오자, 김취려의 후군이 나가 쳐서 싸움이 붙었다. 후군은 거란군 수십 명을 살해하고 다수를 포로로 잡았다.

김취려의 후군이 양주에서 고려군이 버리고 도망한 군수물자를 모두 싣고 행군하여 사현포(沙峴浦)에 이르렀을 때였다. 대규모의 거란군이 다시 공격해 왔다.

사태가 위급해지자 김취려는 박주(博州)로 물러간 중군과 전군에 급보를 보내 내원케 했다. 그러나 노원순과 오응부는 오지 않았다.

김취려는 개탄했다.

"부월을 받아 쥐고 임금에게 맹세까지 하고 나온 장수들이 왜 적을 앞에 놓고 싸우기를 피하는가. 그래서야 어떻게 나라를 지키겠는가."

김취려의 후군이 홀로 적과 싸우며 3군의 물자를 모두 싣고 박주에 도착하자, 그때서야 노원순이 말을 타고 서문까지 나와서 영접했다.

노원순이 말했다.

"창졸(倉卒)간에 강적을 만났는데, 후군이 홀로 남아서 적의 기세를 꺾고 3군의 짐을 모두 가져왔으니, 이는 실로 김 장군의 힘이오. 정말로 감사드립니다."

노원순은 말을 탄 채 그렇게 치사하면서, 마상의 김취려에게 술을 따라 주며 축수했다.

김취려가 개선하여 마을로 가자 성의 부로(父老)들도 나와 엎드려 절하며 말했다.

"거란 적들은 사납고 수도 많아서 그들과 싸우기란 지극히 어려운 일입니다. 그런데도 전쟁이 벌어질 때마다 김 장군의 후군이 늘 선봉에 서

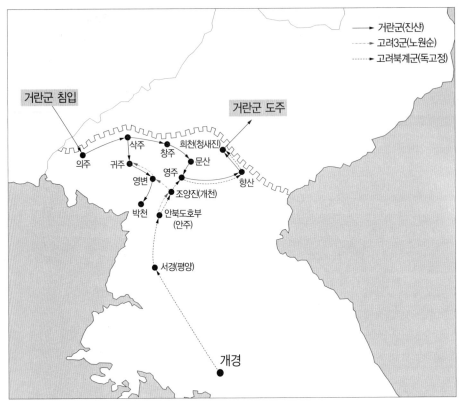

거란의 제1차 침입(1216년 8월)

서, 개평·묵장·향산·원림 등에서 적은 군사로 많은 적을 쳐부숴 쫓아냈
습니다. 그 덕분에 우리 같은 노약자들로 하여금 목숨을 보존토록 했는
데도 우리는 보답할 길이 없으니, 다만 장군이 만수무강하시기를 빌 뿐
입니다."

당시 고려에는 장군이 많았으나 실제로 무장답게 싸우는 사람은 한 두
명의 우수한 장수뿐이었다.

거란군이 침범했다는 소문이 처음 들려왔을 때 사람들의 입에서는 이
런 말이 흘러나왔다.

"한유한(韓惟漢) 어른의 말씀이 맞았어."

"거, 무슨 소리야. 한유한이 도대체 어떤 사람인가?"

"대단한 분이시지. 대대로 개경에 살아온 분인데, 아주 훌륭한 선비였어. 청백하고 절개가 굳은 분이었지. 학문이 깊고 말과 행실이 항상 의로워 아무리 강력한 권력자라 해도 그분을 어려워 했어."

"뭘 어떻게 했기에?"

"최충헌이 권력을 잡고 정적을 마구 살해하자, 그분은 '이제 말세가 왔구나.' 하는 말을 남기고는 가족들을 데리고 지리산으로 들어가 숨어버렸다는 거야."

"최충헌이 그런 사람을 살려뒀나?"

"최충헌은 그를 불러내려 했지. 그에게 서대비원녹사(西大悲院綠事)라는 벼슬을 주고 나오라고 했어. 한유한 선생은 그 소리를 듣고 오히려 더 깊은 산 속으로 들어가서는 세속과의 관계를 아주 끊어버리고 자취를 감추어 살고 있다고 하네. 권력의 유혹을 뿌리치고 벼슬을 버린 채 도망했으니, 그 분은 바로 고려의 이제(夷齊, 伯夷-叔齊 형제)야."

"그 어른의 말씀이 들어맞았다고 한 것은 뭔가?"

"그분이 개경을 떠나면서 '곧 난이 닥친다'고 말했다는 거야. 그래서 사람들이 무슨 난이 닥치겠느냐고 물었더니, '거란인을 비롯해서 북쪽 오랑캐가 들어와 나라 땅을 짓밟고 백성들을 못 살게 핍박할 것이다'고 말했다는 기야. 지금이 바로 그런 난국이 아닌가?"

"그분의 말씀대로라면 거란족 하나만이 쳐들어온다는 것 같지는 않은 것 같은데."

"그렇지. 거란은 이미 쳐들어왔고, 북쪽이 소란스러우니 여진이나 몽골도 쳐들어올지 모르지. 몽골인들은 지금 세력이 커져서 중국과 서역까지 치고 있다는 것 아닌가? 한유한 선생은 그들도 우리나라를 쳐들어 올 것이라고 얘기한 것인지도 몰라."

"최충헌이 그런 훌륭한 선비들을 모셔다가 정치를 잘 했으면, 이런 국난을 미리 막을 수도 있었겠는데……"

신종이 죽고 희종이 즉위한 그해인 신종 7년(1204) 12월 한유한은 일가족을 이끌고 지리산으로 들어갔다. 그 이후 그는 산을 나오지 않았고, 세상과의 인연을 계속 끊고 있어 그의 생사조차도 알 길이 없었다.

고려의 처사(處士)[34] 한유한은 '구름 속의 백학'(雲中白鶴)처럼 속세를 떠나 고매하게 살다가 자취 없이 증발했다.

조선조의 사관들은 『동국통감』(제29권 갑자년, 신종 7년 1204)에서 한유한에 대해 이렇게 적고 있다.

한유한에 대한 사평

당시 권세 있는 간신이 국정을 제 마음대로 하면서 임금보기를 마치 '흙으로 만든 인형'(土梗, 토경)처럼 여기고 있어 왕을 세우고 폐함이 그의 손안에 있었으니, 이때는 바로 현명한 선비가 속세를 버리고 멀리 떠날 시기였다. 그러나 조정의 많은 신하 가운데 한 사람도 그런 기미를 보고 떨치고 일어서는 이가 없었다. 오직 한유한만이 그렇게 했으니, 어찌 현명하다고 하지 않을 수가 있겠는가. 그의 훌륭한 인품과 뛰어난 절개는 수천 년 뒤에도 듣는 자가 우러러보고 흠모하지 않음이 없을 것이다.

---

34) 처사(處士): 노력과 학문이 출중하면서도 세상의 표면에 나타나지 않고 초야에 묻혀 조용히 살아가는 뜻 있는 선비. 거사(居士)라고도 한다.

장수의 불평

고종 3년(1216) 9월, 고려의 삼군은 연주성에 주둔해 있었다. 그때 노원순에게 창주(昌州, 평북 창성)의 분도장군 김공석(金公奭)으로부터 급보가 하나 들어왔다.

"거란의 후속군이 지난달부터 다시 크게 국경을 넘어오고 있습니다."

흩어진 잔존세력을 다시 모아 고려의 국경 지대에 집결해 있던 거란군이 10월에 대거 창주성에 쳐들어왔다. 이번에도 아녀자 가족들을 동반하고 들어왔지만, 군사들은 용감하고 잘 훈련된 정병들이었다.

김공석은 고려군을 이끌고 나가서 거란 적을 격퇴했다. 그 후에도 거란의 공격은 여러 곳에서 벌어졌으나 그때마다 고려군은 선전해서 모두 물리쳤다.

북계에 남아있던 다른 거란군은 위주성(渭州城, 평북 영변군 고성면 사오리) 근교에 이르러, 이미 그곳에 나가있는 노원순의 고려 삼군을 공격했다. 삼군은 이 싸움에서 크게 졌다. 고려군의 전사자는 장군 이양승(李陽升)을 포함하여 1천여 명이었다.

이 패전 소식은 곧 개경에 전해졌다. 백성들은 공포와 비탄에 젖었다. 고려사는 그때의 상황을 '경도(개경)에서는 이 소식을 듣고, 통곡하는 자가 성안에 가득했다'(京都聞之 哭者滿城)고 적고 있다.

기세를 얻은 거란군의 본대는 야밤을 이용하여 청천강을 건너 남진했다. 그들은 평양을 향해서 파죽지세로 진격하면서 주변의 성들을 위협하고 있었다.

조정에서는 고려군의 패전과 거란군의 남진에 당황하여 새로 군을 편성하여 보내기로 결정했다.

최충헌은 정숙첨(鄭叔瞻, 참지정사)을 중원군의 중군 원수로, 조충(趙冲, 추밀원부사)을 부원수로 삼아 군사 5천을 주어 투입키로 했다. 이미 출전해 있는 노원순의 5군에 대한 지원이다.

정숙첨은 절대권력을 받았지만, 그의 감정은 착잡했다. 정숙첨은 최우의 장인이어서 최충헌과는 사돈이 된다. 왕준명의 궁중 정변으로 최충헌이 위기에 몰렸을 때, 정숙첨은 그를 구출해 낸 생명의 은인이기도 하다.

그런 정숙첨은 자기를 출정시킨 최충헌을 못마땅하게 생각했다. 그래서 주변에 대고 말했다.

"최충헌이 나를 출정시키는 것은 거란 적 격퇴와는 관계없는 일이다. 나와 우리 가문을 거세하려는 술수일 뿐이야."

출정하기 전부터 불평하던 정숙첨은 북정하면서도 군사들 앞에서 노골적으로 불만을 털어놓았다.

"최충헌이 왕실에 손상을 입혀 스스로 외적을 불러들이고는 도리어 나를 보내서 적을 막겠다는 것인가?"

그 후에도 정숙첨은 기회가 있을 때마다 최충헌을 비난했다.

"최충헌은 스스로 '내가 나라의 권병(權柄)을 잡은 이래 고려는 나라가 부유하고 군대가 강성하다'고 말하면서, 변방에서 외적들의 변이 있어 장수들이 보고하면 '이런 작은 일을 가지고 왜 역참(驛站)의 말들을 번거롭게 하고 나라를 놀라게 하느냐'고 꾸짖고는, 보고한 사람들을 해직하거나 유배했다. 그것이 어찌 권병을 잡은 사람이 할 짓인가."

그러자 주변의 측근들이 맞장구를 쳤다.

"그렇습니다. 그래서 변방 장수들은 '적병이 와서 두세 개의 성을 함락시키기를 기다린 후에야 조정에 보고하자'고 하면서, 군장을 풀어놓고 쉬고 있었다고 합니다."

"그 때문에 변방의 장수들은 오히려 편했겠지만, 나라는 이렇게 병들었습니다."

다시 정숙첨이 말했다.

"예로부터 '천하가 비록 태평하더라도, 전쟁을 잊고 있으면 반드시 망한다'(天下雖安 忘戰必亡)고 했다. 그러니 최충헌은 나라가 평안한 것만 알고, 외침이 있으리라는 것을 전혀 생각지 않았다. 부귀와 영화 속에서 즐거움이 있는 것만 알고, 재앙이 다가온다는 것을 전혀 모르고 있었다."

"그래서 최 시중은 전쟁을 잊고 전쟁 준비를 전혀 하지 않은 것입니다. '편안할 때 위험을 생각하라'(居安思危)는 선현들의 말씀 따위는 안중에 없는 것이지요."

"그렇다. 최충헌의 안일한 태도는 나무 가지에다 집을 지은 제비의 무지요, 숯불 위의 냄비에서 헤엄치는 미꾸라지의 몽매가 아니겠는가? 이래가지고도 나라의 집정자라 할 수 있겠는가? 그렇다면 하나라의 걸왕(桀王)이나 은나라의 주왕(紂王), 백제의 의자왕(義慈王)과 무엇이 다르겠는가?"

정숙첨의 얼굴에는 노기까지 어려 있었다.

"경인년의 무신정변 이래 무인들이 국권을 장악하고 정사를 전담해 왔지만, 군사는 강병(强兵)은 커녕 오히려 약군(弱軍)이 되고 말았다. 이래서야 어떻게 나라가 제대로 설 수가 있겠는가."

출정을 앞둔 원수와 장수들의 생각이 이런 정도라면 그런 군대가 침공해온 군대와 싸워서 이길 수는 없다.

그때 정숙첨과 조충이 병사를 점검해 보았다. 점검을 마치고 정숙첨이 말했다.

"날래고 용맹스러워 쓸 만한 군사는 모두 최충헌과 최우 부자의 가병(家兵) 출신들이다. 반면에 정규군인 관군은 모두 노약자이거나 체격이 파리한 군졸들이구."

정숙첨은 맥이 풀린 듯 한숨을 쉬면서 주변에 따르는 참모들에게 말했다.

"최충헌 부자가 관군 중에서 날래고 힘센 군사는 모두 자기 일가의 가병으로 빼돌려 놓았기 때문이야. 자기의 안전을 위해 쓸 만한 군사를 가병으로 끌어넣고 잘 먹이고 맹훈련을 거듭해 놓고 있는 것이지. 이래가지고 국가방위가 제대로 되겠는가? 참으로 문제다."

그때 정숙첨은 두려운 것이 없었다. 그는 계속 성토했다.

"무인 집정자가 국권을 사권화(私權化)하여 지금 최충헌의 권력이 왕권을 압도하고 있다. 최충헌의 사병인 도방 군사력이 국가 공병인 중앙군의 군사력을 능가하고 있다. 그래도 이 고려를 나라라고 할 수 있겠는가."

그 무렵 고려군은 규모가 축소되고, 부대는 갈려 있었다.

원래 고려군의 관군인 2군 6위의 중앙 정규군은 병력이 많을 뿐만 아니라, 임금과 궁성·도성을 지키는 것이 그들 중앙군의 임무였다. 그러나 문신의 지배체제가 확고히 굳어지면서 군인전(軍人田)이 문신들에 의해 침탈되기 시작했다. 군인들에게 나뉘지던 토지가 문신들에게 배당됐다.

이 군인전 파탄이 1170년 정중부-이의방-이고가 무신정변을 일으킨 중요 원인이 됐다. 그러나 이 문제는 무신정변 후에도 해결되지 않았다. 정변 공신들이 토지를 강점하여 일반 군반이나 군관들에게는 토지가 돌아가지 않았다.

정변군 장군들의 권력이 커지자, 중앙군의 군관들은 실력자들을 찾아 모여들었다. 이래서 중앙군은 약화되고 군의 사병화가 시작됐다. 공군(公軍)의 시대는 끝나고, 다시 건국 초기와 같은 사병(私兵)의 시대가 오고 있었다.

그 때문에 고려의 직업군인 제도는 무너지기 시작했다. 그 결과 무력해지고 있던 고려 중앙군은 무신정변 이후에도 그 약화가 계속됐다. 중앙의 경군은 축소될 수밖에 없었다.

최충헌이 집권한 뒤 집권자들의 사병이 증강되면서 공군 약화의 추세는 더욱 확대됐다. 정변을 일으키면서 많은 무장들을 처형하여 항상 신변의 위협을 느낀 최충헌이 경호기구로 도방(都房)을 다시 만들어 사병(私兵)을 강화해 나갔기 때문이다.

최충헌은 자기 사병을 늘이면서, 관군에서 용력(勇力) 있는 군사들을 뽑아 도방군에 편입시켰다. 이래서 경군(京軍)은 알맹이 없는 부대가 됐다. 국가의 공군은 전투능력이 없었을 뿐만 아니라, 후방질서 유지도 제대로 하지 못할 정도로 약화돼 나갔다. 이럴 때 거란인들이 대규모로 침공해 왔다.

거란족이 침공하자, 최충헌 사병의 일부가 자신들을 공병(公兵)으로 보내줄 것을 요구했다. 그러나 최충헌은 이를 괘씸하게 여겨 그들을 모두 유배했다.

공병의 지위가 떨어지고 대우도 나빠지는 반면, 최충헌 사병의 대우는 더욱 좋아졌다. 그 때문에 새로 군에 뽑히는 사람들은 국가의 공병보다는 최충헌의 사병이 되기를 희망했다.

최충헌에 대한 불만은 있었지만 왕명으로 출정령을 받은 정숙첨은 조충과 함께 순천관(順天館)에 군사들을 집합해 놓고 훈련시키면서, 계속 군사를 새로 징집하여 출정준비를 서두르고 있었다. 그러나 데려갈 군사가 모자랐다.

그때 재신(宰臣, 정3품 이상의 재상급 신료)과 추신(樞臣, 추밀원의 재상급), 그리고 중방(重房, 무신협의체)에서 고종에게 상소했다.

"나라가 몹시 위급한데 왕족과 문신이 따로 있겠습니까? '괄정충군'(括丁充軍)의 명을 내리시어, 태조의 후손과 문과 출신을 따지지 말고, 나라의 모든 장정을 군사에 충당하게 하십시오."

괄정충군이란 군사의 수효가 부족할 때, 왕명으로 '나라의 모든 장정들을 강제로 동원하여 군사에 충당' 하던 제도였다.

"그 말이 옳다. 그리 하라."

이래서 개경 사람으로 종군할 만한 사람은 모두 징집하여 군에 넣었다. 이때 승군들도 많이 종군했다. 최충헌도 자기 가병(家兵, 사병) 다수를 출정군에 편입시켰다.

정숙첨은 당초에 군사 5천을 할당받았으나, 고종이 괄충령(括充令)을 내림으로써 실제 병력은 수 만 명에 달했다. 이래서 북계 주둔군을 빼고도 약 4만의 군사가 거란과의 전쟁에 더 투입됐다.

정숙첨도 노원순의 경우와 마찬가지로 고종으로부터 부월권을 받고 수만 명의 군사를 이끌고 북정길에 올랐다.[35]

한편 남진을 계속해 온 거란 군사들은 그해 고종 3년(1216) 11월에는 평양의 서경성 밖에 이르러, 그 주변의 안정역(安定驛)과 임원역(林原驛)을 비롯하여 담화사(曇和寺) 묘덕사(妙德寺) 화원사(花原寺) 등에 쳐들어가 역원과 승려들을 죽였다. 그러나 관군은 이를 막지 못했다.

승세를 잡은 거란군은 남진을 계속하여, 그해 12월에는 얼어붙은 대동강 위를 걸어 황해도로 들어갔다. 그들은 황해도에서도 맘대로 유린하면서 인명살상과 재산강탈·주택방화를 일삼고 있었다.

12월 18일 거란군이 황해도의 황주를 유린한 다음 염주(鹽州, 연안군 연안읍)와 백주(白州, 백천)에 이르렀다.

황급해진 정숙첨은 황해도 금천군의 금교역(金郊驛)과 홍의역(興義驛) 사이에 배치해 놓고 있던 군사를 후퇴시켜 개경 부근의 국청사(國淸寺) 앞에 와서 전투태세를 갖추었다.

그해 12월 30일 관군은 평주(平州, 황해도 평산)에서 거란군 2명을 생포했다. 포로 심문에서 그들은 거침없이 털어놓았다.

"우리 거란 군사가 이 달 그믐께 개경을 치기로 계획돼 있소. 고려는 곧 우리에게 항복해야 할 것이오."

고려군의 잇단 패보에다 거란군의 개경습격 계획이 전해지자, 수도 개경에서는 상하가 놀라 공포에 떨었다.

최충헌은 그때 마침 자기 방에 들른 최우에게 말했다.

"네 장인 정숙첨은 도대체 뭘 하고 있는 거냐! 군사를 주었으면 적을 제대로 막아야지."

"무슨 사정이 있을 겁니다."

"적이 가까이 이르렀다. 나라가 소란하면 모반이 일어나는 법이다. 정숙첨도 믿을 수 없고, 중앙의 관군을 믿을 수도 없다. 가병과 문도들을 철저히 단속해서 경비에 한 점의 빈틈도 없도록 해라."

최충헌과 최우 부자는 시가지에 군대를 집결시켜 성을 지키게 하는 한편, 수만의 군사들로 자기네 일가의 신변을 보호케 했다. 거란군이 황해도를 거쳐 개경에 접근하자, 최충헌은 백관들을 철야 대기시켜 궁궐을 지키게 했다.

"나라가 먼저다. 관리나 백성은 그 다음이다. 나라가 없다면 그 안의 백성들이 어떻게 편히 살 수 있겠는가."

그리고는 궁성 밑의 민가들을 헐어버리고 거기에다 참호를 파서 방어진지를 만들었다.

거란군이 개경을 넘보고 있을 때였다. 최충헌은 각 도에 명령을 내렸다.

"지방 각 도와 주현의 수령들은 관내의 지방군과 적령 장정들을 서울로 출동시키라. 그들의 인솔 책임은 현지의 군사 책임자가 맡아라. 군사들의 필요한 물품과 장비를 빠짐없이 갖추게 하라. 조정은 전국의 지방 군사들과 장정들을 모아 새로 군을 편성하여 개경을 위협하는 거란군 소탕에 출정시킬 것이다."

이 명령에 따라 고종 3년(1216) 겨울이 되자, 추수를 마친 대부분의 지방에서는 군사들을 동원하여 서울로 보내고 있었다. 각 지역에서 속속 군대가 도착하자, 조정에서는 그들로 새로 전투부대를 만들어 취약한 전선에 투입했다.

전선은 무너지고

최충헌이 집권한 지 20년이 되었지만 권력을 강화하고 그것을 향유하는데 주력한 나머지 개혁은 둔화되고 대외문제는 소홀해졌다. 이런 취약점이 거란의 침공을 계기로 백일하에 드러났다.

그러나 때는 전시여서 체제를 보완하고 기강을 바로 세울 여유가 없었다. 그 결과 한 군데서 모순이 폭발하자, 그 폭발은 도미노처럼 끊임없이 이어져 나갔다.

설날을 며칠 앞둔 그해 12월 26일. 전주에서 군대를 편성하여 개성으로 보냈다. 그러나 그들은 중도에 딴 마음을 먹었다. 그들의 인솔책임자가 나서서 군사들을 선동했다.

"나라에서 우리에게 해 준 것이 무엇인가. 그들은 우리들에게서 뺏어가기만 할 뿐, 아무 것도 베푼 것이 없다. 이런 정부의 말을 들을 필요가 없다."

그러자 평소 불평이 많았던 군사들이 외치고 나섰다.

"옳소. 전주로 돌아갑시다."

"그럽시다. 우리 고을의 악질 관리부터 처단하고, 고을의 정사를 맡읍시다."

"가자! 가서 저들을 쳐 죽이자!"

결국 그들은 반란을 일으켜 중도에 회군하여 5일만에 전주로 되돌아갔다. 그들은 전주를 점령하고, 관리들을 잡아서 처형하거나 축출했다. 전주의 모든 행정은 그들 스스로 처리해 나갔다.

이때 고려는 전시국가로서의 기강이 완전히 무너지고 체제의 모순은 극에 달해 있었다. 최충헌은 자가(自家)의 안전에 더 신경을 썼고, 장수와 군사들은 충성심이 없었다. 군사들은 적을 피해 조정에 도전했다. 거란족의 침입을 당해 국방전선은 그렇게 무너져 내리고 있었다.

전주 사람들이 반란정부를 세워 자치를 펴 나가자, 나주를 포함한 인근의 전라도 여러 고을에서도 군대를 보내지 않고 있었다.

거란이 침공한 이듬해인 고종 4년(1217) 정월. 경기도의 진위현(振威縣, 평택시 진위면)에서는 이장대(李將大, 영동정)가 이당필(李唐必, 직장동정) 김례(金禮, 별장동정) 등 보직 없이 떠돌고 있던 군관들의 무리를 모아 선동하여 반란을 일으켰다.

이장대는 자칭 정국병마사(靖國兵馬使)라 하고 그 무리를 의병(義兵)이라 일컬으면서, 군사행동으로 나갔다.

그들은 먼저 가까운 진위현을 습격하여 현령의 관인과 병부(兵符)를 탈취한 다음, 나라의 창고를 열고 미곡을 풀어서 백성들에게 나눠주었다. 굶주렸던 농민들이 대거 진위 반란에 합류했다.

이장대는 정국병마사 명의로 격문을 써서 이웃 고을에 돌렸다. 그들은 조정의 힘이 취약한 지방을 향해서 다방면으로 진격해 갔다. 그들은 가는 곳마다 식량 창고문을 열어놓고 외쳤다.

"누구든지 와서 마음대로 가져가시오!"

반군이 열어놓은 창고 중에서 가장 큰 것은 수원 남쪽의 오산에 있는 종덕창(宗德倉)과 충남 아산의 사섭포에 있는 하양창(河陽倉)이었다.

창고가 열릴 때마다 굶주리고 학대받던 백성들이 달려들어 식량을 실어갔다. 사람들은 반군에 의해 무단 방출된 나라 창고의 쌀을 가져갔기 때문에 오랜만에 배는 불렀지만 마음은 불안했다.

"이젠 별수 없다. 우린 반군과 공범이 됐다. 우리가 반군에 들어가 조정과 싸워서 이겨야 한다. 그래야 우리가 산다."

이런 인식이 퍼지면서 반군을 따르는 사람의 수는 계속 늘었다. 이장대는 그렇게 불어난 반군을 이끌고 경기도의 광주(廣州)로 올라갈 참이었다.

그 보고를 받고 최충헌이 노해서 말했다.

"거란의 적들은 온 가족을 이끌고 참전했는데, 우리는 젊은 놈들까지 출전을 피하고 반란을 일으켜? 장정들이 저 모양이니, 나라가 되겠는가."

최충헌은 국란의 책임을 '젊은 놈' 들에게 돌리고, 장정들은 그 책임을 조정에 돌렸다.

최충헌은 권득재(權得材, 낭장)와 김광계(金光啓, 산원)를 파견하여 충청도 안찰사 최박(崔博)과 함께 반군을 토벌토록 하면서 말했다.

"지금 중앙엔 군사가 없다. 도성의 경비와 북방 방어를 위해 경군을 낼수가 없으니, 너희들이 가서 수주(水州, 경기 수원)와 광주(廣州)의 주군(州軍, 지방군)을 동원해서 반군을 치라."

그러나 최충헌이 보낸 진압군은 반군에 의해 격퇴 당했다.

관군은 충청도와 양주도의 군사들까지 징발하여, 다시 반군을 공격했다. 결국 그들은 오합지졸일 수밖에 없는 반군을 괴멸시키고, 그 두목 이당필과 김례를 생포했다. 이상대는 경상도 상주(尙州)로 도망했다가, 그곳에서 사로잡혔다.

안찰사 최박은 사로잡힌 이장대와 이당필·김례 등 반군 두목들의 목에다 질곡(桎梏)을 씌워서 개경으로 압송했다. 최충헌은 그들을 모두 참형에 처하여 목을 벴다.

"이들의 머리를 효수(梟首)하시지요."

최충헌은 효수를 거부하며 말했다.

"아니다. 지금은 민심이 험하다. 효수한 모습을 보고 또 다른 놈들이 일어날 수도 있으니, 소문 없이 묻어버려라."

그 무렵, 거란군이 파죽지세로 남진하고 있었다. 정숙첨의 행영군(行營軍)³⁶⁾은 황해도 금천역(일명 興義驛)에 있었다.

그때 군대 안에서 까닭 모를 소동이 일어나 병사들이 모두 어디로 황급히 빠져나가고 있었다.

거란군의 침입을 받아 최충헌 부자가 나라의 군대를 풀어 자가의 안전에만 급급하는 모습을 보고 정숙첨의 행영군에 속해있던 승려들이 최충헌을 제거키로 모의하여 집단 탈영했다.

그 승병들은 개경 부근의 홍왕사(興王寺)·홍원사(弘圓寺)·경복사(景福寺)·왕륜사(王輪寺)와 시흥의 안양사(安養寺), 광주의 수리사(修理寺) 등에서 나온 승도들이었다.

황해도 금교역에 나가 있던 그들은 거란군과 싸우다 패전하여 돌아온 것처럼 가장하고, 새벽녘에 개경의 서문인 선의문(宣義門, 일명 五正門)으로 와서 급하게 소리쳤다.

"우리는 거란족 정벌군이다. 거란군이 벌써 이곳에 들어오고 있다. 빨리 성문을 열어라. 우리가 들어가 성을 지킬 것이다."

그러나 선의문의 감문군(鑑門軍, 성문 방어군)들은 쉽게 속지 않았다.

"지금은 계엄 중이다. 위에서 성문을 철저히 지키라는 명령이 내려왔다. 이런 판국에 성문을 열 수는 없다."

"우리는 적군에 밀려 수도를 지키기 위해 돌아왔다. 개경과 왕실을 적으로부터 지켜야 한다."

"개경은 우리가 지키고 있다. 정벌군은 성 밖에서 적을 쳐라."

감문군은 좀처럼 흔들리지 않았다.

"빨리 위에 고해라. 적이 가깝게 와있다. 우리 군이 전멸할 위기다. 개경도 점령될 판이다."

---

36) 행영군(行營軍); 변방에 일이 있을 때 중앙에서 변방으로 출정하는 군사들.

그 소리를 듣고서는 감문군이 물러섰다.

"알았다. 잠시 기다려 보라."

그러나 승군들은 기다리지 않고 고함을 지르면서 문루로 올라가, 수문 군사를 쳐서 오륙 명을 살해했다. 그리고는 문을 열고 일제히 성안으로 몰려 들어가 북을 치고 함성을 지르면서 시가지로 들이 닥쳤다.

승군들은 먼저 최충헌의 심복인 김덕명(金德明)의 집으로 가서 그 집을 헐어버렸다. 김덕명은 승려 출신으로 음양설에 능하여 최충헌의 심복이 되어있던 군관이다. 그는 여러 사찰을 지목하여 그곳에 새로 공사를 벌이면 정치가 안정되고 나라가 번창한다고 말했다.

최충헌은 그의 말을 믿고 많은 절을 헐고 새로 관청이나 별궁을 짓는 건축 공사를 벌여 승려들의 불만이 컸다. 이래서 김덕명은 사원세력의 일차적인 공격목표가 됐다.

김덕명의 집을 파괴한 승려들은 다시 최충헌의 집으로 향했다. 그러나 저자거리에 이르러 최충헌이 도성 방어군으로 배치해 놓은 순검군에 걸렸다. 양측 사이에 격투가 벌어졌다. 그러나 곧 승군이 패배하여 물러났다.

최충헌이 승군의 반란 소식을 들은 것은 그 때였다.

"승군이 빠져나가지 못하도록 모든 성문을 폐쇄하고, 철저히 분쇄하라."

최충헌은 그렇게 명령하고 자기 아들 최우를 불렀다.

"외적보다 내적이 더 급하게 됐다, 우리 집을 지키는 가병을 소집하여 방어전에 투입하라."

곧 최충헌의 사병들이 투입됐다. 승군의 뒤에서는 순검군이 추격해 오고, 앞에는 최충헌의 가병이 기다리고 있었다.

협공에 걸린 승군들은 결사 항전했다. 그러나 최충헌의 가병들이 쏜 화살에 지휘자가 맞아 쓰러지는 바람에 승군들은 전투를 포기하고 도망했다. 승병들은 그들이 열고 들어온 선의문에 이르렀다.

그러나 최충헌의 명령에 따라 이미 현문이 내려져 있어 빠져나갈 수가 없었다. 앞길이 막히고 추격병이 뒤따라오자 승병들은 제각기 흩어져 도망했다. 최충헌의 가병군이 계속 추격하여 승군 3백여 명을 살해하고 포로들을 국문했다.

교정도감에서 가혹한 고문과 함께 심문이 계속됐다. 이 국문에서 승도들의 거사에 중군원수 정숙첨이 관련된 것으로 밝혀졌다.

최충헌은 승군들로부터 받아낸 진술 내용(招辭)을 교정도감으로부터 보고 받고 크게 노했다.

"뭐! 정숙첨이 선동했다고? 내 그 동안 정숙첨이 변했다고 생각해 왔다. 그 자가 벌써부터 최우의 힘을 키워주려고 앞장서더니, 드디어 나를 없애려 했구나. 이건 용서할 수 없다."

최충헌은 다시 명령했다.

"계속 성문을 굳게 닫고 성안을 샅샅이 뒤져 숨어있는 승군들을 한 명도 남기지 말고 모두 잡아 죽여라."

최충헌의 가병들은 그날 밤 다시 승군 3백여 명을 잡아들였다. 최충헌의 명령에 의해 그들은 심문도 받지 않고 남계천(南溪川)에서 처형됐다. 죽은 시신들은 피를 줄줄 흘리면서 개울에 던져졌다.

최충헌은 계속 승려들을 색출케 하고 잡히는 대로 같은 방법으로 처형하여 남계천에 던져버렸다. 이래서 모두 8백여 명이 살해되어 시신이 개울을 메웠다.

그때는 정월이었는데도 큰비가 내렸다. 강물이 시뻘겋게 변했다. 개성 주변은 문자 그대로 시산혈해(屍山血海)였다.

승군섬멸 작전이 끝나자, 최충헌은 개경의 태창(太倉)을 열고 곡식을 풀어서 동원된 자기 가병과 5령의 군사들에게 5일간의 식량을 주고 계엄을 계속했다.

밤에 추위가 심해지자, 군사들은 길가의 버드나무를 베고 공가(公家)의 재목을 훔쳐다가 웃불을 피워서 겨울밤의 추위를 견뎠다. 고종 4년(1217) 정월의 일이었다.

최충헌은 정숙첨을 해임하여 소환하고 그를 반역죄로 다스려야겠다고 생각했다. 그는 먼저 최우를 불렀다.

"네 장인은 아무래도 안 되겠다. 이번에 그자가 뒤에서 반군을 선동하고 조종했다. 정숙첨을 소환하고, 정방보로 교체키로 했다. 그러나 여기에서 그칠 수는 없다. 아주 정리해야겠어. 너는 서운해 하지 마라."

"정리하신다면 어떻게 하시렵니까?"

"반역죄야. 당연히 처단해야지."

"예?"

"잠영에 저항나는 말이나. 사람들은 뜨거운 불을 무서워 한다. 그래서 불로 죽는 사람은 적다. 그러나 물은 그것이 약해 보이기 때문에 오히려 물로 죽는 사람은 많다. 정숙첨은 우리를 불로 보지 않고, 물로 보고 있는 거야. 이젠 불로 보게 만들어야 한다."

"처단은 좀 심하지 않습니까. 그래도 왕준명의 정변음모 때 아버님의 생명을 구해준 은인에다, 제 장인이 아닙니까."

"우리의 가업을 쌓기 위해 내가 얼마나 많은 위험을 넘기면서 반항자들을 처단해 왔는지는 너도 알고 있다. 심지어 나는 정변에 공을 세운 아우 최충수와 생질 박진재까지 처단했다. 모두 가업을 이룩하고 권력을 튼튼히 하기 위해서다. 헌데, 정숙첨은 우리가 그렇게 피로 쌓아온 권력을 탐해서, 우리 가문을 비난하고 우리를 해치려 했어."

최충헌은 나라의 정권을 자기 집안의 가업(家業)으로 표현했다.

"허나 처형은 너무합니다. 장인이 승군들의 반란을 사주하거나 주도한 것은 아니지 않습니까, 아버님."

"그자가 군사들 앞에서 공공연히 나를 일컬어 하걸(夏桀)·은주(殷紂)와 백제 의자왕에 비유해서 욕했다는 것이야. 이런 자를 놔두면, 우리의 권력이 온전하게 유지될 수 있겠느냐. 다 너를 위한 것이다."

"그러나 한 번만 더 기회를 주고 지켜보시지요. 부탁입니다, 아버님."

"나라의 집정자는 그런 사소한 인정에 이끌려서는 안 된다. 물고기가 미끼를 물면 낚시꾼은 낚싯줄을 지체 없이 당겨야 하는 거다. 바로 당겨 올리지 않으면 미끼는 달아나고 고기는 놓치는 법이다. 그래도 정숙첨을 용서하자는 게냐.”

“용서하자는 것이 아니라, 목숨만은 살려서 반성하게 하자는 것입니다.”

“예부터 ‘나라가 화목하지 않으면, 군대를 출동해서는 안 된다’ (不和於國 不可以出軍)고 했다. 이제 나라는 결단나게 됐다. 이 책임을 정숙첨에 지우지 않을 수 없다. 군의 원수가 군사를 선동해서 반란을 일으켜 도성을 침범하다니? 이건 반역이다. 반역자야. 내 방침이나 국법대로 한다면, 이건 절대로 용서할 수 없어. 더구나 지금은 전시다. 그런 반역자를 안에다 남겨둬서는 안 된다.”

“정숙첨의 죄는 대단히 큽니다. 하오나, 유배 정도로 해서 그 후의 동정을 보아가며 처형해도 늦지는 않습니다, 아버님.”

“큰 일을 하려면, 반드시 거쳐야 할 세 단계의 일이 있다. 첫째는 결정이고, 둘째는 실천이요, 셋째는 평가다. 정책을 결정할 때는 이것이냐 저것이냐를 가리고, 사람을 고를 때는 쓸 것이냐 말 것이냐를 분명히 해야 한다. 그래서 결정이 이뤄지면, 그 사람을 시켜 채택된 정책을 강력히 실천해 나가야 한다. 일이 끝난 뒤에는 그 성과를 가지고 잘 잘못을 가려서, 잘 한 사람에게는 상과 벼슬을 주고, 못한 사람에게는 관직 삭탈과 징벌을 주어야 한다. 헌데, 정숙첨은 적군을 쳐서 없애려고 군사와 부월을 주어 전선에 보냈음에도, 적은 물리치지 못하고 군사들을 선동해서 반란을 일으켰으니, 당연히 관직삭탈과 처벌을 면할 수 없다.”

“그러나 정숙첨의 공로와 우리 집과의 관계도 인정해 주어야 합니다.”

최충헌은 한참동안 말없이 최우를 바라보다가 말했다.

이 놈은 참으로 끈질기구나. 됐다. 나의 후계자가 되려면 그 정도는 돼야지. 자식 이기는 아비는 없다더니 나도 저렇게 매달리는 자식 놈을 이길 수가 없구나.

최충헌은 한 걸음 물러서서 말했다.

"그래, 어차피 앞으로 고려는 네 나라다. 이제 곧 네 시대가 될 것이야. 우리 가업도 네가 맡아야 한다. 네가 그렇게 원한다면 그리 하겠다. 정숙첨은 유배형에 처할 것이야."

"어디로 유배하시겠습니까?"

"먼 절해고도(絶海孤島)에 처넣어야 그가 제대로 반성하지 않겠느냐?"

"어차피 살려줄 바엔 그분의 향리에 정배(定配)토록 해 주십시오."

"너는 앞으로 내 뒤를 이어 집정이 될 사람이다. 그런 네가 왜 그리 어질고 무르냐?"

"죄송합니다, 아비님."

최우는 고개를 숙였다.

"알았다. 권력을 유지하려면 위엄과 덕망을 함께 갖춰야 한다. 권력을 쌓은 내가 힘으로 사나운 위엄을 갖춘다면, 이것을 유지해 나가야 하는 너는 너그러운 덕망을 갖추는 것이 좋다. 그래서 예부터 관맹상제(寬猛相濟)라 했어. '너그러움과 사나움이 서로 조화를 이뤄야 한다' 는 말이다."

"예, 아버님."

"나도 이미 늙었다. 앞으로 이 자리는 네 것이 된다. 네 말대로 정숙첨을 하동으로 유배하겠다."

최충헌은 아들의 청을 받아들여 정숙첨의 생명은 구해주되, 그의 향리인 경남 하동(河東)으로 귀양 보냈다.

최충헌은 자기 측근인 재상급의 정방보(鄭邦甫, 지문하성사, 종2품)를 정숙첨 후임의 중군원수로 임명했다. 정방보는 왕준명 정변 사건의 처리를 맡아 수사와 재판을 맡았던 최충헌의 심복이다.

중군의 부원수는 조충이 계속 맡았다.

고려군의 패배

정숙첨의 후임으로 새로 중군 원수에 임명된 정방보가 다시 군사를 수습해서 염주(鹽州, 황해도 연백)로 나갔다. 황해도에 이르러 개경성을 넘보고 있던 거란군들은 그 위세에 눌려, 덤벼들지도 못하고 도망했다.

그 무렵인 1217년(고종 4년) 3월 평북 박천(博川) 북쪽에 나가있던 노원순의 고려 5군은 거란군이 안주에 집결해 있다는 정보에 따라, 안주로 이동하여 태조탄(太祖灘)[37]에 가있었다. 정방보-조충의 증원군은 북진하여 태조탄에서 5군과 합류했다.

그때 갑자기 비가 촉촉하게 내리기 시작했다. 큰비는 아니었지만, 옷이 젖기에는 충분했다. 아직 초봄이어서 비를 맞은 군사들은 추위에 떨기 시작했다. 지친 관군은 더 이상 행군을 계속하지 못했다.

그것을 보고 정방보가 부원수 조충을 불렀다.

"비가 이렇게 심하니, 오히려 잘 됐소. 이런 날 적군인들 어디 움직이려 하겠소."

---

37) 태조탄(太祖灘); 정확한 위치는 알 수 없다. 이에 대해서 개성에서 멀지 않은 임진강 상류의 어느 곳, 평북 박천 부근의 새텡상 시뉴 붕의 이설이 있다. 그러나 안수에서 멀지 않다는 당시의 정황으로 보아 재령강(載寧江) 지류설이 유력하다. 안주와 박천은 청천강을 사이에 두고 인접돼 있다.

"그럴 것입니다."

"우리 군사들이 오랜 행군으로 몹시 지쳤으니, 오늘밤은 여기에 머물면서 군사들을 쉬게 합시다."

"그리 하시지요."

정방보는 5군의 노원순에게 말했다.

"찬비가 내리고 곧 어둠이 닥칩니다. 오늘은 움직일 수가 없습니다. 여기서 하루 쉬는 것이 어떻겠습니까?"

"이렇게 비가 내리고 있으니 어쩔 수 없지요. 그리 합시다."

"우리가 떠나오면시 가저온 팬챦은 술이 많이 님있습니다. 이깃을 고관들에게 풀어서 잔치를 베풀어주도록 하십시다."

노원순이 말했다.

"전쟁터에서 전군이 일시에 잔치를 베푼다는 것은 어려운 일이니, 잔치는 지휘관들이 알아서 하도록 합시다."

정방보는 술통을 각 부대에 보내 군관들의 잔치에 쓰도록 했다. 각 부대에서도 자기들이 가지고 있던 술을 꺼내어, 하급 병사들에게도 돌렸다.

이래서 태조탄 남쪽의 고려군 군영에서는 술판이 벌어지기 시작했다. 허기진 군사들이 오랜만에 식사를 제대로 하고 막걸리도 몇 대접씩 돌아가자, 모두들 거나하게 취했다. 노원순의 5군이나 정방보의 증원군 휘하의 여러 장수들도 취하여 즐겁게 놀고 있었다.

잔치를 베풀라는 술통들이 왔을 때, 후군(後軍) 병마사 김취려는 지병마사(知兵馬使) 최정화를 불러서 말했다.

"전투가 끝나지 않았는데, 출전군이 무슨 술잔치인가. 술은 잘 보관해 두시오. 타군 군사들은 홍겹게 즐기겠지만, 우리는 경계를 단단히 하여 만일에 대비합시다. 전투가 승리로 끝나면 그 때 술잔치를 엽시다."

이래서 고려군 가운데 유일하게 술잔치를 벌이지 않은 곳은 김취려의 후군진영뿐이었다.

곧 날이 어두워져서 적군과 아군을 제대로 구분하기 어렵게 됐을 때였다. 정체를 알 수 없는 어떤 군사 하나가 흰색 말을 타고 고려 전군(前軍)의 진중으로 돌입했다. 그는 군영의 한 가운데 서서 겁도 없이 깃발을 흔들며 지휘하기 시작했다.

잠시 후 수많은 군사들이 고함을 지르며 사방에서 닥쳐와서는 전군을 포위했다. 거란군이었다.

거란군은 고려군이 이동해 오자 숨어서 고려군을 정탐하고 포위해 있다가, 고려의 장졸들이 모두 취해 있는 모습을 보고 기습해 왔다.

거란 군사들의 공격을 받자 술에 취했던 고려 군사들은 정신이 번쩍했다. 그러나 몸이 말을 듣지 않았다.

맨 먼저 무너진 것은 전군(前軍)이었다. 그들은 거란군의 고함소리에 혼비백산하여 우왕좌왕했다. 군사들은 비틀거리며 각자 어둠 속으로 흩어져 도망했다. 차척이 지휘하는 전군은 칼 한 번 휘둘러보지 못하고 패배했다.

전군이 무너지자, 거란군이 노원순의 중군(中軍)으로 몰려들었다. 그들은 중군의 책루(柵壘)에 불부터 질렀다. 빗속에서 화염이 치솟으면서 성채들이 불타기 시작했다. 그 불빛 속에서 거란군이 종횡무진 공격전을 펴자, 중군도 어이없이 무너졌다.

이날 술잔치를 벌이지 않고 있던 후군병마사 김취려는 휘하 장수들과 함께 반격을 시도했다. 그러나 기습해온 적군을 치기는 쉽지 않았다. 어둠의 빗발 속에서 격전이 벌어졌지만, 명장 김취려의 지휘도 과거 같지가 않았다. 그 와중에 그의 비장 인겸(仁謙)이 전사했다.

거란군 속에서 누가 외쳤다.

"저 놈이 지휘관이다. 저 장수를 죽여라."

거란군들이 김취려를 노리고 밀려왔다. 김취려는 자기 쪽으로 다가오는 적군들을 맞아 단신으로 칼을 빼어들고 마주섰다. 거란군의 화살이 김취려에게 집중됐다. 김취려는 부상을 입고 넘어졌다. 그가 쓰러지면서 후군도 무너졌다.

후군이 무너지자 이어서 우군도 무너져 고려군사들이 대부분 흩어졌다. 그러나 송신경의 좌군만은 전열을 가다듬어 대항했다. 정방보와 조충은 허겁지겁 몸을 피해 좌군 쪽으로 갔다.

그러나 곧 좌군마저 패했다. 이래서 고려의 5군과 증원군 모두가 완전히 붕괴됐다. 사서에는 '죽은 군사들의 수를 이루 다 기록할 수 없다' (軍士死者不可勝紀)고 쓰여 있다.[38]

이 기습전에서 부상당한 김취려는 군사들에 들려 나와서 곧 후방으로 송환됐다. 최충헌은 김취려를 낭장군으로 일 계급 특진시켜 금오위의 수장으로 삼았다.

고려군은 이의유(李義儒, 대장군)와 백수정(白守貞, 대장군), 이희주(李希柱, 장군)를 비롯하여 대부분의 군사를 잃었다. 겁에 질린 정방보와 조충은 군사들을 버려두고 달아나 서울로 돌아왔다.

개경 거리에는 적군에 얻어맞고 쫓겨 온 패잔군들이 넘쳐흘렀다. 몸에 상처를 입어 허옇게 붕대를 하거나, 도망하다가 발을 삐어 절름거리는 이들이 많았다. 사람들은 음식을 가져와서 그들에게 나눠주고 약을 발라 주었다.

정방보와 조충은 전쟁에서 패하여 장수들을 잃고 돌아왔으니 패군망장(敗軍亡將)의 오명을 벗을 수가 없었다. 더구나 비극의 술잔치를 주동한 그들은 개경에 돌아와서도 부끄러워 머리를 들지 못했다.

감찰기관인 어사대(御史臺)에서는 정방보와 조충에 대한 비판이 빗발쳤다. 어사들은 임금에게 상소를 올리고, 임금의 편전으로 몰려가서 직접 패장들을 탄핵했다.

"정방보와 조충은 적진 앞에서 술잔치를 벌이다가 거란적의 기세에 꺾여 제대로 한 번 싸워 보지도 못하고, 아군의 장수를 잃고 군졸들을 버린 채 저희끼리만 살아서 돌아왔습니다."

---

38) 동국통감, 고종 4년 3월조.

"귀중한 장수를 잃고 많은 병사들을 희생시켰을 뿐만 아니라, 역대로 전하여 내려오는 각종의 귀중한 병서(兵書)와 문적(文籍), 병기와 자재에 이르기까지 모든 걸 적에 빼앗긴 패군망장입니다."

"이것은 폐하께서 친히 추곡하신 뜻에 보답치 못한 것이니, 마땅히 그들의 관직을 파하셔야 합니다."

잠자코 듣고만 있던 고종이 말했다.

"지금 적군이 나라에 들어와 있는데 장수들을 그렇게 방축(放逐)할 수는 없다."

"그렇지 않습니다, 폐하. 이런 전시일수록 나라의 기강을 바로 하고 군기를 엄히 해야만 적을 물리칠 수 있습니다. 저희들의 상소를 가납하여 주십시오."

"그렇습니다, 폐하. 이것을 일벌백계(一罰百戒)로 삼아, 앞으로는 패군망장이 다시 나오지 않게 하기 위해서도, 마땅히 저들을 징계하여 관직에서 파면하셔야 합니다."

고종은 할 수 없이 정방보와 조충을 파직했다.

고종 4년(1217) 3월. 태조탄에서 고려군을 거의 섬멸하여 승기를 잡은 거란군은 개경을 향해 질주했다. 고려군은 저항능력을 잃었다. 김취려가 부상으로 들어앉고, 유능한 장수와 군사들을 잃었기 때문이다.

관군이 지리멸렬(支離滅裂)하자 거란군이 예성강 건너편의 황해도 지역을 휩쓸면서 다시 개경으로 진격했다. 수도가 위협받자 최충헌은 개경 일원에 계엄령을 선포하고, 모든 관리들을 성 밖에 보내 지키게 했다.

거란군은 황해도를 거쳐 일거에 수도인 개경에 이르렀다. 그들은 선의문 앞에 와서 다시 도성을 위협했다. 최충헌은 군사를 풀어서 거란군을 막도록 했다. 최충헌의 도방군사들이 개경을 철저히 지켰기 때문에 거란군은 도성 안으로 침공하지는 못했다.

거란인들은 황교(黃橋)를 불사르고, 국청사를 유린한 다음, 개경의 성 밖 마을들을 유린했다. 그들은 고려군을 마음대로 우롱하면서 수도의 주변 일대를 분탕질하고 있었다.

거란군은 개경 주변의 소란을 끝내고는 다시 주요 도시들을 유린하면서 춘천·원주·제천 지방까지 휩쓸고 다녔다.

그때의 참상을 기록한 신중도장(神衆道場) 소문(疏文)의 내용을 보자.[39]

신중도장의 소문

오랑캐가 틈을 타서 서울(개경)에까지 밀어닥쳐 함부로 행패를 부렸습니다. 나라 창고를 섬 바해 털어먹고는 서성해 놓은 깃들을 불사르고, 남의 여자를 약탈해 욕보이고 찢어 죽여, 길에는 시체가 널려 있습니다. 지방의 주군(州郡)은 서에서 동에까지 거의 폐허가 되고, 사찰은 열에 아홉이 불타버렸습니다.

---

39) 신중도장(神衆道場); 화엄경을 보호하는 신장(神將)을 위해 불도를 수업하고 좌선과 염불을 행하는 행사 또는 그런 장소. 불교의 호국적 군사적 성격이 농후했던 행사로서, 주로 불력(佛力)에 의한 군의 사기진작과 승리를 기원했다. 도장이라는 한자 '道場' 을 '도량' 이라고도 읽는다.

양수척의 반역

거란군이 태조탄(太祖灘)에서 고려군을 크게 격파하고 내려와, 개경 주변을 횡행하며 마구 유린하고 있을 때였다. 정체가 이상해 보이는 장정 세 명이 개경 도성의 선의문을 들어서고 있었다.

성문을 지키던 병사들이 그들을 붙잡아 심문했다. 조사 결과 두 명은 거란인 첩자이고, 한 명은 북쪽 변경지대에 살고 있던 고려인 양수척(揚水尺, 떠돌이)이었다. 양수척은 거란 첩자의 길 안내와 통역을 맡고 있었다.

그 보고를 받고 최충헌이 물었다.

"뭐라? 양수척이 또 나외서 그들을 돕고 있단 말이냐?"

"그렇습니다. 거란군이 들어오자, 북계의 양수척들이 의논한 끝에 떼를 지어 나가서 거란인들을 환영하고 청년들은 스스로 길 안내를 자청하고 나섰다고 합니다."

"양수척도 분명히 고려 백성들인데, 어떻게 그럴 수가 있단 말인가?"

"양수척이 고려 땅에 살고 있는 우리 백성임엔 틀림없으나, 그들의 뿌리는 복잡하고 정체는 애매합니다."

"복잡하고 애매하다니?"

"우선 핏줄이 복잡합니다. 양수척 가운데 우리 고려인의 핏줄도 있지만, 거란·여진 등 북방 야만인들의 후예들이 더 많습니다. 원래 동북(함경도)이나 서북(평안도)을 막론하고, 북방의 변경 지역은 만족(蠻族)들과 인접해서 양쪽 사람들이 서로 국경을 넘나들며 살기 때문에, 피가 많이 섞여 있습니다. 일정한 거처가 없고, 항산(恒産, 일정한 생업)이나 자산도 없습니다. 그래서 그들의 정체성이 애매합니다."

"그럴 테지."

"그들이 최근에 익명의 방문을 시가지에 내다 붙였습니다."

"시가지에 방문을?"

"예. 그걸 보면 '우리늘은 까닭 없이 반역한 것이 아니다. 우리늘이 반역한 까닭은 기생집의 수탈을 견디지 못하여 거란 외적에 투항하여 길 안내가 되었다.'고 했습니다."

"기생집의 수탈이라?"

"예, 그들은 기가침탈(妓家侵奪)이라고 분명히 써놓고 있습니다."

최충헌은 애첩 자운선(紫雲仙)을 떠올렸다. 자운선이 바로 양수척 기생 출신인 데다, 양수척에 대한 수조권(收租權)을 독점하고 있기 때문이다.

자운선이 최충헌의 계집이 되어 수조권을 확보한 뒤로 그의 가렴주구(苛斂誅求)는 갈수록 교묘하고 심해졌다.

그 때문에 양수척들의 불만은 터질 지경에 이르렀고, 그 무렵 거란족이 침입한 것이다.

"그 양수척들의 방문은 또 뭐라고 했는가?"

"예, '만약 조정에서 기생의 무리와 순천사(順天寺)의 사주(寺主)인 혜산(慧山)을 처단해 준다면, 우리는 당장 창끝을 돌려 나라를 위해 일하겠다'고 했습니다."

"기생의 무리라면?"

"예, 자운선(紫雲仙)과 그가 데리고 있는 상림홍(上林紅)이라 합니다."

"자운선과 상림홍은 알겠다마는, 순천사주 혜산은 또 무엇 때문이냐?"

"혜산이 자운선의 뒤에서 마름들을 관리해 주면서, 상림홍과 사통해 왔다고 합니다."

"저런 몹쓸 것들!"

꼭 20년 전인 1196년 최충헌이 병진정변(丙辰政變)에 성공하여 인은관
(仁恩館)에 앉아서 정적들을 잡아 무자비하게 학살하고 있던 어느 날이었
다. 낯선 여인 하나가 그 살벌한 인은관에 나타나 최충헌과의 면회를 청
했다.

정변 후 최충헌을 비서처럼 따라다니던 노석숭(盧碩崇)이 문을 지키고
있다가 물었다.

"누군가?"

"북계에서 온 양수척 자운선입니다."

그녀는 고급 비단옷으로 몸을 휘감았고, 화장을 예쁘게 하고 있었다.
그의 미모에 노석숭은 스스로 당혹했다.

"우리 영공께 무슨 용무가 있기에 왔소?"

"타인에게는 말할 수 없습니다. 직접 뵙고 말하겠습니다."

자운선의 태도는 뻣뻣했다. 그래도 노석숭은 그녀가 밉지가 않았다. 노
석숭은 안으로 들어가서 최충헌에게 알렸다.

"들여보내 봐라."

자운선(紫雲仙)이 최충헌이 집무실(室)에 들어섰다. 자운선은 살기와 공포
감이 감도는 최충헌의 방에 들어가서도 조금도 기죽거나 어려워하지 않
았다. 자운선은 큰절을 올린 다음 최충헌 앞에 앉았다.

당돌하다고 생각하면서 최충헌이 물었다.

"자운선이라 했느냐?"

"예, 장군."

최충헌의 얼굴은 곧 부드러워지고 웃음까지 띄었다. 자운선은 자신감
이 생겼다.

역시 최충헌도 그런 남자구나. 그러나 무서운 권력자다. 숨기려다 잘못

되면 목숨이 달아난다. 정면돌파다.

자운선은 속으로 그렇게 생각하면서, 다소곳이 앉아서 최충헌의 다음 말을 기다렸다.

"그래, 내게 찾아온 용건은 무엇이냐?"

"살기 위해서입니다."

"살기 위해서? 누가 너를 해치려 하느냐."

"예, 바로 최충헌 장군이십니다."

최충헌은 어이없다는 듯이 웃으며 다시 말했다.

"그게 무슨 소리냐. 나는 너를 모른다. 그런 내가 어떻게 너를 해하려 하겠느냐?"

"장군께서 저를 아직 모르셨기 때문에, 제가 이렇게 살아있는 것입니다."

"그럼 너는 도대체 누구냐?"

"죄송합니다. 저는 삭주에 분도장군으로 나가있던 이지영의 첩실입니다."

"이지영의 첩실? 그러면 이의민의 며느리였구나."

"원래는 기생이었으나, 이지영(李至榮)에 이끌려 그가 마련해 준 집에 아주 들어앉아 있었습니다."

"역신의 첩실이었구나. 이지영의 삼족은 이미 다 죽었다."[40]

"알고 있습니다."

"허면, 내가 너를 해하지 않으면 너는 살 수 있겠느냐?"

"아닙니다. 저를 해하려는 무리가 또 있습니다."

"또 있어?"

"예, 북계의 양수척들입니다."

---

40) 이지영은 이의민의 둘째 아들. 이의민(李義旼)은 경대승(慶大升, 장군)이 병사한 뒤, 명종의 임명으로 무인정권의 집정이 된 상장군이다. 그에게는 세 아들이 있었다. 장자는 이지순(李至純), 차자 이지영 (李至榮), 삼자 이지광(李至光). 이들은 1196년 4월 최충헌이 이의민을 죽이고 병진정변(丙辰政變)을 일으켰을 때, 모두 참형 당했다.

"네가 양수척 여인이라 하지 않았느냐? 그런데 양수척들이 왜 너를?"

"저는 이지영의 첩실이 된 뒤에 이지영의 주선으로 양수척의 공납을 받아 살아왔습니다. 그것 때문입니다."

"양수척 출신의 미인이 양수척을 배신하고 이지영에 붙어서 양수척을 착취했기 때문이구나. 핫하하하……"

"저는 오늘 이 자리에 목숨을 걸고 있습니다. 그렇게 웃을 일이 아닙니다, 장군."

"오, 네가 이 최충헌에 훈계를 하는구나. 너는 꼭 신라 놈들 같구나."

"예?"

"외세에 붙어서는 제 민족의 나라를 멸하고, 그 나라들마저 차지하지 못하고 당나라에 빼앗긴 신라 놈들 말이다."

"죄송합니다, 장군. 다 살기 위해서 입니다."

"알았다. 내가 살려주마. 그 대신 너는 네 자신의 정체에 대해서 입을 꼭 다물고 있어야 한다. 그래야만 내가 너를 살릴 수가 있다."

"고맙습니다, 장군."

자운선은 일어나서 다시 최충헌에게 큰절을 올리고 말했다.

"장군께서는 제 생명의 은인이십니다. 이 은혜 무엇으로 갚아야 할지 하교해 주시면, 무슨 일이 있어도 보은해 올리겠습니다, 장군."

자운선은 물러 나왔다.

최충헌은 자기가 귀신에 홀린 것이 아닌가 하는 느낌을 가지고 천장을 쳐다보고 있었다.

절세가인(絶世佳人)이라더니, 자운선이 바로 '이 세상에서는 견줄 사람이 없을 정도로 뛰어나게 아름다운 여인'이구나. 이지영, 그 녀석이 여자 하나는 제대로 골라잡아 즐겼구나.

자운선은 원래 북계의 삭주(朔州)에 살고 있었다. 삭주는 평안북도 북서부의 압록강변에 위치하는 지금의 삭주군이다. 삭주는 고려 때 실지회복을 위한 북진정책에 의해 수복되어, 발해 멸망 이후 비로소 다시 우리 영토가 된 땅이다. 고구려와 발해가 망한 뒤부터 그곳은 거란인과 여진족의 거주지가 되어 왔다.

혼혈은 미인을 낳는다고 한다. 다민족 혼합 지역에 살고 있는 사람 중에는 미인이 많다. 우리나라 북쪽 지역이 바로 한민족을 비롯해서 거란족·여진족 등 이민족들이 모여 잡거하며 교류되는 곳이었다.

자운선은 그곳의 빈한한 유기장 집에서 태어나 자라면서, 그 미모가 빼어나게 수려하여 사람들의 이목을 끌었다. 게다가 태도가 의젓하고 말솜씨가 대단할 뿐만 아니라, 수줍음을 모르는 수완가였다.

미인이 많고 가난한 곳에서는 또한 기녀가 많이 나온다. 그런 자운선도 결국 기생이 됐다. 술집을 전전하던 그녀는 북계 지역에 발령 받아 가족을 개경에 남겨두고 나가서 외롭게 살고 있는 고급 관리나 군인들의 눈에 쉽게 띄었다.

"자운선을 잡은 자가 북계의 강자다."

당시 북계에서 널리 떠돌던 얘기였다. 인기가 대단했던 자운선은 자연히 북계 제일의 실력자의 소유가 될 수밖에 없었다. 그렇게 해서 자운선의 남자는 북계에 대한 인사발령이 있을 때마다 바뀌었다. 이런 모습은 자운선에게는 번거롭고 불안정하고 수치스런 생활이었다.

이의민의 둘째 아들 이지영이 삭주 분도장군(分道將軍)이 되어 나가있을 때에도, 그는 자운선을 한 번 보고 반하여 아주 자기 첩으로 삼아서 들여앉혔다. 자운선은 다시 북계의 최강자로 부임해 온 이지영의 소실이 됐다. 이지영은 이 자운선에 빠져서 임무를 저버리고 밤과 낮을 가리지 않고 그녀와 지냈다. 낮이면 자운선을 데리고 명승지를 찾아다니며 술잔치를 벌였고, 밤이면 일찍 자리에 들어서 다음날 아침 해가 높을 때까지 나오질 않았다.

그러던 어느 날 자운선이 정색을 하고 말했다.

"소첩이 비록 변변치 못한 아낙이기는 하나, 그래도 장군의 총애를 받아 이 고려국 재상의 며느리가 되지 않았습니까?"

"그렇지."

"하오나, 장군. 그런 나의 이 모양이 뭡니까?"

"그 모양이 어떻단 말이냐?"

"저는 본처가 못되는 신세입니다. 장군이 떠나시더라도 당당하게 독자적으로 살아가고 싶습니다. 다른 남자에게 시집가지 않고도 혼자서 보란 듯이 떳떳하게 살고 싶습니다."

"허면, 내가 임기를 마치고 개경으로 돌아갈 때, 나를 따라가겠다는 얘기냐?"

"그렇다면 더없이 좋은 일이겠으나, 본처가 있고 크게 현달하신 장군이 저를 데리고 수도 개경에 가실 수 있겠습니까? 그래서 이곳에 머물러 있으면서 다른 남자에게 매이지 않고 살아가고 싶다는 말씀입니다."

"그게 가능하겠느냐?"

"좋은 방법이 있습니다."

그런 일이 있은 다음 날, 이지영이 양수척의 우두머리들을 불러 모았다.

"너희들은 이 고려국의 백성이면서, 단 하루의 부역이나 단 한 푼의 조세도 내지 않고 있다. 그래 가지고서야 어떻게 나라의 보호를 받고 떳떳이 살아갈 수가 있겠는가?"

"……"

"그래서 내가 명령한다. 너희 출신인 자운선에게 조세를 바치도록 하라. 얼마를 어떻게 낼 지에 대해서는 앞으로 별도의 통보를 보낼 것이다. 앞으로 조정이나 나라의 도움이 필요하다면, 자운선을 통해서 건의하도록 하라. 잘 해결될 수도 있다."

다음 날부터 이지영은 삭주분도의 관리들을 풀어서 양수척들의 호구를 조사하고, 그들의 명단을 만들어 공납을 매겼다. 그것은 곧 양수척 개개인에 통보됐다.

자운선은 양수척 중에서 젊고 똘똘한 사람들을 뽑아 마름조직을 만들어 공납을 받아들였다. 수조 임무를 맡은 그 조직은 마치 관료집단같이 민첩하고도 철저하게 행동했다.

자운선은 이제 그의 소원대로 독자적으로 당당하게 살아갈 수 있는 재산과 조직이 마련됐다. 그는 어느새 북계의 상당한 세력가로 성장했다.

이지영이 삭주 분도장군의 임기를 끝내고 개경으로 돌아간 뒤, 자운선은 큰집을 마련해서 여러 명의 기생을 두고 술을 팔면서 다시 큰돈을 모았다. 그 때문에 이지영이 떠나갔어도 강력해진 자운선의 세력은 조금도 흔들림이 없었다.

문제는 병진정변(丙辰政變, 1196)으로 이의민 정권이 최충헌에 의해 타도됐을 때 생겼다. 최충헌 형제의 정변 소식이 전해지자 양수척들이 들고 일어나 조세를 거부하고 자운선을 잡아 죽이겠다고 나섰다.

자운선은 몰래 북계를 떠났다. 그가 간 곳은 개경이었다.

개경에 이르러 보니, 이지영은 자기네 원찰인 황해도 보달원에 가서 그곳 사람들과 잔치를 벌이다가 최충헌이 보낸 한유에 의해 목이 베여 죽은 뒤였다.

자운선은 밤이 돼도 잠을 잘 수가 없었다. 이지영의 죽음이 슬퍼서가 아니었다. 그는 이지영에 대해서는 눈물 한 방울 흘리지 않았다. 오직 자기 목숨을 살리고 양수척에 대한 수조권을 지키면서 과거처럼 떵떵거리고 살아갈 방법을 밤이 새도록 곰곰이 생각하고 있었다.

그렇다. 이것은 최충헌이 아니면 해결해 줄 사람이 없다. 그렇다면 문제는 간단하다. 최충헌을 만나자.

자운선은 그렇게 생각했다.

그러나 도대체 최충헌에게 어떻게 접근해서 그를 구워삶을 수 있을 것인가.

자운선은 다음날부터 줄을 찾아 발이 붓도록 개경 시내를 헤매었다. 삭주에서 안면을 익힌 사람들을 수소문해서 찾아가 보았다. 그러나 말 붙일 사람조차 한 명 없었다. 이의민 세력은 줄줄이 처형됐고, 처형을 면한 자도 숨을 죽인 채 모두들 조용히 들어앉아 있는 참이었다. 절망뿐이었다.

다시 잠을 설치며 며칠 날을 고민하던 자운선은 드디어 실마리를 찾아냈다.

"그렇다. 이제 믿을 것은 나 자신 밖에 없다. 내 재주는 뭔가. 이 몸뚱이다. 이 몸뚱이 하나야. 그래. 이 몸을 던져 길을 찾자. 죽지 않으면 호강이다."

양수척 여인 자운선이 다음날 서슬 퍼런 인은관으로 가서 최충헌을 만났다.

그 후 최충헌은 자운선을 몇 차례 술자리에 불러냈다. 그럴 때마다 밤에 잠자리를 같이했다. 그렇게 얼마간 지냈다. 아주 짧은 시일이 지난 뒤였다. 최충헌은 그가 살해한 정적 이지영이 그랬던 것처럼 자운선을 자기 측실로 들여앉혔다.

자운선은 이제 권세가의 아들이 아니라, 바로 권세가를 잡았다. 양수척에 대한 자운선의 수조권도 되살아났다.

그녀는 아주 개경에 머물러 살면서 흩어져 없어졌던 마름조직을 다시 살렸다. 그들을 통해서 북쪽 변방의 양수척들로부터 계속 공납을 받아들였다. 그것은 이의민 시대보다도 더 철저하고 가혹했다.

최충헌의 정변 후 해방감으로 한껏 부풀어 있던 북계 양수척들의 꿈은 깨졌다. 그들의 불만은 다시 쌓여가기 시작했다. 거란인들이 침범하자, 양수척들은 '기가침탈'의 반기를 들고 거란 편에 섰다.

최충헌이 양수척의 반역에 대한 보고를 받고 말했다.

"혜산이라는 주지, 그놈은 돌중이었구나. 당장 사람을 보내 자운선과 상림홍을 개경에서 내쫓고, 혜산을 잡아오도록 하라."

최충헌의 군사들이 자운선의 집에 들이닥쳤다. 그때 자운선과 상림홍이 한가하게 무슨 얘기를 나누면서 깔깔대고 있었다.

"자운선 있는가!"

사나이들의 다급한 목소리를 듣고 자운선이 나와서 물었다.

"누구들이기에 이처럼 무례한 말씨로 떠드는 겐가?"

"영공의 명령이다. 자운선과 상림홍은 즉시 개경을 떠나라!"

"무슨 말씀이오? 최충헌 영공이 그러실 리가 없소."

"너희가 양수척의 불만을 사서, 그들이 거란군에 편들어 우리를 치고 있단 말이다. 빨리 피해야 목숨이라도 부지할 수 있어. 빨리 떠나라!"

"내 직접 영공을 뵙고 정하겠소."

"영공이 그대를 만나 주시겠니? 시간이 없다. 목숨이 아깝거든 당장 도성을 떠나야 한다!"

판단이 빠른 자운선은 사태를 알아차리고, 목소리를 낮추어 말했다.

"일이 급하게 된 모양이니, 그리 하겠소. 오늘 밤 안으로 떠날 터이니, 그리 알아주시오."

군사들은 대답도 하지 않고 황급히 떠났다.

자운선은 그날 밤 어둠을 타고 개경에서 사라졌다. 삭주에서 올라와 자운선을 돕고 있던 기생 상림홍도 자운선을 따라나섰다.

군사들이 순천사에 당도했을 때, 절 주인 혜산은 이미 도망하고 없었다.

양수척(揚水尺)이란 무엇인가

후삼국으로부터 고려대에 걸쳐 전국을 떠돌면서 천업에 종사하던 무리들. 이에 관한 정확한 사료는 없다. 일면 수척(水尺)·화척(火尺)·무자리라고도 불렸다. 고려 태조 왕건이 후백제를 정벌할 때, 제어하기 어려웠던 유종(遺種)의 후예라고 전한다.

양수척들은 고려판 집시였다. 그들은 수초를 따라 유랑하면서, 사냥을 하거나 버들그릇(柳器)을 만들어 팔아 살면서 떠돌이 삶을 영위해 왔다.

그런 사람들이 그래도 살만한 곳은 자기들 본래의 고장이거나 개경의 통제가 약한 북쪽 변방이었다. 전국의 많은 양수척들은 북방 변경지대로 몰려가서, 거기에서 이곳저곳으로 옮겨 다니며 살기 시작했다.

양수척은 세 개의 부류로 구성돼 있었다.

그 하나는 고구려-발해계 거란인(契丹人)들이다. 그들의 조상은 한반도 북부와 만주 지방에서 고구려와 발해의 하층 천민을 구성하고 있으면서, 지배계급인 우리 한민족의 지배를 받으며 살았다. 발해가 망하자 그들은 고려로 넘어왔거나, 고려 영토가 북방으로 확대됨에 따라 고려 백성이 된 거란계 사람들이다.

다른 하나는 역시 고구려-발해계의 여진인(女眞人)들이었다. 이들도 거란인들과 같은 배경으로 고려의 백성이 됐으나, 고려에서는 한족(漢族) 외는 모두 야만족으로 여겼기 때문에, 그들도 천민으로 살아야 했다.

셋째는 후백제계 유민들이었다. 이들은 왕건이 후백제를 공격할 때, 후백제를 지키기 위해 강력히 저항했던 사람들이다. 왕건이 후삼국을 통일한 뒤, 그들은 고려에서 발붙일 곳이 없어 북방 변경지역으로 가서 거란-여진인들과 뒤섞여 살면서 양수척이 됐다. 양수척의 지도세력은 바로 이들 후백제 계열이었다.

양수척이 특히 많이 모여 사는 곳은 평안북도 지역의 흥화도(興化道)와 운중도(雲中道, 평북 운산군 일대였다. 그들은 그곳에 서로 모여 살면서 피가 섞였다. 따라서 양수척은 혈통이나 국민적 정체성이 애매할 수밖에 없다.

양수척은 관적(貫籍)에 올라있지도 않아서 혈통의 뿌리를 알 수 없었다. 관청의 호적부에도 올라있지 않았다. 그래서 부역을 하거나 세금을 내는 것도 아니었다. 그들은 분명히 고려 땅에 사는 사람들이면서도, 고려의 백성으로 되어있지 않은 이방인들이었다.

정체성이 불명했고 국가에 대한 불만이 많아 기회가 생길 때마다 비적질을 서슴지 않았다. 고려 최충헌 집권기에 거란족이 침공했을 때는 그들의 앞잡이가 되어 통역과 길안내를 맡았다. 고려 말기 1382년(우왕 8년) 왜구의 침공이 잦았을 때는, 일본인 도적을 가장하여 동남해안을 침범하여 창고와 민가를 불 지르고 재물을 강탈하는 등 노략질을 일삼았다.

조선조에 들어와서는 1423년(세종 5년) 병조(兵曹, 국방부)의 제의에 따라 양수척은 백정(白丁)으로 호칭이 바뀌었으나, 신분은 여전히 천민으로 남아있었다.

박달고개의 대승

거란군의 침입은 그치지 않았다. 거란군은 많을 때는 수만 명씩, 적을 때는 수천 명씩 떼를 지어 계속 고려로 침투해 들어왔다.

그때 고려에는 전선이 따로 없었다. 충청도 이북의 전 국토가 전장이었다. 군대를 집결할 틈도 없었다. 특별한 경우가 아니면, 주(州)와 진(鎭) 또는 그 예하의 성(城)을 단위로 지역 장수나 행정관들이 백성들을 모아 지키는 수밖에 없었다. 따라서 거란군이 몰아닥쳐도 막아낼 수가 없었다.

고종 4년(1217) 4월 거란군 5천여 명이 개성 바로 북쪽인 금교역(金郊驛, 황해도 금천군)에 이르렀다. 다급해진 최충헌은 태조탄 패전으로 괴멸된 노원순의 5군을 파하고 새로 편성했다.

그때 새5군의 도원수 격인 중군병마사에는 오응부(吳應夫, 상장군), 전군병마사에는 최원세(崔元世, 상장군), 좌군병마사에는 공천원(貢天源, 차상장군), 우군병마사에는 오인영(吳仁永, 차상장군), 후군병마사에는 유돈식(柳敦植, 상장군)이 임명됐다. 유돈식은 최충헌의 생질이다.

다시 압록강을 건넌 거란인 후속부대들은 그해 5월에 최충헌의 고향인 황해도의 우봉현(牛峰縣, 금천군)을 털었다. 그들은 다시 남진하여 개경 주변 서남부의 장단(長湍)과 적성(積城)을 거쳐 동쪽으로 가서 동주(東州, 강원도 철원)를 함락시켰다.

거란군 주력은 다시 남진하여 경기도를 벗어나 강원도 원주에 침입했다. 원주의 군민이 이를 물리치자, 거란군은 횡천(橫川, 횡성)으로 후퇴했다. 그들은 거기서 대오를 정비하고 다시 원주를 공격하여 점령했다.

그 후 이들은 원주와 충주 일대를 장악하여 약탈과 살상을 일삼았다. 최충헌은 5군을 경기 일원에 투입하여 수도를 위협하는 거란군을 격퇴하도록 명령했다.

그러나 5군 군사들은 적극적으로 적을 찾아 나서지 않았다. 오직 후군병마사 유돈식만이 거란 식민이 파주의 교하 방면으로 출동했다. 이 소식을 듣고 중군병마사 오응부는 오히려 유돈식에게 말했다.

"지금은 거란군이 적성(積城, 파주군 적성면) 장터에 모여 있으니, 교하로 가지 말고 회군하는 것이 옳다. 즉시 군사를 돌려라."

그러나 유돈식이 응하지 않았다.

"무슨 말씀입니까? 4군이 우리를 따라 함께 가서 적을 쳐야 합니다."

유돈식은 북을 쳐서 군사들을 출발시켰다. 오응부는 징을 울렸다. 북소리는 전진명령이고, 징소리는 후퇴명령이다. 유돈식이 후퇴명령에 응치 않고 교하 방면으로 출동했으나, 적군은 이미 딴 데로 가고 없었다.

최충헌은 고종에게 건의했다.

"전투를 게을리 한 5군의 중군병마사 오응부와 적의 행방을 몰라 실패한 후군병마사 유돈식을 파면하고, 종신토록 그들을 다시 임용하지 마십시오, 폐하."

고종은 최충헌의 생질인 유돈식은 과오가 경미하다는 이유를 들어 파면하는데 그치고, 오응부만 최충헌의 건의대로 처벌했다.

최충헌은 그해 고종 4년(1217) 5월 5군을 전면 재편성하여, 그들의 후임으로 우선 최원세(崔元世)를 중군병마사, 김취려(金就礪)를 전군병마사로 삼아 남쪽으로 간 거란군을 뒤쫓게 했다.[41]

최충헌은 지윤심(池允深, 대장군)을 양광충청도의 방어사로 삼아 도내의 군사와 승군을 동원하여 적을 막도록 했다.

김취려는 태조탄에서 입은 상처가 아직 아물지 않았지만, 명을 받고 다시 출전했다.

새로 편성된 최원세-김취려의 5군은 적을 추격하여 원주와 충주 사이에 있는 법천사(法泉寺)에 이르렀다. 그들은 그곳 충북 제천의 보리골(麥谷, 충주 서북 45리의 하맥곡)에서 거란군을 만나 3백여 급을 베어 첫 승리를 올렸다.

사흘 뒤 최충헌은 개경의 공사 노비들로 가발군(加撥軍)을 편성하여 보냈다.[42] 임보(任輔)가 동남도 가발병마사가 되어 최원세와 김취려에 합세했다. 그들 세 사람은 달현(達峴)에서 만나 전략회의를 열었다.[43]

최원세가 말했다.

"고개 위에는 대군을 주둔시킬 곳이 못되니, 물러나서 산 아래에 주둔합시다."

김취려는 생각이 달랐다.

"용병술은 비록 인화가 귀하다고는 하나, 지리 또한 가벼이 여길 수가 없소이다. 옛부터 '무릇 군대의 주둔지로는 높은 곳이 좋고 낮은 곳은 좋지 않으며, 양지는 좋으나 음지는 좋지 않다'[44]고 했습니다. 이곳을 비워 놓았다가 저이 만약 이 높고 양지바른 달현고개를 먼저 점거하면, 우리는

---

41) 새로 편성된 지휘부의 병마사 지병마사 부사

부대	병마사	지병마사	부사
중군;	최원세(崔元世, 상장군)	이무공	권 준
전군;	김취려(金就礪, 상장군)	곽공의	김혁여
좌군;	공천원(貢天源, 차상장군)	최 의	이 적
우군;	이인영(吳仁永, 차상장군)	성인극	진세의
후군;	유돈식(柳敦植, 상장군)	최종준	진 숙

42) 가발군(加撥軍); 추가 지원군.

43) 달현고개; 충북 제천군 봉양면 원박리의 섶밭에서 서북쪽 백운면으로 넘어가는 경계에 있는 박달현(朴達峴). 일명 박달재 또는 박달령. 해발 457미터.

44) 그 근거는 손자병법 제9편 행궁법의 '凡軍好高而惡下 貴陽而賤陰'(범군 호고이오하 귀양이천음).

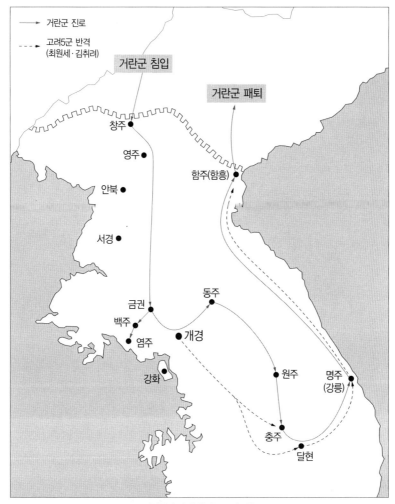

거란군의 제2차 침입(1216년 9월)

저 아래 낮고 그늘진 곳에 있게 될 것이니, 병법으로 볼 때 우리가 불리합니다. 그리되면 원숭이같이 민첩해도 적을 당해낼 수 없을 것인데, 하물며 사람이 어떻게 당해낼 수 있겠습니까?"

지식과 논리에 밀린 최원세는 김취려의 견해대로 군대를 몰아 달현 고개 위에 올라 부대별로 나눠서 요지를 지키게 했다. 고려군은 노숙하면서 적군의 동태를 감시했다.

날이 밝을 무렵이었다. 적이 과연 고개의 남쪽으로 진군하면서, 먼저 좌우의 봉우리로 나누어 올랐다. 전략적인 요충지를 확보하려는 것이었다.

고개 위에 진을 치고 있던 고려군은 기어오르는 거란군을 맞아 유리한 곳에서 싸워 크게 이겼다. 거란군은 노인과 부녀자 아이들을 버리고 도망했다. 병장기들도 내버리고 가버렸다. 이것이 '달현의 승첩'이다.

거란군은 달현전투에서 크게 패함으로써 그 이상 남쪽으로 내려갈 수 없었다. 경상도로의 남진이 차단된 거란군은 동쪽으로 방향을 돌려 대관령을 넘어 강원도 명주(溟洲, 강릉)로 갔다.

거기서 그들은 다시 동해안을 따라 북상하여, 함주(咸州, 지금의 함흥)를 거쳐서 그해 8월에는 모두 함경도 쪽의 동진국 땅으로 들어갔다.

달현에서 거란군의 남진이 저지되자, 경상도 사람들은 안도의 숨을 쉴 수 있게 됐다. 그들은 소와 돼지를 잡고 술을 거두어서, 최원세-김취려의 5군을 찾아가 진사하고, 군사들에게 후하게 잔치를 베풀어 주었다.

5군이 서둘러 거란군을 국경 밖으로 몰아내는 데는 일단 성공했으나, 그들이 남기고 간 상처는 너무나 컸다. 그때의 참상과 거란인들의 행패에 대해서 이규보는 이렇게 써 놓았다.

이규보가 묘사한 거란군의 만행

거란의 여민(餘民)들은 남의 양식을 빼앗아 가면서도 사람 해치기를 흔쾌히 여겼다. 심지어는 늙은 할미와 어린아이들까지도 함부로 죽였다. 그들은 새끼 밴 말과 젖먹이 송아지도 남김없이 도살했다. 불사(佛寺)를 태워서 잿더미로 만들고, 법서(凡書)를 찢어 뒷간에 버리기도 했다. 이것은 이른바 짐승의 마음이지, 어찌 사람의 정이겠는가.

서경군대의 반란

거란군이 북으로 격퇴되기 두 달 전인 고종 4년(1217) 6월이었다. 거란
군의 선공부대가 개경을 위협하고 다시 남으로 내려가고 있을 때, 그들
의 후속부대들이 계속 압록강을 넘어 쳐들어왔다. 최충헌은 서경분사에
거란군을 대동강 이북에서 저지하라고 명령하는 임금의 조서를 내려 보
냈다.

그 무렵 어사대 관리로 있던 정의(鄭顗)가 서경분사의 분대녹사(分臺綠
事)를 맡고 있었다. 정의는 개경에서 내려간 임금의 조서를 받들어 서경
병마사 최유공(崔兪恭, 상장군)과 판관으로 있는 김성(金成, 예부낭중)에게
즉시 군사를 이끌고 출동케 했다.

그러나 그때 최유공은 민간의 재물을 많이 약탈해서 군사들의 마음을
잃고 있었다. 이런 군심(軍心) 이반으로 사졸들은 최유공을 따르려 하지
않았다. 최유공이 군사를 강제로 이끌고 평양성을 나서자, 얼마 가지 않
아서 사졸들이 대부분 부대를 이탈했다. 그런 행동을 주동하고 있던 사람
은 사졸인 최광수(崔光秀)였다.

그러나 지휘관인 최유공은 어찌할지를 몰라 당황하고 있었고, 김성은
대낮부터 술에 취해서 인사불성(人事不省)이었다.

최광수는 병졸들을 끌어 모아 출동을 거부하고, 다시 군사들을 초모하여 서경으로 되돌아갔다. 그는 평양성 안에 독기(纛旗)를 세워서 꽂아놓고 군사와 백성들 앞에서 외쳤다.

"우리는 무능하고 부패한 최유공을 따라나서서 죽을 수는 없습니다. 우리 스스로 들고일어나서 이 땅에 고구려를 부흥시켜야 합니다. 지금 조정은 거란의 침공을 받아 지리멸렬(支離滅裂)되어 있습니다. 이것은 하늘이 우리 서경성에 내려준 기회입니다. 여러분, 나를 따르시오."

반란이다. 최유공의 착취에 시달려온 평양성의 백성들은 쉽게 최광수를 따라나섰다. 최광수는 스스로 '고구려부흥병마사'라고 내걸고, 자신의 직급을 금오위(金吾衛) 섭장군이라고 자칭했다. 그는 부서를 만들어 막료를 구성했다.

개경의 조정에서는 김주정(金周鼎, 형부낭중)을 보내 달래게 했다. 김주정은 평양으로 달려가 최광수를 만나서 말했다.

"지금은 국가 비상시다. 거란 적이 들어와 북계를 분탕질하여 백성들이 크게 고난을 겪고 있다. 이럴 때 적을 쳐부숴야 할 그대가 군사를 빼어내서 반란을 일으키다니, 이게 될 일인가?"

"그 동안 서경 병마사 최유공이 어떻게 해왔는지 알고나 계십니까? 먼저 최유공의 목을 베고 나서 얘기합시다."

"그 문제는 차차 할 것이다. 지금은 전시다. 우선 거란 적부터 치고 보자."

"우리는 더 이상 개경 조정의 말에 속지 않을 것이오. 이곳에 오래 있으면 김 낭중의 생명을 보장할 수 없으니, 빨리 돌아가시오."

최광수는 조정의 설득을 거부했다. 그는 북계의 여러 성에 격문을 보내어 호응토록 촉구하고, 여러 신사(神祠)에 명해서 성공을 위해 기도를 드리도록 했다.

정의는 평양에서 최광수와 한 마을에 살고 있었기 때문에 서로 잘 알고 가까이 지낸 사이였다. 사태가 악화되자, 정의가 직접 반란진압에 나섰다.

정의는 최광수의 반역행위에 분개하여, 서경의 군관들 중에서 무예와 용기가 뛰어난 필현보(畢玄甫)·김억(金億)·백유(白濡)·신죽(申竹) 등 10여 명을 뽑아 특공대를 결성했다.

"각자 도끼를 소매 속에 숨겨라. 그러나 어제든지 꺼내기 좋게 감춰야 한다."

정의는 그들을 이끌고 최광수가 있다는 신사 쪽으로 갔다. 최광수는 거기서 신에게 승리를 빌고 있었다. 정의 일행이 다가가자, 놀란 반군들이 최광수를 겹겹이 둘러쌌다.

최광수는 정의를 보자 반가운 모습으로 나와서 그를 맞아들였다.

"어서 오십시오, 녹사 어른."

정의가 근엄한 표정으로 꾸짖었다.

"최광수는 들어라. 너는 나의 이웃 친구다. 거란 적의 침입으로 나라가 외환을 겪고 있는 이때, 적과 싸워야 할 그대가 어찌 반역을 도모하려 하는가. 나는 이를 용서할 수 없다."

"백성을 착취하여 민심을 잃고 있는 부패 무능한 최유공 병마사의 일은 녹사 어른께서도 잘 알고 있지 않습니까? 민심이 이러한데, 적을 물리칠 수 있겠습니까?"

"병마사의 일은 내부문제다. 외적이 눈앞에 와있는데 군사들을 미혹시켜 반란을 일으키다니, 군율이 너를 용서하겠느냐!"

그 말이 떨어지자, 필현보가 소매 안에서 도끼를 꺼내 최광수의 정수리를 내리쳤다. 그것은 아주 정확했다.

최광수의 머리는 그 자리에서 둘로 쪼개져 나갔다. 함께 간 다른 군관들도 동시에 반군의 간부급 몇 사람을 도끼로 쳐서 죽였다. 반군 두목 8명이 그 자리에서 참살됐다.

정의가 반군들을 향해서 외쳤다.

"두목들은 처단됐다. 나머지 군사는 죄를 묻지 않겠다. 빨리 원대에 복귀하라."

정의의 명령이 떨어지자, 반군에 가담했던 군사들은 모두 흩어졌다. 그 중 일부는 원대로 돌아갔지만, 대부분은 어디론지 잠적하고 없었다.

이래서 평양은 일단 진정됐다.

조정에서는 정의에게는 섭중랑장 계급을 주어 내시부에 근무케 하고, 백유와 김억은 별장으로 올려주었다. 필현보 등 나머지 사람들도 모두 진급시키고 상도 후하게 내렸다.

최충헌의 고통거리는 양수척만은 아니었다. 이런 군율의 해이도 큰 문제였다. 평소의 국정으로 시달려온 백성들의 불만으로, 국가의 기강이 전반적으로 서있지 않았다.

거란군이 고려를 쳐들어와 휩쓸던 그때는 전쟁터에 나가는 군사들의 군복을 지금처럼 나라에서 해 준 것이 아니다. 일반 백성이 군인이 되면, 군에서 쓸 자기의 옷과 무기를 각자가 마련해서 가져가야 했다. 군관의 경우는 말과 마구도 각자가 준비했다.

이것을 장만하려면 비용이 많이 들어 부담이 컸다. 그래서 군인을 한 명이라도 뽑아 보내면, 그 마을 사람들이 나서서 공동으로 그런 물품을 장만해 주어야 했다.

그해(1217) 9월이 되자, 조정에서는 거란군을 토벌하기 위해 군사들을 출정 시키기에 앞서 겨울전투 준비가 필요했다. 그래서 출정을 앞둔 군사들을 집으로 보내 겨울옷을 장만해 오도록 했다.

그러나 집에 돌아간 군사들의 생각은 한결 같았다.

"비용과 목숨을 바치는 일을 왜 우리가 맡아야 하는가."

"우리는 나라로부터 받은 것은 아무 것도 없다."

"나라에선 적군을 막기 위해 무엇을 했단 말인가."

"위정자들이 자기 살기에만 급급하고 있는데, 왜 우리가 나가서 죽어야 하는가."

그래서 결국 집에 돌아온 군사들은 부대로 돌아가지 않았다.

사태가 이렇게 되자, 조정에서는 전국 10개 도에 사신을 보내 지방 관리들을 동원하여, 부대로 돌아오지 않고 있는 군사들을 붙잡아 빨리 복귀시키도록 독촉했다. 군사들은 관리들을 피해 도망가 숨었다.

관리들이 아무리 붙잡아다 설득해도 그들은 다시 도망해서 원대에 복귀하지 않았다. 지방의 주민들이 그 도망병들을 보호해 주었다.

이래서 월동준비를 위해 집에 돌아간 군사들은 거의가 돌아가지 않았다. 그들은 기회를 만나면 오히려 반란을 일으키든가, 기존의 반군에 가담히서 조정에 대항했다.

조충의 등장

거란족의 침입 초기에 조충(趙沖)은 정방보의 부장으로 참전했다가 몇 차례 패하여, 부하 장수나 개경의 문신들로부터 백면서생(白面書生)이라는 핀잔을 받고, 파직 당했었다.

이를 몹시 부끄럽게 여긴 조충은 스스로 시를 지어 자기를 격려하면서, 병서를 다시 읽고 자기의 패인과 거란군의 전법을 다방면으로 연구하고 있었다.

그때의 조충의 시는 이러했다.[45]

만리 달리는 준마, 발 한 번 실수하여 거꾸러졌네
슬피 울고 우느라 시절 바뀐 줄도 몰랐도다
조부(造父)로 하여금 그 말 한 번 다시 타라고 한다면

---

45) 조충의 자기격려 시의 원문:
　　萬里霜蹄容一蹶(만리상제용일궐)
　　悲鳴不覺換時節(비명불각환시절)
　　儻敎造父更加鞭(당교조부경가편)
　　踏躙沙場摧古月(답린사장최고월)
　　造父; 옛날 중국에서 말을 잘 몰던 사람의 이름. '조보' 라고도 읽는다.
　　-古月; 오랑캐 호(胡)자를 풀어서 쓴 파자(破字). 따라서 여기서 고월은 오랑캐라는 뜻.

적의 진지 마음껏 달리며 고월(古月)을 쓸어버리리.

조충은 이 시를 벽에 붙여놓고 밤낮으로 암송해 가며 내일을 기약해 왔다. 이렇게 절치부심(切齒腐心)하는 소문이 퍼져서 고종의 귀에까지 들어갔다.

고종은 조충의 시를 가져오게 해서 읽어보았다.

"음, 조충은 훌륭한 신하다. 사람이 어찌 한 번 실패가 없겠는가. 문제는 실패한 뒤 어떻게 하느냐가 문제다. 조충은 그 실패를 거울삼아 다시는 실패하지 않으려고 애쓰는 사람이다."

그러면서 고종은 파직된 지 한 달 뒤인 그해 1217년 7월 조충을 서북면 병마사로 다시 임용했다.

그러자 어사대에서 다시 들고 일어났다.

"조충은 아니 됩니다, 폐하. 조충은 전일에 싸움을 게을리 해서 패전하고 장군들까지 전사케 한 뒤, 혼자서 도망하여 돌아와 탄핵까지 받아 면직된 패군망장(敗軍亡將)입니다. 그간 상을 줄 만한 아무런 공훈도 없었습니다. 그런 사람을 이제 다시 복직시켜 출전케 하는 것은 온당치 않습니다."

"그렇습니다, 폐하. 임명을 취소하셨다가, 그가 공을 세울 때까지 기다려서 관직을 다시 제수하심이 옳을 줄 압니다."

고종이 답답하다는 표정을 지으며 말했다.

"조충은 훌륭한 자질과 능력을 갖춘 장수다. 지난번의 패전 이후 많이 반성하고 공부를 열심히 했다는 사실을 나는 알고 있다. 그가 지은 시도 읽었다. 해서, 이번에 다시 기용하는 것이니, 그리 알고 다시 거론치 말라."

어사대들은 물러섰다.

이것이 조충에게는 불명예를 청산하는 기회이자, 역사적인 명장으로 한국사에 등장한 계기가 된다.

고려가 거란의 침공을 받아 나라가 한창 시끄러울 때였다. 국가의 군대가 아니면서 고려를 괴롭히고 있던 또 하나의 외국세력이 있었다. 이른바 황기자군(黃旗子軍)이라고 하는 여진족 장수 우가하(亏哥下) 휘하의 비적 군단(匪賊軍團)이다.

그때 황기자군의 두목은 가유(賈裕)였다. 가유의 군대는 황색 깃발을 군기로 썼다. 그래서 고려에서는 가유를 황기자(黃旗子)라 하고, 그의 군대를 '황기자군'이라 불렀다.

황기자군은 이미 몇 차례 고려에 침범한 적이 있었다. 그때마다 북계에서 이를 격퇴하여 축출했다.

조충이 병마사로 부임한 두 달 뒤인 그해 9월이었다. 황기자군 수 천 명이 고려를 침공했다. 그들은 평북의 인주(麟州, 신의주)·용주(龍州, 용천)·정주(靜州) 등 세 고을의 경계지역에 주둔하면서, 마을들을 약탈했다.

그 보고를 받고 조충이 말했다.

"그 놈들이 또 들어왔단 말인가?"

"예, 장군."

"잘 됐다. 이것은 하늘이 내게 내린 기회다. 즉시 출동준비를 갖추라."

준비가 끝나자 조충은 다음달 10월 4일 군사를 이끌고 나가서 황기자군 5백 10여 명의 목을 뱄다.

쫓기던 황기자군은 인주의 암림평(暗林坪)에 이르러서 고려군에 반격을 가했다. 그 싸움에서 조충은 다시 황기자군을 크게 격퇴했다.

그때 황기자군은 대부분이 전사하거나 도망하다가 물에 빠져 죽었고, 다수가 생포됐다. 살아 돌아간 자는 겨우 3백여 기에 불과했다.

패전망장의 조충으로서는 명예를 회복할 수 있었던 첫 기회였다.

고종 5년(1218) 6월이었다. 패퇴했던 황기자군의 가유가 직접 군사를 이끌고 압록강을 건너 고려에 들어왔다. 그는 군사들을 의주 일대에 둔영을 치게 하고 자기는 압록강의 대부영(大府營, 또는 大富營)에 있으면서 고려 북계에 사람을 보내 만나자고 요구했다.

그때 북계병마사 김취려는 조충과 함께 평양에 있으면서 주변의 거란 군을 감시하고 있었다. 마침 북계 분도장군 정공수(丁公壽)가 의주에 나가 있었다.

정공수는 가유로부터 면접 요청을 받고, 황기자군의 장수들과 고급 군관들 삼십 명을 압록강 빈관으로 청해서 상을 차리고 연회를 베풀었다.

그들이 술에 취하자, 정공수는 군사를 시켜 가유 등 7명을 사로잡고 20여 명은 목을 벴다.

정공수는 가유를 불러놓고 꾸짖었다.

"그대는 우리가 상국으로 여겨온 금국의 장수다. 우리는 지금 그대 금국과 마찬가지로 거란과 몽골·동진 등의 빈번한 내침으로 어려운 처지에 놓여있는 동병상련(同病相憐)의 관계다."

"그렇지요."

"그대가 이런 사정을 다 알면서 함부로 군대를 끌고 와서 우리 영토를 범하다니, 이는 비적들이나 하는 짓이다. 국가가 위난에 처해 있는데, 일국의 장수가 나라에 충성하지는 않고 오히려 비적이 되어 자국과 외국의 군대와 백성을 괴롭히고 있으니, 이런 반국가적 비윤리적 강도행위는 용서할 수 없다."

가유가 빌면서 말했다.

"장군, 죄송하게 되었소이다. 다시는 이런 일이 없도록 하겠으니 이번만은 선처해 주시기 바랍니다."

"그대는 작년 정축년(1217) 10월에도 파속로(婆速路, 지금의 丹東 동북)로 부터 압록강을 건너 우리 나라에 침범하여, 이곳 의주에 둔영을 치고 우리 마을들을 유린하는 등 몇 달에 걸쳐 비적질을 자행했다. 마침 우리 북계 병마사 조충 장군에 의해 한 달 만에 격퇴됐지만, 그로부터 1년도 안 되어 이번에 다시 침공했다. 이래도 용서받을 수 있겠는가."

"다 저의 잘못입니다. 용서해 주십시오, 장군."

"그대는 국가의 명령 없이 타국에 대해, 특히 전통적인 이웃의 우방에 대해 군사 행동을 벌였다. 이것은 그대의 모국인 금나라에 대해서도 불충이다. 나는 일국의 장수로서 불충한 장수의 목숨을 살려줄 수는 없다."

그러자 가유는 일어나 정공수에게 고려식의 큰절을 몇 차례나 올리면서, 머리를 바닥에 박고 사죄하며 목숨을 빌었다.

다시 정공수가 말했다.

"내가 우리 조정과 협의해서 그대를 처리할 것이다. 가서 기다리고 있으라!"

정공수는 가유를 영창에 감금했다.

가유의 상관인 우가하가 이런 정보를 입수하고, 다음 날 압록강을 건너 달려왔다. 정공수가 그를 맞아들였다.

우가하가 말했다.[46]

"나는 요동 지역을 책임지고 있는 여진족 금나라의 장수로서 더 할 말이 없소이다. 장군도 알다시피, 우리 대금(大金) 제국이 몽골에 밀려 남천한 뒤로, 요동과 만주지역이 금나라와 떨어지게 됐습니다. 게다가 거란족이 일어나 나라들(후요국과 대요수국)을 세웠고, 여진족의 장수 푸젠완누도 독립해서 동진국(東眞國)을 세웠습니다. 그리 되자 대륙의 고아가 된 나의 군사들과 백성들이 이렇게 비적이 됐습니다. 그들은 내가 거느리고 있는 백성들뿐만 아니라, 전통적인 우방인 고려에까지 이렇게 폐를 끼치고 있습니다. 부끄럽소이다."

"사정이 무척 어렵겠습니다."

"장군이 감금해 놓고 있는 가유 등은 나의 부하 장수입니다. 저들을 나에게 주십시오. 내가 데려가서 처벌하겠습니다."

"우리 조정과 의논해서 결정하지요."

"나는 고려가 우리 문제의 해결을 도와주면 고려와 화친을 맺기를 원합

---

46) '高麗史'는 우가하를 亏哥下·于加下로 썼지만, '蒙兀兒史記'(약칭 蒙史) 등 중국의 사서들은 亏歌下로 쓰고 있다. 북한국역관은 于哥下.

니다. 과거 고려와 금국이 긴밀히 협력했던 것과 같이, 나는 다시 고려와 화친하고 도움을 받아 이런 일이 없도록 하겠습니다."

"우 장군이 바라는 도움은 무엇입니까?"

"식량 지원입니다. 우리 땅의 평야지역을 대부분 몽골에 빼앗겨, 군량미와 마필의 조달이 어려워졌습니다. 우리가 몇 차례 식량과 마필의 지원을 고려에 부탁했으나 아무런 회답이 없어서, 지금 우리의 사정이 매우 어렵습니다. 황기자가 자꾸 고려에 들어오는 것도 그 때문입니다."

"그 문제도 우리 개경 조정에 문의해서 처리하겠소."

금나라는 푸젠완누를 잡아 보내고 군량과 마필을 지원해 달라는 국서를 고려에 보냈으나 최충헌이 이를 묵살한 뒤에도 여러 차례 사절을 보내 지원을 요구해 왔다. 그러나 최충헌이 계속 거부했다.

정공수로부터 보고를 받고, 최충헌이 말했다.

"그러냐. 우가하가 와서 그렇게 자세를 낮추고 빌었단 말이냐?"

"그렇다고 합니다."

"그러면 정공수가 감금하고 있는 황기자의 무리들을 우가하에게 넘겨주어 그들로 하여금 처리케 하고, 우가하가 요구하는 식량과 마필 중에서 마필은 줄 수가 없으니, 쌀 3백 가마를 주어 보내도록 하라."

이 훈령은 곧 북계에 전달됐다. 정공수는 명령대로 따랐다. 우가하는 가유 등 투옥돼있던 황기자군의 지휘부 7명과 쌀 3백 가마를 받아 싣고는 압록강을 건너 돌아갔다.

그때까지도 고려에서는 황기자군의 정체가 분명치 않았다. 황기자가 우가하의 군사임은 분명했다. 우가하는 금나라 장수로서 만주의 압록강 북안을 지키는 책임자였다. 따라서 황기자군은 고려가 상국으로 삼아온 동맹국 금나라의 군사였다.

그러나 몽골 침공으로 금이 휘청대자, 우가하는 방황했다. 그때 푸젠완누가 우가하에 접근했다.

"우가하 장군, 그대도 사정을 잘 알 것이오. 우리는 같은 여진족이지만,

우리에게 금나라는 없어졌소. 이런 각박한 난세에는 먼저 살 길을 찾아야 합니다. 우리도 거란족들처럼 따로 독립합시다."

"천하 사정이야 푸젠 장군이 잘 아실 것입니다. 장군의 뜻에 따르겠습니다."

우가하는 결국 금나라를 버리고 푸젠완누의 동진국에 들어가, 푸젠의 부장(副將)이 됐다. 우가하는 금나라의 지휘관이었지만, 그의 사정이 이렇게 변하면서 그의 성분도 과거와는 달라져 있었다.

따라서 황기자군은 이제는 금군이 아니라 동진국 군사다. 그러나 실제로는 국적 없이 노략질을 일삼는 비적군단이었다.

고려에서는 이런 사실을 전혀 모르고, 황기자가 과거처럼 금나라의 지방 군사로만 알고 있었다.

우가하의 소속에 대해 우리 고려사(高麗史)는 '금나라 원수 우가하'로 기록하고 있으나, 중국의 몽골사(蒙古史)들은 '푸젠완누의 원수 우가하' 또는 '동진국의 부장(副將)' 등으로 쓰고 있다.

그 무렵 몽골의 침공과 푸젠완누의 독립 등의 급변하는 동북아시아 상황에서, 우가하는 생존을 위해 푸젠완누와 결합했다.[47] 그러나 언제 완누와 결합했는지는 기록상 분명치 않다.

---

47) 여기서는 종전의 사실을 그대로 쓰는 고려사의 기록보다는, 보다 구체화된 새로운 현실을 다룬 중국사의 기록에 따르기로 한다.

제4장

고려·몽골의 접촉

강동성에 모이다

이듬해인 고종 5년(1218) 4월 25일. 황기자군이 잇달아 평안도 지역에 출몰하여 약탈을 일삼아, 고려가 혼란에 빠져있을 때였다.

이미 두 차례나 침범했던 거란족들이 다시 고려에 쳐들어왔다. 거란의 제3차 고려 침공이다.

그들은 지난 해 충북 제천에까지 침입했다가 최원세-김취려군에 쫓겨서 동해안을 따라 북상하여 안변을 거쳐 원래의 자기네 고장으로 달아났었다. 함경도의 여진 땅으로 물러간 그들이 여진인들을 포섭하고 자기네 세력을 결집하여, 평안도지방의 천리장성을 넘어 침범했다. 이때 거란 병력은 5만 명이 좀 넘었다.

이번의 거란군은 의외로 강했다. 고려의 북계 군사들이 막고 있었지만 역부족이었다. 알고 보니 거란족 대요수국의 임금인 한서(喊舍, Hanshe)가 직접 그들을 지휘하고 있었다. 거란족 국가의 지도부가 몽골과 동진 연합군에 쫓겨 군의 본진을 이끌고 다시 고려로 넘어왔다.

한서가 선봉으로 고려에 들어온 뒤에도, 거란군은 적게는 수천 명, 많게는 수만 명씩 떼를 지어 압록강을 넘어 파상적으로 고려를 침입해 왔다.

이를 심상치 않다고 판단한 고려 조정은 그해 7월 22일 서북면 병마사 조충(趙沖, 수사공)을 서북면 원수로 임명하면서 추밀사와 이부상서 벼슬을 겸직시키고, 김취려(金就礪)를 서북면 병마사로 삼아 다시 5군을 편성하여 거란군을 치도록 했다.

한서는 거란족을 이끌고 들어와서는 북계의 고려군에 의해 이리저리 쫓기다가, 8월 들어 황해도 곡주(谷州, 곡산군)로 피했다. 거란군은 거기에서 서해도 방수군에 의해 3백 여명이 참수 당하는 등 패퇴하여 예봉이 꺾였다.

한편 조충은 군사를 이끌고 경기의 장단(長湍)을 거쳐 황해도 동주(洞州, 서흥군)로 가다가, 그 중간의 동곡(東谷)에서 거란군을 만났다. 재기의 기회를 어렵게 얻은 조충은 자기를 패군망장으로 몰아넣었던 거란족을 맞아 필사적으로 싸웠다.

그 첫 번째 싸움에서 조충은 거란의 장수인 백부장 까오옌(高延)과 천부장인 아루(阿老) 등 2명을 사로잡고 크게 이겼다.[48]

조충은 다시 평남의 성주(成州, 성천군)로 올라가서 각 도의 지방군이 오기를 기다리고 있다가 남진해 오는 거란군을 만났다. 조충은 거기서 다시 거란군을 크게 물리쳐 장수로서의 새로운 면모를 보여주었다.

결국 요수국(遼收國)의 임금 한서는 남진을 단념하고 후퇴하여 북으로 되돌아가다가, 다시 고려군의 공격을 받았다. 거란군의 부장인 투올라(脫刺, Tuola)는 다시 패하여 도망했다.

한서도 돌아가려 했으나 고려군에 길이 끊겨 가지 못하고 패잔군과 함께 평양 동북쪽의 강동성(江東城)으로 갔다. 그들은 강동성과 그 주변의 몇몇 성을 점거하고 거기에 웅거하여 장기전 태세를 갖춰나갔다.

강동성은 평양과 성천 사이의 중간 지점에 있다. 성이 견고하고 동쪽으로 대동강을 끼고 있어 예로부터 군사 요충지였다.

---

48) 백부장(百夫長); 군사 1백 명으로 구성된 부대의 지휘자. 천부장(千夫長)은 천명 부대의 장. 북방 유목 국가들의 군사편제다.

그 무렵 만주를 토벌하며 거란족을 추격하던 몽골 장수는 카치운(Qachiun, 蛤眞 또는 合赤溫)[49]이었다.

카치운은 원래 칭기스의 의형제이자 경쟁자이면서 칭기스와 함께 초원의 양웅(兩雄)으로 알려졌던 자무카(Jamuqa) 진영에 속해 있었다. 칭기스가 덕과 전술을 갖춘 용장(勇將)이라면, 자무카는 지식과 계략에 능한 간웅(奸雄)으로, 서로 천하 패권을 다투고 있었다.

카치운은 자무카 휘하에 있다가, 자무카와 칭기스가 헤어져 대결하면서 대세가 칭기스 쪽으로 기울자, 자무카를 등지고 형제들과 함께 자기의 부족과 군사들을 이끌고 칭기스에 귀순한 씨족장이다. 카치운은 칭기스를 임금(칸)으로 추대하는데 기여하여 칭기스의 측근이자 몽골의 건국 공로자가 돼있었다.

카치운은 협력자인 후요국의 임금인 요동왕(遼東王) 옐루류게(耶律留哥)와 투항한 동진국(대진국)[50]의 임금인 동경왕(東京王) 푸젠완누(蒲鮮萬奴)를 불렀다.

"한서가 군사와 백성을 이끌고 고려로 갔소. 그들은 이미 몇 차례 고려에 쳐들어갔으나, 고려군의 반격을 받아 패전을 거듭해 왔소. 지금은 대동성에 들어가 농성중이라 하오."

류게가 나섰다.

"놈들이 나를 배반하여 반역을 일으키더니 힘이 부치자 고려로 도망한 깃입니다. 우리 측 군사가 고려로 가서 저들을 아주 없애야 합니다."

"그리 합시다. 푸젠 장군의 생각은 어떻소."

"몽골과 후요가 군사를 보낸다면, 우리 동진도 연합군으로 참여하여 요

---

49) 카치운은 고려사에 합진(蛤眞) 또는 하칭(河稱)이라고도 표기된다. 중국의 원사(元史)나 대만의 몽골사기(蒙兀兒史記)에는 합적온(合赤溫)이라고 쓰여 있다. 카치운은 고려계 몽골인 장수 무칼리(Muqali, 木合黎)와 같은 계열의 종족으로 기록돼 있다. 칭기스의 동생 중에 카치운이 있으나, 이름은 같지만 다른 인물이다. 카치운은 일찍 사망하여 몽골사에는 별로 나타나지 않고, 그의 아들 알치다이(Alchidai)가 대신 등장한다.

50) 푸젠완누의 나라를 고려사는 동진국(東眞國), 중국사는 동하국(東夏國), 푸젠 자신은 대진국(大眞國)이라고 불렀다.

수국 군사들을 치겠습니다."

류게가 나섰다.

"하오나, 장군. 후요나 요수는 모두 거란인들입니다. 배신당한 나로서는 저들이 괘씸하기 짝이 없으나, 우리 군사는 수가 적고 지친 데다, 그들이 자기네 동료였던 한서의 군사들을 제대로 공격할지 의문스럽습니다. 해서, 우리는 정규군을 보내지는 못하나, 고려 지리에 밝은 장수를 종군시켜 길을 안내하고 투항을 권하며 정보를 수집하는데 도움이 되도록 하겠습니다."

"좋소. 그리 합시다."

푸젠이 동의했다.

이래서 몽골과 동진의 군사연합이 이뤄졌다.

연합군은 거란인들을 계속 추격하면서, 고종 5년(1218) 11월 25일 하얗게 얼어붙은 압록강을 말을 타고 건너서 고려 국경 안으로 들어왔다. 고려에 새로운 외국 군사들이 들어온 것이다. 그때 몽골군의 병력은 1만 명, 동진군이 2만이었다.

이들은 바로 후요국 옐루류게 휘하의 거란인 도우단(都旦)의 안내를 받았다. 도우단은 연합군의 통역과 향도를 맡았다.

도우단은 몽골군이 처음 요수국을 공격했을 때, 도망하는 요수국 지도부를 따라 이동하지 않고 남아 있다가 몽골군에 투항하여, 류게의 휘하로 들어갔다. 그는 스스로 몽골군의 정보를 맡았었다. 이번에는 그가 몽골-동진 연합군의 통역과 안내를 맡고 나섰다.

도우단은 거란인이었기 때문에 그가 접근해서 말을 붙이면, 요수국의 거란인들은 서슴지 않고 모든 것을 말해주었다. 지휘 책임자가 누구이고, 그가 어떤 일을 하고, 그들이 앞으로 어떻게 움직일 것이라는 계획까지도 말해 주었다.

도우단은 그렇게 거란인 동족들로부터 얻은 정보를 그때그때 몽골-동진 연합군 원수부에 보고했다.

몽골과 동진은 고려에 들어와서 화주·맹산·순천·덕천 등 평안북도 서북의 4개 성을 함락시켰다. 12월 1일에는 거란이 포진하고 있는 강동성으로 내려와서, 거란인들이 점거하고 있는 그 일대의 성과 진을 포위하고 있었다.

고려의 서북면 도호부는 원래 안북(安北, 지금의 평남 安州)에 있었다. 안북은 서북면 병마사의 집무소이자, 고려의 전방사령부다. 그러나 그때 고려군의 서북면 원수인 조충은 거란의 침공을 막기 위해 평양에다 원수부를 차려놓고 있었다.

이래서 고려와 몽골·동진·요수의 4개국 군대가 강동성 주변에 집결하게 됐다. 강동성엔 긴장과 불안이 고조됐다. 앞으로 여기서 4개국 군대들 사이에 어떤 일이 일어날지, 고려측은 예의 주시하고 있었다.

그때의 몽골군 지휘관은 원수 카치운과 부원수 찰라(Chala, 札刺)[51]였고, 동진군의 지휘관은 원수 와난쥬안(完顔子淵, Wanan Ziyuan)이었다.

때는 겨울이었고 마침 눈이 크게 내렸다. 몽골-동진 양국 군대는 식량이 떨어져가고 있었다.

이에 몽골의 카치운이 고려군 조충의 서북면 원수부(元帥府)에 통첩을 보내왔다. 카치운의 사절로는 고려인 통역자 조중상(趙仲祥)과 평남 덕천(德川)에서 데려온 선비 임경화(任慶和, 진사)였다.

조중상이 내놓은 카치운의 통첩문은 이러했다.

몽골군 원수 카치운이 고려군 원수 조충에게 보낸 첩문
우리 몽골군은 고려국을 침공할 의사는 없소. 다만 거란을 복속시키기 위해 국경을 넘어온 것뿐이오. 거란병이 그대의 나라에 도망해 온 지가 이미 3년이나 되었는데도, 고려가 이를 능히 소멸치 못하고 있소. 그런 까닭에 우리 몽골국 황제께서 군사를 보내 거란인들을 토벌케 한 것이오.

---

51) 찰라는 후에 고려를 침공한 몽골군 원수 살리타이(Salitai, 撒禮搭)와 동일인이다.

따라서 고려는 몽골군에 군량을 도와 부족함이 없도록 하시오. 아울러 고려도 군사를 보내어 강동성의 거란인 공략에 우리와 합세하도록 하시오.

또 우리 대몽골 칭기스 황제께서는 거란을 격파한 뒤에는 몽골과 고려가 형제의 나라가 될 것을 맹약토록 하라는 분부를 내리셨소이다.

카치운의 통첩문을 읽고, 조충이 조중상과 임경화에게 물었다.

"이 첩문의 말대로 몽골군은 고려를 침공한 것이 아니고, 거란 적을 추적해 온 것인가?"

조중상이 말했다.

"카치운이 분명히 그렇게 말했고, 우리도 실제로 그렇다는 느낌을 받았습니다."

임경화도 같은 대답이었다.

"그들의 말과 행동을 관찰해 보건대, 그들의 글을 의심한 근거를 찾아볼 수 없었습니다. 그대로 믿어도 될 것입니다."

"그대들의 말을 믿어도 되겠는가?"

그러자 임경화가 나섰다.

"우리는 모두 고려인입니다. 비록 저들의 사절이 되어 있지만, 우리가 자기 임금과 나라를 반역해서 거짓을 말할 수가 있겠습니까? 믿으십시오."

임경화의 말은 성실했다. 조충은 오히려 그들을 의심했던 것을 부끄럽게 생각했다.

"그래, 미안하오. 허나, 전장에서는 흔히 속임수가 있게 마련이고, 장수는 모든 것을 자세하고 정확하게 해서 한 점의 착오도 없어야 하기 때문에, 그리 물은 것이오. 그럼 그대들의 말을 믿겠소. 아무쪼록 앞으로도 양국 사이에서 우리에게 도움이 되도록 힘써주길 바라오."

"예, 장군."

임경화는 머리를 숙여 그리하겠다는 뜻을 표했다. 그러나 조중상은 담담한 표정이었다.

조충은 급히 파발마를 띄워 몽골의 문서를 개경의 중앙에 전달했다. 고려 조정에서는 거란군을 축출하지 못해 고심하고 있던 차였다.

그때 재상 최충헌은 나이 70세가 되어 사의를 표했었다. 그러자 고종은 정년을 넘어서도 계속 나라 일을 보라는 뜻으로 궤장(几杖)을 내렸다. 그래서 최충헌은 계속 문하시중으로서 무인정권의 집정을 맡고 있었다.

최충헌이 몽골의 첩문을 읽고 말했다.

"몽골이 동진과 함께 함부로 우리 경내에 들어온 것은 괘씸한 일이다. 그러나 몽골은 세계를 정복해 나가고 있는 강국이고 많은 동진 군사를 거느리고 왔다. 저들의 요구를 들어주자니 일을 자기네 뜻대로 할 수 있다는 생각을 갖게 할 것 같고, 거부하자니 다른 변고가 생길 것만 같아서, 나라의 안위가 급박하다."

거대한 제국의 강대한 군사력을 맞은 약소국 집정자의 고민이었다. 평소의 최충헌답지 않게 그는 나약해 보였다. 나라 안에서는 막강한 실력자이지만, 나라 밖에서는 국력이라는 틀의 제약을 면할 수 없었다.

"다행히도 저들이 우리 영토를 침공할 의사가 없고, 거란족을 치겠다고 하니, 병법원리로 보아 우리가 이를 거부할 필요는 없겠다. 이 기회에 몽골군의 힘을 빌려 거란 적을 치는 것도 불리할 것은 없다. 적의 힘을 빌려 다른 적을 치는, 이른바 차적격적(借敵擊敵)의 전법대로 하자."

그렇게 말하면서 최충헌은 상서성에 명하여 회답을 써 보내도록 했다. 고려의 첩서(捷書) 내용은 이러했다.

고려 조정이 몽골 카치운 원수에게 보낸 첩서
몽골 대국에서 군사를 일으켜 우리나라의 환란을 구원하겠다고 하니,
우리 고려국은 그대가 지휘하는 바에 모두 부응할 것이다.

최충헌은 몽골군의 요청을 받아준다는 조정의 결정을 서북면 원수 조충에게 전했다. 조충은 이런 방침에 따라 몽골·동진군 진영에 쌀을 전달하기로 하고, 그것을 전해주면서 그들의 군정(軍情)을 정확히 탐지해 올 사람을 찾아보았다. 그러나 적임자가 없어 고민 중이었다.

"제가 다녀오겠습니다."

중군의 판관인 김양경(金良鏡)이 자원하고 나섰다.

"그대는 문관직이 아닌가. 군사 정보를 알아내는 데는 고도의 전문지식과 군사경험이 필요하다. 선비인 그대가 그런 일을 해 낼 수 있겠는가."

"일찍이 듣건대, 몽골은 포진(布陣)할 때 손오병법(孫吳兵法)에 의거하여 작전한다고 합니다. 저도 젊었을 때 손무(孫武, 손자)와 오기(吳起, 오자)의 병서를 읽어서 그 내용을 좀 압니다."

"손자나 오자의 병서에 군정에 관한 기록이 많이 있지. 그러나 그대는 판관이다. 막중(幕中)에서 작전을 계획하며 참모로 일하는 것이 그대의 직책이다. 외국군 진영에 들어가 위험을 무릅쓰고 군정을 정찰하는 것은 그대에게 익숙한 일이 아니거늘, 어떻게 감히 가겠다고 하는가?"

판관(判官)은 특정의 중앙 관청이나 지방 관아의 속관이었다. 그 지위는 해당 기관의 책임 장관과 부책임자 다음의 제3인자다. 군부대로 치면 지금의 참모장(參謀長)이다.

조충의 말을 듣고 김양경이 말했다.

"제 안전을 생각해 주시는 것은 고마운 말씀입니다. 그러나 제 눈으로 직접 몽골의 군정을 보면, 앞으로 저들과 합동해서 작전하는데 유리할 것입니다. 만약 우리 고려가 앞으로 몽골군과 싸울 일이 생길 때를 예상하더라도, 제가 직접 보아두는 것이 좋겠습니다. 제 청을 들어주십시오, 장군."

"알았네. 그리 함세."

이래서 조충은 김양경에게 쌀 1천 석과 군사 1영(領)을 주어 몽골군 진영에 가서 전달해 주도록 했다. 1영은 1천 명이다.

김양경이 군사 1천 명을 이끌고, 식량을 실은 달구지들을 몰아 몽골군

쪽으로 갔다. 그들이 쌀을 실은 우마차 1백여 대를 몰아 몽골군 진영에 도착하자, 몽골과 동진의 두 나라 원수가 나와서 이들을 맞았다.

카치운이 말했다.

"고려가 우리들의 청을 받아들여서, 장군이 이렇게 와주니 고맙소이다."

김양경이 대답했다.

"타국에 와서 고생이 많겠습니다. 우리 고려의 배려를 전하러 왔습니다."

"앞으로 우리가 협력해서 거란인들을 고려 땅에서 완전히 내쫓읍시다."

"우리 고려 조정도 그렇게 생각하고 있습니다."

김양경은 그렇게 말하면서 개경의 중서성에서 보낸 첩시를 내주었다. 카치운은 그것을 받아보고 기뻐했다.

"참으로 반가운 소식입니다. 이제 우리는 이겼습니다."

그는 김양경의 고려군을 환영하여, 풍악을 잡히고 연회를 베풀어 환대했다.

연회가 끝난 뒤 김양경은 곧 거란군이 점거하고 있는 강동성 예하 대주성(岱州城)[52]의 서문 밖에다 고려군을 포진시켰다.

몽골과 동진의 원수가 각기 장수들을 이끌고 나와 높은 곳에 올라서서 고려군의 움직임을 바라보고 있었다. 대주성에서도 거란군 군사들이 성축에 올라와 늘어서서 지켜보았다.

김양경은 데려간 재인(才人)들을 한쪽에 서게 했다. 다시 궁사(弓士) 20여 명을 앞으로 나오게 하여, 거란군의 대주성을 향해서 일렬로 도열시켰다.

영문을 모르는 몽골군 측에서는 완전 무장한 군사 46명을 고려군사들의 정면에 배치했다. 몽골군이 고려군을 보호하겠다는 뜻과 함께, 고려군

---

52) 대주성(岱州城); 위치 미상. 학계에서는 대체로 태주(泰州, 평북 태천)일 것으로 추정하고 있으나, 태주는 강동성과의 거리가 너무 멀다는 점에서 사실로 인정하기 어렵다. 강동성은 평양 가까이 있으나, 태주는 청천강 이북인 평북의 귀주와 박천 사이에 있다.

이 불의의 행동으로 몽골군에 해를 입힐지도 모른다고 생각한 때문일 것이라고 김양경은 생각했다.

김양경이 칼을 뽑아 높이 치켜들면서 외쳤다.

"자, 개시!"

그 명령이 떨어지자, 재인들은 일제히 기교를 부리고 북을 치면서 떠들썩하게 잡희를 시작했다. 고려군의 움직임을 주시하던 몽골·동진·요수의 외국 군사들은 그 모습에 정신이 빠졌다.

얼마 뒤 연주가 끝났다. 군사들이 박수를 치며 기뻐하고 있었다.

그때 고려의 궁병(弓兵)들은 화살을 뽑아들고 대주성을 향해 겨누고 있었다. 김양경은 다시 궁사들을 행해서 명령했다.

"발사!"

고려군의 궁사들이 일시에 대주성을 향해 활을 쏘아댔다. 화살이 대주성 안에 비 오듯이 떨어지기 시작했다. 성벽에 올라와 이쪽을 바라보며 구경하던 거란의 군사들은 모두 성안으로 내려가 피했다. 몽골과 동진의 원수들은 고려군의 위용과 정숙함에 감탄했다.

카치운이 물었다.

"궁사들의 정확하고도 정연한 사격술에 놀랐습니다. 어쩌면 그렇게 궁술에 능합니까?"

김양경이 대답했다.

"우리 민족은 선조(先祖) 이래 활의 제조와 사격에 우수한 재능을 발휘해 왔습니다. 중국인들도 이 점을 잘 알아서 일찍부터 우리나라가 활을 만들지 못하도록 여러 가지로 견제해 왔지요."

"우리 몽골의 제궁(製弓)과 궁술(弓術)도 자랑스럽지만, 고려군의 사격을 보고 정말 놀랐습니다."

카치운은 김양경을 맞아들여 상좌에 앉히고는 다시 풍악을 울리며 연회를 베풀어 고려 군사를 위로했다.

김양경이 고려 군영으로 돌아오려 하자 카치운이 정중한 자세로 말했다.

"우리 칭기스 황제의 명령에 따라 나는 몽골과 고려가 형제가 되기로 맹약하기를 청합니다. 그대는 돌아가서 마땅히 고려 국왕에게 아뢰어 문첩을 받아오도록 하십시오. 그러면 나도 돌아가서 우리 다칸께 아뢰겠소이다. 아울러 우리가 거란인들을 칠 때, 고려군도 군사를 보내와서 함께 치도록 하시오."

"우리 고려와 귀국은 아직 통교(通交, 외교관계)가 없소이다. 통교 없는 나라들 사이의 일이니, 말만으로는 될 수가 없소. 글로 써 주면, 우리 조정에 전달하겠소이다."

"아, 그렇겠구요."

카치운은 곧 서찰 한 통을 써서 내놓았다. 김양경은 그 글을 받아 두 나라 군사들의 열렬한 환송을 받으면서 다시 부대를 이끌고 돌아왔다.

김양경[53]은 원래 문신으로 사관(史官)을 지낸 선비였다. 그는 역사 편수를 맡는 직사관(直史館)을 지낸 바 있다.

---

[53] 김양경(金良鏡); 후에 김인경으로 이름을 고쳐, 후기 사료에는 김양경이 김인경(金仁鏡)으로 나온다.

김양경(金良鏡)

김양경은 경주 김씨로, 문무가 겸비된 고려시대의 문신. 아버지는 합문지후(閤門祗侯)를 지낸 김영고(金永固)다. 김양경은 명종 때 문과에 차석으로 합격하여, 직사관(直史官)과 기거사인(起居舍人)을 거쳤다. 거란인들이 쳐들어 왔을 때는 판관(判官, 참모장)으로 출전했다. 예부낭중을 거쳐 추밀원 우승선이 되고, 1227년에는 수찬관(修撰官)이 되어 명종실록을 편찬 집필했다.

동진군이 침공했을 때 출전하여 패전한 뒤, 상주목사로 좌천됐다. 뒤에 형부상서 한림학사에 오르고, 지공거(知貢擧)가 되어 과거시험을 관리했다. 강화도로 천도한 이듬해인 1232년 왕경유수병마사가 되어 왕실과 조정이 떠난 개경의 방어책임을 맡았다. 벼슬은 승상급인 중서시랑평장사까지 이르렀다.

김양경은 여러 가지 재능이 뛰어났다. 글과 학문을 잘하고, 병법에도 능할 뿐만 아니라, 행정 실무에도 밝았다. 그래서 고려사에는 그가 능문(能文) 능무(能武) 능리(能吏)의 세 가지 재능을 고루 갖춘 인재라고 기록해 놓고 있다.

특히 시사(詩詞)가 청신하고 당대에 유행하던 시부를 잘 하여 양경시부(良鏡詩賦)라는 칭호가 붙여졌다. 서도에도 남다른 재능이 있었다. 1235년 강화에서 사망했다. 뒤에 이름을 김인경(金仁鏡)으로 고쳤다.

우리 형제 합시다

개경의 조정에서는 카치운의 서찰을 받고 의논만 분분했다. 최충헌이 문하시중으로 국정을 총괄하고 있었지만, 이미 나이가 70이 된 데다 병으로 몸이 불편해서, 조정회의에는 참석하지 않고 있었다.

회의가 열리고 카치운의 서찰에 대한 병부(兵部)의 설명이 끝나자, 금의(琴儀, 문하시랑평장사)가 먼저 말했다.

"일개 장수의 글만 가지고 국가 간의 관계를 결정할 수는 없습니다."

유광식(柳光植, 참지정사)도 같은 생각이었다.

"더구나 형제의 의를 맺는다면, 필시 우리는 저들의 아우가 되는 것이 아닙니까."

병부의 책임을 맡고 있는 최홍윤(崔洪胤, 문하평장사 겸 판병부사)이 나섰다.

"그렇습니다. 몽골은 천하의 야만족인데, 어떻게 우리가 저들과 형제의 의를 맺는단 말입니까? 더구나 신미년(辛未年, 희종 7년, 1211)에 금나라로 가던 우리 사절 김양기(金良器, 장군) 일행 10명을 이유도 없이 몰살한 것이 바로 저들 몽병들이 아니었습니까? 불법야만의 무리들과 의형제라니오? 절대로 안 됩니다."

최홍윤이 다시 나섰다.

"몽골과 동진이 비록 거란 적을 쳐부수어 우리나라를 구원한다는 명분을 내세우고 있으나, 몽골은 오랑캐 중에서도 가장 흉포할 뿐만 아니라, 우리나라와는 아직 구호(舊好)가 없습니다. 그런 저들과 어떻게 형제의 의를 맺겠습니까. 이는 절대 불가합니다."

다시 금의가 말했다.

"저들이 아직 우리를 치려는 것도 아니니, 우리는 서두르지 말고 저들의 다음 행동을 지켜봅시다."

최충헌은 이런 보고를 받고 말했다.

"그리 하시오. 지금은 몽골이나 칭기스의 비위를 불편하게 해서는 안됩니다. 그러나 우리로서는 급한 일이 아니니 시간을 끌어 저들의 태도를 보아가면서 신중히 처리합시다."

이래서 고려 조정은 몽골과의 형제 결의 여부를 확정짓지 못하여 회보하지 않았다. 아울러 몽골군에 대한 음식대접 등의 호군(犒軍)도 하지 않았다. 그것은 몽골의 제의에 대한 대답의 보류였다.

당시 고려는 급격히 돌아가는 대륙정세에 어두웠기 때문에 형제의 의를 맺자는 저들의 요구에 대해서도 가부를 명백히 할 수가 없었다.

그때 고려는 새로 접근해 온 몽골의 정체나 그들의 저의에 대해 대충 알고는 있었으나 충분한 지식이 없었다. 따라서 몽골정책에 대해 확고한 입장을 정리하고 있지 못했다.

조정의 태도가 그렇게 보류와 침묵으로 결정나자, 조충은 고민이었다. 그는 스스로 판단해서 대처할 수밖에 없었다.

조충은 막료들을 불러놓고 말했다.

"개경의 우리 조정은 몽골에 대해 확고한 정책을 표명치 않고 있소. 그러나 이곳의 우리가 저들을 의심케 할 필요는 없다고 생각하오. 제장(諸將)의 생각은 어떻소?"

김취려가 말했다.

"옳은 생각이십니다. 지난번 조중상과 임경화의 말에 의심할 만한 점은 없었습니다."

나머지 장수들도 동조했다.

"나도 같은 생각입니다."

조충이 결론적으로 말했다.

"고맙소이다. 그러면 몽골 군사들에게 음식을 대접해서 시간을 끌어나가도록 하겠소이다."

조충은 그 후 몽골군에 대해 호궤(犒饋)를 계속하면서, 형제결의 문세에 대해서는 대답을 않고 있었다. 그러나 몽골군은 매일같이 성화였다. 원수인 카치운보다도 부원수인 찰라가 더 심했다.

"가부간 빨리 대답하시오. 그대의 고려국이 우리 몽골과 형제되기를 거부한다는 말인가?"

찰라는 여몽간의 연락책이 되어 있는 김양경에게 화를 내고 꾸짖어 책망을 계속했다. 김양경은 그럴 때마다 조충에게 가서 보고했다.

조충은 그런 보고를 받고 말했다.

"성급한 사람들이구나. 하긴 그들로서는 그럴 테지. 그들에게 가서 일러라. '대인은 그렇게 너무 서두르지 마시오. 우리 조정에서 논의 중이니, 의심할 것 없소. 이 조충을 믿으시오.' 그리고 저들의 반응을 기다려 보지."

조충의 이런 말은 곧 몽골군 원수부에 전달됐다.

조충은 이렇게 몽골 장수들을 달래가며 시간을 끌었다. 이것은 어디까지나 현지 군사령관 조충의 임기응변(臨機應變)이었다.

이듬해 고종 6년(1219) 정월이었다. 몽골의 원수 카치운이 조충에게 요청해 왔다.

"이제 우리 몽골과 동진은 강동성의 거란인을 치고자 하오. 고려도 그들을 공격할 군대를 보내어 함께 치도록 합시다."

일종의 연합작전(聯合作戰) 요구였다.

그러나 고려의 장수들이 가기를 꺼려하여, 조충은 군대를 보내줄 수가 없었다. 카치운의 요구는 빗발치듯 반복됐다. 그때 서북면 병마사 김취려가 나섰다.

"나라의 이해(利害)가 바로 오늘의 일에 달려있습니다. 만약 저들의 요구를 들어주지 않으면, 무슨 일이 날 것 같습니다. 나중에 후회한들 무슨 소용이 있겠습니까?"

그러자 조충이 말했다.

"내 생각도 그러하오. 그러나 저들과의 합동작전은 아주 큰일이오. 따라서 거기에 적합한 사람이 아니면 보낼 수가 없소."

"적합한 사람이라시면?"

"우선 본인이 원해야 하고, 몽골과 여진의 장수들과 좋은 관계를 맺을 수가 있으면서, 그들과 잘 협력하여 싸워 이겨서 공을 세울 사람이라야 하오."

"일이 어려울 때 사양하지 않는 것이 신하된 사람의 분의(分義)입니다. 아무도 나서는 사람이 없다면, 소장이라도 가겠습니다. 내 비록 재주는 없으나 청컨대 공(公)을 위해 한 번 가고자 하니 저를 보내주십시오."

조충은 얼굴에 안도하는 기색을 보이면서도 주저하듯이 말했다.

"장군이 나를 위해서 가겠다고 하니, 고맙소. 그러나 우리 군중(軍中)의 일이 오직 그대에게 크게 의존하고 있는데, 장군이 가도 되겠소이까?"

"제가 아니면 갈 사람이 없지 않습니까? 부대 일에 괘념하지 마시고 보내주십시오."

"고맙소. 그러면 용략 있는 장수와 부대들을 골라서 함께 가시오. 10영은 가야할 것이오."

10영이면 1만 명이다. 고려군은 정병과 용장을 뽑아서 몽골의 연합작전 요구에 응하기로 했다. 김취려는 합동작전 준비를 시켜놓고, 이 방침을 몽골측에 전하기 위해 수하들과 함께 먼저 몽골군 쪽으로 갔다.

김취려가 수행원 이십여 명을 데리고 몽골군 진영에 이르자, 카치운이 참모들을 이끌고 나와서 정중히 맞았다. 동진국의 원수 와난쥬안도 휘하 장수들을 거느리고 나와 있었다.

"나는 고려군의 서북면 병마사 김취려요."

김취려가 자기소개부터 했다.

카치운은 통역인 조중상(趙仲祥)을 통해서 말했다.

"참으로 반갑소이다, 김취려 장군. 이렇게 와 주어서 정말 고맙소. 그러나 고려가 과연 우리와 화호(和奸)를 맺으려 한다면, 당연히 먼저 몽골의 칭기스 황제에게 망배(望拜)의 예를 올리고, 다음에는 동진의 푸젠완누 황제에게도 예를 표해야 합니다."

"몽골 황제에게 예를 올리겠소이다."

김취려는 서북쪽을 향해서 몽골 칭기스 황제에게 망배하고는, 움직이지 않고 가만히 있었다. 그걸 보고 카치운이 말했다.

"장군, 왜 그렇게 가만히 계시오? 북쪽에 있는 동진국 황제에게도 망배를 하셔야지요. 동진국에서는 고려를 돕기 위해 군사 2만을 보내, 지금 그들이 여기에 와 있습니다. 이분이 동진군의 와난쥬안 원수입니다."

김취려는 와난쥬안과 목례를 나누고 나서 말했다.

"하늘에는 두 해가 있을 수 없고 백성에게는 두 임금이 없는 법인데, 천하에 어찌 두 황제가 있단 말이오? 따라서 나는 두 황제에게 예를 표할 수는 없소이다."

김취려의 말과 행동은 단호했다. 카치운은 아무 말도 못했다. 그는 오히려 그걸 보고 만족한 듯이 웃으며 말했다.

"고맙소. 우리가 서로 도와 잘 해서 거란족을 쫓아내어 공을 이룹시다."

카치운이 김취려를 안으로 안내하여 앉혔다. 자리를 잡은 뒤 김취려가 카치운과 쥬안을 둘러보면서 말했다.

"당신들이 와 준 것은 고마운 일이오. 허나 이 땅은 엄연히 우리 고려

땅인데, 어떻게 아무 말도 없이 군사를 이끌고 들어온 것이오?"

카치운이 쥬안을 바라보고 나서 김취려에게 말했다.

"미안합니다, 장군. 그러나 우린 유목군대입니다. 유목민에게는 국경이나 경계가 없습니다. 어디든지 초목이 있으면 들어가 가축들을 먹이고, 사냥을 하면서 삽니다. 사냥할 때 짐승을 쫓다보면 언제 어디로 갈 지 모릅니다. 더구나 적을 쫓는 군대는 더 말할 나위가 없지요. 어쩌다 주인이 있으면, 그때 가서 주인을 만나 인사하면 되는 거지요. 우리가 거란 적을 쫓다가 들어와 보니 고려 땅이어서, 고려에 사절을 보낸 것 아닙니까?"

"그럼, 알겠소이다."

"우리 요구에 따라 고려와 연합작전을 하게 되어 기쁩니다."

"우리 또한 장군의 힘을 빌게 되어 기쁩니다."

카치운은 계속 기쁨을 웃음으로 표시하면서 말했다.

"한 가지 묻겠습니다. 장군의 연세는 얼마나 되셨습니까?"

"육십이 가까웠습니다."

"그렇습니까? 나는 오십도 안됐습니다. 우리는 이미 한 집안이 되었으니, 장군이 형이고 나는 아우입니다.

"그렇소이까? 그리 합시다."

"우리는 이미 형제가 되었으니 군직(軍職)만 따져서 앉는 자리를 정할 수는 없습니다. 저하고 자리를 바꿉시다."

"무슨 말씀이오. 이대로가 좋소이다."

"그렇지 않습니다. 예절이란 것이 있지 않습니까. 우리 몽골군에선 이런 규칙을 대단히 중시합니다. 장군이 형이시니, 서쪽에서 동쪽을 향하여 앉으십시오. 나는 아우이니, 동쪽에서 서쪽을 향해서 장군과 마주앉겠습니다."

카치운이 그렇게 말하고는 김취려의 팔을 이끌어 세워서 서쪽에 앉게 하고, 자기는 동쪽에 앉아 서로 마주보았다. 김취려는 이상하다고 생각하면서 그대로 따랐다.

장유(長幼)가 자리를 같이 할 때에, 몽골풍속의 장서유동(長西幼東)의 좌석 순위에 따른 카치운의 배려였다. 서쪽은 왼쪽, 동쪽은 오른쪽을 의미하기도 한다.

몽골의 예법은 우리와 달랐다. 이것은 동쪽과 왼쪽을 위에 두고 서쪽과 오른쪽을 아래로 하는 고려의 전통예절의 법칙과는 반대였다.

우리 나라의 예절에서는 어른이 동쪽에, 아래 사람은 서쪽에 앉는 장동유서(長東幼西)와 위 사람이 왼쪽에, 아래 사람은 오른 쪽에 서는 상좌하우(上左下右), 그리고 주인은 동쪽에, 손님은 서쪽에 앉는 주동객서(主東客西)를 원칙으로 하고 있다.

군직으로 하자면 카치운은 몽골군의 원수이고, 김취려는 고려군의 원수 조충 밑에 있는 병마사다. 따라서 당연히 카치운이 상석에 앉아야 맞는다. 그러나 카치운은 그런 공적 관계를 떠나 사적인 형제의 정감으로 김취려를 대했다.

다음날 김취려가 다시 카치운의 군막으로 갔다. 카치운이 김취려를 맞아들여 앉히면서 말했다.

"내가 일찍이 6국을 정벌하면서 많은 귀인을 만나보았지만, 형님 같은 분은 없었습니다. 형님의 용모를 보건대, 그 모습이 어찌 그리도 기이합니까?"

"오호, 그렇소이까?"

김취려는 용모가 괴위(魁偉)했다. 키가 6척 5촌(197cm)에다, 수염이 그의 배 밑까지 내려왔다. 그래서 옷을 입을 때는 반드시 그 수염을 절반씩 양쪽으로 갈라서, 두 명의 여종으로 하여금 나누어 들게 한 뒤에야 허리띠를 맸다.

"아무리 보아도 형님은 보통 사람 같지가 않습니다. 외모와 언행이 모두 범상하지 않습니다. 아니 그렇소이까?"

"그리 보아주니 고맙소이다."

"내가 형님을 중히 여기기 때문에 형님 휘하의 고려군 사졸을 대하는데도 역시 한 집안같이 생각합니다."

"고맙소이다, 장군."

그 후부터 카치운은 김취려를 깍듯이 받들었다. 작별할 때는 카치운이 김취려의 손을 다정하게 잡고 문을 나와서는 부축하여 말에 오르도록 한 뒤에 정중히 인사했다.

김취려가 떠나려 하자 카치운이 말했다.

"형님한테 독촉하는 것 같아 죄송하오나, 우리 양국의 형제결의 문제에 대해서 개경 조정에서는 왜 회신이 없습니까?"

"우리 둘이 이미 형제가 되었는데, 급할 게 무엇이 있겠소."

그러자 이번에는 몽골군의 부장(副將)인 찰라(살리타이)가 끼어들었다.

"몽골과 고려의 형제결의는 우리 몽골 황제이신 칭기스 다칸(成吉思大汗) 폐하의 칙명입니다. 그것은 누구도 어길 수 없습니다. 고려는 이 점을 명심해 주기 바랍니다."

찰라의 태도에는 찬바람이 돌았다. 그의 말씨도 아주 고압적이고 쌀쌀했다. 김취려가 받아서 말했다.

"우리에게도 임금이 계시고 조정이 있습니다. 그곳에서 여러모로 논의하고 있으니, 좀 더 기다려 봅시다."

이것을 지켜보다가 카치운이 말했다.

"알겠습니다. 그럼, 형님만 믿고 있겠습니다."

그날 여몽 양국 간의 형제결의 문제는 그 정도로 끝났다. 카치운은 떠나는 김취려에게 밝은 표정으로 공손히 인사했으나, 찰라는 시무룩해 있었다.

장수들의 술잔치

　며칠 뒤인 고종 6년(1219) 정월 13일. 김취려가 조충을 인도하여 카치운의 몽골진영으로 갔다. 다음 날에 있을 강동성 공격을 앞두고 전략문제를 협의키 위해서다.

　고려 장수들이 몽골군 진영에 이르자, 카치운이 찰라와 여러 명의 막료들을 거느리고 나와서 맞아들였다. 카치운의 막사에 들어서자, 그가 김취려에게 물었다.

　"좌석 순위를 정해야 할 터인데, 조 원수와 형님 중에서 누가 나이가 많습니까?"

　"조 원수의 연세가 위입니다."

　"그렇습니까? 그러면 조 원수를 맏형으로 모시겠습니다."

　카치운은 조충을 이끌어 상좌에 앉혔다. 이어서 작전협의에 들어갔다. 카치운이 말했다.

　"그 동안 말씀을 나눈 대로 내일 공격을 개시하겠습니다. 고려측 준비는 어떻습니까?"

　김취려가 말했다.

　"모두 끝났습니다. 오늘이라도 우리는 작전에 들어갈 수 있습니다."

"네, 좋습니다."

그러자 찰라(札刺)가 나섰다.

"거란 적은 5만입니다. 그 대부분이 가족들입니다. 그러나 가족들도 모두 군사작전에 동원될 것입니다. 우리는 4만이면 됩니다. 지금 우리 몽골군이 1만, 동진군이 2만입니다. 고려에서 1만 명만 동원하면 됩니다."

맘씨 좋고 무던하게 생긴 카치운과는 달리, 찰라는 아주 교만하고 냉랭한 인상이었다.

김취려가 말했다.

"그리 하지요."

카치운이 다시 말했다.

"고맙습니다. 형님들께는 죄송한 말씀이나, 이번 작전은 제가 지휘하겠습니다. 양해해 주십시오."

김취려는 입을 다물었다.

다시 찰라가 나섰다.

"이것은 우리 칭기스 다칸 폐하의 엄중한 지침입니다. 몽골군이 외국군과 연합작전을 할 때는, 이 다칸의 지침에 따라서 언제 어디서나 그리고 반드시 몽골군 장수가 작전을 지휘하게 되어 있습니다. 이 지엄한 지침은 아무도 어길 수 없습니다."

조충이 나섰다.

"우리 군은 이번 작전에 동원되는 전체 병력의 4분의 1밖에 안 됩니다. 카치운 장군이 몽골군과 동진군 3만 명을 지휘해 왔으니, 이번에도 당연히 총지휘관이 되어야 하겠지요."

카치운이 말했다.

"양해해 주셔서 고맙습니다. 그러면 작전협의는 이 정도로 마치고, 구체적인 것은 내일 군사들이 집합했을 때 현장에서 내리기로 하겠습니다. 자, 이제는 우리 술이나 드십시다."

그리면서 카치운은 세 나라 장수들을 이끌고 다른 군막으로 안내했다.

천막집 게르였다. 다른 게르보다는 컸다. 그곳에는 이미 술과 음식상이 준비돼 있었다. 그날 카치운은 풍악까지 울리며 고려 장수들을 빈객으로 대접했다.

초청을 받고 달려간 고려 군관들이 차림상을 둘러보고 말했다.

"야, 몽골군의 요리상은 홍백상(紅白床)이네."

"글쎄 말이야. 온통 붉은 색이 아니면 흰색뿐이야."

몽골의 음식상은 거의가 육류이고, 곡류나 야채는 거의 없었다. 차림새는 단순했다. 주 요리는 구운 양고기였다. 양의 다리며 갈비·목살 등이 통째로 상위에 놓여 있었다. 양념은 소금뿐이었다. 술은 두 가지였다. 하나는 소주처럼 맑았고, 또 하나는 막걸리처럼 흰색이었다.

이래서 몽골인들의 요리상은 고기며 그릇은 벌겋게 보였고, 소금이며 탁주는 하얗게 보여서, 홍백상이라는 말이 나왔다.

처음에 연회가 시작되기 전에, 카치운이 소뿔같이 생긴 술잔에 막걸리처럼 보이는 흰색 탁주를 가득 부어서는 자기가 먼저 한 번에 마셨다. 주인이 먼저 혼자서 술을 따라 마시는 것을 보고, 조충이나 김취려 등 고려의 군관들은 이상하게 생각했지만, 뭐라고 말할 수는 없었다.

통역인 조중상이 그것을 눈치채고 말했다.

"주인이 먼저 술을 따라서 마시는 것은 살생(殺生)이 심한 유목사회에서는 공통의 주법(酒法)이 되어 있습니다. 상대와 술을 같이 들면서 독이 들지 않았다는 것을 입증하기 위해 주인이 먼저 마시고, 다음에 같은 통의 술을 같은 잔에 담아서 손님에게 따라준다고 합니다."

그 말을 듣고 조충이 말했다.

"음, 그렇겠군."

"칭기스칸의 아버지 예수게이 장군은 적국 타타르의 마을에 들어갔다가, 그들이 주는 술을 마시고 독살됐다고 합니다. 그래서 칭기스 황제는 주법의 예를 철저히 지키도록 가르치고 있습니다."

"이해할 만하다."

조중상의 설명대로, 카치운은 자기가 마신 술잔에다 다시 같은 통에 들어있는 탁주를 가득 부어서 조충에게 주었다.

조충이 그 술을 받아 쥐면서 물었다.

"이것은 무슨 술입니까?"

"이건 '아이락' 입니다. 말의 젖을 발효시켜 만든 마유주(馬乳酒)이지요. 맛을 보십시오, 형님."

조충이 조금 마셔 보고는 말했다.

"아, 좋군요. 처음 보는 술이지만, 마실 만합니다."

"그렇습니까. 고맙습니다."

조충은 카치운처럼 그 술을 단번에 마셔버렸다.

그것을 보고 카치운이 말했다.

"형님의 주량도 보통이 아니시겠군요. 마유주는 영양가가 많아서, 이걸 마시면 오래도록 힘든 일을 해도 피로를 모릅니다. 전투할 때 좋은 술이지요."

카치운은 자리를 함께 한 세 나라 장수들에게 골고루 마유주를 한 잔씩 돌렸다.

다음에 카치운은 청주를 작은 잔에다 한 잔 가득 따랐다.

조충이 물었다.

"이것은 또 무슨 술입니까?"

"예, 이것은 '알히' 라는 술입니다. 아주 독한 술이지요." [54]

카치운은 술을 따라서는 아까와 같이 자기가 먼저 마시고, 다시 그 잔에 술을 따라서는 김취려를 바라보면서 말했다.

"이번엔 형님이 맛을 보십시오."

김취려가 조금 마셔 시음했다.

---

54) 알히; 요즘의 몽골 보드카인 알히(alkht)의 원조(元祖). 이 술을 맛본 고려 군관들 사이에서는 알히를 '아랑주' 또는 '아랑술' 이라고 불렸다.

"쏘는 맛이 있고 아주 독하군요."

"예. 이 술은 독해서 조금만 마셔도 취해 추위를 막아줍니다. 고려에 오니 추위를 모르겠는데, 우리 몽골은 아주 춥습니다. 몽골에서는 겨울에 이 알히가 없으면 못 삽니다. 마유주는 빈속에 먹어도 되지만, 알히는 그렇게 하면 안 됩니다. 큰일 나요. 그래서 제가 마유주를 먼저 한 잔씩 권하고, 다음에 이 알히를 돌리는 것입니다."

김취려가 그 술을 두 모금에 나눠서 잔을 비웠다.

"아, 형님도 술을 잘 하시는 모양입니다."

카치운은 아주 즐거운 듯이 웃으면서 말했다.

"아니오. 나는 술이 약해요."

"이 알히는 우리 몽골에 오는 서쪽의 아랍 상인들한테 배워서 만든 술입니다. 회족(回族) 사람들인 그 대상들은 낙타에다 물건을 싣고 우리나라와 중국·서역·서하 등을 돌아다니며 장사하는 사람들인데, 처음에는 그들이 자기네가 만든 알히를 가져 왔어요. 우리 선조들이 그 맛을 보고는, 추운 지방에 살면서 고기를 많이 먹는 우리에게 맞겠다고 해서, 지금은 우리가 그 양조법을 배워서 스스로 만들어 먹고 있습니다. 아랍인들도 우리처럼 육식을 주로 하기 때문에, 이런 독한 술을 좋아한다고 합니다."

몽골의 탁주인 마유주가 우리의 막걸리라면, 보드카의 일종인 알히는 우리의 소주와 같다. 우리나라에 소주가 시작된 것은 고려 때 들어온 이 몽골군의 알히에서 유래됐다는 설이 있으나, 아직 확인되지는 않고 있다.

상 위에 야채 요리가 없는 것을 보고 조충이 물었다.

"몽골인들은 야채를 먹지 않습니까?"

"그 시퍼런 풀 말입니까?"

"예, 소채 말입니다."

카치운은 '뭘 그런 것까지 먹느냐'는 투로 약간 우쭐대는 표정으로 말했다.

"우리 몽골에선 그런 것은 먹지 않습니다."

그러자 김취려가 말했다.

"우리 고려인들은 야채를 많이 먹습니다. 고기에 야채를 섞어 먹어야 소화가 잘 되고 몸에도 좋습니다."

"우리 몽골에서는 풀은 양이나 말에게만 먹이지, 사람들은 그런 건 먹지 않습니다. 짐승이 먹는 것을 어떻게 사람이 먹습니까?"

"마소가 먹는 풀과 사람이 먹는 야채는 다릅니다. 야채는 요리하기도 좋고 생으로 씹기도 편합니다. 마소가 먹는 풀은 우리도 먹지 않지요."

"우리는 고기가 많아 풀은 먹지 않아도 됩니다."

카치운은 자기네 음식문화가 우월하다는 듯이 뽐내는 투로 말했다.

이번에는 조충이 물었다.

"쌀이나 보리 같은 곡식도 먹지 않습니까?

"조리할 때 양념으로 약간 섞는 정도지요. 몽골에서는 그런 것은 별로 먹지 않습니다. 그런 것들도 양과 말이나 먹일 것이지, 어떻게 사람이 먹습니까? 중국이나 고려에 와서 사람들이 주로 곡식과 야채를 먹는 것을 보고 우리들은 웃었습니다. 가축과 같은 사람들이라고 말입니다."

조충이 웃으면서 말했다.

"아, 그랬습니까."

"풀이나 곡식은 가축에게 먹이고, 사람은 그것들을 먹고 자란 가축의 고기를 먹어야 합니다."

김취려는 말없이 고개만 끄덕였다.

카치운이 다시 말했다.

"그러나 이번에 우리 군사들이 외국에 원정을 가서는 식량을 현지에서 조달하기 때문에, 몽골에서 가져간 식량이 다 되면 현지의 곡식을 먹기도 했습니다만."

이번엔 김취려가 물었다.

"마유주를 즐기는 것을 보니, 몽골인들은 짐승의 젖도 먹는 모양이지요?"

"그럼요, 말젖·소젖·양젖 같은 것은 아주 좋습니다. 먹으면 든든해서 일을 해도 힘든 줄을 몰라요. 고려인들은 양유 같은 것을 먹지 않습니까?"

"우리 고려인들은 짐승의 고기는 즐겨 먹어도, 짐승의 젖은 좋아하지 않습니다. 그건 짐승의 새끼들이나 먹는 것이지, 어떻게 사람이 먹겠소. 우리 사람들은 어린 짐승의 새끼들이 먹을 것을 빼앗아 먹지 않습니다. 그것으로 새끼를 먹여 키워서 커지면, 사람들이 그 짐승의 고기를 먹지요."

카치운은 한 대 얻어맞았다는 표정이었다. 그러나 맘씨 좋고 너그러운 카치운은 불쾌하게 생각하지는 않았다. 고려의 장수들은 그 이상 음식 얘기는 꺼내지 않았다

문화의 차이였다. 순수한 유목사회 단계에 있던 몽골인은 육식이 주식이었다. 그들은 수시로 이동하기 때문에 야채를 가꾸고 농사를 지을 수가 없고, 그것을 구해도 쌓아둘 수가 없었다.

그러나 농경사회에 들어와 있는 고려에서는 채식과 육식을 병행하고 있었다. 농경사회 사람들은 일정 지역에 터전을 마련해서 이동하지 않고 한 곳에 정주하기 때문에, 철에 따라 채소를 가꾸고 농사를 지어 저장해 놓고, 오래오래 먹을 수가 있었다.

카치운은 상위에 놓인 양의 다리를 자기 칼로 크게 베어냈다. 그리고는 그 고기를 먹을 만한 크기로 다시 썰면서 말했다.

양고기는 고기 중에서 가장 좋은 고기입니다. 우리 풍속으로는 고기를 썰어서 이렇게 칼로 찍어서는 상대의 입에 넣어주는 것이 예의입니다. 아주 가깝고 다정하다는 정리의 표시지요."

"오, 그래요?"

"그렇습니다, 형님. 이때 절대로 눈을 깜박여서는 안 됩니다."

그러면서 카치운은 실제로 자기가 썰어놓은 고기를 자기의 예리한 칼로 쿡 하고 위에서 내리 찔러서 소금 접시에 찍었다가 그대로 조충의 입 앞에 가져다 대고 말했다.

"형님, 입을 벌리십시오. 제가 한 점 드릴께요."

조충은 입을 벌렸다. 그대로 밀어 넣으면 카치운의 칼이 조충의 목을 뚫을 판이었다. 그러나 조충은 아무렇지도 않다는 듯이 태연히 입을 벌려 고기를 받아서 씹었다.

카치운은 다시 같은 방법으로 고기를 썰어 칼에 꽂아서는 김취려의 입에도 넣어주었다. 김취려는 약간 주저하는 듯하다가 그냥 받아서 먹었다.

카치운의 그런 모습을 보면서 잔치에 참석한 고려군의 장령들이 불안에 떨었다.

"아니, 저것 봐."

"혹시 저러다……?"

"저러면 안 되는데."

그러면서 고려 군관들은 음식을 먹지 않고 장군석만 바라보고 있었다. 그런 분위기를 의식했는지, 카치운이 말했다.

"형님들도 칼로 고기를 찍어서 제 입에 넣어 주십시오."

그래서 세 장수들이 칼로 고기를 찔러서 서로 상대의 입에 넣어주었다. 이날 카치운은 대단히 기분이 좋아서 웃고 떠들면서 술을 많이 마셨다.

카치운은 대주가였다. 그는 술을 물 마시듯이 잘 먹었다. 김취려는 술이 좀 약했지만, 조충도 말술을 사양하지 않는 두주불사형(斗酒不辭型)이었다.

카치운이 조충에게 말했다.

"형님은 호주가에 대주가이십니다. 저도 그렇습니다. 오늘 우리 형제가 술 시합 합시다. 진 사람은 벌을 받아야 합니다. 벌의 종류와 양은 이긴 사람이 맘대로 정하기로 하겠습니다."

그래서 그날 조충과 카치운 사이에 술 시합이 벌어졌다. 몽골식의 규칙대로 하는 음주경쟁이다.

카치운이 측근에다 대고 소리 질렀다.

"여기 새로 술잔을 하나 가져오라. 좀 큰 것이 좋겠나."

곧 술잔이 도착하자 카치운이 말했다.

"장유유서(長幼有序)의 원칙에 따라 내가 먼저 형님에게 잔을 올리겠습니다."

그러면서 카치운은 잔에 마유주를 가득 부어서 두 손으로 조충에게 주었다. 조충이 그것을 받아서는 쉬지 않고 한 번에 죽 들이켰다. 그리고는 그 잔에다 역시 술을 가득 부어서 카치운에게 주었다. 카치운은 그것을 단번에 들이키고는, 다시 그 잔에 술을 가득 부어서 조충에게 건넸다.

그들은 이렇게 술잔 하나를 놓고 술을 가득 부어서 번갈아 권하고 마시며 실력을 발휘했다. 술잔을 비운 때마다 합석한 양국의 군관들은 어느 쪽인지를 구별하지 않고, 모두 크게 환성을 지르며 박수를 쳤다.

그렇게 한참을 마시다가 끝내기에 이를 무렵이었다. 카치운은 얼굴이 벌겋게 달아올랐고, 혀도 굳어지기 시작했다. 그러나 조충은 아직 맨숭맨숭했고, 안색도 변하지 않았다.

다시 조충의 차례가 됐다. 조충은 술을 반쯤 마시다 말고 술잔을 내려놓고 말했다.

"내가 졌소이다."

장내가 갑자기 조용해졌다.

"아니, 그러면 우리 조 원수가 카치운으로부터 벌을 받아야 한단 말이야?"

고려 군관들은 모두가 그런 표정이었다. 의아하게 생각한 카치운이 취한 말소리로 물었다.

"아니, 원수 형님의 주량이 나보다 많은 것 같은데, 왜 마시다 맙니까?"

"아니오. 내가 장군에게 진 것이오."

"내가 보기에 형님이 일부러 그러시는 것 같습니다. 술은 내가 졌어요. 형님이 져주셨어요. 무슨 이유라도 있습니까?"

조충은 웃다가 말했다.

"있지요. 만약 내가 이겨서 약속대로 한다면, 장군이 반드시 벌을 받게 됩니다. 차라리 내가 벌을 받아야지, 우리나라에 온 손님을 벌 줄 수야 없지 않소이까? 이것이 우리 고려의 예법입니다."

카치운이 그 말을 듣고 만족하게 웃었다. 그는 마음으로부터 몹시 고마워하면서 말했다.

"중국인들이 고려를 일컬어 '동방예의지국'(東方禮義之國)이라 하더이다. 위 사람과 손님들에 대한 예우가 남다르다는 것이지요. 이제야 고려가 과연 그런 예절의 나라인 줄을 알겠습니다. 고맙습니다, 형님."

"그럼 내게 벌을 주시오. 달게 받겠소이다."

"그렇군요. 규칙이 그러하니 제가 벌을 드리겠습니다."

카치운은 알히를 크게 한 잔 따라서 조충에게 주면서 말했다.

"이것은 술 시합에서 형님이 졌기 때문에 제가 드리는 벌주입니다. 한 번에 다 마시지 않으면, 두 잔의 벌주가 다시 갑니다."

"오, 그래요? 알겠소이다."

"몽골의 술맛이 좋으니 벌주라도 더 받아서 마시고 싶으나, 내일 중요한 일이 있으니 오늘은 이걸로 마칩시다."

그러면서 조충은 그 독한 알히를 한 번에 쭉 비워버렸다. 그걸 지켜보던 3국의 군관들이 일제히 함성을 지르고 웃으며 힘차게 박수를 쳤다.

조충은 만족한 듯이 웃으면서 일어섰다.

"고맙습니다, 형님. 형님 말씀대로 하겠습니다."

카치운도 그렇게 말하면서 일어섰다. 다시 풍악이 울렸다. 그 풍악을 들으면서 모두가 일어섰다.

여몽 합동작전

고종 6년(1219) 정월 중순이었다. 조충과 김취려가 이끄는 고려군 1만에, 카치운과 찰라(札剌)가 영솔하는 몽골군 1만, 와난쥬안(完顔子淵)이 이끄는 동진군 2만, 총 4만 명의 군사가 약속대로 강동성을 에워쌌다.

이때 고려와 몽골·동진의 연합작전의 지휘권은 약속대로 몽골이 장악하고 있었다. 카치운은 총지휘자로서 고려와 동진 장수들에게 작전명령을 내렸다.

"강동성의 동문 이북의 동북부는 고려군, 서문 이북의 서북부는 동진군이 밑고, 남문 방면의 동남부는 몽골이 맡아 내가 지휘한다."

서남부는 빠져 있다. 강동서의 서남부는 강으로 되어 있어 군사를 배치할 필요가 없었기 때문이다.

고려와 동진이 맡은 강동성의 북부 지역은 험준한 산악으로 되어 있어 전투가 벌어질 가능성은 적었다.

그러나 몽골이 맡은 동남부는 평원지대였다. 이 동남부는 몽골의 기병이 활동하기에 좋은 지형이었다. 성외(城外) 전투가 벌어지게 되면, 바로 이곳에서 벌어질 것이었다. 그러면 전선의 주공방향(主攻方向)을 몽골군이 맞게 된다.

카치운이 다시 명령했다.

"3국군은 각기 담당 구역의 성벽에서 3백 보 떨어진 곳에 머물러 있어라."

카치운의 작전배치 명령이 떨어지자, 각 나라 군사가 즉시 자기 담당 구역으로 이동하여 공격태세를 정비했다.

카치운은 몽골군을 시켜 남문에서 동남문까지의 성 밑에 참호 모양으로 못을 둘러 팠다. 그 못의 깊이와 너비는 각각 10척(3미터)이었다. 카치운은 고려군과 동진군도 같은 모양으로 해자(垓字)를 파게 해서, 강동성을 황참(隍塹)으로 둘러쳤다. 그것은 거란인의 탈출을 봉쇄하기 위한 장애물 구축이었다.

이것은 성을 지키는 수성군(守城軍)이 아니라 오히려 성을 공격하는 공성군(攻城軍)이 판 해자였다. 따라서 일종의 역해자(逆垓字)라 할 수 있다.

조충은 전투태세를 갖추고 있는 고려군을 점검했다. 군사들의 표정은 모두가 긴장돼 있었다. 그때 군사들은 모두 방패 하나씩을 들고 있었다.

군사들은 방패 앞쪽에다 여러 가지 그림을 그려놓고 있었다. 어떤 것은 호랑이 늑대 등의 맹수 그림이었고, 어떤 것은 괴물 그림, 어떤 것은 도깨비의 상상도였다. 자기의 용맹을 과시하면서 적군에게 겁을 주기 위한 그림들이었다.

그런데 유독 나이가 어려 보이는 군사 하나는 자기 방패에다 한시(漢詩)를 한 수 적어놓고 있었다. 조충이 기이하게 생각하면서 읽어보니, 시문의 내용은 이러했다.

나라의 근심은 신하의 근심이오,
아비의 걱정은 자식의 걱정이다.
아버지를 대신하여 국은에 보답한다면,
충성과 효도를 한 번에 다할 수 있으리.[55]

읽고 나서 조충이 말했다.

"음, 잘된 시다. 누가 썼느냐?"

"제가 썼습니다."

"그래. 아버지 대신에 왔느냐?"

"예, 장군. 아버님은 병이 심하고 몸이 약하셔서 제가 대신 왔습니다."

"사정이 그렇다면 오지 않아도 되는데."

"현령도 그렇게 말했지만, 아버님은 나라가 환란에 빠져 있는데도 전선에 가지 않는 것은 죄를 짓는 것이라고 하시면서, 아버님이 갈 수 없으니 지라도 가야한다고 하시어, 제가 대신 왔습니다."

"오, 그래? 장하다. 그대 부자와 같은 백성들이 많기 때문에, 우리 고려가 이렇게 버텨오고 있다."

"고맙습니다, 장군."

"네 이름은 뭐냐?"

"김지대(金之岱)입니다."

"어디서 왔느냐?"

"경상도 청도(淸道)에서 왔습니다."

"음, 그래. 아무쪼록 용감하게 싸워서, 나라에 충성하고 부모에 효도 하라."

"예, 장군."

김지대는 체격이 좋고 키도 컸다. 천성도 쾌활했다. 어려서부터 큰 뜻을 품고 과거시험 준비를 하다가, 거란군이 쳐들어오자 책을 접고 아버지를 대신해서 종군(從軍)했다.

조충은 김지대를 기특하게 여겨 그를 곁에 두고 부렸다.

---

55) 시의 원문;

    國患臣之患(국환신지환)

    親憂子所憂(친우자소우)

    代親如報國(대친여보국)

    忠孝可雙修(충효가쌍수)

고려와 몽골-동진의 삼국 연합군이 강동성을 포위하고 있었지만, 성안의 거란측과 성 밖의 연합군 사이에는 이렇다 할 전투가 없었다. 그냥 포위와 대치가 계속되고 있을 뿐이었다.

몽골의 카치운이 고려의 김취려와 동진의 와난쥬안과 같이 한 자리에서 말했다.

"거란인들은 완전히 포위되어 있소. 눈이 이렇게 두껍게 쌓인 이 겨울에 저들이 무엇을 먹고 견디고, 무엇을 가지고 싸우고, 어디로 도망하겠소. 우리는 식량이 있고 뒤가 열려 있으니, 자유자재로 기동하며 작전을 벌일 수가 있습니다. 이대로 시간만 끌면 됩니다. 형님 생각은 어떻습니까?"

카치운은 김취려를 바라보았다.

"올바른 작전방향이라 생각하오. 우리는 시리(時利)와 지리(地利) 물리(物利)를 가지고 있으니, 느긋하게 대처해도 승리는 확실하오."

그러자 쥬안이 카치운을 바라보며 말했다.

"시기적으로 우리에게 유리하고(시리), 지형이 우리에게 유리한 데다(지리), 고려에서 필요한 물자를 풍부히 대주고 있어서 물자 또한 유리하니(물리), 고려에 감사해야 합니다."

카치운이 김취려를 바라보면서 웃으며 말했다.

"오, 그렇지요. 참으로 감사합니다, 형님."

3국 연합군에 완전히 포위되어 식량과 식수가 끊긴 거란군은 더 이상 견딜 수가 없었다. 굶는 날이 계속되고 아사자(餓死者)가 속출했다. 성안은 동요하기 시작했다.

그러나 거란의 임금이며 거란군 원수인 한서왕자(喊舍王子)로서도 어쩔 도리가 없었다.

한서는 막료들을 불러놓고 말했다.

"지금 우리는 완전히 포위돼 있다. 쥐새끼 한 마리 빠져나갈 구멍조차 없다. 이런 상태에서는 싸워도 죽고, 가만히 있어도 죽을 판이다. 어찌하면 좋겠는가?"

"어차피 죽을 판이라면, 한바탕 싸워봅시다. 죽지 않으면 살기 아닙니까?"

위험을 맞아서 행동을 하게 되면, 사람들은 강경파와 온건파로 갈리게 마련이다. 강경론은 대체로 이상론 내지 명분론이고, 온건론은 대체로 현실론 내지 실리론이다. 이날 거란군 진영에서도 강경파와 온건파 사이에 그런 이견이 노출되기 시작했다.

한서가 다시 말했다.

"이건 대단히 중요한 문제다. 신중히 생각해야 할 것이야. 우리가 모두 군사들뿐이라면, 무사답게 최후의 일인까지 일전을 벌일 수도 있다. 그러나 우리는 가족과 함께 와있다. 그 대부분은 부녀자와 어린아이들이다."

한서의 말은 무거웠다. 아무도 말하는 사람이 없었다.

"우리가 여기서 무모하게 일전을 벌여 전멸하느니, 차라리 항복하는 것만 못하다. 항복하면 부녀자와 어린아이들의 목숨은 건질 수 있지 않겠는가?"

책임감이 있는 사람은 흔히 보수적이고 현실적이다. 반대로 무책임한 사람이 모험적이고 강경을 추구하기 쉽다. 거란 민족의 안전과 운명에 대한 최종 책임을 지고 있는 한서로서는 보수적이고 합리적일 수밖에 없었다. 따라서 평소 강경파였던 한서가 이때는 안전하고 실리적인 항복론(降服論)을 들고 나왔다.

그러나 보다 모험적인 하위급의 젊은 사람들은 한서(喊舍, 또는 撼捨)에 반대하여, 명분론을 들면서 주전론(主戰論)을 폈다.

강동성에 포위된 거란군 사이에서 명분과 실리를 놓고 강경 자주파와 온건 화친파로 나뉘어 벌어진 명실논쟁(名實論爭)이다.

소장 군관들이 말했다.

"저들이 그 잔혹한 몽골군 아닙니까. 우리가 비록 항복한다 해도, 저들은 우릴 도륙하여 살아남을 수가 없습니다. 설사 살아남는다 해도 저들의 노예밖에 더 되겠습니까."

"꼭 그렇게만 비관할 필요는 없소. 칭기스는 저항하면 죽이고 항복하면 살린다고 공언해 왔어요. 따라서 항복하면 대부분은 살려줄 것이야. 노예가 된들 어떤가. 죽는 것보다야 낫지 않겠는가? 우리 거란 민족이 멸종될 수야 없지 않은가. 민족의 멸종. 이것은 무슨 수가 있어도 막아야 하오. 어떤 모욕도 어떤 희생도 민족의 생명과 바꿀 수는 없지 않겠는가!"

한서의 말은 호소였다. 아무도 대꾸하는 사람이 없었다.

"항복하는 데는 임금인 내가 방해가 될 수가 있소. 대장이 없으면 의사결정과 행동의 선택이 자유로운 법이야. 내 문제는 내가 알아서 할 것이오. 지금 이런 판국엔 아무쪼록 살아남는 것이 가장 중요한 것임을 염두에 두고, 각자 행동키로 합시다. 다시 말하지만, 우리 거란민족이 멸종되는 것은 막아야 합니다. 우리가 여기서 멸종한다면, 우리 거란족이 이 지구상에서 완전히 없어지는 것이오. 현명하게 처신합시다."

한서의 말이 끝나자 여기저기서 흐느껴 우는 소리가 나오기 시작했다. 어떤 군관은 울음을 참다가 자리를 박차고 뛰쳐나갔다. 울음을 참다못한 사람들은 엉엉 소리 내어 울었다.

그때의 거란 지도자는 한서뿐이었다. 야율유가를 축출한 뒤 소수의 지배체제를 갖췄던 거란은 지도이념과 전략방법을 놓고 다시 권력투쟁을 벌였다. 이 싸움은 권력투쟁으로 번져, 치누(乞奴)·진샨(金山)·진시(金時, 또는 金始)·퉁구유(統古與) 등이 차례로 죽어, 마지막으로 최후의 승자인 한서만 남아 있었다.

그날 밤 거란의 임금이고 거란군의 도원수인 한서는 자기 칼로 가족들을 살해한 뒤, 스스로 자기 목을 찔러 목숨을 끊었다.

임금인 한서왕자가 자결하자, 강동성의 거란족 공동체 안에서는 큰 혼란이 일기 시작했다. 비명과 통곡이 그칠 줄을 몰랐다. 그러나 한서가 죽기 전에 말한 대로, 거란인들은 자기 문제를 각자 스스로 생각하기 시작했다.

한서의 자결이 알려진 뒤, 거란 군사 40여 명이 먼저 성을 넘어와 몽골군에 투항했다. 모두 굶어서 피골이 상접해 있었다.

김취려가 물었다.

"식량이 떨어졌느냐?"

"그렇습니다."

"물은 어떠냐?"

"우물에 물이 있어서 마실 수는 있으나, 부족해서 함부로 먹지 않고 아껴가며 나눠먹고 있습니다."

"장수들은 어찌 됐나?"

"한서왕자를 비롯해서 대부분이 자결했습니다."

"그 안에 고려군의 포로나 백성들이 있느냐?"

"예, 2백 명 가량 있습니다."

김취려는 우선 식량과 물을 성 안으로 보내 그들을 구조토록 했다. 거란인 투항자는 계속 늘어났다. 결국 5만여 명의 거란인들이 성문을 열고 나와서 항복했다.

김취려(金就礪)

고려 후기의 무신. 언양김씨(彦陽金氏) 출신으로 아버지 김부(金富)는 예부시랑(종4품, 이사관 국장급)을 지냈다. 김취려는 칭기스칸 몽골군의 금나라 침공에 밀려 고려로 들어온 거란인 무력집단을 조충과 함께 물리치고, 반란진압에 큰 공을 세운 전쟁영웅이다.

그는 부친의 관직 덕분에 시험을 거치지 않고 양반관리들에게 부여된 음서(蔭敍)로 군관이 되어, 태자를 호위하는 동궁위(東宮衞)의 정위(正尉)로 배속됐다. 뒤에 장군이 되어 북계방어를 맡았고, 대장군으로 승진됐다. 그 때 금나라가 혼란한 틈을 타서 그들의 지배를 받던 거란인들이 독립하여 후요국과 대요수국을 세웠다. 요수국은 몽골과의 항전을 거부하다가 공격당해, 1216년 고려를 침범하여 약탈과 방화를 일삼았다.

이때 김취려는 후군병마사가 되어 거란군을 공격, 조양진(朝陽鎭) 연주(延州) 청새진(淸塞鎭) 등에서 그들을 격파하고 다수를 체포했다. 청새진 전투에서는 맏아들이 전사했다. 물러갔던 거란인들이 1217년 다시 침범하자, 김취려가 다시 출전하여 그들을 명주(溟州, 강원 강릉) 예주(禮州, 함남 定平)로 몰아 격퇴하여 북으로 축출했다. 김취려는 예주전투에서 진두지휘하다가 활에 맞아 부상하여 후송됐다.

1218년 거란군이 다시 침공하자, 김취려가 출정하여 그들을 평양 동북쪽의 강동성(江東城)으로 몰아넣었다. 그때 몽골군이 거란인들을 추격하여 여진족의 동진국(東眞國) 군대와 함께 고려로 진주했다. 그들은 고려에 대해 합동작전을 펴서 강동성의 거란인들을 공격하자고 제의했다. 고려가 이에 응하여 김취려는 서북면 원수 조충(趙沖)과 함께 참전하여, 거란군을 완전히 소탕했다. 1219년 최충헌이 사망한 뒤 의주에서 한순-다지의 반란이 일어나자, 김취려가 나가 진압했다.

김취려는 사람됨이 정직 검약했고, 공무에는 법에 따라 엄격 공정했다. 그는 용기 있고 병술에 능하여, 군사를 통제할 때는 병법에 따라 했기 때문에 실패하는 일이 없었다.

김취려는 거란 적 격퇴와 반란진압의 공으로 국가의 원로가 되어, 추밀원사·병부상서를 거쳐 전승급인 참지정사·판호부사·판병부사·중서시랑평장사 등을 지낸 뒤, 1234년 선시수노 강화경(江華京, 강화도)에서 사망하여, 고송의 묘정에 배향돼 있다. 그의 묘소는 지금 인천시 강화군 양도면 하일리에 있다.

거란군의 종말

　조충과 카치운은 거란인 투항병을 앞세우고 각기 자국 군사를 이끌고 강동성 성안으로 들어갔다. 찰라·김취려·쥬안도 함께 갔다. 몽골에 자진해서 투항한 도우단(都旦)이 앞장섰다.

　강동성 안에 있던 고려인들은 조충·김취려를 보자 앞을 다투어 달려와서 엎드려 울면서 말했다.

　"장군, 저희를 살려주십시오."

　"그래, 그 동안 고생들이 많았겠소. 고려인이 2백여 명 된다는데, 그렇소?"

　"그렇습니다."

　"염려 마시오. 그대들은 모두 살았소. 잠시만 참고 기다리시오. 그대들은 오늘 중으로 전원 석방될 것이오."

　"고맙습니다, 장군."

　도우단은 거란인 장수의 이름과 직위를 정확히 몽골군에 알려줬다. 그 때문에 살아남은 거란인 군관들이 고스란히 적발됐다. 카치운이 거란의 고급 장교와 관리 등 7백여 명을 색출해낼 수 있었던 것은 전적으로 도우단의 공로였다.

카치운이 말했다.

"이 자들은 거란의 장수와 군관들입니다. 이놈들은 모두 목을 베겠습니다."

그 말을 듣고 조충이 말했다.

"장군, 원래 항복한 사람은 죽이지 않는 법이외다. 죽일 필요도 없고요. 그들은 살겠다고 해서 항복한 겁니다. 만일 항복한 사람을 죽인다면 앞으로 누가 항복하겠소? 오히려 점점 사나워져서 전쟁하기가 더욱 힘들게 되지요. 그들을 심문해 보아서, 반항하지 않고 협력하겠다고 하면 살려서 계속 부리는 것이 좋겠소. 저들은 군관들이기 때문에 각자 쓰일 만한 능력을 갖추었을 것이오."

"아닙니다. 적군의 장수나 군관은 비록 항복했다 해도 모두 죽여야 편합니다. 칭기스 다칸께서는 원수를 철저히 없애야 한다고 명령했습니다. 이들은 지금까지 우리를 괴롭혀온 수괴(首魁)들입니다. 이들을 살려놓으면 이 자들이 또 무슨 일을 꾸밀지 모릅니다."

"거란의 수괴들은 이미 자결하지 않았소이까?"

"더러는 그랬지요."

김취려가 나섰다.

"지금은 인력이 필요한 시대입니다. 더구나 몽골이 세계적으로 큰일을 하고 있으니, 더욱 많은 인력이 필요한 것이오. 그런데도 귀한 인명을 그렇게 죽여야 되겠소이까? 듣기로는 칭기스 황제께서도 거란인들을 참모로 많이 등용하여 요직에 앉혀 부리고 있다고 하더이다."

"그렇지요. 옐루아하이-옐루투화 형제나 옐루추차이(耶律楚材) 등이 다 거란인 출신의 참모들입니다. 그러나 고려로 들어온 거란인들은 우리 몽골에 반항해서 독립하겠다고 나선 자들입니다. 이런 반몽 분자들을 살려둘 수는 없습니다."

조충이 다시 나섰다.

"거란인들의 그 동안의 잘못은 모두 죽은 지도자들에게 있다고 돌려서,

살아있는 사람들에게 용서를 베푸시오. 그들에게 '너희들에겐 아무 잘못이 없다. 이제부터 우리가 하는 말을 잘 따르라. 그러면 너희의 생명과 생활이 보장된다'고 효유하여, 저들을 안심시키는 것이 앞으로 저들을 부리는데 좋을 것 같소."

그러자 찰라가 더는 못 참겠다는 투로 끼어들었다.

"조충 장군, 그리고 김취려 장군. 이번 작전의 지휘 책임은 전적으로 몽골군 대원수이신 카치운 장군에게 있습니다. 그 공로와 책임은 결국 모두 카치운 장군에게 돌아갑니다. 거란인 포로의 처분 문제는 고려에서 간여한 문제가 아니니, 물러들 가시오! 모두 카치운 대인수께서 처결히 치리하실 겁니다."

찰라의 말은 위압적이고 신경질적이었다. 조충은 머쓱해졌다. 김취려도 마찬가지였다. 승전의 기쁨 대신에 어색하고 엄숙한 분위기뿐이었다.

그걸 카치운이 읽고서 찰라를 향해서 달래듯이 말했다.

"찰라 장군, 내게 맡기시오."

그리고는 조충과 김취려를 향해서 카치운이 아주 부드러운 목소리로 말했다.

"형님들의 말씀은 잘 알겠습니다. 그러나 끝까지 완강하게 저항한 지휘관들을 살려주면, 반드시 후환이 생깁니다. 더구나 거란 놈들은 간사하고 신의가 없습니다. 이놈들의 처분은 내게 맡겨주십시오."

그러면서 카치운은 거란군 지도자급들의 명단을 다시 살폈다. 그는 그 중 1백 명만을 골라내어 참수하고, 나머지는 모두 살려 주었다.

카치운은 조충과 김취려를 번갈아 바라보면서 말했다.

"형님들의 말씀을 받아들여 대부분은 살려 주고 고관과 악질 1백 명만 처형했습니다."

이래서 고려에서 3년여에 걸쳐 계속돼 온 거란족의 소란도 완전히 종식됐다. 고종 6년(1219) 정월 14일이었다.

고려에 침범하여 전국을 헤집고 다녔던 거란인들은 사냥을 통해서 단

런된 유목민 특유의 전투양상을 보였다. 기마병에 의한 신속한 기동과 집단적인 이동이 그 특징이었다.

거란인들은 농경사회였던 고려의 군사조직으로는 좀처럼 따라잡기 어려운 전략과 전술로 나왔기 때문에, 고려가 그들을 진압하기는 어려웠다.

결국 자력 방어능력이 약했던 고려는 거란과 같은 유목민족인 몽골과 동진의 힘을 빌려 비로소 거란족을 소탕할 수 있었다. 외세에 의한 외적의 격퇴는 그 후로 많은 부담을 고려에 안겨주었다.

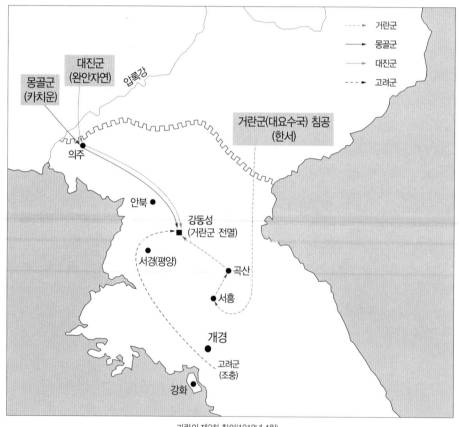

거란의 제3차 침입(1218년 4월)

카치운은 거란군에 포로로 잡혀 있던 고려인 2백여 명을 먼저 고려에 인도하면서 말했다.

"요수국의 거란인들이 차지하고 있던 압록강 북쪽의 땅은 본래대로 옐루류게에게 주겠습니다. 그러나 포로들은 나눠야지요."

카치운은 거란인 포로 중에서 비교적 젊은 부녀자와 남자 아이 7백 명을 골라서 고려에 넘겼다. 다시 15세 전후의 거란인 처녀 18명과 준마 18필을 뽑아서는, 조충과 김취려에게 절반씩 나눠주었다.

나머지 거란인 포로들은 모두 몽골로 데려 갔다. 몽골로 간 거란인들은 내몽골 땅에 떨어졌다.

몽골의 확장정책으로 우리 땅으로 밀려왔다가 고려군에 포로로 잡힌 거란인은 모두 2천 6백여 명이었다.

고려는 거란인 포로들을 각 주현의 한적한 곳에 분산시켜 땅을 주고 집을 지어 그들끼리 모여 살게 했다. 그런 거란인들의 집단거주 지역은 그 후 거란장(契丹場)이라는 이름으로 불리기 시작했다.

이 거란인들은 고려에서 천민 신분에 편입되어, 천대를 받으며 가난하게 살아왔다. 그 때문에 고려에 대해 불만이 많았었다. 그러나 그들은 우리 민족에 완전히 동화 흡수되어, 지금은 그 흔적조차 찾아볼 수 없다.

강동성에 대한 거란인 소탕작전을 끝내고 카치운이 조충에게 말했다.

"우리들이 만리 땅에서 와서 고려와 더불이 힘을 합하여 거란 적을 쳐부쉈으니, 이는 일천 년에 한 번 보기도 드문 일입니다. 예의로는 당연히 내가 개경까지 가서 고려 국왕께 배알해야 할 것이나, 보다시피 우리 군사가 자못 많아 멀리 가기 어렵습니다. 그러니 사자(使者)를 보내어 임금께 진사토록 하겠습니다."

"그리 하시지요."

"자, 그러면 두 분 형님들은 안으로 드시지요. 제가 형님들을 위해 한 자리 베풀겠습니다."

카치운과 찰라가 조충과 김취려를 청하여 들어서는 술상을 내놓았다.
카치운이 건배를 제의하면서 말했다.

"오늘은 정월 열나흘입니다. 오늘따라 둥근 달이 한층 맑고 큽니다. 우리의 승리와 고려의 구원을 하늘이 축하하고 있습니다. 오늘을 기해 우리 몽골과 고려 두 나라가 길이 형제가 되기로 맹세하여, 만대의 자손들이 오늘을 영원히 잊지 않도록 빌면서 드십시다."

모든 장수들이 술잔을 높이 들고 잔을 비웠다.

한편 조충은 따로 음식을 차려서 고려·몽골·동진의 3국 연합군 전사들을 위로하는 잔치를 베풀었다.

그날 조충과 카치운은 많은 술을 마셨다. 어찌나 많이 마셨는지 조충은 풍악이 요란히 울리는 가운데, 옆자리에 앉아있던 동진군의 원수 와난쥬안(完顔子淵)의 무릎을 베고 잠이 들었다.

쥬안은 조충이 깨지나 않을까 걱정하여 한 치도 움직이지 않으면서 말했다.

"지금 조충 장군께서 이렇게 곤하게 잠들어 계십니다. 풍악소리를 멈추고, 조용히 술을 마시는 것이 어떻습니까?"

카치운이 빙그레 웃으면서 말했다.

"그러십시다. 자, 그러면 풍악은 이만 물러가도록 해라."

그때 고려 장수 한 사람이 베개를 가지고 조충에게 가서 베어주려고 했다. 그러나 완안자연은 이를 거부했다.

"베개 중에서 가장 편한 것이 사람의 다리요. 지금 원수께서 내 다리를 베고 이렇게 편안하게 잘 주무시는데, 베개로 옮기다가 잠이라도 깨신다면 얼마나 무례겠소? 이대로가 좋소이다."

고려 장수가 무안하게 생각하자, 쥬안이 말을 계속했다.

"내가 사람을 볼 줄 압니다. 관상 공부를 좀 했거든요. 조충 원수는 기위(奇偉)하여 보통 사람이 아닙니다. 완인(完人)이십니다. 문무를 겸비한 데다 인격이 원만하고 덕망이 높으시니 완전한 대인이라 할 수 있습니다.

고려에 이런 장수가 계시니, 이는 필시 하늘이 고려국에 내린 크나큰 보배입니다."

연합국 장수들이 회식을 하며 술을 마실 때, 몽골의 장수들이나 고려 장수들은 동진의 여진족 장수들을 업신여겨 그들에게 술을 권하는 것조차도 피하고 있었다.

그러나 조충은 쥬안과 그의 부하 장수들에게도 특별히 마음을 써서 자주 술잔을 건네고, 타국 전쟁터에서 겪는 그들의 고생에 대해서도 위로하곤 했다.

와난쥬안은 그런 조충을 마음속으로부터 존경하여 양가죽 털 담요를 덮어주고는, 자기 몸을 움직이지 않으려고 애썼다. 쥬안은 우직한 사나이였다. 그날 밤 그는 시종 그런 자세로 새벽이 되어 조충이 깰 때까지 앉은 자리에서 조용히 술잔을 받아 마시고 있었다.

그러나 이런 고려·몽골·동진의 장수들의 우정에도 불구하고, 그후 대륙정세에 휩쓸려 3국은 적대 관계로 변하여 고려를 다시 처절한 전쟁터로 몰아넣는다.

조충(趙沖)

조충은 문하시중을 지낸 조영인(趙永仁)의 아들이다. 조영인은 과거에 합격한 이후 참지정사·이부판사를 지냈다. 최충헌이 집권하여 명종을 폐하고 신종을 세웠을 때, 그는 금나라 문책사절을 잘 달래 설득해서 문제를 해결했다. 그 일로 조영인은 최충헌의 인정을 받아 정승인 시중(侍中)까지 올라갔다.

조영인의 아들 조충은 태어난 지 한 달 만에 모친이 죽어 외롭게 자랐다. 자라면서 그는 어머니가 없음을 한탄하여 슬피 울 때가 많았다. 그래서 집안에서는 조충을 효동(孝童)이라 불렀다.

조충은 견문이 넓고 기억력이 좋아서 책에서 배운 것을 자세히 알고 일상에서 잘 활용했다. 그는 훌륭한 학자이고 문신이면서도, 전쟁에 나가면 장수가 되어 많은 전공을 세웠다.

조충은 풍채가 크고 훌륭하여 겉으로 보기에는 장중했고 속마음은 너그럽고 온화했다. 그는 사람들을 만나면 언제나 화락(和樂)한 안색으로 대했다. 선비를 대하면, 그들이 미숙할 군사문제에 대해서는 말하지 않고, 주로 사서오경을 화제로 삼았다. 무인들을 만나면, 경서에 대해서는 말하지 않고, 병서에 관한 얘기로 그들을 가르치고 흥미있게 했다.

조충은 과거에 급제해서 문신으로 입신하여 북계 병마사로 있으면서, 고려에 침입한 여진족의 비적단인 황기자군을 격파하고, 다시 몽골·동진과 연합하여 고려에 침공한 거란군을 격퇴하는 등 무공을 쌓았다. 그 공로로 예부판사(종2품)와 동중서문하시랑평장사(정2품)까지 지냈다. 사후에 그는 문하시중에 추증되고, 고종의 묘정에 배향됐다.

조충은 고종 7년(1220) 9월 4일 개경에서 사망했다. 당시 49세. 그때는 최충헌이 사망한 직후였고, 의주반란이 일어나 국내가 시끄럽던 해였다. 전년인 1219년 9월에 권력자 최충헌이 죽고, 이듬해 3월에 고려의 대문호 이인로(李仁老), 6개월 뒤에는 조충이 사망함으로써, 세상에서는 권성(權星)과 함께 문성(文星), 무성(武星) 등 고려의 세 별이 잇달아 사라졌다고 애석해 했다.

거란적을 물리친 고려의 전쟁 영웅 조충에 대해서 조선조의 사관들은 영웅호걸이라 칭하면서, 거란의 대군을 말로 물리친 서희(徐熙)나 힘으로 격퇴한 강감찬(姜邯贊)과 동렬에 세워 이렇게 격찬하고 있다.

조충에 대한 사평

문정공(文正公) 조충은 문무의 재주를 완전히 갖추어 밖에 나가서는 장수로 활약하고, 안에 들어와서는 정승이 되어, 조야에서는 그를 우뚝한 산악처럼 여겨 그에게 의탁했다. 거란 적이 침략해 오고 몽골군이 국경을 넘어왔을 때, 위열공(威烈公) 김취려와 함께 마음을 같이하고 힘을 합하여 적의 기세를 꺾어 잘 방어하여 나라를 편안하게 했다. 거란 적을 물리친 그의 공업이 이러하였으니, 성종 때의 서희나 현종 때의 강감찬만이 고려의 아름다운 명성을 독차지하지는 못할 것이다. 이른바 영웅호걸은 세상에 드문 인물이라고 어찌 말하지 않을 수 있겠는가.

고려-몽골의 형제조약

강동성에서 거란군이 항복하고 열흘쯤 지난 그해 고종 6년(1219) 1월 23일이었다. 몽골군 원수 카치운은 휘하 장군인 풀리다이완(Pulidaiwan, 蒲里帒完)[56] 등 10명의 사자들에게 화호(和好)를 청하는 문서를 주어 고려 조정에 전달토록 했다.

그들이 개경으로 떠나려 하자, 부원수 찰라가 그들을 자기 막사로 불러서 말했다.

"우리 몽골은 천하의 제국으로서, 위기에 처한 소국 고려를 적군으로부터 구해준 은혜익 나라다. 따라서 그대들은 개경에 가서 이런 국가적 위치를 고려하여 최선을 다하라."

"예, 장군."

"고려 관리들은 간지가 많고 자존심이 세다. 처음부터 기를 죽여 놓고 들어가야 한다. 그들은 애매한 말로 당장의 곤혹함을 면했다가, 뒤에 가서는 딴 소리를 할지도 모른다. 변명하거나 돌려서 말하면 단호히 차단해

---

[56] 포리대완; 이것을 포리(蒲里)와 대완(帒完)의 두 사람으로 보는 견해도 있다. 특히 북한의 역사서들은 모두 2인으로 통일하고 있다. 여기서는 세종대왕기념사업회의 『국역 동국통감』의 견해에 따라 단일 인물로 했다.

서 빠져나가거나 서로 오해할 여지가 없도록 명확한 답변을 가져오도록 하라."

"예"

"또 고려인들은 예의 따지기를 좋아하고 형식을 중시하는 사람들이다. 그것은 유학을 배우고 유교를 숭상하면서 농사를 지어먹고 살아가는 사람들의 공통된 관습이다. 중국이 그렇고 이 고려가 그렇다. 우리 몽골은 유학과는 상관없는 유목민족이다. 그러니 농경민족인 저들의 형식을 무시하고, 우리 몽골군의 방식대로 하라. 그것도 저들의 기를 꺾는 방법이다."

그해 정월 23일 경인일에 풀리다이완 일행이 개경에 도착했다. 고종은 박시윤(朴時允, 시어사)을 보내서 그들을 맞게 했다.

한편으로는 문무관들에게 관대(冠帶)를 갖추어 정장을 하고 나가서, 개경의 서문인 선의문에서 중심가인 십자가에 이르는 도로의 양쪽에 나누어 도열하게 했다.

그러나 몽골 사신단 일행은 개경의 관(館)밖에 이르러서는 들어오지 않고 말했다.

"우리는 고려를 거란 적의 위기에서 구해준 몽골국의 사절이오. 모름지기 고려 국왕이 여기에 나와서 은국(恩國)의 사자들을 맞이해야 하오. 그렇게 하지 않으면, 우리는 들어가지 않을 것이오."

그들은 찰라의 지시대로 몽골이 고려의 '은혜의 나라' 임을 강조하면서, 시간을 끌며 버텼다.

고려 조정에서는 두 세 차례 역관을 보내어 그 부당성을 말하고 빨리 들어오도록 권했다.

"우리 두 나라는 아직 통호(通好)가 없소. 또한 우리 고려는 패전국도 아니오. 귀국 황제가 보냈으면 또 모르겠으나, 군의 원수가 보낸 사절을 맞기 위해 임금이 출영한다는 것은 국가 간의 예나 균형에도 당치 않는 일이오. 자, 들어갑시다. 우리 임금께서 기다리고 계시오."

"우리는 유목민이오. 고려의 유교식 예는 모르오. 은국의 고마움으로 우리를 맞으시오."

"당신네들은 유목민이지만, 지금은 유교국가 고려에 와있소. 자, 유교국의 예에 따라 어서 들어갑시다."

처음에 완강하게 거부하던 풀리다이완은 그 말을 듣고 할 수 없이 말을 타고는 관문에 들어섰다. 영접사 박시윤이 나서서 그들을 안내했다.

그러나 기분이 좋을 리가 없었다. 몽골 사절들은 모두가 볼멘 얼굴로 눈썹 사이에 주름을 짓고 있었다. 고려의 조신들이 도열한 사이를 말을 타고 지날 때도, 그들은 모두가 표정을 근엄하게 갖추고 눈을 내리뜬 채 오만한 자세를 갖추고 있었다.

다음날 24일 고종이 대관전(大觀殿)[57]에서 그들을 접견하는 자리였다. 고려의 조정 신료들 대부분이 나와 있었다. 몽골 사신들은 모두 털로 만든 몽골식 옷과 모자에다 활과 화살을 멘 채 곧바로 단상으로 올라갔다.

잠시 후 임금 고종이 온화한 인상으로 나와서 준비된 의자에 앉았다. 풀리다이완이 고종 앞으로 다가가서 품속에서 조서를 꺼내어서는 억센 손으로 고종의 손을 덥석 잡고서 그 조서를 쥐어 주었다.

그 순간 왕의 안면이 파르르 떨리면서 안색이 변했다. 좌우의 모든 신히들이 당황했다. 그러나 아무도 그것을 제지하는 사람이 없었다.

이것을 보다 못해 임금의 시신(侍臣)인 깐깐하고 대담한 선비 최선단(崔先旦)이 일어나서 예부(禮部, 외교담당 부서) 관리들이 있는 쪽을 바라보면서 큰소리로 말했다.

"어찌 추로(醜虜, 추악한 오랑캐)로 하여금 지존하신 폐하께 저렇게 가까이 가서 옥수(玉手)를 잡게 할 수 있는가! 이리되면 '형가의 변'(荊軻之變)이라도 일어나 임금께 위급한 일이 생긴다 해도, 신하들은 아무도 접근하여 막지 못할 것이 아닌가."

---

57) 대관전(大觀殿): 임금의 즉위식이나 외빈접견 등의 경축행사용으로 사용되던 궁전.

'형가의 변'이란 중국 전국시대의 고사다.

연(燕)나라 자객 형가가 그의 주군인 연 나라 태자 단(丹)을 위해 진(秦)나라 왕을 죽이려고 진 나라에 사신으로 갔다. 형가는 사신의 자격으로 진왕에게 알현하면서, 비수를 꺼내어 후에 진시황이 되는 진왕 정(政)을 살해하려 했다.

그러나 왕이 명령하지 않으면 신하들은 움직일 수 없는 당시의 법 때문에 누구도 왕의 위기를 구할 수가 없었다. 그러나 몸이 날랜 정은 칼을 등에 걸어놓고 있었기 때문에, 몸을 피해 칼을 뽑아 형가를 쳤다. 결국 형가는 실패하여 죽음을 당했다.

최선단은 흐느껴 울면서 단상으로 향했다. 그는 계단을 올라가면서 조정 신료들을 꾸짖는 어투로 말했다.

"진왕은 죽음을 면하고 형가는 잡혀서 죽었지만, 우리 폐하에게 지금 형가의 변이 일어난다면 아무도 말릴 사람이 없으니, 지존하신 우리 폐하께옵서는 불운을 피할 수 없을 것이오."

최선단은 단상에 올라가서 다시 목소리를 높여 풀리다이완에게 말했다.

"몽골 사신은 물러나 내려가시오. 여기는 지엄한 어전이오."

풀리다이완은 눈이 둥그래졌다. 처음의 오만과는 달리, 그는 약간 당황하는 빛을 띠었지만 그대로 있었다.

최선단이 다시 말했다.

"내 말이 들리지 않소! 우리 고려국과 몽골의 화호를 요구하러 온 사자가 상대국 임금에게 이런 무례를 범할 수가 있는가? 이래 가지고 일이 되겠는가? 자, 빨리 나를 따라오시오!"

몽골 사신들이 뒤쪽으로 물러섰다.

"폐하, 몽골의 문서를 신에게 주십시오."

고종이 문서를 내주었다. 최선단은 그것을 받아 단 아래로 내려갔다. 최선단의 행동에 눌린 듯 풀리다이완 등은 묵묵히 최선단의 뒤를 따라서 내려갔다.

최선단이 그들을 데리고 가서 몽골 사신 모두에게 고려의 의관을 한 벌씩 내 주고 입으라고 했다. 몽골 사신들은 쭈뼛거렸다.

"뭘 그리 머뭇거리는가. 빨리 입으시오. 이것을 입어야만 그대들은 우리 폐하 앞에 나갈 수 있소. 그렇게 하지 않으려면, 그냥 돌아가시오."

풀리다이완은 찰라의 지시가 떠올랐다.

"당신네 고려 관리들은 왜 그리 예의와 형식을 중요시합니까? 우린 도무지 모르겠소."

"국가 간의 관계에서는 이런 격식도 중요하오. 우리 고려는 예의와 격식을 모르는 나라와는 어떤 관계도 맺지 않을 것이오."

풀리다이완이 물었다.

"실례지만 그대의 직위는 무엇이오?"

"그게 뭐 그리 중요한가? 나는 임금을 가까이서 모시는 하급 신하요."

몽골 사신들은 혀를 내두르면서, 최선단이 내준 옷을 갈아입고 다시 대관전에 안내됐다. 거기서 최선단은 몽골의 조서를 도로 내주었다. 풀리다이완이 그것을 받아 쥐었다. 그는 고종에게 읍만 하고 절은 하지 않았지만, 아주 공순한 태도로 조서를 올렸다. 이래서 일은 무사히 끝났다.

그 후 고려와 몽골 사이에 밀고 당기는 협상 끝에 하나의 외교 협약이 체결됐다. 그 내용은 대략 이러했다.

여몽협약 내용

(1) 고려는 거란부대 평정의 큰 은혜에 보답하기 위해 몽골에 대해서 '투배의 예'(投拜之禮)를 표하고, 매년 몽골에 공물을 바친다.
(2) 몽골은 매년 10명 이내의 사신을 고려에 파견한다. 몽골 사신은 푸젠완누의 동진국을 경유한다.
(3) 고려는 몽골 사신에게 소정의 공물을 바친다.

'투배의 예'란 항복을 의미한다. 몽골사신이란 조공을 받아가는 수납

사절이다.

협상 과정에서 형제 나라가 되자는 몽골측의 요구는 자연스레 수용됐다. 이로써 고려는 아우의 나라라는 형태로 몽골의 조공국이 되어 몽골의 요구대로 조공을 바치게 됐다. 고종 6년(1219) 1월 하순의 일이었다.

이것으로 고려와 몽골은 유목사회 풍습의 특유한 형태인 안다(anda, 의친) 형식의 형제관계와 네케르(neker, 맹우) 형식의 동맹관계를 동시에 맺었다. 형제결의 형식에 의한 이 협약은 몽골의 군사력을 배경으로 한 불평등 협정이다.

고려는 이제 형식상 기존의 금나라와 새로운 몽골 등 두 개의 상국을 갖게 됐다. 그러나 고려와 그 양국과의 관계는 모호했다.

과거의 상국이었던 금나라에 대해 고려는 이미 상국으로 인정치 않고 있었다. 고려가 새로운 강국 몽골과 비록 형제관계와 동맹체제를 맺기는 했지만, 과거의 상국들에 한 것과 같은 예를 갖출 생각은 없었다.

그러나 중국이나 서양의 역사가들은 이때 고려가 몽골에 항복하여 속국이 됐다고 적어놓고 있다.

여몽협정이 체결된 뒤, 북녘 땅 강동성에서는 연합군 장군들 사이의 작별 의식이 끝나고, 다음달 2월 22일 몽골과 동진국의 부대들은 압록강을 건너기 위해 북쪽으로 떠났다. 그들이 이 땅에 처음 들어온 지 4개월만의 철수다.

조충은 휘하 장수들을 데리고 의주(義州)까지 나가서 돌아가는 카치운을 전송했다. 카치운은 서운한 표정을 지으며 말했다.

"형님, 고려 땅에 와서 훌륭한 형님 두 분을 만나게 되어 기쁨이 큽니다. 그 동안 정이 들어 고려를 떠나기는 몹시 서운하나, 우리 두 나라는 형제국이 되고 우리는 형제가 됐으니 앞으로 다시 뵐 날이 있을 것입니다."

동진국의 와난쥬안도 진지한 표정으로 말했다.

"장군을 뵙고 고려가 얼마나 문명된 군자의 나라인지를 알았습니다. 정말 헤어지기 아쉽습니다."

조충이 대답했다.

"고맙소. 낯선 이국땅에 와서 수고들 많았소. 오래 살면 우리가 다시 뵐 날이 있을 것이오."

그 동안 돈독한 우정을 교환해 온 세 나라 장수들 사이에서 아쉬운 작별이 진행되고 있었다.

그때 한 쪽에서는 몽골군 장수들이 우리 장수들의 말을 빼앗아 가고 있었다. 이걸 보고 조충이 나서서 말렸다.

"우리 군사들의 말은 모두 관마(官馬)요. 따라서 우리 고려에서는 말이 비록 전쟁터에서 죽더라도 가죽을 가져다가 나라에 바쳐야 하니, 그 말들을 가져가서는 안 되오."

몽골군들이 그 말을 믿고 빼앗았던 말들을 도로 돌려주었다.

그러나 말을 탐낸 몽골 장수 한 명은 고려 장수에게 은을 쥐어주면서 말을 자기에게 달라고 애원했다. 고려 장수는 은을 받고 말을 내주었다. 몽골군 장수들 사이에 이 말이 전해지자, 몽골군의 다른 장수 하나가 돌아다니며 외쳤다.

"조충 원수의 말은 거짓말이다!"

그러자 몽골 장수들은 돌려주었던 말들을 다시 빼앗아 타고, 얼어붙은 압록강을 건너 돌아갔다.

칭기스의 훈신인 카치운은 이때 부드러운 인상을 주고 떠났지만, 그의 아들 자랄타이(Jaraltai, 車羅大 또는 札剌台)는 달랐다. 자랄타이는 1254년 정동도원수(征東都元帥)가 되어 몽골군을 이끌고 고려에 쳐들어와, 6년간 전국을 휩쓸며 살상과 파괴 약탈을 일삼는 잔혹한 전쟁을 벌인다.

몽골군이 역사상 고려 땅에 맨 처음 들어온 것은 이 강동성 전역 때였다. 몽골은 이때 도망하는 거란 세력을 치기 위해 스스로 고려에 들어왔지만, 고려에 대해서 무력을 사용하거나 짓내 행동을 취하지는 않았다.

오히려 고려와는 우호와 협동을 다지는데 힘썼다.

거란 세력이 소탕되자, 몽골군은 불평등하기는 하지만 양국 관계를 설정하는 수교협정을 맺고 곧 고려를 떠났기 때문에, 그것을 침략이라고 볼 수는 없다.

당시 몽골은 남진전략을 강화하여 중국 점령을 목표로 삼아놓고 있었다. 중국 북부의 금나라와 남쪽의 송나라에게 모두 항복 받고 중원을 자기 지배하에 두는 것이 칭기스의 목표였다.

몽골은 중원을 치면서, 원교근공(遠交近攻)의 전략을 택하여 중간의 적을 협공하고 있었다. 이 정략에 따라 몽골은 멀리 있는 고려에 접근하여 그 중간에 있는 거란의 대요수국을 치고, 송나라에 접근하여 여진족의 금나라를 쳤다.

중원으로 공격방향을 정한 몽골은 중국의 금과 송 두 나라에 다 같이 우호관계를 유지하고 있던 고려가 배후에서 몽골을 방해할 수 없도록 해놓을 필요가 있었다.

이래서 몽골은 고려를 자기네 통제 하에 두려는 전략을 세워놓고, 동진을 이끌고 거란을 친다는 명분으로 고려에 들어와 우호관계를 맺어놓았다. 이것은 조공체제의 확보였다.

제 5 장

최충헌에서 최우로

미모의 노비 동화

거란군이 들어와 나라를 어지럽히고 몽골과 동진국 군사가 들어와 북방이 전쟁터가 되어 있을 때, 고려의 권력자 최충헌은 병을 앓고 있었다.

그는 병석에 누워 있으면서도 강대한 권력을 발휘하여, 권좌를 튼튼히 유지하면서 거란 적을 물리치고 몽골과의 외교를 지휘했다. 거란이 소탕되고 몽골과 동진이 철수한 뒤, 최충헌의 병은 더욱 심해지고 있었다.

일찍이 최충헌 집의 노비 가운데 동화(桐花)라는 여종이 있었다. 동화는 그 미모가 널리 알려진 미인인 데다 바람기가 많았다. 그는 비록 노비로 최충헌의 집에 들어와 있었지만, 일찍부터 최충헌의 총애를 받는 침녀(寢女)가 되어 있었다. 그러면서도 천성을 못 눌러, 사방을 쏘다니며 주변 사내들과 정을 통하고 염문을 뿌렸다.

그때 최충헌은 동화 외에도 성춘(成春)과 사자(獅子)라는 이름을 가진 여자 노비들을 자기 침실의 당번으로 두었다. 격무에 시달려 지치고 피곤한 날이면, 최충헌은 그들 중의 어느 하나를 불러들여 그들의 젊은 몸으로 피로를 풀었다.

노란 은행잎이 떨어지던 어느 해 가을날 밤, 동화가 최충헌과의 잠자리를 끝내고 일어나 방문을 열고 나가려고 했을 때였다. 최충헌이 그를 불렀다.

"게 앉거라."

동화는 무슨 영문인 줄 모르는 채 최충헌 앞에 앉았다.

"동화, 네 나이가 지금 몇이냐?"

"왜 갑자기 제 나이는 물으십니까?"

동화가 생글거리면서 물었다. 최충헌은 인자한 웃음을 띠면서 말했다.

"왠지 네 나이가 알고 싶구나."

"참, 어르신도."

하면서 동화는 웃기만 했다.

"뭘 하고 있느냐. 어른이 물으면 대답을 해야지."

"스물 셋입니다."

"음, 그러냐. 항려지년(伉儷之年, 결혼할 나이)이 지났구나."

"예?"

그러면서 동화는 쌩긋 웃었다.

"성춘과 사자는 몇 살인고?"

"그 애들은 아직 어립니다. 성춘은 열여덟이고, 사자는 그보다 하나 아래입니다."

"그러냐. 동화, 너는 시집갈 나이가 넘었다. 그 동안 너는 나라 일에 매달려 매일 곤치 아프고 피곤하게 사는 내게 큰 위안을 주어왔다. 그러나 이제는 네 앞날도 생각하지 않을 수가 없다."

동화는 눈동자를 반짝이며 웃음 띤 표정으로 듣고 있었다. 그것을 읽으며 최충헌이 말했다.

"시집보내 준다고 하니, 퍽이나 좋은 모양이구나?"

동화는 계속 웃고 있었다.

"내 일찍부터 들어서 다 알고 있다만, 네겐 가까이 하는 남자가 많다면서?"

"……"

"그게 사실이렸다?"

그래도 동화는 입을 다물고 웃기만 했다.

최충헌이라면 임금과 대신 등 온 천하가 다 무서워 벌벌 떠는 세상이었다. 그러나 동화는 최충헌 앞에서 가장 자유로운 인간이었다. 동화는 부끄럽거나 무서워하지 않고, 오히려 고개를 숙인 채 생글생글 웃고만 있었다.

동화는 어려서부터 그런 아이였다. 성격이 발랄하고 당돌하면서도 말과 행동이 항상 재치가 넘치고 세련되어 있었다. 그래서 누구에게나 귀여움을 받았다. 최충헌도 그 때문에 동화가 무슨 일을 저질러도 미워하거나 나무라지 않았다.

동화가 최충헌의 침실을 드나들면서도 외간 남자들과 사통하고 있다는 것을 최우(崔瑀)가 알고, 어느 날 최충헌의 측근 심복 노석숭에게 말했다.

"동화가 우리 가문과 아버님의 명예를 더럽히고 있어요. 그녀를 내쫓으시오."

"그 애는 이미 저희 맘대로 할 수가 없습니다. 대감님의 허락이 있어야 합니다."

"그러면 아버님에게 진실을 고하고, 잘 말씀해 보시오."

다음날이었다. 노석숭이 최충헌에게 가서 동화의 품행을 일일이 설명하고 내보내겠다고 말했다.

"천한 노비들이야 다 그런 것 아닌가. 내버려 두어라."

"최우 공이 허락지 않을 것입니다."

"내게 생각이 있다. 내 뜻이 그렇다고 최우에게 일러라."

그래서 동화는 계속 최충헌 곁에 머물러 있게 됐다.

최충헌이 동화에게 물었다.

"그래, 네 남자 녀석들 중에서 누굴 남편으로 삼고 싶으냐?"

동화는 고개를 바짝 들고 계속 생글대면서 말했다.

"말씀드려도 됩니까? 저 혼내주시려는 것 아녜요?"

이 날도 그녀는 그렇게 당돌했다. 그러면서 계속 웃고 있었다. 최충헌도 웃음을 띠었다.

"그래. 혼내려는 것이 아니다. 그 녀석에게 널 시집보내 주려고 그런다. 어서 말해 봐라."

"정말입니까?"

"내가 언제 네게 거짓말 했느냐."

"그럼 말씀드릴께요. 전 최준문이 좋습니다."

"최준문? 어떤 녀석이냐?"

"향교에서 일하고 있습니다."

"쓸 만한 녀석이라야 한다. 그래야 네가 고생을 면할 수 있어."

"흥해향교(興海鄕校)[58] 공생으로 있습니다. 사내답고 건강합니다."

"네가 그 녀석한테 단단히 반한 모양이구나."

"게다가 충직하고 신의가 있습니다. 부지런하고 일하기를 좋아합니다. 그런 사내라면 괜찮을 것 같습니다."

"충직하고 신의가 있다?"

최충헌은 그것이 마음에 들었다.

최준문은 그때 흥해향교에서 심부름하고 지내는 일개 공생(貢生, 향교의 심부름꾼, 校生)이었다. 최충헌은 즉시 최준문을 불러다가 자기 집에 두고, 둘을 함께 가노(家奴)로 부렸다.

최충헌이 죽은 손홍윤(孫洪胤, 장군)의 처인 황후가의 임씨를 제2부인으로 맞아들이기로 한 며칠 전의 일이다.

최충헌이 1196년 병진정변(丙辰政變)을 일으켜 집권할 때 많은 사람을 정적으로 몰아 죽이면서, 장군인 손홍윤과 그의 아버지인 평장사 손석(孫碩)을 살해했다. 그러나 손홍윤의 부인이 절세의 미인이어서, 최충헌은

---

58) 흥해향교(興海鄕校); 개성 주변에 있었으나, 지금은 없다. 현존하는 경북 영일군 흥해읍의 흥해향교는 그후 1398년 조선조에 들어와서 설립된 것.

그를 제2부인으로 맞아들인 것이다.

동화는 가내솔거노비였다. 최준문은 바로 그런 동화를 따라 우선 최충헌가의 솔거노비(率去奴婢)로 들어갔다.

최준문이 입주한 뒤에는, 최충헌도 더 이상 동화를 방으로 불러들이지 않았다. 최준문과 동화는 더 열심히 최충헌을 섬겼다.

"음, 과연 쓸 만한 녀석이구나."

최준문은 곧 최충헌의 마음에 들었다. 얼마 후 최충헌은 최준문을 동화와 결혼시켰다. 결혼 후 최준문은 최충헌의 집 바로 옆에 집을 짓고, 계속 최충헌을 받들었다. 솔거노비에서 별거노비(別居奴婢)로 바뀌었다.

최충헌은 최준문을 대정(隊正)[59]으로 임명했다. 이들 내외는 곧 노비신분에서도 풀려나, 종량(從良)[60]됐다. 노예해방이 이뤄져 양인이 된 것이다.

그 후 최준문은 최충헌의 신임으로 승진을 거듭했다. 그가 최충헌의 절대적인 신임을 받는 직계 부하가 되자, 그는 그것을 배경으로 많은 실력자들과도 가까워질 수 있었다. 많은 사람들이 그에게 접근했다.

최준문은 고속 승진을 거듭하여 최충헌 말기에는 대장군이 되어 있었다. 고종 6년(1219) 9월 최충헌의 병이 더욱 깊어 기동을 못하게 되자, 최준문은 고민하기 시작했다. 최충헌이 죽고 그의 맏아들 최우가 들어서면, 자기의 시위를 모시기 어렵다고 생각했기 때문이다.

동화가 이것을 눈치 채고 말했다.

"사정이 그렇다면 빨리 대책을 세워야지, 혼자서 걱정만 하고 있으면 어떻게 해요?"

"무슨 좋은 생각이라도 있는가?"

---

59) 대정(隊正); 종9품의 군 최하급 군관. 지금의 준위 또는 소위에 해당한다.
60) 종량(從良); 노비나 천민이 신분이 바뀌어 한 계급 위의 신분인 양인(良人)이 되는 것. 양인은 귀족 중인 양인 천민 등 고려의 네 신분층 가운데서 제3신분이다.

"둘 중에 하나죠. 최우에게 붙든가, 아니면 조정 4장이 힘을 합쳐 최우를 몰아내고 안심할 사람을 추대하든가. 그 중에 하나 아녜요? 다른 3장도 당신과 마찬가지 심정일 거예요."

'조정 4장'은 지윤심(池允深, 상장군)·최준문(崔俊文, 대장군)·유송절(柳松節, 장군)·김덕명(金德明, 낭장) 등 네 명을 말한다. 이들은 최충헌의 신임을 두텁게 받고 있는 당대의 실력자들이다. 4장은 최충헌의 권력을 떠받치고 지탱해 주는 날개였다.

동화가 말했다.

"4장들이 의논해서 어느 날 저녁 약속을 하세요. 내가 음식과 술을 장만해 놓을 테니, 대책을 의논하세요. 죽고 사는 문젭니다. 정신을 차리세요, 최준문 대장군!"

동화는 자기 집에서 남편을 부를 때는 꼭 상관이 부하를 부르듯이 성이나 이름과 함께 계급을 붙여서 불렀다. 보통은 '최 장군', 좀 근엄할 때는 '최준문 대장군'이라 했다.

최준문이 말했다.

"그리해 주겠소? 고마워요, 당신."

내주장(內主張)이 강한 동화에게 쥐어 지내는 편인 최준문은 진정 고마운 마음으로 그렇게 말했다.

"7들을 부를 때는 무슨 대책을 미리 세워놓고 부르세요. 사령 최우에게 무릎을 꿇고 들어간다든가, 아니면 둘째 아들 최향을 추대한다든가…… 당신에게 유리하고 실현 가능성이 있는 방안을 생각해 두세요."

"무슨 좋은 방안이 있소?"

"아직 생각해 둔 것은 없어요. 당신이 잘 생각해 보세요. 다만 한 가지, 최우는 만만찮은 사람이라는 것을 염두에 두고 해야 해요. 지금이라도 최우와 타협해서 계속 지위를 보장 받을 수 있다면, 최우 밑으로 들어가 충성하는 것도 좋을 거예요."

"그러나 나는 최우와는 같은 배를 탈 수가 없는 입장이오."

"최충헌 다음에는 최우가 잡을 것이 뻔한데, 왜 그 동안 처신을 그렇게 해왔어요. 당연히 최우와 잘 지냈어야지."

"왜 그리하지 않았겠소. 그러나 최우는 자기 부친의 충신들을 모두 싫어했기 때문에, 달리 어떻게 할 수가 없었어요."

"지금이라도 4장이 힘을 모은다면, 최우를 죽이는 것쯤은 그리 어려운 일은 아닐 거에요. 그것이 가장 위험하긴 하지만, 성공만 한다면 가장 좋은 방법이지요."

최준문의 표정은 벌써 굳어져 있었다.

"하여튼 4장이 모여 현명한 방법을 정해서, 빨리 서둘러야 합니다, 최준문 대장군."

"알았소. 미리 그들과 만나 이 문제를 타진해 보고 자리를 마련합시다."

노비의 유형

노비에는 소유주의 형태에 따라 공노비와 사노비의 두 가지가 있었다.

1) 공노비(公奴婢, 관노); 관청에서 부리는 노비.

2) 사노비(私奴婢, 사노); 일반 사가에서 부리는 노비.

사노비는 거주형태에 따라 가내노비와 외거노비로 분류된다.

─외거노비(外居奴婢)

상전의 집에서 벗어나 독자적인 집을 가지고 살면서 주인에게 의무만 바치면
되는 지위였다. 상전과 따로 산다고 해서 별거노비(別居奴婢)라고도 불렸다.

─가내노비(家內奴婢)

소유주의 집에 살면서 24시간 봉사할 의무를 진다. 그래서 솔거노비(率去奴婢)
라고도 불렸다. 가노 또는 가복(家僕)이라고도 했다.

외거노비가 서양 중세의 농노(農奴)의 지위라면, 가내노비는 서양 고대의 노예
(奴隷)의 지위였다. 중세의 농노는 농지에 묶여 있었지만 생활은 비교적 자유로
웠다. 그러나 고대의 노예는 매매와 처벌의 대상이 되는 부자유 신분이었다.

최충헌 진영의 후계 싸움

최충헌의 4장이 최우와 손을 잡을 수는 없었다. 그 동안의 4장의 행동이나 최우의 성격이 그걸 허용치 않는다는 것을 최준문은 잘 알고 있었다. 그래서 그는 동화의 말을 듣고 최우를 죽여야 한다는 복안을 마련해놓고, 다른 4장들과 의논했다.

세 명은 모두 최준문의 말뜻을 알아들었다. 약속은 쉽게 이뤄졌다. 이래서 4장회의가 소집됐다. 장소는 최준문의 집. 그들의 입맛과 주량을 대충 알고 있는 동화는 그들을 위해 여러 가지 음식을 맛있게 장만하고, 좋은 술도 충분히 구해놓았다.

4장이 집에 도착하자, 동화가 나가 인사를 하며 맞아들였다. 그러나 반가워하는 동화의 인사와는 달리, 평소와는 달리 4장은 아주 긴장하여 묵묵한 표정들이었다.

최준문이 먼저 말을 풀었다.

"우리 공께서 다시 일어나기 어렵다고 하니, 나라에 큰 재앙이 닥칠 것 같소."

지윤심이 나섰다.

"최우가 들어서면 우린 모두 죽을 것이오."

막내 격인 김덕명이 끼어들었다.

"최향(崔珦)은 담력과 기개가 남다르게 뛰어난 데가 있으니, 대사를 맡길 만합니다. 최우를 없애고, 최향을 내세웁시다."

최향은 최충헌의 막내아들로 장군이었다. 거란 적(契丹賊) 토벌 때 여러 차례 출전하여 공도 세웠다. 그러나 최향은 성격이 저돌적이고 성급한 데가 있어서, 최충헌이 그를 미덥지 않게 여기고 있었다.

최준문이 김덕명을 바라보면서 말했다.

"그러면 최우를 처단해야 하는데, 그것이 그리 쉬운 일은 아니오."

그러나 김덕명은 자신 있게 말했다.

"우리는 이미 최씨가 집안에 깊숙이 들어와 있는 가신들입니다. 언제든지 최우를 만날 수 있고, 그를 끌어낼 수도 있습니다. 우리들은 군사들도 가지고 있습니다. 우리가 힘을 합친다면, 최우 하나쯤 없애는 일이 뭐 그리 어렵겠습니까?"

김덕명은 말을 마치고 세 사람을 하나하나 둘러보았다. 모두들 고개를 끄덕이며 서로를 쳐다보고 말했다.

"그렇게 합시다."

승려로 있다가 환속한 김덕명은 원래 술사였다. 그는 풍수에 밝아 집터를 보는 데 능했다. 게다가 음양설과 도참에 대해서도 아는 것이 많아 더욱 최충헌의 총애를 받았다. 그런 김덕명의 제안에 3장은 쉽게 합의했다.

최준문은 동화의 생각이 정확했다고 생각하면서 말했다.

"최우는 만만한 사람이 아닙니다. 그를 어떻게 처단해야 하겠습니까?"

지윤심이 나섰다.

"우선 밖으로 끌어내서 치면 됩니다. 그런데 요즘 최우가 집에 들어앉아 잘 나오질 않고 있습니다. 부친이 저렇게 누워 있는데도, 최근엔 문병한 번 안 갔다고 합니다. 게다가 나다닐 때는 경호원에 둘러싸여 있어, 남들이 한 치라도 비집고 들어갈 틈이 없습니다."

최준문이 말했다.

"듣자하니, 최우도 병환 중이라 합디다."

유송절이 나섰다.

"그러나 우리가 시중 어른의 병 문안을 가자고 하면, 맏아들인 그가 몸이 불편하다고 나오지 않을 수가 있겠습니까? 그는 우리를 따라 나설 것입니다."

"그러면 그를 불러내어 칼을 씁시다. 누가 갈까요, 최우한테는?"

최준문이 그렇게 말하자, 김덕명이 나섰다.

"제가 다녀오겠습니다."

"그럼 수고해 주시오. 실수하면 끝장이니, 잘 하시오."

김덕명은 염려 말라는 표정이었다.

4장은 그날 동화의 집에서 좋은 음식에 좋은 술을 들면서 그렇게 합의했다.

최충헌은 병이 깊어지자 걱정이 많았다. 자기 죽는 것은 문제가 아니었다. 죽은 뒤에 최씨가(崔氏家)의 권력이 제대로 이어질 지가 문제였다. 그래서 최충헌은 생각 끝에 최우를 불렀다.

"아무래도 내 병은 낫지 않을 것 같다."

"무슨 말씀입니까. 빨리 쾌차하셔야지요."

"사람은 늙으면 다 죽게 되어 있다. 다만 내가 죽은 뒤 형제간에 집안싸움이 생길까, 그것이 두렵다."

최우는 아무 말도 할 수가 없었다. 동생 최향의 성격이 만만치 않은 데다, 최충헌의 구신(舊臣)들이 벼슬의 요소마다 많이 깔려있기 때문이다.

"4장을 조심해야 한다. 그들은 내게는 충신이지만, 네게는 충신이 아니다. 아니, 경쟁자이고 정적이다."

"그렇습니다, 아버님."

"4장은 욕심이 많다. 그리고 지금 차지하고 있는 자기들의 권력과 자리를 잃지 않으려 할 것이다. 권력자의 배후에는 항상 권력을 노리는 칼날이 있다는 것을 잠시도 잊지 말라."

"예, 명심하겠습니다."

"그리고 너는 지극히 근신해서 함부로 밖을 나다니지 말고, 불가피하게 외출할 때는 신변 경호에 각별히 주의해야 한다. 몸이 아프다 소문내 놓고, 앞으로는 나에게도 오지 말라. 문병 올 필요도 없다. 내가 죽을 때까지 나에게는 절대로 오지 말라는 말이다. 그게 최상책이다."

"그러나 자식된 도리로 어떻게 아버님의 병문안을 안 할 수 있겠습니까. 염려 마십시오, 아버님."

"지금 우리에게 가장 중요한 것은 힘들게 이룩해 놓은 우리 가업(家業)을 튼튼하고 안전하게 유지해 나가는 일이다. 이것이 우리 집안 모두의 지상과제(至上課題)다. 이것을 위해서라면 다른 모든 것은 희생시켜도 된다. 이 점을 명심해서 행동하라. 알겠느냐?"

"예, 아버님."

"우리의 권문(權門)을 잘 지켜나가려면, 너는 세상을 널리 내다보고 사람을 깊이 들여다볼 줄 알아야 한다. 이런 능력을 갖추려면, 세 가지를 항상 갖춰야 한다. 첫째는 넓은 지식이요, 둘째는 깊은 지혜, 셋째는 기묘한 책모다."

"……"

"지식(知識)은 많이 아는 것이다. 세상의 사물과 이치를 널리 배우고, 선인들이 배워서 기록해 놓은 것들을 살펴서 머리에 넣어야 지식이 된다."

"책은 계속 읽고 있습니다."

"그래야 한다. 지혜(智慧)는 지식을 바탕으로 옳은 말과 바른 행동을 이뤄나가는 현명함이다. 그래야 세상을 다스리고 사람을 통제할 수 있다. 지혜를 가지려면 지식이 많아야 해. 지식은 그냥 아는 것이고, 지혜는 지식을 가지고 방법을 찾아내 실천해 나가는 방법이다."

"예, 아버님."

"그러나 우리가 지금의 권문을 유지하면서 나라를 다스려 나가려면, 지식이나 지혜만으로는 안 된다. 책모(策謀)가 있어야 해. 지식과 지혜를 실현할 수 있도록 환경과 기회를 만드는 것이 책모다. 책모에는 정확한 조사와 올바른 판단, 과감한 실행이 따라야 한다. 남들이 알지 못하는 기묘하고 특출한 방법으로, 우리 권력에 도전하는 자는 없애야 하고, 나라에 불리한 세력에는 강력히 도전해야 한다. 그래야 나라가 안전하고, 백성들이 편안해진다."

"알겠습니다."

"넓은 지식과 현명한 지혜, 그리고 확고한 책모 등 세 가지를 잘 갖춰두면, 너는 무사히 우리 가문을 유지하고 나라를 다스려 나갈 수 있다."

"예, 아버님."

"나라를 지배해 나가려면 말조심해야 한다. 근언신설(謹言愼說)이야. '말을 삼가고, 할 때는 신중히 하라' 는 말이다. 필요 없는 말을 해서는 안 된다. 그러나 한 번 한 말을 반드시 지켜서 따르는 사람들의 마음을 잃지 않도록 해야 한다. 지도자의 말은 일락천금(一諾千金)이야. '한번 허락한 말은 천금처럼 귀중하다' 는 얘기다. 알겠느냐."

"예."

"지금 우리 주변의 정세가 험하다. 우리가 거란 적을 소탕했지만, 몽골 세력이 밖으로 뻗어 나오고 있다. 거란 침공은 우리에겐 몽골의 타초경사(打草驚蛇)[61], '풀밭을 때려서 뱀을 놀라게 한 것' 일 뿐이야. 몽골이 우릴 치기에 앞서 우리 주변을 건드린 것이다. 동진이나 금나라 세력도 아직 경시해서는 안 된다."

"그렇습니다, 아버님."

"지금은 바야흐로 난세(亂世)다. 허니, 너도 '난세의 학' 들을 많이 읽고 배워서, 예상하기 어려운 사태에 대비하도록 하라. 법가(法家)의 치술과

---

61) 타초경사는 '여수타초(汝雖打草) 아이사경(我已蛇驚)' 의 줄임말이다. 뜻은 '네가 비록 풀밭은 때리고 있지만, 나는 이미 뱀처럼 경계하고 있다.'

병가(兵家)의 전법, 종횡가(縱橫家)의 외교술은 모두 난세를 헤쳐 나가는
데 중요한 지식과 지혜와 책모를 주는 고전들이다. 밖으로 너무 돌아다니
지 말고 집에 들어앉아서, 이 기회에 그런 고전들을 많이 읽어두어라."

"예."

"혼자 하려면 시간이 많이 걸린다. 이미 그런 것을 읽은 사람들이 많이
있다. 그들에게 배워라. 그리고 우수한 선비들을 시켜 그것을 읽고, 그 내
용을 말하도록 하라. 그러면 빠른 시일 안에 그 전모와 핵심을 파악할 수
있고, 나라를 지키고 권력을 유지할 수 있는 훌륭한 방법도 찾아낼 수 있
을 것이야."

"예, 아버님."

최우는 한편 침통하고 한편 긴장된 마음으로 최충헌의 병상에서 물러
나왔다. 최우는 자기 사위인 김약선(金若先, 장군)에게 부친의 간병을 맡기
고, 자기는 몸이 아프다고 소문내놓고는 두문불출(杜門不出)하고 있었다.

그러면서 최충헌이 말한 법가·병가·종횡가의 책들을 구해서 읽었다.
그 중에서도 최우는 춘추전국 시대 법가의 한비자(韓非子)와 병가의 손자
(孫子) 오자(吳子) 그리고 한(漢) 나라 유향(劉向)의 전국책(戰國策) 등에 푹
빠졌다.

정방의 문사들을 불러 그런 책의 내용을 강의하게 하고 함께 토론하면
서 난세의 학을 깊이 익혀나가고 있었다.

마침 그럴 때 어느 날 김덕명이 4장을 대표해서 최우를 찾아갔다.

"김덕명 낭장이 왔습니다."

하인의 말을 듣고 최우가 말했다.

"김덕명이?"

"예, 장군."

최우는 좀 이상하다고 생각했다. 김덕명이 자기에게 찾아올 일이 없었
기 때문이다.

아니 김덕명이 어떻게 나를 찾아왔을까. 아버님은 4장을 조심하라고 하셨지. 그래. 저 놈들이 무슨 음모를 꾸미고 있는지도 모른다.

"김 낭장을 안으로 들게 하라."

최우는 우선 그를 의심하면서도 안으로 불러들였다.

곧 김덕명이 들어섰다.

아니, 병들어 거동을 못해서 부친의 문병도 못 다니던 최우의 모습이 아무렇지도 않게 너무나 건강해 보이다니? 집안 분위기도 환자의 집 같지가 않구나.

김덕명은 당황했다. 그는 눈이 둥그래진 채 아무 말도 못하고 있었다. 최우가 그것을 알아챘다. 최우는 김덕명의 눈을 뚫어지게 보면서 말했다.

"웬 일이오, 김낭장? 내게 문병이라도 온 것이오?"

그 말에 얼마나 힘과 위엄이 실려 있었던지, 김덕명은 '이제 나는 죽었구나' 하면서, 그 자리에 엎드려 고하기 시작했다.

"문병도 문병이려니와 더 큰 일이 있습니다, 장군."

"큰일이라니?"

"모반입니다."

"뭐? 모반?"

최우는 최충헌의 당부가 다시 떠올랐다.

"예. 최준문·지윤심·유송절 등이 셋씨 최향 장군을 받들어 모실 모의를 하고 있습니다."

"어떻게 알았는가?"

"저보고도 함께 하자고 하여 그들과 함께 있었기 때문에, 그들이 모의하는 것을 처음부터 다 들었습니다."

김덕명이 떨리는 목소리로 말하기 시작했다.

최우는 얘기를 다 듣고 말했다.

"고맙소, 김 낭장. 내가 대책을 강구할 터이니, 돌아가지 말고 내 집에 머물러 있으시오."

최우는 김덕명을 가둬놓고 감시를 철저히 하는 한편, 경호를 강화해서 도방의 가병 중에서 용감하고 날랜 검객들을 뽑아 자기 집에 배치 했다.

김덕명이 돌아오지 않자, 나머지 세 사람은 답답해서 견딜 수가 없었다.
유송절이 말했다.
"김덕명이 간사하게 우릴 배신한 것은 아닐까?"
그러자 지윤심이 말했다.
"김덕명은 내가 오래 동안 가까이 접해 봐서 잘 아오. 슬기는 있지만, 간사한 자는 아니오. 김덕명은 배신할 위인이 못 된다는 말이오. 더구나 내가 제게 베푼 것이 있는데, 차마 나를 배신할 수는 없을 것이오. 다만 그가 겁이 많은 것이 문제요."
최준문이 나섰다.
"내 생각에도 김덕명이 배신했을 것 같지는 않소. 그러니 우리가 최우 한테 가서 문병 가자고 유인해 봅시다."
그래서 최준문과 지윤심이 직접 최우 집으로 찾아갔다.
"최 장군 계신가?"
"예, 계십니다. 어인 일이십니까?"
하인의 말에 최준문이 말했다.
"시중께서 환우 중이시기 때문에, 함께 문안드리러 가려고 해서 왔소. 그리 전하시게."
"하오나 우리 어른도 몸이 아프셔서……"
하면서 하인은 안으로 들어갔다.
잠시 후 한인이 다시 나와서 말했다.
"함께 가시겠답니다. 잠깐 들어와 기다려달라는 말씀이 계셨습니다."
두 명은 하인의 뒤를 따라 대문을 들어섰다. 그들은 접객실로 안내되어 기다리고 있었다. 잠시 뒤였다.
"이 모반자들아!"

고함 소리와 함께 칼을 뽑아든 군사들이 나타났다. 두 명은 즉석에서 체포됐다. 최우는 다시 군사들을 보내 유송절을 잡아들였다. 그리고는 최준문을 노려보며 말했다.

"최준문. 너는 한낱 천한 몸으로 있다가 우리 가노와 혼인한 덕분에 노비에서 풀려 이처럼 높이 올라있다. 그러면 계속 충성을 다할 것이지, 아버님이 아직 살아계신데 우리 가업을 방해하고 주인을 배반해? 그래도 사람이라 할 수 있어? 이 배신자야!"

최우는 세 장수를 심하게 고문한 뒤에, 먼 섬으로 유배했다. 그들의 일족도 모두 유배됐다. 고문을 가장 심하게 받은 사람은 최준문이었다. 그는 초주검이 되어 귀양길을 떠났다.

주모자는 최준문이다. 이런 자는 아주 없애야 한다.

최우는 뒤로 사람을 보내 유배지로 가는 최준문을 도중에 아주 살해했다.

폐왕 희종을 사돈으로

높은 신분의 권력자로 있다가 유배 와있는 사람들은 대부분 갑갑함을 이기지 못해, 규정을 벗어나 정해준 구역 밖으로 자꾸 나돌아 다니기가 일쑤다. 그러면 피배자(被配者)를 감시 보호해야 하는 지역의 수령이나 향리들은 애를 먹게 마련이다.

그러나 최충헌을 제거하기 위해 궁중 정변을 일으켰다가 실패하여 궁궐에서 쫓겨난 희종(熙宗)은 강화도에서 유배 생활을 하면서, 유배소에 칩거하여 일체 대문 밖을 나서지 않았다. 그 때문에 희종을 지키는 강화 현리(縣吏)들은 편했다.

스물다섯에 임금이 된 희종은 드레가 있는 편은 아니었다. 신중하고 치밀하기보다는, 경박하고 감정에 쉽게 휩쓸리는 경향이었다. 폐위되어 유배당해 있는 그때 희종의 나이는 30세. 이젠 권력의 속성도 알게 됐고, 무엇이든지 해낼 수 있는 자신감을 가질 나이였다.

희종은 유배지에서 두문불출(杜門不出)하면서, 그 때의 궁정 거사가 실패한 것을 분하게 생각하여 속상한 나날을 보내고 있었다.

독 안에 든 쥐를 놓치다니? 그 똑똑한 왕준명이 왜 그것 하나 제대로 해내지 못했을까.

최충헌을 없애지 못한 것은 생각하면 할수록 이해되지 않았다. 애타는 세월이 계속됐다. 문안을 핑계대고 감시 차 매일 한 번씩 찾아오는 관리들에게도 희종은 불편한 심정과 최충헌에 대한 욕설을 주저 없이 털어놓곤 했다.

"최충헌이 제 아무리 정변으로 권력을 잡았다지만, 그래도 문하시중 아닌가? 시중이면 위로는 임금을 받들고 아래로는 만백성을 아껴서, 나라의 법도를 지키고 법도대로 정사를 해 나가야지. 그렇지 않느냐?"

듣고 있던 현리가 당황해서 말했다.

"예, 에. 그러니 말단 항리인 제기 뭘 일겠습니까, 폐하."

"시중이라는 자가 임금을 제쳐놓고, 제 마음대로 사람을 죽이고, 제 사람만 골라서 관리를 시키고, 진급시키고…… 관직은 공물(公物)인데 최충헌은 이를 사물(私物)로 알고 있어. 아니, 나라 전체를 제 가산 정도로 알고 있다구. 그래서 최충헌을 없애려는 음모가 잇따르고…… 그러면 최충헌은 반성해서 잘 할 생각은 하지 않고, 오히려 관련자들을 잡아다 학살하고…… 그게 백정이지 어디 사람이야? 이래가지고 나라가 되겠어?"

분풀이는 거의 매일 반복됐다.

희종의 이런 동정은 끝내 도방과 도감에 보고되어 최충헌의 귀에 들어갔다.

이듬해 초가을, 최충헌의 집정소(執政所)인 홍령부(興寧府)에서 그의 측근들이 회의하고 있었다. 희종의 동정에 대한 보고를 받고 최충헌이 말했다.

"뭐라고? 희종이 나를 백정이라 했어?"

"예, 맨날 그렇게 시중 어른을 비판하고 있다고 합니다."

"폐왕이 전혀 뉘우침이 없이 나를 비방하고 있구나."

"후환을 뿌리째 없애지 않으면 후일이 걱정됩니다."

최충헌 진영의 강경파 김약진의 말이었다. 정방보가 이를 지지하고 나섰다.

"김 장군의 말이 옳습니다. 예부터 '독초는 싹부터 도려내야 한다' 고 했습니다. 다시는 그런 일이 없도록 하기 위해서, 빨리 결단을 내리십시오, 시중 어른."

다른 장수들도 대부분 강경론에 호응했다. 그 말에 힘을 얻어 김약진이 계속했다.

"의종의 예가 있지 않습니까. 그때 의종이 비록 유배 중이었으나, 그가 살아있었기 때문에 그를 복위시킨다는 명분을 내세워 김보당 등이 반란을 일으켰습니다. 그래서 무인집정자들이 이의민을 보내 경주에서 의종을 살해하지 않았습니까. 우리도 이 기회에 아주 근본을 뽑고 원천을 막아야 합니다. 결단을 내려주십시오."

1170년 정중부 등이 정변을 일으켜 집권했을 때, 그들은 논란 끝에 왕모 공예태후(恭睿太后)의 요청을 받아들여 의종(毅宗, 제18대)을 처형하지 않고 유배하는데 그쳤다.

그 후 무인들의 집권에 반대하는 문신 중심의 정변 반대파들이 잇달아 반란을 일으켰다. 대표적인 것이 동북면 김보당(金甫當)의 난(1173)과 개경 승려들의 반항(1174), 서북면 조위총(趙位寵)의 도전(1174)이었다.

'결단을 내리라' 는 측근 장수들의 말에, 최충헌은 웃으면서 말했다.

"김약진 장군, 자넨 다 좋은데 너무 격한 것이 흠이야. 우리가 병진년(1196)에 이의민을 칠 때, 그가 의종을 살해한 것을 들어 거사의 명분으로 삼지 않았는가? 지금 우리를 시샘하고 후려치려는 세력이 도처에 포진하고 있어. 우리가 희종을 처치해 보게. 그들은 이 때다하고 떼를 지어 일어설 게야. 그래 김 장군은 제2의 이의민이 되고 싶은가?"

"시중 어른을 위해서라면 제가 뭘 못하겠습니까?"

최충헌은 흐뭇하게 웃으며 말했다.

"내게 생각이 있으니, 다들 물러가 있게나."

다음 날 최충헌은 정방보를 불렀다. 정방보는 최충헌에 대한 충성심이 강했지만, 합리적인 사람이었다. 그는 왕준명 사건을 수사하고 재판한 상장군이었다. 정방보는 거란 적이 쳐들어왔을 때 출전했지만, 비오던 날 군사들과 술잔치를 벌이다가 패전하여 돌아온 패군망장이다. 그러나 최충헌의 비호로 건재하고 있었다.

최충헌이 정방보에게 명령했다.

"즉시 강화현에 사람을 보내 희종을 자연도로 이배(移配)토록 전하라."

"호송은 누가 합니까?"

"강화현에 맡겨라. 현령이 알아서 하도록 해."

"그래도 임금이었던 사람이고 금상(今上, 지금의 임금, 여기서는 康宗)의 사촌인데, 그래도 되겠습니까? 민심도 생각해야 하고요. 웬만하면 제가 자연도까지 모셔다놓고 오겠습니다."

"그대가 걱정할 일이 아니다. 그냥 강화현에 이배 통보만 전하고, 호송은 강화현 자체에서 하도록 해라."

자연도(紫燕島)[62]는 인천국제공항이 있는 지금의 영종도(永宗島)다. 개경에서 강화는 60리 길이지만, 자연도는 1백50리 가까이 되고 뱃길도 험하다. 유배자에겐 수도 개경에서 가까울수록 좋은 곳으로 생각돼 있었다. 최충헌은 희종을 재유배키로 했다.

희종의 이배선(移配船)이 강화도의 광성진과 김포의 덕포진 사이에 있는 좁은 해협을 통과할 때는 뱃길이 험하고 바람마저 심하게 불었다. 희종은 겁을 먹어 선장이 자기를 험한 바다에 수장시키려 한다고 생각했다.

희종은 호종하는 군사들에게 명령해서 선장의 목을 베라고 명령했다. 군사들이 선장을 묶어 처형하려 했다.

선장은 죽으면서 말했다.

---

62) 자연도(紫燕島); 인천 앞 바다 4킬로 해상에 있는 과거의 부천군 영종면. 공항이 건설되면서 용유도와의 사이가 매립되어 서로 이어지고 육지와는 다리로 연결돼 있다. 강화사(江華史, 1976)에 자연도가 용유도(龍遊島)로 기록된 것은 착오다.

"내가 죽거든 빈 바가지를 뱃머리 앞에 던지고, 그 바가지가 흘러가는 곳으로 배를 몰도록 하십시오. 그러면 배는 무사히 이 험한 돌목을 통과할 수 있을 것입니다."

그 말을 남기고 선장은 참수 당하고, 시신은 바다에 던져졌다. 그 선장의 이름은 손돌(孫乭)이라고 전한다.

다른 선원들이 배의 키를 잡았다. 바람은 더욱 거세어지고 풍랑은 한층 사나워졌다.

선원들은 손돌 선장이 죽으면서 가르쳐 준 대로, 빈 바가지를 뱃머리 앞에 던졌다. 바가지는 뒤뚱거리며 잘도 흘러나갔다. 선원들은 돛을 절반 정도로 내린 채, 키만 잡고는 그 바가지가 흘러가는 곳으로 배를 몰았다.

결국 희종은 천신만고 끝에 죽은 손돌의 유언대로 배를 몰아 험난한 바다 길목을 통과했다. 이것이 그 후 광성(廣城)과 덕포(德浦) 사이의 좁은 길목을 손돌목(孫乭項)이라 불려온 연유다.

이 배는 그날 해가 떨어질 무렵 목표지인 자연도에 이르러, 백운산(白雲山) 북쪽 기슭의 운북(雲北) 나루에 닿았다.

호종관과 경호병들이 희종을 부추겨 내려가서, 부두에 나와 있는 자연도 관리들에게 넘겨주었다. 희종이 축출된 다음해인 강종 원년(1212) 10월 20일이었다.[63]

희종이 자연도에서 3년을 지낸 뒤였다. 고종 2년(1215) 8월, 논에서 벼를 베는 농부들의 모습이 보이기 시작한 어느 날, 희종을 맡고 있는 자연도 현청에서 아전이 찾아왔다.

"폐하, 개경으로부터 폐하를 교동도로 모시라는 영이 내려왔습니다. 내일 출발해야 합니다."

교동(喬桐)은 송도에서 90리 길. 자연도보다 60리 정도 가깝다. 지금은

---

63) 역사 기록에서는 임금이 왕위에 오른 해를 '즉위년'이라 하고, 이듬해를 그 임금의 '원년' 즉 1년으로 삼고 있다.

교동이 강화군의 한 면이 되어있는 부속 도서지만, 그때는 강화와는 별도의 독자적인 행정 단위였다.

다음날 아침 희종은 다시 배를 탔다. 그들은 북항하여 시도(矢島)·장봉도(長峰島)·주문도(注文島)·미법도(彌法島) 옆을 차례로 지나 교동으로 향했다. 희종은 그날 오후 교동 섬에 도착했다.

그로부터 다시 4년이 지난 고종 6년(1219) 음력 3월 초하룻날 오후 희종이 한결 따스해진 햇볕을 즐기며 평상에 나와 앉아 있을 때였다. 교동 현리가 사람을 데리고 왔다.

"폐하, 개경에서 사자(使者)가 왔습니다."

희종은 놀란 토끼처럼 눈이 둥그레졌다.

"개경에서 사자가?"

사자라는 사람이 나섰다.

"폐하, 저는 낭중 이세분(李世芬)입니다. 얼마나 고생이 크십니까."

희종은 당황했다.

"이세분이라? 무슨 일로 왔느냐?"

"폐하를 경성(京城, 개경)[64]으로 모셔오라는 금상폐하의 전교(傳敎)를 받들고 왔습니다."

"경성으로? 어쩐 일이냐? 이제 아주 유배가 풀리는 게냐?"

"그렇습니다."

이 말을 듣고서야 희종은 놀랐던 안색이 풀어지면서 만면에 흥분과 희색이 돌기 시작했다.

이세분이 덧붙였다.

"아마 경사가 있을 모양입니다."

이래서 폐왕(廢王) 희종은 쫓겨난 지 8년 만에 다시 송도 땅을 밟게 됐다.

---

64) 경성(京城); 수도를 말한다. 수도는 성으로 둘러싸여 있었기 때문에 도성(都城)이라고도 했다. 고려 경성의 이름은 개성 또는 송도. 보통 개경 또는 송경이라고도 불렸다. 일제가 조선을 합병한 뒤, 수도 이름이었던 한양이라는 명칭을 피해 경성으로 고쳐서 지금의 서울을 지칭하는 고유명사가 됐었지만, 수도를 가리키는 보통명사로서의 경성이라는 명칭은 그 이전부터 우리 나라에서 널리 쓰여왔다.

희종의 부인 성평왕후(成平王后)는 그때 딸들과 함께 개경에 머물러 살고 있었다. 희종이 도착한다는 전갈을 받고, 성평왕후는 막내아들 경원군 왕조와 승려가 된 두 아들, 그리고 딸들을 데리고 승천부(昇天府)에 나와서 희종을 맞았다.

그로부터 넉 달 뒤, 개경에서는 화려한 혼례 행사 하나가 세상이 떠들썩하게 벌어졌다. 바로 희종의 셋째 딸 덕창궁주(德昌宮主)와 최충헌의 셋째 아들 최성(崔珹)의 결혼이었다.

고종은 희종의 당질이자, 사위다. 한 해전인 고종 5년(1218) 4월에 왕은 6촌 동생인 희종의 장녀와 결혼했다. 그녀가 안혜왕후(安惠王后)다.

고종은 자기가 왕으로 있으면서 당숙이자 장인인 희종을 계속 죄인으로 유배지에 두는 것이 마음에 걸렸다. 신부인 왕비를 볼 때마다, 그는 민망하기 그지없었다.

고종은 마침내 이런 심정을 최충헌에게도 전했다. 최충헌이 고종의 얘기를 듣고 물러 나왔다.

나는 왕가·왕후가와 인척이 되어 더 바랄 것은 없다. 그러나 이런 관계는 단대(單代)에 그쳐서는 안 된다. 2대, 3대로 이어져야 한다.

최충헌이 궁리 끝에 내놓은 것이 희종가(熙宗家)와의 통혼이다. 그는 며칠 후 궁궐로 들어가 고종에게 말했다.

"폐하, 제게 나이가 찬 아들이 있습니다. 전왕 희종 폐하에게도 과년한 따님이 계신데, 이들을 맺어주는 것이 어떻겠습니까?"

최충헌의 돌연한 제의에 고종은 놀랐다. 그러나 침착하게 말했다.

"아, 예. 좋은 일이죠. 허나, 내가 결정할 일은 아니니, 장모되는 성평왕후와 상의해 보겠습니다."

고종은 그날 밤 부인 안혜왕후와 상의했다. 길고 많은 얘기가 오갔지만, 결국은 최충헌이 내놓은 정략적 타협안을 받아들이기로 했다.

안혜왕후가 다음날 모후인 성평왕후를 입궐시켜 자세히 설명하고 설득했다. 처음엔 내키지 않아 하던 성평왕후도 불안한 생활을 겪고 있는 가족들을 생각한 끝에, 딸과 사위의 권유를 받아들여 결혼을 허락했다.

희종과 최충헌 사이의 자녀 결혼은 처음에는 왕씨 일가에서도 바라지 않았다. 그러나 왕실과의 인척관계를 맺어놓으려는 최충헌의 요청이 강했고, 유배중인 희종 부자의 해배(解配) 문제가 걸려있어, 고종이 장모인 성평왕후와 종친들을 설득해서 혼례가 약속됐다. 최충헌은 희종의 유배를 풀어 개경으로 환도시켰다.

이리하여 마침내 견원지간(犬猿之間)이던 희종과 최충헌 양가의 결혼이 이뤄져 인척이 됐다.

손돌선장과 임금

강화도의 '손돌전설'에 나오는 임금이 바로 희종이다. 손돌(孫乭)은 강화도의 유명한 선장이었다. 그는 천기를 잘 보고 배를 잘 몰아, 나라가 필요할 때 수시로 불려나가 배의 운항을 맡았다. 궁정정변에 실패한 희종이 강화도에 유배돼 살면서 최충헌을 수시로 비난하여, 최충헌이 그를 지금의 영종도인 자연도(紫燕島)로 유배지를 옮겼다. 그때 유배선을 몰고 간 선장도 손돌이다.

희종의 유배선은 갑곶을 떠나 김포-강화 사이의 강 같은 좁은 바다 염해(鹽海)를 지나가고 있었다. 그때 날이 몹시 추웠고, 바람이 불어 파도가 거칠었다. 배가 광성보 앞의 낙차가 심한 길목을 통과할 때다. 배는 요동을 쳤고, 바다는 막혀있었다. 염해가 굽이굽이 돌아있어 앞을 보아도 절벽으로 가로막혀 있을 뿐이었다.

희종은 최충헌이 자기를 물에 처넣어 죽이려는 것으로 알고, 호종하던 군인들을 시켜 손돌의 목을 베라고 명령했다. 손돌이 이곳 바다 길은 원래 험한 곳이고, 조금 지나면 다시 길이 나타난다고 해명했다. 그러나 희종은 물러서지 않고, 빨리 손돌의 목을 베라고 호통쳤다.

군인들은 손돌을 묶었다. 손돌은 모든 것을 체념하고 희종을 향해서 말했다.

"저는 곧 죽습니다. 저는 이 목의 뱃길을 잘 알지만, 저 조수 선원들은 모르니 제가 죽거든 바가지를 배 앞에 던지도록 하십시오. 그 바가지가 가는 쪽으로 배를 몰면 됩니다."

손돌은 다시 조수를 보며 말했다.

"자네들은 내 말을 들어서 알 것이다. 내 말대로 바가지를 던지고 따라가면, 임금님을 안전하게 모실 수 있다."

유언이 끝나자, 손돌은 곧 처형되어 바다에 던져졌다.

조수가 손돌의 말대로 배 앞에 바가지를 던졌다. 바가지는 둥실거리며 흘러갔다. 배는 뒤뚱거리며 계속 그 바가지의 뒤만 따라갔다. 배가 험한 길목을 지나자, 파도가 사라지고 바다 길도 트여 앞으로 멀리까지 내다보였다. 그때야 희종은 자기 잘못을 알았으나, 손돌은 이미 죽어서 수장(水葬)된 뒤였다. 그날이 음력 10월 20일이다.

희종은 뒤에 자기 일을 뉘우치면서, 자식들을 불러 손돌의 시신을 찾아 손돌이 죽은 바다 길목이 보이는 곳에 묻어주라고 말했다. 손돌의 무덤은 김포 쪽의 덕포진(德浦鎭) 해변가 언덕 위에 만들어졌다. 그 후 매년 시월 스무 날이 되면, 추위가 심하고 바람이 강했다. 강화도 사람들은 그 추위를 '손돌추위', 그 바람을 '손돌바람', 그 길목은 '손돌목'이라고 부르고 있다. 손돌의 얘기는 전설이 되어 전해져 오고 있다.

지금도 매년 11월(음력 10월) 입시철이 되면 첫추위가 닥쳐온다. 강화도 사람들은 그 추위가 바로 손돌추위라고 말한다. 손돌 무덤은 크게 개축되어있고, 매년 **음력** 10월 20일 김포시가 덕포진의 손돌묘에서 손돌제 행사를 벌이고 있다.

달이 형혹성을 범했습니다

희종의 딸 덕창궁주와 최충헌의 아들 최성의 결혼이 있은 지 두 달 뒤였다. 가을에 접어들어 아침저녁으로 쌀쌀하면서도 청명한 날씨가 여러 날 계속되고 있었다.

고종 6년(1219) 음력 9월 20일 초저녁 밤. 넘어가는 햇빛 때문에 희미하게 떠있던 달이 제 빛을 나타내기 시작했을 때였다. 일관(日官)인 김익균(金益均)은 눈이 뚫어지게 달을 바라보고 있었다. 한참을 그렇게 달을 지켜보다가 혼자서 소리쳤다.

"아니, 저 놈이. 저 달 놈이 형혹성(熒惑星)을 덮어?"

김익균은 그렇게 외치고는 주저앉았다.

형혹성은 일국의 강자요 거인이다. 형혹성이 덮이면, 당대의 거목이자, 우리 역사의 큰 인물이 세상을 떠나는 거다. 오늘로 드디어 최충헌 시중께서 돌아가시는구나.

형혹성은 오늘의 화성(火星)이다.

김익균은 수심에 싸인 얼굴로 최충헌을 찾아갔다. 최우의 사위 김약선(金若先)이 병석을 지키고 있었다.

"어인 일이오, 일관?"

"시중 어른께 긴히 전할 말씀이 있습니다."

"무슨 말씀이시오?"

"아주 불길한 천조(天兆)입니다. 달이 형혹성을 범했습니다."

"달이 형혹성을?"

김약선은 더 묻지 않고 들어가서 최충헌에게 일관 김익균의 방문을 전했다.

"일관이?"

순간 최충헌의 얼굴에는 어두운 그림자가 스쳐갔다. 좋은 소식보다는 나쁜 소식을 전할 날이 많은 것이 일관이었다. 그는 불길한 느낌을 억제하면서 말했다.

"들게 하라."

김익균은 중인 출신의 일관이지만 학식이 많고 천체의 관측과 세상사의 예측이 정확해서, 최충헌이 특별히 아껴온 사람이다. 나이도 환갑이 가까웠다. 최충헌보다는 연하이지만, 머리가 하얗게 되어 최충헌보다도 훨씬 늙어 보이는 기상(氣像) 전문가였다. 하늘에 이변이 있을 때마다, 일일이 최충헌에 직접 보고하기 위해 최충헌의 집과 집무실에 자주 드나들던 사람이다.

김익균이 들어섰다. 병이 심해 기동을 못하고 며칠째 누워있던 최충헌은 일어나 앉아서 일관을 맞았다.

"어인 일인가? 이 밤에. 특이한 천조라도 있는 모양이지?"

"……"

김익균은 무슨 큰 죄라도 지은 것처럼, 머리를 깊이 숙인 채 말을 잇지 못했다. 최충헌은 일관의 태도로 보아 분명히 불길한 조짐이라고 짐작하면서 다시 말했다.

"말해 보게나."

김익균은 허리를 굽신거리며 말했다.

"죄송합니다. 하늘을 살피고 있었는데, 오늘 밤 달이 형혹성을 범했습니다."

"형혹성을 범했다면 요인이 죽을 징조 아닌가?"

"그렇습니다, 영공 어르신. 귀인이 사거(死去)할 불길한 패입니다."

일관은 그렇게 말하고 흐느껴 울기 시작했다. 최충헌은 한동안 잠자코 있다가 말했다.

"자네가 상심할 일은 아니네. 내가 죽을 것이야. 몸이 쇠해서 더 이상 버틸 수가 없구만. 고맙네, 일관."

최충헌은 그렇게 말하고 차인은 부르게 했다.

김약선이 물었다.

"무슨 하명이십니까?"

"술상을 봐 오도록 하라."

"예, 외조부님."

김약선은 최우의 딸과 결혼한, 최충헌의 손자사위였다.

잠시 뒤에 술상이 들어오자, 최충헌이 술을 따라 먼저 한 잔을 마시고 말했다.

"일관, 오늘이 마지막일 테니, 우리 술이나 한잔 나누세."

최충헌은 다시 한 잔을 따라 일관에게 건넸다. 김익균은 술잔을 받아서는 마시지 않고, 그냥 바닥에 내려놓았다. 그리고는 엎드려 울기 시작했다. 윗몸이 흔들릴 정도로, 그러나 조용히 울었다.

"이 사람아, 어서 술잔을 비우게. 울기는? 나는 이제 늙고 기운도 쇠했네. 낡아빠진 수레가 언제 부서질지 모를 위험을 안고 겨우겨우 굴러가듯이, 내 몸도 겨우 조금씩 움직여 왔을 뿐이야. 익은 과일이 빨리 떨어지듯이, 나도 이젠 떨어져 묻힐 때가 된 것이지. 자, 어서 그 잔 비우고 내게 한 잔 주게나."

김익균은 몸을 일으켜 몸을 오른쪽으로 돌린 뒤, 잔을 들어 비우고 나서 최충헌에게 건네주고 술을 따랐다. 그리고 다시 흐느껴 울었다.

"울 일이 아니라니까. 지금 내 나이 칠십이오. 속잎이 나면 겉잎은 젖혀졌다가 떨어져 없어지는 것이 하늘의 이치일세."

최충헌이 잠시 쉬었다가 말을 이었다.

"생명이 있는 것은 반드시 죽는 것이 만유의 법칙일세. 젊은이도 늙은이도, 현자도 우자도, 장수도 사졸도, 왕후도 노비도 마찬가지야. 죽음 앞에서는 누구도 굴복하지 않을 수 없지. 우리 개국의 성조이신 단군도 가고, 우리 민족의 영역을 만주 땅 끝까지 넓혀놓은 광개토 임금도 갔네. 천하통일의 대업을 이룬 진시황도 갔고, 유방과 항우도 갔어. 요와 순도 갔고, 공자와 노자도 갔어. 사람들이 조심해서 다루는 질그릇도 그것이 장독대의 옹기이든 응접실의 청자이든, 언젠가는 깨어지게 되어있는 것이야."

최충헌은 느릿느릿 말을 마치고, 다시 자작해서 한 잔을 더 들었다.

"부모가 아무리 자식을 사랑한다 해도 죽음 앞에서는 구해 낼 수가 없는 거야. 가족 친척이 아무리 애통하게 울어대도, 사람은 도살장에 들어간 소들처럼 하나하나 죽어 가는 것이지."

천하를 휘어잡고 그렇게도 당당했던 독재자 최충헌. 그는 죽음을 앞두고는 아주 부드럽고 나약했다. 따뜻한 인간미까지 보여주었다.

"사람은 혼자서 태어났다 혼자서 가는 것. 부모도 처자식도 죽음에 동반할 수는 없지. 혼자서 북망산(北邙山)을 향해 저승길에 올라 과보의 늪을 찾아가는 것이야. 이승에서 좋은 일을 많이 했으면 좋은 곳에 다시 태어날 것이고, 나쁜 일을 했으면 나쁜 곳에 떨어지고 말 게야."

최충헌은 다시 한 잔을 따라 마시고는 말을 이었다.

"그런데 내가 죽은 뒤에 세상에서는 나를 어떻게 생각할까? 그리고 후세의 사가들은 나를 어떻게 기록하겠나?"

고개를 숙이고 있던 김익균이 긴장하여 자세를 고쳐 잡고, 차분하면서도 소신 있게 말했다.

"상국(相國, 재상)께서는 최고의 찬사와 최상의 평가를 받을 것입니다. 무신들이 잇달아 정변을 일으켜 세상이 어지러울 때, 상국께서 일어나 조정을 안정시키고 나라를 태평하게 만들어 놓으셨습니다. 천민 이의민이 권력을 잡아 나라를 병들게 하고 있을 때, 시중께서 일어나 천민정권을 몰아내고 귀족정치를 회복하셨습니다. 고려를 난세에서 치세로 옮겨 놓으신 공로자이십니다. 거란의 적이 쳐들어왔을 때는, 외국의 군사를 받아들여 그 힘으로 적들을 물리치셨습니다. 세인과 사관들이 어찌 이런 공훈을 모르겠습니까?"

"그럴까."

최충헌은 김익균의 말에 만족해 하면서도 동의도 반대도 않는 어조로 응하고는, 술을 따라 다시 그에게 주었다.

"나로서는 나라를 위해 최선을 다한다는 자세로 일을 했는데, 그 과정에서 너무 많은 사람이 다쳤어. 지금까지 그게 마음에 걸려요."

"다친 사람들에겐 안 된 일이지만, 역사라는 큰 수레가 달리다보면 길에 나와 있던 벌레 따위는 치여 죽을 수밖에 없습니다. 역사의 흐름에는 그런 자잘한 불상사가 따르게 마련입니다. 나라가 중요한 것이지요. 상국(相國)께서는 고려를 반석 위에 튼튼히 다시 올려놓으신 나라의 큰 어른이십니다."

"고맙네. 일관, 그 동안 수고 많았고, 끝까지 나에게 마음을 써주어 정말 고맙네. 나는 그대에 대한 고마움을 가지고 이승을 하직할 것이야. 이만 물러가게."

최충헌의 목소리는 전례 없이 부드럽고 인자하게 들렸다. 그는 상자에서 쇠 소리가 나는 주머니 하나를 꺼내어 일관에게 건넸다. 김익균은 머뭇거렸다.

"내가 주는 게야. 받아두게."

일관은 주뼛거리며 주머니를 받아들고는 일어나 두 번 크게 절하고는, 눈물을 뚝뚝 흘리면서 뒷걸음질쳐 나갔다.

최충헌은 얼마 전에 병을 이유로 몇 가지 조치를 취했다. 우선 왕에게 표문(表文)을 올려 사직을 청하고, 궤장(几杖)을 반환했다. 궤장이란 임기 연장을 권하는 임금의 의사표시로 내리는 징표다. 궤장은 등을 기댈 수 있게 만든 방석(几, 일명 案席)과 지팡이(杖)로 돼있다.

고려 때 아무리 고위직이라도 정년은 70세로 한정돼 있었다. 모든 신료는 칠십이 되면 사직서를 왕에게 내야 한다. 고령의 신하가 사직서를 내면, 왕이 유임시킬 사람에게는 더 일해 달라는 표시로 궤장을 내린다. 그러면 그는 70 이후에도 관직을 누릴 수가 있었다. 최충헌도 궤장을 받아 임기를 연장 받고 있었는데, 이제 그 궤장을 반환한 것이다. 궤장제는 조선조에 와서도 시행됐다.

최충헌은 그 밖에도 국내의 죄수들에 대해 사면령(赦免令)을 내렸다. 그가 섬으로 귀양 보내 아직 살아있는 모든 죄인들에 대해 죄를 사하고 석방하여 집에 돌아갈 수 있게 했다. 최충헌은 그런 자기의 관대한 조치가 모두 잘 된 것이라고 자위하고 있었다. 그러나 그는 만족할 수가 없었다.

다른 것은 몰라도 내가 국방엔 너무 소홀했어. 세상 편한 줄만 알고, 밖에서 국난이 닥칠 줄은 모른 것이야. 저 달단(韃靼, 몽골의 이칭)의 초원에서 철목진(鐵木眞, 테무친)이라는 영걸이 일어나 세상을 이렇게 뒤집어 놓을 줄을 어찌 알았겠나. 그 바람은 이미 우리 고려에 가까이 와 있다. 이를 어떻게 막을 것인가.

최충헌에겐 그게 걸렸다.

그러나 지금 어쩌겠는가. 이제 뒷일은 최우에게 맡겨야지.

그때 최충헌은 아들 최우를 떠올리고는, 칭기스가 어떻게 생긴 사람인지 궁금했다. 그때 최충헌은 만 70세, 칭기스는 57세였다.

바로 그 무렵인 1219년 9월 칭기스는 몽골 본국을 막내 동생 오치킨에게 맡기고, 자신은 지금의 중앙아시아-중동 땅에 있는 강국 코라슴(Khorasm) 제국의 원정길에 올라있었다.

최충헌(崔忠獻, 1149-1219)

고려 무인정권의 집정자, 최씨정권의 창립자로서 절대권력을 행사한 정치인. 우봉 최씨로, 상장군 최원호(崔元浩)의 맏아들이다. 음보로 문관이 됐으나, 정중부의 무인정변 후에 무인으로 전반(轉班)했다.

무인정변에 반대하여 일어난 1174년의 '조위총의 난' 때 특공대 지휘관인 별초도령(別抄都令)으로 출전하여, 조위총의 반란 본부인 평양성 함락에 공을 세워 섭장군(攝將軍)이 됐다.

1190년 아우 최충수(崔忠粹), 생질 박신새(朴晉材), 진척인 노석숭(盧碩崇) 등과 무인집정 이의민(李義旼)을 살해하여 정변에 성공, 임금을 교체하고 이의민 일당과 무인 문관 등 다수의 고위직들을 살해했다.

요직을 모두 걸쳐 문하시중에 이르고, 장수와 관료는 물론 임금의 존폐까지 좌우하며, 국권을 오로지 했다. 자기 권력에 도전한다 하여 최충수와 박진재 등 정변동지이자 혈족들까지 처형했다. 그러나 폭정에 반대하여 암살기도와 민란이 끊이지 않은 데다, 칭기스칸에 의한 대륙격동의 여파로 거란족의 침범을 받아 나라가 혼란됐다. 그것을 계기로 몽골군이 진입하여 거란족을 토벌해 주었지만, 몽골과 형제조약을 맺어 고려는 사실상 몽골의 속국이 됐다.

몽골이 고려에 침입하기 전인 칭기스칸 시대에 사망하여, 몽골 침공에 대한 과제는 그의 맏아들로 그를 승계하여 무인집정이 된 최우(崔瑀)가 전담했다.

죽음의 대화

일관이 물러가자, 가족들이 떼를 지어 최충헌의 방으로 몰려왔다. 세 명의 부인과 딸·며느리·사위들이었다. 친척들도 하나 둘씩 모여들었다. 한 차례 서로 권력충돌을 빚었던 두 아들, 최우와 최향은 아직 오지 않았다.

그들은 들어서자마자 흐느껴 울기 시작했다. 그러나 최충헌은 마치 세상만사에 깊이 달관(達觀)한 사람처럼 아주 여유 있고 침착하게 말했다.

"슬퍼하지들 말아요. 가까운 사람과는 언젠가 한 번은 헤어지는 것이 세상의 인연이 아닌가. 그래서 '만나는 사람은 반드시 헤어지게 정해져 있고'(會者定離), '살아 있는 것은 반드시 죽는다'(生者必滅)고 하지. 닭이 아무리 힘을 들여 알을 낳아도, 그것은 언젠가는 깨어져 없어진다. 마찬가지로 사람도 태어나서 살다가, 언젠가는 죽어서 없어지는 것이야."

흐느낌 소리만이 계속되는 가운데, 최충헌이 조용히 이어나갔다.

"부처님도 말씀하셨지. '한 번 태어난 것은 반드시 죽는다'고 하시면서, '이 세상에는 영원한 것도 없고, 견고한 것도 없다. 결국 다 흩어지고 만다. 세속의 인연으로 만나는 것이 얼마나 오래갈 수 있겠는가. 이 우주 천지와 저 큰 수미산(須彌山)[65]도 결국은 무너질 것인데, 이까짓 사람 몸뚱이 따위이겠느냐'고 말이야. 생(生)이 있는데, 어찌 사(死)가 없겠는가. 시작이 있는데, 왜 끝이 없겠는가. 이것은 만고불변(萬古不變)의 통칙이지.
사람의 운명도 마찬가지야."

최충헌은 아주 또렷하게 말하고 있었다. 그러나 가족들은 슬픔이 복받
쳐 소리 내어 울었다.

첫 부인 송씨가 말했다.

"여보세요, 기운을 차리세요. 당신은 얼마나 억센 분이었어요? 그런데
왜 이렇게 약해지셨어요?"

그러나 최충헌은 담담했다.

"내가 다 알으오. 기운 내서 될 일이 아니오. 나이가 있는네. 나무노 나
이가 들면 속이 움푹 들어가 비게 되지 않소? 내 천수(天壽)가 다 됐소."

죽음을 바로 앞에 둔 사람답지 않게, 지극히 조용하고 담담한 최충헌의
모습이 송씨에게는 오히려 더 가련하게 느껴졌다.

며느리와 딸들과 부인들이 소리내어 외쳤다.

"아버님……"

"여보세요……"

최충헌은 울어대는 딸과 며느리들과 부인들을 달래면서 말했다.

"울지들 말고, 우리 조용히 얘기나 하자구. 그 동안 우리는 가족끼리 오
순도순 얘기할 시간도 없이 살아왔어."

최충헌은 마시다 남은 술잔을 비웠다. 그리고 병석에서 죽음을 바라보
며 느끼고 생각했던 사생관(死生觀)에 대한 말을 천천히 이어나갔다.

"사람은 육신과 영혼으로 되어 있다고 하지. 육신은 물과 바람과 불과
흙이 모여서 되었다는 게야. 그래서 죽으면 피나 콧물 눈물은 물로 돌아가
고, 숨이 끊어지면서 숨과 함께 우리 몸을 드나들던 바람은 공기가 되고,

---

65) 수미산(須彌山); 불교 세계설에 나오는 먼 서쪽 나라의 큰 산 이름. 세계의 중앙에 있는 산으로 정상에
는 제석천(帝釋天), 중간에는 사천왕(四天王)이 살고 있다고 한다. 금 은 유리 파리의 네 가지 보석으
로 이루어져 있다고 전한다.

몸을 덥게 유지해 주던 열은 불이 되고, 살과 뼈는 썩어서 흙이 되어, 사람의 육신을 구성하고 있는 그 수풍화토(水風火土)의 네 가지 요소가 도로 흩어져서 제자리로 되돌아간다는 얘기야. 이건 불교에서 하는 말이지."

최충헌은 말을 잠깐 끊었다가 다시 시작했다.

"노자도 그렇게 말했어. 원래 세상 만물은 모두가 하나의 근본에서 나와서 자라고 변하고 성하고 쇠했다가, 끝내는 원래의 근본으로 다시 돌아가는 것이라고. 그 근본이라는 것이 바로 도(道)야. 그래서 노자의 가르침을 도교(道敎)라고 해. 사람도 마찬가지지. 아무리 발버둥치고 살아봤자 결국은 늙으면 죽게 되어 있고, 죽어서는 육신이 흩어져서 모두 그 근원으로 돌아가는 거야. 그래서 사람이 죽으면 '돌아갔다'고 하지. 다시 한 줌의 흙, 한 모금의 물, 한숨 정도의 입김, 그리고 잠깐 동안의 열이 되고 마는 거야. 그러나 그 흙과 물과 입김과 열도 곧 거대한 우주 속에서 흩어져 자취마저 없어지고 만다는 게지."

가족들의 울음이 다시 터져 나왔다.

최충헌의 말이 계속됐다.

"그래서 공구도척구진애(孔丘盜跖俱塵埃)라고 했어. '성자 같은 공자나 악한 도적이었던 도척이나 죽으면 모두 먼지가 되어 없어진다'는 얘기지. 그 도척이라는 도적 말야. 그는 춘추시대에 공자와 같은 노(魯) 나라 사람인데, 부하를 9천명이나 이끌고 천하를 휩쓸면서 온갖 포악한 짓을 일삼던 큰 도둑이었어. 그래서 그자는 고래로 큰 악한(惡漢)의 대명사가 됐지. 더욱 신기한 것은 그 악한 도척이 바로 공자가 아직 어렸을 때 노나라의 이름난 재상이었던 현인 유하혜(柳下惠)의 아우라는 점이야."

최충헌은 그렇게 말하면서 계수인 최충수[66]의 아내를 바라보았다. 두 사람의 눈이 마주쳤다. 최충헌의 머리에는 최충수와 자기의 두 아들을 떠

---

66) 최충수(崔忠粹)는 최충헌의 아우로, 이의민을 살해하고 집권한 병진정변(1196)의 주동자. 그러나 집권한 뒤 형과 권력경쟁을 벌이다 군사충돌을 일으켜 싸우나 패하여 도망했다. 그는 같은 권력경쟁 세력인 최충헌 휘하의 장수들이 보낸 자객에 의해 파주 금강사(金剛寺)에서 피살됐다.

올리면서 말했다.

"형제는 한 어머니 배속에서 나왔건만, 서로 다르고 부딪치고 딴 길을 걷는 모양이야."

최충헌은 마시다 남은 술잔을 들어 밑을 비웠다. 그리고는 할아버지가 손자들에게 옛날 얘기라도 하듯이 차분히 계속해 나갔다.

"사람이 죽으면 영혼은 육신에서 떨어져나가 하늘로 올라가서 멀리 가버린다는 것이야. 그래서 육신은 백(魄)이 되어 흩어져 사라지고, 영혼은 혼(魂)이 되어 저 먼 세계를 찾아 떠나는 것이지. 이건 '혼은 위로 날아가고, 백은 땅으로 떨어진다'고 해서 중국 유학사들이 말하는 혼승백강(魂昇魄降)이야. 그 혼이 황천(黃泉)으로 갔다가, 거기서 다시 어디로 갈지는 전생의 행위에 달렸다는 인도 사람들의 얘기지. 살아서 행한 일이 선행이냐 악행이냐에 따라 극락과 지옥으로 행방이 나뉜다는 것이야."

최충헌은 인간과 죽음과 내세의 문제에 대해서 많은 얘기를 했다. 유가나 도가의 주장도 섞여 있었지만, 대부분 불교의 설명을 들어서 말했다.

가족들의 흐느낌은 계속되고 있었다.

"사람들은 죽은 뒤엔 각자가 멀리 떨어진 다른 세계로 가기 때문에, 한번 죽어 헤어지면 아무리 가까운 혈족이나 친구라도 다시 만날 수 없다는 게야. 설사 어쩌다 다시 만나도 서로 모르게 되어있다는 것이지. 죽음은 누렵지 않은데, 그게 섭섭하군."

이 말이 떨어지자 잠시 조용했던 가족들의 울음이 다시 크게 터졌다.

최충헌은 부인들 쪽을 바라보면서 말했다.

"더구나 여자는 천당에 들어갈 수가 없다는 게야. 그렇다고 아주 못 가는 것도 아니고. 다만 천당에 가기 전에 모두 남자로 바뀌어서 천당 문을 들어선다는 것이지. 그래서 천당은 남자들뿐이래. 내가 천당에 갈지, 지옥에 갈지, 아니면 그 어디로 갈지는 나도 몰라요. 그러나 어쨌든 우리 부부들은 죽은 뒤엔 서로 만나지 못할 것이구, 설사 만난다 해도 다시 부부가 될 수는 없을 것이야."

가족들의 통곡은 또 한 번 터졌다.

"좋은 아내는 좋은 남편을 만든다고 했소. 그대들은 참으로 훌륭한 여자들이고, 좋은 아내였소. 그러나 내가 훌륭한 남편이었는지는 모르겠구만."

최충헌은 제2부인인 수성택주(綏成宅主) 임씨를 바라보았다.

"수성택의 임부인."

"예, 대감님."

"그대에게 내 죄가 많았소. 당신 남편 손홍윤을 그렇게 한 것이 끝까지 마음에 걸리는구료. 당신네는 참으로 가문 좋고 금슬 좋고, 남들이 보기에도 아주 좋은 부부였는데…… 큰일을 하다 보니 그만……"

"다 지나간 일입니다. 깨끗이 잊으십시오, 대감님."

"그대는 참으로 좋은 황후가에 태어나서, 지체 있는 재상 집안의 훌륭한 청년 장군을 만났기 때문에 더 잘 살 수도 있었는데…… 그 동안 몹시도 아팠을 그대의 마음을 생각하면, 나는 도저히 눈을 감을 수가 없을 것만 같소."

"아닙니다, 대감님. 저는 대감님 같은 훌륭한 대인을 만나 분에 넘치게 부귀와 복을 누려왔습니다. 덕분에 저희 친시(親媤) 양가도 큰 화를 입지 않고 어려운 고비들을 잘 넘기며 영화로운 자리를 지켜올 수 있었습니다. 다 영감님의 은덕입니다."[67]

"고맙소."

최충헌은 다시 제3부인 정화택주(靜和宅主) 왕씨에게 말했다.

"정화택 왕부인, 당신네 왕실에게도 나의 죄가 컸소."

"어인 말씀이십니까, 대감님"

---

67) 최충헌은 집권과정에서 많은 경쟁자와 도전자들을 죽였다. 임씨의 남편 손홍윤(孫洪胤, 장군)과 부친 손석(孫碩, 평장사) 부자도 그때 죽었다. 손홍윤의 무인 임씨가 설세미인인 것을 보고 최충헌이 그를 아내로 맞아들였다. 임씨는 인조의 왕후인 공예태후의 조카로, 왕실의 처가인 정안 임씨 집안이다.

"나는 그 동안 여러 임금과 대군들에게 너무 많은 피해를 주었소. 당신의 조부님과 아버님께 정말 미안하오……역시 나라 일이란 개인의 사정으로는 어찌할 수 없는 한계 밖의 일들이 많았소."

왕씨 부인은 최충헌에 의해 폐위된 명종(明宗, 19대)의 손녀이고, 강종(康宗, 22대)의 딸이다. 고종은 바로 강종의 아들로, 왕씨 부인의 배다른 아우가 된다.

"저희 할아버님께서는 폐위는 당하셨지만, 의종 임금과는 달리 정변을 겪으면서도 생명을 건져 천수를 누리셨습니다. 또 아버님께서도 결국 보위(寶位, 왕위)에 오르시지 않았습니까. 그리고 세 동생이 시금 보위에 올라 있구요. 다 대감님의 큰 배려 덕택임을 저희 집안 모두가 잘 알고, 감사하고 있습니다. 염려하지 마십시오, 대감님."

"강종 폐하께서야 원래 태자이셨던 것을 우리가 강화로 보내 고생을 시켜드렸소. 그런 것들이 지금은 다 마음에 걸리오."

"큰 분께서 뭐 그런 지나간 일까지 걱정하십니까. 저희는 다 잊고, 오로지 대감님의 큰 은혜에 감사하고 있을 따름입니다. 이제는 다 잊으십시오."

"고맙소."

최충헌은 부인들에 대한 말을 대충 끝내고는 큰며느리를 바라보며 말했다.

"내 기분이 몹시 가볍고 편안하다. 이 술상 치우고 다시 보아오겠느냐."

며느리 두 명이 같이 일어섰다. 큰며느리가 상을 들었다. 작은며느리가 상을 받으려 했지만, 큰며느리는 그냥 들고 나갔다.

최충헌은 말을 이어 나갔다.

"사람들은 윤회(輪廻)에서 벗어나서 열반(涅槃)에 안주하기 위해 고행을 하고 수도를 한다지만, 나는 계속 윤회의 바퀴 안에서 다시 태어나고 싶어. 그래서 이승에서 범한 많은 잘못과 업보를 갚고 싶구나. 내가 다시 태어난다면 승려가 되어 나 때문에 죽은 사람들과 그 후손들을 보살피고, 그들의 영혼을 위로하면서 평생을 살고 싶어."

두 며느리가 술상을 맞잡고 들어왔다.

최충헌은 큰며느리를 앉혀놓고 말했다.

"큰아이야. 네게 죄가 많다."

"무슨 말씀이십니까?"

"내가 사돈에게 못할 일을 했다. 그러나 우리 가업을 이어나가기 위해서는 어쩔 수가 없었다."

최충헌이 최우의 장인 정숙첨을 유배한 것에 대한 얘기다. 가업이란 최씨가의 정권유지다.

"친정 아버님은 고향에 편안히 살아 계십니다. 괘념하지 마십시오, 아버님."

"미안하고 고맙구나."

그렇게 말하고 최충헌은 하인을 부르게 했다.

하인이 들어서자 최충헌은 무겁고 부드러운 말씨로 말했다.

"음악 소리가 듣고 싶다. 악공을 불러 음악을 연주하게 하라."

"시간은 언제가 좋겠습니까?"

"준비가 되는 대로 바로 시작하도록 하라."

최충헌의 사망

최충헌이 악공을 불러오도록 지시해 놓고 있을 때, 맏아들 최우가 들어왔다. 십여 분쯤 사이를 두고 둘째아들 최향이 들어섰다.

최충헌은 앉은 채로 조용히 웃으며 아들들을 반겼다.

"게들 앉거라."

형제가 최충헌 가까이에 자리를 잡았다.

좌정이 끝나기를 기다려서 최충헌은 두 아들을 번갈아 보며 말했다.

"나는 오늘을 못 넘긴다. 그러니 지금 내가 하는 얘기들을 유언으로 알고 명심하여 듣도록 해라."

"예, 아버님."

"요즘 같은 세상에선 형제간의 우애가 제일이다. 지금은 너희 둘이 협력하면 무엇이든지 해낼 수 있지만, 만에 하나 둘이 틀려서 갈라지면 아무 것도 안 된다. 지난 일은 말하지 않겠다. 그러나 앞으로는 절대로 그런 일이 두 번 다시 있어서는 안 된다."

최충헌은 얼마 전에 있었던 4장들의 음모와 형제간의 갈등을 생각해서 말했다.

"예, 아버님."

형제는 합창하듯 대답했다.

"내 경우를 잊지 말도록 해라. 너희 숙부 말이다. 숙부는 내 말을 듣지 않고 일을 저질러서, 끝내 비명에 갈 수밖에 없었다. 그때로서는 그것밖에 달리 어찌할 도리가 없었어. 그러나 그것은 나에게는 평생 동안 몹시 슬프고 안타까운 일이었다. 충수가 계속 나와 같이 있었다면, 모든 일이 훨씬 쉬웠고 또 더욱 잘 되었을 것인데 말이야."

최충헌은 말끝을 흐렸다. 저쪽 뒤에 앉아있는 계수인 최충수 부인의 표정에 눈이 갔다. 최우를 바라보며 그는 말을 계속했다.

"4장이 제거되었으니 큰 위협은 없을 것이야. 그러나 권력이란 마치 개구리와도 같아서, 그것이 어디로 튈지는 아무도 장담할 수 없어. 내가 네게 직위는 물려줄 수가 있겠지만, 위엄까지 물려줄 수는 없다. 권력은 물려줄 수 있어도, 권위까지 물려줄 수는 없다. 설사 집정의 자리를 물려준다 해도, 그것이 얼마나 오래갈지는 나도 모른다. 네 하기에 달렸어."

"예, 아버님. 명심하겠습니다."

"항상 경계하면서 적을 만들지 않도록 해야 한다. 권력을 쥐면 항상 적이 쫓아오고, 간신배가 붙게 마련이다. 적은 너를 해쳐서 큰 것을 빼앗으려는 무리이고, 간신은 너를 속여서 작은 것을 빼앗으려는 무리야. 모두 경계해야 한다. 유능하고 충성스러운 인물이 있으면, 어떻게 하든지 끌어들여 네 사람으로 만들어, 곁에 두고 중히 써야 한다."

"예, 아버님."

"결코 자만하지 말라. 절대로 교만해서는 안 된다. 높은 자리에 있으면서 자만하면 임금의 미움을 받고, 교만하면 부하와 친구들이 배반한다. 그리되면 권력도 잃는다. 항상 겸손하고 자중해야 한다. '권력을 십년 넘기기가 어렵고'(權不十年), '교만하면 3년을 가지 못한다'(驕不三年)는 옛말을 잊지 않도록 하라."

"그리 하겠습니다."

최충헌은 무겁게 머리를 돌려 최향을 향해서 말했다.

"너는 네 숙부를 많이 닮아 걱정이다. 네 삼촌은 앞뒤를 가리지 않고 터무니없는 욕심을 부리다가 화를 자초했단다. 밭에서 자라고 있는 수수나무를 너는 알고 있겠지?"

"예, 많이 보았습니다."

"그 하찮은 수수대에도 위 마디가 있고 아래 마디가 있다. 형제간의 질서는 부자간의 질서와 마찬가지야. 아우는 형의 날개 안에 있어야 해. 권력의 세계에서는 더욱 그렇다. 그 틀을 벗어나서 혼자서 무얼 하려고 하면, 큰 함정에 빠지고 만다. 바로 네 삼촌이 그걸 몰라서 그렇게 된 것이야."

"예, 아버님."

최충수의 아내는 아무 표정도 동요도 없이 묵묵히 듣기만 했다.

"권력을 나눠 가질 수는 없다. 아래 사람은 권력을 가진 사람이 허용하는 범위 안에서 잠시 빌려준 권한을 대신해 줄 뿐이야. 너희 고종 4촌인 박진재(朴晉材) 장군 말이다. 박 장군은 내가 잠시 빌려준 권력으로 나를 치려고 했어. 그래서 귀양을 당했다가 죽고 말았다."

최향은 아무 말 없이 고개를 숙였다.

박진재는 최충헌의 누이의 아들이 되는 조카로서, 숙부인 최충헌·최충수와 함께 정변을 일으켜 성공시킨 공로자다. 그러나 자기 세력을 확장하며 최충헌에 불만을 표시하다가, 정강이가 갈려 동맥이 잘려나가 불구자가 된 몸으로 백령도(白翎島)로 귀양 갔다. 최충헌은 후에 그가 유배중인 백령도로 사람을 보내, 죽여서 아주 바다에 던져버렸다.

"남들이 꾀는 말에 끌려 가서는 안 된다. 지난번 일은 그런 4장 무리들의 장난에 향이 네가 걸려든 것이야. 어리석은 일이었다. 세상에서 부자 형제보다 가까운 사람은 없다는 것을 항상 명심해야 한다. 알겠느냐?"

"예, 아버님."

"그동안 내가 왜 가족끼리 이렇게 모이는 시간을 많이 내지 않았는지, 후회되는구나. 오늘은 시간이 한가하니 얘기를 계속하겠다. 이런 얘기가 하나 있으니 모두들 들어봐라."

최충헌은 아주 여유 있는 기분으로 때때로 웃음까지 지어가며 옛 얘기를 말했다.

"옛날 어느 계곡 숲에 뱀이 한 마리 살고 있었다. 어느 날 뱀의 꼬리가 뱀의 머리에게 말했어. '어디로 움직일 때마다 네가 앞서가고 나는 항상 네 뒤만 따라다닌다. 그래서 나는 네가 어디로 왜 가는지 모르면서, 싫든 좋든 항상 네가 가는 데로 끌려가야만 한다. 이건 불공평한 일이니, 이제부터는 내가 앞서가야 하겠다.' 그러면서 꼬리가 앞서려고 했다. 그러자 머리가 '언제나 내가 앞서갔는데, 이제 와서 갑자기 무슨 소리냐. 그건 말도 안 되는 얘기야.' 하면서 여전히 앞서나갔다. 그러자 꼬리는 심술이 나서 그만 나무를 칭칭 감아버렸어. 머리가 제아무리 기를 써 보았지만, 더 이상 앞으로 나갈 수가 없게 됐지. 머리는 할 수 없이 양보해서 꼬리를 앞세워 가기로 하고 말했단다. '길을 조심해야 한다. 너는 눈이 없으니 너무 서두르지 말고 잘 살펴서 방향을 잡아 움직여야 해.' 그러나 꼬리는 들은 척도 안하고 달려갔다. 그랬더니 뱀의 뱃가죽이 자꾸 걸려서 배에 상처가 났어. 뱀은 배의 껍질이 겹겹으로 되어 있고, 그것은 앞으로 가면 잘 미끄러져 나가지만 뒤로 가면 거슬리게 되어 있어, 무엇에든 닿기만 하면 걸려서 부서지고 닳아서 없어지고 만단다. 배에 상처가 나자 아프기는 머리와 꼬리가 마찬가지였지. 그러나 앞을 볼 수 없는 꼬리는 그래도 고집을 계속하여 제가 앞서서 가다가, 그만 길을 잘못 들어 불구덩이에 떨어졌어. 그런 판에 꼬리와 머리가 어디 따로 있겠나. 일신동체(一身同體)인데. 그만 모두가 타죽고 말았지."

최충헌은 웃어가며 말했지만, 가족들은 긴장해서 들었다. 특히 둘째 최향에겐 괴로운 얘기였다.

최충헌은 술을 한 잔 마시고 나서, 최우와 최향을 바라보면서 말했다.

"제발 너희 형제가 싸우는 일은 없어야 한다. 그 뱀과 같은 운명이 되어서는 안 될 것이야."

최충헌은 큰며느리가 따라놓은 술을 마시고 나서, 두 며느리 쪽을 바라
보면서 다시 말을 이어나갔다.

"이제부터는 너희들이 잘 해야 한다. 형제간의 우의는 내자(內子)들이
하게 달렸어. 무슨 일이 있더라도 형제가 갈라서는 일이 없도록 너희가
항상 살펴야 한다. 알겠느냐?"

며느리들이 말했다.

"예, 아버님."

"명심하겠습니다, 아버님."

그때 최충헌은 맏며느리 정씨를 바라보고 있었다.

정씨가 다시 말했다.

"아버님의 말씀을 가슴 깊이 새겨 잊지 않겠습니다."

"그래, 고맙다."

그때 문밖에서 하인이 말했다.

"조정의 대신들과 장군들이 오셨습니다. 12명이 와 계십니다."

최충헌이 말했다.

"나는 가족들과 얘기 중이다. 오늘은 만날 수 없으니, 돌아가시게 하
라."

하인이 그 말을 전했으나, 그들은 돌아가지 않고, 평소 대외실로 쓰던
큰 방으로 들어가 기다리고 있었다.

잠시 후, 대궐 같은 최충헌의 집에서는 악공 십 수 명이 와서 음악을 연
주하기 시작했다. 장중한 궁중 음악에서부터 신라 향가를 비롯한 삼국시
대 이래의 전통 가요와 고려의 노래, 지방의 소리들, 그리고 중국에서 건
너온 당악·송악 등이 골고루 연주되고 있었다.

최충헌은 거친 세상을 살아오면서도 조용한 음악을 좋아했다. 이날 그
는 곡이 바뀔 때마다 조용히 미소를 보내고, 박수를 쳐서 악공들을 격려

했다.

연주가 한참동안 계속되면서 다시 곡이 바뀌려 할 때, 최충헌이 말했다.

"악관들, 수고했다. 잠깐 쉬었다가 하도록 해라."

악관들은 들고 있던 악기를 내려놓았다. 며느리들이 부엌에서 감주를 들여와 악관들에게 한 그릇씩 돌렸다.

최충헌은 뒤로 돌아앉으면서 가족들을 향해서 물었다.

"얘들아, 내가 죽으면 세상 사람들이 뭐라 하겠느냐? 그리고 사관들은 나를 어떻게 쓰겠느냐?"

최충헌은 일관 김익균에게 던졌던 질문을 다시 가족들에게 내놓았다. 그들에게서 대개 어떤 대답이 나올 줄을 알면서도 물어보았다. 임종을 앞둔 최충헌에겐 그것이 제일 큰 관심사였던 모양이다.

의외의 질문에 가족들은 말이 없었다. 최충헌의 신임을 가득 받고 있는 맏며느리가 입을 열었다.

"아버님께서는 천민들에 의해 어지러워진 우리 고려국을 다시 일으켜 세우셨습니다. 이건 귀천과 고하가 다 알고, 천하가 다 아는 일입니다, 아버님."

조카뻘 되는 친척 하나가 나섰다.

"그렇습니다, 대숙(大叔)님. 대숙께서는 천박무지한 이의민에 의해서 야만국가로 떨어지던 고려를 다시 학문과 법에 의해 통치되는 문명국가로 돌려서, 안정과 평화를 다져 놓으셨습니다. 세상의 입이 모두 그렇게 말하고, 후세의 사관들도 그렇게 적을 것이 분명합니다."

"그러냐. 고맙다."

최충헌은 별다른 표정 없이 고개를 끄덕이고는, 작은 잔으로 다시 술을 따라 마셨다. 그때의 최충헌은 더욱 평온하고 인자한 표정이었다.

잠시 후 다시 연주가 시작됐다. 조용한 음악 소리가 집안에 계속 울려 퍼졌다. 최충헌은 오랫동안 연주를 듣다가 얼굴에 피로한 색을 드러내더니 뒷좌석의 가족들을 돌아보며 말했다.

"수면이 짧은 죽음인 것과 같이, 죽음은 긴 수면일 뿐이야. 좀 피곤하구나."

그렇게 말을 마치고 최충헌은 하품을 길게 한 번 했다. 그리고는 잠시 후 잠이 들었다. 연주가 계속되던 그 때의 시간은 밤 12시 가까운 삼경이었다.

음악과 취기가 알맞게 조화된 상태에서 최충헌은 조용하고 편안하게 음악을 듣다가 눈을 감았다. 그러나 그것은 다시는 깨어나지 못할 영면(永眠)이었다. 장중하고도 은은하게 울려 퍼지던 음악도 갑자기 뚝 정지됐다.

그렇게 해서 고려 최대의 권력자이자 거목이었던 최충헌은 세상을 떠났다. 고종 6년(1219) 9월 20일 임자일. 달이 형혹성을 범했던 그날 늦은 밤이었다. 그때 나이 일흔 살.

최충헌의 장례기간 동안 백관은 소복(素服)을 입었다. 그의 장례식은 형식과 장식이 화려하여 '임금의 장의식과 별 차이가 없었다'고 고려사는 적고 있다.

최충헌은 세 명의 부인으로부터 네 명의 아들을 얻었다. 첫째 부인인 송청의 딸 송씨는 최우(崔瑀)와 최향(崔珦)을 낳았고, 손홍윤의 처였던 임씨는 최성(崔珹), 강종의 서녀 왕씨는 막내 최구(崔球)를 낳았다.

최충헌의 뒤를 이어 그의 맏아들 최우가 권력을 승계했다. 최우는 우선 자기 이름부터 바꿨다.

"아버님께선 자식들의 이름을 모두 외자로 하면서 임금 왕(王) 변이 있는 문자로 하셨다. 우리가 천하의 대권을 잡고 있는 이때, 이것은 남이 보기에 그리 좋지 않다."

그러면서 최우는 자기 이름을 최이(崔怡)[68]로 바꾸었다.

1219년 최충헌의 죽음에 이어, 고려를 빛내온 문무의 두 별인 대문호

---

(68) 최우가 최이로 개명했으나, 여기서는 혼란을 피하기 위해 계속 최우(崔瑀)로 썼다.

이인로(李仁老)[69]가 68세로 3월에 사망하고, 9월에는 명장 조충(趙冲)이 49세로 숨졌다.

후세 사람들은 최충헌을 어떻게 볼 것인가. 최충헌 자신의 그런 질문에 대해서, 고려사는 그를 정중부·이의방·이의민과 함께 '열전 반역편'에 수록해 놓음으로써 대답해 주었다.

조선조에서 편찬된 고려사나 동국통감은 군주사관(君主史觀)에서 정리된 역사서들이다. 군주사관은 국왕의 통치권을 절대시한다. 군주권을 침해하거나 침해할 음모만 해도, 모두 반역자로 규정되고 만다.

최충헌을 사악한 반역자로 취급한 동국통감의 사평은 군주사관에 입각한 관편(官編) 역사서의 평가다.

---

69) 이인로는 고려 전기의 5대 가문 중에서도 가장 세력이 컸던 이자연-이자의-이자겸 등의 인주이씨(仁州李氏, 일명 慶原李氏)였다. 경원(慶原)과 인주(仁州)는 모두 지금의 인천의 옛 이름. 이인로는 무인정변이 일어나자 머리를 깎고 산에 들어가 승려가 됐다가 다시 나와 죽림고회 사람들과 어울려 지냈다. 십 년간을 죽림에서 지내다가 다시 나와 과거에 급제하여 벼슬을 하면서 불우한 죽림고회 회원들을 돕고 있었다. 그는 문벌과 재능을 믿어, 성품이 오만 방자하고 편협 경박해서 많은 사람들의 미움을 샀다. 그 때문에 관리로 크게 쓰이지는 못해, 정사보다는 글로 일생을 보냈다. 은대집(銀臺集) 쌍명재집(雙明齋集) 파한집(破閑集) 등의 문집을 남겼으나, 지금까지 전하는 것은 파한집뿐이다. 고려 전기의 5내가문과 내표적인 인물은 경원이씨(이사겸), 해주최씨(최충), 깅릉김씨(김인곤), 경주김씨(김부식), 파평윤씨(윤관).

최충헌에 대한 사평

'사신(史臣)은 말한다. 최충헌은 미천한 데서 일어나 국명(國命)을 오로지 잡고서, 재물을 탐하고 여색을 좋아했으며, 벼슬을 팔고 옥사(獄事)를 뇌물로써 처결했다. 최충헌은 두 임금을 쫓아내고, 조신들을 많이 죽임에 이르러, 원악대대(元惡大憝)가 위로 하늘에까지 통했다. 그가 머리를 보전하여 방안에서 죽었으니, 천도(天道)의 알 수 없음이 이와 같은 것인가.'

(史臣曰, 忠獻起拎微賤 專執國命, 貪財好色 賣爵賣獄, 至拎放逐二主 多殺朝臣 元惡大憝 上通拎天, 而得保首領死拎牖下天道之不可知乃如此耶.)

— 東國通鑑

의주반란

  최충헌 사망 소식이 전해지자, 다음 달 고종 6년(1219) 10월 북계의 의
주에서 민심이 동요하기 시작했다.

  "나라 권력이 비어있다. 개경은 아무 힘이 없다. 지금이 기회다."

  의주진의 중견 군관인 다지(多智, 낭장)가 한순(韓恂, 별장)과 공모하여
군사를 일으켜, 그곳의 방수 장군 조선(趙宣)과 고을 수령 이체(李棣)를 살
해하고, 스스로 원수라고 일컬었다. 낭장은 지금의 중령, 별장은 소령급
이다.

  그들은 니리의 창고를 열어 백성들에게 곡식을 나누어 주었다. 많은 백
성과 평소 불만이 많았던 여러 성이 다지와 한순의 반란에 동조하여 나
섰다.

  반군에 대항하거나 중립을 지키던 북계의 여러 성들은 반군에 함락되
거나 투항했다. 남은 것은 안북도호부와 귀주(龜州) 연주(延州) 성주(成州)
등 몇몇 뿐이었다. 그들은 성을 튼튼히 쌓고 굳게 지켰다.

  "의주의 무리들이 반란을 일으켰습니다."

  의주 보고를 받고, 최우는 반란이 잦은 평안도지방을 생각하며 말했다.

  "또 관북(關北)인가. 큰 권력이 사라지니, 그 놈들이 덤벼드는구나. 항

상 서북이 문제다."

그때 삭주(朔州)의 분도장군은 황용필(黃龍弼)이었다. 그는 욕심이 많고 포학해서, 형벌을 무기로 삼아 현지 관리들을 가혹하게 징계하고 백성들을 참혹하게 다스리고 있었다.

삭주 사람들은 황용필이 그렇게 하는 것은 재물을 가져오라는 뜻이라고 생각했다. 그들은 관가에서 비축하고 있는 은기(銀器)를 꺼내다가 황용필에게 뇌물로 바쳤다. 그 후로는 황용필의 가혹행위가 많이 누그러졌다.

의주반란이 일어났을 때, 황용필은 안주의 안북도호부에 와 있었다. 반란군이 안북도호부를 공격하면서, 성 밖에서 외쳤다.

"황용필은 삭주의 은기를 반환하라!"

"당장 반환하라! 반환하라!"

"황용필은 우리가 처단하기 전에 스스로 자결하라!"

"자결하라! 자결하라!"

황용필은 견디다 못해 칼로 자기 목을 찔러 자살했다.

한순과 다지의 의주반란은 세 가지의 배경에서 일어난 북계지역 민심의 폭발이었다.

첫째는 전쟁 피해로 인한 불만의 분출이다.

잇단 여진·거란족의 침입과 몽골·동진 등 외국군의 진주가 있을 때마다 북계지역(평안도)이 전쟁터로 되어, 모든 것이 파괴되고 피폐되어 살기가 어려웠다. 전쟁의 최대 피해지역이었으나 국가에서는 이렇다 할 위무책(慰撫策)이 없었다.

둘째는 지역감정의 폭발이다.

의주는 중앙에서 멀리 떨어져 있었기 때문에, 조정의 손이 미치지 못했다. 그 때문에 현지에 부임한 중앙의 관리들이 마음 놓고 백성들을 탄압하고 착취했다. 이런 비리에 의한 이곳 변방 백성들의 지역 차별적인 피해의식이 다시 터져 나왔다.

셋째는 힘의 공백에 의한 폭발이었다.

강력하고 철저했던 최충헌의 권력이 사라지자, 그런 힘이 없는 틈을 비집고 정치적으로 야심 있는 사람들이 백성들의 불만을 업고 선동해서 반란이 일어났다.

이 의주반란은 새로운 집권자 최우에 대한 또 하나의 도전이다.

조정에서는 조염경(趙廉卿, 장군)과 이공로(李公老, 낭중)를 선유사(宣諭使)로 보내 반군과 백성들을 초무하게 하면서, 북계 병마사를 오수기(吳壽祺, 상장군)로 대체하여 보냈다.

의주 선유사로 나간 조염경이 현지를 순회하면서 백성들과 군사들을 만나 설득했다.

"북계지역 백성들이 전란으로 고생이 많은 것은 세상이 다 안다. 그것은 이곳이 지리적으로 적군의 통로가 되기 때문이다. 이것은 임금이나 조정이 어찌해 볼 수 있는 일이 아니다. 나라에서는 여러분의 고충을 잘 알고 있다. 지금은 나라의 비상 시기다. 조금만 더 참고 견디면, 좋은 날이 올 것이다."

초무가 시작된 뒤로 민심이 다시 순화되기 시작했다.

어느 날, 조염경이 가주(嘉州)의 객사에 들어있을 때였다. 의주 반민 50여인이 찾아와서 말했다.

"저희가 한순과 다지를 따른 것은 중앙에서 파견되어 나온 관리들의 탐학이 심했기 때문입니다."

"어떤 자들이 백성을 탐학했는가?"

"이곳 북계의 역대 진수장군들 중에서 김군수(金君綏, 병마사)와 조충(趙冲, 병마사) 정공수(丁公壽, 분도장군) 등은 청백하고 백성을 사랑하여, 저희가 존경했습니다."

김군수는 무인정변 때 정중부에게 죽은 김돈중의 아들이고 김부식의 손자다. 김군수는 나이 20이 되기 전인 명종 때 과거에 장원하고, 일찍무터 문장이 뛰어났다. 거란군이 침범했을 때는, 문신인 그가 서북면 병마사로 있으면서 적 4백 30명의 목을 베고 21명을 생포했다. 말 50여 필도 노획하는 전과를 올렸다.

"그러나 그 세 명 외의 나머지는 모두 탐욕스럽고 잔학하여, 가혹하게 재물을 거둬들이고 백성들을 혹사했습니다. 그로 인해 백성들의 괴로움은 피부가 벗겨지고 골수를 치는 것처럼 커서, 이곳 백성들이 견디다 못해 이번 반란에 가담했습니다."

그들은 백성을 탐학했다는 십여 명의 관리들 이름을 모조리 거명했다.

"그랬는기?"

"관리의 탐학만 없게 해주시면, 우리 백성들이 왜 위험을 무릅쓰고 조정에 반하여 반군을 따르겠습니까? 저희들의 생각을 말씀드렸으니, 선처하여 앞으로는 그런 포학한 일이 없게 해주십시오."

반군 측 사람들로부터 백성들을 착취 학대한 관리들과 선정을 베푼 관리들에 관한 말을 듣고 조염경이 말했다.

"알겠다. 그대들의 말에 거짓이 없는 것 같다. 내가 돌아가 그런 일이 없도록 조치할 것이니, 반군의 선동에 미혹되지 말고 생업에 열중하라."

조염경과 이공로는 북계 초무를 마치고 돌아와서 최우에게 사실대로 보고했다.

"알았소. 수고했소이다. 그 동안 나의 선친께 아부하고 섬겨서 안찰사가 되고 분도장군(分道將軍) 분대관(分臺官) 감창사(監倉使), 그리고 수령(首領)이 된 자들이 적지 않소. 그들이 백성들의 재물을 한량없이 침탈하고 중앙에 바친 것을 나는 알고 있소. 내가 이번에 그런 자들을 남김없이 제거할 것이오."

최우는 즉시 최충헌에 아첨하고 뇌물을 바쳐 높은 벼슬에 올라간 이세분(李世芬) 등 고위층 13명을 포함하여, 다수의 탐관오리들을 잡아들여 여러 섬에 나누어 유배했다.

최우는 토벌군을 편성하여 계속 저항하고 있는 의주 반군들을 본격적으로 소탕하기로 했다. 그는 삼군을 편성하여 김취려(金就礪)를 중군사, 오수기(吳壽祺)를 우군사, 이적유(李迪儒)를 후군사로 삼아 출정시켰다.

최우는 특히 북계에서 민심을 얻어놓았다는 김군수를 중군의 지병마사(知兵馬使)로 하여 김취려를 보좌케 했다. 지병마사는 병마사의 다음 자리다. 따라서 요즘의 부사령관쯤 된다.

관군의 토벌에 쫓긴 다지와 한순은 청천강을 경계로 하여, 그 이북의 땅을 가지고 여진족의 동진국(東眞國)에 투항했다. 그러나 몽골의 눈치를 보아야 하는 동진국의 임금 푸젠완누(浦鮮萬奴)는 의주의 반군들을 보호해 줄 수가 없었다.

"나는 몽골에 항복한 종속국 국왕으로 그대들을 도울 수 없다. 차라리 가까운 우가하 장군에게 청해 보라."

그러자 한순과 다지는 완누 휘하의 여진족 장수 우가하(于哥下)에 접근하여, 우가하로 하여금 군사를 이끌고 의주에 들어와 주둔하게 했다. 우가하는 금나라 원수로 있다가 금이 몽골에 패하여 수도를 남쪽으로 옮기자, 푸젠완누와 결탁하여 그의 부장(副將, 부원수)이 돼있었다.

욕심이 많은 우가하는 혼란한 만주 땅에서 식량부족으로 고심하고 있었다. 한순과 다지가 땅을 바쳐 접근하자, 우가하는 이들의 요구를 받아들여, 군사를 이끌고 압록강을 건너 의주에 둔영을 쳤다.

다지와 한순은 스스로 서계(西界, 북계)[70] 여러 성의 병사들을 거느리고 박주(博州)에 들어가 그곳을 본거지로 삼고, 우가하를 상전으로 떠받들었다. 이래서 그 지역의 고려 영토는 이제 동진군의 동남부 사령관인 우가하의 통치지역으로 들어갔다.

---

70) 고려는 북부 변경지역을 양계(兩界)라 하여, 동쪽(강원·함경)을 동계(東界)라 하고, 서쪽(평안·황해)을 북계(北界)라 했다. 그러나 북계를 위치로 보아 동계와 대칭시켜 보통 '서계'라고 불렀다. 양계의 수령은 병마사. 군이 출정할 때는, 중군·전군·좌군·우군·후군 등으로 나누어 편성하고, 각 구성군의 책임자를 병마사, 전체를 총괄하는 지휘관은 중군 병마사(원수)가 겸직했다.

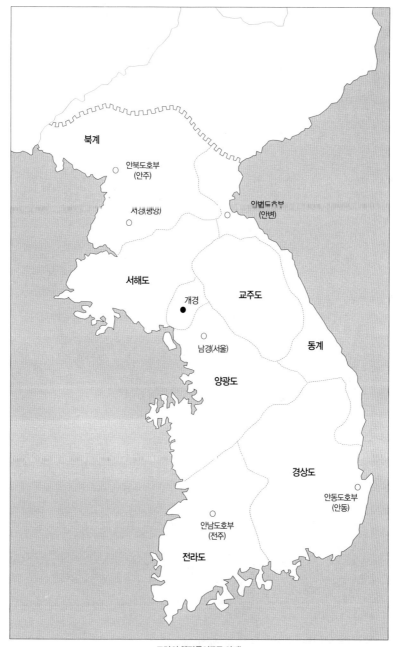

북계

안북도호부
(안주)

서경(평양)

아별도호부
(안변)

서해도

개경

교주도

남경(서울)

양광도

동계

경상도

안동도호부
(안동)

안남도호부
(전주)

전라도

고려의 행정구역(5도 양계)

"아니, 우가하가 반적의 무리와 야합해서 우리 영토를 점유하고 백성들을 괴롭히고 있단 말인가."

중군 병마사 김취려는 선무사 이공로와 지병마사 김군수 등과 의논하여, 서찰을 써서 의주 출신의 윤충효(尹忠孝, 낭장)와 박홍보(朴洪輔, 낭장)에게 주어 우가하에 보내 따지게 했다.

윤충효가 우가하에게 김취려의 서찰을 전하고 말했다.

"금나라는 고려의 상국으로 오랜 우의를 유지해 오고 있는데, 금의 원수인 장군이 고려의 반적(叛賊)들과 손을 잡고 고려를 이렇게 괴롭힐 수가 있소이까?"

그랬더니 우가하가 변명했다.

"금과 고려의 동맹관계가 아직 유지되고 있는가? 그건 이미 최충헌 때 해체되지 않았는가? 그리고, 내가 내 발로 들어왔는가. 나는 고려인들의 요구에 응하여 이렇게 들어와 있소."

박홍보가 나섰다.

"우가하 장군을 불러들인 것은 반란분자들입니다. 지금 몽골이 금나라를 위협하고 있는데 장군이 힘을 모아 몽골을 쳐야지, 반군들의 청탁을 받고 이렇게 고려에 들어와서 어쩌자는 것입니까?"

우가하는 체면이 상했다고 생각했다.

그렇지. 나외 고려와의 관계는 좋았다. 내 욕심이 너무 했구나. 그래, 내가 고려에 대해 이래서는 안 된다. 고려와 불화하는 것은 나에게도 이롭지 못하다. 내가 물러서야 한다.

우가하는 마음속으로 그렇게 정하고 있었다. 풀죽은 우가하의 모습을 보고, 윤충효가 '이 때다' 하면서 나섰다.

"장군이 이리하면 몽골군에 쫓긴 거란군이 우리 고려를 침범했다가 격퇴된 것과 무엇이 다르겠소이까?"

잠자코 있던 우가하는 갑자기 성을 내면서 말했다.

"이 자들이 버릇이 없구나. 게, 누구 없느냐?"

우가하의 수하 군관들이 달려왔다.

"이 자들을 묶어서 수감해라. 건방진 놈들이다."

"아니, 우가하 원수! 당신이 이럴 수가 있소? 우리에게 무슨 잘못이 있단 말이오? 당당하다면 말해보시오."

"너희와는 얘기하지 않겠다."

윤충효와 박홍보가 끌려 나가자, 우가하는 바로 수하들을 불러 말했다.

"저 자들을 수감했으나, 그들은 우방국 고려의 사자들이다. 자리를 편안하게 해주고 음식과 음료에도 소홀함이 없도록 하라. 밤이 되면 술도 넣어 줘라."

그 전해인 고종 5년(1218) 6월, 최충헌이 아직 살아서 고려의 집정이 되어 있을 때였다. 거란군이 고려를 한창 괴롭히고 있었다.

바로 그럴 때 만주에서 우가하 휘하에 있던 여진족의 비적군단인 가유(賈裕)의 황기자군(黃旗子軍)이 고려에 침범해서 의주 일대에 주둔하면서 약탈행위를 벌이고 있었다.

고려군의 북계 분도장군 정공수(丁公壽)가 그들을 유인해서 황기자군의 두목 가유와 그의 장수 군사들을 잡아가두고 그 군사들을 쳐서 물리쳤다. 그러자 우가하가 압록강을 건너 달려와서 정공수에게 사과의 뜻을 표하고 식량 3백 석을 얻어간 적이 있다.

윤충효와 박홍보가 자기들을 투옥하려는 우가하에게 '그대가 이럴 수 있느냐'고 따진 것은 그로부터 16개월 전에 있었던 이런 사정을 두고 한 소리다.

여진장수의 반란수괴 소탕

우가하가 고려군의 사절들을 잡아 수감했다는 소문이 북계 일대에 퍼졌다. 다지와 한순이 그것을 듣고 기뻐하고 있었다. 우가하는 사람을 보내 다지와 한순을 불렀다. 한순과 다지는 군사 6백 명의 호위를 받으며 의주로 와서 우가하 진영에 이르렀다.

우가하는 그들을 따뜻이 맞으며, 뒤로는 부하들을 시켜 방문자 등록을 받아 그들의 이름을 모두 적어 두게 했다. 그리고는 한순과 다지 등 반군 수뇌들에게 성대하게 연회를 열어 음식과 술을 대접했다.

"여러분들의 수고가 많소. 그대들이 나에게 이 땅을 주어서 감사히 여기던 차에, 마침 고려에서 사자를 보내왔기에 가두어 놓았소. 돌아갈 때 그들을 그대들에게 인도할 것이니, 내 작은 호의로 여겨 받아주시오. 그들은 그대들이 알아서 처리하시오."

다지와 한순, 그리고 따라온 의주의 반군들이 일제히 고개를 숙여 말했다.

"고맙습니다, 우가하 원수."

우가하는 한순·다지와 함께 온 군사들도 따로 술과 음식을 내어 따뜻하게 위로해 주었다.

능숙한 기회주의자 우가하는 다음날 주변에 군사들을 배치하고, 반군들에게 다시 잔치를 베풀었다. 다지와 한순의 무리가 술이 거나하게 취했을 때, 우가하는 매복한 군사를 움직여 의주 반군 두목들을 잡아서 죽였다.

우가하는 주변을 말끔히 치우고 반군들의 시신을 한군데 모아놓게 한 다음, 갇혀있던 김취려의 사절 윤충효와 박홍보를 불러오게 했다.

"그 동안 수고가 많았소. 미안하오. 그 대신 그대들에게 좋은 선물을 드리지요."

수감 당하고 있을 때 좋은 음식과 술까지 넣어주어 모든 것이 의외라고 생각하고 있던 사절들이 놀라 물었다.

"예? 뭐라 하셨습니까?"

"선물이라 했소이까, 우가하 장군?"

"그렇소. 저기 저것들입니다. 작년에 최우 영공이 가유 등 황기자군을 잡았다가 우리에게 넘겨주고 우리에게 쌀 3백 석을 내준 호의를 나는 잊지 않고 있소이다. 저것들은 고려와 영공에 대한 나의 작은 우정의 뜻이니 받아주시오."

거기에는 자그마한 나무상자 십여 개가 놓여있었다.

윤충효가 물었다.

"저게 무엇입니까?"

우가하는 말없이 웃기만 했다. 둘은 어리둥절하여 우가하의 옆에 서있는 참모를 바라보았다.

"이것들은 의주 반란 괴수들의 머리입니다. 다지와 한순, 그리고 윤대명·한존렬 등의 머리가 이 안에 들어있습니다. 말과 마차도 준비해 놓았으니, 싣고 가시지요."

박홍보가 놀라 말했다.

"예?"

윤충효가 사세를 판단하고 우가하에게 말했다.

"고맙습니다, 우가하 원수."

우가하는 여유 있게 웃으면서 말했다.

"또 있소."

"무엇입니까?"

"반군들의 명단이오."

우가하는 자기 부대를 찾아온 한순과 다지 무리들의 명단을 내놓았다.

"이들은 다 죽었소. 우리가 불러다 처형했소이다. 나가다 보면 그들의 시신들이 쌓여 있을 것이오."

"장군이 의주반란을 토벌해 주셨습니다. 정말 감사합니다."

"그대들의 신랄한 항의를 받고, 나는 느낀 바 있었소이다."

"고맙습니다, 우가하 원수."

한충효와 박홍보도 반군의 무리들이 우가하에게 했던 것과 똑같이 고개를 깊이 숙여 사례했다.

그들이 돌아와 반군의 수급과 명단을 반적 토벌 3군의 원수인 중군사 김취려에게 바쳤다. 의주반란 토벌군들의 환성과 박수 소리가 계곡을 울릴 정도였다.

"우가하는 무뢰배이지만, 그래도 의리를 아는 대인입니다."

참모군관들의 그런 얘기를 듣고, 김취려가 말했다.

"아니다. 우가하는 탐욕이 많고 불의한 장수다. 더구나 지금은 금나라와 몽골-동진 등의 틈바구니에서 그가 언제 어떤 짓을 저지를지 모른다. 우가하는 상황에 따라 오락가락하고 기회에 따라 표변하는 여우같은 자다. 우리가 항상 경계해야 할 무도한 인물이다."

한편 지병마사인 김군수는 선대 이래 머리는 우수하지만 품행이 간사하여 권력에 아첨하기를 좋아하기로 이름난 사람이다. 그는 우가하가 보내준 반적들의 머리를 수습해서, 김취려 모르게 개경의 최우에게 보냈다.

최우는 그것을 받고 몹시 기뻐하여 쌀 1천 석과 넓게 짠 마포(廣平布) 5백 필, 세모시(細苧布) 50필, 그리고 은주전자(銀尊)와 은쟁반(銀盤), 은바리(銀盂) 각 한 개와 은잔 두 개를 우가하에 보내 사례했다.

"최우는 과연 통이 크고 의리와 사리를 아는 인물이다. 그의 선인인 최충헌보다 국량(局量)이 큰 사람임이 분명하다."

그렇게 말하면서 우가하는 그것들을 받아 가지고 압록강을 건너 자기네 만주 땅으로 철수했다.

의주반란 진압에 출동한 김취려의 3군은 우가하의 대학살로 두목이 없어진 의주 반군을 쉽게 소탕했다. 관군이 닥치자 그들은 저항할 생각을 못하고 대부분이 투항했다. 일부는 산 속으로 도망했다.

그때 3군의 참모와 장수들은 그 동안 한순과 다지의 반역에 동조한 여러 성의 죄를 묻자고 중군사 김취려에게 요청했다.

"이 북계는 반역의 땅입니다. 따라서 반역이 있을 때마다 엄히 다스려서 반역이 무익하다는 것을 보여줘야 합니다."

"더구나 북방 정세가 불안정한 이 때, 이곳 변경지대가 애국심이 없고 중앙에 도전한다면 나라를 지킬 수 없습니다. 이번에는 철저히 응징해야 뒤가 안심됩니다."

중군사는 전체 출동군사의 최고 지휘관이다. 김취려는 응징에 반대했다.

"서경(書經)에 이르기를 '악행을 저지른 적의 괴수들을 섬멸했으면, 그들의 협박에 못 이겨 따른 자는 다스리지 않는다'[71]고 했소. 아무런 허물이 없어도 화를 당하는 백성이 많이 생길 수밖에 없소."

"내우와 외환이 겹쳐 일고 있는 지금은 전시입니다. 모든 결정은 전시 기준으로 처결해야 합니다."

"그렇소. 지금은 전시요. 전시이기 때문에 더 관용이 필요합니다. 거란 적이 침략해 왔을 때, 우리 북부 지역이 폐허가 되어 외적 방어에 취약해졌소. 이제 또 이곳에 군사를 풀어 백성들을 처단한다면, 그것은 스스로 성벽을 헐고 울타리를 철거하는 것이오. 과연 그리 함이 옳겠소."

김취려의 말에 더 이상 반대하는 사람이 없었다. 그래서 나머지는 전부

---

71) 서경의 원문; 殲厥渠魁 脅從罔置(섬궐거괴 협종망치)

죄를 묻지 않았다.

"김군수 지병마사는 장군에게 보고하지 않고 한순·다지 등의 반군 수급을 개경으로 보냈습니다. 이는 전장의 군율을 위반한 것이니, 엄히 조치해야 합니다."

평소 김군수와 사이가 나빴던 노인수(盧仁綏, 중군 녹사)가 김취려에게 고했다.

"김군수는 부전자전인 것 같습니다. 자기 가문과 재능만 믿고 오만방자하기가 김돈중과 같습니다."

그 말을 듣고 김취려가 말했다.

"그렇다. 지휘관의 사전 허락 없이 반란군 괴수들의 시신을 처리한 김군수의 행동은 용서할 수 없다. 김군수를 잡아 수감하라."

노인수가 김군수를 잡아 가두었다. 얼마 후 김군수는 석방됐지만, 그후 노인수의 잇단 참소로 김군수는 한남(漢南, 수원)으로 유배됐다.

반역을 일으킨 지역은 지위를 격하시킨다는 관례에 따라, 최우는 의주(義州)를 함신진(咸新鎭)으로 이름을 고쳐, 주(州)에서 진(鎭)으로 한 등급 격하했다.

김취려의 관용으로 처벌을 면한 의주 사람들은 의주가 진으로 격하된데 대해서는 불만이 많았다.

"우리 의주는 국경의 관문에다 국방의 최전초 기지다. 이런 군도(軍都)요 방진(防鎭)을 함부로 격하시킬 수 있는가."

"이것은 우리 의주에 대한 최우의 보복이다."

의주인의 불만이 고조되자, 반란 두목인 한순과 다지를 잃고 산 속으로 도망했던 잔당들은 고종 9년(1222), 동진병 1만여 명을 끌어들여 다시 일어났다. 입산한 지 3년 뒤였다.

그들은 먼저 정주(靜州)로 갔다가, 본고장인 의주를 공격했다.

함신진으로 격하된 의주의 방어장군 수연(守延)이 그들을 맞아 싸웠다.

그러나 수연은 패하여 물러났다. 정부군이 무너지자, 인주성(麟州城) 사람들이 반군과 내통하며 합세하려 했다.

수연은 다시 군사를 수습해서 그들을 이끌고 성 밖으로 나가 이를 차단했다. 수연은 반군의 잔당과 동진군 2백여 명을 베어 그 머리를 거둬서 개경으로 보냈다.

조정에서는 다시 삼군의 병마사를 임명하고 진압군을 보냈다. 그들은 곧 서경으로 가서 서경군과 함께 적을 추격하게 했다. 북의 의주와 남의 서경으로부터 협공 당한 반군과 동진군은 다수의 병력을 잃고 국경 밖으로 도주했다.

제 6 장

고려의 수난

몽골의 횡포

몽골은 고려와 형제조약을 맺어놓고 철수하면서, 여진인 41명을 고려
에 남겨두었다. 찰라가 떠나면서 그 여진인들에게 일렀다.

"너희는 여기에 남아서 고려어를 잘 익혀 두고, 우리를 기다려라. 우리
들은 꼭 다시 온다. 그때 너희들은 우리 몽골에 중히 쓰여 공을 세우게 될
것이다."

우리말과 몽골어·여진어는 모두 우랄알타이 어계(語系)에 속하여 어순
과 문법이 같기 때문에 서로 배우기가 쉽다. 그러나 몽골족보다는 만주족
이 우리 민족과 오랫동안 함께 섞여 살거나 이웃하며 살아왔기 때문에,
언어의 유사성도 높고 말이 서로 통하기도 쉬웠다.

몽골이 여진인을 잔류시켜 고려어를 학습케 한 것은 몽골의 고려정책
이 앞으로 더욱 본격화할 것이라는 조짐이다.

강동성의 거란군을 소탕한 뒤 몽골이 여진인 고려어 학습조를 남기고
철수했다는 소문이 확산되면서, 고려에서는 곧 몽골의 침공이 있을 것으
로 생각했다. 게다가 고려의 기둥이 되어 온 최충헌이 세상을 떠나자, 백
성들 사이에서는 몽골을 무서워하는 공몽증(恐蒙症)이 더욱 증폭되어 나
돌기 시작했다.

"가을이 되면 몽골군이 다시 들어온다는 거야."

"이번에는 지난번과는 달리, 고려를 침공해서 아주 정벌하러 온다지 않는가."

"몽골군은 무지하고 사나워서, 그들이 한 번 지나가면 사람이며 집과 가축·재물이 하나도 남지 않는다는 거야."

"도륙한다는 거지. 사람은 닥치는 대로 죽이고, 재물은 훔쳐가고, 집은 모조리 불태운대."

"그래서 나라에서는 장수들은 북계로 보내, 성을 다시 쌓고 병기를 점검하고 있다고 하더군."

그런 소문은 금세 개경과 지방으로 퍼져나갔다.

북계에 관한 얘기는 소문이 아니라 실제였다. 최우는 고종 6년(1219) 7월 최정분(崔正芬, 호부시랑) 등 여덟 명을 북방의 여러 성에 파견했다.

그들을 떠나보내면서 최우가 말했다.

"그대들의 임무는 우리 변방의 방어태세 정비다. 지금 북방정세가 심상치 않게 돌아가고 있다. 몽골이 우리를 그냥 둘 것 같지가 않다. 우선 현지를 돌아보고, 미비한 것은 갖추고 무너진 것은 보수하며 없는 것은 새로 만들도록 하라."

그들은 먼저 북계로 가서 성진(城鎭)들을 돌아보았다. 현지의 군사와 배성들을 동원해서 허물어진 성을 개축하고, 작은 성들은 큰 성에 편입시켜 폐합했다. 무기와 식량도 점검해서, 낡은 것은 새것으로 바꾸고 모자라는 것은 보충하여, 몽골의 침입에 대비했다. 이런 일은 이듬해까지 계속됐다.

몽골 침입에 관한 소문이 계속 나돌고 정부가 부산하게 움직이는 가운데, 몽골은 사신을 자주 고려에 보냈다. 이들은 선진 농경국가 고려로부터 공물을 받아가기 위한 수공사(受貢使)들이었다.

몽골 사신들은 고려에 올 때마다 대우와 예물에 대한 갖가지 요구가 많왔고, 대접이 소홀하다고 트집을 잡아 조정을 괴롭히기 일쑤였다.

의주 반란이 평정되고 2년이 지난 고종 8년(1221) 8월, 칭기스의 동생인 오치긴(Otchigin, 斡赤斤)은 저구유(Zhuguyu, 著古與) 등을 수공사로 삼아 고려에 보냈다.

그때 칭기스는 새로 확대된 영토를 여러 아들과 아우들에게 나누어주었다. 당시 요하와 그 동부지역의 책임자는 칭기스의 넷째 동생인 오치긴(Temuge Otchigin)[72]이었다. 따라서 고려도 오치긴의 관할 구역에 포함돼 있었다.

마침 칭기스는 1219년부터 지금의 이란 무번시역인 고라슴 성복선에 나가있었기 때문에, 만주와 한반도의 중요 문제도 전적으로 오치긴에 맡기고 있었다.

그때 오치긴이 고려에 보낸 사절 규모는 몽골인 13명과 동진인 8명, 여자 1명 등 22명이었다.

최우는 화가 났다.

"몽골은 우리에게 사절을 매년 10명씩만 보내겠다고 하지 않았는가?"

"조약상 그렇습니다."

"더구나 이번 사절이 22명이라면, 몽골이 약속을 지키지 않으려는 것이다. 몽골 놈들은 여진족만도 못한 자들이야."

이것만 해도 사신을 1년에 10명 이내로 하기로 양국이 '형제조약'에서 합의한 숫자의 두 배가 넘었다. 호랑이 성격의 최우는 분노했지만 참았다. 참을 수밖에 없었다.

닷새 뒤 임금 고종이 사신들을 접견하는 날이다. 저구유는 사절 22명이

---

72) 몽골어의 '오치긴'(Otchigin)은 '막내아들'을 말한다. Ochigin이라고도 쓴다. 중국 사료에는 화적혼(斡赤斤)으로 표기돼 있다. 칭기스 집안에 오치긴이 2명이어서, 혼동하기 쉽다. 한 사람은 칭기스칸의 숙부되는 Daritai Otchigin이고 또 한 사람은 넷째 동생 Temuge Otchigin이다. 다리타이는 막내 3촌으로, 칭기스의 부친 예수게이와 함께 호엘룬을 납치한 사람이다. 그러나 예수게이가 죽자, 그는 호엘룬-테무진을 배신하여 떠났다. 만주지역을 봉지로 받아 국왕으로 불리던 오치긴은 칭기스의 막내동생 테무게다. 그는 힘이 강하여, 칭기스에 도전하던 술사(teb-tenggery) 코코추(Kokochu)의 허리를 꺾어 살해했다.

모두 전상(殿上)에 올라가겠다고 했다. 이 문제로 양국 간에 의견이 갈려, 접견이 이뤄지지 않고 있었다.

그때 김희제(金希磾)가 나서서 저구유에게 따졌다.

"여보시오. 몽골이 한 해에 보내기로 한 사절 수가 열 명인데, 이번에 22명이 왔소. 그들이 다 전상에 오르다니, 그게 말이 되오. 이래 가지고서야 국가 간의 약속이나 합의가 무슨 의미가 있겠소?"

"몽골과 고려가 같소? 우리 몽골은 고려를 구해준 은혜의 나라요. 나라를 구해주고 나니까, 이제 와서 이리 나올 수 있소?"

"우리가 왜 그걸 모르겠소. 그래서 우리가 그대들을 이렇게 맞아서 대접해 주고 있는 것이 아니오. 그런 일이 없었다면, 그대들이 어떻게 이곳에 올 수 있겠소."

저구유는 아무 말도 못하고 있었다.

김희제가 계속 몰아 붙였다.

"하여튼 10명 이내라는 양국의 합의를 존중하시오. 몽골은 이제 세계적인 대국이 됐는데도 이렇게 신의를 지키지 않으니, 어떻게 세계를 이끌어가겠소. 신의가 없는 나라라면, 우리는 아무 것도 하지 않을 것이오."

김희제의 단호한 태도가 먹혀들었다. 그날 해가 질 무렵에야 8명만 고종의 전상에 올라가기로 타결됐다.

임금과의 접견이 어렵게 허용된 저구유는 전상에 올라가서, 아주 오만한 자세로 길다란 문서 하나를 고종 앞에 내놓았다.

"이것은 우리 몽골에서 필요한 물품의 목록입니다. 고려에서는 여기에 명시된 물품을 감량(減量) 없이, 조속한 시일 안에 마련해 주어야 합니다."

그리고는 주변의 신료들을 돌아보면서 말했다.

"그러면 다들 들어보시오."

그러면서 저구유는 그 문서를 읽어내려 갔다.

저구유의 말대로 그것은 몽골이 요구하는 각종 물품의 이름과 분량이 적힌 청구서였다.

그 품목들은 수달가죽 1만 장과 가는 명주 3천 필, 세모시 2천 필, 목화 1만 근을 비롯하여 지필묵(紙筆墨)과 각종 약초 식용유 등 이십 개 정도였다. 거기에는 특히 먹 1천개, 붓 2백자루, 종이 10만장도 들어있었다.

저구유는 긴 공물 요청서를 꺼내 놓으면서 큰 소리로 말했다.

"먹과 붓·종이는 코라슴에 출정 중인 칭기스 다칸께서 직접 명령한 물건이오. 중요하게 쓰일 물건들이니, 양을 줄이거나 시일이 늦어서는 절대 안 됩니다."

이것은 역사를 쓰려면 고려제 먹과 붓·종이가 좋다고 한 거란계 중국인 투항자 옐루추차이(耶律楚材, Yelu Chucai, 금나라 문신)의 건의를 받아들여, 칭기스가 가져오게 한 특별한 지필묵이다.

"여기 또 있습니다."

저구유는 또 찰라(Chala, 札剌)와 푸헤다이(Puhedai, 蒲黑帶)[73]의 서찰도 꺼내 놓았다. 찰라는 지난 번 '강동의 역'에 카치운을 따라 몽골의 부원수로 참전했던 장수다. 그들의 서찰에도 수달피와 명주·솜 등의 품목들에 대한 청구서가 들어 있었다.

고종은 그것을 받아보고 물었다.

"물품의 종류와 양이 무척 많구료. 이런 요구는 누가 하는 것이오? 몽골국이오, 아니면 그 대왕과 장수들이오?"

"고려 임금께서 그걸 묻는 이유를 나는 모르겠소이다. 그분들은 모두 지난번에 거란인들로부터 고려를 구해 주었고, 앞으로도 고려에 대한 몽골의 정책을 정하고 집행하실 어른들입니다. 고려는 지난번의 양국 협정에 따라 우리 요구를 성실히 이행하기만 하면 됩니다."

---

73) 蒲黑帶(포흑대)는 고려사의 원문을 그대로 옮겨 쓴 것이다. 이것은 글자의 형태로 보아 蒲里帶 (Pulidai)를 잘못 쓴 것인 듯하다. 蒲里帶(또는 蒲里岱)는 거란인 침입 때, 카치운(Qachiun, 哈眞)과 함께 고려에 종군하여 카치운의 사절로 개경에 왔던 '여몽 형제조약'을 맺은 포리대완(蒲里岱完, Pulidaiwan)과 동일 인물인 듯.

저구유는 무례하기 이를 데 없었다. 그는 고종을 배알하는 자리에서 옆에 있는 보따리를 가리키며 말했다.

"이것들은 지난번에 고려에서 우리에게 보낸 비단들인데, 품질이 나빠서 받을 수 없소이다. 고려는 겉으로는 우리 몽골을 받드는 척하면서, 뒤에 가서는 약속을 어기고 있습니다. 입으로는 조공을 말하면서도, 속으로는 공물을 바치지 않고 있어요. 고려가 우리에게 이 따위 물건을 주다니. 이래서는 안 됩니다."

저구유가 그렇게 말하자, 함께 전상에 올라가 있던 몽골 사신들은 그들이 가지고 있던 물건들을 일제히 임금 앞에 내던졌다. 고종은 당황하며 미간을 찌푸렸다.

그런 고종의 얼굴을 뒤에 두고, 몽골 사신들은 전상에서 내려갔다. 그들은 쾌재(快哉)라도 부르는 표정들이었다.

저구유는 사관(使館)에 머물면서도 자기들에 대한 대접이 마음에 들지 않는다고 자주 화를 냈다. 그리고는 걸핏하면 아무 데나 대고 활을 쏘아서 사람들을 다치게 했다.

이런 저구유의 행패를 참다못해 접반사였던 최공(崔珙, 낭중)이 꾸짖었다.

"큰 나라의 대사가 이게 무슨 짓인가. 당신은 지금 몽골 황제와 몽골국을 대신해서 여기에 온 것이오. 그대의 행동은 황제와 국가의 위신을 떨어뜨리고 있어요. 좀 품위 있게 처신하길 바라오."

최공은 문을 박차고 나와서 밖에서 문을 잠가버렸다. 안에 갇혀서 나올 수가 없게 된 저구유 등은 발길로 벽을 걸어차고 창문을 부수고 야단이었다.

"이 배은망덕한 고려 놈들. 이건 감금이야. 나라를 구해준 우리 몽골의 사신을 이렇게 방에 가둬? 이러고도 너희가 무사할 줄 알아?"

그 말을 전해 듣고 김희제가 달려가서 문을 열어주었다. 그리고는 여러 가지로 그들을 달래서 진정시켰다.

고종 8년(1221) 9월이었다. 몽골의 안지루(Anzhiru, 安只女) 대왕이라는 사람이 보낸 제케(Zheke, 這可) 등 24명의 사신이 국경에 도착했다.

당시 황제라는 지배자들은 자기 밑에서 힘깨나 쓰는 사람들에게 왕의 칭호를 내려 주었다. 대개 왕족이나 공신·장군들이었다. 그것은 황제가 일족과 공신들을 포섭하면서, 자신의 격을 높이기 위한 것이었다.

제케가 이끄는 이번 사절엔 몽골인 15명과 동진국 푸젠완누의 사신 9명이 포함돼 있었다. 동계(東界) 병마사로부터 제케 일행이 도착했다는 보고를 접하고, 최우는 화가 났다.

"이미, 이미 1년 분의 두 배기 넘는 시길이 지난 5월에 화시 아직 가시 않고 있는데, 또 무슨 사절이야. 저구유의 사신들을 응접하기에도 겨를이 없는데, 몽골은 무슨 놈의 사신을 또 보내서 이리 귀찮게 군다는 말인가. 새로 사신을 맞아들인다면 어떻게 그들까지 대접할 수 있겠는가."

그러면서 최우는 명령했다.

"이번 사신단은 동계 병마사가 맞아서 잘 달래어 돌려보내도록 하라."

최우의 입국금지 명령에 따라, 병마사(兵馬使)가 사신들에게 돌아가도록 권했다.

"아니오. 우리는 꼭 개경에 가서 임금을 보아야겠소."

그러면서 제케는 돌아가지 않고 버텼다.

"지금 개경에는 그대보다 윗급 사절이 와 있소. 지금 그곳에 가보았자 제대로 대접받기도 어렵거니와, 저구유가 당신들을 어떻게 보겠소? 내 말을 들으시오."

제케는 계속 보채고 위협했다.

"정말 고려가 이렇게 나갈 것이오? 안지루 대왕에게 잘 해 두어야 고려가 앞으로 편할 것이오."

그들의 요구가 받아들여지지 않자, 제케는 지나가는 사람에게 활을 쏘아대며 행패를 부렸다.

접반사 김희제

몽골 사절들의 행패를 보고 받고, 고종은 4품 이상의 관리들을 대관전(大觀殿)으로 불러들였다. 제케 일행의 몽고사신을 어떻게 처리해야 할 것인가를 논의키 위한 일종의 구책회의(救策會議)였다.

그때 군의 상장군으로 추밀원부사와 병부상서를 겸하고 있던 최우가 먼저 상황을 설명했다.

"우리가 몽골의 힘을 빌려 거란 적을 물리친 것은 사실입니다. 그러나 몽골이 그것을 빗자하여 우리에게 무리한 협정을 강요하더니, 이제 와서는 그 협약을 벗어나는 요구를 계속해 오고 있습니다. 우선 연 10명으로 한정된 사절을 22명이나 보냈고, 그들이 이 개경에 머물러 있는데도 다시 24명을 보내 지금 북계에서 기다리고 있습니다. 우리가 저들이 개경으로 입경하지 못하도록 막자, 그들은 행패를 부리며 야단입니다. 이런 것들은 앞으로 양국관계를 조율(調律)해 나가는데 중요한 원칙 자체를 위반한 중대 문제입니다. 따라서 이런 대몽정책(對蒙政策)의 기본을 논의하기 위해서 오늘 회의가 소집됐습니다."

고종이 말했다.

"몽골 사람들은 욕심이 한량없어서, 이번에 사신이 들어오면 또 여러

가지 물품을 요구하는 문서를 내놓을 것이오. 그들의 요구를 계속 다 들어준다면 우리 재물이 고갈될 것이고, 주지 않으면 불화가 생길 것이니, 저들을 아예 받아들이지 않는 것이 좋지 않겠는가?"

최우와 고종은 제케 일행의 입국을 거절하여 받아들이지 않으려는 뜻을 먼저 비쳤다. 그러자 대신들이 반대하고 나섰다.

최보순(崔甫淳, 참지정사)이 먼저 말했다.

"몽골은 군사가 많고 우리는 적은데, 만약 영접하지 않으면 저들이 반드시 내침(來侵)할 것입니다."

정방보(鄭邦輔, 문하평장사)도 같은 생각이었다.

"몽골은 지금 중국과 서역 등 세계 국가들을 점령해 나가고 있는 강하고 큰 나라가 되어 있습니다. 우리가 어찌 적은 군사로 많은 군사를 대적하며, 약한 군사로 강한 군사를 대적할 수 있겠습니까?"

신료들 사이에서는 몽골과 좋게 지내야 한다는 유화론(宥和論)이 지배적이었다.

그러자 고종이 다시 말했다.

"저들을 다 받아들인다면 벌써 몽골 사절이 56명이오. 이것은 약속된 수의 5배가 넘소. 이런 약속 위반을 인정해 준다면, 무지한 저들은 계속 합의를 어기고 무리하게 들어와서 마구 요구할 것이 아니겠소?"

최보순이 다시 말했다.

"그러나, 폐하. 저들을 거절하여 받아들이시 않는다면, 저들은 바로 우리가 몽골과 전쟁하겠다는 뜻으로 받아들일 것입니다. 내침의 빌미를 주어서는 안 됩니다."

"그렇습니다, 폐하."

고종은 결국 조신들의 중의(衆意)를 수용하여 북계에 와있는 몽골 사신들을 받아들이기로 했다.

간신히 입국허가를 받은 제케는 개경에 도착하여 객관에 들자마자 안

내인부터 불렀다.

"다른 일은 뒤로 미뤄도 좋소. 우선 우리 사신들에게 줄 예물의 품목과 분량부터 알아야 하겠소."

"그것은 차차 우리 조정에서 결정할 문제입니다."

"그러니까 말하는 것 아닌가? 이왕 줄 바에는 빨리 결정해서 그 목록서를 먼저 보여주고, 물건을 빨리 가져오도록 하시오. 알겠소이까?"

몽골 사신들은 나라에서 외국 사신들에게 주는 예물인 국신(國贐)부터 달라는 독촉이었다.

"조정에 그리 보고하겠소."

그 보고를 받고 최우가 말했다.

"치사하고 더러운 놈들. 야만인들은 어쩔 수 없구나. 공적인 국가일은 뒤로 하고 사신들 자기네의 사적인 물욕부터 내 보이다니. 이번 접반사는 아무나 할 수가 없겠구나."

최우는 재치 있고 수완이 남달리 좋은 김희제를 생각했다. 그는 김희제에게 유회사(類會使)라는 직함을 주어, 사신들을 대접하는 전담 접반사로 삼았다.

"김희제는 사람을 다루는 데 능할 뿐만 아니라, 시례(詩禮)를 알고 담략(膽略)이 있으며 말을 잘한다. 김희제라면 접반사 일을 잘 해낼 것이야."

그것이 최우가 김희제를 접반사로 삼은 이유였다.

김희제의 선조는 원래 군산도(群山島)에 살았다. 그는 상선을 따라다니며 벽란도에 정박하여 개경을 자주 출입하고 있었다. 그 후 어느 대 때부터인지 김희제는 개경에 아주 눌러앉아 살았다. 그는 능력을 인정받아 감목(監牧)[74]으로 있다가, 바로 산원(散員)으로 임명되어 군관 생활을 시작했다.

김희제는 담력이 세고 지략이 깊었다. 시 짓기를 잘하고 언변이 능란했다. 게다가 용기와 용모를 갖추고 예법도 잘 알아서, 많은 사람들로부터

---

74) 감목(監牧); 양마 목장을 관장하던 종6품의 외직(外職) 무관.

호감을 얻었다. 최우는 그런 김희제를 가까이 두고 오른 팔같이 부렸다.

제케의 거듭된 국신 독촉을 받고 김희제가 말했다.

"과거 거란의 변이 있었을 때에 우리가 몽골의 은혜를 입었고, 몽골이 지금 또 이렇게 사신을 보냈는데, 우리 고려가 어찌 몽골 사신을 맞이하는 예와 예물에 대해서 마음을 다하지 않겠소이까. 좀 기다려 보시오."

제케는 주름졌던 얼굴을 펴서 미소까지 지으며 말했다.

"고맙소이다, 김 유회사."

"허나 그대가 동계 도호부에 있을 때 직접 활을 쏘았기 때문에, 그때 활을 맞은 사람의 생사를 지금 확인 중이오. 만약 그 사람이 살아난다면 그대의 복이겠지만, 만약 죽었다면 그대는 고려 국법에 따라 살인자의 죄목으로 이곳에서 구류 당할 것이외다. 그리되면 접대도 국신도 없습니다."

그 말에 긴장한 제케가 부끄러워하며 김희제 앞에 무릎을 꿇으며 말했다.

"미안하고 부끄럽게 됐소이다. 내가 본국에 무사히 돌아갈 수 있도록 부탁합니다."

"지금 현지에서 실상을 조사 중이니, 그 결과를 보고 나서 무슨 수를 써야 할지를 생각해 봅시다."

그 후로 제케는 김희제의 말에 고분고분 잘 따랐다.

그해 고종 8년(1221) 시월에 몽골에서 시수부화(Xishubuhua, 喜速不花) 등 7명의 사신이 개경에 들어왔다.

김희제의 보고를 받고 최우가 말했다.

"놈들이 또 왔단 말인가?"

"이번엔 일곱 명입니다."

"수가 많고 적음은 중요하지 않다. 몽골이 이렇게 계속 우리를 괴롭히고 쥐어짠다면, 이대로 당하고 있어야 하겠는가?"

"우선은 참고 견딜 수밖에 없지 않습니까?"

"안 된다. 무슨 대책을 세워야 한다."

그러나 최우도 당장은 어찌할 도리가 없음을 알고 있었다.

"허면, 저들의 비위를 건드리지 말고 잘 달랬다가 돌려보내라. 요구가 많으면 양을 깎고 시간을 끌어라."

"예, 영공."

다음날 고종이 그들을 환영하는 연회를 대관전에서 베풀 때였다. 시수 부화 등은 활과 화살을 그대로 몸에 지닌 채 임금이 있는 전상(殿上)에 오르려 했다.

김희제가 막아서며 말했다.

"우리 고려와 몽골 두 나라가 통호(通好)한 이래, 서로 예복을 갖추고 만나보았소. 하물며 연회하는 장소에 이런 무비(武備)를 하고 들어가다니, 그 모양이나 분위기가 어떠하겠소?"

"이건 우리 몽골 무사들의 관습이오."

"당신들은 무사로서 온 것이 아니라 사절로서 왔소. 이 땅은 고려의 국법이 시행되는 고려국이오. 더구나 임금이 계신 궁궐이 아니오. 그대들은 그대들의 임금 앞에 나갈 때도 이런 복식을 하고 나가오?"

김희제의 질책에 몽골 사신들은 계면쩍은 듯이 물러 나와서, 궁시를 모두 풀어놓고서야 연회장에 들어갔다.

시를 잘 짓기로 유명한 김희제는 자기가 객관에서 몽골이나 동진의 사신에게 연회를 베풀고 대접할 때는 서로 시를 부르고 화답하여 저들을 압도했다.

그해 (고종 8년, 1221) 섣달. 마지막 해가 저물어 갈 무렵이었다. 몽골 사신 3명과 동진 사신 17명이 또 왔다. 김희제가 그들을 위해 연회를 베풀었다. 그때 동진의 사신이 먼저 시두(詩頭)를 내어 멋지게 읊었다.

東君初報暖(동군초보난)

(봄의 신이 처음으로 따뜻함을 알리는도다)

동군(東君)이란 원래는 '봄의 신'을 말한다. 그러나 직역하면 동쪽의 임금, 곧 동진국의 임금이 되기도 한다. 그렇게 되면 동진왕이 이 고려 땅에 봄의 따뜻함을 선사한다는 선심성 자랑이 된다.

"좋은 시두(詩頭)에 좋은 시구가 나왔습니다."

김희제가 그렇게 추켜올리면서, 즉시 이에 화답하여 시 한 절을 읊었다.

北帝已收寒(북제이수한)

(겨울 신이 벌써 추위를 거두었도다)

김희제의 대구(對句)에 대한 해석을 듣고, 몽골 대사가 빙긋이 미소를 띠었다.

동진 사신은 감탄하여 물었다.

"무슨 뜻이 있어 그런 글귀를 썼습니까?"

"그대가 봄의 시두를 내놓고 시를 읊었기 때문에, 나도 봄을 시제(詩題)로 화답했을 뿐이오."

하고 김희제가 시치미를 뗐다.

중국이나 한문권에 동군(東君)이라는 말은 있지만, 북제(北帝)라는 말은 없다. 동진 사신이 자기네 임금을 지칭하여 동군을 썼기 때문에, 김희제는 북국 곧 몽골국의 황제라는 뜻으로 북제를 썼다.

동군은 '봄의 신'으로서 따뜻한 봄볕과 훈풍을 연상시키지만, 북제라면 '겨울의 신'으로 혹한과 풍설을 연상시킨다. 따라서 동국의 군주라는 동군에 비해서, 북국의 제왕이라는 북제가 훨씬 크고 무섭게 느껴진다.

동진 사신이 자기 임금을 들먹거리며 동진이 고려에 봄 곧 평화를 가져왔다고 읊자, 김희제가 세계의 정복자로 등장한 몽골제국의 칭기스 황제를 등장시켜 몽골이 추위를 거둬들여 봄이 온 것이라고 읊어, 몽골을 올리면서 동진의 기를 꺾은 시다. 김희제가 대구를 내놓았을 때, 몽골 대사가 미소를 지은 것은 그 때문이었다.

김희제가 접반사가 된 뒤로는 몽골이든 동진이든 외국 사신의 행패는 없어졌다. 그 후 김희제는 북계로 전출되어 국경 수비를 맡았다.

여진장수 우가하

　김희제가 접반사 일을 마치고, 1223년 의주(義州) 분도장군(分道將軍)으로 나가 있을 때였다. 금나라의 장수였던 우가하가 만주에서 군사를 이끌고 고려에 침입해 왔다.

　우가하가 지휘하는 여진족 군사들은 고종 10년(1223) 5월에 압록강을 건너와서, 평안북도의 의주(義州)·정주(靜州)·인주(麟州) 일대의 북부 변경지방에서 약탈을 계속하며 물러가지 않았다.

　우가하는 금나라의 요동지역 진수장군이었으나, 몽골군의 중원 침공으로 천하가 어려워지자, 동진국의 푸젠완누와 동맹을 맺고 그의 원수가 되어있었다.

　우가하의 변신을 모르고 있던 고려에서는 우가하가 아직도 금나라의 요동진수 장군이고, 그의 군사들은 금나라 군사인 것으로 알고 있었다.

　따라서 우가하의 침공에 대한 고려의 논의와 대책은 모두 금나라 장군으로 알고 진행됐다.

　금나라의 국가 질서가 붕괴된 상태에서, 우가하는 실제로는 정규군의 형태를 지닌 채 비적집단으로 행동하고 있었다.

　당시는 대륙의 세력균형이 바뀌어 몽골의 세력이 우세해졌으나, 아직은 몽골이 동아시아를 완전히 제압하여 패권을 확립해 놓은 것은 아니었다.

금이 몽골에 쫓겨 고종 원년(1214) 개봉으로 남천했지만, 아직도 건재하여 몽골에 저항하면서 국체를 유지하고 있었다. 그때까지도 금나라는 형식상 고려의 상국이자 우방으로 남아있었다.

따라서 금나라 군사가 아무리 우리 국경을 침범해도, 우가하의 정체를 모르고 있는 현지 부대에서는 정부의 사전명령 없이는 금군을 칠 수가 없었다.

김희제는 조정에 급보를 보내, 자주 침공하는 우가하의 군사를 치자고 요구했다.

김희제가 조정에 보낸 금군 토벌 요청서

금의 우가하가 우리 경내에 침범하여 노략질을 일삼고 있습니다. 우가하는 비록 금나라 황제의 명령을 받아 요하 지방을 다스리고 있는 장수이기는 하나, 이번 그의 고려 침범은 금나라 황제의 명령에 의한 것이 아니고, 사욕을 채우기 위해 자의로 행한 약탈행위입니다. 그는 이미 5년 전과 4년 전에도 고려를 침범하여 약탈을 일삼았으니, 이번은 세 번째가 됩니다. 이를 방치하면 앞으로 더 큰 후환이 있을 것이니. 이번에는 기필코 나아가 토벌코자 합니다. 출병을 허락해 주십시오.

이 문제는 곧 조정회의에 붙여졌다.

이때 군사 주무장관인 판병부사(判兵部使, 병부판사, 국방장관)로서 중서시랑평장사(부총리)를 겸직하고 있는 최보순(崔甫淳)이 먼저 나섰다.

"그건 안 됩니다. 우가하의 군사도 막강합니다. 강적을 또 하나 만드는 일이니, 삼가야 합니다."

사홍기(史洪紀, 지문하성사)도 나섰다.

"옳은 얘깁니다. 지금 거란·몽골·동진이 우리를 위협하고 있는데, 상국이자 우방이었던 금국의 군사를 치다니오?"

이번엔 김중귀(金仲龜, 병부상서)가 나서서 반대했다.

"그렇습니다. 요즘 주변 정세가 험악해졌습니다. 우선 우가하를 잘 달래서 돌려보내고, 그래도 듣지 않는다면 모르는 척 해두는 것이 상책입니다. 우가하의 그런 비적행위가 어디 한 두 번이었습니까?"

재상과 상서들의 얘기를 듣다가, 실전 경험이 많은 원로 장수 김취려(金就礪, 참지정사 겸 판호부사)가 나섰다.

"현지의 사정을 이곳 조정에 앉아서는 알 수가 없습니다. 더구나 적이 침공한 상태이고 싸워서 이길 수 있으면, 장수는 전쟁이 되더라도 적을 치는 것이 미땅합니다. 따라서 김희제의 출정요청을 허락해야 합니다."

찬반 얘기를 듣고 최우가 말했다.

"내 생각으로는 김희제의 요청이나 김취려 부사의 말에 하나도 어긋남이 없습니다. 외국군이 들어왔으면 군사들이 나가서 몰아내는 것은 당연한 일이고, 지금의 동북아 정세로 보아 금나라를 과거처럼 상국으로 받들어 나라의 피해를 감수할 필요가 없다고 봅니다. 현지 장수의 판단과 건의를 존중해야 합니다."

최우의 말인지라, 반대파들 사이에서도 잠시 침묵이 흘렀다. 그러나 고집이 센 최보순이 다시 나섰다.

"나라의 안전과 정권의 안정을 위해서, 지금은 문제를 키워서는 안 됩니다. 국제정세가 동요하고 있는 이때, 북계 땅 일부를 잠시 방치해서라도 국가의 안위를 지켜야 합니다. 나는 병부의 주무책임자로서 김희제의 요구에 반대합니다."

김취려가 나섰다.

"북계의 피해를 조정이 방치해 왔기 때문에, 북계 백성들의 불만이 항상 커서 기회만 되면 반란을 일으켜 왔습니다. 김희제에게 맡겨 우가하를 토벌케 해야 합니다."

최보순이 다시 반박했다.

"어느 지역의 민심과 전체 국가의 안전은 구별해야 합니다. 북계 때문에 고려가 전란에 빠질 수는 없습니다."

최보순의 태도는 강경했다. 최우는 대신들의 반대의견을 무시할 수 없었다. 그는 단안을 내리지 않고 중론에 따랐다. 표결 결과는 반대론이 압도적이었다. 이래서 결국 정부는 김희제의 출병요구를 허락하지 않았다.

우가하가 금의 태수이기 때문에 우가하를 건드리면 금과의 사이에 골치 아픈 문제가 생길 것이라고, 조신들은 지레 생각하여 내버려두기로 했다.

김희제는 불만이었다.

"아니, 금이 아무리 우방이라 해도 우가하 군사는 외국군임이 분명하고, 그 외국군들이 쳐들어와 나라 영토를 점유하고 백성을 약탈하고 나라 창고를 털어 가는데, 나라의 군대가 그걸 보기만 하고 가만히 앉아있으란 말인가. 이건 뭔가 잘못된 것이다. 조정 대신들이 무사안일에 빠져, 백성의 안전과 나라의 이익을 외면하고 있다. 이래 가지고도 고려가 국가라고 할 수 있겠는가?"

의주의 막료 군관들도 마찬가지 생각이었다.

"백성의 생명과 재산, 국가의 영토와 독립이 바야흐로 침해되고 있는데, 적을 물리쳐서 그것을 지킬 생각이 없는 조정은 조정이 아닙니다."

"그 양반들의 애국심이 의심스럽습니다, 그들은 도대체 어느 나라 사람들입니까?"

"우리가 출전한다 해도, 이건 공격전(攻擊戰)이 아니고 방어전(防禦戰)입니다. 적이 먼저 쳐들어와 있는데, 그들을 물리치는 것은 아무런 조건도 허가도 필요 없습니다. 그런데 왜 조정의 허락을 요구합니까?"

"더구나 지금 대륙에서 패권다툼이 일어나, 몽골이 흥하고 금은 망하고 있습니다. 우리 고려가 언제까지 기울어 가는 금나라를 상국으로 받들어, 소속이 불명한 우가하 따위에게 당하고 있을 것입니까?"

"이렇게 우리 고려가 계속 금나라에 얽혀있으면, 대륙에 요동치는 격류에 휩쓸려 금나라와 함께 나라가 떠내려가고 맙니다."

"그렇습니다. 지금 우리 조정 신료들은 우물 안의 개구리처럼 바깥 정세에 대한 감각과 지식이 전혀 없고, 그들의 행위에 대해서도 아무런 계책이 없습니다."

"더구나 우가하는 금나라를 위해서 행동하는 것이 아니고, 어디까지나 자기 개인 차원에서 군사행동을 벌인 것입니다. 따라서 이것은 한낱 비적의 약탈행위일 뿐입니다."

"지금 만주에서 몽골 세력이 강하여 우가하는 제대로 힘을 펴지 못하고 있습니다. 따라서 우리가 우가하를 칠 수 있는 절호의 기회입니다. 장군, 주저힐 낏 없습니다. 삘티 출징 몇링을 내러구십시오."

김희제는 매사에 논리가 정연하고 애국심이 강했던 장수다. 그는 부대 안에서도 일이 생기면, 이론을 펴고 토론하기를 좋아했다.

김희제가 말했다.

"그렇다. 그대들의 말이 옳다. 우리 조정 대신들은 국면을 크게 보지 못하고, 무사안일에 빠져 있다. 지금 주변 정세가 험악한데, 그럴수록 그것에 움츠려들 것이 아니라, 이것을 유리하게 활용하는 것이 지혜다. 나라의 중앙인 개경의 정도(政都)에서는 북방대륙의 군사정세를 정확히 모른다. 나라를 지키는 문제는 북쪽 변경인 이곳의 군도(軍都)에서 우리가 책임을 지고 처리해야 한다."

정도란 정사를 맡는 조정이 있는 도성 곧 치도(治都)를 말하고, 군도란 국방을 맡고 있는 군사도시 곧 군진(軍鎭)을 일컫는다. 도호부가 있는 곳이 대표적인 군도다.

그러나 그때까지도 우가하의 정체를 모르고 있다는 점에서는 정도와 군도, 치도와 군진이 마찬가지였다.

김희제는 대륙정세에 대해 전혀 모르고 있는 조정 신료들을 성토하면서, 중국의 통일과 분열이 우리 역사에 미친 영향을 설명하면서 자기 결정을 정당화했다.

"지금 북의 몽골과 남의 송나라, 그 중간의 금나라가 중원 지배권을 놓고 싸우고 있다. 이럴 때는 우리 고려가 자유롭게 행동할 수 있다. 우리 역사를 보라. 중원이 분열하여 서로 싸울 때는, 우리가 안정되고 발전할 수 있었다. 반대로 중국이 통일되면 우리는 수난을 당했다."

독서량이 남달리 많았던 김희제는 역사적인 사실들을 들어 북정론(北征論)은 폈다.

"주나라 말기에 중국이 분열되어 춘추전국 시대를 맞게 되자, 우리나라에서는 북의 부여(夫餘)와 남의 삼한(三韓, 마한·진한·변한)이 발전할 수 있었다. 그러나 중국이 한나라로 통일되자, 우리는 다시 한사군(漢四郡)의 간섭이라는 치욕을 당했다. 중국에서 후한이 멸망하여 삼국으로 분열되고 다시 5호16국의 혼란시대가 되자, 우리나라에서는 고구려·신라·백제의 삼국이 번영을 누렸다. 그러나 중국이 수나라 당나라로 통일되자, 우리는 고구려가 침략을 당하고 끝내는 백제·고구려가 멸망하는 비운을 겪었다."

"그렇지요."

"신라가 자국의 작은 이익만 탐하여 민족 전체의 큰 이익을 외면하고 민족을 배반한 나머지, 당과 합세하는 바람에 신라의 삼국통일이 이뤄졌다. 신라가 우리 민족을 통일했다고는 하나, 그것은 저 광대한 고구려를 잃고 백제 땅을 거우 얻은 것뿐이다. 그것이 어떻게 민족통일이라 할 수 있겠는가. 민족통일을 제대로 이룬 것은 우리 고려의 국조인 왕건 폐하다."

막료들은 고개를 끄덕이면서 조용히 듣고 있었다.

"당나라에서 측천무후(則天武后)의 반역사건 등 내분과 내란이 계속되자, 고구려의 옛 땅에서 발해가 일어나 번영했다. 중국에서 당이 쇠하고 5대10국의 분열시대가 되자, 우리나라에서 바로 우리 고려가 일어나 후삼국을 통일하고 다시 번영했다. 그러나 곧 중국에서 당이 망하고 거란족이 일어나 화북과 요동 지역의 열국들을 통일하여 패권을 장악하자, 우리나라에서는 북의 발해가 멸망당하고 남의 고려는 거란족 요나라(大遼國)

의 침공을 세 차례나 받았다. 이래서 '중원(중국)이 분열하면 진단(震檀)은 번성하고'(中分震盛), '중국이 통일되면 진국은 화를 당했다'(中統震禍). 이것이 역사적으로 나타난 중원과 우리와의 국제관계다."

여기서 진(震)이나 진단(震檀)은 모두 역대의 우리나라를 지칭하는 말이다.[75]

김희제의 열변은 계속되고 있었다.

"따라서 중원이 몽-금-송의 3개국으로 분열되어 있는 지금은 우리가 주체적으로 국가 이익을 추구할 수 있는 절호의 기회다. 따라서 금나라 장수이지만 소속이 불투명한 우가하의 침공에 대해 우리는 구애될 것 없이 반격에 들어가기로 한다."

"고맙습니다."

"감사합니다, 장군."

김희제가 전투개시 결정을 내리자, 그의 장령(將領)들은 '고맙습니다'를 연발했다.

"전쟁에서는 승리보다 귀한 것은 없다. 전쟁에서는 그 규모나 성격에 관계없이, 승리는 최고의 목표요 최선의 명분이다. 우리는 조정의 명령 없이 출전한다. 나, 김희제는 조정의 명령과 법규에 따라 싸우다 패하기보다는, 내 자신의 판단에 따라 싸워서 승리하는 길을 택했다. 이번 출정은 반드시 승리하여, 우가하의 군사를 고려 땅에서 완전히 몰아내야 한다."

"염려 마십시오, 장군."

"반드시 그리 하겠습니다."

이래서 김희제는 독자적으로 갑사 1백여 명을 끌어 모아 출정하여 적장 3명을 생포했다. 뒤이어 군사를 몰아 우가하 지역을 급습했다.

우가하의 군사는 수많은 전사자를 벌판에 남겨둔 채 북쪽으로 도망했

---

75) 예부터 한강 이북의 만주와 한반도 북부는 진국(震國)이라 하고, 한강 이남의 한반도 남부는 삼한(三韓, 마한 진한 변한) 또는 한국(韓國)이라고 보통 일컬어 왔다. 그러나 일부 학설은 만주와 한반도 북부까지를 한국으로 지칭했다고 주장하기도 한다.

다. 살아남은 수백 명은 우가하를 뒤따라 도망하다가 고려군의 공격을 받아 압록강에 빠져 죽었다.

김희제는 병장기와 물자를 가득 실은 금나라 배 22척을 노획하여 개선했다. 완벽한 작전이었다.

바로 그때 동진국의 푸젠완누는 고려군의 반격을 받아 우가하가 대패했다는 보고를 받고, 도적질로 생존하기는 어렵다고 생각하여, 고려에 사절을 보내 서찰 두통을 전했다.

하나는 '몽골의 성길사(成吉思, 칭기스)는 먼 지역에 나가있어서 그 소재를 알 수 없고, 그의 동생 테무게 오치긴(Temuge Otchigin, 斡赤斤)은 욕심이 많고 포학하여 사람이 어질지 못하다. 우리 동진은 지금까지 좋았던 몽골과의 관계를 끊어버리겠다.' 는 내용이었다.

그때 칭기스는 코라슴에 원정 중이었기 때문에, 그의 막내 동생 오치긴이 몽골의 동부와 만주 한반도 지역을 맡아 관리하고 있었다. 이것이 이른바 몽골의 '동방왕국(東方王國)'이다.

푸젠완누의 또 하나의 편지는 '동진은 청주(靑州)에, 고려는 정주(定州)에 각각 각장(榷場)을 설치하여 종전과 같이 물품을 매매하자' 는 것이었다.

푸젠완누는 자기 부장(副將) 우가하의 고려 침공에 대해서는 일절 말하지 않았다. 그는 몽골의 간섭을 벗어나 동진이 다시 독립할 것을 꿈꾸면서, 고려와 동맹하고 변경지역에 시장을 열어, 어려운 경제 사정을 해결하기 위해 물물교환 형식의 교역을 벌이자는 생각이었다.

그러나 고려는 이에 응하지 않았다.

다음 달 3월에 푸젠완누는 다시 사절을 보내 고려의 의향을 물으면서, 재차 동맹과 교역을 요구했다.

"우리 고려와 몽골은 이미 형제관계를 맺고 서로 돕기로 했소. 이제 와서 우리가 어떻게 몽골과의 절의(節義)를 끊을 수 있겠소?"

"몽골의 수공사가 계속 달려와서 고려를 괴롭히고 있습니다. 지금도 그 악랄한 저구유가 개경에 와서 세공을 독촉하고 있지 않습니까. 그들이 우리 땅을 지날 때마다 우리는 고려가 또 괴로움을 당하겠구나 하고 걱정하고 있습니다."

"괴로운 것은 사실이나, 우리는 그것을 감수하고 국가의 체면과 약속을 지켜나갈 것이오."

동진 사절은 다시 빈손으로 돌아갔다.

그 무렵이었다. 고려에 침범한 우가하 군사를 응징한 김희제는 의주 분도장군의 임기를 마치고, 북계의 병마부사(兵馬副使, 4품)도 임명되어 안북도호부로 옮겨갔다. 대단한 승진이었다.

양계 도호부에는 병마사(兵馬使, 3품)와 지병마사·병마부사·판관·사록이 있었다. 그러나 병마사는 중앙에서 겸직하고 있어서 현지에 부임하지 않았다. 따라서 지병마사가 최고위직이 되어 병마의 전권을 쥐고 있었다.

그때 북계에는 이윤함이 지병마사(知兵馬使, 3품)로 나와 있었고, 그 아래로 김희제가 부사를 맡고 있었다. 그러나 이윤함보다는 김희제가 그 성격과 능력, 그리고 최우와의 관계 등으로 사실상 북계의 병마권을 관장하게 되었다.

몽골사신 저구유의 피살

1224년(고종 11년) 정월. 압록강의 파고는 더욱 거칠어지고 있었다. 고려에 침범했다가 김희제의 특공작전에 격퇴되어 쫓겨 갔던 우가하는 치욕을 씻겠다고 별러 오면서, 압록강 건너편에 군사를 집결하고 있었다.

한편 몽골 수공사(受貢使) 저구유(著古與)[76]가 개경에 와서 빨리 조공을 내라고 독촉했다.

몽골 사신 중에서도 가장 악랄한 것은 저구유였다. 고종 11년(1224) 정월에 두 번째로 개경을 다녀간 저구유가 그해 11월에 사신 9명을 이끌고 세 번째로 고려에 왔다.

달이 바뀌어 2월이 되도록 그는 물러가지 않고 납공을 촉구하여 고려조정을 괴롭히고 있었다.

김희제가 변방으로 나간 뒤 개경에는 몽골 사신을 제대로 다룰 접반사가 없어 고려는 더욱 고역이었다.

저구유는 그해 12월 내내 머물고 새해 잔치까지 톡톡히 받아먹고는, 이듬해(1225, 고종 12년) 정월 중순께야 개경을 떠났다.

---

76) 저구유; 한자로 著古與(저고여) 札古世(잘고야) 札古雅(잘고아) 瓜古與(과고여) 등 다양하게 표기돼 있다.

저구유는 평양을 거처 돌아가면서도 행패를 부렸다. 그를 안내하고 대접하는 서경과 북계의 관리들에게 폭언을 일삼았다.

"왜 대접이 이런가! 고려는 우리들에게 잘해야 장차 나라가 편안하게 된다는 것을 모르는가!"

그러면서 저구유는 지나는 곳마다 현지 관리들에게 주연을 요구하고 진기한 물품을 내라고 윽박질렀다.

"주연이야 우리가 베풀 수 있으나, 국신은 중앙에서 하게 되어 있소. 여긴 당신들에게 줄 만한 물품이 없소이다."

고려의 지방관들이 이렇게 달랬다. 그러나 아무 소용이 없었다.

안북에 앉아서 이런 소문을 보고 받고 있던 김희제는 근심이 생겼다. 김희제는 이미 저구유의 접반을 맡은 적이 있어 그와는 낯이 익어있었다.

그때 북계 병마판관은 손습경(孫襲卿)이었다. 판관은 병마사와 부사에 다음 가는 도호부의 제3인자로서 6품관이다. 손습경은 과거를 거쳐 출사한 뒤 북계에 나와 있는 문신이었다.

저구유가 평양을 지나 안북에 접근하고 있을 때였다.

손습경이 병마부사 김희제의 방으로 들어섰다.

"내일이면 저구유가 이곳에 이를 것 같습니다."

"골치 아픈 놈이오. 그자를 어떻게 대해야 하겠소?"

"저구유가 대국의 사신인 만큼 예를 다해서 보내야 할 것입니다. 더구나 부사와는 구면이 아닙니까?"

"그렇지요. 그러나 그자는 오만 방자하고 성격이 까다로운 데다 탐욕이 심한 자요. 그자가 여기에 오면 또 여러 가지 대접과 물품을 요구할 것이오."

그때 안북 도령은 박순호(朴純護, 낭장)였다. 안북 도령은 북계 도호부가 있는 안북의 진수를 맡고 있는 지휘관, 곧 안북 방어사다. 김희제가 북계 전역의 방어책임자라면, 박순호는 안북이라는 도시의 방어책임자였다.

김희제와 손습경의 얘기를 듣고 함께 있던 박순호가 말했다.

"저구유같은 자에게 잘 대해줄 필요는 없습니다. 적당히 해서 보냈다가 압록강을 건너갈 때 처치해버리는 것이 어떻겠습니까?"

김희제가 물었다.

"압록강이 얼었으니, 저구유 일행은 말을 타고 건널 것이다. 얼음 위에서 처치한다면, 압록강 양쪽의 강변 사람들의 눈에 띈다. 그리되면 몽골이 가만있지 않을 것이다."

박순호는 과격하면서도 꾀가 많은 군관이었다.

"남의 눈에 띄지 않게 해야지요. 그를 미행했다가 강을 건너 만주 땅에 오른 뒤에 없애면 됩니다. 우리 군사들에게 우가하 군사의 옷이나 그곳 황기자군의 옷을 입혀 처치하면 문제는 간단히 끝납니다."

올곧은 선비 손습경이 펄쩍 뛰었다.

"일국의 사신을 죽이다니, 말이 안 됩니다. 싫든 좋든 몽골은 우리와 수교한 나라입니다. 더구나 지금 몽골의 세력이 얼마나 강합니까. 그들은 세계를 휘어잡고 있어요. 괜히 문제를 일으켜 나라를 곤혹스럽게 해서는 안 됩니다. 박 낭장의 얘기는 듣지 않은 것으로 하십시다."

박순호가 다시 나섰다.

"이대로 놔두면 몽골 수공사들의 행패는 그칠 날이 없을 겝니다. 그와 함께 우리가 바쳐야 할 물품과 보회의 공물은 계속 늘어날 것입니다. 그로 인해 우리 고려와 임금과 백성들이 겪을 고초를 생각해 보십시오. 이 기회에 우리 겨레의 기상을 보여줘야 합니다."

손습경과 박순호의 논쟁은 더 계속됐다. 손습경의 합리론(合理論)과 박순호의 의기론(義氣論)의 충돌이었다. 이것도 따져보면 화평론과 자주론의 대결이다.

그들의 얘기를 경청하던 김희제가 말했다.

"두 분의 얘기는 모두 일장(一長)이 있소. 그러나 모두 완전한 것은 아니요. 내 생각으로는 저구유를 혼내 주되, 몽골의 심기를 건드리지 않는 범위 내에서 했으면 하오. 무슨 방법이 없겠소?"

그때 김희제는 박순호를 바라보았다.

잠시 후 박순호가 말했다.

"방법이 없지는 않습니다."

"어떤 계책인가?"

"이렇게 하면 어떻습니까? 저구유가 오면 부사께서 이미 안면이 있으니 반가이 맞아들여 후히 대접해서 보내는 겁니다. 의주를 통과할 때도 잘 대접하게 해서 압록강을 도강시켜주면서, 뒤로 자객을 보내 살해하는 것입니다."

그러자 손습경이 말했다.

"지금 압록강 건너편에서는 우가하가 고려를 칠 틈새를 엿보며 군사를 집결하고 있소. 공연히 일이 잘못되는 날이면, 우리는 나라가 거덜나게 됩니다. 부사어른, 허튼 일을 꾸밀 필요 없이 저구유를 그냥 돌려보냅시다."

혼자서 무엇인가 생각하는 듯이 듣고 있던 김희제가 입을 열었다.

"박 도령의 얘기대로 합시다. 저구유가 안주에 오거든 그를 맞아들여 잘 대접해 보내고, 의주에서도 그리 하게 합시다. 그리고 한편으로는 중국어와 여진어에 능통한 사람들을 우가하 진영 주변에 보내서 소문을 내시오. '이번에 저구유가 고려에서 많은 보화를 가지고 압록강을 건너 곧 만주로 건너간다' 고 말이오. 그러면 우가하가 그 소문을 듣게 되고, 탐욕이 많은 그가 반드시 저구유를 강탈할 것이오. 저구유의 처리를 우가하에게 넘기고, 우린 구경이나 합시다. 어떻소이까?"

그러면서 김희제는 손습경을 바라보았다. 손습경은 아무런 반응도 보이지 않았다. 대신 박순호가 말했다.

"탁월한 책략입니다. 곧 착수하겠습니다."

"그리 하시오."

박순호는 즉시 행동을 개시했다.

박순호는 저구유를 맞아 성대히 잔치를 베풀어줄 준비를 시키는 한편, 사람을 의주로 보내서 도호부의 계획과 김희제의 뜻을 알려주고 실행토록 했다.

의주에서는 여진어와 중국어에 익숙한 사람 십 여 명을 뽑아 중국인 또는 여진인의 민간인 복장을 입혀서 압록강 건너편으로 보냈다. 그들은 고려를 다녀온 상인으로 가장하고 주막에 들러 술을 마시면서 저구유에 대한 얘기들을 퍼트리며 다녔다.

"이번에 몽골 사신들이 고려에 가서 톡톡히 재미를 보고 돌아간다 합니다. 그들이 얼마나 고려 조정을 들볶았는지, 고려왕이 궁중에 보관하고 있던 값진 금은보화를 많이 내주었다고 해요."

"고려는 몽골의 신세를 한 번 지고 나서는 계속 몽골 수공사들의 등살에 못 견뎌, 그들이 올 때마다 예물을 듬뿍 넣어주어 무마해 나가고 있다고 합니다."

"이번에 고려를 다녀온 몽골 수공사는 벌써 세 번째 고려를 방문했다고 해요. 몽골의 고려통(高麗通)이지요."

"그는 성격이 괴팍하고 탐학이 심해서, 고려 조정이 예물공세로 입막음을 하고 있다는 거예요."

"몽골 수공사들이 고려를 왕복할 때 과거에는 동진 지역을 경유했는데, 이제 동진과는 사이가 벌어져서 고려의 의주로 해서 이곳을 거쳐 요양으로 간다고 합니다."

김희제의 의도는 적중해서, 이런 얘기는 곧 만주 곳곳에 퍼졌다. 물론 우가하의 귀에도 들어갔다.

"좋은 정보다. 저구유를 죽이고 공물을 모두 빼앗아라. 자객으로 쓸 만한 병사를 골라봐라."

"용기 있고 칼부림에 능한 군사들은 많습니다."

"잘 골라야 한다. 입이 무겁고 책임감이 강해야 해. 그리고 고려어에 능한 사람이면 더욱 좋다. 몽골 사절단의 일행이 얼마인지 가려서, 넉넉한

수로 습격대를 만들어라. 고려 군복을 입혀서 고려 말을 큰 소리로 쓰면서 거행토록 하라."

그때는 이미 동진이 몽골로부터 벗어나 자주외교를 벌이고 있던 터라, 저구유는 종래의 몽골 사신들의 통로인 만주 동북부 동진국의 중심을 피하고, 서쪽 변방 지방을 거쳐서 왔다가 다시 그 길로 갔다.

저구유가 안북에 이르는 날이었다. 김희제는 사람을 보내 저구유를 맞아 들였다. 모든 것은 논의된 대로 정중하게 진행됐다.

김희제는 성대하게 연회를 베풀고 스스로 시를 읊어가면서 서구유를 환대해 주었다. 저구유가 떠날 때는 선물도 푸짐하게 싸서 주었다. 저구유는 안북에서는 김희제의 접반 솜씨에 만족해서, 별 탈을 부리지 않고 떠났다.

그러나 저구유는 안북을 떠난 뒤에는 다시 행패를 계속했다. 의주에서도 대접을 잘 해주었지만, 예물이 부족하고 마음에 들지 않는다면서 계속 불만을 토했다.

저구유가 압록강을 건너려 할 때였다.

"간사한 고려 놈들. 이걸 물건이라고 주어? 이따위는 무겁기만 하지 아무 소용이 없어!"

그러면서 저구유는 고려에서 준 국가 예물 가운데 수달피만 가져가고 나머지 비단 같은 것들은 모두 들판에 버리고, 얼어붙은 압록강을 밟아서 만주 쪽으로 건너갔다.

북계 병마부사 김희제로부터 저구유의 행동에 대한 보고를 받고, 고려 조정에서는 난감해 했다.

"저구유가 그렇게 물건을 버리고 기분 나쁜 상태로 돌아갔다면, 앞으로 골치 아픈 문제가 계속 생길 것이다."

최우는 아무래도 귀찮은 일이 계속 벌어질 것만 같다고 생각했다.

한편 의주에서는 저구유를 보내놓고는 사람들을 미행시켜 그 뒤를 감시했다.

저구유가 압록강의 중앙선을 넘어서자, 만주 쪽에서 민간인 복장을 한 사람들이 많이 강으로 몰려나왔다. 무질서하게 보였다. 고기잡이 같은 사람도 있고, 상인 같은 사람도 있었다.

그들은 저구유 일행을 통과시켰다. 저구유는 곧 그 사람들 너머로 모습을 감췄다. 그들을 미행하던 고려인들은 거기서 저구유를 놓치고 말았다.

압록강 건너 쪽에서 나온 중국 쪽 사람들이 저구유와 상당한 거리를 두고 뒤에서 따라가고 있는 고려인들에게 길을 막아서며 물었다.

"그대들은 고려인들 아닌가? 여기는 당신네 나라가 아니니 돌아가라."

"우리는 물건을 사고 파는 상인들이다. 상인들은 언제든지 자유롭게 강을 건너다니지 않았는가?"

"지금은 상황이 복잡하다. 건너가면 위험하다. 지금 만주 땅에는 여러 나라 군대들이 뒤섞여 있어 언제 누구 손에 죽어도 어디 가서 하소연할 데도 없다. 빨리 돌아가라."

"만주에 여러 나라 군사들이 모여 있다면 그대들은 어느 쪽 사람들인가?"

"이 지역은 우가하 원수가 다스리고 있다."

그러면서 그들은 고려인들을 떼밀어서 빨리 돌아가라고 외쳤다. 의주에서 파견된 고려인 미행자들은 저구유 암살에 실패하여 거기서 되돌아왔다.

그 후 과연 일은 터지고 말았다. 압록강을 건너 북쪽으로 가던 저구유 등 몽골 사신 일행이 도중의 어딘가에서 도적에 의해 피살되고 물건들을 빼앗겼다. 그때 도적들은 고려의 군복을 입고 고려제 칼과 창을 들고 있었다.

그 후 고려군이 저구유 일행을 살해했다는 소문이 중국 사회에 퍼졌다. 그 소문은 중국 방면에 주둔해 있는 몽골의 군진에까지 전달됐다.

"고려 놈들이 우리 사신을 살해했어? 이런 못된 놈들."

몽골군에서는 화를 냈다. 범인들이 고려 군복을 입고 고려 말을 쓰며 고려군의 장비를 가지고 있었다는 이유로, 몽골 측에서는 고려군을 살해자로 단정하고 있었다.

"그건 분명히 고려 조정에서 시킨 일임이 분명하다. 조공 요구에 골치를 앓다가 일을 저질렀어. 그 최우라는 자의 소행일 것이다."

몽골 군부에서는 그렇게 믿고 있었다.

저구유 피살사건을 계기로 어둠 두 나라 관계는 끊어졌다. 그 뒤로는 사신 왕래도 없어졌다. 그러면서 몽골은 고려에 대해서 쓰다 달다 아무 말이 없었다.

최우는 그런 침묵이 더욱 기분 나빴다. 앞으로 몽골이 어떤 방식으로든지 책임을 물어 올 것이라고 생각하면서, 최우는 고민에 싸여 있었다.

칭기스는 저구유 피살에 대한 보고를 받고 말했다.

"우리 사신을 살해했다면, 용서할 수 없지. 우선 누가 죽였는지를 분명히 알아야 한다."

"저구유는 고려에 수공을 다녀오다 죽었습니다. 고려군인 복장을 하고 고려 말을 쓰던 군사들에 의해 살해됐습니다. 고려 군인들이 살해한 것이 분명합니다."

"살해범들이 고려군 복장과 무기를 들었다는 소문만으로는 누구의 소행인지 단정할 수 없다. 저구유가 피살된 장소는 어딘가."

"고려에서 압록강을 건너와 북쪽으로 올라오다가 당했습니다."

"그러면 고려 영토가 아니지 않은가. 지금 그곳엔 우리를 배반한 동진국(東眞國)을 비롯해서 우리와 교전 중인 금나라, 그리고 우리에게 붕괴된 대요수국(大遼收國)의 거란인들이 아직도 많이 남아있다. 고려보다는 그 세 나라 사람들이 더 우리에게 원한과 반감이 많지 않겠는가. 좀 더 자세히 알아보라."

그때 몽골은 칭기스 이하 고위층이 모두 서역의 코라슴 정벌을 마치고 귀국 중에 있었다. 게다가 칭기스의 후계문제를 둘러싸고, 그의 아들들 사이에 분쟁이 일고 있었다. 한편으로 칭기스는 서하에 대한 최후 공격을 생각하고 있었다. 이런 상황에서 칭기스는 저구유 문제에 대해 관심을 가질 수가 없었다.

칭기스의 한 측근이 말했다.

"최근에 우리의 공물 요구에 대해 고려인들의 불만이 컸다고 합니다. 고려에서 공물을 제대로 바치지 않아 우리 수공사들의 질책이 컸고, 그 때문에 우리에 대한 고려인들의 불만도 강했다고 합니다, 폐하."

"물론 고려인의 불만이 있겠고, 저구유 살해가 그들의 소행이 아니라고 할 수도 없겠지. 하여튼 그것은 급한 문제가 아니니, 저구유를 살해한 것이 어느 쪽인지 정확하게 알아보라."

몽골은 그들의 사신을 살해한 것이 고려라고 처음부터 믿고 있었다. 그러나 몽골은 고려에 대해 아무런 반응이 없었다. 그것은 칭기스의 유보적인 태도 때문이었다.

진중 전략논쟁

새로 고려를 침공해 약탈할 것을 계획하고 있던 우가하는 멋지게 위장하여 저구유를 살해하는 데는 성공했으나, 빼앗은 물건이 변변치 않아 실망이 컸다.

게다가 휘하 군사들을 시켜 고려에 침범했다가 참패를 당하고 쫓겨난 우가하는 고려에 보복 공격을 퍼기 위해 자기 군사들에게 몽골군의 옷을 입혀 계속 압록강 건너편에 집결시키고 있었다.

저구유가 살해된 지 1년 뒤인 고종 13년(1226) 정월이었다. 우가하의 동정에 대한 보고를 빙고 김희제는 참모들을 불렀다.

"우가하가 자기 군사들에게 고려군의 옷을 입히다니? 군복을 바꾼다는 것 자체가 떳떳한 전쟁보다는 몰래 비적질을 하겠다는 뜻이다."

"그렇습니다."

"이는 우가하가 다시 고려를 침공하기 위한 것임이 분명하다. 몽골군을 가장한 것이나, 압록강변에 군사를 집결시켜 놓고 군장비를 정비하는 것은 모두 고려 침공 외에는 다른 목적이 없다."

최우의 심복으로 북계의 감찰어사로 나와 있는 과거출신의 문신 송국첨(宋國瞻)이 동조했다.

"그렇습니다, 부사. 저들은 큰 전쟁을 준비하고 있습니다. 그들이 들어오는 날이면, 북계는 곧 전쟁터가 됩니다. 저의가 분명한 이상, 저들이 행동하기 전에 우리가 선수를 쳐야 합니다. 서둘러 기습해서 저들을 분쇄해야 합니다."

"동감이오."

그렇게 판단한 김희제는 상사인 이윤함(李允諴, 지병마사)과 의논했다.

이윤함은 즉석에서 김희제의 구상에 동의했다.

"예, 그리 하시오."

"이번 작전은 아주 중요하니, 이 지사께서 직접 군사를 영술해서 선제공격을 가하여 공을 세우는 것이 어떻겠습니까?"

"좋소. 내가 가겠소. 적이 군사력을 동원하고 있고 적의 내침이 확실하다고 예상되면, 마땅히 선제공격(先制攻擊)을 가하는 것이 병법의 원리요."

"그렇습니다. 용맹하고 전투지휘에 능한 김이생(金利生, 별장)과 백원봉(白元鳳, 대승관)을 데려가면 어렵지 않게 이길 것입니다."

"고맙소. 그들은 믿을만한 군관들이지요."

"군사는 몇 명이 필요하겠습니까."

"2백 명이면 될 것이오."

"부족하지 않겠습니까?"

"아니오. 충분하오."

"그러면 이 지사를 믿겠습니다."

"우리는 치면 반드시 취하고(攻必取), 싸우면 반드시 이기는(戰必勝) 군대요. 이 명예를 지켜나가도록 하겠소."

그들은 전쟁을 미리 막기 위해 먼저 전쟁을 벌이는, 이른바 예방전쟁(豫防戰爭)을 개시키로 했다.

이윤함은 특공대를 이끌고 압록상을 건넜다. 시금은 신의주에서 압록강 건너 맞은편에 단동(丹東)이 있지만, 당시는 신의주 동북쪽 의주 건너편 만주에 파속로(婆速路)가 있었다. 파속로는 도로 이름이 아니고 작은 도시다. 지금의 구련성(九蓮城)이다.

이윤함은 애하(靉河)를 따라 계속 북으로 적진 깊숙이 들어가 우가하군의 진지인 석성(石城)에 접근했다. 석성은 만주 땅 마산(馬山)의 파사로(婆娑路) 부근에 있는 금나라의 주요 군사기지다.

이윤함은 야밤을 이용하여 군사를 이끌고 파사로로 가서 석성에 이르렀다. 석성에는 과연 돌로 쌓은 성이 하나 있었다. 그러나 높이는 사람의 키 하나 정도였다.

이윤함이 조용히 명령했다.

"자, 이제 성을 넘어 들어간다."

고려군은 준비해 간 사다리를 걸쳐 놓았다. 그러나 몸이 빠르고 가벼운 사람들은 사다리를 타지 않고 바로 성을 뛰어넘었다. 나이가 들거나 몸이 무거운 군사들은 사다리를 타고 성벽으로 올라갔다.

성을 넘은 고려 군사들은 우리의 전통 무술인 수박(手搏)과 택견[77]으로 여진군 초병들을 때려눕히고 성안으로 들어갔다. 그들은 막사에 불을 질렀다. 우가하의 군사들이 이리 뛰고 저리 뛰며 우왕좌왕했다.

고려의 특공대는 백병전으로 그들을 크게 이겼다. 우가하는 남은 군사들을 이끌고 황급히 도주했다.

이렇게 해서 고려군은 우가하의 중요 기지인 석성(石城)을 깨뜨리고 적장 5명의 목을 벤 다음, 많은 말과 소 그리고 다량의 병기를 빼앗아 돌아왔다.

이윤함은 전공을 세우고 임기가 끝나 개경으로 복귀했다. 그 후로는 김희제가 지병마사직을 대행하여 북계 병마권의 제1인자가 됐다.

---

77) 택견; 지금은 '태껸' 으로 쓰인다. 맨손과 맨발을 써서 공격·방어하는 호신용 무술. 태권(跆拳)과는 다르나, 수법이나 내용은 비슷하다. 중요무형문화재 제76호.

우가하의 침공이 잦아지자, 김희제는 근본적인 대책을 세워야겠다고 생각하고, 그해(고종 13년, 1226) 정월 27일 휘하의 참모 장수들을 불러들였다.

"우가하가 은혜를 배반하고 우리 국경에 자주 쳐들어와 백성들을 노략질하고, 우리에게 격퇴된 뒤로는 보복 공격을 시도하고 있소. 그런데도 조정은 이를 막아내려는 생각이 없으니, 한심할 뿐이오."

강경파 무사인 안북 도령 박순호가 말했다.

"이것은 나라의 치욕입니다. 장수들이 싸우고자 해도 위에서 겁을 내어 말리고 있으니, 국가 방비를 맡고 있는 무사로서 피가 끓습니다. 장군, 결단을 내려주십시오."

박순호의 말을 듣고, 김희제는 힘을 주어 말했다.

"그러면 우리가 마땅히 힘을 합해 저들을 뒤쫓아 가서 군사들을 토벌하고 적의 중심부를 강타하여 나라의 치욕을 씻읍시다."

그러자 손습경(孫襲卿, 병마판관)이 나섰다.

"우리 국토에 들어온 적을 치는 방전(防戰, 방어전쟁)과 침공해 올 것이 자명할 경우의 예전(豫戰, 예방전쟁), 다른 나라로 쳐들어가는 침전(侵戰, 침략전쟁)은 성격이 다릅니다. 김 장군께서는 두 차례에 걸쳐 우가하군을 쳐서 크게 이겼습니다. 먼저 번은 우리 나라에 침공해 들어온 외국군을 치는 '방전'이었기 때문에 큰 문제가 없었습니다. 나중 번은 적이 우리를 치기 위해 준비하여 머지않아 쳐들어올 것이 명백하여 우리가 선제공격한 '예전'이었기 때문에, 그것도 이론상으로는 문제가 없습니다. 그러나 지금 우리는 대병을 내어 금나라 경내로 들어가서 공격전을 펴려고 합니다. 그것은 우리 나라 안에서의 방어전이 아니라, 외국으로 쳐들어가는 공격전쟁입니다. 이것은 '침전'이기 때문에 방전이나 예전과는 구별해서 생각해야 합니다. 조정의 출병 허락 없이, 현지에서 우리 자의로 외국에 대한 침전을 감행해도 되겠습니까?"

김희제가 말했다.

"조정에 출정을 청해도 들어 줄 리 없습니다. 지난번에 이미 경험하지 않았습니까."

"허락하건 말건, 그것은 조정에서 정할 일입니다. 우리군은 일단 출병을 요청해야, 떳떳하고 죄를 면할 수 있습니다."

"그건 내게 맡기고, 그냥 출정합시다."

김희제는 밀어부치겠다는 심산이었다.

그러나 법과 원칙을 중시하는 손습경은 쉽게 물러서지 않았다.

"그럴 수는 없습니다. 침진은 간단한 문제가 아닙니다. 전쟁을 결정하고 준비하고 시작하고 종결하는 것은 전쟁지도권에 속합니다. 전쟁의 결정과 준비·개시·종결은 오로지 중앙의 조정에서만 할 수 있는 전쟁지도의 문제입니다. 우리로서는 그런 조정의 계획과 명령에 따라 전투를 수행할 수 있을 뿐입니다. 조정의 명령이 있을 때, 그 범위 안에서 군사를 동원하여 싸우는 것이 우리 변방 부대의 임무입니다."

그러나 현실주의적인 송국첨이 나섰다.

"우가하가 우리를 침공할 준비를 하고 있는 이상, 우리가 그들을 공격한다면 그것은 예전이 됩니다. 따라서 손 판관의 논리대로 한다면 불법일 수가 없습니다. 장수는 적을 만나면 급변하는 상황 속에서 임기응변으로 신속히 대응하여 이기는 것이 최상의 도리입니다. 전쟁에서 이길 수 있는 결정적인 기회는 순간적으로 왔다가 순간적으로 가버립니다. 그런 기회는 다시 오기 어렵습니다. 그런데 천리나 떨어져 있는 도성의 궁중에서 무엇을 안다고 이래라 저래라 한단 말입니까. 그래서는 결코 이길 수 없습니다."

송국첨은 진주 사람으로, 성질이 강하고 곧아서 악한 것을 원수처럼 미워했다.

박순호가 송국첨을 지지하여 나섰다.

"그렇습니다. 군사를 멀리서 통제한 임금은 싸움에서 패배하여 군대를 잃거나 나라를 망쳤습니다. 장군, 결단을 내리소서."

다시 손습경이 나섰다.

"나도 적을 쳐서 나라를 안전케 하는 데는 동의합니다. 그러나 우리는 국가의 관료로서 국가체제를 존중해야 합니다. 나라에는 위로는 임금이 있고, 그 아래에는 문무의 신하가 있어 임금을 보좌하며, 또 관리와 군사가 있어 국명을 수행해 나갑니다. 이런 질서와 체계가 바로 서야 행정과 국방이 제대로 이뤄집니다. 더구나 병권은 임금 한 사람에게 주어져 있습니다. '병권은 통일이 중요하다' 해서 병권귀일(兵權貴一)이라 하지 않습니까. 아래 사람들이 국가체제를 무시하면, 국가를 지탱해 나갈 수 없습니다. 따라서 먼저 조정의 명령을 받아내야 합니다."

송국첨이 되받았다.

"병법에는 '병권귀일'도 있지만, '임금의 명령을 듣지 않을 수도 있다'는 군명유소불수(君命有所不受)도 있습니다. 상황으로 보아 반드시 쳐야 하고 쳐서 이길 수 있다면, 임금이 말려도 쳐야합니다. 그래서 임금에게 권위를 보태고 나라에 이익이 된다면, 그것은 바로 우리 군사가 지켜야할 덕목인 충성입니다."[78]

이 진중논쟁은 아무리 전쟁이라도 법을 따라야 한다는 '준법파'(遵法派)의 군이과 승리를 우선해야 한다는 '주전파'(主戰派)의 싸움이었다. 준법파가 명분론이라면, 주전파는 현실론이다.

양파 사이에 논쟁이 격화되자, 김희제가 다른 지휘관과 참모들 쪽을 바라보면서 말했다.

"다른 분들의 생각은 어떻소?"

"논리적으로 보면 양쪽 주장이 다 맞습니다. 그러나 적은 가까이에 있고, 조정은 멀리 있습니다. 전쟁은 법규의 문제이기 전에, 죽느냐 사느냐의 현실 문제입니다. 그래서 규정에 따라 정부의 명령을 기다려 행동할

---

78) '군명유소불수'는 손자병법 구변편(九變篇) 이론.

수는 없습니다."

김희제가 결론을 내려서 말했다.

"전쟁에서 장수는 명령을 어길 경우 명령 불복종의 죄를 지어 벌을 받게 되오. 그러나 조정만 쳐다보고 있으면, 결정적인 기회를 놓쳐 패전하기 쉽소. 패전하면 또한 패전의 책임을 지고 처벌받게 되어 있소. 손자병법은 이런 경우에 대비하여, '싸움터의 장수는 반드시 이길 수 있다고 판단되면, 임금이 비록 싸우지 말라고 명령해도 싸워야 하고'(戰道必勝 主曰 無戰 必戰可也), 반대로 '승리할 수 없다고 판단되면 임금이 싸우라고 명령해도 싸우지 말아야 한다'(戰道不勝 主曰必戰 無戰可也)고 가르치고 있소. 전쟁에는 승리 자체가 중요한 것이지, 위의 명령이 중요한 것은 아니오."[79]

장내는 무겁고도 긴장된 침묵이 흐르고 있었다.

김희제의 말이 계속되고 있다.

"전쟁에서는 승리가 최고 최선 최대의 목표이자 명분이오. 지금 우리가 선제공격을 가하면, 우리는 충분히 이길 수 있소. 저들은 한낱 비적의 무리가 되어 사적인 물욕만을 탐하지만, 우리는 국가의 정규군으로 국방을 추구하는 군사요. 저들은 남쪽으로 천도해간 금나라 중앙 정부와는 관계가 단절된 뒤로는, 비적질로 약탈해서 부대를 운영하고 군사를 먹여 살리고 있소. 국가가 장수를 변방에 보낼 때는 국경을 잘 지키라는 사전 명령을 그 장수에게 이미 내려놓고 있는 것이오. 법적으로는 문제가 없지 않겠으나, 이번 전쟁은 국가 방비의 관점에서 볼 때 분명히 명분이 있소이다. 명분이 서면 합법화되는 것이오."

주전파들이 옳다는 식으로 말했다.

"그렇습니다."

"더구나 지금 우가하가 점유하고 있는 압록강 건너편의 땅은 딱히 어느 나라 땅이라고 말할 수가 없소. 몽골과 동진과 금나라 군사들이 섞여있

---

79) 손자병법 지형편(地形篇) 참조.

는, 임자 없는 땅이오. 방전이나 예전이 타당하고 합리적이라는 손습경 판관의 말은 맞소. 우가하를 이대로 내버려두면, 그가 계속 우리나라를 침공하여 약탈을 일삼을 것이 명백하오. 그렇다면 우리가 더 큰 전쟁을 미리 막기 위해 선제공격을 펴서 예전을 감행하는 것도 이치상 당연한 일이외다. 일찍이 손자는 '장수가 능하고 임금이 간섭하지 않으면 승리한다'(將能而君不御者勝)고 했소. 우리가 출전하면 충분히 이길 능력이 있고, 임금은 간섭하지 못할 것이오. 따라서 곧 출정할 것이니, 각 부대는 만반의 준비를 갖추고 명령을 기다리시오. 거듭 말하지만 모든 책임은 내가 지겠소."

"고맙습니다, 장군."

"그리하겠습니다."

모든 사람들이 찬동했다. 그러나 손습경은 잠자코 있었다. 김희제가 손습경을 향해서 물었다.

"손습경 판관은 어떻소이까?"

"나는 장군을 받드는 병마판관일 뿐입니다. 나는 판관으로서 나의 생각을 사실과 소신에 따라 말할 의무가 있습니다. 그러나 최후의 판단은 북계 지휘관인 장군의 권한입니다. 소관은 판관으로서 할 말을 다 했으니, 이제는 장군의 결정에 따를 뿐입니다."

"고맙소이다."

조정의 사전 승인이 없는 출정에 강력한 반대론을 폈던 손습경도 금나라 우가하군에 대한 월경(越境) 공격에 찬동했다. 이래서 장시간 계속된 열띤 진중논쟁 끝에 모든 장령(將領)들이 만장일치의 합의에 이르렀다.

김희제가 말했다.

"최근 우리는 우리의 전략문제를 놓고 열띤 진중논의를 벌였소이다. 이는 단순한 논의가 아니라 이견이 상충되는 뜨거운 논쟁이었소. 그러나 그 목표는 하나, 우리가 나라를 지키고 싸워서 이기기 위한 논쟁이었소이나.

우리는 우리가 알고 있는 병법과 역사와 법률과 논리를 모두 동원하여, 충실하고 유익한 토론을 벌였소. 조정에서도 대신들이 이런 토론과정을 거쳐, 보다 애국적이고 나라를 지킬 수 있는 방안을 마련하여 대처한다면 얼마나 좋겠소. 그러나 우리 조정이 그렇지 못하니, 그게 아쉬울 뿐이오."

송국첨이 말했다.

"우리 조정 신료들은 자기 보신에만 신경 쓰면서 무사안일만 추구하는 것 같습니다. 그들의 안전(眼前)에는 나라와 백성 같은 것은 없습니다."

김희제가 자리에서 일어서면서 말했다.

"처음부터 저구 반대하던 손습경 판관이 동의해 주어 고맙소. 손 판관의 얘기에서 나는 많은 것을 배웠소이다. 자, 그럼 빨리 출정준비를 서두릅시다. 그래서 필승하여 개선합시다."

"예, 장군."

그들은 김희제의 결단에 존경과 감사를 마음속으로 느끼면서 해산했다.

올곧은 선비판관 손습경

손습경은 문과에 합격한 문반이다. 그는 논리가 분명하고 사리에 밝게 행동했다. 그가 처음에 천안부 판관으로 부임한 후에 일을 공정하고 분별 있게 잘 처리하여, '명판관'(名判官)이라는 별칭을 얻었다.

손습경이 후에 예부시랑을 거쳐 경상도 안찰부사(按察副使)로 나가있을 때였다. 경상도에는 부모의 유산 분배를 둘러싸고 남매간에 벌어져 있는 오래 묵은 송사 하나가 해결되지 않고 있었다. 손습경이 부임한 후 어느 날 송사의 당사자들을 불렀다. 그는 송사를 제기한 남동생에게 먼저 물었다.

"어떻게 된 일인지, 원고인 네가 먼저 말해보라."

"예, 부사님. 저희는 다같이 한 부모의 태생입니다. 그런데 부모의 재산을 누님 혼자서만 독차지하고 동생인 나에게는 재산을 나누어주지 않고 있으니, 이는 부당하고 불공평합니다. 그런데도 누님은 내게 재산을 떼어주지 않고 있습니다."

손습경은 누이를 향해서 물었다.

"네 동생의 말이 사실이냐?"

"네 사실입니다. 그러나 그것은 모두 아버님의 유언대로 따른 것입니다."

"네 아버지의 유언이 어떠했느냐?"

"아버님이 세상을 떠나실 때 아버님은 가산 전부를 제게 주시고, 동생에게는 검정 옷 한 벌과 검정 갓 하나, 미투리 하나, 양지(兩紙) 한 권을 주셨습니다. 여기에 아버님의 유서가 있습니다."

그러면서 누이는 선친의 유서가 쓰인 종이 한 장을 내놓았다. 손습경이 읽어보니 사실 그대로였다. 손습경이 물었다.

"네 아버지가 돌아갈 때, 네 어머니는 어디 있었느냐?"

"아버지보다 먼저 돌아가셨습니다."

"그때 너희들의 나이는 몇 살이었느냐?"

"저는 이미 시집가 있었고, 동생은 아직 어린 총각이었습니다."

"그러면 너희 남매는 내 말을 잘 들어라. 부모의 마음은 어느 자식에게나 다 같다.

어찌 장성해서 이미 출가한 딸에게만 후하고, 어미도 없는 총각 아이인 아들에게는 박하게 할 리가 있겠느냐. 내가 생각해 보건대, 아버지는 자기가 죽은 뒤에 아들이 의지할 곳은 누이밖에는 없으니, 만약 재산을 고루 나누어준다면 혹시 그 아이에 대한 누이의 사랑과 양육이 부족하지 않을까 우려했을 것이다. 그러나 아이가 장성해서 재산 때문에 분쟁이 있을 경우에는 검정 옷을 입고 검정 갓을 쓰고 미투리를 신고 관가에 가서 고소하면, 이것을 잘 분간하여 줄 관원이 있을 것이므로, 그 네 가지 물건만을 아우에게 남겨준 것이니, 네 아버지의 의도는 분명히 이러했을 것이다. 헌데, 너희 아버지가 우려한 대로 너희가 재산 뮤제루 싸워, 이렇게 관가에까지 나오게 됐다. 이것이 어찌 좋은 일이겠느냐? 그리고 너희 아버지가 바라는 일이겠느냐?"

그러자 누이는 그 말에 감동하여 잘못을 깨닫고는, 동생을 부둥켜안고 울었다. 동생도 울었다.

"그러면 이리하라. 아버지의 유산을 반으로 나누어 남매에게 똑같이 절반씩 나누어주겠다. 그래도 되겠느냐?"

그러자 남매가 눈물을 거두면서 말했다.

"예, 부사님. 제가 가지고 있는 부모님의 재산의 반을 아우에게 주겠습니다."

"감사합니다, 부사님. 누님, 미안합니다."

오누이는 다시 부둥켜안고 눈물을 흘렸다.

손습경은 이렇게 항상 송사를 잘 처리해 '명판관'의 이름을 한층 드높였다.

손습경의 처는 왕실의 서족이었다. 그런 처가의 신분 문제 때문에 손습경의 진급에는 항상 제한이 따랐다. 이를 애석하게 여긴 부인이 어느 날 이렇게 말했다.

"당신은 천한 저의 친정 탓으로 선비로서 나갈 수 있는 청요직(淸要職)에 나가지 못하고 있습니다. 내자된 도리로서 저는 차마 이대로 있을 수가 없습니다. 차라리 저를 버리고 세족(勢族) 가문에 새로 장가드셔서, 당신의 능력대로 입신하기 바랍니다. 이는 나의 진정입니다."

아내는 치마 자락으로 눈물을 닦고 있었다. 그러나 손습경은 너그럽게 웃으며 말했다.

"선비가 벼슬을 얻기 위해 30년을 함께 살아온 조강지처(糟糠之妻)를 버린다는 것은 나로서는 차마 못할 일이오. 하물며 자식까지 있지 않소. 나는 유림(儒林)으로서 당신을 버리고 새로 장가들 수는 없소. 전혀 괘념하지 마시오."

손습경은 인품이 성실하고 능력이 있어서 후에 추밀원부사를 거쳐 상서와 복야(僕射)까지 올라갔다. 그러나 그의 아들 손세정(孫世貞)은 신분 문제가 걸려 과거에 응시조차 할 수가 없었다.[80]

---

80) 손습경(孫襲卿)은 후에 손변(孫抃)으로 이름을 고쳐, 후기 역사책들의 기록에는 모두 '손변'으로 나온다.

고려군의 여진 공격

　김희제는 송국첨·손습경 등과 함께 보병과 기병 1만여 명을 뽑아 북정길에 나섰다. 그것은 외국에 대한 원정이었다.

　정부의 명령 없는 군의 출정은 불법이다. 그러나 김희제는 모든 책임은 자기가 진다고 선언하고 군을 몰고 떠나면서, 자기의 주군 격인 최우에게 서찰을 보내 이 사실을 보고했다.

　김희제는 군사들에게 20일 분의 건량(乾糧)을 주어 출정했다. 그는 군사를 3대로 나누어 자기는 중군을 맡고, 손습경은 좌군, 송국첨은 우군을 지휘케 했다.

　그들은 압록강을 포함하여 다섯 개의 강을 건너, 만주 땅의 적진 깊숙이 진격하여 마산(馬山, 지금의 大保)을 지나 석성(石城)까지 들어갔다. 마산은 우가하의 주둔지였고, 석성은 지휘부가 있는 자리였다.

　고려군은 우가하의 진지들을 쳤다. 그러나 우가하는 나타나지 않고, 부장(副將)들이 응전해 왔다.

　우가하군을 맞아 공격한 것은 선두를 달리던 손습경의 좌군이었다. 당초 조정의 승인이 없다는 이유로 출정을 반대했던 손습경은 일단 전선에 나서자 휘하군사를 진두에서 독려하여, 적군을 맞아 용전분투(勇戰奮鬪)했다.

이 전쟁에서 고려군은 우가하 군사들을 격파하여 적군 70여 명을 잡아 참수하고, 다시 파사로로 갔다. 지난번 이윤함의 북정 때 수행했던 군사들이 있어, 길을 찾기는 쉬웠다.

애하(靉河)를 건너 석성[81] 마을을 지나 위로 올라가자 돌로 성벽을 쌓은 진지가 나타났다. 북쪽으로 애하가 둘러있고, 애하 건너로 다시 높은 대유구산(大酉溝山)이 둘러싸고 있는 천연의 요새였다. 성은 일변이 2백 내지 3백 미터 정도였다.

이 석성이 바로 고려 침공과 약탈을 일삼던 우가하 부대의 지휘부 자리였다.

김희제의 북정군(北征軍)은 석성을 빈틈없이 둘러싸고 공격했다. 고려군의 강렬한 포위공격에 견디지 못하고, 성주가 백기를 성문에 꽂았다. 고려군이 공격을 멈추자, 성주는 무리를 거느리고 성 밖으로 나왔다.

김희제가 목소리를 높여 꾸짖었다.

"너희 우가하는 고려의 은혜를 입고도 우리 백성들을 괴롭히고 있다. 이번에 우리가 너희를 응징하러 왔다."

성주는 머리를 땅에 박고 흙을 머금으며 애걸했다.

"하늘에 맹세하여 다시는 압록강을 건너지 않을 것이니, 포위를 풀어주십시오."

김희제는 우가하가 고려에 대해 저지른 배은무례(背恩無禮)의 죄늘 일일이 들어 꾸짖었다.

"우가하의 죄는 실로 크다. 조국인 금국을 배반하여 독자적인 군벌 세력을 만들어서 비적질을 일삼고 있는 것이 그 하나요, 우리 고려에 크게 은혜를 입고도 군사를 거느리고 자주 우리 변방에 쳐들어와 양민을 학살하고 우리 창고를 털어 간 것이 그 둘이며, 타국 군사의 옷을 입혀 비적의 행동을 벌이고 있으니 그 죄가 셋이다. 그러나 우가하의 죄가 어찌 이것

---

81) 석성이라는 마을 이름은 예나 지금이나 같다. 이 명칭은 원래의 진지였던 '돌로 싸인 성'의 통칭이었던 석성(石城)을 그대로 지명으로 쓴 데서 유래된 듯하다.

뿐이겠는가!"

성주는 다시 머리를 땅에 박고 사죄했다.

"다시는 이런 일이 없도록 우가하 원수에게 진정 드리겠습니다. 본인과 나의 군사들은 앞으로 우가하 원수의 작전명령이 있어도, 고려 침공은 기필코 거부하겠습니다."

"그대의 사죄를 믿어도 되겠는가?"

"나는 군인으로 일국의 장수입니다. 장수가 어찌 장수에게 행한 약속을 어기겠습니까?"

"알겠다. 그대의 사죄가 진심인 것으로 믿고 용서해 주겠다. 사죄서(謝罪書)를 작성하라."

김희제는 석성의 성주로부터 다시는 압록강을 넘지 않겠다는 서약서를 받고 그들을 용서하여 포위를 풀고 철수했다.[82]

석성은 '돌로 만든 성곽'의 뜻이다. 그러나 우가하의 석성은 지금 그곳의 지명으로 고착됐다. 보통 석성진(石城鎭)이라고 한다.

석성의 옛터에선 지금 콩과 옥수수·감자가 자라고 있다. 성벽도 일부만 남아있을 뿐이다. 주변엔 중국군 부대가 많이 있었지만, 통행을 막거나 검문하지는 않았다.

김희제가 군사를 이끌고 돌아올 때 압록강의 한 지류인 자포강(紫布江)에 이르렀다. 그 동안 춥던 날씨가 풀려 얼어붙었던 자포강의 얼음이 녹아서 건널 수가 없었다.

김희제는 걱정이었다.

---

82) 우가하를 '푸젠완누의 원수'로 쓰고 있는 蒙兀兒史記(蒙史)는 열전 13책 31권 蒲鮮萬奴편에 '완누가 수차 고려변경을 침입했다. 병술년(1226, 고종 13년)에도 그의 원수 우가하의 군사들을 의주 정주 등에 침입케 했다. 고려의 의주 분도 장군 김희제도 군사로 동진 소속의 석성을 침공하여, 양국관계가 날로 악화됐다. 칭기스는 서하에 원정하고(用兵) 있어서, 푸젠완누를 치고 싶었으나 그럴 틈(假)이 없었다.'(萬奴……數侵高麗邊. 歲丙戌 又遣其元帥?哥下師衆 浸義靜等州. 高麗 義州分道將軍 金希磾亦以兵攻東鎭所屬石城 兩國交惡日甚, 成吉思用兵西夏. 欲討萬奴而 未可也)고 기록하고 있다.

"이를 어쩌나. 이렇게 물만 출렁거리니 건널 수가 없구나."

손습경이 말했다.

"여기는 북쪽의 내륙입니다. 해가 넘어가고 밤이 되면 곧 추워집니다. 군사를 머물러 쉬게 하고 기다리면 밤에는 다시 강이 얼 것이니, 그때 도 강(渡江)하면 됩니다."

"그러면 야영을 하고 군사들을 쉬게 하시오."

이 명령은 전군에 전달됐다.

군사들은 그날 저녁 만주벌에서 얼음이 얼기를 기다리면서, 남은 식량 과 술을 다 풀어 푸짐한 저녁으로 개선의 즐거움을 만끽했다. 그때 김희 제도 송국첨·손습명 등의 장수들과 함께 술잔을 기울이며, 그날의 무용 담을 나누고 있었다.

술이 거나해지자 김희제는 강물을 바라보면서 칠언시 한 수를 읊었다. 그 시를 옮기면 이렇다.

장군이 부월 잡고 치욕을 씻지 못했다면
장차 무슨 면목으로 대궐 조회에 나갈고
장검 한 번 휘둘러 마산(馬山)을 가리키니
호군의 무리가 쓰러져 넘어졌네
호랑이 떼 발분해서 산 넘고 들을 지나 다섯 갈을 건너니
적의 성곽들은 모두 재 가루가 되었네
축배 드는 대장부 마음 화창하긴 하다마는
돌아가도 님께 알릴 길 없으니 맘에 없는 땀만 흘러내리네.[83]

─────────────

83) 김희제 시의 원문;

　　將軍杖鉞未雪恥(장군장월미설치)

　　將何面目朝天闕(장하면목조천궐)

　　一奮靑蛇指馬山(일분청사지마산)

　　胡軍勢欲皆顚蹶(호군세욕개전궐)

김희제는 자기의 고려군을 호랑이 떼에 비유했다.

그러나 금나라 땅으로 출전하여 크게 이겼음에도, 나라의 명령 없이 군사행동을 취했기 때문에 떳떳이 승첩을 보고할 수 없는 심정을 김희제는 그렇게 읊었다.

김희제가 즉석에서 시를 읊고 나자, 송국첨이 칠언시로 화답했다.

송국첨의 시는 이러했다.

> 인(仁)으로 칼의 등(背)을 삼고, 의(義)로 날(刃)을 삼으니
> 이것이 바로 장군의 크고 새로운 칼일세.
> 바다를 향해 한 번 휘두르면 암수 고래가 도망하고
> 육지를 향해 다시 한 번 휘두르면 물소와 코끼리가 쓰러지거늘
> 하물며 마산에서 굶주리고 있는 저따위 개들 쯤은
> 채쩍 끝으로 때려도 제어할 수 있으리
> 아침에 다섯 강을 건너고 저녁때 승첩 올리니
> 한없는 기쁨에 봄빛이 만발하여라.[84]

송국첨은 우가하의 군사를 굶주린 개에 비유하며, 김희제를 한껏 추켜올렸다. 모두가 박수를 치며 즐거워했다. 송국첨의 즉흥시 낭송이 끝나

虎賁?擎涉五江(호분등나섭오강)
城郭爛爲?爐末(성곽난위외신말)
臨?巳暢丈夫心(임배사창장부심)
反面無由愧汗發(반면무유새한발)

84) 송국첨 시의 원문;
以仁爲背義爲鋒(이인위배의위봉)
此是將軍新巨闕(차시장군신거궐)
一揮向海鯨?奔(일휘향해경예분)
再擧向陸犀象躓(재거향육서상궐)
?彼馬山窮?兒(항피마산궁제아)
制之可以隨鞭末(제지가이수편말)
朝涉五江暮獻捷(조섭오강모헌첩)
喜氣萬斛春光發(희기만곡춘광발)

자, 김희제가 기뻐서 송국첨의 시구를 인용해서 말했다.

"정말 한없는 기쁨에 봄빛이 만발하는구나!"

그러면서 그는 술잔을 계속 돌렸다. 송국첨과 손습경을 비롯한 장수들은 몹시 취했다.

김희제는 손습경을 바라보며 말했다.

"우리 명판관 손습경 공이 한 수 없을 수가 없지."

그러자 손습경이 기다렸다는 듯이 일어나, 역시 즉석에서 칠언시를 읊었다.

> 변방 요새지엔 가마(鼎) 없고 종(鍾)도 없으나
> 전공을 기록하자는데 시(詩)마저 없을소냐
> 판자에 한 수(首) 적어 후대에 알리려 했더니
> 저마다 먼저 보려 쓰러지고 엎어지네
> 옛날 맹명(孟明)이 강을 건너 진나라 치욕을 풀었으나
> 공(公)에 비긴다면 맹명은 응당 말석에 앉아야 하네
> 내년에 다시 천산(天山)을 평정하리니
> 세 번 쏘는 화살에 한 발인들 헛발일소냐.[85]

맹명은 옛날 중국의 춘추전국시대에 크게 이겨 나라의 수치를 말씀히 씻어낸 진(秦) 나라 장수다. 김희제가 맹명보다 위라는 손습경의 시에, 김희제는 마냥 기쁘기만 했다.

적의 땅에 쳐들어가 적의 항복을 받은 군사들은 술에 취하여 몸은 더웠

---

[85] 손습경 시의 원문;

塞垣無鼎又無鍾(새원무정우무종)
欲記元功詩加闕(욕기원공시가궐)
書之板上告後來(서지판상고후래)
觀者爭前?復蹶(관자쟁전강복궐)
孟明濟河雪秦恥(맹명제하설 신시)
若比於公當處末(약비어공당처말)

으나, 정월 한겨울 대륙의 밤 기온은 급히 내려가 한기가 돋았다. 이렇게 승전을 자축하며 밤을 기다리고 있을 때, 경비병이 달려와서 말했다.

"강물이 얼었습니다. 사람이 올라타도 꺼지지 않을 정돕니다."

"실험해 보았느냐?"

"예, 덩치 큰 군사 7명이 얼음 위에서 뛰어보았으나, 끄떡 없었습니다."

"그러냐. 잔치를 끝내라. 곧 출발한다."

군사들은 자리를 거두며 대오를 갖췄다. 한밤이 되어 김희제는 군사를 이끌고 언 자포강을 건너, 야간 행군을 계속했다. 그들은 건넜던 압록강을 건너 북계 땅의 청로진(淸盧鎭)으로 돌아왔다.

김희제는 이번 북정에서 거둔 공로를 상세히 기록한 장계(狀啓)를 작성하여, 적장으로부터 받아온 서약서와 함께 최우에게 보냈다. 승전보를 가지고 달리는 파발마의 발길은 날아갈 듯이 가볍고 빨랐다.

그러나 이런 내용을 받은 개경의 조신들은 발끈했다. 조정 회의가 열리자, 조신들은 김희제에게 무단출정 불법진격의 죄를 물어야 한다고 나섰다. 모두가 당초 김희제의 단독 군사행동을 반대했던 신료들이다.

병부의 책임자인 최보순이 나섰다.

"김희제가 단독으로 군사를 동원한 것이 벌써 몇 번째입니까? 이대로 놔두면 그 방자한 마음이 자라서 나중에는 역모를 꾸미게 될 것입니다."

김중귀가 밀했나.

"더구나 금이 지금은 비록 몽골에 쫓기고 있다 해도, 우리가 먼저 과거의 신의를 저버리고 배반한다면, 어떤 환란을 불러올지 모릅니다."

최보순이 다시 나섰다.

"김희제가 이기고 돌아왔다고는 하지만, 조정의 결정을 어기고 군사를 자기 맘대로 동원한 행위는 용납될 수 없습니다. 이런 관례를 만들어 놓으면, 앞으로 조정이 군사를 통제할 수 없습니다."

사홍기가 동조했다.

"옳은 말씀들입니다. 그러니 당장 김희제를 불러 올려 목을 베야 합니다."

최우가 나섰다.

"김희제의 행동은 처벌받아 마땅합니다. 그러나 한편 생각해보면, 출병 동기에 있어서 그는 아무런 사심이 없었고, 또 출병결과는 적을 크게 쳐서 국위를 선양했을 뿐만 아니라, 백성을 편안케 했습니다. 그러면 오히려 표상(表賞)해야 할 일이 아닙니까?"

최우가 그렇게 말하자 장내가 조용해졌다.

최우가 계속해서 말했다.

"그러나 여러분의 말씀대로 조정의 승인 없이 출동한 것은 군율(軍律)로 처벌받아 마땅합니다. 그래서 그의 행동을 불문에 붙이기로 하되, 김희제의 전공에 대한 행상도 하지 않기로 하겠습니다."

이래서 김희제의 문제는 백지로 돌아갔다.

최우가 마지막으로 덧붙였다.

"아직 말씀 드리지 못했으나, 김희제는 출정하면서 내게 서찰을 보내 출정 사실을 알려 왔습니다. 그 서찰에서 김희제는 우가하를 한 번 응징해야 북방 변경지대가 편안해지고, 원정하면 반드시 승리할 수 있으며, 중원에서 송과 금·몽골이 서로 싸우고 있는 지금이 우리의 자주와 국익을 지킬 수 있는 절호의 기회라고 자신 있게 강조하면서, 군사운련을 겸해서 출정하노라고 했습니다."

조신들은 놀란 표정으로 말했다.

"그래서요?"

"영공이 출전을 허락했습니까."

"허락은 아니지만 묵인해 두고 있었습니다. 사전 허락 없이 자기 맘대로 군사를 출동하면서 보낸 서찰이라 괘씸한 생각도 들었습니다. 그러나 손자병법에서도 '군사를 출진하여 자기 공명을 구하지 않고(進不求名) 패퇴해서는 죄를 피하지 않으면서(退不避罪), 오직 백성을 보전하고(惟民是

保) 임금을 이롭게 하면 나라의 보배(而利於主 國之寶也)'라고 하지 않았습니까. 나는 김희제의 능력과 정신을 믿었고, 뒤늦게 회군령을 내릴 수가 없었습니다. 병마에 관한 일이니 현지 장수가 하는 대로 놓아두고, 결과를 지켜본다는 심정으로 기다려 왔습니다. 출격 결과가 좋아서 천만다행입니다."

그 후 김희제는 임기를 마치고 중앙으로 돌아와서, 다시 몽골 사신을 맞아 접대하는 접반사 등을 맡았다. 그는 더욱 최우의 신임을 받는 측근이 됐다.

그 무렵 어느 날이었다. 최우가 김희제의 얼굴을 가만히 살피다가 말했다.

"김 장군, 그대는 턱이 옆으로 퍼지고 머리가 단단하게 생긴 것이, 아주 좋은 관상이오."

"무슨 말씀이십니까?"

"연함호두지상(鷰頷虎頭之相)이란 말일세. 제비새끼는 그 턱이 옆으로 퍼졌고 범의 머리는 아주 단단하게 생기지 않았는가. 관상에서는 그런 상을 '연함호두의 상'이라고 한다네. 그런 상은 후에 이름을 떨칠 아주 좋은 관상이라네."

"아, 그렇습니까. 그러나 아닙니다, 영공. 저는 그냥 최 영공 밑에서 존상(尊相)을 보좌하는 한낱 미장(微將, 미미한 장수)으로 족합니다."

"그래서야 되겠는가. 아닐세. 중국 후한(後漢) 때 서역도호부의 절도사로 있던 반초(班超)가 바로 그런 연함호두지상이었어. 그는 담력과 끈기가 대단했지. 반초는 흉노가 후한을 배신하자 서역 일대의 50여 개 나라를 정벌하여 후한에 복속시킨 명장이었네. 그는 그 흉노 땅을 개척하여 중국의 문화를 전파하고, 서역을 한화(漢化)시켜 사주지로(絲綢之路, 실크로드)[86]를 안정시킨 서역개척의 영웅일세."

---

86) 사주지로(絲綢之路); 약해서 사로(絲路, 비단길)라고도 했다. 영어의 silk road다. 실크로드는 기원전 2세

"예."

"반초의 형인 반고(班固)는 문학자이자 역사가로서, 한나라 역사를 집대성한 한서(漢書)를 편찬한 사관이었지."

"과찬이시옵니다."

"김 장군이 좋은 관상에다 담력까지 대단할 뿐만 아니라 북국의 금군들을 치고 돌아온 것을 보니 꼭 서역을 정벌한 반초와 같다고 하지 않을 수 있겠는가? 게다가 그대는 시문과 경학에도 출중하니, 반초-반고 형제를 합친 인물일세."

"지나친 과찬이시옵니다, 영공."

김희제는 기분이 좋았으나, 한편으로는 겁이 나기 시작했다.

영공은 나보다 훨씬 우월한 영웅 같은 분인데, 왜 나를 그렇게 보고 칭찬하는 것일까. 영웅기인이라는데……

영웅기인(英雄忌人). 영웅은 자기보다 나은 사람을 미워한다는 말이다.

김희제는 최우와 같은 절대적인 독재 권력자로부터 '일을 잘 한다'는 칭찬을 듣는 것은 좋지만, '인물이 출중하다'는 말을 들으면 생명이 위태해진다는 것을 알고 있었다.

김희제는 그 후 최우 제거 음모에 가담했다는 모함에 걸려 처형 받게 되자, 아들 셋과 함께 자결했다.

김희제(金希磾)

고려의 빼어난 장수다. 원래는 군산도(群山島) 사람이었으나, 조상이 상선을 따라 상업을 벌이다가 개성에 정착함으로써 개성 사람이 됐다. 처음 감수직(監收直)으로 군무에 근무하다가 군관인 산원(散員, 대위급)에 승진됐다. 성품이 청렴하고 행실이

기부터 열려 중국과 지중해 연안지역을 연결한 통상로다.

올바르며, 시와 예에 능하면서도, 담략이 있고 용감했다. 그런 점이 인정되어 충청도 안찰사로 승진되고, 다시 장군이 됐다.

몽골이 거란적을 소탕한 뒤 고려-몽골 형제조약을 맺자, 고려에 많은 사절을 보내 조공을 요구했다. 그때 조공물이 너무 많은 데다 몽골 사절들의 행패가 심해, 조정이 골치를 앓고 있었다. 무인정치 집정자였던 최우는 1221년 김희제의 능력과 수완을 믿어, 그를 접반사(接伴使)로 임명하여 몽골사절의 접반을 맡겼다. 김희제는 성격이 괴팍한 저구유(著古與)마저 무리 없이 잘 다뤘다. 몽골과 동진국의 사신을 함께 대접하는 자리에서, 김희제는 재치 있는 시로 한시에 능한 여진족의 동진 관리를 감복시켰다.

김희제에 대한 신뢰가 깊어진 최우는 1223년 그를 의주분도장군(義州分道將軍)에 임명했다. 그때 금나라의 요동장수로 있던 우가하(于哥下)는 금에서 독립하여 동진국을 세운 푸젠완누의 부장이 돼 있었다. 전란을 맞아 군대유지가 어렵게 된 우가하는 군사를 이끌고 자주 압록강을 넘어와 고려 마을들을 습격하여 식량과 재물을 약탈해 갔다.

애국정신이 투철한 김희제는 그들이 침입할 때마다 격퇴했다. 최우는 김희제를 서북면 병마부사로 승진시켰다. 우가하가 계속 침범하여 노략질을 계속하자 김희제는 이를 물리치고, 만주로 진격하여 우가하군을 아주 소탕하겠다고 조정에 건의했다. 조정이 이를 거절하자, 김희제는 최우에게만 서찰을 보내 원정을 알리고, 1226년 군사 1만을 동원하여 진격했다. 우가하의 본거지인 석성(石城)을 공격해으나, 우가하는 도망하고 그 잔군을 쳐서 항복을 받은 다음 개선했다.

김희제는 이듬해 전라도순문사(全羅道巡問使)로 임명됐다. 그때 그를 질시하는 경쟁자들이 김희제가 최우를 제거하기 위한 정변을 계획하고 있다고 참소했다. 최우는 1227년 사람을 보내 김희제를 잡아오도록 명령했다. 김희제는 최우에게 보내는 글을 남기고 스스로 세 아들과 함께 물에 빠져 자결했다.

몽골의 새 황제 오고데이의 꿈

　서하를 정벌하다가 1227년 8월에 사망한 칭기스의 뒤를 이어, 2년간의 공위시대(空位時代)를 거쳐 1229년 8월 그의 제3자 오고데이(Ogodei)가 제2대 몽골황제가 됐다. 오고데이는 즉위식을 마치고 새로운 시작을 내외에 밝히기 위해, 며칠 후 울란바타르 동남쪽 코디아랄(Codee Aral) 초원에서 다시 쿠릴타이(Khuriltai, 귀족회의)를 소집했다.

　"나는 칭기스 부황(父皇)의 유언과 여러분의 간절한 요구에 따라, 대 몽골제국의 자랑스런 다칸(Dakhan, 大汗) 자리에 올랐습니다."

　한 차례 뜨거운 박수가 지나갔다.

　"우리들의 칭기스 다칸께서는 위대한 공적을 우리에게 물려주셨습니다. 지금 우리 몽골은 세계를 흔들어 놀라게 하고 있습니다. 세계의 역사도 바뀌고 있습니다. 바로 우리 몽골인들이 변화하는 새 역사의 주인이 됐습니다. 다칸 폐하가 만들어 놓은 이 자랑스런 역사를 문서로 기록해서 후세에 전해야 합니다. 나는 우리 역사를 기록하는 사업을 벌이겠습니다."

　다시 박수가 터져 나왔다.

　"새 역사가 기록되는 장소는 바로 이 초원이 될 것입니다. 이 코디아랄 초원의 아우락(aurag)에 새로 궁전을 짓겠습니다."

이 역사 발간작업은 곧 시작됐다. 몽골의 역사가들은 코디아랄에 머물러 지내면서, 몽골 초원이 통일되고 세계가 정복된 과정과 칭기스의 일생에 관한 얘기들을 듣고 기록했다.

그렇게 10여 년 공 들여 만든 것이 지금 몽골역사 연구에서 가장 권위 있고 정확하다고 평가되는 몽골비사(蒙古秘史, The Secret History of Mongols)다. 몽골비사는 몽골인들 자신에 의해 쓰여진 몽골 최초의 역사서(歷史書)로, 총 282조항으로 구성된 몽골판 왕조실록(王朝實錄)이다.[87]

오고데이의 연설은 계속됐다.

"세계의 재산들이 계절을 가리지 않고 우리를 찾아 몰려오고 있습니다. 그러나 우리가 머무는 곳이 일정해야 그들이 바로 찾아올 것입니다. 이제부터는 철 따라 옮겨 다니지 말아야 합니다. 따라서 우리는 넓어진 영지를 통제하고 다스릴 고정된 치소(治所)를 가져야 합니다. 이 제국의 수도는 카라코룸이 될 것입니다."

이 쿠릴타이에서 오고데이는 카라코룸(Qara Qorum 또는 Khara Khorum, 喀喇和林)을 몽골제국의 수도로 정한다고 정식 선포했다.

지금의 몽골인들은 카라코룸을 하르호린(Harhorin)이라고 부른다. 울란바타르에서 서남쪽으로 400킬로쯤 떨어진 몽골의 중앙지로서, 통일 이전에는 옹칸(토그릴)이 다스리던 케레이트의 영지였다.[88]

몽골은 이제 유목민족의 풍습에 따라 계절마다 수도를 옮기던 것을 중단하고, 칭기스가 건설해 놓은 유목도시 오르콘 강가의 카라코룸을 수도로 정했다. 이것이 몽골제국의 제1차 수도다.

---

87) 몽골비사는 1240년에 몽골어로 발행됐다. 그러나 원문은 없고, 중국인들이 인용한 한문 기록이 남아 있어 그 내용이 전해지고 있다. 지금 아우락의 넓은 초원에는 몽골비사 기념비가 서있다.
88) 중국인들은 한문 기록에서 카라코룸을 '검은 자갈밭'이라 하여 '카라허린'(喀喇和林)이라고 하면서, 이것을 약해서 카라를 빼고 코림만 한역해서 그냥 화림(和林)으로 쓰고 있다. 몽골에서 발행된 영문 자료에는 카라코룸이 하르호린(Harhorin)으로 표기돼 있다. kh를 영미에서는 k로, 동구나 아시아에서는 h로 읽는 차이다. 몽골인들의 영문서에는 k·kh·q를 혼용해서 쓰고 있다. 이 책에서는 국제적으로 널리 쓰이는 영미 표기대로 k 또는 q발음으로 옮겨 썼다.

이제부터 몽골황제는 직접 전쟁터에 나가 말 위에서 정복전쟁을 지휘하는 유목사회의 야전 장군이 아니었다. 몽골 중심지에 건설된 궁성에 들어앉아서, 천하를 호령하며 세계를 지배하는 정주(定住) 농경제국의 황제와 같은 통치체제를 펴겠다는 것이다.

오고데이가 바라는 것은, 이동형 행궁(行宮)이 아니었다. 그는 웅장하고 화려한 궁전과 높은 담이 올라 성을 이루는 고정된 황도(皇都)를 갖겠다는 생각이었다.

카라코럼은 초원에 제국을 세웠던 흉노·돌궐·위구르 등 유목제국의 수도였다. 그만큼 이곳은 오래 전부터 내륙 아시아의 정치·군사·상업의 중심지였다.

역대 황제들은 여기에 대본영을 두고 초원천하를 지배했다. 황제들의 본영이 있던 곳이라 해서 '본영의 마을'이라고도 불려왔다.

오고데이는 1235년 이 본영의 마을에서 대규모의 궁전과 수도 조영공사를 시작했다. 궁의 설계와 공사를 맡은 것은 중국 사람들이었다. 궁궐을 둘러싼 돌담은 높고 검었다.

이 검정색 궁벽 때문에 수도이름이 카라코럼으로 정해졌다. 카라코럼은 몽골어로 '검은 돌' 또는 검은 벽'의 뜻이다.

코디아랄의 쿠릴타이에서 오고데이는 내외원정 계획도 신포했다.

"앞으로 우리는 3개 방향으로의 대규모 대외정벌을 계획하여, 칭기스다칸의 유업을 이어나가야 합니다. 그것은 동방의 고려, 남방의 금나라, 서방의 코라슴에 대한 원정입니다."

오고데이의 대외원정 계획 중에서도 맨 앞에 올라있는 것이 동방의 고려를 평정하겠다는 것이었다. 오고데이는 쿠릴타이 참석자들을 향해서 이렇게 말했다.

"동쪽의 모든 나라와 민족이 이미 복속하여 우리의 대외원정을 지원하고 있습니다. 그러나 솔랑가스(Solanggas, 高麗)는 우리의 도움을 받아 자기 나라에 들어와 있던 거란 적을 축출한 뒤에도 우리에게 심복(心服)하지 않고 있습니다. 겉으로는 순종하는 듯이 하면서도 '마음과 정성을 다하여 충심으로 복종'(心悅誠服)하지는 않습니다. 그들은 우리에게 약속한 물품을 제대로 보내지 않으면서, 오히려 우리가 보낸 사신 저구유를 살해했습니다. 원정준비가 끝나는 대로 여기 있는 살리타이 장군이 솔랑가스를 칠 것입니다."[89]

그러면서 오고데이는 단상에 올라있던 살리타이(Salitai, 撒禮塔)[90]를 가리켰다. 살리타이가 일어나서 인사했다. 우렁찬 박수가 터져 나왔다.

"우리의 고려정책은 고려의 항복을 받고 군신관계를 수립해서 평화적인 복속관계(服屬關係)를 유지하는 것입니다. 고려는 중국의 문화에 버금가는 훌륭한 농경문화를 이룩해 놓고 있습니다. 우리에게 없는 물자도 가지고 있습니다. 고려를 복속시켜 위협해 놓지 않으면, 우리는 금나라를 정복할 수 없습니다. 그 두 나라는 오랜 동안 친선관계를 유지해온 '군신의 나라'(君臣之國)입니다. 우리가 금나라를 정벌하면, 고려가 자기네 상국인 금나라를 도와 우리에게 도전할 것입니다. 우리가 고려를 쳐야하는 가장 중요한 이유는 바로 그것입니다."

박수 속에서 오고데이가 연설을 계속했다.

"여진족의 금나라는 백여 년 째 우리를 핍박해온 우리의 원수입니다. 그들은 우리를 지배하면서 우리 부족들을 이간시켜 서로 살상하고 약탈하게 만들었습니다. 그 때문에 칭기스 다칸께서도 일찍부터 금나라를 쳐서 항복을 받았습니다. 그러나 금나라가 우리를 배신해서 수도를 남쪽의 변경으로 옮겨 우리를 공격할 준비를 갖추고 있습니다. 그래서 나는 칭기스칸에 대한 조문과 나의 취임을 승인하기 위해 금나라 황제 애종이 보낸

---

89) 솔랑가스의 몽골 말뜻은 무지개다. 몽골은 고려를 무지개로 불렀다. 그 배경에 대한 해석은 다양하다. 그러나 고려(高麗)의 한자 뜻이 '높이 빛남' 이라는 점에서, 하늘 높이(高)에서 빛나는(麗) 무지개에 비유해서 불렸다는 주장이 설득력 있다.

90) '몽골비사' 의 중국어판 원조비사(元朝秘史)에는 살리타이가 札剌赤兒台(찰랄적아태)로 기록돼 있다.(원조비사 274항)

사절의 면접을 거부하고 돌려보냈습니다."

다시 박수가 터져 나왔다.

오고데이의 연설은 계속됐다.

"금나라는 내가 직접 우리 황국의 군대를 이끌고 가서 정벌할 것입니다."

그러면서 역시 단상의 자기 뒤에 앉아있던 형 차가타이, 아우 톨루이, 숙부인 오치킨을 돌아다보았다. 그들도 모두 일어나서 인사를 했다.

"바로 이분들이 나와 함께 금나라를 정벌할 몽골 황실의 장수들입니다."

이번 박수는 소리가 더 크고 더 길었다. 참석자들이 힘을 내어 질러대는 고함소리도 함께 터져 나와 계곡을 흔들었다.

"다음은 코라슴입니다. 코라슴은 칭기스 다칸 시대에 우리가 복속시킨바 있습니다. 그러나 그곳의 진수장(鎭守將)인 조치가 역심을 품고 있다가 처형된 후 관리상태가 허술해졌습니다. 그 틈을 타서 도망했던 코라슴의 젊은 황제 잘랄과 유신(遺臣)들이 다시 군사를 조직해서 우리 부대를 공격하고, 포로가 된 군사들을 군중 앞에서 살해하여 우리 대몽골 제국을 모욕하고 있습니다. 코라슴은 초르마칸(Cormaqan Corci) 장군을 보내 정벌할 것입니다."

초르마칸이 일어나서 인사했다. 다시 우렁찬 박수와 고함 소리가 길게 이어졌다.

"우리 선대이신 칭기스 다칸께서는 서하와 코라슴·금나라를 밀어내어 우리의 지배 영역을 넓혀서, 몽골로 하여금 아시아의 패자(覇者)가 되게 만들어 놓았습니다. 그러나 나는 몽골을 세계의 패자로 만들어 놓을 것입니다. 칭기스 다칸께서는 아시아 최강의 왕국을 건설했지만, 나는 금나라와 송나라를 아주 점령하고 코라슴을 멸망시켜 아시아 전체를 몽골 영토로 만들고, 다시 유럽을 쳐서 유라시아 대륙에 걸친 거대한 세계제국을 건설할 것입니다."

다시 긴 박수가 터져 나왔다. 새 황제 오고데이의 희망찬 3대 원정계획의 선포다.

오고데이의 대외정벌을 촉진시킨 표면적인 이유는 고려의 저구유 살해와 코라슴의 몽골군 포로 학살이었다.

오고데이의 야심적인 세계정책(世界政策)에 따라서 몽골군은 예비전쟁을 벌여가며 공격을 준비하다가, 1231년 코라슴과 금나라에 이어 고려에 대해서도 정벌전쟁을 개시됐다. 그리고 다시 유럽으로 쳐들어갔다. 본격적이고도 잔인한 전쟁이었다.

몽골의 3대정략

평생을 전쟁으로 일관한 칭기스칸과 오고데이는 황제가 됐지만, 정치활동은 없었다. 따라서 정략도 전쟁에서 이기기 위한 전략일 뿐이었다.

1) 동맹연합(同盟聯合)

인연이 있거나 이해가 일치하는 세력과 동맹을 맺고 있다가, 전쟁이 나면 지원을 받아 연합작전을 벌였다. 일종의 결맹연전(結盟聯戰)이다. 이것은 소수의 군대와 약한 전력으로 크고 강한 적과 싸우기 위한 수단이다. 이런 방법으로 칭기스는 자무카·토그릴과 메르키트를 쳐서 납치된 부인을 찾아왔고, 자무카와 타이치우트 등 적대세력이 도전해 오면 토그릴과 동맹하여 물리쳤다. 금나라를 치기 위해 거란족 옐루류게의 후요국, 여진족 푸젠완누의 동진국과, 금의 동맹국인 고려를 도와 거란적을 물리치고 형제조약을 맺은 것은 결맹연전 전략의 결과다.

2) 전전권항(戰前勸降)

전쟁에 들어가기 전에 적국의 귀족이나 영주·장수·고관들에게 사절이나 서찰을 보내, 공포심을 심어주면서 항복을 권한다. 일종의 권항설유(勸降說誘)이다. 이때 항복하면 살고, 저항하면 죽는다는 사실을 알려주고 이를 실천했다. 이것은 적을 분리 와해시키는 계기가 됐다. 이 전략은 중국이나 코라슴과 같은 강대국을 정벌할 때 효력이 컸다.

3) 고립전략(孤立戰略)

가까운 세력과 동맹을 맺거나 적국의 관민을 항복케 하여, 강대한 적국을 고립시킨다. 이것은 적의 전투력을 약화시킨다. 흔히 사용되는 강적고립(强敵孤立)이다. 칭기스는 중국을 치기 전에 서하를 쳐서 금을 돕지 못하게 했고, 코라슴을 칠 때는 코라슴과 동맹하고 있던 서요를 쳐서 적세를 약화시켰다.

제 7 장

몽골의 고려침공

몽골, 고려를 치다

그해 고종 18년(1231) 8월 14일(음력). 추석을 하루 앞둔 그 무렵은 연일 맑고 서늘한 전형적인 가을 날씨였다.

북녘 함신진(咸新鎭, 지금의 의주)[91]의 방수장군 조숙창(趙叔昌)은 그날 아침 평소보다는 약간 늦게 부대 집무실로 나왔다.

다수의 군사들과 일부 군관들이 추석을 쇠기 위해 고향으로 떠나 부대는 조용했다. 조숙창은 조회는 하지 않고 몇몇 참모들과 차를 마시며 한담을 나누고 있었다.

그때였다. 당직 군관 하나가 문을 박차고 헐레벌떡 뛰어 들어와 다급하게 밀쳤다.

"장군, 비상입니다. 오랑캐 군사들이 새카맣게 몰려오고 있습니다."

"너무 조급해 하지 말고 차근차근 말해 보라. 오랑캐라니? 오랑캐가 어디 한 둘인가? 정확히 어느 나라 군대야?"

"아직 확인되진 않았으나, 몽골군 복장을 하고 있습니다."

조숙창은 차분했다.

---

91) 함신진(咸新鎭); 원래는 주(州)로서 의주(義州)로 불렸다. 그러나 최충헌 사후 함순과 다지가 그곳에서 반란을 일으키자, 최우가 반란을 진압한 뒤에 주에서 진(鎭)으로 격하하여 함신진으로 고쳤다.

"여진 놈들일 것이다. 우가하의 군대임이 틀림없어. 놈들은 항상 몽골 군복을 입고 우리 경내에 들어와 도적질을 해 가니까."

"그러나 좀 이상합니다. 과거 우가하의 군대와는 달리, 이번에는 병력의 수가 엄청나게 많습니다. 적이 들판을 덮었습니다."

"그래? 그럼 나가보자."

조숙창은 참모들과 함께 성루로 올라갔다. 과연 엄청난 병력이 새카맣게 몰려오고 있었다.

"여진 놈들이 또 들어왔다. 전군에 경계령을 내려, 방비태세를 강화하라!"

조숙창은 명령을 내려놓고, 계속 침공군 쪽을 바라보면서 말했다.

"우가하가 아니면 동진의 푸젠완누 군사들이겠지. 요즘 놈들의 사정이 어렵다니까, 또 도적질하러 온 것일 게야."

조숙창은 방어와 작전의 책임자답지 않게, 사태의 정확한 진상 파악보다는 자기에게 편한 쪽으로만 생각을 몰아가고 있었다.

"그러나 장군. 이번에는 좀 이상합니다."

함신진의 판관으로 병마부사직을 겸임하고 있는 전한(全侚)이 불안한 표정으로 말했다.

"무엇이 이상하오?"

"군사의 수도 많고, 대오도 우가하의 여진군과는 달리 성연해 보입니다. 우리 성을 향해 몰려오는 것도 이상합니다. 여진군 같으면 바로 민가로 가서 약탈할 터인데, 저들은 이쪽을 향해서 오질 않습니까?"

다른 군관들이 말했다.

"그렇습니다, 장군. 어딘가 여진군과는 많이 달라 보입니다."

"과거의 여진군은 아닌 것 같습니다, 장군."

전한과 부하 참모들이 그렇게 말했지만, 조숙창은 느긋했다.

"걱정할 것 없소. 저놈들이 이번에는 군사를 좀 많이 보냈을 뿐이야. 그리고 우리 군사들이 저들을 공격했으니까, 이쪽으로 오는 것이겠지. 우선 상황발생 보고를 북계의 박서(朴犀) 병마사에게 띄우시오. 박서 장군은 지금 귀주성에 가있소. 그리고 성내 군사들을 단속해서 성의 방비를 엄히 하고, 성 밖에 배치된 군사들로 하여금 저들의 뒤를 쳐서 쫓아내도록 하시오."

함신진에서는 침입군이 어느 나라 군사인지 정확히 파악하려 하지 않은 채, 우선 파발을 띄워 서북면(북계) 병마사 박서에게 적침(敵侵) 사실을 알려 일차적인 조치를 끝냈다.

조숙창이 국경수비를 위해 함신진에 나와 군사 책임을 맡고 있는 무관이라면, 전한은 함신진의 부대 참모장으로 지방 행정 책임까지 맡고 있는 문관이다.

저구유 피살사건이 있은 지 6년하고도 반년이 지난 뒤였다.

몽골의 살리타이는 8월 초순 고려 왕정의 기지인 만주 요양(遼陽)을 출발하여 화량성(花凉城)과 개주(開州, 봉황성)를 지나, 며칠 후 의주 건너편의 압록강 북안에 도착했다.

그는 고려인들이 한가하게 지내는 그해(고종 18년, 1231) 추석명절 전후를 공격 개시일로 잡아놓고는, 밤마다 소부대 단위로 압록강을 건너와서 고려군을 정탐해 갔다.

8월 9일 몽골군은 일제히 압록강을 건넜다. 산길을 따라 고려군의 산성 주변으로 모여들고 있었다. 그들은 군사들을 나누어 평안북도 일대의 주요 성들을 포위했다.

몇몇 성들이 쉽게 함락됐다. 그러나 함신진과 철주성 등은 비교적 완강하게 버티고 있었다.

함신진에 대한 몽골군의 공격이 이틀간 계속됐을 때까지도, 고려군은 이들이 몽골군 복장을 한 여진인으로 알고 있었다. 살리타이가 그것을 알고 덩치가 큰 군관 하나를 시켜 성에 대고 외치게 했다.

"나는 몽골의 장수다. 너희들은 속히 나와서 항복하라. 항복하지 않으면 성을 남김없이 도륙할 것이다."

그러나 조숙창은 이를 일언지하(一言之下)에 거절하고 항전했다. 쌍방 간에 큰 피해 없이 공방이 계속됐다.

전한이 조숙창의 문을 두드리고 들어섰다.

"저들은 스스로 몽골군이라 합니다. 그럴지도 모릅니다."

"여진이나 거란 놈들도 항상 그렇게 말하지 않았소?"

"아무래도 그들과는 여러모로 달라 보입니다. 더구나 몽골은 금나라를 쳐서 화북을 차지하고, 지난해부터는 변경으로 도망한 금을 다시 치고 있습니다. 몽골이 금을 친다면, 그 조공국인 우리 고려도 함께 칠 것입니다."

"그럴 리가 없어요. 몽골군은 지난 거란 적의 병자변란(丙子變亂, 고종 3년, 1216) 때에 우리 땅에 들어왔으나, 우리 선친이 잘 해놓고 돌려보냈기 때문에 그렇게 쉽게 우리를 쳐들어오지는 않을 거요. 너무 걱정하지 마시오."

조숙창의 선친은 김취려와 함께 몽골군과 협력해서 강동성의 거란군을 물리친 조충(趙沖)이다.

전한이 다시 말했다.

"그러나 장군, 만일 저들이 몽골군이라면 대책을 처음부터 다시 세워야 합니다."

조숙창은 고개를 돌린 채 말이 없었다.

몽골군과 대치하면서 사흘을 더 견뎌낸 뒤, 함신진의 부사 전한은 겁에 질려 다시 조숙창을 찾아갔다.

"저들은 틀림없이 몽골군입니다."

"그런 것 같기는 하오."

"참으로 큰 걱정입니다. 몽골이 대병을 이끌고 와서 저렇게 성을 포위하여 연일 위협하고 있으니, 장군께서는 장차 어떻게 하시렵니까?"

"글쎄 말이오. 여기는 우리 나라의 최전방 관문이자 가장 중요한 진지요. 그러나 우리의 적은 군사로는 성을 나가 저들의 많은 군사를 상대로 싸울 수는 없소. 그렇다고 저들의 요구대로 항복할 수도 없지 않소? 지금 으로서는 이렇게 성을 굳게 닫고 지킬 수밖에요."

"그러나 우리가 얼마나 버틸 수 있겠습니까? 우리 군사는 3천인데, 그나마 삼분의 일 가까이가 휴가를 갔습니다. 적군은 그 삼사배가 됩니다. 적은 사방을 차단해서 우리를 고립시켰습니다. 지금 우리는 외부와의 통신이나 물자 조달이 전혀 안 되고 있습니다."

"그러나 우리가 이렇게 지키고 있으면 적군이 남으로 갈 수가 없을 것이오. 귀주성의 북계로 장계를 보냈으니 곧 후방에서 지원군이 올 짓이오. 그때 우리가 성문을 열고 나가서 저들을 치면 되오."

"그러나 저들은 수가 많으니 지금쯤은 나머지가 남진하고 있을지도 모릅니다. 더구나 중앙에서 언제 지원군이 올지 아무도 모릅니다. 그 안에 몽골군이 이 성에 공성작전(攻城作戰)을 편다면, 우리 모두의 전멸이 있을 뿐입니다. 이쪽 사람들은 전쟁이나 충성에는 무관심합니다."

"거 무슨 소리요?"

"전쟁이 났다하면, 우선 여기 함신진에서 싸움이 붙습니다. 그 때문에 전쟁 피해를 가장 많이 보는 곳도 이곳 백성들입니다. 12년 전(고종 6년, 1219)에 최충헌 시중이 돌아가고 최우 공이 권력을 승계 받았을 때, 이곳에서는 군관인 한순과 다지가 군사 반란을 일으켰다가 불리해지자 여진족인 푸젠완누의 동진에 귀부하려 했습니다. 그 때문에 우리가 주(의주)에서 진(함신진)으로 명칭이 격하되지 않았습니까. 이곳 사람들은 중앙에 대해 적대감이 많습니다."

"그랬지. 헌데, 전쟁이 났는데도 개경이나 북계에서 아무런 연락이 없으니 참으로 답답하군. 어떻게 하면 좋겠소?"

"만약 우리가 나가서 항복하면 성중의 백성들은 그래도 죽음을 면할 수 있습니다. 일단 항복을 하고 시간을 벌어서 뒷날을 도모하면 됩니다."

"아직도 버틸 만한데 더 싸우지 않고 항복하자는 말씀이오?"

"예, 장군. 우리 함신진은 소소한 도적떼는 물리칠 수 있으나, 몽골 같은 강국의 군사와는 싸워서 이길 수 없습니다. 이럴 때 함신진 같은 변방 성진(城鎭)의 임무는 이를 빨리 상부에 알리고 백성을 살리는 것입니다. 장계를 이미 북계 병마사에게 보내 적침을 알려 놓았으니, 이젠 백성을 살릴 차례입니다."

"나는 무인이오. 무인으로 적침을 막기 위해 방수장군으로 이곳에 나와 있소. 그런 나에게 적군이 눈앞에 와있는데도 싸우지 말고 항복하라니, 원."

조숙창은 '그게 말이 되느냐'는 투였다.

전한은 차분하게 계속했다.

"벌써 겁에 질린 우리 군사들이 밤이면 성을 빠져나가 도망하고 있습니다. 이대로는 도저히 안 됩니다. 몽골과는 싸워 이길 수는 없습니다. 그럴 바엔 백성을 살리고 성을 보전하여 후일을 기약해야 합니다."

"항복을 하라?"

"예, 장군. 인주(麟州城, 평북 신의주)를 비롯해서 북계의 많은 성진에서 이미 스스로 성문을 열었다고 합니다. 특히 인주 도령(都領) 홍복원(洪福源)은 스스로 몽골 군영에 가서 항복을 청해서 아무런 피해 없이 성과 백성을 살렸다 합니다."

"홍복원이? 그 사람이 제 아비 홍대순(洪大純)에 이어 대를 이어서 다시 반역행위를 하고 있군. 그때 홍대순 때문에 우리 선친(조충)께서도 고충이 많으셨어요."

조숙창은 그렇게 말하면서도 공포에 떨고 있었다.

"장군의 선친께서도 몽골과 사이가 좋았던 분이 아니오이까. 항복을 두려워하지 마십시오. 항복도 책략의 하나입니다."

"항복도 책략이라?"

"예, 장군. 필요하다고 판단되면, 항복을 머뭇거려서는 안 됩니다. 제때 항복하지 않는 것은 작전에서 장수들이 중요시하는 시기의 상실, 곧 실기

(失機)입니다.”

항복을 머뭇거리면 실기라?

그때 인주성의 도령 홍복원은 몽골군이 인주성을 포위했으나, 군사들에게는 화살 하나 쏘지 못하게 했다.

당시 인주에는 군관 1백 37명을 포함해서 총 1천 9백 명의 군사가 있었다. 예비군인 백정군도 9백 명이었다. 인주가 접경지대인 만큼 병력이 많이 배치됐다.

그러나 홍복원은 제 발로 성문을 열고 몽골군 진영으로 나가서 말했다.
“나는 이 인주성의 도령이오. 나는 굳이 몽골군과 싸울 의사가 없소.”
“항복한다는 말인가?”
“그렇소. 나는 나의 백성들과 함께 항복할 것이오.”

그렇게 해서 몽골 군사들을 물린 다음, 홍복원은 자기 관할 안에 있는 편민(編民) 1천 5백 호를 이끌고 몽골군의 본영(중로군)으로 살리타이를 찾아갔다. 편민들은 모두 홍복원의 휘하에 있는 군인과 관리, 그리고 인주 지역의 지방 세력가들이었다.

홍복원이 항복하여 백성들을 끌고 찾아왔다는 말을 듣고, 살리타이가 기뻐하면서 나와 그를 맞아들였다.
“나는 고려국의 인주도령 홍복원입니다. 우리는 활을 놓고 몽골군에 협력할 것입니다.”
“오, 그래요? 참으로 반가운 말씀이오.”
“전번에 카치운 원수의 몽골군이 거란 적을 뒤쫓아 고려에 왔을 때는, 나의 부친 홍대순이 인주도령으로 계셨습니다. 그때 나는 부친과 함께 앞장서서 몽골군을 도왔습니다.”
“그렇군요. 어쨌든 대를 이어 이렇게 우리에 협력해 주니, 인주에는 우리 군사가 들어가지 않을 것이오. 홍 도령이 계속 인주를 맡아 다스리면서, 우리에게 협력해 주시오.”

"고맙습니다, 장군. 저의 인주성 편민들이 원수를 뵙기를 청하고 있습니다."

살리타이는 밖으로 나가 홍복원이 이끌고 온 사람들을 둘러보고 말했다.

"나는 몽골군 원수다. 우리를 찾아온 여러분을 환영한다. 우리를 두려워 할 필요가 없다. 앞으로 계속 홍복원 도령의 지도하에 안심하고 생업에 열중하면서 가족들과 함께 종전처럼 평화롭게 살라. 내가 그것을 보장해주겠다."

그때 25세였던 홍복원은 13년 전에 그 아비 홍대순이 그랬던 것처럼 다시 몽골군에 항복했다. 그후 그는 부원세력(附元勢力)이 되어 고려를 침공해오는 몽골군의 앞잡이가 된다.

조숙창은 전한으로부터 항복을 권유 받은 뒤, 그를 데리고 밖으로 나갔다. 그들은 성채로 올라갔다. 몽골 군사들이 성을 빽빽이 둘러싸고 있었다. 좀 높은 곳에는 모두 몽골군의 포가 걸려 있었다. 조숙창은 겁이 났다.

전한이 말했다.

"보십시오. 저들이 곧 공성작전(攻城作戰)을 펼 것 같습니다. 결단을 내리십시오, 장군."

조숙창이 잠시 머뭇거리고 있을 때, 살리타이가 보낸 사절이 다시 와서 투항을 권고했다.

"항복하시오! 항복하면 살고, 대항하면 죽소. 이 약속은 반드시 지킬 것이니, 주저하지 말고 항복하시오!"

그 소리를 듣고 조숙창이 명령했다.

"백기를 올려라!"

함신진의 군사들이 곧 백기를 들고 성루에 올라와 흔들었다. 이어서 조숙창은 참모들을 데리고 성문을 열고 나갔다. 일행은 몽골군영으로 갔다. 몽골 군사들은 그들이 항복하러 온 것임을 알고, 조용히 맞아주었다. 조숙창은 살리타이에게 안내됐다.

"우리는 활을 놓았소이다. 더 이상 몽골군과 싸우기를 원하지 않습니다."

살리타이가 여유 있게 웃으면서 말했다.

"잘 하셨소. 우리 몽골이 타국에 들어가 성을 공격할 때, 우리는 성에 대고 '조속히 전면 항복하라. 응치 않으면 전원살륙이 있을 뿐'이라고 포고하고, 실제로 그렇게 해오고 있습니다. 이것은 우리 칭기스칸 이래의 몽골군의 기본전략입니다. 우리 몽골군은 우리의 요구에 따라 항복하는 군사에겐 절대로 해를 가하지 않습니다. 안심하시오."

"고맙습니다. 나는 고려국의 원수 조충(趙冲) 장군의 아들이오. 우리 신친께서는 일찍이 귀국의 카치운 원수와 형제가 됐소이다."

"오, 조충 장군 말입니까? 나도 그 분을 잘 압니다. 훌륭한 장수지요."

몽골 침략군의 원수 살리타이는 고종 5년(1218) 카치운(Qaciun, 哈眞)이 고려에 진군하여 거란군을 물리칠 때 부원수로 따라왔던 찰라(札剌)[92], 그 사람이다.

몽골에 항복한 뒤, 전한은 나라의 창고를 열어 몽골 군사들을 배불리 먹였다. 고종 18년(1231년) 8월 중순의 일이다.

고려에 대한 몽골의 제1차 침입은 이렇게 시작됐다. 그 후 몽골군의 고려 침입은 여러 차례 더 벌어졌고, 이에 대한 고려의 항전은 39년간 계속됐다. 이 대몽항전(對蒙抗戰)은 고려인의 결사적인 저항과 치욕적인 반역, 낯가끼안 투항 그리고 생존을 위한 타협의 역사였다.

---

92) 살리타이(Salitai)는 살례탑 또는 찰라다. 한문 사료에 札剌(찰라) 撒禮塔(살례탑) 撒里塔(살리탑) 撒里台(살리태) 撒里打(살리타) 沙里打(사리타) 沙打(사타) 撒兒台(살아대) 撒歹(살태) 등 여러 가지가 있고, 이들 뒤에 火里赤(화리적) 火兒赤(화아적) 등을 덧붙여 撒里打火里赤 등으로 표기하는 등 십여 가지로 기록돼 있다. 여기서는 학교 교과서 등 일반적으로 통용되고 있는 '살리타이'로 쓰기로 한다.

살리타이의 고려정벌 전략

의주(함신진)를 점령함으로써 고려 침공의 교두보를 확보한 살리타이는 함신진에서 몽골군 지휘부를 소집해 놓고 작전지시를 내렸다.

"가능한 한 초전에 고려군을 박살내고, 빨리 남쪽으로 진군한다. 적국에 깊이 들어가면 군사들이 위기의식을 갖게 된다. 군사들은 위험을 느껴야 단결된다. 적국의 내지에 깊숙이 들어가면 탈출할 수 없기 때문에 결사적으로 싸우게 된다. 따라서 조속히 남쪽으로 깊숙이 내려가도록 서둘러라."

살리타이는 몽골군을 3개의 진으로 나눴다.

제1군은 서로군이었다. 그들은 평북의 해안지대 방면의 평지를 따라 남진해서, 정주(靜州, 지금의 의주 부근)를 거쳐 용주·철주·선주·곽주 박주를 지나 안북으로 향했다. 서로군엔 푸타오(Putao, 蒲桃), 디주(Diju, 迪巨), 탕구(Tanggu, 唐古)가 지휘관으로 배치됐다.

제2군은 동로군이었다. 그들은 압록강을 따라 북진했다가 내륙지대인 삭주·귀주·위주·박주를 거쳐 안북으로 향했다. 북군은 안북에서 서로군과 합류하기로 했다. 동로군엔 왕영조(王榮祖), 우예르(Wuyer, 吾也而), 일라(Yila, 移剌)가 배치됐다.

제3군은 지휘부가 있는 중로군(본군)이었다. 그들은 서로군의 뒤를 따라 안북으로 가서 그곳에 주둔하면서, 몽골 원정군을 총괄적으로 지휘하기로 했다.

살리타이가 본군을 이끌고 있었다. 중로군엔 살리타이 밑에 마이누(Mainu, 買奴)와 비멘(Bimen, 壁門)이 배속됐다.

각 군은 방향은 달리했지만, 북계병마부(北界兵馬部)가 있는 안북에서 다시 모이기로 했다.

살리타이가 말했다.

"우리 몽골은 '적은 군사로 많은 승리를 거두는 것'(以小多勝)을 전쟁의 기본원칙으로 하고 있다. 본래 우리는 군사 수가 적고, 지리에 미숙하다. 이런 단점을 보완키 위해 '적으로써 적을 공격'(以敵攻敵)하는 방법을 쓴다. 그것은 '항복한 군사를 널리 활용'(降軍廣用)하는 방법이다."

살리타이는 작전방침을 시달했다.

"우리 보급물자를 본국에서 조달할 수는 없다. 따라서 군량과 기타 필요한 물자는 고려국 안에서 고려인의 것들을 빼앗아 해결하라."

"예, 장군."

"고려인이 우리 군사를 무섭게 느끼도록 하라. 동정은 금물이다. 앞으로도 살상과 약탈·방화를 주저하지 말라. 아니, 더욱 철저하고 무자비하게 감행하라. 중국인이나 고려인 등 농사를 지어먹고 사는 사람들은 부유하게 살고 있다. 부자들은 겁이 많고, 안전을 원한다. 전쟁을 무서워하고 평화를 희망하는 그들에게 전쟁의 살벌한 맛을 보여줘야 한다. 공포와 위협은 우리 몽골군의 또 하나의 전력(戰力)이다."

이래서 고려인에 대한 몽골 침공군의 도륙전이 지휘관인 살리타이에 의해 공식적으로 명령됐다.

이전양전(以戰養戰). 전쟁을 통해서 전쟁을 준비한다는 말이다. 전쟁을 하면서 전쟁에 필요한 물자와 장비·전력을 마련하는 일종의 전술방침이다. 이것은 칭기스 이래 몽골군의 기본 전술원칙의 하나다. 그것이 이제 고려에서 실현될 판이다.

　함신진이 투항한 그날 밤, 몽골의 승장(勝將) 살리타이는 자기 막사에 앉아서 고려의 항장(降將) 조숙창을 불렀다.

　"조 장군, 나는 전번에 카치운 원수와 함께 부원수로 솔랑가스(고려)에 와서 부친 조충 장군과 함께 거란군을 물리친 사람입니다."

　"찰라(札剌) 장군이란 말씀이오?"

　"고려나 중국에선 나를 그렇게 부른다고 하더군요. 내 몽골 이름은 살리타이(Salitai, 撒禮搭)입니다."

　"예, 대충 그렇게 짐작은 하고 있었습니다. 반갑습니다."

　"조충 장군은 요즘 어떠십니까? 뵙고 싶군요."

　"작고하셨습니다. 십여 년 됐지요. 몽골군이 왔다가 돌아간 이듬해(고종 7년, 1220) 돌아가셨습니다."

　"그렇습니까? 안됐군요. 조충 장군은 대단한 분이었습니다. 그때 참전했던 모든 몽골 장수들이 아직도 조충 장군을 생각하며 존경하고 있습니다. 그런 분이 돌아가시다니, 고려의 불행이군요. 늦게나마 조의를 표합니다."

　"고맙습니다, 원수."

　"조숙창 장군이 우리의 요구를 받아들여 이렇게 일찍이 성을 내주어서 고맙소이다. 허나, 그렇게 하지 않았다면 지금쯤은 장군과 백성들 모두가 도륙되어, 우리가 이렇게 마주앉을 수 없었을 것입니다."

　"지금 이 지상에서 몽골군을 상대로 싸울 수 있는 나라가 어디 있겠습니까?"

　"세계의 강대한 나라들이 차례차례 우리에 항복하고 있으나, 이 고려국은 만만치가 않습니다. 나는 지난번에 고려에 와서 보고 알았습니다. 이 고려가 비록 작기는 하지만, 강한 나라입니다. 장수들이 유능하고, 군사들은 용감하며, 백성들은 충성심이 강합니다. 그래서 좀처럼 항복하지 않을 것 같습니다."

조숙창은 오히려 이상하다는 듯이 말했다.

"그렇습니까? 살리타이 원수에겐 이 고려가 그렇게 보였습니까?"

"예. 그래서 장군에게 부탁을 드리려 합니다."

"무엇입니까?"

"우리와 함께 고려의 성주들에게 가서 '무서운 몽골군이 왔으니, 항복하는 것이 좋겠다' 는 내용으로 설유해 주시면 됩니다."

"나는 고려의 장수입니다. 나는 항복했을지언정, 다른 고려 군사들에게 항복을 권할 수는 없습니다. 미안합니다."

"조 장군의 그런 태도는 애국이 아닙니다. 고려 군사로 하여금 빨리 항복하게 하는 것이 애국입니다. 고려는 어차피 이 싸움에서 이길 수 없습니다. 우리 몽골은 중국·서하·서요·코라슴을 쳐서 항복을 받았습니다. 위구르와 카를루크는 스스로 귀순해 왔습니다. 질 싸움은 하지 않는 것이 병법의 이치입니다. 질 싸움을 오래 계속하여 피해를 늘어나게 하는 것이 과연 군사와 백성을 아끼는 것이겠습니까?"

조숙창은 대답을 하지 않고 살리타이를 보았다. 살리타이도 조숙창을 응시했다. 두 장수간의 기(氣) 싸움이었다.

그때 살리타이의 두 눈에서는 힘 있는 광채가 뿜어져 나오고 있었다. 그 광채는 조숙창으로서는 감내하기 어려운 힘이었다.

소숙장은 전한이 한 말들이 떠올랐다. '항복도 책략이다, 항복을 늦추면 실기한다.' 전한이 한 이 말이 지금은 살리타이의 눈빛보다도 더 강하게 폐부를 찔러왔다.

조숙창이 시선을 낮추며 말했다.

"알겠습니다. 그리 하지요."

"조 장군의 공로에 대해서 우리는 충분히 보답할 것입니다."

그날부터 조숙창은 몽골군의 앞잡이가 되어 항복을 권하러 다녔다. 이 것은 조숙창의 두 번째 항복이다.

조숙창은 우선 서찰을 써서 의주 동쪽에 있는 삭주(朔州)의 선덕진에 보냈다. 그뿐만이 아니었다. 조숙창은 몽골군을 따라 따니며 조기항복을 권했다.

조숙창의 항복권고 서찰을 받고 선덕진(宣德鎭, 함남 함주군 선덕면 선덕 장리)[93]이 제일 먼저 싸우지 않고 몽골군에 투항했다.

이 소식을 듣고 전한이 조숙창을 찾아갔다.

"장군, 이러시면 안 됩니다. 우리가 항복한 것은 나라를 위해서였지 적 군을 위해서가 아닙니다. 장군께서 앞장서서 항복을 권유하면 그것은 몽 골군을 위한 행동입니다. 그것은 고려 장수의 행위가 아니고 몽골의 일개 앞잡이 안내꾼일 뿐입니다. 조 장군이 항복을 권하고 다니면 나라꼴이 뭐 가 되겠습니까?"

"여보시오, 부사. 거 무슨 소리요. 그대가 내게 한 얘기와 내가 다른 성 진(城鎭)들에게 하는 얘기는 똑같지 않소?"

"얘기는 같으나 상황은 다릅니다. 우리는 최전방이지만, 그들은 그래도 후방입니다. 몽골군이 안으로 들어갈수록 병력은 분산되고 병참거리가 멀 어지고 군사들은 지쳐서 싸우기가 어려워집니다. 따라서 후방에서는 버틸 만큼 버텨줘야 서경과 개경에 대한 몽골의 공격을 늦출 수 있습니다."

"난 도무지 그대의 얘기를 알아들을 수가 없소."

"장군은 함신진의 방어사입니다. 다른 곳은 관여할 바가 아닙니다. 후 방 성진들의 판단은 그쪽 성주(城主)들에게 맡겨야 합니다."

"……"

"백성을 구했으니, 이젠 나라를 생각해야 합니다. 나라에 반하고 적에 이로운 일은 삼가주십시오. 선친 조충 장군의 애국적 공로가 훼손될까 걱 정입니다."

"어허, 참."

---

93) 선덕진(宣德鎭); 지금의 북한 행정구역으로는 함남 정평군 선덕리. 함흥 남쪽 45리 지점에 있다.

"장군, 폐하를 위시해서 조정의 대소 신료들과 세상 사람들이 지금 장군을 주시하고 있습니다. 제가 드린 말씀을 유념해 주십시오."

전한은 그 말을 남기고 물러 나왔다. 그는 문을 닫으면서 중얼거렸다.

조숙창은 애국자가 아니다. 충신이 아니야. 반역자다. 내가 저런 속물(俗物)을 계속 받들고 있을 수는 없다.

그러나 조숙창은 몽골군에 끌려 다니면서 항복을 권고하는 등 몽골군의 심부름을 계속하고 있었다.

전한은 조숙창을 만나거나 따라가지 않고, 함신진에 돌아와서 백성들과 함께 지냈다. 그는 적의 점령지에 남아서 나라 잃은 백성들을 맡아서 지도하는, 마치 양치기와도 같은 임무를 수행했다.

몽골의 전략원칙

전쟁이나 전투의 방법을 설명할 때, 흔히 전략과 전술이란 용어가 동원된다. 전략(戰略)이란 전쟁 전체 과정에서 사용되는 방략이고, 전술(戰術)이란 개별 전투에서 사용되는 방법이다. 전략이 개론적 원칙이라면, 전술은 전략의 각론적 방침을 말한다. 몽골의 전략은 인구가 적고 재정적으로 빈약했던 위치에서 선택된 병법들이다.

칭기스가 전략의 기본 원칙으로 삼고 있는 것은 세 가지다.

1) 이소다승(以小多勝)

적은 군대로 많은 군대와 싸워 이긴다는 원칙이다. 훈련과 전술을 강화해서 소국이 대국을 공격하여 이기기 위한 방침이다. 동맹이나 연합작전도 이소다승의 한 방법이다.

2) 이적공적(以敵攻敵)

적을 동원하여 적을 친다는 이열치열(以熱治熱) 식의 전법이다. 몽골군이 점령지에서 포로가 된 적군이나 현지 장정들을 끌어들여 군으로 편성하는 것도 이적공적의 한 방법이다. 이것을 이적벌적(以敵伐敵)이라고도 한다. 금나라에서 말하던 '오랑캐끼리 싸우게 하여 오랑캐를 물리친다' 는 이이제이(以夷制夷)도 이적공적의 한 형태다.

3) 이전양전(以戰養戰)

전쟁을 치르면서 차기 전쟁을 준비하는 전법이다. 전쟁 중에 다음 전쟁에 쓸 물자를 점령지에서 준비하거나 훈련을 쌓는 것도 이전양전의 한 방법이다.

철주성의 장렬한 최후

철주성(鐵州城, 평북 철산군 서림면)이 항복을 거부하고 계속 완강하게 저항하자, 몽골의 서로군은 조숙창을 내세웠다. 몽골군은 철주성에 이르러 조숙창으로 하여금 투항을 외치게 했다.

조숙창이 나섰다.

"나는 함신진의 방수장군 조숙창이다. 이번에 진실로 몽골군이 왔으니, 속히 나와서 항복하라. 나도 항복하여 함신진의 군사와 백성들을 구했다."

조숙창은 몽골군이 시키는 대로 철주성(지금의 西林城)에 대고 큰소리로 외쳤다. 그러나 성안에서 규탄하는 소리가 터져 나왔다.

"그대가 진짜 조숙창인지 아닌지를 우리는 알지 못한다. 설사 그대가 조숙창이라 해도, 국가를 반역하고 오랑캐에 붙어 있는 역적의 말을 우리가 듣겠는가!"

"내 말을 따르지 않으면, 뒤에 가서 후회해도 소용없다. 시간이 있다는 것은 행운이다. 시간 있을 때, 바른 길을 택하라. 항복을 늦추면 실기한다. 실기하면 처참한 말로가 있을 뿐이다."

철주성의 방어사 이원정(李元禎)이 나섰다.

"그대가 조숙창이라면, 내 말을 들어라. 그대는 부끄럽지도 않은가! 지하의 조충 장군이 지금의 그대 모습을 보고 얼마나 통탄하겠는가!"

그 말이 떨어지자 철주성에서는 화살이 조숙창을 향해 비 오듯이 쏟아져 나왔다. 조숙창은 몽골군 진중으로 도망했다. 철주성은 항복하지 않고 계속 저항했다.

몽골군은 서창진(瑞昌鎭)을 쳐서 함락시키면서 문대(文大, 낭장)를 사로잡았다. 몽골병들이 문대를 찔러 죽이려 했다.

몽골의 부대장 푸타오가 이것을 보고 말렸다.

"그자는 군관이다. 사로잡은 군관은 함부로 죽이지 말라. 앞으로 쓸모가 있다."

몽골군은 문대를 억류하여 이동할 때마다 데리고 다녔다. 몽골군이 철주성을 공격할 때였다. 그들은 문대를 데려다 달래고 윽박질렀다.

"이 철주성에 대고 외쳐라! '진짜 몽골군이 왔으니 속히 나와서 항복하라'고. 그러면 너는 살아서 돌아갈 수가 있다. 알았지!"

그러나 문대가 침입해온 군사들을 살펴보니, 여진족이 많았다. 문대가 주저하며 그대로 있자, 몽골 군관이 다시 위협했다.

"뭘 보고 있어? 꾸물대지 말고 빨리 외치지 못할까! 네 생명이 걸린 문제다. 어서!"

문대가 큰소리로 외쳤다.

"그대들은 몽골군이 아니다. 여진군이다."

문대가 반대로 말하자, 푸타오가 눈을 부라리며 말했다.

"우리는 몽골군이라고 말하지 않았나! 죽일 것을 살려주었으면, 목숨값을 해야. 빨리 외쳐라, 문대."

문대는 다시 머뭇거렸다. 그러나 몽골 군관이 칼을 뽑아 치켜들면서 말했다.

"어서 말하지 못할까!"

문대는 정숙창이나 홍복원과는 너무나 달랐다. 문대가 두 손을 둥글게 모아 입에다 대고는 철주성을 향해서 외쳤다.

"이들은 가짜 몽골군이다. 절대로 항복하지 말라."

"이놈이!"

푸타오가 칼을 뽑아 문대의 목을 베려 했다. 그때 누군가가 외쳤다.

"멈춰라!"

살리타이였다.

그는 직접 나서서 문대를 보며 말했다.

"나는 몽골군의 원수다. 네게 다시 한 번 기회를 주겠다. 성에 대고 큰 소리로 항복을 권하라. 그러면 니는 목숨을 구하고 상도 받는다."

문대는 살리타이를 훑어보았다. 원수 같다고 생각하면서. 그는 다시 외쳤다.

"이들은 몽골군이 아니고, 여진군이다. 절대로 항복하지 말고 힘을 내어 싸워라!"

그러자 몽골군 군관이 그 자리에서 문대의 목을 벴다.

살리타이가 말했다.

"죽을 줄을 뻔히 알면서도 적군에 항복을 못하게 하기 위해 그렇게 반대로 외쳤구나. 참으로 훌륭한 무사다. 역시 고려는 만만치 않은 나라야."

그때 고려인들은 한동안 침략군의 정체를 파악하지 못하고 있었다.

여진의 장수 우가하의 예에서 보는 바와 같이, 만주 지방의 거란족이나 여진족들은 몽골인의 옷을 입고 몽골군으로 변장하여, 고려 국경을 넘어 침입해서는 성을 치고 백성들을 약탈해 가는 사례가 많았다.

게다가 고려인들에게 몽골군은 익숙하지 않았다. 그들의 모습이 거란족이나 여진족과 구별되지도 않았다.

한때 카치운의 몽골군 1만 명이 강동성 일대에 잠시 들어온 적은 있었지만, 벌써 십여 년 전 일이다. 더구나 몽골군을 직접 본 사람은 그 지역 백성들의 일부뿐이었다.

따라서 살리타이의 몽골군이 왔을 때, 고려인들은 거란족이나 여진족들이 몽골군으로 변장하여 다시 침입한 것으로 믿고 있었다.

문대의 목을 벤 뒤에, 몽골군은 철주성을 빈틈없이 에워싸고 공격의 강도를 높였다. 철주성에서는 군민이 뭉쳐서 완강히 저항했다. 방어사 이원정이 직접 군사를 이끌고 성문을 나서서 몽골군을 공격했다.

그러나 이원정은 무인이 아니고 선비였다. 병서를 읽고 무술을 닦기는 했지만, 그는 어디까지나 책을 읽고 글을 쓰는 일개 문신일 뿐이다.

그런 이원정이 몽골의 침략을 받자, 직접 군사를 거느리고 나가 진두에서 지휘하다가 몽골군의 칼을 맞아 그 자리에서 전사했다. 장수가 죽자, 고려군은 다시 성안으로 쫓겨 들어왔다.

그 후로는 판관 이희적(李希勣)이 철주성을 지휘했다. 열흘 이상의 시일이 지나면서 성안에서는 양식과 화살이 다하여 더 이상 버틸 수가 없었다.

그렇게 보름 가까이 방어전을 계속하다가 성이 곧 함락될 지경에 이르렀다. 누구나 오늘이 마지막이라고 생각하면서, 양쪽 군대는 서로 긴장된 대치를 계속하고 있었다.

칠흑 같은 밤에 이희적은 자기 방에 홀로 앉아서 결단의 순간을 맞고 있었다.

저들은 저항한 우리를 학살할 것이다. 살아남는다 해도 우리는 노예가 되고 만다. 우리 문명국 고려인이 저 야만인들의 노예가 될 수는 없다. 그런 상태로 살아 있느니, 차라리 우리 손으로 죽는 것이 낫다.

그는 무서운 결단을 택했다.

"성내의 모든 백성들은 창고 안으로 대피하라."

백성들은 의아해 했다.

"아니, 왜 사람들을 창고 안으로 들어가라는 게야."

"대피하라 하지 않는가. 적군이 들어오는 것인 게지."

"적이 들어와도 그렇지. 창고에 들어가서 뭘 하라는 게야?"

그러면서도 백성들은 이희적의 명령에 잘 따랐다. 사람들은 남녀노소를 가리지 않고 창고 안으로 들어갔다. 노약자들은 젊은 가족들의 손에 이끌려 모두 창고로 몸을 피했다. 이희적의 가족·친척들도 들어갔다.

그날 밤 이희적은 성안의 부녀자와 아이들을 몰아 창고 속에 들여보낸 다음, 자기 손으로 창고 문을 걸어 잠갔다. 전황이 계속 불리해지자, 그는 군사들을 시켜 창고 주변에 볏짚을 쌓아 올렸다.

볏짚 준비가 끝날 무렵, 몽골군들이 성문을 부수면서 성벽에는 사다리를 놓고 있었다.

"적이 들어온다. 불을 질러라!"

이희적이 외치자, 군사들이 볏짚에 불을 놓았다. 불길이 검게 타올랐다. 불은 창고로 번져 타올랐다. 그 불길은 주변을 훤하게 비췄다. 어두운 밤이었지만 성 밖의 몽골병 얼굴이 하나하나 보일 정도였다. 살리타이의 얼굴도 보였다.

창고 안에서 아비규환의 아우성이 불길에 휩싸여 들려나왔다. 그러나 그것은 오래가지 못했다. 그렇게 해서 철주성의 약하고 어린 사람들은 장렬하고도 비참한 최후를 당했다.

이희적은 다음으로 정장(丁壯, 장정)들을 모아놓고 말했다.

"이젠 우리가 저 오랑캐 적들과 일전을 벌일 차례다. 우리에게는 가족도 없다. 이제 여기에 남은 것은 저 원수들뿐이다. 우리는 저들을 쳐 죽임으로써 창고 안에서 목숨을 바친 우리 가족과 이웃들의 원한을 갚아야 한다."

그때 성문이 뚫리면서 몽골 군사들이 들이닥쳤다. 성벽에서는 몽골군이 뛰어내렸다. 백병전이 벌어졌다. 몽골군 다수가 죽었다. 그러나 적들의 수는 한이 없었다. 죽이고 또 죽여도 자꾸만 나타나서 계속 덤벼들었다.

이희적의 고려군도 많은 전사자가 났지만 싸움은 계속돼 나갔다. 그러나 역부족이었다. 그렇게 얼마를 더 싸우다가 세가 불리해지자, 이희적은 살아남은 몇 명의 군사들과 함께 후퇴해서 참호 진지로 들어갔다.

"자 이젠 우리들의 차례다. 저들에 잡혀 도륙되거나 저 오랑캐의 노예가 되느니, 차라리 우리 스스로 죽는 것이 백 천 번 낫다. 그것이 창고 안에서 죽은 우리 가족과 백성들의 영혼에 대한 의리이자 사죄다."

밖에서는 군사들의 함성들이 강하게 들려왔다.

"자! 갈 길이 바쁘구나. 그럼 우리 저승에서 만나자."

이희적은 비장한 이 말을 남기고는, 홀로 다 타버린 창고 터로 갔다. 타다 남은 시신들이 꺼멓게 누워있었다. 이희적은 그들에게 선 채로 고개 숙여 묵념했다. 그리고는 자기 허리에서 칼을 뽑았다. 짧은 칼이었다. 그는 그것으로 자기 목을 찔렀다. 핏줄기가 뻗치면서 그는 쓰러졌다. 이희적은 거기서 먼저 타죽은 시신들 사이에 나란히 누웠다.

남은 군사들도 그렇게 스스로 자기 목을 찔렀다. 미처 죽지 못한 일부는 적군에 생포됐다.

성에 들어온 살리타이는 어린아이들과 부녀자들이 타죽어 누워있는 창고와 이희적 등 고려군과 철주의 장정들이 집단 자결한 현장을 둘러보았다.

"고려인의 충성심과 정신력은 대단하구나. 역시 이 나라는 만만치가 않아."

"그런 것 같습니다."

살리타이는 '고려인은 만만치 않다' 를 반복하면서, 고려인의 장렬한 의기에 거듭 감탄했다.

"우리는 중국이나 코라슴을 정벌할 때, 거란인이나 위구르인·돌궐인·페르샤인 또는 이슬람 상인 등 그들 내부에 있는 서로 다른 종족과 계층들의 갈등과 충돌을 이용하여 그들을 분열시켜 서로 싸우게 하고, 그 사이에 우리가 쳐들어가 쉽게 정복할 수 있었다."

"그렇지요."

"그러나 고려는 그렇지 않아. 이 나라는 고려족(高麗族)이라는 단일 민족으로 구성돼 있다. 그들은 잘 단결돼 있고 국가에 충성을 다하고 있다. 따라서 우리가 그들을 분열시키거나 서로 싸우게 하여 기회를 엿볼 수도 없다."

살리타이의 얼굴엔 실망이 떠오르고 있었다.

참모 장수가 말했다.

"그러나 살리타이 원수. 고려는 고구려와 발해의 뒤를 이은 나라입니다. 고려 백성 중에는 거란족이나 여진족들이 섞여 있습니다. 특히 고구려·발해의 영역이었던 이쪽 북방 지역에 더 할 것입니다."

"지금 우리가 있는 이 지방이 바로 고려의 북방이자 고구려와 발해의 고토다. 그러나 이민족의 갈등이나 도전은 없지 않느냐?"

그 사이에 몽골 군사들은 철주성 안으로 들어섰다. 칭기스가 심어놓은 적에 대한 복수심과 섬멸 정신으로 무장된 그들은 들어서자마자 닥치는 대로 불을 지르고 파괴했다. 얼마 안 되는 살아있는 사람들은 잡히는 대로 살해하여, 철주성을 완전히 도륙했다. 이래서 철주의 백성 1천 여 명이 모두 참살 당했다.

모두 고종 18년(1231) 8월 29일, 철주성이 몽골군에 포위된 지 보름 만이었다.[94]

같은 전쟁이었지만 함신진과 철주는 너무나 달랐다.

함신진에서 항복하여 살아남아서는 다른 성에 돌아다니면서 투항을 권고하는 조숙창과 인주성에서 싸우지도 않고 항복하여 몽골군의 앞잡이가 된 홍복원과 비춰볼 때, 철주에서 전사한 이원적이나 가족을 데리고 자살한 이희적은 하늘과 땅의 차이였다.

철주성이 분투한 모습을 당대 고려의 이름 있는 시인이자 관리였던 김구

---

94) 高麗史나 東國通鑑 등 한국 사료에는 함신진과 철주성이 모두 같은 날인 8월 29일 임오일에 몽골군에 함락된 것으로 기록했다. 그러나 철주성은 정숙창의 항복권유를 받고도 계속 저항한 증거나 기록들이 있어, 두 성의 동일자 항복은 잘못임이 확실하다. 김구의 다음 시구 중 '서로 반달이나 버티어' 라는 구절 등 여러 근거로 보아 8월 29일은 철주성의 함락일이고, 함신진은 그보다 먼저 항복한 것으로 보인다. 여기서는 몽골 침략일을 철주성이 함락되기 반달 전인 8월 14일로 비정했다.

(金坵, 1211~1278)가 후일 '철주를 지나며' 라는 장시 한 편으로 묘사했다. 그중 몇 구절을 적으면 이렇다.

철주를 지나며(過鐵州)

그해 성난 도적이 변방의 성문을 난입하니

사십여 성이 불타는 들판 같았네

산에 의지한 외로운 성첩 하나 적의 길을 막으니

만군이 북을 치며 한 입에 삼키려 드는구나

백면서생들이 이 성을 지키면서

나라 위해 몸 바치기를 깃털처럼 가벼이 여겼네

서로 반달이나 버티어 백골로 불을 때어 밥을 지으며

낮에 싸우고 밤에 지키니 용과 범도 지쳤도다

나라 창고가 어느 저녁 붉은 불길 내뿜자

달갑게 처자와 함께 뛰어들어 재가 되었네

그 충혼과 장한 넋은 다 어디로 갔는가.[95]

---

95) 이 시구의 원문은 이러하다.

當年怒寇蘭塞門(당년노구난색문)

四十餘城如遼原(사십여성여요원)

衣山孤堞當虜蹊(의상고첩당로혜)

萬軍鼓吻期一吞(만군기문기일탄)

白面書生守此城(백면서생수차성)

許國身此鴻毛輕(허국신차홍모경)

相指半月折骸炊(상지반월절해취)

晝戰夜守龍虎疲(주전야수용호피)

官倉一夕紅焰發(관창일석홍염발))

甘如妻?就火滅(감여처노취화멸)

忠魂壯魄向何之(충혼장백향하지)

이것은 철주성이 도륙된 지 십 년이 지난 뒤에, 김구가 사신으로 몽골로 가면서 철주성을 둘러보고 지은 시다.

그 후 세인들은 철주를 '절개를 세운 땅'이라 해서 입절지지(立節之地)라고 불렀다.[96]

항복하면 살리고, 저항하면 죽여라

— 항복하면 죽이지 말고, 항복하지 않으면 죽여 없애라. 열 손가락에 상처를 입힌다 해도, 그 한 가락을 자르는 것만 못하다.

(降則不殺 不降則殺盡. 傷其十指, 不如斷其一指.)

— 누가 만약 복수의 씨앗을 심어놓는다면, 그는 후회의 과실을 거두게 될 것이다.

(誰要是種下仇怨的苗, 誰就將摘取悔恨的果實.)

— 원수를 원수에게 보내서, 원수에게 원수의 방법을 쓰고, 원수의 손을 빌려 원수를 이겨 복종시켜라. 이것은 모두 '독으로 독을 치는 것'이다.

(以仇人去仇人, 用仇人的方法對付仇人, 借仇人之手制服仇人. 這都是以毒攻毒.)

— 칭기스칸

---

96) 철주에는 이원정과 이희적 두 사람의 충절을 추모하기 위한 쌍충사(雙忠祠)라는 이름의 정각(旌閣)이 세워져 있다.

고려의 전략회의

고려의 중앙정부가 몽골 침공에 대응하기 시작한 것은 침입한 지 19일이 지난 1231년 9월 2일이었다.

정숙창의 외침 보고를 받고 박서(朴犀)가 처음으로 개경 조정에 적군의 침입을 알린 뒤였다. 다른 성진(城鎭)들도 몽골군의 규모와 대응상황을 알리는 문건을 바로 개경으로 보내왔다.

그날 고려 조정의 중신들은 근심에 찬 모습으로 최우의 집에 모였다. 고려의 최고 정책결정기구인 재추회의(宰樞會議)[97]가 권신의 자택에서 열려 대책을 논의하기 시작했다.

이날의 재추회의는 고려 지강(至强)의 권력자 최우의 주재로 진행됐다.

"우리가 이미 오래 전부터 우려해온 대로 마침내 몽골군이 우리 국토에 침공해 온 모양입니다. 지금까지 변방에서 들어온 장계로는 어느 나라 군사인지 분명치 않습니다. 복장은 몽골 군복인데 근년 들어 금의 우가하나 동진의 푸젠완누, 심지어는 거란의 군사들도 몽골군을 가장하여 몽골 군복을 입고 있어, 침공군의 정체를 확실히 단정하기 어렵다는 겁니다. 그

---

97) 재추회의(宰樞會議); 중서문하성의 상층부인 재부(宰府)와 주밀원의 상층무인 추부(樞府)의 재상급인 정3품 이상 대신들의 회의. 고려의 공식적인 최고 정책결정기구였다.

러나 군사들의 규모·대열·동태나 공격목표 등이 여진이나 거란의 무리
와는 달라서 아무래도 몽골군의 침공이 아닌가 보고 있습니다. 대륙의 상
황으로 보아 몽골군이 여기까지 공격해 왔다고 판단됩니다."

좌중은 긴장과 침묵으로 휩싸여 있었다.

상장군으로서 추밀원부사를 맡고 있는 조염경(趙廉卿)이 물었다.

"그들이 몽골군이라면 단순한 도적떼의 침구(侵寇)가 아니고 본격적인
전쟁이 되겠군요. 허면, 지금의 북방 변경지대의 상황은 어떻습니까?"

"이미 북계의 많은 성과 진이 저들에 함락되거나 항복했습니다. 철주성
은 강렬히 대항하다가 군민(軍民)이 모두 장렬히 순직하고, 성은 완전히
도륙됐다고 합니다. 귀주성(龜州城, 지금의 평북 구성군 구성면)과 자주성
(慈州城, 지금의 자모산성)에서는 아직도 성을 온전히 유지하여 항전하고
있는 것 같습니다."

신료들은 각자 속으로 중얼거렸다.

무소식이 회소식이라더니 이를 두고 하는 말이구나. 우리 고려가 어쩌
다 이 모양이 됐을까.

최우의 말이 계속됐다.

"그러나 인주의 홍복원, 함신진의 조숙창은 싸워보지도 않고 스스로 성
을 나가 적장에게 가서 투항했습니다. 그들은 투항한 뒤로 스스로 몽골군
의 길잡이가 되어 저들을 따라 다니니, 우리 성신들에 대해 항복을 권하
여 몽골을 돕고 있습니다. 사직과 종사가 누란의 위기를 맞고 있습니다."

조정 대신들은 모두 긴장하여 조용히 듣고만 있었다.

최우가 계속했다.

"우선 급한 것은 군사를 편성해서 북진시키는 일입니다. 징병 대책과
지휘관 임명이 빨리 이뤄져야 합니다. 군사는 우선 경군(京軍, 개경주둔 중
앙군)에다 예비병을 붙여서 삼군을 편성하여 출정시키려 합니다."

당시 군사관계 주무부처인 병부의 책임자는 거란 적 격퇴의 수훈자인

김취려(金就礪)였다. 그는 중서시랑평장사로서 판병부사(判兵部使, 조선조의 병조판서)를 맡고 있었다. 지금으로 치면 부총리에 국방장관을 겸직한 것이다.

김취려가 말했다.

"출정군의 편성은 경군에 예비병을 보완한다는 영공의 말씀대로 함이 좋겠습니다. 따라서 지난번의 거란 적 침범 때와 같이 지방의 여러 군사를 징집해야 합니다. 더구나 북계 병마사인 박서 장군은 지금 귀주성에 가서 적과의 싸움에 전념하고 있어, 북계 군사들에 대한 총괄적인 지도는 불가능합니다. 따라서 북계 병마사 겸 삼군 원수를 새로 임명해야 합니다."

"누가 적임자입니까."

"채송년(蔡松年) 대장군이 좋겠습니다. 채 장군은 병법에 능할 뿐만 아니라, 근년에 반란을 진압한 공로가 있어 용병 경험이 또한 새로우니 적임이라 생각됩니다."

최우가 좌중을 둘러보며 물었다.

"다른 분들의 생각은 어떻습니까?"

지문하성사로서 이부상서를 겸하고 있는 최우의 측근 문신인 최종준(崔宗俊)이 나서서 동의조로 말했다.

"인사에 관한 일이니, 최 영공과 주무부처 판사의 생각이 중요합니다."

최우가 말했다.

"그러면 김취려 장군의 말씀대로 채송년 대장군으로 합시다."

이래서 채송년이 삼군원수 겸 북계병마사로 결정됐다.

김중귀(金仲龜, 지추밀원사)가 물었다.

"영공의 말씀을 들으니, 청북(淸北) 지역의 대부분은 이미 적의 손에 들어간 것 같습니다. 전황이 구체적으로 어떻게 되어가고 있습니까?"

김취려가 나섰다.

"그렇습니다. 귀주성이 아직 버티고 있으나 완전히 적군에 포위된 고립무원(孤立無援)의 상태에서 고전하면서도 잘 막고 있습니다. 청남(淸南)의 자주성도 귀주보다 남쪽이긴 하지만 고립무원의 상태임엔 차이가 없습니다. 그러나 최춘명(崔椿明) 장군이 잘 막고 있습니다."

청북은 청천강 이북에서 압록강까지(평안북도), 청남은 청천강 이남에서 대동강까지(평안남도)를 말한다.

'난세의 학'도 많이 배우라는 최충헌의 권고에 따라 병가·법가의 책을 집중적으로 읽어온 최우가 다시 나섰다.

"청북은 그렇다 해도, 청천강·대동강의 하천과 멸악산맥의 산지는 방어선으로 삼을 만합니다. 저들은 어차피 유목민이기 때문에 기마에는 능할 것입니다. 기마족들은 평지에서는 비호처럼 빠르고 강하나, 바다나 강에서는 아주 약합니다. 특히 말이 기동하기 어려운 험준한 산지에서는 기군(騎軍, 기마)이 보군(步軍, 보병)을 당해낼 수 없습니다."

청천강은 평북과 평남 사이에 있고, 대동강은 평남과 황해도 사이를 흐르고 있다. 멸악산맥은 대동강 남쪽인 황해도의 해주·서흥·수안을 잇는 산줄기다.

최우가 나섰다.

"멸악은 험해서 방어하기는 유리하나 개경에서 너무 가깝습니다. 그곳을 넘으면 바로 도성이 위협됩니다. 따라서 멸악 너머에 있는 황주 쯤에 방어선을 쳐야하겠습니다."

대신늘은 그 말에도 고개를 끄덕였다.

최우가 다시 말했다.

"어차피 강동 6주는 우리가 거란으로부터 얻은 땅입니다. 따라서 그것을 일시적으로 저들에게 내놓는다해도 크게 피해보는 것은 아닙니다."

그러자 형부상서로서 한림학사를 겸하고 있는 김양경(金良鏡)이 나섰다.

"영공의 말씀을 들으니 청천강을 제1방어선으로 하실 모양입니다. 그러면 청북은 포기하겠다는 말씀이 아닙니까. 선조가 힘들여서 얻은 땅을 후손인 우리가 빼앗겨도 되겠습니까. 더구나 강동6주[98]는 비록 거란으로부터 빼앗은 땅이지만, 단군조선 이래 고구려·발해의 고토였던 엄연한 우리 땅이며, 우리 국방의 요지입니다. 게다가 지금까지 귀주는 잘 지키고 있다 하니 빨리 원군을 보내서 가능한 한 북쪽에서 적군을 막아야 합니다. 청북 포기는 재고해야 합니다."

김양경은 거란 적이 침공해 왔을 때 조충 휘하의 중군 판관(참모장)으로 있으면서 몽골군과의 섭외를 맡았었다. 그는 문관이면서 사관(史官)인 만큼 자주정신과 사명감이 투철했다.

다시 최우가 나서서 설명했다.

"우리 힘의 한계 안에서 정책이 결정돼야 합니다. 누가 땅 빼앗기기를 좋아하겠습니까. 다만 전쟁 수행을 위한 일시적인 방책일 뿐입니다."

김양경이 다시 나섰다.

"우리가 싸우다 힘이 부쳐서 철수하게 되는 것은 어쩔 수 없습니다. 그러나 귀주성이 잘 버티고 있는데 벌써부터 청북 포기를 거론하는 것은 옳지 않습니다."

"청북에서 철수하자는 말은 아닙니다. 싸울 때까지 싸우되 우리 중앙정부 차원에서 전략적인 방어선을 설정할 때 우선 청천강을 저지선으로 하자는 것입니다."

최우의 말은 궁해 보였다. 그 자리에 참석한 신료들은 심정적으로는 김양경의 의견에 동의했다. 그러나 누구도 최우 앞에 나서서 그런 의견을 말하는 사람은 없었다.

이래서 이날 열린 재추회의에서는 장시간의 논의 끝에, 청천강 이북의 땅을 지키기는 어렵다고 판단하고 그 이남의 땅을 고수한다는 원칙을 세웠다. 김양경의 반대에도 불구하고 결국 '청천강 이북의 땅을 포기한다'

---

98) 강동 6주; 압록강 입구에서 청천강 입구에 이르는 평안북도의 서부지역으로, 흥화진(의주) 용주(용천) 통주(선천) 철주(철산) 귀주(귀성) 곽주(곽산)의 6개 주, 이 땅은 단군조선과 부여·고구려·발해를 잇는 동안 우리 강역으로 들어있었다. 그러나 신라의 삼국통일 이후 우리 강역에서 벗어나 당나라의 영토가 됐고, 후에 거란의 강역이 됐다. 고려 성종 12년(993) 거란의 제1차 침공 때 서희가 거란 침략군의 도통(都統)인 소손영(蕭孫寧)과 담판하여 빼앗아 고려의 영토로 편입된 곳이다.

는 이른바 청북포기론(清北抛棄論)이 정해졌다.

그 대신에 청천강을 제1방어선으로 삼아 안북(安北, 지금의 평남 안주)을 거점으로 하여 청남을 지키고, 대동강을 배수진으로 하여 제2방어선을 쳐서 평양을 거점으로 해서 황해도를 지키며, 황해도 황주 지역을 제3방어선으로 하여 수도 개경으로의 몽골 남하를 저지한다는 원칙을 세웠다.

그런 기본전제하에 우선 3군을 편성하여 몽골군을 막기로 하고 대장군 채송년을 북벌군 원수인 삼군 병마사[99]로 삼는 한편, 여러 도의 군사와 장정들을 징발하여 삼군에 편입시키기로 했다.

서북면 병마사의 위치는 청천강 남쪽의 안북도호부(安北都護府)였다. 안북은 지금의 평안남도 안주(安州)다. 따라서 북계병마사였던 박서의 원래 집무지는 안북이다.

안북은 전쟁을 위한 산성(山城)이 아니라, 행정 편의에 맞게 축조된 읍성(邑城)이었다. 게다가 평지이기 때문에 기병으로부터의 방어에는 불리하다. 특히 몽골군은 기병을 주력으로 하고 있기 때문에 그들과 싸우기에는 내륙의 험지에 있는 귀주가 훨씬 유리했다.

그러나 저구유 사망으로 여몽간에 국교가 단절되자, 최우는 몽골군의 내침이 있을 것으로 보고 북계 병마사 박서의 소재지를 지형이 험하고 방비가 튼튼한 귀주성(龜州城)으로 옮겼다. 귀주성은 안북에서 북쪽으로 1백 40리 지점에 있는 방어의 중요 거점이다.

박서가 청남의 안북을 떠나 청북의 귀주로 올라간 것은 최우의 청북포기 정책과는 맞지 않는다. 그러나 최우는 청남을 지키기 위해서는 청북에 튼튼한 거점을 유지하여 적의 후방을 교란할 필요가 있다고 판단했다.

그런 임무를 수행키 위해서는 귀주 같은 산성과 박서 같은 장군이 있어

---

99) 고려사나 고려사절요·동국통감 등 당시의 사서와 그 후의 해설서들은 그 시기의 박서를 '병마사' 또는 '서북면 병마사'로, 채송년을 '북계 병마사'로 적고 있다. 그러나 서북면 병마사와 북계 병마사의 차이는 발견되지 않는다. 채송년은 북계 병마사라기 보다는 북으로 출정하는 삼군(중앙군)의 병마사 내지 원수였을 것으로 보인다.

야 한다고 최우는 믿었다. 최우가 박서를 귀주성으로 옮긴 것은 비상시국에 대비한 전략적인 인사조치다.

그러면서도 최우는 청북포기원칙을 지키기 위해 채송년을 북계병마사 겸 삼군원수로 삼아 청남지역에 있는 안주의 북계도호부로 보냈다. 이런 조치에 따라 채송년이 총사령관이 됨으로써 박서는 전시를 맞아 야전장 군으로 전투에 전념케 됐다.

당시 고려에는 중앙에 2군 6위의 경군 4만 5천이 있고, 북부의 양계에 주진군 6만 1천 명이 농사를 지으면서 국토수비에 임하고 있었다.

북방 국경지대에 배치된 주진군(州鎭軍)은 곧 병농일치(兵農一致)의 둔전병들이었다. 둔전병(屯田兵)은 평시에는 논을 갈아 농사를 짓고 밭을 갈아 야채를 가꾸며 가축도 길렀다. 그들은 부대의 경비와 군사들의 생활문제를 이렇게 자체 해결하고 있었다. 그러다가 전쟁이 나면 무기를 들고 나가서 적과 싸웠다.

동계(함경·강원)와 북계(평안) 구역을 벗어난 대동강 이남에는 지방군이란 사실상 없었다. 후방인 삼남(三南)지역에 주둔해 있는 주현군(州縣軍)은 범죄와 반란을 막기 위한 극히 소규모의 예방 병력뿐이었다.

지방군이 가까이 주둔해 있으면 범죄를 꾀하거나 반란을 모의하기 어려울 뿐만 아니라, 설사 일이난다 해도 쉽게 진압하기 위한 제도였다.

따라서 고려에서는 변경 지방에 외침 등의 비상사태가 발생하면, 일차적으로 현지의 주둔군으로 대처하고, 지원이 필요하면 중앙의 경군을 투입했다.

고려의 건국자들은 통일 신라 말기에 지방의 군진과 호족 세력들이 봉기하여 신라가 혼란됐다가 끝내는 붕괴했던 사실을 교훈 삼아, 지방에는 전투 군사를 두지 않기로 했다.

다만 경군을 충원하기 위해서 지방 5도에 징병기구인 도부(都府) 42개소를 두어, 15세 내지 20세가 되면 병적에 올려 그들이 60세가 될 때까지 관리하고 있었다.

병적에 올라있는 이들 60세 미만의 장정들을 망군정인(望軍丁人)이라 했다. 망군정인은 중앙군인 경군에 입영하게 되는 예비 병력이다. 그런 예비군은 전국에 경군의 3배인 12만 명이 확보돼 있었다.

북변의 외침보고를 받자 조정에서는 이들 예비병 중에서 전투요원으로 적격한 자를 징집키로 했다.

채송년은 재추회의의 결정에 따라서 중앙군과 지방 예비군을 충원 받아 중군·좌군·우군의 3군을 편성하고, 서둘러 북정을 준비했다. 출전준비가 끝나자, 채송년은 9월 9일 김교을 이끌고 개성을 출발하여 북으로 향했다.

효자 장수 채송년(蔡松年)

채송년은 강원도 평강(平康) 사람이었다. 용모가 단아하고 수려해서, 군인이면서도 선비처럼 귀티가 있었다. 성품도 온화해서 주위 사람들로부터 호감을 받았다. 채송년은 일찍이 군에 들어가 어전 행수를 맡고 있다가, 최충헌이 집권하고 있을 때 낭장으로 진급됐다.

그때는 벼슬한 사람들은 자기가 타고 다니는 말의 함(銜, 굴레)에 자기의 관직을 표시하게 돼 있었다. 그러나 채송년은 진급된 뒤에도 진급된 관직을 표시하지 않고 과거의 것을 그대로 하고 다녔다.

최충헌이 이것을 보고 이상히 여겨 물었다. "그대는 진급을 시켜준 지가 오래 됐는데, 왜 아직 굴레를 새로 바꾸지 않고 옛 함을 그대로 하고 다니는가?" 채송년은 대답을 않고 있었다. 그러자 옆에 있던 사람이 대신 말했다. "채송년의 부친이 아직 참직(參職)이 되지 못했기 때문입니다. 만약 채송년이 진급된 낭장 표식을 달고 조회에 나온다면, 그 부친이 멀리서 보고 자기 아들인 줄 모르고 굴레만 보고 말에서 내려 피할까 염려하기 때문에, 채송년은 아직 옛 굴레를 그대로 쓰고 있습니다." "그래? 채송년, 그대는 효성이 지극한 사람이군."

최충헌은 이때부터 채송년을 좋게 보고, 그의 아버지를 참직으로 올려줬다. 그 후 채송년은 최충헌의 측근이 되어 승진을 거듭해서 대장군이 됐다. 그는 추밀원의 승선 등 요직을 맡고 있다가, 최우 때에 이르러서 몽골군이 쳐들어오자 북계 병마사가 되어 삼군을 지휘하는 북정군 원수로서 북벌에 나섰다.

그후 채송년은 어사대부(御史大夫) 참지정사(參知政事)를 거쳐 중서시랑평장사(中書侍郎平章事)까지 올라 평생 동안 부귀를 누리며 살다가, 항몽전쟁이 계속되던 1251년 강화도에서 사망했다.

기골장군 김경손

살리타이의 몽골군이 처음 고려를 침입하여 군사를 3진으로 나누어 평북을 정벌하고 있을 때, 김경손(金慶孫)은 정주(靜州)의 분도장군으로 나가 있었다.

분도장군(分道將軍)은 중앙에서 변경지대에 파견된 무인이다. 병마사 휘하에 있으면서, 몇 개의 주진(州鎭)을 관할하는 지휘관이다. 당시 분도장은 정4품의 장군(준장 또는 소장)이 맡았고, 주진은 보통 중랑장(대령)이 맡았다.

몽골군이 정주로 몰려오자, 김경손은 성루에 올라가서 적정을 살폈다. 서로군의 선발대로 보이는 몽골군 3백여 명이 정주성 앞으로 다가오고 있었다.

김경손이 그들을 보고 말했다.

"드디어 저 놈들이 왔구나. 저들이 대오를 정비하기 전에 나가 쳐야 한다. 군사가 많을 필요는 없다. 소수정예로 기습하면 격퇴할 수 있다."

김경손은 평소 키워놓은 정병 12명으로 결사대를 조직하여 성을 나가 몽골군을 기습했다. 말을 쏘아 쓰러뜨리고 군사들을 쳤다. 불시에 기습 공격을 받은 몽골군은 곧 물러갔다.

몽골의 기병들은 대부분 뒤돌아 도주하고, 말을 잃은 군사들은 가까운 숲 속으로 숨어 들어갔다. 김경손의 특공대는 숲 속으로 그들을 추격하여 수십 명을 살해했다.

이 승리는, 규모는 작지만 고려의 대몽 전쟁사에 기록된 최초의 승리이자 항몽전쟁의 영웅 김경손이 올린 첫 승리였다는 점에서 의미는 컸다.

그러나 승전의 기쁨은 짧았다. 김경손의 결사대에 격파되어 물러갔던 몽골군이 곧 대군을 이끌고 공격해 왔다. 김경손이 숲에서 수색토벌전을 마치고 나와 성으로 돌아와 보니 몽골 군사들이 정주성을 포위하고 있었다. 김경손은 성으로 들어갈 수 없었다.

"아하, 내 실수였구나. 앞에 오는 작은 군사는 보았지만 뒤에 있는 큰 군사를 보지 못했다. 도망하는 군사는 쫓지 말아야 하는데 내가 그들을 너무 깊숙이 추격한 것이 낭패를 가져왔다. 부끄러운 일이다."

김경손은 할 수 없이 대원들을 데리고 산으로 들어가 숲 속에 숨어서 몽골군이 철수하기를 기다렸다.

한편 성주(城主)를 잃은 정주성 사람들은 당혹했다. 밤이 돼도 김경손은 돌아오지 않았다. 몽골군은 성을 포위한 채 물러가지 않았다.

정주 사람들은 공포에 질렸다.

"이제 곧 몽골군이 공성작전을 펼 것이다. 어떻게든 살아남아야 하지 않겠는가?"

"성주가 없으니 우리는 다 죽고 말 것이다."

"성주가 나가서 아직 아무 소식이 없는 것을 보니, 필시 전사했을 것이야."

"아무리 특공대라 하지만 워낙 수가 적었으니 몽골군에 걸렸다면 몰살당할 수밖에 없었겠지."

백성들과 군사들은 비관적인 말들을 주고받으면서 불안과 공포에 떨기 시작했다. 그들은 성문을 열고 하나 둘씩 빠져나갔다. 몽골군이 그들을 붙잡아 심문했으나 성을 나가 도망하는 것임을 알고 묵인해 주었다. 이래서 정주성의 백성과 군사들은 맘 놓고 모두 빠져나갔다.

산 속에 들어가 숨어있던 김경손은 새벽이 되어 정찰병을 보내 성 주변을 살펴보게 했다. 한참 뒤에 그들이 돌아와 탐색 결과를 보고했다.

"성 주변에는 몽골군이 한 명도 없습니다. 성안도 조용합니다."

"성내에 들어가 보았느냐?"

"들어가서 여기저기 살펴보았으나, 성민들은 대부분 빠져나갔고 노약자 몇 집만 남아 있었습니다."

성민들이 성을 빠져나가자, 정주성을 포위했던 몽골 군사들도 밤사이에 모두 물러가고 없었다. 텅 빈 정주성에서는 아무 것도 얻을 것이 없었기 때문이다.

날이 밝자, 김경손은 군사 12명을 이끌고 다시 성으로 들어갔다. 과연 정주성은 텅 비어 있었다. 그러나 몽골 군사들은 주변의 길을 모두 점령해서 고려인의 통행을 막고 있었다.

김경손은 정주성을 포기하고 결사대 12명만을 이끌고 산으로 올라갔다. 거기서 그들은 산길을 타고 동쪽으로 걸었다. 절망과 고난의 행군이었다. 그들은 익은 음식은 한 톨도 먹지 못했다. 산에서 풀과 열매를 따서 끼니를 때우며 걸었다. 마침 가을이어서 나무 열매들이 익어 있었던 것은 다행이었다.

결국 자기가 맡은 정주성을 잃고 패장이 된 김경손은 특공군사들을 데리고 백 리가 넘는 산길을 걸어서 7일 뒤에 박서가 지키고 있는 귀주성에 이르렀다.

박서는 함신진의 정숙창으로부터 적침 보고를 받고 주변 군사력을 즉각 귀주성으로 이동하도록 명령했다.

정주 분도장군 김경손(金慶孫)이 귀주성에 이르렀을 때, 그곳에는 정주부사 박득분(朴得芬), 위주부사 박문창(朴文昌), 삭주 분도장군 김중온(金

仲溫) 등이 휘하의 군사를 이끌고 먼저 들어와 있었다.

이래서 귀주에는 북계의 최고 사령관인 박서를 비롯해서 그 주변의 고려군 장령들이 집결했다.

박서는 이동해 온 군사들을 따뜻이 맞아들여 부대를 재편성하고 방어진을 구축하고 몽골군을 기다렸다. 군사력을 점검해 보니 5천 명이었다. 귀주성에는 원래 군사가 1천 7백 60명이었다. 군사력이 3배로 늘었으니, 박서로서는 기쁠 수밖에 없었다.

박서는 여러 곳에서 모여든 군사들에게 작전구역을 지정해주고 나서 장령들을 모아놓고 자신감을 나타냈다.

"이만하면 해볼 만하다."

박서는 귀주성의 도령을 불렀다.

"예비병으로 확보돼 있는 귀주의 백정군(白丁軍)은 얼마나 되나?"

"6백 75명입니다."

백정군은 유사시에 바로 군대로 편성할 수 있는 농민 예비군이다. 그들은 평시에는 자기 집에서 농사를 지으며 살다가, 전쟁이 나면 군대로 편성되도록 돼 있었다.

"백정군을 모두 불러들여 군대로 편성하라."

"예, 이미 그렇게 하고 있습니다."

고려 조정이 몽골 침입에 대응하기 위한 재추회의를 처음 소집한 날인 9월 2일. 평안북도 일대를 휩쓸고 있던 몽골군의 동로군 1만 명이 귀주(龜州)로 몰려와서 귀주산성을 포위했다. 몽골군은 밤이 지나도록 물러가지 않고 성을 둘러싸고 있었다.

다음 날 9월 3일 살리타이는 자기 군막에다 휘하의 지휘관과 막료들을 소집했다.

"고려군이 한군데로 모이는 것은 다행이다. 흩어져서 덤비면 불리하다. 그들이 아직도 귀주로 집결하고 있는가?"

일라가 말했다.

"대충 다 들어간 것 같습니다. 현재 성 밖 주변에는 고려군의 움직임이 없습니다."

"고려군이 나중에 이쪽으로 오다가 우리를 뒤에서 공격하면, 우리는 귀주성에 대한 공성작전을 펼 수가 없다. 다행이 성 외곽에 고려군이 없다니 다행이다. 그러나 정찰을 철저히 해서 그들이 외부에서 접근해 오면 미리 나가서 쳐라."

"예, 원수님."

"그러면 오늘 귀주성은 공격한다."

몽골군이 귀주성에 대해 공격을 개시했다. 몽골군의 제1차 귀주성 공격이다. 북계의 여러 성에서 모여든 고려군은 대오를 갖추고 진지는 구축해 놓고 있었으나 전투준비는 아직 덜 돼있을 때였다. 몽골군이 먼저 기습해 왔다.

그날 몽골군이 제일 먼저 공격해 온 곳은 귀주성의 남문 쪽이다. 남문 지역은 정주의 분도대장 김경손이 맡고 있었다. 정주에서 서로군에 패하여 귀주로 온 김경손이 이젠 동로군과 싸워야 했다.

김경손은 정주에서 이끌고 온 정주진의 별초 12명을 포함하여, 각 진에서 온 2백 50명의 별초로 특공대를 구성하여 성문을 나섰다. 몽골군 3백여 명이 저 앞에 모여 있었다. 그러나 그들은 김경손의 출성을 모르고 있었다.

김경손이 목소리를 낮추어서 대원들에게 말했다.

"너희들은 나라를 위해 일신을 잊고 결코 죽어서도 물러서서는 안 될 고려의 전사들이다. 이점을 명심하고 나와 함께 목숨 바쳐 싸울 수 있겠는가?"

그러나 정주 별초 12명을 제외한 나머지 모두가 겁에 질려 땅에 엎드려서는 움직이려 하지 않았다.

"내가 앞장선다. 나를 따르라."

그래도 그들은 꿈쩍 하지 않았다.

그걸 보고 김경손이 말했다.

"너희들은 안 되겠다. 바로 성안으로 들어가 안에서 지켜라."

김경손은 자기 직속의 정주 출신 12명만 데리고 적을 공격키로 했다.

김경손이 먼저 몽골군에 접근하여 직접 활을 쏘았다. 몽골군의 선두에서 검정색 기를 들고 있던 기병 하나를 맞혔다. 그 깃발은 지휘용 독기(纛旗)였다. 기병이 죽어 넘어져 명령체계가 마비되자 엉겁결에 당한 몽골군은 삽시간에 혼란에 빠져 흩어지기 시작했다. 반대로 정주 별초들은 하늘을 찌를 정도로 사기가 왕성해졌다.

지금이 기회라고 생각한 김경손이 명령했다.

"자, 공격 앞으로!"

"야아아아……"

별초들은 함성을 지르며 몽골군을 향해 돌진해 들어갔다. 적진으로부터 화살이 비오듯 날아들었다. 그 통에 김경손은 팔에 화살을 맞았다. 상처에서 피가 줄줄 흐르고 있었다. 그러나 김경손은 계속 북을 치며 독전했다.

그렇게 싸우기 사오합에 이르자 몽골군이 물러났다. 김경손의 군사들이 그들을 추격하며 공격했다.

그걸 보고 김경손이 명령했다.

"정지! 더 이상 추격하지 말라!"

군사들이 돌아와서 물었다.

"우리는 적군을 더 죽일 수 있었습니다. 그런데 왜 회군령을 내리셨습니까, 장군."

"정주의 경험을 잊었느냐. 저들은 정탐군(偵探軍)이다. 그들 뒤에는 큰 부대가 있다. 우리는 정주에서 정탐병만 보고 그들을 너무 깊이 추격하다가 성이 포위돼 군민이 항복하여 이리로 온 것이 아니냐."

이래서 몽골군 침공 이래 김경손의 고려군이 다시 승첩을 올렸다. 역시 규모는 1대 25로 작았지만, 전투는 압승이었다.

몽골군이 퇴각하자, 김경손은 진을 정돈하고 스스로 쌍소금(雙小笒)을 불면서 데려갔던 특공대 12명을 고스란히 데리고 성으로 돌아왔다. 간단하지만 멋지고 당당한 개선이었다.

성안에서 이 싸움을 지켜보던 박서 이하 고려군 장령들이 성문을 열고 달려나왔다.

"장하오, 긴 장군. 정말 고맙소이디."

박서가 김경손을 맞아서 절하며 큰 소리로 울었다. 그러나 패장에서 승장이 된 김경손은 침착하게 말했다.

"저들은 몽골군의 정탐병일 뿐입니다. 뒤에는 더 큰 군사들이 있습니다. 곧 그들이 다시 와서 성을 포위하고 공격을 계속할 것입니다. 나는 정주에서 저들의 그런 전법을 보았습니다."

"그렇소이까. 고맙소이다."

대군을 지휘하고 있는 박서로서는 김경손과 그 부하 12명이 공격해온 적을 격퇴한 것이 정말 고맙고도 기쁜 일이었다.

그들은 함께 성안으로 들어갔다.

몽골군이 강하고 잔인하다는 풍문을 들어 겁에 질려있던 귀주성 군사들은 자신감이 생겼다. 사기는 충천했다. 12명의 고려군이 다수의 봉골군을 쳐서 이겼다는 것 자체가 그때의 고려 군사들에게는 대단히 의미 있는 일이었다.

구름에서 나온 기골장수, 김경손(金慶孫)

김경손은 평장사 김태서(金台瑞)의 아들이다. 김태서에게는 세 명의 아들이 있었다. 첫째는 최우의 사위인 김약선(金若先)이고, 둘째가 김경손, 셋째는 김기손(金起孫)이었다.

김태서의 부인이 어느 날 꿈을 꾸었다. 오색 찬란한 구름 속에서 많은 무리의 사람들이 푸른 옷을 입은 동자 하나를 둘러싸고 옹위하며 하늘로부터 내려와서 그 동자를 그녀의 품에 안겨주는 꿈이었다. 부인은 그후 태기가 있어 아들을 낳았다. 김태서는 그 아들이 구름에서 왔다고 해서 이름을 김운래(金雲來)라고 했다가, 후에 김경손으로 고쳤다.

김경손의 얼굴 모양은 아름답고 귀티가 풍겼다. 그러나 머리 위에는 용의 발톱처럼 생긴 뼈가 튀어나와 있어서, 사람들은 그를 기골장군(起骨將軍)이라고 불렀다. 이 '기골장군'의 성품은 중후하고 장엄하면서도 온화하고 관유했다. 지혜와 용맹도 뛰어난 장수중의 장수였다. 그는 성을 잘 내지 않았다. 그러나 한 번 성을 내면 수염이 새가 날개를 펴듯이 일어나고 머리털이 곤두서서, 겉모습부터가 보통 사람과 달랐다.

귀주성의 혈전

몽골군이 김경손의 특공대에 쫓겨서 물러갔던 다음 날인 9월 4일. 몽골 군 수천명이 몰려와서 귀주성을 여러 겹으로 에워쌌다.

박서가 그걸 보고 김경손에게 말했다.

"김 장군, 장군의 말씀대로군요. 과연 대병이 왔소이다."

"저들이 곧 공성작전을 펼 것인데, 어떻게 하는지는 두고 봐야 하겠습니다."

몽골 군사들은 밤낮으로 공격을 계속했다. 고려군은 성문을 굳게 닫고 지켰다. 몽골군은 적극적인 공격전을 폈으나, 고려군은 수세적인 방어전이었다.

여러 날 그런 공방전을 계속하자 쌍방 군사들은 지치기 시작했다. 포위된 고려군은 더욱 피로할 수밖에 없었다.

몽골군은 다수의 병력으로 성을 포위하고 있기 때문에 공격 시기를 자기들 마음대로 정할 수 있었다. 따라서 몽골군은 공격하지 않을 때는 군사들을 쉬게 할 수 있었다.

그러나 언제 몽골군이 쳐들어올지 모르는 귀주성의 군사들은 몽골병이 쉴 때도 한눈팔지 못하고 성을 지켜야 했다. 이런 격무에 긴장이 겹쳐 고려군은 몹시 지쳐가고 있었다.

귀주성의 고려군은 여러 곳에서 모여든 군사들이었기 때문에 그 결속력이 약할 수밖에 없다고 박서는 생각했다.

전투는 혼자서 할 수 있는 시합이 아니다. 전체가 하나 되어 각자 자기 역할을 철저히 수행해야 한다. 각개전투를 벌일 때도 각자가 전체적인 틀 안에서 싸워 이겨야 한다. 그러나 지금의 귀주성 군대는 아직 조직된 하나의 체계를 이루지 못하고 있다. 그럴 시간도 없다.

박서는 군사들을 배불리 먹인 다음 광장에 소집했다. 교육을 통해 정신을 하나로 묶겠다는 생각이었다. 군사들이 많았기 때문에 연단을 중앙에 설치해 놓았다. 군사들이 모이자, 박서가 장수들을 대동하고 단상에 올라갔다.

"우리 고려군사 여러분! 고생이 많다. 그러나 지금 우리는 유사 이래 드문 국난에 처해있다. 나라의 운명은 위험하기가 풍전등화(風前燈火)요, 우리들의 생사는 어쩌될지 모르는 오리무중(五里霧中)이다."

모두가 긴장해서 쥐 죽은 듯이 고요했다.

"그러나 두려워하지 말라. 우리는 지금 군사가 5천이요, 고려의 맹장들이 다 여기에 모여 있다. 우리는 저들과 싸워 백전백승할 조건들을 다 갖추고 있다."

군사들은 좀 안도하는 것 같았다.

박서의 말이 계속됐다.

"이 귀주는 우리 북계 방어의 요충이고, 우리 전사(戰史)에 빛나는 전통을 간직한 난공불락의 아성이다. 이 땅은 원래 여진인의 거주지였으나, 우리 고려의 북방정책을 받들어 국초에 서희(徐熙) 장군이 여진인들을 축출하고 이 성을 쌓았다. 그후 거란의 소배압(蕭排押)이 10만 대군을 이끌고 쳐들어왔을 때는, 강감찬(姜邯贊) 장군이 수공작전(水攻作戰)으로 거란군을 궤멸시켜 귀주대첩을 올린 곳이다."

쩌렁쩌렁 울리는 박서의 목소리는 두꺼운 성벽을 흔들 것 같은 기세였다.

"여기서 서쪽으로 가면 큰 강이 하나 있다. 그것이 바로 삼교천(三橋川)이다. 강감찬 장군은 얼음이 풀리기를 기다려 쇠가죽으로 삼교천의 강물을 가로막고 있다가, 거란군이 물이 마른 삼교천을 건너자 일시에 물을 터서 그들을 수장시켜 대승을 올렸다. 모두들 저 쪽을 하감(下瞰)하라. 저 것이 석천(石川)이다. 석천을 백석천(白石川)이라고도 했다."

하감이란 '위에서 아래로 내려다보는 것'을 말한다. 그런 점에서 새가 하늘에서 내려다보듯이, '높은 데서 널리 내려다 본다'는 조감(鳥瞰)과 비슷하다.

박서는 지휘봉으로 석천을 가리키니 강삼찬의 공도를 말했지만 석천 쪽을 바라보는 사람은 아무도 없었다. 모두가 긴장해서 부동자세로 박서를 바라보며, 그의 연설만 듣고 있었다.

"그때 우리 귀주성이 석천에서 거란병을 거의 몰살시켜 거란은 그 후 다시는 침입하지 못했다. 이 귀주는 그런 호국의 전통이 빛나는 영광스런 승리의 고장이다."

사람들 사이에 고요한 움직임이 이는 듯했다. 제 각기 우리 역사의 빛나는 고사(古事)를 상기하는 모습이었다.

"이런 빛나는 승리의 전통을 자랑하는 이 귀주에서 우리는 또 적을 맞았다. 서희 장군의 개척정신과 강감찬 장군의 필승정신을 되살려 우리도 기필코 몽골 대군을 격퇴하여 호국정신을 선양(宣揚)하자! 승전고를 높이 올려, 제2의 귀주대첩을 만천하에 알리자!"

박서의 연설을 듣고 군사들은 흥분하기 시작했다.

"우리 고려 만세!"

"박서 장군 만세!"

만세(萬歲)는 국가나 임금에게만 쓰는 경어였다. 그 아래에는 천세(千歲)를 썼다. 그러나 그때의 귀주성 군사들에게 그런 구별은 아무런 의미가 없었다. 우리 편은 모두가 '만세'였다. 그들은 필승의 신념으로 무장되어 사기충천해 있었다.

고려군사들은 성안에서 기다리고 있다가, 귀주성을 포위하고 있는 몽골군 진열에 소홀한 곳이 생기기만 하면 때를 놓치지 않고 군사를 이끌고 나가서 기습했다. 이른바 인병출격(引兵出擊) 전법이다.

그런 과정이 계속되고 있을 때, 어느 날 위주부사(渭州副使) 박문창(朴文昌)이 출격했다가 패하여 다른 고려 군사들과 함께 생포되어 몽골 진영으로 끌려갔다. 전사자도 많았다. 그러나 성안의 고려군은 결사적으로 싸웠다. 몽골군은 몇 차례 당하자 다시 물러갔다.

몽골군은 사로잡은 박문창을 불러 귀주성에 들어가 항복을 권유토록 했다.

박문창이 말했다.

"소용없는 일이오. 박서나 김취려 같은 장수는 아무리 권해도 항복할 사람들이 아닙니다. 투항을 권해 봤자 헛일이오."

"네가 살 길은 귀주성에 들어가서 항복을 권하는 일이다. 성공하면 너는 후하게 대접 받을 것이다."

박문창이 주저하자 몽골군 장교가 칼을 뽑아 찌를 듯이 소리 질렀다.

"너 죽고 싶은가! 귀주성이 항복하든 말든 상관하지 말라. 너는 가서 항복을 권하면 된다."

박문창은 내키지 않는 걸음으로 귀주성으로 갔다. 그러나 몽골군의 내부를 얘기해 주는 것도 도움이 될 것이라고 자위했다. 그가 성문에 이르자, 군사들이 낯익은 박문창을 알아보고 문을 열었다. 그가 성 안으로 들어가자, 박서가 그를 불렀다.

박문창이 말했다.

"장군, 저는 항복을 권하라는 저들의 요구를 듣고, 위협에 못 이겨 들어왔습니다. 먼저 저들의 전력을 말하겠습니다. 보건대 저들의 병력과 전비가 대단합니다. 각종 공성 장비도 고루 갖추고 있습니다. 크고 튼튼한 수레 위에 성벽보다 높은 망루를 세운 누거(樓車)를 가지고 있습니다. 그 위에 올라서면 상대의 성안이 훤히 들여다보일 정도입니다."

"또!"

"저들은 다수의 대포와 20대의 포차도 가지고 있습니다. 군사들은 잔인하고 용감하며 사기도 높습니다."

박서가 그를 노려보며 말했다.

"그래서?"

"장군께서도 항복하심이 귀주 군사와 백성들의 안전을 위해 좋을 듯합니다."

박서가 대노했다.

"아, 이 못난 놈아! 강수기 싸우다 찍에 삽렀으면 배를 가르거나 목을 찔러 죽을 일이지, 왜 살아서 이런 치욕을 감수하느냐. 고려의 무장으로서 어떻게 적의 주구 노릇을 한단 말이냐. 네 목숨이 그렇게 아까워 이런 짓을 하고 있느냐! 너는 살신호국한 서창진의 낭장 문대의 충성과 용기에 관한 얘기를 듣지 못했느냐! 조숙창과 홍복원의 흉내를 내고 있는 너 같은 자가 어떻게 나라의 녹을 먹으며 부사로까지 올랐느냐, 이 비겁한 놈아!"

박서의 얼굴을 쳐다보고 박문창은 벌벌 떨고 있었다.

"네가 나를 잘 알듯이, 나도 너를 잘 안다. 너는 나의 종친이다. 너의 능력도 인정한다. 그러나 선공후사(先公後私)다. 나, 박서는 우리 고려 무인의 명예를 더럽힌 너 같은 용렬한 놈, 우리 박씨문중의 명예를 먹칠한 너 같은 철면피한 놈은 용서할 수 없다."

추상 같은 질책과 함께 박서는 칼을 뽑아 그 자리에서 위주부사 박문창의 목을 벴다.[100]

"이 더러운 목을 저 성문 위에 높이 내다 걸라."

결국 박문창은 죽어서 귀주성에 효수됐다.

성루에서 흔들거리는 박문창의 목을 보고, 몽골군이 정예 기병 3백 명을

---

100) 고려 때 외직(外職)의 우두머리는 대개 중앙의 관직자가 현지에 가지 않고 겸하고 있어서, 부직(副職)에 있는 사람이 사실상 최고의 책임자였다. 부사(副使)가 많이 등장하는 것은 그 때문이다.

뽑아 북문을 공격해 왔다. 박서의 귀주 군사들이 반격하여 이를 물리쳤다.

물러갔던 몽골군이 다시 수레 위에 망루를 세운 누거(樓車, 일명 雲車)와 툇마루같이 사람을 숨길 수 있게 목상(木床)을 만들어 쇠가죽으로 씌우고, 그 안에 군사들을 숨겨 성 밑에 바싹 이르렀다. 누거는 적의 성안을 보기 위한 망대이고, 목상은 군사를 감춰서 투입하기 위한 도구다.

몽골 군사들은 목상의 가죽 포장을 열고 나와 성벽 밑에서 땅굴(地道)을 파기 시작했다.

박서는 화전(火戰)으로 대응하여 성에 구멍을 내어 쇠 녹인 물을 부었다. 누거가 불에 타고, 몽골군이 파 내려가던 땅은 무너져 내려 몽골병 30여 명이 압사했다. 썩은 이엉을 불살라 던져서 몽골군의 목상을 다시 쓰지 못하게 태웠다.

몽골군은 허둥대다가 다시 도망했다. 살리타이 몽골군의 땅굴작전에 박서의 고려군은 화공작전으로 맞섰던 것이다.

물러갔던 몽골군은 다시 큰 포차 15대를 앞세워 공격해 왔다. 포차는 투석기(投石機)를 실은 마차였다.

일이 다급해졌다. 박서가 성 위에 대를 쌓고 포차를 내다 걸어놓고는 그쪽을 향해 먼저 돌을 날렸다. 포차 대 포차로 맞선 선제 투석이다. 몽골군 진영에 돌이 비 오듯 쏟아져 내렸다. 몽골군은 견디지 못하고 다시 도망했다.

몽골군이 이번에는 섶 나무를 싣고 접근해 왔다. 그걸 보고 송문주(宋文胄, 별장)가 박서에게 말했다.

"몽골군이 섶 나무를 싣고 옵니다. 화공(火攻)을 쓸 모양입니다."

"그렇구나. 화공에 대한 준비를 갖추자. 우선 물을 길어다 이 성벽 위에 올려놓아라."

"화공에 대비하여 미리 물을 준비해 놓았습니다."

몽골군들은 섶 나무 뭉치를 기름에 적셔 성 밑에 두껍게 쌓아놓고 불을 질렀다. 불길은 시커멓게 치솟아 올랐다. 연기는 묘한 냄새를 풍기면서 퍼져 나갔다.

"물을 부어라."

고려군이 물을 부어 끄려 했지만, 물을 맞은 불은 더욱 활활 타올랐다. 순간 박서는 당황했다.

"그렇지. 저 섶은 기름에 적신 것이다. 물과 기름을 섞으면 서로 겉돌지만, 불 속에서 섞이면 불길은 더욱 강해진다."

박서는 명령했다.

"진흙을 가져다가 물에 섞어라. 너무 묽으면 안 된다."

군사들이 흙을 퍼다가 물독에 넣어 신흙물을 만들었다.

"그 흙물을 저 불길에 내리 부어라."

군사들이 진흙물을 성 밑으로 쏟아 부었다. 그러자 그 사납던 불은 삽시간에 꺼졌다.

몽골 군사들은 수레에다 풀을 가득 싣고 박서가 서서 지휘하고 있는 성의 누각인 초루(譙樓) 밑으로 다가왔다. 몽골군이 섶에 불을 질러 성루를 공격했다. 마른풀에서 불길이 치솟아 올랐다. 내버려두면 성루가 타버릴 참이었다.

그때 고려 군사들이 초루에서 다시 흙물을 쏟아 부었다. 얼마 후 불꽃이 사그라져 없어졌다. 성에서는 일제히 활을 쏘았다. 몽골군은 십여 명의 사상자를 내고 다시 물러갔다.

고려군은 몽골군의 잇단 여러 가지의 화공작전도 모두 무산시켰다.

한편 김경손이 지키고 있는 남문 쪽에서도 몽골군이 초목을 가득 쌓은 수레를 굴리며 진격해 왔다. 거기서도 화공작전이었다.

김경손이 쇠 녹인 물을 부어서 그들이 성에 접근하기 전에 수레와 초목을 불태웠다. 몽골군은 다시 물러가 사라졌다.

얼마 후 몽골군이 다시 대군으로 기습해 왔다. 이번에는 기병들이었다. 김경손은 남문 쪽 성벽 위에 의자(본문은 胡床)를 내다놓고 그 위에 앉아서 싸움을 독려했다.

그때 몽골군이 쏜 포탄이 날아와 김경손의 머리 위를 지나 뒤에 있던 병사를 맞혔다. 병사의 머리가 으스러졌다. 부하들이 김경손에게 달려 왔다.

"장군, 여기 계시면 안 됩니다. 위험합니다. 빨리 밑으로 자리를 옮기십시오."

김경손은 단호했다.

"옳지 않다. 우리 군사가 죽어 가는데 장수가 어찌 목숨을 아껴 자리를 피하겠느냐. 더구나 우리 군민과 적군이 지금 나를 바라보고 있다. 내가 동요하면 우리 군심과 민심이 동요하고, 적이 또한 우리를 우습게 보지 않겠는가."

김경손은 태연자약(泰然自若) 끝내 옮기지 않고 그 자리에 그대로 앉아서 독전을 계속했다. 적의 포탄이 계속 그 방향으로 날아왔다. 그러나 김경손은 요지부동(搖之不動), 당황하는 기색조차 보이지 않고 작전을 지휘했다.

몽골군은 그렇게 집요하게 귀주성에 대한 공격을 계속해 왔다. 그것은 마치 큰 바다에서 파도가 잇달아 몰려오듯 파상적으로 반복됐다. 일진일퇴(一進一退)의 공방전이 30일 동안 계속됐다.

그러나 박서와 김경손은 상황 변화에 따라 거기에 맞는 전술로 기민하게 대응해서 결국 몽골군을 막아냈다.

귀주에서 격전이 계속되자 성급히 동로군으로 달려온 살리타이가 휘하 장수들에게 말했다.

"이 귀주성은 적은 군사를 가지고 우리 몽골의 대군을 맞서 잘 견디고 있다. 이것은 하늘이 도운 것이지 사람의 힘으로는 불가능한 일이다."

그렇게 말하면서 살리타이는 군사들을 뒤로 물렸다.

박서와 김경손의 지휘 하에 고려군은 한 달 동안 계속된 몽골의 귀주성 공격을 이렇게 거뜬히 격퇴했다.

이것은 여몽전쟁 개시 이래 고려군이 올린 최대의 승첩이자, 기마군의 공성작전(攻城作戰)에 맞선 보병의 수성전(守成戰) 성공이었다. 이 승첩으로 전국의 고려군과 백성들은 다시 자신감을 갖기 시작했다.

결국 몽골은 주변의 도로를 차단하고 소수 병력을 남겨 귀주를 고립시켜 놓고는, 안북-평양을 향해서 남진했다.

그날 밤 박서는 모든 군사들에게 술과 음식을 배불리 먹이고 충분히 쉬게 했다. 그곳에 모인 각 진의 부사들과 장수 군관들에게도 푸짐한 잔치를 베풀었다.

김경손이 말했다.

"나는 정주(靜州)에서 몽골군의 정탐병을 철저히 소탕하려다 당했습니다. 놈들이 숲 속으로 도망하기에 추격하여 모두 처치한 다음에 와보니, 그 사이에 성이 완전히 몽골군 대병에 포위되어 있었습니다. 정탐병 뒤에 있는 본대를 생각지 못한 겁니다."

박서가 말했다.

"그렇군요. 그래서 도망하는 소수의 군사는 멀리 쫓아버리기만 하면 된다고 했습니다."

송문주가 나섰다.

"우리에게도 먼저 몽골군 소수가 접근해 왔었습니다. 그들이 김경손 장군의 정주특공대에 의해 격퇴되어 쫓겨 간 정탐병인 것 같습니다."

김경손이 말했다.

"그럴 것이오. 그래서 다음날 본대의 대병이 다시 온 것이지."

다시 송문주가 말했다.

"함신진이나 철주성의 경우를 보면, 저들은 먼저 소수 병력을 보내 항복을 권고했습니다. 그러다가 항복에 응하지 않으면 성을 공격했고, 반격이 심하면 도망했습니다. 그러니까 먼저 온 정탐병은 적정탐지·항복권고·시험공격 등을 임무로 하는 모양입니다. 시험공격은 우리 쪽의 반응과 실력·무기 등을 떠보는 예비공격인 것 같습니다."

모든 장수들이 고개를 끄덕였다.

"정탐병들이 쫓겨 가면, 그들의 보고를 토대로 저들은 대부대를 끌고 와서 성을 공격했습니다. 이 공성에 실패하면, 다음엔 대포를 가지고 옵니다. 그것이 여의치 않으면 다음에는 화공을 폈습니다. 이런 수순이 저들 공성작전의 전술방침이 아닌가 생각됩니다."

박서가 나섰다.

"좋은 분석이다. 송문주, 그대가 몽골군의 행동을 면밀히 조사해서 저들의 정확한 공격방법을 찾아내도록 하라. 그리고 그것을 상부에 보고하여 각지의 고려군 전체에 알리도록 하라."

"예, 장군."

송문주는 그후 몽골군의 전술과 전략의 연구를 전담하는 참모가 됐다.

당시 세계를 휩쓸던 천하무적(天下無敵)의 몽골군과 싸워 연전연승(連戰連勝)한 박서와 김경손의 귀주성 전투에 대해 조선조의 사관들은 이렇게 평했다.

귀주성 전투에 대한 사평(史評)

박서와 김경손은 귀주에 웅거하여 몽골의 백만지병(百萬之兵, 백만대군)을 대항함에 있어, 기회에 임하여 변화를 베풀어서 귀신같이 제압해 이겼으니, 비록 옛날의 명장이라 할지라도 이에서 더할 수는 없다. 아, 고립된 성에서 힘이 약한 군졸로써 천하에 한창 사납고 오만한 기세를 펼치던 오랑캐에게 항거하여 동쪽으로 내려오지 못하게 하였으니, 나라를 보위한 그들의 공적이 우뚝하여 산악과도 같다. 우리 동방에서 성을 잘 수비한 것은 고구려 때 양만춘이 안시성에서 당나라 군사를 물리친 후 또 귀주의 일이 있으니, 박서와 김경손의 공적이 진실로 적지 않음을 알겠도다.[101]

---

101) 동국통감, 고종18년 9월 조.

최춘명의 자주성

귀주성이 몽골 동로군을 상대로 치열한 공방전을 벌이고 있을 때, 개경을 목표로 하고 있던 몽골 서로군은 점령하지 못한 성들을 남겨놓은 채 남진하여 청천강을 건너 안북에 도착했다. 고려 조정이 청천강에 정해 놓은 제1저지선은 어이없이 무너졌다.

몽골 군사들은 그해(고종 18년, 1231) 11월 초순 안북에서 다시 남진하여, 평양 북쪽의 자주성(慈州城, 평남 순천군 자산면 성중동)[102]으로 몰려왔다. 수를 헤아릴 수 없는 대군이었다.

자주성은 평남의 중앙부로서 평북에서 평양으로 내려가는 길목에 위치해 있는 지금의 자모산성(慈母山城)이다. 이 성은 평양성의 안전을 지키는 방어진지였다. 따라서 자주성은 한반도를 노리는 적군이나 이를 지키려는 고려군 모두에게 절대로 빼앗겨서는 안 되는 요충이었다.

자주성[103]은 자주 서쪽 25리 지점의 자모산(慈母山, 559미터) 기슭에 있다. 군사적으로 좋은 조건을 많이 갖춘 산성이다. 성의 둘레가 1킬로, 높이는 4미터가 조금 넘을 정도였으니, 규모는 크지 않지만 성벽은 높은 편

---

102) 자주성은 원래 평남 풍산면에 있었다. 풍산면은 1935년 자산면에 편입됐다.

103) 자주산성(慈州山城); 조선조에 와서 이 성을 다시 쌓으면서 이름을 자모산성(慈母山城)으로 바꿨다.

이었다.

골짜기마다 샘물이 나와 자주성 안에는 99개의 우물이 있었다. 성안으로 내가 하나 흐르고 있고 수량도 많아서 가을이나 겨울에도 물이 마르지 않았다. 자주성은 이처럼 입지가 좋아서 장기적인 수성을 가능케 하는 천혜의 요새였다.

그때의 자주성주는 자주의 부사 최춘명(崔椿明)이었다. 몽골군이 침공해 오자, 최춘명은 성문을 굳게 닫고 백성과 군인·관리들을 철저히 단속하여 저항했다. 자주성의 군사는 8백 명 수준이었다. 귀주처럼 주변에서 군사들이 모여들지도 않았다. 최춘명은 이 군사로 몽골의 1만 군을 상대해야 했다.

몽골군의 본대는 자주성에서 멀리 떨어진 곳에 머물러 있고, 소수의 군사를 자주성으로 보내서 외쳤다.

"자주성은 항복하라. 항복하면 살고, 저항하면 죽는다."

최춘명이 그걸 보고 명령했다.

"사격!"

자주성에서 화살이 빗발치듯하자 몽골군은 곧 물러났다.

얼마 뒤에 대규모의 몽골군이 몰려왔다. 그들은 자주성을 이중 삼중으로 물샐틈없이 둘러쳤다. 성은 완전히 포위되어 외부와는 일체의 왕래가 끊겼다. 그 때문에 식량도 들어오지 못했고 각종 생활물자도 성안에서 해결해야 했다.

그러나 최춘명이 운용하는 간자(間者)들이 목숨을 걸고 드나들면서 가져오는 적정과 나라 사정에 관한 소식만은 끊이지 않았다.

몽골군이 성을 포위하여 성 안의 사람들이 불안해하기 시작하자, 최춘명은 성민과 관리 군사들을 한 자리에 모아놓고 전의를 다졌다.

"여러분도 알다시피 우리 자주는 안주에서 서경으로 가는 통로의 중간지점에 있다. 서경은 우리나라 서북지역의 요충이다. 우리 자주성이 함락되면, 서경도 함락이다. 따라서 우리는 이 자주성을 결사 수호해만 한다."

듣는 사람들은 긴장된 표정들이었다. 모두들 공포를 느끼면서 듣고 있었다.

최춘명은 한층 목소리를 높였다.

"지금 귀주성에서는 박서 장군 이하 북계의 수령들이 모여 몽골군을 물리치고 성을 굳게 지키며 훌륭히 싸워나가고 있다. 그러나 귀주성보다도 더 중요한 것이 우리 자주성이다. 자주가 무너지면 서경이 무너지고, 서경이 무너지면 개경도 곧 무너지게 되어 있다. 우리 고려국의 도성인 개경이 무너지는 날, 우리나라는 어떻게 되겠는가. 망하는 것이오. 국망(國亡)이다, 국망! 나라가 멸망하는 것이다. 그러면 우리는 모두 오랑캐의 노예가 된다. 우리는 이 점을 잊어서는 안 된다."

최춘명의 연설은 자모산 계곡을 흔들고 있었다.

"그러면, 어떻게 하면 이 성을 지키고 망국을 막을 수가 있느냐. 간단하다. 여러분들이 나의 지휘에 잘 따라주기만 하면 된다. 싸움은 장수의 지휘 하에 모든 백성들이 함께 싸우는 것이다. 나는 몽골군을 물리칠 만반의 준비가 되어 있다. 식량과 장비도 충분하다. 우리는 적을 맞아 몇 달이고 버티며 싸울 수 있다. 남은 것은 오직 우리 자주성을 결사 수호하겠다는 여러분의 불굴의 각오뿐이다. 자랑스런 우리 자주인 여러분!"

최춘명은 거기서 말을 끊었다.

군중들이 큰 소리로 외쳤다.

"예, 장군!"

최춘명이 물었다.

"여러분은 그런 결사의 각오가 돼 있소?"

사람들이 한 목소리로 외쳤다.

"예, 장군!"

"우리는 자주성을 결사수호(決死守護)할 것이오!"

"명령만 하십시오. 목숨을 걸고 항전할 것입니다."

최춘명은 감격한 목소리로 말했다.

"고맙소. 여러분, 정말 고맙소이다. 그러나 여러분이 아무리 결사 항전해도, 여러분은 결코 죽지 않을 것이오. 우리는 한 사람도 죽지 않고 적을 물리칠 수 있소. 자신감을 가지고 이긴다고 생각하는 곳엔 승리가 있지만, 공포심을 가지고 진다고 생각하는 곳엔 패배가 있을 뿐이오. 여러분은 나를 믿으시오. 나, 최춘명에겐 반드시 이길 수 있는 신념이 있고, 그런 책략이 준비돼 있소."

백성들과 군사들이 다시 외쳤다.

"자주부사 최춘명!"

"우리 부사 최춘명!"

사람들은 계곡이 떠나갈 듯 한 목소리로 '최춘명'을 외쳤다. 최춘명의 말에 자신감을 얻은 듯 그들의 표정에서 공포감은 이제 찾아볼 수 없었다.

다음날 오후 몽골군은 자주성에 대해 공성작전(攻城作戰)을 펴왔다. 그들은 수적인 우세를 바탕으로 성을 에워싸고 화살을 퍼붓기 시작했다.

최춘명이 말했다.

"적군이 성 밑에 가까이 다가와서 싸움을 거는 것은 우리를 밖으로 나오도록 유도하는 것이다. 거기에 말려들어서는 안 된다. 저들은 기군(騎軍, 기병)이다. 기군은 기동력이 빠르다. 따라서 우리 보군(步軍, 보병)으로서는 기군을 당해낼 수가 없다. 꼼짝하지 말고, 안에서 성을 고수하라."

이 명령에 따라 자주의 군사들은 화살 공격으로 응수했다. 그러나 활을 가지고 성 밑에서 쳐다보며 공격하는 몽골군은 성 위에서 내려다보며 쏘아대는 고려군을 당해낼 수 없었다.

귀주성에서처럼 몽골 군사들은 포차를 가져와서 성문을 부수려 했다. 최춘명은 성벽 위에 포차를 세워놓고, 몽골의 포차를 쏘았다. 포차 대 포차. 수많은 포차에서 뿜어내는 돌멩이들이 하늘에서 맞부딪쳐 부서졌디.

그러나 고려군의 포격술이 월등했다. 몽골군 진영에 돌들이 마구 떨어지자, 그들은 결국 포차들을 거두어 물러갔다.

이래서 자주성에 대한 몽골의 제1차 공격은 실패로 끝났다.

얼마 후 몽골군이 다시 떼를 지어 공격해 왔다.

최춘명은 평소 맹렬한 사격훈련을 시켜 양성해 놓은 백발백중(百發百中)의 사수들을 성 위에 배치해 놓고 명령했다.

"너희는 목표가 분명한 특명궁사(特命弓士)다. 자기 임무가 무엇인지 잘 알 것이다! 몽골의 일반 병졸은 가까이 와도 쏘지 말라. 너희들의 목표는 적군의 지휘관과 군관들을 쓰러뜨리는 것이다. 그들이 멀리 있어도 그들만 겨냥해서 맞혀 쓰러뜨려라."

이 전술은 주효해서 선봉에 서서 몽골군을 지휘하던 군관 몇 명이 쓰러졌다. 몽골군들은 소란해지기 시작했다. 그렇게 몇 명이 더 활을 맞아 쓰러지자, 몽골군은 혼란에 빠졌다.

"난사! 난사하라!"

최춘명의 명령이 떨어졌다. 모든 군사와 남녀노소의 백성들이 나서서 저마다 시위를 당겼다. 몽병들은 피를 흘리면서 저희들끼리 좌충우돌(左衝右突)했다. 결국 그들은 더 버티지 못하고 다시 물러갔다.

이래서 자주성에 대한 몽골군의 두 번째 공격도 실패로 끝났다. 사주성은 다시 승전의 기쁨과 환성, 영웅적인 무용담들로 출렁였다. 축제분위기였다.

그러나 최춘명은 조금도 긴장을 늦추지 않았다. 그는 척후대(斥候隊)를 소집했다.

"곧 저녁이 된다. 몽골군의 포위망을 모조리 검사해서 군사들의 배치상황을 점검하라. 포위망이 허술한 곳과 병력이 집중 배치된 곳을 잘 살펴야 한다. 포위망이 끊어져 있는 곳이 있으면, 적이 고의로 터놓은 것인지 아니면 포위가 허술한 것인지를 확실히 판단해 오라."

이것은 평소 최춘명이 누누이 교육시켜온 내용이어서, 척후병들은 모두 그런 정찰 요령을 숙지하고 있었다. 그러나 최춘명은 자기 방식대로 다시 강조해서 설명했다.

"저들이 일부러 터놓은 퇴로라면, 그 뒤에 복병을 숨겨놓았을 것이다. 그러나 그들이 허술해서 포위망이 뚫려있다면, 그곳엔 복병이 없다. 따라서 포위망이 끊겨져 있는 곳에 저들의 복병이 숨어있는지 여부를 정확히 확인해 오라. 밤이 되기 전에 결과를 보고하라. 너희들의 이번 정찰 결과가 우리 자주성의 승패와 우리 군사의 생사를 결정한다는 사실을 명심하여, 정확히 알아오도록!"

"옛, 장군."

"특히 조심할 것이 있다. 유목과 사냥으로 살아온 몽골 놈들의 시각과 후각은 동물적인 수준이다. 그들은 밤에도 멀리 있는 물건을 볼 수 있고, 십리 밖의 짐승 냄새도 정확히 맡아서 무슨 동물인지를 식별해 내는 놈들이다. 적에 발각되지 않도록 주의하여 전원 무사히 돌아오라. 알겠나!"

"옛, 장군."

정찰병들은 몸을 위장하고 곧 성문을 빠져나갔다.

날이 어둑해질 무렵 성을 나갔던 탐색대가 밤이 되어 돌아왔다. 최춘명이 인원을 점검해 보고 말했다.

"한 사람의 낙오도 없이 전원 무사히 돌아왔구나. 수고했다."

탐색대장이 보고했다.

"포위망이 뚫려있는 곳으로 가보았으나 적의 매복은 한 놈도 없었습니다. 포위망은 아주 허술했습니다."

"그러냐. 수고했다."

척후대의 적정탐색 결과를 보고 받은 최춘명은 별초군(別抄軍)을 가동키로 했다.

최춘명은 오래 전부터 별초군을 민들이 키워왔다. 이 특공대는 힘이 세고 날래며 용기 있는 군사들로 편성됐다. 그들은 택견과 수박에 능한 일당백(一當百)의 용사들이다. 최춘명은 이들에게 평소부터 맹렬한 백병전(白兵戰) 훈련을 시켜왔다.

밤이 깊어가자 최춘명은 몽골군 포위망이 허술한 부분으로 특공대를 투입했다. 몽골군 초병(哨兵)들이 어렴풋이 그것을 목격했다. 그러나 밤에 숲 속에서 이뤄지는 행동이어서 정확히 파악하지 못한 듯했다.

그들은 그런 상태에서 상관에게 보고했다.

"고려군이 성 밖으로 빠져나가고 있습니다."

"몇 명이나 나갔느냐?"

"떼를 짓거나 대오를 지어서 나가는 것이 아니고, 가끔 한 두 명이 빠져나가고 있습니다."

"그렇다면 탈출하는 것이다. 살기 위해 도망하는 것이니, 내버려둬라. 그러면 더 많은 놈들이 그 길로 빠져나가 도망할 것이다."

포위된 군사가 결사적으로 포위망을 뚫고 나가는 것은 도망하는 것이다. 그런 군사들은 포위망을 뚫으면 도망하기 바쁘다. 전쟁 경험으로 보면 대부분의 경우 그러했다.

몽골군은 처음에 포위돼 있는 자주성의 고려 군사들이 포위망을 돌파했을 때, 자기네의 포위를 견디다 못해 성을 탈출하여 도망하는 것으로 생각했다. 그래서 그들의 뒤를 추격하지 않았다.

그러나 그것은 오판이었다. 하나 둘씩 성문을 나선 자주성의 특공 별초들은 포위망을 뚫고 나가서는 다시 모여 대오를 정비해서 좌우로 갈라섰다.

그들은 각기 몽골군의 좌우쪽 후방으로 이동하여 포위망 뒤에 있는 몽골군의 집결지를 쳤다. 그리고는 횃불을 올렸다. 시뻘건 불길이 밤하늘을 비췄다.

그와 때를 맞춰 자주성 안에서 군사들이 징과 북을 치면서 문을 열고 요란스럽게 뛰쳐나갔다. 그들은 특공군과 합세하여 몽골군을 앞뒤에서 공격했다. 몽골 군사들은 어둠 속에서 고려군에 의해 느닷없이 협공 당하자 우왕좌왕 어찌할 바를 몰랐다.

많은 몽골군은 길이 트인 곳을 찾아서 필사적으로 달려 도망했다. 그러나 그것도 잠시, 잠복해 있던 고려 군사들이 어느새 나타나 몽골군들을 뺑 둘러싸 공격했다.

자주성을 포위하고 있던 몽골군은 포위망이 몇 토막으로 끊어져 고려군에 협공 당했다가, 이제는 오히려 역포위(逆包圍)되어 고려군의 택견과 수박으로 얻어맞고 쓰러졌다.

지리에 미숙한 몽골군들은 밤을 타서 기습한 최춘명의 특공을 막아낼수 없었다. 결국 이 백병전 끝에 몽골 군사들은 다수의 전사자를 내고 도망했다.

몽골군이 있었던 곳에는 화공(火攻)을 위한 기름과 잘 마른 섶 나무들이 준비돼 있었다.

최춘명이 그걸 보고 말했다.

"이놈들이 우리 성에 화공을 펴려 했구나. 놈들은 화공 때는 인유(人油)를 쓴다고 들었다. 이 기름도 분명히 사람의 기름일 것이다. 조사해 보라."

군사 하나가 기름을 손끝에 묻혀 비벼보고 냄새를 맡아 본 다음에 말했다.

"그렇습니다. 이것은 분명히 사람의 기름입니다."

"그럴 것이야. 이것들을 모두 태워 없애라."

자주성의 고려 군사들은 몽골군이 버리고 도망간 화공물자들을 모두 태워 없앤 다음 성으로 돌아갔다.

다음 날 낮에 몽골군은 대병을 몰아 복수전을 걸어왔다. 최춘명의 저격수들은 다시 몽골군의 군관들만 겨냥해서 쏘았다. 군관 몇 명이 곧 쓰러져 나갔고, 그럴 때면 몽골군은 예외 없이 철수했다.

밤이 되면 다시 자주성 결사 별초들의 포위망 돌파와 배후 기습, 그리고 협공과 포위공격이 반복됐다. 이 특공 별초군이 출동하기만 하면 몽골군의 포위망은 뚫렸다.

그러나 양국 군사들의 승패는 아직 결정나지 않았다. 몽골군의 자주성 공격이 계속될 때마다 피해는 늘어만 갔다. 반면, 성의 방어에 성공한 고려군사의 피해는 별로 없었다.

자주성과 몽골군의 싸움은 한 달이나 계속됐다. 몽골 침략군은 척후대와 특공별초와 저격수를 운용하는 최춘명의 특수전술에 견디다 못해 결국 자주성을 남겨둔 채 다시 물러갔다.

고려의 항몽전쟁(抗蒙戰爭) 중 최춘명의 자주성은 박서의 귀주성과 함께 난공불락(難攻不落)의 아성이었다.

뒤로 가서 앞을 쳐라

최춘명은 몽골군의 후퇴에 안도하여 앉아서 바라만 보고 있지 않았다. 그는 자주성이 몽골군을 격퇴했을 때, 그들이 곧 철수할 것이라고 판단하고 있었다.

최춘명은 민첩한 감각과 정밀한 관찰, 정확한 판단, 과감한 실천을 고루 갖췄다. 그러면서도 그는 매사에 신중한 장수였다.

최춘명은 어떤 문제에 당면하면 감각이 빨라서 여러 가지 방안이 떠올랐다. 방안이 생각나면 그것을 깊이 생각하며 다방면으로 연구했다. 무엇을 파악코자 할 때는 관계된 모든 것을 정밀하게 살폈다. 이런 기초 위에서 내려지는 그의 판단은 항상 정확했다. 판단이 내려지면 그는 주저 않고 실천해서 승리를 가져왔다.

적정파악은 앉아서 생각하는 것이 아니다. 현장을 정확히 확인하고, 확실한 사실 위에서 결단을 내려야 한다.

최춘명은 그렇게 생각하면서 다시 척후대를 내보냈다. 몽골군이 물러간 뒤로 정찰대를 보내 몽골군의 동정을 알아오게 했다. 탐색 결과는 곧 최춘명에 보고됐다.

"그들은 짐을 싸고 장비를 거두고 있었습니다. 석이 다시 공격해 올 것 같지는 않았습니다."

"그래, 바로 보았다. 그 동안 수고 많았다. 너희들은 이젠 좀 쉬어도 된다."

척후대를 활용한 최춘명은 이번에는 특공별초를 동원하여 몽골군의 철수 경로로 예상되는 길목에 매복시키기로 했다. 결사 특공대를 투입하면서 최춘명이 말했다.

"이제 적군은 물러간다. 자주성에 대한 저들의 공격은 없을 것이다. 저들은 자주성을 이대로 놔둔 채 서경(평양)과 개경(개성)을 향해서 남진할 것이다."

"이 싸움에선 우리가 이긴 것입니다."

"그렇게 생각하는가."

"쳐들어온 적을 물리쳐 몰아냈으니, 분명히 자주성의 승리입니다."

"공격해 온 적을 격퇴했으니, 우리의 승리임엔 틀림없다. 그러나 적이 이동하여 다른 곳을 공격할 것이니, 아직은 승리했다고는 볼 수 없다. 저들은 치다가 못 치면 그대로 놔두고 전진하는 버릇이 있다. 귀주성도 그렇게 공격을 퍼부었으나 결국 함락시키지 못한 채 물러나 여기까지 왔다. 몽골군은 이제 다시 우리의 저항에 못 견뎌 자주성을 놔두고 남으로 전진한다. 이기지 못해 물러나면서 앞으로 계속 진격하고 있으니, 누가 이기고 누가 졌는지 아직은 모른다."

"……"

"우리는 적군이 평양과 개경으로 가는 것을 막아야 한다. 우리가 저들을 뒤따라 가서 그들의 앞을 쳐서 막지 않으면 안 된다. 그러나 저들은 말을 타고 달리는 기군이고, 우리는 걸어 다니는 보군이다."

출정을 앞둔 결사특공대들은 긴장과 침묵 속에서 장수가 무슨 말을 하는지 하나도 빼먹지 않고 들으려 했다.

"기군인 저들은 빠르고, 보군인 우리는 느리다. 그래서 우리는 몽골군이 물러간 뒤를 쫓되 지름길을 택해 적이 이동할 곳에 미리 나가 있다가,

그들이 오면 정면에서 맞아 쳐야 한다.”

대원들은 그제서야 ‘뒤로 가서 앞을 친다’ 는 최춘명의 말을 알아들었다.

최춘명의 작전지시는 계속되고 있었다.

“우리 군사의 수는 적고 저들은 많다. 더구나 평지에서 기병 1기는 보군 8명과 맞먹는다. 보군인 우리 군사 8명이라야 기군인 몽골 군사 한 명을 막아낼 수 있다는 말이다. 그러나 그 비율이 산악의 험지에서는 4대 1로 줄어든다. 병법의 계산으로는 그렇다.”

최춘명이 기병과 보병의 비율에 대해서 말하자, 그렇지 않아도 숫적으로 열세한 자주성의 보병 군사들은 겁을 먹는 듯한 표정이었다.

최춘명이 그것을 읽었다.

“그러나 실제 전투에서는 그런 숫자가 문제되지 않는다. 전쟁에서 가장 중요한 것은 군사의 사기와 용맹, 지휘관의 전략과 명령 그리고 유리한 지형과 날씨가 승패를 좌우한다. 지금 여러분은 그런 유리한 요소를 모두 갖추고 있다. 보군이라 해서 기병을 두려워하지 말라. 유리한 지형만 선택하면 보병이 오히려 기병을 이길 수 있다. 그래서 때로는 기병들이 말을 버리고 보군이 되어 지상전으로 나오는 것이다.”

그 말에 자주성의 별초 군사들은 다시 안도하면서 자신감을 가졌다.

“지휘관들은 잘 들으라. 보군이 기병을 상대로 싸울 때는 병사를 피하고 산지를 택해야 한다. 가파르고 험한 산지에서는 보군이 오히려 유리하다.”

최춘명은 매복군을 보내면서, 병법에 따라 지침을 지시했다.

“획액색지(獲阨塞之)라 했다. 좁은 길목을 찾아 적군의 통행을 막으라는 것이다. 소군이 대군을 맞아 싸우려면, 길이 좁고 양편이 높으면서 숲이 우거진 장소를 골라 매복해야 한다. 이 성에서 너무 멀어도 안 되지만, 너무 가까워도 안 된다. 자주성에서 오리 내지 십리 되는 지점을 택해서 매복해 있으라.”

최춘명이 남쪽으로 보이는 산자락을 가리켰다.

"저쪽을 봐라."

별초들이 그가 가리키는 쪽으로 향했다.

"저 앞에 보이는 것이 노루고개(獐嶺, 장령)이고, 그 뒤로 높게 보이는 것이 호랑이고개(虎嶺, 호령)다. 이곳에서 남쪽으로 가는 길은 반드시 저 곳들을 지나가게 되어 있다. 몽골군도 필시 저 길을 지나 평양으로 갈 것이다. 우리가 지난번에 탐색하고 돌아와서 잘 알겠지만 그 길 양쪽은 높직한 언덕으로 되어 있고 나무가 우거져 있다. 너희 1조는 노루고개, 2조는 호랑이고개에 매복하라, 각 조는 절반씩 나누어 길 양편에 숨어 있어라."

"예, 장군!"

"매복군의 첫째 수지사항(須知事項)은 적에 탐지되지 않는 것이다. 적이 매복 사실을 알면 작전에 실패할 뿐만 아니라 오히려 역공 당할 수 있다. 그러니 너희는 지름길로 미리 가서 먼저 매복지점을 정해놓고 주위에 짐승이나 새가 있으면 멀리 쫓아 보내라. 그것들은 주위에 사람이 있으면 도망한다. 적군이 접근하고 있을 때 너희 주변에서 그런 것들이 움직이면, 너희들의 동정이 탐지된다."

그러면서 최춘명은 구체적인 전술방침을 알려주었다.

"적이 사격권 안에 들었다고 판단하면, 먼저 지휘관과 군관부터 쏴라. 공격은 불의에 해야 하고, 일단 기습하면 적군이 정신을 못 차리게 맹격을 가해야 한다. 그런 상태에서 집중 사격을 계속 퍼부어 적을 교란시켜라. 적은 좁은 길에서 대 혼란에 빠질 것이다. 그래도 양쪽에서 화살을 계속 쏘아대라. 적이 당황해서 갈피를 못 잡고 우왕좌왕하면, 일시에 북과 징을 치고 함성을 지르며 양쪽에서 육박전으로 기습하라."

특공대들은 실제로 현장에 나가 숨어서 적군을 기다리고 있는 것처럼 긴장했다. 너무 긴장해서 조용했다.

"매복군은 대기 중엔 산처럼 조용히 있다가 공격할 때는 맹호처럼 신속하고 우레처럼 우렁차게 치달아야 한다. 그러면 적은 눈앞에서 우리를 보고도 손을 쓸 수가 없어 도망하기 바쁠 것이다. 도망하면 추격하여 몰살하라. 그러면 너희는 일당백의 승리로 적군을 물리쳐 고려의 영웅이 될 것이다.”

최춘명이 매복지점을 두 곳으로 정한 것은 몽골군이 첫 매복지를 통과하더라도 다음 매복지에서 아주 섬멸시키기 위해서다.

“우리의 승패는 이번 매복에 달려있다. 지금까지는 방어로 적을 물리쳤을 뿐이야. 우리는 자주성 방어에 성공했지만 그것이 승리는 아니다. 방어의 성공이나 적의 격퇴가 곧 승리는 아니다. 이제는 저들을 공격해서 승리해야 한다. 이번에 너희들이 몽골군을 쳐서 이겨야 이 자주성이 진실로 몽골군과 싸워 이기는 것이다.”

최춘명은 매복군으로 군사를 6백 명 보냈다. 자주성의 자체 방위를 위한 최소한의 군사 2백 명을 남겨놓고는 전원 출동이었다.

최춘명은 그들을 보내면서 마지막으로 말했다.

“행군해 갈 때나 매복해 있는 동안에는 사주경계를 철저히 하라. 적의 기습은 경계를 소홀이 할 때 닥쳐온다. 따라서 철저한 경계는 승리의 선결조건임을 잊지 말라.”

두 곳의 매복지점 중에서 제1 매복지인 북쪽의 노루고개에 4백 명, 제2 매복지인 남쪽의 호랑이고개에는 2백 명을 주었다. 첫 번째의 장령 공격에서 대세를 결정짓고, 남으로 도망하는 자는 두 번째의 호령 공격에서 몰살하겠다는 계산이다.

모든 것이 최춘명의 예상대로 들어맞았다. 몽골군은 매복 별초들이 숨어있는 자주성 남쪽의 좁고 험한 길로 접근해 오고 있었다. 그들이 노루고개에 매복해 있는 별초들의 사격권 안에 깊숙이 들어왔을 때였다.

“사격.”

지휘관의 조용한 명령에 따라 일제히 화살이 날아갔다. 소리도 없이 날

아든 고려군의 화살에 몽골병들이 계속 쓰러졌다. 앞서 오던 지휘 군관들이 먼저 살을 맞아 피를 흘리며 말에서 떨어져 길바닥에 주저앉았다.

몽골 군사들이 두리번거리며 사방을 살펴보았으나 아무 것도 보이는 것이 없다. 어느 지점이라고 딱 집어서 알 수가 없는 양쪽 숲 속에서 화살만 계속 비 오듯이 날아들 뿐이다.

몽골군사들은 혼란에 빠져 저희들끼리 부딪치면서 어찌할 바를 모르고 우왕좌왕했다. 체계가 없고 명령도 없다. 완전히 오합지졸(烏合之卒)이었다.

바로 그때였다

"자, 돌격!"

그 명령과 동시에 징과 북이 요란하게 울리면서, 고려 군사들이 함성을 지르며 돌격했다. 갈팡질팡하던 몽골군이 더욱 큰 혼란에 빠지면서 서로 어지러이 얽혀들었다. 칼을 들고 창을 꼬나 잡은 자주성의 특공별초가 들이닥쳤다. 그들은 달려 나가 칼로 베고 창으로 찔렀다.

몽골군들도 활과 칼을 가졌으나 쓸 생각조차 하지 못했다. 지형이 좁고 험해서 말이 제대로 뛸 수가 없었다. 그때의 말은 오히려 액물(厄物)일 뿐이다. 몽골 군사들은 말에서 내려와 창과 칼을 꼬나 잡고 대들었다. 자주성 특공대가 말에서 내린 몽골군들을 수박과 택견으로 후려쳤다.

몽골군이 뒤로 물러서려 했지만 퇴로는 벌써 차단돼 있다. 몽골 군사들은 말을 탄 채 죽음을 무릅쓰고 앞으로 내쳐 달렸다. 그러나 진로도 이미 막혀 있었다.

몽골군 다수가 거기서 전사하여 좁고 깊은 계곡길이 메워질 정도였다. 그래도 전사자보다 더 많은 몽골 군사들이 그곳에서 빠져나가 남쪽으로 달려갔다. 군사가 워낙 많았고 말을 가지고 있었기 때문이었다.

그러나 노루고개에서 타격을 받고 남진하던 몽골군은 호랑이고개에서 다시 제2 매복조에 걸렸다. 거기서도 노루고개에서처럼 다시 지옥 같은 공격을 당해야 했다. 그러나 워낙 수가 많고 기병들이라 거기서도 다수가 살아서 평양 쪽으로 달려갔다.

자주성의 완벽한 승리였다. 최춘명의 귀신 같은 지휘의 결과였다. 몽골군을 섬멸하지는 못했지만, 고려군은 큰 피해 없이 침공군을 격파하여 자기네 지역을 안정시켰다.

백성들의 참전

　몽골군이 침공했다는 소식이 전해지자 백성들 사이에서는 공포와 투지가 엇갈려 일어나고 있었다.

　그러나 박서-김경손 등이 귀주성에서 고립무원의 사투 끝에 몽골군을 격퇴했다는 승전보가 전국 각지로 퍼져 나가자 국민들의 공포감은 사라졌다. 이어서 다시 최춘명의 자주성에서 고려군이 몽골군을 대파했다는 승첩이 전해지자, 조야의 기쁨은 물론 국민들의 사기는 하늘을 찌를 듯했다.

　"우리 고려가 저 야만족의 무리에 당할 수는 없다."

　"우리 젊은이들이 이렇게 집에 들어앉아 있어서야 되겠는가. 군대로 가서 싸우자."

　"나라를 지켜야 한다. 나라를 빼앗기면 우리 백성은 저들의 노예가 된다."

　고려의 청장년들은 그렇게 외치면서 전국에서 가까운 군문(軍門)으로 몰려들어 출전을 자원했다.

　심지어 지방에서 떼를 지어 도적질을 일삼던 초적(草賊)의 무리들도 집단적으로 조정에 귀순하여 항몽전쟁에 나가게 해 달라고 호소했다.

　초적이란 문자 그대로 풀이하면 농민(草)출신의 도적(賊)이다.

봉건사회에서 관리들의 수탈이 심하고 국가가 가난을 구제하지 못하면, 농민들이 땅을 버리고 유랑 길에 오른다. 이런 유이농민(流移農民)들은 처음에는 전국을 헤매면서 걸식을 하거나 품팔이를 해서 연명한다.

그러나 그래도 살기가 어려우면 유민들은 도적으로 변한다. 그 도적들은 수가 많아지면서 조직을 이뤄 도적질을 하고, 심하면 반란을 일으켰다. 이런 유이농민을 초적이라 부른다.

신라 말기의 혼란기에 죽주(竹州, 경기 안성군 죽산)의 기훤(箕萱)이나 북원(北原, 강원 원주)의 양길(梁吉), 그리고 고려 때 운문(雲門, 경남 산청)의 김사미(金沙彌)나 초전(草田, 경북 울산)의 효심(孝心) 등의 반란군은 우리 역사상 대표적인 초적 세력들이었다.

몽골군이 침공했을 때의 초적은 일정 지역에 둔소(屯所)를 마련하여 공동생활을 하면서 반란보다는 도적질을 주로 했다. 그때 초적들은 주로 개경 외곽의 경기 일원에 진을 치고 있었다.

초적 중에서 제일 먼저 항복하여 항몽 전쟁 종군을 자청한 것은 마산(馬山, 경기 파주)의 초적이다.

고종 18년(1231) 9월 몽골군이 서경을 통과하여 황해도 지역으로 내려올 무렵, 마산 초적의 괴수 두 명이 스스로 개경으로 들어와서 최우를 만나게 해달라고 요청했다.

최우가 그들을 불러들였다.

초적의 괴수들은 최우에게 큰절을 하고 말했다.

"그 동안 저희는 죄를 많이 지었습니다. 나라가 위기에 이르렀으니 이제는 전선에 나가서 몽골병과 싸워 적을 격퇴하여 죄를 씻고자 합니다. 우리들은 몽골군을 격퇴하는데 정병 5천으로 돕겠습니다."

"정병 5천이라 했느냐?"

"그렇습니다. 주변의 무리를 모으면, 그 정도는 어렵지 않습니다."

"굳이 5천일 필요는 없다. 나라 위해 싸울 충성심 있고 용기 있는 자라야 한다."

"예, 영공."

"너희들의 뜻을 기특하게 여겨 융관(戎冠)과 금환자(金環子)를 내릴 것이니, 군에 들어가 적을 쳐서 공을 세워라."

최우는 그들을 가상히 여겨 상을 후하게 주고, 다시 군의 제복과 장식들을 주어 위무한 뒤 군에 편입시켰다.

다음 날 이 소식을 전해들은 마산의 다른 군소 초적의 괴수들도 무리 수 백 명을 데려와서 삼군과 함께 북으로 출정했다.

그들을 보내놓고 최우는 기뻐하며 말했다.

"숨어서 변챙을 일삼던 초적들이 세 발로 항복해 와서 외적을 물리치는 데 돕겠다니 실로 반가운 일이다. 외적이 침입하여 나라가 소란스러우면 오히려 기회가 좋다고 하면서 도적질을 더욱 심하게 벌일 만도 한데, 국가 위기를 맞아 나라를 돕겠다면서 군문으로 보내 달라 하다니……"

"그들도 원래는 모두 착한 농민들이었습니다."

"이 기회에 여러 지역의 초적들도 불러서 군에 넣도록 하라."

최우는 광주(廣州) 관악산(冠岳山)의 초적 집결지에 사람을 보내 그들을 설득하여 데려오게 했다. 곧 초적의 괴수 5명과 정예 50명이 자수하여 최우 앞에 나타났다. 최우는 그들에게도 상을 주고 삼군의 우군에 편입시켰다.

백악(白岳, 경기 장단)에서도 안남도호부 판관 곽득성(郭得星)의 초무(招撫)에 응하여 초적 20여 명이 투항해서 북정군에 들어가 종군했다.

이런 방식으로 각지의 많은 초적들이 인근의 관아로 찾아가서 스스로 군대가 되어 전선으로 동원됐다.

함신진의 방수장군 조숙창이 몽골군의 앞잡이가 되어 각 성을 돌아다니며 고려군에게 투항을 권고하고 다닐 무렵, 그에게 항복하도록 권한 부사 겸 판관인 전한(全侃)은 계속 함신진에 남아서 성민들을 다스리고 있었다.

함신진이 투항한 뒤에 그곳에는 몽골군 진수군(鎭守軍)이 주둔하고 있었다. 그 규모는 요즘의 일개 소대 정도인 30여 명이었다.

그들은 수시로 함신부사 전한에게 찾아와서 인력의 동원과 식량·닭·돼지 등을 요구했다. 그럴 때마다 전한은 그들의 비위를 건드리지 않으려고 최선을 다했다. 전한이 시일을 끌면, 몽골군이 와서 호통을 치며 맘대로 민가의 가축과 식량을 가져갔다. 몽골 군인들은 그렇게 거두어들인 것들을 몽골군 전투부대로 실어갔다.

전한은 몽골군의 요구를 들어주며 사는 자신의 모습이 마음에 걸렸다.

청운의 뜻을 품고 벼슬길에 들어선 이 전한이 어떻게 이 모양이 됐는가. 저 몇 놈의 몽골군 때문에 우리 함신진의 수 천명이 몽골의 지배를 받아 노예처럼 복종하면서 살아야 한단 말인가.

몽골군이 침입한지 두 달이 지난 그해(1231) 시월이었다. 전한은 최우에게 글을 보내 호소했다.

함신부사 전한이 최우에게 보낸 서찰

함신성에는 지금 몽골군 30명이 주둔하면서 식량과 가축을 거둬들여 몽골군에 보내주고 있습니다. 나라에서 배를 보내 주십시오. 우리는 함신성 안에 들어와 주둔하고 있는 몽골군의 대장(隊長) 소미생(小尾生)과 나머지 군사들을 모두 죽인 다음, 성민을 수습해서 서울로 가겠습니다.

최우가 그 보고를 받고 말했다.

"전한은 조숙창과 다르다. 그는 나라를 사랑하고 백성을 아끼는 충신이다. 그가 조숙창에게 투항을 권한 것은 진실로 백성을 위해서였다. 즉시 배를 넉넉히 구해서 전한에게 보내라."

최우가 보낸 배가 도착하자, 전한은 그 배들은 압록강의 위화도와 임도 사이에 있는 신도(薪島) 섬에 숨겨 두었다. 그날 밤에 전한은 함신진의 향리와 장정들을 데리고, 몽골 군사들이 잠들어 있는 막사를 습격했다. 고려인들은 삼십여 명의 몽골군을 모두 죽였다.

그때 현장을 둘러보던 전한이 외쳤다.

"우리는 몽골군을 다 죽였다. 그러나 대장 소미생이 보이지 않는다. 샅샅이 뒤져 찾아내라."

그들은 소미생을 찾아 나섰다. 있을 만한 곳은 다 뒤졌다. 그러나 소미생은 아무 데도 없었다.

소미생은 고려인들이 침입하는 것을 보고 일어나 도망했다. 고려인들의 추격을 따돌리기 위해 수리를 지르지 못하고, 부하들을 남겨둔 채 혼자서 황급히 어둠 속으로 사라졌다.

전한이 다시 외쳤다.

"소미생이 도망했다면, 곧 몽골군을 데리고 올 것이다. 서둘러 이곳을 떠나자."

전한은 성민들을 데리고 밤을 도와 이십 리 정도 떨어진 신도 앞의 압록강변으로 갔다. 거기서 횃불을 올리자 신도에 숨어있던 배들이 몰려왔다. 전한은 그 배에 함신진 사람들을 태워 신도로 가서 입보(立保)했다.

몽골군이 이것을 알고 쫓아왔다. 그러나 전한이 이미 섬으로 들어갔기 때문에, 배를 쓸 줄 모르는 그들은 발만 동동 굴릴 뿐 아무 일도 할 수 없었다.

전한은 함신진 사람들을 그들이 희망하는 곳에 데려다 주었다. 그들은 주로 함신진에서 가까운 섬으로 들어가 피난했다.

그 후 전한은 개경으로 가겠다는 사람들과 함께 최우가 보내준 배를 타고 서울로 향했다. 그는 다른 사람들을 다 태우고 자신은 맨 나중에 가장 작고 낡은 배에 가족과 함께 탔다.

그러나 이 피난선단은 백령도 북쪽 황해도 용연반도(龍淵半島) 앞 바다에 이르렀을 때 심한 풍파를 만났다. 효녀 심청이 제물이 되어 뛰어 들었다는 심청전(沈淸傳)의 물 깊은 '인단수' 그곳이다.

그중 전한이 탄 배가 풍파를 견디지 못하고 장산곶(長山串) 부근 바다에서 침몰하여, 전한은 가족과 함께 익사했다. 그러나 다른 배들은 무사히 개경에 도착했다.

평안북도 일대를 정벌하고 있던 몽골의 남로군 주력은 남하하여 서경-개경으로 향했으나, 후위군은 그해 고종 18년(1231) 9월 중순 용주(龍州, 지금의 평북 용천)에 이르렀다. 그들은 용주성을 포위하고 투항하라고 외쳤다.

승산이 없다고 생각한 용주의 백성들은 몰래 성문을 열고 나가 몽골군에 투항했다. 몽골은 성안으로 들어가 용주부사 위소(魏玿)를 잡아갔다.

몽골군의 남로군은 다시 선주(宣州, 평북 선천)와 곽주(郭州, 평북 곽산)를 공격하여, 어렵지 않게 두 성을 함락시켰다.

이렇게 해서 몽골군은 서북의 여러 성을 치거나 항복 받아 점령지를 계속 넓혀 갔다. 그러나 그들은 곧 고려군의 완강한 저항에 부딪쳐 혼전을 겪어야 했다.

본군을 이끌고 정주(定州, 평북)에 도달한 몽골군의 원수 살리타이는 선발군을 편성해서 남진시켰다. 이 몽골의 선발군은 9월 10일 서경에 도착하여 공성작전을 폈다. 그러나 서경성의 방비가 철통같았고 군사들의 저항은 완강했다.

몽골 선발군은 귀주성의 예에 따라서 병력 일부만 남겨 서경성을 견제하여 움직이지 못하게 하고는, 그대로 개경을 향해 다시 남진했다. 이리하여 고려의 제2 저지선인 대동강도 쉽게 무너졌다.

몽골군이 남진을 계속하여 황해도로 들어와 황주를 거쳐 봉주(鳳州, 봉산)에 들어온 것은 그해 9월 14일이었다.

황주와 봉주의 수령들은 급히 백성들을 이끌고 대동강의 철도(鐵島)로 들어갔다. 철도는 대동강과 재령강이 갈라지는 곳에 삼각주처럼 놓여있는 섬이다.

철도로 피난한 것도 적군이 들어왔을 때 백성을 보호하기 위해 취하는 입보작전(入保作戰)이다. 여기서도 고려측의 수중입보(水中入保)는 성공했다.

신도와 철도의 수중입보가 성공했다는 전황보고를 접하고, 최우가 그들을 격려하면서 조정 신료들에게 말했다.

"바로 그것이오. 몽골 놈들은 기마민족(騎馬民族)입니다. 기만민족은 말을 타고 기동하기 때문에 평원에서는 빠르고 강할지 모르나 산성이나 물에서는 느리고 약합니다. 귀주성과 자주성의 산성 전투나 신도와 철도에서의 수중 피난에 대해서 몽골군은 속수무책(束手無策)이었이요. 이 짐을 정확히 파악해서 전략을 세워야 합니다."

최우는 최종준(崔宗峻, 병부판사)과 조염경(趙廉卿, 상장군) 등 군부 관계자들이 앉아있는 곳을 바라보며 계속했다.

"앞으로 몽골군이 가까이 올 때는 백성들을 산성(山城)이나 해도(海島)로 입보시킬 필요가 있습니다. 군부 쪽에서는 이 전술을 깊이 연구 개발하여 군인과 백성들에 알리도록 하시오."

무인정권의 집정 최우는 이때 '입보전략'을 생각하고 있었다. 수상전과 산악전에 약한 몽골 기병을 이길 수 있는 전략을 해도와 산성으로의 입보에서 찾은 것이다.

몽골군의 주력 선공군이 동선역(洞仙驛, 황해 봉산군 동선면 선령리)[104] 부근에 도달한 것은 9월 13일 낮이었다. 그들은 동선역 북방 15리 지점의 증산(甑山)과 답동(畓洞) 일대에 주둔해 있었다.

귀주와 자주·서경을 함락하지 못한 채 남진한 몽골군은 그때 이미 동선에 도착해서 대오와 진지를 정비해 놓고 고려군과의 일전을 기다리고 있었다.

9월 9일 개경을 떠난 채송년의 고려 3군은 황해도의 평주(平州, 평산)를

---

104) 동선역; 고려-조선 시대의 중요 역참이었다. 북한 개편 행정구역으로는 황해도 봉산군 북면 15리.

지나, 나흘 뒤인 13일 해가 질 무렵 동선역 10리 남부인 두이봉(斗伊峰)과 마산(馬山) 지역에 이르렀다.

몽골군은 고려군의 도착을 지켜보고 있었다. 그들은 채송년의 고려군이 동선에 접근하고 있음을 탐지하고, 고려군이 군장을 풀기를 기다렸다.

그러나 전방 탐색을 맡은 고려 중앙군의 첩자는 채송년에게 와서 엉뚱하게 보고했다.

"적은 보이지 않았고 날은 이미 저물었습니다. 따라서 오늘 안에 적변(賊變)이 있지는 않을 것입니다."

"그렇지. 몽골군은 아직 여기까지는 내려오지 못했을 것이야."

그 동안 적과의 아무런 조우 없이 여기까지 온 채송년은 그 첩자의 말을 그대로 믿었다. 그는 스스로 말안장을 풀고 쉬면서 전군에 명령했다.

"오늘밤은 동선역에서 숙영한다. 모든 군사는 여기에 군장을 풀고 휴식하라."

피곤해진 군사들이 편안하게 저녁 식사를 마치고 있을 때였다. 산 위에 배치된 초병 하나가 소리쳤다.

"적병(狄兵)이 왔다! 적병이 가까이 있다."

이때의 초병의 소리는 몽골군이 접근한다는 외침이었다.

적병이란 북적(北狄)의 군사 곧, 흉노의 군사나 몽골병을 말한다. 이 말은 주변 민족들에 대한 중국인들의 자민족 우월주의, 곧 중화주의(中華主義)의 표현이다. 이 말이 고려에 전해져 그대로 쓰이고 있었다.

적병이 가까이 이르렀다는 초병의 소리를 듣고 군중(軍中)의 질서는 흔들리기 시작했다. 채송년의 삼군 부대는 금세 큰 혼란에 빠졌다.

이윽고 몽골병 8천명이 고려 삼군의 둔소에 들이닥쳤다. 고려군의 지휘체계는 벌써 무너져 있었다. 삼군의 장수들이 죽기를 작정하고 가까이 있는 수하들을 수습하여 항전했다.

이미 유명한 지휘관으로 이름나있던 이자성(李子晟, 상장군)은 날아온 적병의 화살에 맞아 쓰러졌다. 용기 있는 노탄(盧坦, 장군)은 창에 찔렸다.

그러나 다행히 두 장수 모두 죽음만은 면했다.

혼란에 빠졌던 삼군은 잠시 후 이승자(李承子, 장군)의 지휘 하에 다시 집결하여 조직적으로 대항했다. 창과 칼로 적을 무찌르는 한편, 택견과 수박으로 백병전을 벌였다. 육박전에서는 몽골군이 고려군을 당해내지 못했다. 몽골군은 곧 물러났다.

그러나 후퇴했던 몽골군은 다시 모여서 잠시 후 삼군의 우군에 집중공격을 펴기 시작했다.

이지무(李之茂, 산원)와 이인식(李仁式, 산원)의 고려군이 용감하게 항거했다. 그때 마산의 초적 출신 군사들이 열심히 활을 쏘아댔다. 그 화살에 맞아 몽골군들이 하나 둘씩 쓰러져 갔다.

초적 병사들의 성공적인 공격이 상황의 급전을 가져왔다. 몽골군은 주춤하더니 뒤로 물러섰다.

그 틈을 타서 고려군이 맹공을 벌여 추격해 들어갔다. 고려군은 승세를 잡았다. 몽골군은 군사를 다시 후퇴하기 시작했다. 지리에 미숙한 그들은 고려군의 완강한 저항을 막아내지 못하다가 밤이 어두워지자 아주 물러났다.

이래서 고려의 중앙군은 이날 저녁 몽골군의 기습을 성공적으로 격퇴했다. 이런 결정적 계기를 마련한 것은 바로 초적 출신 전사들이었다.

몽골군이 동선역에서 고려군에 패하여 예봉이 꺾이자, 몽골군의 남진은 멈춰졌다. 그 후 몽골군은 청천강 이북의 북계 정주(定州, 평북)로 후퇴했다. 청천강을 넘어 평양까지 왔던 몽골군이 청북(清北)으로 다시 물러섰지만, 그들이 전쟁을 단념하고 아주 철군한 것은 아니었다.

그러나 여기서 제1차 여몽전쟁은 일단 소강상태에 들어갔다.

몽골 사절을 구속하다

귀주성·자주성·서경성을 비롯한 고려의 서북면 여러 성과 중앙군의 저항이 예상외로 강하자, 몽골군의 고려 정복 일정은 차질을 빚기 시작했다.

전한이 함신진에서 몽골군 분견대를 몰살하고 철수한 뒤, 청남의 안북(안주)에 내려와 있던 몽골 원수 살리타이는 휘하의 본대를 이끌고 청북의 압록강 쪽으로 북상하여 함신진에 주둔하고 있었다.

그는 진퇴양난이었다.

"역시 고려는 만만찮은 나라다. 새로운 국면을 찾아내야 하겠다."

살리타이는 새로운 길을 모색했다. 그가 생각한 것은 화신 방민작전이었다. 전쟁을 계속하되 외교적 방법을 병행키로 한 것이다. 패전한 그는 외교교섭이 실패할 경우의 재공격에 대비해서 평북 지역에서 흩어진 몽골군을 모으고 물자를 거두어 다음 전투를 준비했다.

살리타이는 우선 저항이 심해 남겨둔 평북 지역의 성들에 대한 재공격을 명령하는 한편, 사자를 중앙의 개경 조정에 보내 강화교섭을 제의키로 했다.

몽골이 고려에 침입한 후 달포가 지난 10월 1일, 살리타이는 첩문을 써서 사사(使者) 두 명에게 주어 개경의 고려 정부에 전하두록 했다.

함신진을 떠난 몽골의 사자들은 안북과 서경을 무난히 통과하여 남으로 갔다. 그러나 평주(平州, 지금의 황해도 평산)에 이르러서 순찰 중인 고려 군사들에게 붙잡혔다.

그들은 자기들을 몽골군의 사자라고 설명하면서 개경으로 안내하라고 요구했다. 고려 군사들은 그들 두 명을 묶어 평주성으로 데려갔다.

평주성의 주관(州官)은 몽골 사신들을 불러 살펴본 다음, 그들 중에 여진인이 들어있음을 알고 사신들을 심문했다.

"네 이름은 무엇인가?"

"아투(Atu, 阿土)라 하오."

"몽골 사람인가?"

"그렇소."

"여진인이 아니면 거란인 같은데."

"아니오. 나는 틀림없이 몽골인이오."

주관은 여진인으로 보이는 다른 사신을 바라보면서 물었다.

"그대도 몽골인인가?"

"원래는 여진인이오. 그러나 몽골군으로 종군하여 여기에 왔소."

"그럴 리가 없다. 너희들은 금나라 요동태수 우가하의 군졸이거나 동진국 푸젠완누(蒲鮮萬奴)의 병사들이지?"

"아니오. 그렇지 않소이다."

"바른 대로 말하라. 그대들은 몽골군 같지가 않다. 여진인들이 몽골군을 가장하여 몽골 말을 쓰면서 우리 고려를 침범한 비적들임이 틀림없다."

그러면서 평주의 주관이 주변에 명령했다.

"저놈들을 모두 잡아 가둬라. 우리를 정탐하려 내려온 첩자들이다. 단단히 혼을 내서 버릇을 고쳐줘야 하겠다."

주관은 이번에도 여진인들이 몽골군을 가장하여 침입해 온 것으로 확신하고 그들을 붙잡아 놓은 다음, 그 사실을 중앙에 보고했다.

평주로부터 자칭 몽골 사자들에 관한 보고를 받고 고려 조정에서는 의논이 분분했다.

판병부사인 최종준(崔宗峻)이 먼저 나서서 주전론을 폈다.

"적군이 사절을 보내고 화의를 청하는 것은 저들이 지쳐서 쉬고 싶기 때문입니다. 우리는 이에 응하지 말고 계속 항전해야 합니다."

최우의 사위인 김약선(金若先, 장군)이 나섰다.

"그렇습니다. 그들을 당장 처형해서 침략자에 대한 고려의 입장이 단호함을 보여줘야 합니다."

모두 최우 측근인 강경파들의 성급한 주장이었다. 그러나 비교적 합리적인 온건파들은 반대했다.

"그들은 몽골군이라 하고, 우리는 아니라고 믿고 있습니다. 먼저 그 사자들의 정체를 확인하고 그들이 고려에 들어온 이유를 알아보고 나서 처리해도 늦지 않습니다."

"그렇습니다. 적이 이미 우리 땅에 들어와 있으니 전쟁을 계속하려면 언제든지 공격할 수 있습니다. 그러나 저들이 먼저 교섭을 청해 온다고 하니 사절을 만나보는 것이 당연합니다."

최우는 온건론자들의 의견을 택했다. 그래서 우선 김효인(金孝印, 전중시어사)과 지의심(池義深, 낭장)을 현지에 보내 사정을 알아보게 했다. 김효인과 지의심은 함께 말을 달려 평주성으로 갔다.

김효인은 평주성에 이르러서 먼저 몽골 사자들이 가져 온 살리타이의 첩문을 뜯어보았다.

첩문 내용은 이러했다.

몽골원수 살리타이가 고려조정에 보낸 첩문

우리 대몽골국 군사가 처음 함신진에 도착했을 때, 우리를 맞아서 항복한 고려인은 한 사람도 죽이지 않고 모두 살려주었다. 이것이 우리의 기본 방침이다. 만약 그대의 나라 고려가 항복하지 않고 계속 저항

하면 우리는 끝내 돌아가지 않을 것이나, 항복하면 우리는 반드시 회
군하여 동진(東眞, 만주)으로 떠나겠다.

몽골이 흔히 써온 '항복하면 살리고 저항하면 죽인다'는 위협으로 항
복을 요구했지만, 그것은 분명히 화해 요청이었다.

김효인[105]은 문제가 간단하지 않다고 판단하고 지의심에게 그 사자들
을 개경으로 보내도록 했다. 지의심은 즉시 그들을 묶어서 개경으로 압
송했다.

그해 10월 20일 개경의 관리가 몽골 사신 두 명을 불러 심문했다.

"너희의 정체가 이상해서 묻는다. 도대체 어디서 온 누구냐?"

선임으로 보이는 사람이 대답했다.

"나는 몽골인으로 아투(阿土)라 하오. 몽골군의 장수 살리타이 원수의
사신으로 왔습니다."

나머지 사람이 말했다.

"저는 여진인으로 몽골군에 입대하여 이번에 고려전선에 종군하고 있
습니다. 아투 사절의 길 안내를 맡아 왔습니다."

관리는 여진어와 몽골어 역관을 시켜 그들을 자세히 심문했다. 오랜 심
문 끝에 그들의 주장대로 사절인 아투는 몽골인이고 수행원은 여진인이
지만 모두 몽골군 소속으로 살리타이가 보낸 화의사절임을 확인했다.

그 보고를 받고 최우가 말했다.

"몽골은 밉지만 사절들이야 무슨 죄가 있겠는가. 그들을 죽일 수는 없
다. 더구나 사절들은 양쪽 의사를 서로 알아보기 위해 왔다. 저들을 잘 대
접해 두는 것이 나중을 위해 나을 것이다."

최우의 명령에 따라 몽골 사절 두 명의 포박을 풀어주고 음식을 대접하

---

105) 김효인(金孝仁); 고려의 문신. 과거에 급제했고 글씨에도 뛰어났다. 후일 고려의 명장으로 삼별초를
  진압하여 문하시중이 되고 여몽연합 일본정벌군을 지휘한 김방경(金方慶)의 아버지. 김효인의 벼슬
  은 병부상서에 이르렀다.

여 편히 쉬게 했다.

고려 조정에서는 다시 재추회의를 소집하여 대책을 논의했다. 강경론
과 온건론이 다시 맞서서 각자 자기의 소신을 말했다.

당시 고려에서는 임금 고종과 집정자 최우, 그리고 병부의 책임자 최종
준, 최우의 사위인 장군 김약선 등이 대몽 강경파의 입장을 취하고 있었
다. 모두 지위가 높고 권력이 강한 통치부 사람들이다.

따라서 당시 항전에 반대하는 온건파 문신들이 있었지만, 강경파들이
포진하고 있는 조정에서는 반전론이 강력하게 표현될 수 없었다.

그날 조정 회의에서 토론을 끝내고 최우는 이렇게 정리했다.

"비록 몽골이 강대해졌다고는 하나, 그들이 일방적으로 고려를 침입하
고 먼저 화해를 제기하는 것은 우리 고려를 멸시한 처사입니다. 따라서
저들의 화해를 받아들여서는 안 된다고 생각합니다. 여러분의 의견은 어
떻습니까?"

강권자나 상급자가 자기의 의견을 먼저 말하고 나서 다른 사람의 의견
을 구하는 것은 자기 말에 따라달라는 주문에 불과하다. 온건파들은 잠자
코 있었고, 강경파들은 큰 소리로 외쳤다.

"당연한 말씀입니다."

최우는 온건파들을 둘러보며 다시 물었다.

"국가 입장을 강화불가(講和不可) 항전계속(抗戰繼續)으로 정해도 되겠
습니까?"

"그렇게 하시지요."

그래서 이날의 재추회의에서는 형식상 충분한 토의 끝에 전원 일치의
의사결정이 이뤄졌다. 결국 강경론으로 결론을 내렸다. 그래서 고려는 살
리타이의 강화제의를 일축했다.

이런 조정의 대몽강경 방침에 따라 채송년이 거느리는 고려의 중앙 3군
은 북진을 계속했다. 동선역에서 몽골군의 남진을 저지하여 퇴각시킨 그

들은 10월 21일에는 안북(安北)에 도착했다. 채송년은 고려 북계의 주요 군사거점인 안북을 항몽의 전방 거점으로 삼았다.

안북은 청천강 남부 연안에 자리 잡은 지금의 평남 안주(安州)다. 안북은 북계의 본영으로 북계병마사가 위치하고 있는 요충이다. 몽골침공 후에는 살리타이가 점거하여 고려정벌의 오르두(ordu, 지휘부)로 삼았다가, 패전을 거듭하다 북상한 곳이다.

채송년의 고려 3군은 안북성에 포진하여 거기서 몽골의 재남침을 저지할 생각이었다. 고려는 제1차 저지선으로 정해 놓았다가 무너졌던 청천강을 회복하여 다시 방어선으로 삼았다.

고려는 살리타이의 화해요청은 거부했지만 그의 사절 두 명은 통역을 붙여서 몽골군으로 돌려보냈다.

외교사절이 돌아갈 무렵의 함신진 살리타이 군막에는 살리타이 이하 몽골군의 고급막료들이 모여 있었다.

살리타이가 말했다.

"아니, 고려가 나의 화해제의를 무시하고 중앙군이 계속 북진하고 있단 말인가?"

"그러나 그뿐이 아닙니다, 원수. 고려는 우리가 보낸 화해사자 아투를 서해도 평주성의 군부대에 구금하고 있다가 최근에야 개경으로 압송해 갔다고 합니다."

"그래, 아투는 어떻게 되어 있는가?"

"개경으로 압송된 후 소식이 없습니다."

살리타이는 분노한 목소리로 말했다.

"그러면 더 이상 기대할 것이 없다. 남진준비를 갖춰라. 다시 공격할 것이다."

이래서 몽골군에 의한 공격이 다시 시작됐다. 살리타이는 자기의 화해제의가 거부되자, 고려의 여러 성에 대해 공격을 강화했다. 그는 몽골군

본진을 다시 남진시켰다.

그들은 그해 고종 18년(1231) 9월 20일 용주(龍州), 29일에는 선주(宣州)와 곽주(郭州)를 거쳐 완만한 속도로 계속 남하했다. 몽골 군사들이 안북에 이른 것은 고려 중앙 3군이 안북에 도착한 것과 똑같이 10월 21일이었다.

살리타이 휘하의 마이누(Mainu, 買奴)와 비멘(Bimen, 壁門)이 영솔하고 있는 몽골 중로군은 그날 고려군이 안북에 도착해 있다는 정보를 듣고, 먼저 고려의 3군이 웅거하고 있는 안북성 아래에 와서 싸움을 걸었다.

몽골의 고려 침략군 주력과 고려의 항몽군 주력이 마주쳤다. 양국의 힘과 기를 판가름하는 일대회전이 벌어질 참이었다.

몽골군의 기세를 보고 처음에 고려의 장수들은 신중론을 펴면서 성을 나가 싸우기를 주저했다. 3군의 후군 진주(陣主)인 대집성(大集成)이 참다 못해 호령하듯 말했다.

"뭣들 하려는 것이오. 적군이 눈앞에 이르렀소. 그러나 저들은 동선역에서 우리에게 패하여 먼 길을 도주했기 때문에, 지금은 지쳐있소. 자, 성문을 열고 나가 싸웁시다."

신중론자들이 반론을 폈다.

"싸움은 덤빈다고 되는 것이 아니오. 몽골군은 지금 우리를 밖으로 끌어내려 유인하고 있소. 저들의 꾀에 넘어가서는 안 됩니다."

"적이 성을 에워싸고 있는데 장수들이 이렇게 팔짱만 끼고 구경만 하자는 것이오?"

"적은 우리보다 월등히 우세하니 좀 더 기다려 봅시다."

다른 장수들이 출성 공격을 반대하자, 대집성이 자리를 박차고 나가서 군사들에게 외쳤다.

"우리는 싸우러 왔다. 적군이 성문 앞에 이르렀다. 성문을 열고 나가 몽골군을 치자. 자! 나를 따르라!"

대집성이 앞장서 나가면서 출전을 강요하는 바람에 3군 군사들이 각각 그들이 맡은 성문을 열고 나섰다. 대집성이 앞장섰다. 군사들이 대집성 주위에 몰려들었다.

그러나 출성 공격을 반대하던 각군의 진주나 지병마사들은 출전하지 않고 성에 올라가 바라보기만 했다. 그들은 제각기 한마디씩 했다.

"대집성 장군이 저들의 계략에 말려든 것이야."

"전쟁에서 장수가 무리하게 고집을 부리면 패하는 법이오."

앞장섰던 대집성이 그때 뒤를 돌아다보았다. 장수들 중에서는 자기만이 성 밖으로 나와 있었다.

"아니, 부하들이 적을 맞이 씨우리 기는데 징수들이 뒤에서 구경만 하고 있다니? 빨리 나오시오!"

대집성이 손을 흔들며 고함을 질렀다. 그러나 다른 장수들은 꿈쩍도 하지 않았다.

"전쟁에서는 '승리할 수 없는 자는 수비하고, 승리할 수 있는 자는 공격하라'(不可勝者守也 可勝者攻也) 했소."

"그렇습니다. 우리는 지금 몽골군과 싸워 승리할 수 없으니 당연히 수비해야지요."

"적을 이길 수 있을 때까지는 수비하고 있다가, 적이 틈을 보여 이길 수있게 되면 그때 공격해야 하오. 지금은 우리가 이길 만하지 않으니 수비를 계속하고 있어야 할 때인데, 대집성 장군은 병법을 몰라서 저러는 것이오."

그들은 자기들의 병법론을 펴면서 대집성을 비웃었다.

다른 장수들이 성 위에서 서성거리며 저희끼리 말하고 있는 것을 보고 대집성도 슬그머니 뒤로 물러서더니 성으로 돌아왔다. 고려군은 통일적인 지휘 없이 하위급 장수들의 각개 지도하에 몽골군을 맞아 싸울 수밖에 없었다.

고려군이 성을 나서자 앞에 있던 몽골 군사들은 모두 말에서 내려 대형을 갖춰서 열을 지었다. 그리고 나서 뒤에 있던 몽골 기병이 갑자기 고려의 우군(右軍)을 돌격했다.

그와 동시에 돌격군의 뒤에서 몽골 군사들이 고려군에 대해 일제히 활을 쏘기 시작했다. 고려군 진영에 화살이 비 오듯 쏟아졌다. 고려의 우군(右軍)은 어지러워지면서 전열이 흩어졌다.

이에 고려 중군(中軍)이 우군을 구원하러 나섰다. 그러나 중군도 몽골군의 공격에 부딪쳤다. 고려군은 도저히 당해낼 수 없었다. 곧 중군도 어지러워져 서로 다투어 성안으로 쫓겨 들어갔다.

승세를 잡은 몽골군이 중군의 뒤를 몰아쳤다. 이때 죽거나 다친 고려군은 절반이 넘었다. 고려의 두 장수인 이언문(李彦文, 장군), 정웅(鄭雄, 장군)과 우군 판사 채식(蔡識)도 이때 전사했다. 고종 18년(1231) 10월 21일이었다.

여몽 양국군의 주력끼리 붙은 싸움에서 고려군은 참패했다. 이래서 중군과 우군·후군으로 편성하여 보낸 고려의 3군은 풍비박산(風飛雹散)[106]하여 안북에서 후퇴했다. 되찾았던 청천강 방어선도 다시 무너졌다.

채송년이 물러나면서 말했다.

"농경사회의 군대는 보전(步戰, 지상 보병전)과 성전(城戰, 산성 공방전)·수전(水戰, 수상전)에서는 능하나, 기동전과 충격전에 능한 유목사회의 기병을 당해 낼 수는 없다."

그 후 채송년의 고려 삼3군은 황해도 쪽으로 후퇴하여 아예 싸울 생각을 하지 않고 있었다. 그들은 성을 높이 쌓고 참호를 깊이 파고 들어앉아서 방어에만 열을 올렸다.

3군이 안북에서 철수하자, 함신진 지휘부에 머물러 있던 살리타이는 다시 남진해서 안북에 있는 고려군의 북계 본영 막사에 들어앉았다. 이래서 안북도호부 자리는 몽골의 고려정벌군 총사령부가 됐다. 살리타이는 고

---

106) 풍비박산; 줄여서 풍산(風散)이라고도 한다. 일반적으로 쓰이는 풍지막산(風地雹散)은 풍비박신을 잘못 쓴 것임.

려 북계군의 대본영인 안북에서 고려에 대한 몽골의 작전과 외교를 총괄 지휘했다.

그 무렵인 고종 18년(1231) 10월 20일이었다. 푸타오·디주·탕구가 이끄는 몽골 북로군은 귀주성에 대해 공격을 재개했다. 몽골군의 제2차 귀주성 공격이었다. 지난달의 제1차 공격이 끝난 지 이십 여 일 뒤였다.

공격을 재개한 몽골 군사들은 격렬한 포격을 퍼부어 귀주성의 행랑 2백 여 간을 파괴했다. 그러나 귀주 사람들은 곧 그것을 복구하고 성을 지켰다.

다음날 21일에는 몽골군은 북계의 여러 성에서 항복한 고려군사들을 앞세우고 와서 다시 귀주성을 에워쌌다. 그들은 귀주성 주변의 요충지 28개소에 포를 걸어놓고 성에다 사격을 계속했다. 성의 행랑 50곳이 다시 무너졌다.

몽골군은 무너진 성벽을 타고 넘어와서 귀주성 안에서 고려군과 교전했다. 그러나 귀주 사람들은 똘똘 뭉쳐 죽음을 무릅쓰고 항전하여 결국 몽골군을 성 밖으로 축출했다.

이런 공방전은 20일간이나 계속됐다. 몽골군은 귀주성에 대한 제1차 공격에서는 30일 동안 공성전을 폈다가 패하여 물러났다. 재개된 몽골의 제2차 귀주성 공격도 결국은 고려의 승리로 끝났다.

몽골군은 다시 일부 병력만 남겨 귀주성을 견제하면서 주력은 다시 서경-개경 방면으로 남진시켰다.

몽골군의 개경 포위

 고려의 저항이 강화되고 몽골의 강화제의가 거부되자, 살리타이는 체면이 서지 않았다.

 "볼 것 없다. 마구 쳐라!"

 사나운 몽골군의 기마군이 다시 속도를 올리면서 공격과 파괴·살인·방화 그리고 부녀자 겁탈, 재산 약탈, 포로 몰이가 개경 주변에서 이어졌다. 사태가 이렇게 되자 고려 조정회의에서는 전쟁국면에 대한 논의가 다시 머리를 들었다.

 최우가 설명했다.

 "귀주성에서 다시 적을 격퇴했고, 자주성도 성을 굳게 잘 지키고 있습니다. 그러나 몽골군은 안북에서 우리 삼군을 격파하고 계속 남진하고 있어요. 그들은 도처에서 백성들을 도륙하고 집을 방화하고 있습니다. 전쟁의 계속은 우리의 피해를 가중시킬 것만 같습니다."

 강경 주전론을 폈던 최우가 온건 유화론으로 기울어지고 있었다.

 유화파 선비인 유승단(兪升旦, 참지정사)이 말했다.

 "몽골측에서도 강화를 제의해 온 바 있으니, 지금쯤은 저들의 화해 요구에 응해보는 것도 무익하지는 않습니다."

"그것이 좋겠습니다."

다른 온건파 대신들도 화해를 지지했다. 이래서 고려는 다시 몽골의 요구에 응하기로 했다.

이런 방침에 따라서 몽골군에 패퇴하여 안북을 빼앗기고 철수한 채송년의 고려 3군에서는 11월 11일 민희(閔曦, 북계 분대어사)를 몽골군 진영에 보내 음식을 대접하며 호궤토록 했다.

호궤(犒饋)란 전쟁터에서 적군에게 음식물을 베풀어 위로하는 무마책이다. 고려가 몽골군을 호궤한 것은 그들의 예봉을 부드럽게 하기 위해서 취하는 일종의 유화전술이었다.

민희는 북계의 병마판관인 최계년(崔桂年, 원외랑)과 함께 살리타이가 있는 안북의 몽골 병영으로 갔다. 몽골군 부대를 처음 보는 그들의 눈에는 모든 것이 생소하고 이상했다.

몽골군의 막사는 둥근 집들로 되어 있었다. 중앙에 큰 막사가 하나 있고 그 주변에 모양은 비슷하나 규모가 작은 막사들이 많이 지어져 있었다.

몽골인들의 막사는 천으로 덮어씌운 둥근 집이었다. 몽골인의 전통적인 천막집 주택인 게르(ger)다.

수시로 이동하는 중앙아시아 내륙 유목민들의 집인 천막을 일반적으로 유르트(yurt)라고 한다. 그러나 몽골인들의 천막은 특히 게르라고 불렀다. 중국말로는 파오(包, pao)라고 했다.[107]

민희 일행이 몽골군 진지에 이르자, 몽골 군관이 초소에 나와서 물었다.
"그대들은 고려인이 아닌가? 무슨 일로 왔소?"
"우리 병마사의 명을 받고 몽골군을 위무하려고 왔소. 우리를 그대들의 원수에게 안내하시오."

---

107) 일정지역에 정착하여 살고 있는 농경민이나 수렵인·산림민들의 집은 고정된 가옥이다. 그러나 계절에 따라 목초를 찾아서 옮겨 다니며 사는 유목민들의 집은 이동식 천막이다. 유르트·게르·파오는 모두 유목민들의 이동식 주책이다.

"우리 권황제(權皇帝) 말씀이오?"

"권황제라니?"

"우리 살리타이 원수께서는 권황제요. 그는 이 지역에서 오고데이(Ogodei) 황제를 대리하여 모든 결정을 내리고, 황제와 똑같은 예우를 받고 권한을 행사한단 말씀이오."

"그렇소?"

권(權)이란 권한대행, 곧 다른 관직의 권리를 대행한다는 뜻이다. 따라서 권황제라면 황제의 권한을 임시로 대신 행사하는 지위에 있음을 말한다.

칭기스가 중국에 대해서는 무칼리를 권황제로 임명했던 것과 같이, 오고데이는 고려에 대해서 살리타이를 권황제로 임명했다. 그래서 살리타이는 황제의 권한을 대리해서 황제의 이름으로 고려에 대한 모든 정책을 결정하고 작전을 수행했다.

살리타이는 분대어사 민희가 몽골군을 호궤하러 와서 자기를 만나겠다고 한다는 보고를 받고 말했다.

"그런가? 거 참, 고려인은 참으로 이상한 사람들이다. 호궤를 받아들여 군사들에게 먹이고, 민희를 들게 하라."

이래서 민희 일행은 몽골 군관에 안내되어 중앙에 있는 가장 큰 막사로 갔다. 살리타이의 게르였다. 말하자면 고려원정 몽골군 총사령부의 본부다. 살리타이의 이 막사는 어떻게 큰 지, 사람이 수백 명이 들어갈 정도였다. 살리타이는 그 게르 식 막사 안에 들어앉아서 고려 사신들을 맞았다.

민희 일행이 막사의 문안에 들어서 보니, 거기로부터 십여 보가 되는 통로가 중앙에 나 있었다. 그 통로가 끝나면서 계단이 시작됐다. 계단은 몇 개의 단으로 되어 있었다. 높이가 이삼 미터쯤 높은 곳에서 계단이 끝나고, 그 위의 단상에 살리타이가 한껏 위엄을 갖추고 앉아있었다.

살리타이는 짐승의 털과 비단으로 만든 방석에 앉아 있었다. 그의 좌우에는 여인들이 서 있었다.

살리타이는 그 곳에서 민희 일행을 내려다보며 말했다.

"우리 몽골군은 고려를 치러 왔다. 말하자면 고려의 적군이다. 고려군이 적군에게 술과 음식을 대접하다니, 그게 무슨 말인가?"

민희가 대답했다.

"몽골이 왜 우리 고려의 적국이란 말씀이오. 우리 양국은 이미 13년 전에 형제국이 되어 있소이다. 형제국의 군사들이 우리나라에 들어와 고생하고 있으니, 그들을 잘 대접해야 한다는 것이 우리 임금의 뜻이오. 그 어의(御意)를 받들어 우리가 왔습니다."

살리타이가 웃으면서 말했다.

"참으로 고려는 알 수 없는 나라요. 우리는 고려를 살려준 은혜의 나라가 아닌가. 그럼에도 고려는 우리와의 약속을 제대로 지키지 않았을 뿐만 아니라, 우리 사신 저구유를 살해하고, 다시 우리의 사절 아투 등을 구금했소. 이건 용납할 수 없소."

"우리로서는 우리의 역량과 정성을 다해서 귀국과의 약속을 이행해 왔소이다. 미흡한 점이 있다면 작은 우리나라의 물자 부족 때문이지, 약속을 위반한 것은 아닙니다. 저구유의 불운은 우리 고려의 소행이 아닙니다. 여진인들이 고려군의 복장을 하고 저지른 짓입니다. 그리고 아투는 우리가 데리고 있었고, 조사가 끝나 돌려 보냈으니 곧 도착할 것이오."

"조사는 무슨 조사요! 내가 보낸 사절인데."

"요즘 몽골을 사칭하거나 몽골 옷을 입은 사람들의 행패가 있어서 진의를 알아보는 것입니다."

"고려 사람들의 말을 그대로 믿을 수는 없소. 우리는 고려를 응징하러 온 것이오. 그대들이 나라를 수비할 수 있으면 수비하고, 항복하려면 빨리 항복할 것이며, 싸우려면 나와서 싸우도록 하시오. 어떤 쪽이든 빨리 결정하는 게 좋을 것이오."

민희는 몽골군을 호궤만 하고 깊은 말은 나누지도 못하고 쫓겨 왔다.

전쟁 종식을 위해 군사적인 압력을 강화하고 있는 살리타이가 막료들을 불렀다.

"고려는 임금이 있는 나라다. 이런 나라에서는 임금이 목줄이다. 임금만 잡으면 모든 것이 해결된다. 개경은 고려의 임금이 있는 이 나라의 심장부다. 따라서 개경으로 직진하여 왕성을 포위하여 임금의 항복을 받아라. 그러면 나머지는 고려왕을 통해서 제압할 수 있다."

살리타이는 기마군으로 편성된 선발 기동군을 개경으로 직진케 했다. 이 명령에 따라 몽골군 선봉부대가 개경을 향해 다시 남진했다. 그들은 주변에 성이 있어도 고려군이 나와서 저항하지 않으면 그대로 말을 달렸다.

귀주성의 패배로 다시 위신을 크게 잃은 살리타이는 이 몽골군 선봉대를 투입해서, 몽골의 화해 사자를 잡아 가두었던 황해도의 평주성에 대해 공격을 시작했다. 일종의 응징이었다.

그해 11월 22일 몽골의 군사들은 성문을 파하고 성안으로 돌입해서 평주의 주관(州官)들을 죽이고 성안에 있는 인가를 전부 불태웠다. 완전히 초토화하고 도륙하여 평주성은 사람은 물론 가축 하나 없는 잿더미가 되고 말았다. 보복전이었던 만큼 몽골 본래의 극렬함과 잔인함을 그대로 드러낸 공성작전이었다.

역사서들은 그때의 평주성 상황을 '모두 타서 닭이나 개 한 마리도 남지 않았다'(盡燒人戶鷄犬一卒)고 전한다.

몽골이 군사공격을 강화하여 고려의 3군을 격퇴하고 평주 등 여러 성을 차례로 무너뜨리고 있을 무렵, 몽골의 속국이 되어있는 여진족 푸젠완누의 동진국 군사들도 동계 쪽에서 고려 국경을 침범했다.

동진 군사들은 화주성(和州城, 지금의 함남 영흥)을 약탈하고, 다시 선덕진(宣德鎭, 함남 정평군 선덕리)[108]으로 가서 성을 함락하고 도령을 잡아갔다.

이미 비적 세력으로 전락해 있던 푸젠완누의 동진국이 고려의 약화와 몽골군의 승리에 편승하여 고려의 방비가 허술하고 몽골군이 건드리지

---

108) 함남 화주의 선덕진과 평북 삭주의 선덕진은 동명이성(同名異城)이다.

않고 있는 동계지역을 골라서 쳐들어온 것이다.

고려로서는 엎친 데 덮친 격이었다.

몽골군 선봉대는 그해 고종 18년(1231) 11월 29일에는 예성강에 이르렀다. 강을 건너면 바로 개경이다.

그들은 주변의 민가를 불지르고 백성들을 함부로 살상하며 재물을 노략질했다. 그런 만행이 수 없이 행해져서 수도 개경의 민심은 흉흉하기 이를 데 없었다.

겨울옷을 제대로 갖추지 못한 고려군 수비군은 추위를 견디기가 몹시 어려웠다. 그러나 북국의 몽골군은 그 정도의 추위는 아랑곳 하지 않았다. 고려군사들은 사기가 떨어져 공포에 떨고 있었다. 개경 성민들의 공포심은 더욱 심했다.

뒤이어 몽골군의 본대가 예성강을 건너와서 개경을 포위했다. 몽골의 원수 푸타오(Putao, 蒲桃)는 금교(金郊)에, 디주(Diju, 迪巨)는 오산(吾山)에, 탕꾸(Tanggu, 唐古)는 포리(蒲里)에 각각 둔영을 쳤다.

그들은 고려군 포로를 앞세우고 내려왔다. 개경을 포위하고 있을 때도 고려인들이 앞장서 있었다.

몽골은 어느 지역을 점령하면 현지에서 잡은 군인이나 청년들을 잡아 들여 자국 군대에 편입시키고, 그들을 길 안내나 통역 또는 전위대로 사용하는 전통을 가지고 있다. 항군광용(降軍廣用) 이적벌적(以敵伐敵)의 그 전통이 고려에서도 그대로 재현되고 있었다.

몽골군은 일단의 군사를 보내 개경의 홍왕사(興王寺)를 공격했다. 그들은 도성 밖에 있는 다른 절과 민가도 습격하여 사람을 죽이고 재물을 빼앗고 불을 질렀다. 고려는 임금을 노리는 살리타이의 수도 직격 전략에 기습당한 것이다.

몽골군이 개경의 4대문을 포위한 그날 섣달 초하루.

최우는 북계의 분대관으로 있다가 어사(御史)가 되어 개경에 올라와 있는 민희와 송국첨(宋國瞻, 내시낭중)을 불러들였다. 모두 최우의 정방(政房)에서 성장한 최우의 심복들이다.

"적포유지(敵暴柔之)라 했소. '적이 강포하면 이를 편안케 해서 누그려 뜨리라'는 것이오. 지금 몽골의 기세가 강하고 난폭하니 우선은 저들을 달래야 하겠소."

최우가 겸연쩍어 하면서 이렇게 말하자, 민희가 나섰다.

"그렇습니다. 군사가 피로하고 적을 이길 수 없으면, 사신을 보내 화해를 청하는 법입니다."

"옳은 말이오. 다급한 상황에선 그것도 하나의 전략이니까."

"예, 영공."

"저 몽골의 군사들은 형식상으로는 우리와 우방관계를 맺은 나라의 군대요. 저들을 형제로서 대접하면 우리에 대한 정서가 좋아져서 마음도 누그러질 것이야."

"그럴 것입니다."

"그러니 술과 음식을 넉넉히 가져가서 저들의 장수와 군사들을 잘 먹이도록 하시오."

민희와 송국첨은 술과 음식을 장만해서 몽골군 진영으로 갔다. 몽골 군사들을 호궤하기 위해서였다.

몽골군 진영에는 다수의 고려군 포로들이 있었다. 그러나 말을 걸 수가 없었다. 포로가 된 고려군들도 몽골 군사들과 자연스럽게 행동을 같이하면서, 군이 고려 사절들에게 접근하려 하지 않았다.

민희와 송국첨은 개경을 포위하고 있는 몽골군 부대들을 찾아다녔다. 그들은 몽골군 장수들을 만나 조정의 뜻을 전한 뒤, 군사들에게 술과 음식을 대접하고 위로했다.

"고려의 뜻에 감사하오."

몽골의 장수들은 하나같이 그렇게 말했다.

"우리 양국은 이미 십여 넌 째 형제국으로 지내왔소이다. 헌데, 몽골이 군사를 보내서 일이 이렇게 된 것은 정말 의외이고 불행한 일입니다."

민희가 그렇게 말하자, 몽골 장수들은 좋은 게 좋다는 식으로 이렇게 말했다.

"곧 잘 해결되지 않겠소이까?"

몽골 군사들은 고려의 음식과 술에 호기심을 보이며 맛있게 먹었다.

그러나 고려의 호궤는 아무런 효과가 없었다. 호궤는 받되 징벌을 관철한다는 것이 살리타이의 방침이었다. 몽골군은 호궤를 받은 그날도 군사를 나누어 개경 주변을 공격하면서 약탈과 살상을 벌였다.

그런 살리타이가 강온정책을 병행하겠다고 선포했다.

"지금부터는 전쟁과 외교를 함께 펴나갈 것이다. 고려가 우리 군에 호궤를 베풀면서 화해 의사를 보였으니, 우리 또한 이에 응해야 한다. 화해를 위한 사절을 개경으로 보내 협상을 벌이면서, 개경을 포위하고 있는 군대 일부를 남쪽으로 돌려 개경 이남을 공격토록 하겠다. 그것이 고려 조정을 압박하는 최강의 수단이다."

살리타이의 지시에 따라 몽골군의 별동대는 개경을 지나쳐서 남부지방으로 공격을 계속했다. 수도 이남으로의 진격이었다. 그들은 경기도의 남경(서울)과 광주, 충청도의 충주와 청주를 향해서 물밀 듯이 내려갔다.

최우는 민희를 불러 개탄조로 말했다.

"호궤를 했지만 저들의 행동엔 아무런 변화가 없소. 멀리서 저렇게 많은 군사를 동원해 왔는데, 호궤 한 번으로 태도가 바뀔 수는 없겠지. 몇 차례 더 하면 결국 저들도 바뀔 것이야. 저들도 화해를 원하고 있으니 이번엔 가서 화친을 맺도록 하시오."

최우는 12월 2일 다시 민희를 몽골군 진영으로 보내어 술과 음식을 가져가서 화친을 제안토록 했다. 고려로서는 수도가 위협받게 되자 더 이상 버틸 수 없었던 것이다.

민희는 다시 개경의 4대문 밖에 둔영을 치고 있는 몽골군들을 순회하면서 전날과 마찬가지로 술과 음식을 대접했다. 그러나 이번에는 고려군 포로들이 별로 보이지 않았다.

민희는 속으로 생각했다.

혹시 우리 포로들을 놈들이 처형한 것은 아닌가.

그렇게 생각하면서 부대를 돌다가 고려군 한 명을 만났다. 민희가 그에게 슬쩍 물어보았다.

"그 많던 고려 군사들이 왜 오늘은 보이지 않는가?"

"그 동안 많이 도망했습니다. 그래서 지금 몽골군사들의 경비가 삼엄합니다. 그러나 잡히지 않고 계속 잘 빠져나가고 있습니다. 나도 곧 도망하려고 기회를 엿보고 있습니다."

"그런가. 그렇게 하게. 그러나 실수하지 않도록 조심하게."

민희는 그날 몽골 사절 2명과 수행원 20명을 데리고 돌아왔다. 민희는 그들은 성문 밖에 머물러 있게 하고 최우에게 가서 보고했다.

"저들의 화해 사절을 데리고 왔습니다."

"음, 민 어사. 수고했소."

"몽골군에 잡혀있던 우리 군사들이 대부분 도망해서 숨어있습니다."

고려군 포로들이 대부분 탈출하고 또 몽골 사절이 왔다는 말을 듣자 최우는 기쁜 표정을 지었다.

"오, 그래? 거 다행이구. 역시 우리 고려군사들이오."

"머지 않아 그들이 돌아오면 조정에서 잘 위로하고 보호해 주어야 할 것입니다."

"그래야지. 그들은 고려에 대한 애국심과 몽골에 대한 반항심이 남달리 강할 것이오. 그들을 모아서 따로 군대를 편성해야 하겠소."

최우는 전국 관청에 지시해서 귀환 포로병들을 철저히 보호하고 후하게 대접하라고 지시했다.

몽골군 진영에서 도망쳐 나온 고려군 포로들은 하나 둘씩 나타나서 고려의 군부대와 관청과 조정으로 모여들었다.

최우는 최공(崔珙, 지합문사)을 접반사로 삼아 성문 밖에서 기다리고 있는 몽골 사절들을 대접하게 했다. 최공은 의장병을 갖추고 선의문 밖으로 나갔다. 군인들로 구성된 몽골 사절들은 무뚝뚝하고 거만했다.

최공은 군대의 의장행사를 펴서 군대의 예절로써 그들을 맞았다. 그러자 무뚝뚝하던 몽골군 사절들의 얼굴이 퍼지고 입이 벌어지기 시작했다. 최공은 그들을 객관인 선은관(宣恩館)으로 안내해서 술과 음식을 푸짐히 대접했다.

저구유를 죽인 것은 고려군복을 입은 여진군이오

고려에서 몽골군을 호궤하고 강화의 뜻을 표하고 있을 때, 살리타이도 평북 의주의 안북도호부 자리에 둔영을 치고 있으면서 사신 3명을 개경에 보내어 고려 정부에 강화를 제의했다.

그것을 보고 최우가 말했다.

"음, 먼 데서 온 사절들이 오늘 도착한 것을 보니 살리타이는 우리가 화해를 요청한 사실을 알기 전에 사절을 보낸 것이 틀림없다. 이번이 살리타이의 두 번째 화해제의다."

송국첨이 말했다.

"그렇습니다. 살리타이의 사절들은 이틀이나 사흘 전에 안주의 몽골 진영에서 출발했을 것입니다. 개경에서 영공이 화해를 생각할 무렵엔 살리타이도 안북에서 같은 생각을 하고 있었다는 증거입니다."

"지금의 전쟁 상황은 몽골측에 유리하다. 그런데도 살리타이가 사신을 보내 화의를 제의하는 것은 몽골 군사가 피로해서 휴식이 필요하기 때문이다. 우리는 도성이 적에 포위되어 강화를 청했지만 몽골군도 이젠 지쳐 있다. 그렇지만 지금 우리로서는 화해할 수밖에 없다. 사신을 맞아들여 저들의 얘기를 들어보도록 하라."

조정의 신하들은 살리타이가 보낸 몽골 사절들을 맞아 임금에게 데려갔다. 몽골 사절의 공문은 몽골 황제의 명의로 돼 있었다. 내용은 이러했다.

몽골 황제명의로 고려 조정에 보낸 문서

우리는 하늘의 뜻을 받들어 위력을 발동하고 있다. 이러니 저러니 말만 하면서 자기의 주견을 똑똑하게 내놓지 못하는 사람은, 마치 눈이 있어도 보지 못하고 수족을 두고도 쓸 줄 모르는 사람과 같다.

요전에 황제의 명령으로 사리타화리적(撒里打火里赤, 사르탁코르치, Salitai)의 군사를 보낸 것을 그대가 순종하겠는가, 대항하겠는가를 물어보려 한 것이다. 쥐새끼같이 간사한 거란이 귀국을 침공했을 때, 당신들은 그들을 막아내지 못하고 있었다. 만약 우리가 찰라(札剌, 살리타이)와 하칭(何稱, Qaciun)을 그대의 나라에 보내서 거란을 내몰지 않았다면, 귀국은 더 늦도록 고생했을 것이다. 그런데 왜 우리 사신 헬리누(Heliynu, 禾利一女)에게 복종하지 않았는가. 이렇게 하고서야 어찌 우리에게 귀순했다고 할 수 있겠는가. 저구유는 그대들을 해하려고 한 것이 아니다. 그런데 왜 우리 사절 저구유를 없애버렸는가.

또 고려는 저구유 사건을 조사하려고 간 사신을 활로 쏘아 돌려보냈다. 이런 것으로 보아 고려가 저구유를 살해한 것이 분명하고, 우리는 이번에 이를 문책키 위해 왔다. 우리는 순리(順理)를 거역하면 누구든지 단번에 쳐버리기로 했다. 그러므로 당신들이 듣지 않으면, 우리는 당신들이 발붙일 곳이 없게 할 것이다.

이제 당신들의 말을 들어보고자 사절을 파견한다. 고려 백성 중에서 귀순하는 사람들은 종전대로 살게 할 것이요, 귀순하지 않는 백성은 법의 새끼 잡듯이 처치할 것이다. 그런즉 귀순하라. 귀순하면 우리가 한집안 같이 지낼 것이니, 먼저 갔던 사절 아투(Atu, 阿土) 사건이야 무슨 문제가 되겠는가.

'아투사건'이란 살리타이가 맨 처음 고려에 보낸 화의사절 아투가 평주성에서 구금되어 개경으로 압송된 일을 말한다.

살리타이는 거란의 침입으로부터 고려를 구해주었음에도 고려가 몽골 사신들을 핍박했기 때문에 쳐들어온 것이라고 밝히고, 고려가 항복하면 한 집안같이 우대하겠지만, 저항하면 철저히 응징할 것이니 알아서 하라는 협박이었다.

이것은 고려에 대한 명백하고도 살벌한 위협이었다. 그러나 몽골은 고려가 투항하면 지난날의 사소한 문제는 그냥 넘어가겠다는 뜻을 분명히 했다.

조정에서는 사흘 뒤인 12월 4일 개경을 포위하고 있는 몽골군의 세 원수에게 금기와 은기·주포·저포 등의 예물을 보내고, 사신들에게도 차등 있게 예물을 주었다.

고려는 다음날인 12월 5일 고종의 외당질인 회안공(淮安公) 왕정(王挺)[109]을 안북의 살리타이에게 보냈다. 살리타이가 사절을 보낸 데 대한 고려의 답방 사절이자 강화사절이었다.

왕정은 살리타이에게 줄 많은 예물과 토산물을 가지고 살리타이의 사절 몇 명과 함께 안북으로 갔다.

고종은 12월 11일 남아있는 몽골 사신들을 위해서 내전에서 연회를 열었다. 살리타이의 공문에서 몽골이 저구유 피살 문제를 침공의 구실로 내걸고 있기 때문에 고종은 이를 분명히 해두어야겠다고 생각했다.

"전에 고려와 몽골은 서로 사신을 교환키로 했소. 그때 몽골측에서는 '우리 사신은 연간 그 수가 10명을 넘지 않을 것이고, 그들은 푸젠완누(蒲鮮萬奴, Pujenwanu)의 동진국 영내를 거쳐서 고려로 갈 것이니, 그것으로

---

109) 왕정(王挺); 8대 현종의 후손이지만, 고종과는 친척으로보다는 외척으로 더 가깝다. 왕정은 고종의 외4촌의 아들이니, 외5촌 조카가 된다. 왕정은 뒷날 몽골에 인질로 가는 영녕공 왕준(王綧), 삼별초 임금이 되는 승화후 왕온(王溫)과 형제간이다.

몽골 사신임을 알고 믿으라' 고 했소."

"저희도 알고 있습니다."

"그 후 몽골 사신들은 숫자는 많이 초과됐지만 내왕하는 통로에 대해서는 한결같이 약속을 잘 지켰소. 그런데 갑신년(1224)에는 저구유가 약속과는 달리 동진국이 있는 동만주 푸젠완누의 경내를 거치지 않고, 완누의 동맹자로 보이는 남만주 우가하의 관할지 파속로(婆速路)를 거쳐서 왔소. 그래도 우리는 그가 몽골의 사신으로 다녀간 적이 있기 때문에 그를 몽골 사신으로 믿고 몽골과의 관계를 생각해서 과거와 같이 잘 대접하고 국가 예물도 그에게 부쳐서 보냈소. 그 후 꽤 오랫동안 몽골에서 사신이 오지 않으므로 괴이쩍게 생각했더니, 나중에 들은즉 우가하가 저구유를 죽인 사건 때문이었소."

"그러면 저구유를 고려가 죽이지 않고 우가하가 죽였다는 말씀이군요."

"그렇소. 우가하가 고려군 복색으로 가장하고 저구유를 죽이고 나서 얼마 후에 우리 북쪽 변경을 침범하여 세 성을 결단내고, 식량과 재물을 강탈해 갔소. 그때도 우가하는 자기 군사들에게 몽골 군복을 입혀 마치 몽골군이 고려를 침입한 것처럼 꾸몄던 것이오."

"우가하가 문제군요."

"동진국의 푸젠완누도 마찬가지요. 저구유가 살해된 뒤에 우리 고려에 오는 몽골 사신에게 완누가 속여서 말하기를 '고려에서 몽골을 배반했으니 아예 가지 말고 돌아가시오' 했소. 몽골 사신들은 그 말을 듣지 않고 푸젠완누의 말이 맞는지를 알아보기 위해 고려로 향했다 하오. 푸젠완누가 이것을 보고 자기 부하를 시켜 고려군의 복색과 활로 위장하여 숨어 있게 했다가, 몽골의 사신 일행을 쏘아서 상처를 입혔소. 그리고는 '고려에서 몽골 사신에 대해서 이렇게 하고 있는 것으로 보아 고려가 몽골을 배반한 것이 분명하다' 고 하면서, 고려로 가지 말고 돌아가라고 청했던 것이오. 사실이 이러함에도 몽골에서는 우리 고려가 저구유를 살해하고,

몽골사신들을 핍박한 것으로 알고 있으니, 우리로서는 참으로 답답할 뿐이오."

"동진국의 임금인 푸젠완누(蒲鮮萬奴)가 그랬습니까?"

"그렇소. 저구유를 살해한 것은 금나라의 우가하이고, 몽골 사신의 고려행을 방해한 것은 동진국의 푸젠완누였소. 그러나 우리는 그런 여진인들의 행동을 처음에는 전혀 모르고 있었으나, 마침 완누의 부하로 있다가 도망쳐 나온 왕하오베이(王好非, Wanghaobei)라는 자가 우리에게 와서 그 진상을 자세히 말해 주어서 비로소 알게 됐소."

"그랬군요."

"그런데도 몽골에서는 우가하와 푸젠완누의 죄를 항상 우리에게 둘러씌웠고, 우리로서는 지금까지 달리 해명할 도리가 없었소. 이 사건은 실제로는 우가하와 푸젠완누가 중간에서 우리와 몽골을 이간시키려 한 짓이었소."

"이제야 알 것 같습니다."

상세하고 설득력 있는 고종의 설명으로 몽골이 제기한 사신 핍박 문제는 충분히 해명됐다.

다시 몽골 사신이 말했다.

"우리의 항복권고 사절 두 명이 고려군 삼군의 도호부로 갔습니다. 그곳에 있는 고려군의 진주(陣主)들은 우리 권황제(權皇帝) 살리타이 원수에게 가서 항복을 청해야 합니다."

"우리 왕실의 종친인 왕정이 삼군의 진주들과 함께 이미 살리타이 원수에게 갔소. 아마도 지금쯤은 모든 일이 잘 끝났을 것이오."

"그렇다면 다행입니다."

이때의 몽골 사절들은 점잖고 예절도 있었다.

살리타이는 개경으로 사절을 파견하고 또 고려의 삼군 원수부로 두 명의 사절을 보냈다. 그때 삼군은 안북(안주)에서 몽골군에 패배한 뒤 남으로 후퇴해서 서경성에 들어가 있었다.

몽골 사절들은 살리타이의 심복 장수인 울루시(Wulushi, 烏魯士)와 지빈무(Zhibinmu, 只賓木)였다. 그 두 사람이 안북의 몽골군 지휘부를 떠날 때, 살리타이가 불러 지시했다.

"그대들의 임무는 고려군의 항복을 받아오는 것이다. 저들은 이 안주에서 크게 패하여 전의를 상실했다. 잘 달래보고 그래도 듣지 않으면 협박해서라도 투항토록 하라."

살리타이의 사절들이 서경의 고려 삼군으로 가서 삼군원수인 대장군 채송년을 만났다.

"우리 사절이 개경으로 갔소이다. 귀국의 임금이 그들에게 항복하고 우리 대몽골에 조공을 바칠 것이오. 그러니 고려의 삼군에서도 원수와 진주들이 우리 살리타이 원수에게 가서 항복해야 하오."

"거 무슨 소린가. 우리는 가서 싸우라는 명령은 받았으나 항복하라는 지시는 받은 바 없다."

"그러면 고려가 우리의 항복 요구를 거부하겠다는 말이오? 이를 분명히 해주시오."

"우리 조정의 별다른 통첩이 없는 한, 우리는 전투태세를 늦출 수 없다."

"그러면 우리와 계속 싸우겠나는 것이오?"

채송년이 말했다.

"우리는 침략군과 싸워서 나라를 지키러 온 군대다. 정부의 별다른 명령이 없으니, 몽골군이 공격해 오면 싸울 수밖에 없지 않은가."

"잘 생각해서 확실히 대답해 주시오. 전쟁을 계속하겠다면 고려는 결국 멸망할 것이오. 채송년 원수, 그래도 그대가 뒤를 감당할 수 있겠소이까?"

"나는 할 수 있는 말을 다했다. 더 이상 할 말이 없다."

이래서 살리타이가 보낸 수항사절(受降使節)들은 빈손으로 돌아갈 판이었다. 바로 그때 고종의 투항사절인 왕정이 개경으로부터 삼군 원수부에 도착했다. 왕정은 고려의 항복의사를 전하기 위해 개경을 떠나 안북으로 가면서 먼저 고려 삼군으로 간 것이다.

"폐하와 조정에서는 더 이상 몽골과 싸우는 것은 패배의 연속일 뿐이라고 생각하시어 항복키로 결정해서 나를 보냈소."

"어명이면 따르지 않을 수 없습니다. 지금 우리로서는 몽골군과의 싸움을 계속할 수도 없습니다."

채송년은 왕정의 얘기를 듣고 조정의 종전 결정에 순순히 따랐다.

"그러면 삼군 지휘부는 나와 함께 살리타이가 있는 몽골군 지휘부로 갑시다."

채송년과 삼군의 진주 3명은 왕정과 함께 살리타이가 있는 안북으로 갔다.

왕정과 고려의 장수들이 몽골 군영에 이르러 섬돌 아래에 서서 살리타이를 멀리 바라보면서 절했다. 그러나 살리타이는 아무런 반응을 보이지 않았다. 절을 받는 것도 아니었다. 말도 없이 그냥 바라만 보고 있었다.

왕정이 가까이 다가가서 준비해 간 예물을 살리타이에게 정중히 바쳤다. 살리타이는 그제서야 표정을 부드럽게 고친 다음, 왕정을 안으로 안내하게 했다.

게르 안에서 살리타이는 유즙(乳汁, airag, 마유주) 등 몽골의 전통적인 별미를 내어 왕정 일행을 대접했다. 왕정은 술이며 안주 등 몽골이 내놓은 음식들을 주는 대로 맛있게 잘 먹었다.

그걸 보고 살리타이가 크게 기뻐하며 말했다.

"아니, 그대는 문명국 고려의 왕족인데 우리 같은 야만족 군대의 술과 음식을 어찌 그리도 맛있게 잘 먹습니까?"

살리타이는 빈정거리는 투였지만 불쾌해 하는 기색은 아니었다.

왕정이 대답했다.

"몽골이 야만국이라니오? 당치않은 말씀입니다."

"고려에서는 우리 몽골과 여진·거란·일본 등을 모두 야만족이라고 한다면서요? 고려는 중국을 빼놓고는 주변 민족들을 모두 천시해 오지 않았습니까?"

"여진이나 거란·일본에 대해서는 그렇게 해왔습니다. 그러나 최근 들어 몽골을 접하기 전에는 우리가 몽골을 잘 모르고 이해관계도 없었기 때문에, 고려로서는 몽골에 대해서 야만이고 뭐고 할 계제가 아니었고, 그렇게 할 기회도 없었지요. 몽골은 지금 세계를 다스리고 있는 대국이 아닙니까? 몽골의 이 술과 음식들, 참으로 좋습니다."

왕정의 능변을 듣고 살리타이는 기분이 좋았다. 그는 스스로도 술과 음식을 많이 들면서 왕정에게도 이것저것 많이 권했다.

왕정과 살리타이 사이에 서로 좋은 인상을 주고받았지만, 강화에 대해서는 구체적인 말이 없었다. 그러나 왕정은 분명히 강화사절이었고, 몽골이 제시한 강화 조건은 항복과 조공이었다.

더구나 왕사(王使)가 우리 군사의 지휘부를 이끌고 적장의 군문으로 갔다면, 군사적으로도 항복이다. 따라서 이때 여몽 간에 강화가 성립되어 전쟁은 종결되고 고려는 몽골에 항복한 것임에 틀림없다.

그러나 고려로서는 항복과 조공을 명시적으로는 받아들이려 하지 않았다. 다만 몽골에 전쟁을 끝내고 화해관계를 유지하려는 입장이었다. 겉으로 나타난 것은 그러했다.

한편 외교를 모르는 몽골은 고려가 항복을 표하고 저항하지 않는 것으로 만족하려 했다. 이런 모호한 상태에서 북계의 귀주성과 자주성에서는 문서화된 임금의 칙명이 없다는 이유로 항복을 거부하고 항전을 계속했다.

몽골은 고려 국왕 고종이 직접 몽골군 원수부에 나와서 살리타이에게 항복하면 군사를 철군시키겠다고 제의했다. 고려가 국왕친항(國王親降)

을 거부하고 항복의 뜻만 전하자, 몽골은 다시 군사 압력을 가했다. 몽골군의 선발 기병대가 개경 이남의 경기도 남경을 지나 광주(廣州)로 갔다. 그들은 남쪽으로 내려가 우리 국토와 백성들을 유린했다.

광주에서는 몽골군이 들어오자 광주부사 이세화(李世華)가 백성들을 이끌고 일장산성(日長山城, 지금의 남한산성)으로 입보했다. 몽골군이 와서 성을 공격하자 이세화를 중심으로 군민이 하나로 뭉쳐 성문을 굳게 닫고 저항했다. 몽골군이 파상적으로 공격을 시도했으나 광주 사람들은 그때마다 몽골군을 격퇴했다. 몽골군은 몇 차례 광주 공격에 실패하자 성을 그대로 두고 충청도의 청주(淸州)와 충주(忠州)를 향해서 남진했다.

몽골군은 중간에 있는 성들을 공격하고 마을들을 휩쓸면서 닥치는 대로 집을 불 지르고 재물을 약탈하고 사람들을 죽였다. 그들이 지나는 곳은 어디나 불타고 시신이 거리에 널려 있었다.

제 8 장

전쟁 영웅들

임금은 항복해도 장수는 싸운다

　고려와 몽골 사이에 강화가 성립됐으나, 고려임금 고종이 명시적인 항복절차를 거부하여 항복도 전쟁도 아닌 어정쩡한 상태가 이어지면서, 교전은 계속되고 있었다. 살리타이는 계속 사절을 보내 고려조정을 윽박질렀다.

　"고려 정부의 진의가 무엇이오? 우리와 싸우자는 것인가, 아니면 강화하자는 것인가? 이걸 분명히 해주시오!"

　그 무렵 자주성의 최춘명은 항복하라는 왕명을 받지 않았다는 이유로 성문을 굳게 닫고 계속 몽골군에 저항하고 있었다.

　조정에서는 살리타이의 일책을 두려워하여 송국첨(宋國瞻, 내시낭중)을 자주성에 보내 항복하도록 타이르게 했다. 송국첨이 자주성에 이르렀으나 최춘명은 문을 열어주지 않았다.

　송국첨은 성루에 대고 외쳤다.

　"최 부사는 들으시오! 나라와 삼군이 모두 항복했소. 자주성도 속히 항복하여 나라의 명령에 따르시오! 이는 어명(御命)이오."

　그러나 최춘명은 문을 닫아걸고 대답하지 않았다. 송국첨은 성루를 쳐다보며 계속 외쳤다.

"최 부사는 귀를 열고 어명을 따르시오!"

그래도 최춘명은 요지부동(搖之不動)이었다.

송국첨도 화가 났다.

"최춘명은 들어라. 나는 임금의 명령을 받고 나온 어사(御使)다. 그대에게 분명히 경고한다. 지금 그대의 항전행위는 충성에서 벗어나 국명을 어기는 반역행위다. 곧 국가의 죄벌이 있을 것이니 그리 알라!"

송국첨은 그렇게 꾸짖고 돌아갔다. 최춘명은 조금도 흔들리지 않고 계속 몽골군에 저항하면서 성을 굳게 지켰다.

그해 고종 18년(1231) 12월 하순, 몽골군이 귀주성에 대해서 다시 공격을 개시했다. 이것이 귀주성에 대한 몽골군의 제3차 공격이다. 몽골군들은 큰 포차를 앞세우고 귀주성으로 다가왔다.

이걸 보고 박서도 포차를 내어 돌을 날렸다. 포격전이 먼지를 뿌옇게 뿜어 올리며 계속됐다. 몽골병은 셀 수 없을 정도로 많이 죽어 쓰러졌다. 몽골 군사들은 견디다 못해 뒤로 물러나서 둔영을 치고는, 주위에 책루(柵壘)를 세워서 수비에 들어갔다.

귀주성 전황을 보고 받은 살리타이로서는 기막힐 일이었다.

"또 쫓겨 왔단 말인가?"

"그렇습니다, 성이 워낙 험난하고 장수들의 지혜가 뛰어난지라 쉽지 않다고 합니다."

"거 무슨 소린가. 짐승의 고기를 먹고 자라서 저 대륙 넓은 땅을 펄펄 뛰어 다니는 우리 '푸른 이리'의 몽골 군사들이 그래 땅에 솟아난 풀이나 뜯어먹고 사는 고려 군사 하나 제대로 치지 못한단 말인가."

"면목이 없습니다, 원수."

"아니, 대륙의 강국인 금·코라슴·서하를 복속하고 서역을 정벌하고 러시아를 항복 받아 세계를 휩쓸고 있는 대 몽골제국의 군대가 이 작은 나라 고려의 저 따위 변방 귀주성 하나 떨어뜨리지 못한대서야 말이 되는

가. 벌써 몇 번째냐."

"세 번째입니다. 최후로 다시 공격해서 이번에는 귀주성을 반드시 함락하고 성에 들어가 완전히 도륙토록 다시 명령하겠습니다."

"그만 둬라. 이제는 강화가 이뤄졌으니 선무를 통해서 귀주성의 항복을 받아야겠다."

살리타이는 체면을 완전히 구겼다고 생각하면서 아직도 안북에 머물고 있는 왕정(王綎, 회안공)을 불러들였다.

왕정이 들어가자 살리타이가 말했다.

"회안공의 도움을 받아야 하겠소이다. 고려 삼군이 이미 항복했는데 유독 귀주성과 자주성이 항복을 거부하고 우리에게 계속 적대하고 있소. 빨리 사자를 보내 항복토록 권유해야 하지 않겠소이까? 공의 말이라면 저들이 듣지 않을 수 없을 겁니다. 박서와 최춘명에게 보낼 첩문을 써 주십시오. 권항문(勸降文) 말입니다."

"그리 하지요. 지필묵을 좀 빌려주시지요. 허나 박서나 최춘명은 대단한 장수들입니다. 저들은 무예와 용병술, 의기와 충성심이 대단하지요. 고려가 내세워 자랑할 만한 장수들입니다. 내 서찰이 그들에게 무슨 힘이 있을지, 나는 모르겠습니다."

"대부분의 고려 사람들이 끈질기고 대단하지만, 박서나 최춘명은 정말 대단한 장수들입니다. 양국 관계가 좋아지면 저들은 우리 황제에게 대단히 긍히 쓰일 인재들입니다."

"예? 무슨 말씀이신지?"

"몽골에서는 우리와 화해한 나라의 인재들이나 투항한 장수들을 널리 포용해서 쓰고 있습니다. 고려에 인재가 많으니 당연히 많이 쓰이지 않겠습니까. 지금 우리 황제 폐하 주변에는 거란인·중국인·여진인·서역인·돌궐인·아랍인 등 각국의 인재들이 모여 있습니다."

"오, 그래요."

그때 지필묵이 들어왔다. 왕정이 곧 첩문을 써주었다. 살리타이가 그것을 받아 지의심(池義深, 통사)을 바라보며 말했다.

"그대가 이것을 가지고 귀주성으로 가라. 성주 박서에게 주며 타일러 속히 항복토록 하라."

살리타이는 개경에서 왕정을 따라 사신으로 간 지의심과 강우창(姜遇昌, 학록)에게 왕정의 첩문을 건네주었다.

"자주성은 어떻게 하면 되겠습니까?"

살리타이가 묻자 왕정이 말했다.

"거기도 첩문을 보내지요."

그러면서 왕정은 옆에 있는 대집성(大集成)을 바라보고 말했다.

"마침 삼군의 대집성 장군이 여기 계시니, 자주성에는 대 장군이 다녀오겠소?"

대집성이 머뭇거리다가 말했다.

"예, 그리 하겠습니다."

이래서 왕정은 권항첩서를 써서 대집성을 자주성에 보내어 최춘명을 타이르게 했다. 대집성은 그때 삼군의 후군 진주(陣主, 사령관)로서 다른 진주들과 함께 왕정을 따라 살리타이 진영에 와있었다.

지의심과 대집성은 왕정의 첩문을 받아 가지고, 각각 귀주성과 자주성으로 말을 달렸다.

지의심과 강우창이 다음날 귀주성에 이르렀다. 귀주성은 얼른 보기에도 방비태세가 삼엄했다. 그들은 성안으로 안내되어 박서에게로 갔다. 그들은 왕정의 첩문을 전하면서 항복할 것을 권했다.

그러나 박서는 냉랭했다.

"지의심, 나는 그대를 애국자로 알아왔다. 그 동안 그대의 행동은 의롭고 충성스러웠다. 그러나 이제 이따위 문서를 내게 가져와서 항복하라니, 그대의 진심인가?"

"아닙니다. 왕정 공의 명에 따른 것뿐입니다."

"왕정 공은 자기의 의사로 이런 걸 써 보냈는가?"

"아닙니다. 살리타이가 요청해서 썼습니다."

박서는 어조를 단정히 해서 말했다.

"알겠다. 우리는 모두 고려를 지키는 고려의 무인들이다. 나, 박서는 폐하의 직명(直命)이 아니면 그 누구의 항복권유도 받아들일 수 없다. 가서 그리 일러라."

지의심은 빈손으로 돌아갔다.

살리타이가 재차 사람을 보내서 설유했으나, 박서는 그래도 듣지 않고 계속 저항했다.

살리타이는 다시 화를 냈다.

"그러면 다시 귀주성을 공격하라! 총력전을 펴서 무슨 일이 있어도 오늘 중으로 성을 함락하고 들어가 도륙하라!"

추상 같은 공격명령이었다.

그해(1231) 12월 17일. 몽골병은 다시 높은 운제(雲梯)를 만들어서 성벽에 걸치고 올라가서 귀주성을 넘어서려 했다.

박서는 대우포(大于浦)를 휘둘러서 이를 맞받아 쳤다. 대우포는 큰 칼날이 달린 무기였다. 여기에 걸리면 통나무도 단번에 잘려나갈 정도로 위력은 컸다. 박서의 대우포에 찍힌 몽골군의 운제 치고 부서지지 않은 것은 하나도 없었다. 몽골군은 그 후 다시는 운제를 성에 근접시키지 않고 있다가 철수했다.

귀주성에 대한 몽골군 제3차 공격의 마지막 기습도 무위로 끝났다. 몽골의 권황제이자 고려원정군 원수인 살리타이의 위엄도 박서 앞에서는 아무런 힘을 못 썼다.

몽골군이 철수하기 전에 나이가 칠십 정도 되어 보이는 몽골 장수 하나가 성 아래에 와서 귀주성의 성루와 박서가 쓰는 병기들을 세밀히 둘러보았다.

"고려의 장수들은 과연 대단하구나."

그는 탄성을 연발하면서 말했다.

"내가 젊어서부터 종군하여 동서의 천하를 돌아다니며 성을 공격하는 싸움을 보아 왔지만, 이처럼 공격을 당하고도 끝까지 항복하지 않는 자는 일찍이 본 적이 없다. 귀주성 안의 여러 장수들은 모두 앞으로 반드시 훌륭한 장상(將相)이 될 것이다."

백발이 성성한 백전노장의 솔직한 심정 토로였다.

한편 몽골의 군사와 관인(官人)들을 이끌고 자주성으로 달려간 대집성은 성문 앞에 이르러 외쳤다.

"최춘명은 들으라! 국조(國朝, 나라 조정)와 삼군이 이미 몽골에 항복했다. 자주성도 속히 나와 항복하라"

성루에 나와 다른 군관들과 함께 앉아있던 최춘명이 사람을 시켜서 대답케 했다.

"우리 자주성은 아무런 조정의 지시도 받지 않았다. 무얼 믿고 항복하란 말인가?"

"회안공이 임금의 사신으로 삼군 지휘부와 함께 몽골의 살리타이 원수에게 와서 이미 항복을 청했다. 삼군도 이 항복을 받아들여 지금은 손을 놓고 있다. 자주성은 이것을 믿어야 하지 않겠는가?"

"회안공이 도대체 누구인가? 우린 회안공이란 사람이 있다는 것을 모른다."

"최춘명, 그대는 이 나라의 장수다. 세상이 돌아가는 것을 알아야지! 이러다간 우리 고려의 산천이 몽골군 말발굽에 짓이겨진다. 그리되면 아무것도 살아 남지 못한다."

"우리 고려가 어떤 나라인가. 유구한 역사가 있고 화려한 문화가 있다. 백성들은 애국적이고 군사들은 용감하다. 우리는 저 따위 야만 몽골의 무리에게 그렇게 당하진 않는다."

"몽골은 중국을 무너뜨리고 서하를 치고 고라슴을 정복했다. 세계의 대국이 된 몽골군의 강함을 우리가 어떻게 당해낼 수 있겠는가."

"바다 물이 파도쳐서 출렁거린다고 해서 그 물이 달라지는가. 겨울 강추위에 대동강 물이 얼어붙는다 해서 강물이 아니겠는가. 몽골군 따위가 한 차례 지나갔다고 해서 우리 고려가 달라지진 않는다. 대집성 장군, 그대도 장수다. 왜 그리 겁을 내는가. 나라 걱정은 우리가 더 한다. 군소리 말고 물러가라."

"최춘명. 그대는 참으로 답답하구나."

대집성은 그렇게 말하면서 기가 막힌다는 표정을 지으며 성문으로 접근했다. 그가 성안으로 들어가려 하자, 최춘명이 명령했다.

"활을 쏘라. 맞히지는 말고, 위협만 하라."

성 위에서 화살이 날아 왔다. 대집성은 놀라 도망했다. 그렇게 해서 최춘명은 권항사로 온 대집성을 쫓아버렸다.

모욕을 받고 쫓겨온 대집성은 분개한 목소리로 말했다.

"최춘명 이놈이! 어디 두고 보자. 언제든 네 놈의 콧대를 꺾어놓고 말 것이다."

대집성이 다시 몽골인들이 모여 있는 곳으로 돌아가자, 몽골의 관인들이 대집성을 꾸짖었다.

"그대가 고려 중앙군의 진주라면서 그렇게 휘하에 명령이 통하지 않으니, 과연 진주라고 할 수 있겠는가?"

대집성은 몽골의 관인과 최춘명에 의해 크게 수치를 당했다고 생각하면서, 그들 모두에 대해 유감을 품고 돌아왔다.

살리타이가 명령했다.

"자주성을 함락하라! 들어가 군인과 백성을 학살하라. 하나도 남기지 말라. 생명이 있는 것은 다 죽여라!"

수많은 몽골군이 무기들을 가지고 자주성에 접근했다. 칼과 창·활은 물론 운제를 비롯하여 귀주성에서 쓴 공성무기들을 모두 동원했다.

최춘명이 이를 보고 북을 치며 명령했다.

"궁사들은 사격하라!"

활을 움켜쥐고 성 밖을 내다보고 있던 자주성의 궁사들이 일제히 활을 쏘았다. 몽골 군관들이 쓰러지고 병사들이 주저앉았다. 성벽을 기어오르려던 몽골군은 사상자를 냈다.

대규모 기습에서 격파된 몽골군은 물러갔다. 그러나 그것이 공격의 끝은 아니었다. 그 후에도 몽골군은 다시 자주성을 포위했다. 비슷한 공격이 계속됐지만, 그때마다 격퇴됐다.

몽골군의 공격은 서너 차례 더 계속됐으나 그때마다 최춘명은 백성과 관리들을 거느리고 싸워서 모두 격퇴했다.

최춘명은 항전을 계속하여 번번이 몽골군을 격퇴할 뿐 끝내 항복을 거부했다. 조정이 항복한 뒤에도 최춘명은 성을 굳게 지키며 끝내 항복하지 않았다. 몽골측은 어쩔 수 없이 자주성을 포기하고 물러섰다.

귀주성과 자주성에서 몽골군이 고려군에 다시 격퇴된 후, 살리타이는 계속 화전 양면정책으로 임했다. 외교적으로 화평을 제의해 놓고도, 군사적으로는 공세를 늦추지 않았다. 일방적인 강화조건을 제시하고 이를 거부하면 공격을 재개하는 방식이었다.

백성들이 지켜낸 충주성

몽골의 동로군이 북부의 귀주성과 자주성의 항복을 받아내지 못하고, 오히려 여러 차례 격퇴되고 있던 그해(고종 18년, 1231)가 저물어 갈 무렵이었다. 광주성에서 격퇴 당한 몽골의 서로군이 충주를 향해 남진한다는 소문이 나돌자, 충주와 그 인근의 백성들은 충주성으로 몰려들었다. 이 성은 방어용의 산성(山城)이 아니고, 충주 시내 한 가운데 있는 읍성(邑城)이다.

충주읍성은 지금 축소되어 관아공원으로 개발되고 있는 충주시 성내동(城內洞)의 관아유적지(官衙遺蹟地) 자리다. 실제 규모는 지금 성벽의 세 배쯤 됐었다.

충주성에서는 적침에 대비해서 별초군을 조직했다. 이 별초는 신분에 따라 양반들로 구성된 양반별초(兩班別抄), 관청의 노비들로 구성된 노군별초(奴軍別抄), 기타 관에 근무하는 사람들로 구성된 잡류별초(雜類別抄)로 구별되었다. 따라서 충주성 방위군은 관군이 아니고, 3개의 민간 신분 별초였다.

충주부사 우종주(于宗柱)는 양반별초, 부부사 유홍익(庾洪翼)은 노군별초와 잡류별초를 맡아 지휘하면서, 각기 전비를 갖춰 적군을 기다리고 있었다. 이것은 양반과 평민을 망라해서 범신분적으로 조직된 지방 방위체제였다.

며칠 후 몽골군이 충주성 가까이 다가오자 방어전략을 둘러싸고 우종주와 유홍익이 의견대립을 벌였다. 평소부터 불화하여 일이 있을 때마다 대립해온 이들은 적전에서 다시 충돌했다.

우종주가 말했다.

"패할 줄을 알면서도 소군이 대군과 싸우는 것은 병법상 어리석은 일이오. 어차피 패할 바에는 늦기 전에 성을 비우고 피하기로 합시다."

부사 우종주는 도망하자는 것이었다.

그러나 부부사 유홍익은 반대였다.

"이곳 충주는 남과 북 사이의 요충입니다. 그래서 충주를 일컬어 남방의 인후(咽喉)라고 하지 않습니까. 이미 백성들을 동원해서 전투태세까지 갖춰놓았으니, 여기서 적을 맞아 싸워야 합니다."

"우리가 맡고 있는 관내의 백성을 생각해야지요. 후퇴만이 우리 충주 백성을 살리는 길이오."

"나라 전체도 생각해야지요. 충주가 뚫리면 몽골군은 바로 경상도로 진격합니다. 그래서 오래 전부터 '북군이 충주를 파하면 영남이 무너진다'고 하지 않았습니까. 경상도를 적군에 빼앗기면 나라는 끝장입니다. 그것을 알면서 어떻게 우리 충주가 싸우지도 않고 피하자는 말입니까."

북쪽이 강으로 둘러쳐져 있는 충주는 죽령과 조령으로 연결되는 군사지리적인 요충지다. 서울에서 영남으로 가려면 충주를 거쳐야 한다. 충주에서 길이 두 갈래로 갈린다. 하나는 동남쪽의 조령(鳥嶺)을 넘어 문경·상주로 가는 길이고, 다른 하나는 동쪽의 죽령(竹嶺)을 넘어 영주·안동으로 가는 길이다. 상주와 안동이 점령되면 김천·대구가 위협된다. 따라서 충주가 무너지면, 바로 영남이 당하게 된다.

이렇게 부사와 부부사가 충주의 백성이냐, 나라 전체냐를 놓고 전략논쟁을 벌이고 있을 때, 몽골군이 들어와 충주성을 공격하기 시작했다.

부사 우종주는 그 기세에 눌려 양반별초들과 함께 뒷문으로 성을 빠져나가 도망했다. 그것을 보고 항전을 주장하던 부부사 유홍익도 호장인 광립(光立)과 함께 그들의 뒤를 따라 성을 빠져나갔다.

중앙에서 파견된 부사들과 지방의 관리와 양반들, 즉 고려 사회의 지배층과 수혜층이 모두 도망했다. 남은 것은 가난하고 지배받던 서민과 노비들, 그리고 뜻있는 몇몇 하급 관리들뿐이었다. 충주성은 혼란에 빠졌다.

지광수(池光守)가 나서서 외쳤다.

"부사와 아전들은 양반들을 데리고 모두 도망했다. 그러니 우린 도망할 수 없다. 여기서 적을 맞아 싸우자!"

"옳소!"

"그럽시다. 싸웁시다!"

지광수는 그때 충주부의 공문서와 장부를 담당하던 영사(令史)였다. 영사는 지금의 주사급 지방 서리다. 노군별초와 잡류별초들은 그 자리에서 지광수를 도령(都領)으로 추대했다.

그때 주변 사원들로부터 승군들을 끌고 충주성에 들어와 있던 승려 우본(牛本)은 잡류별초군에 합류하여 지광수를 돕고 있었다. 지광수와 우본은 노군별초와 잡류별초들을 거느리고 충주의 혼란을 수습하고 백성들을 단결시켜 몽골의 공격에 저항했다.

몽골군은 충주성에 항복할 것을 권유했다. 지광수가 이를 거부하고 발사 명령을 내렸다. 화살이 몽골 군사들 앞에 비 오듯 쏟아졌다. 몽골 군사들도 맞대응했다.

몽골군은 한때 성을 넘는데 성공하여 충주성 안으로 들어왔다. 기마병인 그들은 성 안에서 충주군과 맞붙었다. 육박전이 계속됐다. 특히 택견으로 숙련된 우본의 승군들이 용맹하게 덤볐다.

결국 몽골군은 노군과 잡군들의 공격을 견디지 못하고 죽거나 부상하여 철수했다. 그 후로 몽골은 충주성을 공격하지 못했다. 민간 의용병에 패배한 몽골군은 더 전진하지 못하고 북으로 후퇴했다.

이래서 충주성은 몽골군의 말발굽에 짓밟히지 않았다. 충주성의 승리를 이룩해 낸 것은 바로 노비와 백성들의 힘이었다.

충주성의 승리는 두 가지 점에서 더욱 돋보인다.

하나는 양반 관리들이 도망한 상태에서 아무런 조직이나 훈련이 없는 노비와 백성들만의 힘으로 고도로 훈련되고 조직된 몽골군 기병을 격퇴했다는 점이다.

또 하나는 그들이 충주에서 몽골군을 격퇴함으로써 몽골군이 더 이상 남쪽으로 진격하지 못했다는 점이다. 그 때문에 제1차 몽골 침입은 충청도에서 저지되어 영남과 호남은 피해를 면할 수 있었다.

몽골군이 물러가자 도망했던 우종주 등이 돌아왔다. 그들은 충주 부고(府庫)에 보관돼 있던 은그릇부터 점검했다. 은은 당시 화폐로 대용되고 있던 보화였다.

그러나 이 충주부의 은그릇들은 전란의 와중에 어떻게 해서 없어지고 말았다. 우종주는 그것을 확인하고 노군들을 겁박하며 내놓으라고 다그쳤다.

지광수가 언성을 높여 말했다.

"우리는 전혀 모르는 일이오. 아마도 몽골군들이 약탈해 갔을 것이오."

"몽골군이 성에 진입한 것은 잠깐 동안이었다. 그들은 싸우다가 밀려서 곧 철수했는데 어떻게 도적질까지 했단 말인가?"

"여보시오, 우 부사. 몽골군은 약탈을 우선하는 놈들이오. 부사는 그것도 모르고 있었소?"

"몽골군이 아무리 약탈을 먼저 한다 해도, 적군과 교전하여 피해를 내고 있을 때에도 약탈부터 했겠는가."

"당신들이 양반별초를 데리고 도망했을 때, 우리는 남아서 적군을 격퇴하고 성을 지켰소. 그대가 이제 와서 이렇게 우릴 핍박할 수 있소?"

그러나 우종주는 그대로 넘어가지 않았다.

"없어진 은기들을 반환하지 않으면 모두 관가에 고발할 것이다. 즉시 거행하라."

"몽골병이 들이닥칠 때는 모두 달아나 숨어 있다가, 몽골군을 물리쳐 놓으니까 돌아와서 무슨 할 말이 있느냐! 몽골이 약탈해 간 것을 가지고 서 어찌해서 우리들에게 죄를 씌워 죽이려 하는가?"

그들은 이렇게 반박하며 돌아섰다.

그때 우종주는 충주의 호장인 광립을 불러 논의했다.

"기회가 왔다. 지금 저들 노비들이 하찮은 공로를 믿고 우리에 도전하고 있다. 이 기회에 저들에게 도적의 누명을 씌워 처단하지 않으면, 우리가 적을 피해 숨어 다녔던 사실도 드러나고 은기를 우리가 처분한 것으로 인정되어 나라의 죄벌을 면치 못할 것이다. 무슨 방법이 없겠는가?"

광립이 말했다.

"있지요. 우리가 먼저 저들을 쳐서 없애면 됩니다. 염려 마십시오. 제가 하겠습니다."

한편 노군들은 돌아가서 자기네들끼리 대책을 의논했다.

"아무래도 우리는 몽병 퇴치의 공로는 없어지고 한낱 도적으로 몰려 처형될 판이다. 어찌하면 좋겠는가?"

"우리는 저 막강한 몽골병도 물리쳤소. 그런 우리가 전쟁을 피해 도망 다니다가 돌아와서 재물이나 챙기는 저들을 물리칠 수 없겠는가. 쳐부숴 야 하오. 자, 다시 일어나 이번엔 우종주부터 칩시다."

"옳소. 우리가 먼저 도모하지 않으면 죽는다."

"그럽시다. 일어섭시다."

지광수가 말했다.

"알았소. 그렇게 합시다. 그럼 나가서 소라를 불어라!"

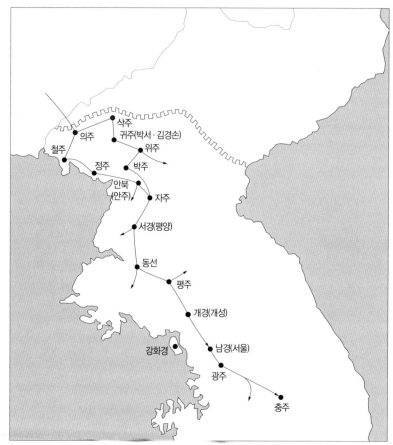

제1차 몽골침입(1231, 몽장: 살리타이)

소라 나팔을 불자 흩어졌던 군사들이 다시 모여들었다.

지광수가 나섰다.

"우리는 이제 몽골과의 전투 때 사망한 사람들의 합동장례를 치르려 합니다. 양반별초는 돌아섰습니다. 노군별초와 잡류별초 주관으로 장례를 치르겠으니, 가서 사람들을 불러오시오."

모였던 사람들은 다시 흩어져 나갔다. 지광수는 소라를 계속 불게 했다. 곧 사람들이 떼를 지어 몰려왔다.

"자, 여러분. 우리는 우리 전우를 장송하기 전에, 저 우종주와 같은 배신자부터 처단해야 전사한 사람들의 원혼을 달랠 수 있소. 몽골군을 격퇴하던 용기와 단결로 당시 뭉쳐 우종주 일당을 처단합시다."

"옳소!"

"그럽시다!"

지광수와 우본은 다시 군사를 편성해서 전투대형을 갖추고 나섰다.

그들은 우종주와 광립의 집을 찾아가서 불부터 질렀다. 그리고 양반과 아전들을 찾아내서 처형했다. 이것이 고종 19년(1232) 정월에 일어난 '충주 관노(官奴)의 난'이다.

관노들은 성안의 시가를 돌아다니며 외쳤다.

"우리는 항몽 투쟁을 주도한 노군(奴軍)이다. 그 동안 백성을 착취하고 호강하면서 몽골병이 닥치자 도망해 있던 자들을 찾아내어 처단하기 위해 우리가 다시 나섰다. 저들을 숨겨주는 자가 있으면 그 가족을 몰살할 것이다."

이래서 많은 양반과 향리들이 잡혀 죽었다. 그 통에 죄 없는 아녀자들도 희생됐다.

최우는 반란보고를 받고 주서(注書)인 박문수(朴文秀)와 봉어(奉御)를 지낸 김공정(金公鼎)을 임시 안무별감으로 삼아 충주로 보내 노예들을 타일러 반란을 진정시키도록 했다.[110]

박문수의 설득을 듣고 노예군을 이끌던 도령 지광수와 승려 우본은 바로 칼을 내려 귀순했다. 그러나 강경파 반군들은 투항을 거부하면서 계속 농성하였다.

박문수는 김공정을 충주에 머물러 계속 반군을 선무하게 하고, 자기는 지광수와 우본을 데리고 개경으로 갔다.

---

110) 주서(注書); 내사·중서문하성·도첨의 등에 있던 종7품 벼슬.

봉어(奉御); 정6품 벼슬

최우는 그들을 만나보고 말했다.

"너희는 몽골이 침입했을 때 훌륭한 공로를 세웠다. 관리와 양반들이 모두 도망했으나 너희는 어려운 가운데서도 한데 뭉쳐 잘 싸워서 몽골군을 격퇴했다. 그 때문에 몽골은 더 내려가지 못하고 철수했다. 나라에서 어찌 그대들의 빛나는 공로를 모르겠는가."

지광수가 말했다.

"외적을 물리치는데 신분의 구별이 어디 있겠습니까? 우리는 나라와 백성을 지키기 위해 싸웠을 뿐입니다. 장군께서 하찮은 저희들의 변변찮은 공을 그렇게 인정해 주시니 몸 둘 바를 모르겠습니다."

"허나 너희는 하찮은 문제로 난을 일으키고 죄 없는 사람들까지 많이 죽였다. 그것은 용서받을 수 없는 대죄다."

"그렇습니다, 영공. 저희를 벌해 주십시오. 무슨 죄든지 달게 받겠습니다."

영사(令史) 지광수는 그렇게 말하고 머리를 숙였다.

우본이 나섰다.

"충주의 노군들은 외적을 맞아 정말 잘 싸웠습니다. 문제가 된 것은 도망했던 우종주와 유홍익이 공을 세운 노군들을 학살하려 한 데서 비롯됐습니다. 영명하신 영공께서는 아무쪼록 죄상의 근본과 지엽을 구분해서 선처해 주시기 바랍니다."

"알고 있다. 여기 박문수 안무별감의 각별한 주청도 있고 해서 이 사건을 불문에 부치고 너희를 용서하려 한다."

"고맙습니다, 영공."

"정말 감사합니다."

그들은 고두백배(叩頭百拜)했다.

"뿐만 아니라 너희들에게 적절한 포상을 내리려 한다. 각자 자기의 희망을 말하라."

그러나 그들은 감읍(感泣)할 뿐, 아무 말도 못하고 있었다.

박문수가 말했다.

"영공의 은혜를 감사히 받으라. 각자 소망이 있을 것이니 어려워 말고 아뢰어라."

지광수가 말했다.

"저는 군인이 되어 침략군과 싸우고 싶습니다."

최우가 말했다.

"그래, 좋다. 너에게 교위(校尉, 중위)를 주겠다. 부하를 아끼고 대원을 잘 영솔해서 훌륭한 군관이 되도록 분발하라."

"고맙습니다, 영공."

"우본도 소망을 말하라."

"저는 중입니다. 중이 어디로 가겠습니까. 절에 있다가 저번과 같은 국가의 변란이 있으면 나서서 싸우는 것이 소원입니다."

"그래, 기특하구나. 네게는 충주 대원사(大院寺)를 주겠다. 대원사의 주인이 되어 충성을 다하라."

"백골난망(白骨難忘)입니다."

"그러나 아직도 반군의 여세가 완강히 버티고 있다. 가서 저들이 빨리 무기를 버리고 투항하도록 진력(盡力)하라."

이래서 지광수는 교위로 중앙군에 편입되어 개경으로 아주 올라왔고, 우본은 충주로 내려가 대원사의 사주가 되어 절을 키워나갔다.

그러나 그것으로 문제가 해결된 것은 아니었다. 반란이 진압된 것도 아니었다. 노군들의 원한이 오래전부터 깊이 쌓여 있었기 때문에 그들은 쉽게 물러서려 하지 않았다. 그들이 반란 중에 너무 많은 사람을 죽였기 때문에 조정으로서도 쉽게 용서하고 넘어갈 일이 아니었다.

변명은 해도 속이지는 않는다

왕정이 강화사절로 살리타이의 몽골 원수부를 다녀왔지만 고려군의 저항은 계속됐다. 이와 함께 양국 사이엔 전쟁도 평화도 아닌 상태가 지속되고 있었다. 전쟁과 항복이 공존하는 미묘한 과도기였다.

그러나 살리타이는 고려의 항복을 기정사실로 인정했다. 그는 고려가 항복하고 몽골이 이것을 받아들여 여몽 사이에 강화가 이뤄진 것으로 전제하고 행동을 펴나갔다.

그 첫째가 수항사절(受降使節)의 파견이다.

고종 18년(1231) 12월. 고려 역사상 가장 처절했넌 한 해가 서롤이시고 있을 때였다. 몽골 장수 살리타이는 쇼마(Shoma, 稍馬)와 링콩(Lingkong, 令公) 등 사자 9명을 개경으로 보내면서 말했다.

"고려와의 강화는 끝났다. 고려 임금은 왕정을 사절로 보내 우리의 요구대로 우리에게 항복했다. 따라서 그대들은 승전국의 사신으로 항복한 나라에 가는 것이다."

"예, 원수."

"그러나 문제가 남아있다. 고려는 사실상 항복했으면서도, 공식적으로 분명하게 항복하지는 않고 있나. 따라서 일부 성에서는 우리에게 항전을 계속 중이다. 그대들은 이번에 개경에 가서 임금으로부터 공식 항복을 직접 받아내야 한다."

"예, 받아오겠습니다."

"고려인들은 순종하는 듯하면서도 현명하고 간계가 많다. 저들은 우리를 야만시하기 때문에 항복한다는 표시를 명시적으로 내놓지는 않을 것이다. 우리가 군사행동을 멈추지 않는 것은 그 때문이다."

"예, 명심하겠습니다."

"저들이 명시적인 항복을 하지 않는다 해도, 그대들은 승전국이 패전국에 대해서 하는 자세로 행동하라."

"예, 그리 하겠습니다."

살리타이는 고려 임금에게 보내는 서신과 선물을 주어 그들을 보냈다. 그것은 상국(上國)이 조공국 군주에게 행하는 방식이다.

따라서 쇼마와 링콩은 과거의 강화교섭 사절들과는 격이 달랐다. 그들은 패전국에 임하는 승전국의 사절, 번병국(藩屛國)에 가는 상국의 사절이었다. 고려의 대응이 어떻든 적어도 그들은 그런 자세로 개경으로 향했다.

일찍이 몽골에 투항한 이후 계속 몽골군의 주구 노릇을 해 온 함신진의 방수장수 조숙창이 12월 23일 그들 몽골 사신들을 안내하여 개경으로 왔다.

몽골 사신들은 다음 날 고종에게 들어갔다. 쇼마가 먼저 살리타이가 몽골 황제 이름으로 써 보낸 서신을 고종에게 주었다. 이어서 링콩이 선물 상자를 내놓았다.

그런 절차가 끝나자 쇼마가 말했다.

"우리는 고려 정벌군 사령관이신 살리타이 원수의 명을 받들어 여기에 왔습니다. 오고데이 대몽골 황제께서는 살리타이 원수를 시켜 고려에 가서 우리 사신 저구유를 죽인 이유를 물으라고 하셨습니다. 고려는 저구유를 살해한 것에 대해 해명하고 사과해야 합니다. 아울러 우리에게 공식적으로 분명하게 항복해야 합니다."

옥박지르듯이 내뱉는 쇼마의 말은 위협적이고 무례하며 오만하고 강한 힘이 실려 있었다.

고종의 안색은 굳어졌다.

지난번 사절들에게 다 설명하여 충분히 알아듣고 돌아갔는데, 계속 모르는 체 하면서 책임을 씌우는구나. 몽골은 문명국이 못된다.

그러나 고종은 아무 말 없이 앉아서 몽골 사신들의 얘기를 듣기만 했다.

"방금 우리 사신 링콩이 살리타이 원수가 보내는 선물을 드렸습니다. 고려는 여기에 대해서 응분의 답례를 해야 합니다."

그제서야 고종은 낮은 목소리로 말했다.

"알았소."

"제가 드린 우리 황제의 조서에 우리가 요구하는 물품의 목록과 수량이 적혀 있습니다. 그것을 속히 마련해서 우리 황제 폐하에게 바쳐야 합니다."

고종은 쇼마가 내놓은 몽골 황제 이름의 조서를 펴보았다. 거기에는 물품에 관한 이런 내용이 들어 있었다.

살리타이가 오고데이 명의로 고려 조정에 보낸 조서

삼가 황제의 지시를 받들고 우리 사신 쇼마가 그곳으로 간다. 사신이 가거든 그에게 순종하라. 사신 링콩이 물품의 종목을 바칠 것이니, 응당 그에 대한 물품을 보내야 한다. 이 물품들은 우리에게 없는 것이다. 금과 은·의복은 많으면 말 2만 필에, 적으면 1만 필에 실어 보내야 한다. 우리 군사가 집을 떠난 지 오래되어, 입고 있는 의복이 다 해어졌다. 1백만 대군의 의복을 귀하가 짐작하여 보내야 한다.

특별히 보내는 물품 외에, 진자라(眞紫羅) 1만 필을 지난번에 주기로 된 수달피 2백30매와 함께 보내야 한다. 이번에 다시 좋은 수달피 2만 매를 보내고, 귀국의 좋은 말 중에서 큰 말 1만 필과 작은 말 1만 필을 보내라.

왕의 자손으로서 우리 황제에게 보낼 공주·제왕·고관 등 1천명과 대관
집 부녀자도 보내고, 귀국의 태자와 장령·제왕·대관들의 아들 1천 명
과 딸 1천명도 함께 우리 황제에게 보내라.

당신은 이 일이 빨리 실현되도록 처리하라. 그렇게 되면 앞으로 당신
네 나라가 속히 평온하게 될 것이오, 이 일이 실현되지 않으면 당신은
언제나 근심 속에 싸여있을 것이다. 우리가 요구한 물품이 빨리 오면
우리 군사도 빨리 돌아올 것이요, 물품이 더디 오면 우리 군사도 더디
돌아올 것이다. 우리 군사가 그곳에 오래 있으면, 귀국 백성이 적지 않
은 물건을 빼앗길 것이니, 그 때에 당신의 사신이 백 번 와서 하소연한
들 당신이 어떻게 백성을 아낀다고 말할 수 있겠는가.

다시 말하노니, 부디 잊지 말라. 국왕은 우리 사신을 좋게 대해야 사신
이 왕래할 수 있고, 그곳에 가있는 우리 군사가 귀국 백성을 위하여 빨
리 싸움을 그만둘 것이다. 이를 잊지 말고 잘 알아서 하라.

이것은 분명히 전승국이 패전국에나 강요하는 언사와 내용들이었다.
고종이 그것을 읽어보고 말했다.

"우리와 같은 작은 나라로서는 이런 요구를 들어주는데 무리가 있소.
그러나 최선을 다 해 보겠소."

쇼마가 말했다.

"우리가 요구하는 물품은 우리 몽골에는 하나도 없는 것이니, 이 물품
과 직물들을 함께 보내야 합니다. 우리가 요구하는 좋은 금은과 좋은 구
슬·수달피 등은 고려에 많다고 합니다. 한 번 한 말은 틀림없이 지켜져야
하겠습니다."

몽골 황제의 첩문이며 살리타이가 보낸 사절들의 말은 준엄하고 살벌
한 어투들이었다. 그러나 그 내용은 모두가 일방적인 항복과 조공의 요구
였다.

몽골의 과중한 인적 물적 요구를 어떻게 감당할 것인가. 고려에서는 야단이 났다. 그것은 고려의 물적 능력의 한계를 훨씬 벗어난 수준이었다. 몽골군의 침범으로 나라가 쑥밭처럼 황폐해졌는데 이런 막대한 물품을 보내라고 하니, 그런 것들을 도대체 어디서 구한단 말인가.

정부에서는 우선 나라 창고에 있던 상당량을 꺼내어 몽골로 보냈다. 나머지 물품은 백관들에게 차등 있게 할당해서 거두어지는 대로 그때그때 실어 보내기로 했다.

그러나 가장 심각한 문제는 인질이었다. 몽골이 요구하는 인질은 고려의 왕족과 귀족·고관 등 1천 명과 그들의 남녀 자제 각 1천 명씩 등 모두 3천 명이었다.

몽골이 요구하는 물량도 물량이러니와 왕족과 사대부의 남녀 3천명을 보내라고 했다는 소문이 퍼지자, 고려의 귀족 상층부는 모두가 사색(死色)이 되어 떨고 있었다.

고려의 귀족 사회는 대 혼란에 빠졌다. 이제 개경은 좌절과 혼란과 비극으로 가득 찬 어둠의 도시로 변했다.

고종은 그날 밤 몽골 사신들을 위해서 연회를 베풀어 대접했다. 사신들과 몽골군 장수들에게 많은 금은과 토산물을 주도록 조정에 지시했다.

고종의 지시를 받고, 최우가 말했다.

"사람의 행동을 지배하는 것은 이기심이다. 공의(公義)를 중요시하는 사람이 없는 것은 아니나, 개인의 욕심이 그것에 앞서는 것이다. 몽골 사람들이 특히 그런 것 같다. 몽골의 실력자들 마음을 사 놓는 것이 중요하다."

이것은 최우의 철학이자 방침이었다.

최우는 몽골의 요인들 개개인에게는 가능한 한 넉넉하게 예우하되, 몽골 국가에 대해서는 가능한 한 줄이고 웬만하면 안 보낸다는 생각이었다. 몽골 사절들이 몰아갈 때 이런 방침에 따라서 조정에서는 살리타이와 그의 아들, 그리고 몽골의 고위 장수들에게는 예물을 풍성하게 보냈다.

특히 살리타이에게 보낸 예물은 품종과 수량이 대단했다.

황금 12근 8량, 7근이 되는 여러 종류의 금주전자, 백은 29근, 무게 4백 37근 짜리 은주전자, 은병 1백 76개, 수놓은 사라 옷 16벌, 자사오자(紫紗襖子) 2벌, 은금으로 장식된 허리띠 2개, 명주로 만든 유의(襦衣) 2천 벌, 수달피 75매, 금으로 장식한 안장을 갖춘 말 1필, 산마(散馬) 1백 50필 등 이었다.

최우는 이것을 조시저(曹時著, 장군)에게 주어 돌아가는 몽골 사절과 함께 안북으로 가서 전달케 했다.

고종은 몽골 황제에게 보내는 표문을 써서 몽골 사절 편에 주어 전하게 했다. 이것은 고려 왕이 몽골 황제에게 보낸 최초의 표문이다. 고종은 아울러 조숙창을 대장군으로 임명하여 몽골 사신들을 호종케 했다.

그들을 보내면서 최우는 조숙창을 불렀다.

"승진을 축하하오."

"고맙습니다, 영공 어른."

"그러나 가서 처신을 올바로 하시오. 장군이 몽골에 항복한 것은 바람직하지는 않은 일이나, 그때의 상황으로 보아 이해할 수는 있소. 그러나 항복 이후 몽골군의 앞잡이가 되어 그들과 함께 각 성을 돌면서 싸우고 있는 우리 고려군에게 투항을 권고한 것은 고려의 무장답지 않은 수치요."

"알겠습니다, 장군. 그 동안의 부끄러운 처사에 대해 할 말이 없습니다."

"그대의 선친은 고려의 훌륭한 애국자요 충신이었소. 그러나 그대는 선친을 팔아 매국행위를 하고 있소. 앞으로는 선친이 이룩한 명성을 더럽히지 않도록 주의하시오. 무인이 구차하게 목숨에 연연하면 치욕을 면키 어렵소. 거듭 말하지만, 그대는 고려의 장수답게 처신하시오. 그대와 일족을 위해서 해두는 말이오."

그것은 경고이자 위협이었다. 조숙창은 고개를 들지 못한 채 부끄러운 얼굴로 말없이 물러났다.

그때 고종이 몽골에 보낸 표문 내용은 다음과 같다.

고종이 오고데이에게 보낸 표문

일찍이 큰 나라(大邦)의 원조를 받아 우리나라가 보존되었음을 생각하여, 영원히 자손들에 이르기까지 양국의 우호관계를 맺으려 하는데, 신이 어찌 두 마음을 가지고 두터운 은혜를 저버릴 수가 있겠습니까. 황제께서 보낸 조서를 읽고 마음이 몹시 피로웠습니다. 사실을 변명할 수는 있을지언정, 어찌 내용을 속일 수야 있겠습니까.

저구유를 죽인 사건은 이미 우리가 여러 차례 설명한 바 있어, 그것이 이웃나라 도적의 행위임을 황제께서도 쉽게 이해할 수 있으리라 생각됩니다. 저구유가 오고간 경로를 보더라도 증명할 수 있을 것입니다.

두 번째 온 사신이 화살을 맞은 데 대해서 말하겠습니다. 이에 앞서 여진인 케부아이(哥不愛, Kebuai)가 귀국의 복색으로 가장하고 여러 번 우리 변경을 침범한 일이 있었는데, 변경 백성들이 오랜 시일이 지나서야 그가 귀국 사람이 아님을 알게 되었습니다.

봄에 또 그와 같은 사람들을 만나서 우리 백성들이 그들을 몰아내려 할 즈음에 이내 인적은 없어졌고, 다만 그들이 내버리고 산 멸옷과 모자 말안장 등만 주웠습니다. 이 모자가 있어 비록 그것이 가짜인 줄은 알았으나, 그래도 의심스러워 그 물건을 고을에 보관하여 귀국 사람이 오기를 기다려 그 진위를 밝히려 했습니다. 이번에 그것을 전부 귀국 군부에 보냈으니, 우리가 딴 마음이 없었던 것은 이것으로도 알 수 있을 것입니다.

아루(阿土) 등을 포박한 사실에 대해서 말하겠습니다. 처음에는 우리와 우호관계를 맺고 있는 귀국에서 까닭 없이 우리나라에 횡포한 행동을 가하리라고는 생각지 않았고, 도적이 와서 침범하는 것으로 생각하여 군사를 출동시켜 싸우려 하는데, 갑자기 웬 사람 두 명이 우리 군영으로 뛰어들었습니다. 우리 군사들은 자세히 따져 보지 않고 잡아서 평주성으로 보냈습니다. 평주에서는 그들이 도망할까 염려하여 간단히 수갑을 채워놓고 정부에 보고하였기에, 정부에서 통역을 보내어 알아보게 했습니다. 통역이 그들의 언어가 귀국 사람과 비슷함을 안 다음에야 수갑을 벗기고 위로하는 동시에 의복까지 주어서 통역과 함께 보냈습니다. 처음에는 비록 우리의 조치가 분명하지 못했으나, 사실은 이것도 양해할 만한 일입니다.

항복하는 문제는 요전에 하칭(河稱)과 찰라(札,剌) 등이 왔을 때 이미 약속되었고, 금번 사신이 온 것을 계기로 종전의 우호관계를 거듭 토의하였으니, 고명한 아량으로 우리 실정을 고려하여 너그럽게 포용한다면, 나의 십력을 기울여 상국에 대한 도리를 더욱 잘 지켜나갈 것입니다.

고종은 이 글에서 몽골이 제기한 문제들에 대해 조목조목 해명했다. 항복 요구에 대해서는 새로이 할 필요가 없다는 이유로 완곡하게 거부했다. 몽골이 요구하는 물품과 인질에 대해서 명백한 약속은 하지 않았다. 고려인들이 보기에는 그런 대로 설득력 있었다.

그러나 고종은 오고데이에게 스스로 '신하'라고 칭했다. 이것은 몽골을 상국으로 모신다는 뜻을 내포한다. 침입했던 거란군을 물리친 고종 6년(1219) 여몽 사이에 맺어진 형제관계(兄弟關係)가 이때 황제와 신하라는 제신관계(帝臣關係)로 변했다.

세계의 정복자가 돼있는 몽골 대제국에 대해서는 항복한 소국 고려의 약속이나 의사표시 여부는 문제가 아니었다. 모든 것은 힘이 있는 승자의 나라 곧 몽골의 뜻대로 될 수밖에 없었다.

사신을 통해서 국서를 교환하고, 몽골의 문책에 대해서는 고려 임금이 해명하고, 물자와 인질에 대한 몽골의 요구를 고려가 수용한다는 내용으로 대체적인 화해가 이뤄졌다. 어쨌든 이것으로 고려와 몽골 사이에 강화가 성립됐다.

"지난 거란토벌 때 이미 고려가 우리에게 항복했다, 이 말이군. 그래 그럼 됐다."

살리타이는 고종의 표문을 받아보고, 이를 고려의 공식 항복으로 받아들였다. 오고데이도 같은 생각이었다.

그래서 오고데이는 고종 19년(1232) 정월에 황제의 공식 사신을 고려에 보냈다. 이들은 고려에 침입한 몽골군을 철수시키기 위한 종전사절(終戰使節)이다.

강대한 몽골 침략군을 이런 정도의 강화조건으로 4개월만에 철수시킬 수 있었던 것은 고려 관민의 강력한 항전의 결과였다.

특히 귀주성과 자주성·광주성 등에서 보여준 군인들의 용전 분투와 충주에서 보여준 노비들의 항전, 삼군에 자원 종군하여 싸운 초적의 활약 등은 당시 고려가 몽골군을 격퇴한 중요 요인이었다.

고려의 양만춘, 박서

    여몽간에 종전협정이 이뤄져 몽골군이 철수를 준비하고 있었지만, 고려에서는 아직도 귀주성의 박서와 자주성의 최춘명이 몽골에 대한 항복을 거부하고 있었다. 몽골군이 철수하지 않는 한, 그들은 끝까지 싸우겠다는 자세였다.

    박서와 최춘명은 군민을 결속하여 성을 굳게 지키면서, 임금이 보낸 사절들의 투항권고를 거부하고 항전을 계속했다.

    당시 세계의 여러 나라를 항복시키고 금나라에 대해 공격전을 벌이고 있던 몽골은 고려를 쳐서 항복시켰으나 이 두 성의 장군들에게는 싸울 적마다 패하여 세세녹 · 상승몽골의 위신이 떨어졌다.

    몽골 사신들이 말했다.

    "고려 장수 몇 명이 조정의 명령을 어기고 우리에게 계속 저항하고 있소. 이런 상태에서 우리가 군대를 철수시킬 수가 있겠소이까?"

    "저들은 몽골군이 남아있는 한 싸움을 멈출 수가 없다고 버티고 있습니다. 빨리 철군하십시오."

    "항복을 했으면, 군사들이 나와서 무릎을 꿇어야 용서 받을 수 있소. '항복하면 살려주고, 대항하면 철저히 쳐서 없애라'. 이것은 우리 칭기스 다칸 이래 우리 몽골의 명령이오. 우리 몽골군은 외국을 정벌할 때 이 원칙을 버리지 않았소."

몽골사신의 추궁에 고려측은 할 말이 없었다.

그러나 몽골과 화의를 추구하고 있는 고려 조정에서는 화의를 원만히 성사시켜야 할 필요가 있었다.

그래서 고종은 삼군의 채송년에게 몽골군에 대한 항복 확인 명령을 다시 보내는 한편, 후군의 지병마사 최임수(崔林壽)와 감찰어사 민희(閔曦)를 귀주에 보내어 박서로 하여금 몽골에 항복하도록 권유했다.

최임수와 민희는 항복권유사가 되어 귀주성으로 갔다. 몽골군 부대가 그들의 뒤를 따랐다. 이들이 성문 앞에 이르렀을 때, 귀주성의 성난 군사들이 그들을 내려다보고 있었다.

최임수가 문루의 군사들에게 외쳤다.

"우리 조정에서는 이미 몽골군과 강화하여 우리 3군도 모두 항복했소. 귀주성도 싸움을 파하고 나와서 몽골군에 항복하시오. 이것은 폐하의 어명이시오."

그때 박서는 성루에 나와 군사들에 둘러싸여 서서 그 광경을 지켜보고 있었다. 그러나 항복 권유에 대해 박서는 아무런 반응도 보이지 않았다.

"몽골군은 '저항하는 자는 용서하지 않고, 투항하는 자는 널리 활용' 한다고 약속하고 있소. 전쟁은 이미 끝났소. 백성이나 군사들에게 더 이상 피해가 없도록 하시오. 그것이 곧 임금에 대한 충성이요, 국가에 대한 이익임을 잊지 마시오."

최임수가 그렇게 서너 차례 더 타일렀지만 귀주성의 태도는 마찬가지였다.

민희는 박서의 고집에 분개하여 말했다.

"박서 장군은 들으시오. 용전분투한 그대의 공로는 이미 천하가 다 알고 있소. 폐하께서는 몽골에 항복하고 싸움을 끝내기로 했소. 그런데도 그대가 왕명에 불응하여 항복하지 않는다던, 이것은 불충이고 반역이오.

속히 어명을 따르시오."

그때 성루에서 귀주성의 군관 하나가 눈을 부라리며 나섰다. 송문주(宋文胄)[111]였다.

송문주가 민희를 쏘아보며 외쳤다.

"그대가 누구인지 모르나 말조심하시오! 우리는 임금과 백성을 위해 혈전을 벌여왔소. 지금도 우리는 굶주림을 참아가며 나라를 위해 목숨을 걸고 싸우고 있소. 그런 우릴 보고 어명을 빙자하여 반역이요 불충이라 지껄이는가! 당장 물러가시오! 물러가지 않으면 쏠 것이오."

송문주는 활을 민희에게 겨눴다.

박서가 나서서 송문주에게 주의를 주었다.

"저들은 조정에서 보낸 어사들이다. 함부로 대해서는 안 된다. 대꾸하지 말고 듣기만 하라."

민희가 설득을 계속했다.

"박서 장군은 들으시오. 그대가 끝내 항복하지 않고 계속 저항한다면, 나는 그대를 설유하지 못한 것에 대해 죽음으로써 폐하에게 사죄할 것이오."

성루의 송문주가 다시 말했다.

"그대는 당나라 백만 대군을 상대로 포위된 안시성을 지켜낸 양만춘 장군을 모르는가. 양 장군이 없었다면 고구려는 어떻게 되었겠는가. 우리 박서 장군은 양만춘의 정신으로 몽골 대군과 맞서 싸우며 이 성을 지켜왔다. 우리 군사들은 지금 그때의 고구려 군사의 정신을 이어받아 분투하고 있다."

민희가 대답했다.

"양만춘과 그의 군사들은 왕명을 받들어 싸웠다. 그러나 지금 귀주성의

---

111) 송문주는 박서와 고향이 같은 죽주(竹州, 지금의 안성) 사람이다. 송문주는 귀주성의 항몽전쟁 경험을 바탕으로 몽골군의 전술을 익혀 후일 1235년(고종 22년) 몽골군의 제3차 침공 때 죽주성의 방호별감이 되어 몽골군을 분쇄하고 성을 지키는 명장이 된다.

박서 장군과 그대들은 어명을 어기고 있다. 어명을 어기는 것이 어떻게 애국이 되겠는가. 그대들과의 대화로는 문제를 해결할 수 없겠다. 나는 그대들을 설유하지 못한 내 죄벌을 죽음으로써 대신할 것이다."

그러면서 민희는 차고 있던 칼을 뽑아들고 자기 목을 찌르려 했다. 몽골 장수가 달려들어 민희의 칼을 빼앗고 있었다.

그때 박서가 주변에 대고 명령했다.

"민희는 애국자다. 백기를 흔들어라!"

"예?"

"항복하지 않을 수 없다."

"명령을 거두소서, 장군. 어떻게 지켜온 성인데, 이 귀주성을 내준단 말입니까?"

"그렇습니다, 장군. 이 귀주성은 우리 고려군의 자존심입니다. 강감찬 장군을 생각하여, 명을 거두십시오."

"낸들 내주고 싶어서 내주겠느냐. 임금과 조정이 항복했는데 우리가 어떻게 싸울 수 있겠느냐. 어서 백기를 올려 흔들어라."

박서의 목소리엔 눈물이 섞여 있었다.

드디어 성루에서 백기가 바람에 나부끼기 시작했다. 민희는 아직도 칼을 목에 대고 성 위를 쳐다보고 있었다. 박서의 결단을 촉구한다는 자세였다.

박서가 침통한 목소리로 말했다.

"민희 어사, 이제 칼을 내리시오. 나라를 위해 동분서주하며 애써온 그대의 충심을 나는 알고 있소. 항복은 내가 바라는 바가 아니고 살아있는 무인의 취할 바도 아니나, 어명을 받들어 항복하겠소이다. 나로서도 나라의 명령을 거듭 어길 수가 없으니, 어쩔 수가 없소."

백전불패의 노장, 박서. 그의 목소리는 떨리고 있었다. 눈에서는 눈물이 흘러나왔다. 주변에 도열한 장졸들도 모두 주먹으로 눈물을 닦았다.

천하를 제압한 몽골군의 잇단 파상공세를 모조리 물리친 난공불락의 철옹성이었던 귀주도 이렇게 해서 끝내 몽골군에 문을 열어주고야 말았다.

박서는 그 후 개경으로 돌아와 있었다. 그때 개경에 와있던 거란인 출신의 몽골 사신 도우단(都旦)은 기회가 있을 때마다 고종이나 최우를 만나서 말했다.

"고려 조정의 방침을 어기고 항복하지 않았던 박서는 어떻게 할 것이오? 그런 자는 마땅히 군법에 따라 처형해야 하지 않겠소이까."

화의를 한 마당에 조정은 난처한 입장에 빠졌다.

어느 날 최우가 박서를 조용히 불렀다.

"몽골에서 장군을 죽이려 하고 있소이다. 국가에 대한 경의 충절과 공로는 비할 데가 없으나, 항복한 우리로서는 몽골 사신의 말을 외면할 수 없을 것 같소이다. 잘 생각해서 처신해 주시오."

"영공의 말뜻을 알아듣겠습니다. 장수가 나라에 부담이 되어서는 안 되지요."

그 말을 남기고 박서는 모든 관직에서 물러나 즉시 고향인 죽주(竹州, 경기 안성군 이죽면 죽산리)로 내려갔다. 그는 미련 없이 죽주에 들어가 한 동안 세상에 나오지 않고 숨어살았다.

박서는 호부상서를 지낸 박인석(朴仁碩, 1143~1212)의 아들이다. 박인석은 사람을 볼 줄 아는 눈이 있어 일찍이 유승단을 불러들여 잘 대접해서 보낸 일이 있는 그 사람이다.

박인석은 재능과 성품이 뛰어난 아들 박서가 장차 비범한 인물이 될 것으로 믿고 특별히 관심을 가지고 훈육했다.

"자기 몸이 귀하다고 해서 남을 천히 여기지 말라(勿以貴己而賤人). 자기가 크다고 해서 남의 작음을 업신여기지 말라(勿以自大而蔑小). 자기 용기를 믿고 적을 경시해서는 안 된다(勿以恃勇而輕敵). 이런 말들은 모두 공자님의 말씀이시다."

박서는 평소 부친의 교훈을 잘 지키려고 노력하며 살아왔다. 그는 시어사 등을 지내다가 몽골군이 침공해 왔을 때는 3품관에 올라 북계 병마사로 나가 있었다.

박서는 '기국(器局)이 크고 깊으며 가슴속이 활달했다'고 한다. 통이 크고 속이 트인 사람이었다. 그는 외모가 수려하고 무예에 능하면서 책읽기를 좋아했다. 즉 문재와 무용을 겸비했던 인물이었다. 그래서 사람들은 박서를 '꼭 아버지를 닮았다'고 했다.

고향으로 물러난 뒤에 박서는 책을 읽으면서 세월을 보냈다. 무관의 현직에서 물러나 '글을 이루겠다'고 해서 이름도 박문성(朴文成)으로 고쳤다.

그러나 전쟁 영웅은 버림받지 않았다. 그 후 최우는 박서를 불러 올려 다시 벼슬을 주었다. 박서는 중서시랑평장사와 상서우복야를 거쳐 중서문하평장사까지 올라갔다.

몽골군이 물러간 뒤

귀주성이 항복한 뒤에도 항복을 거부하고 오히려 대몽 전투태세를 강화하며 일전을 준비하고 있던 장수가 또 한 명 있었다. 자주성의 성주 최춘명이다.

살리타이가 말했다.

"최춘명이란 자는 참으로 독종이구나. 모든 장수들이 항복했는데도 임금의 명도 듣지 않고 홀로 우리 대 몽골제국에 대항하고 있으니, 독종이 아니고서야 어떻게 그런 무모한 짓을 할 수 있겠는가. 그러나 그는 대단한 장수임엔 틀림없다. 성을 지키는 병술과 의지를 보면 알 수 있다. 하긴 고려인들이 내개 그런 사람들이다. 그러나 우리는 자주성 하나쯤은 내버려도 된다. 서둘러 회군하라."

그러면서 몽골군은 고종 19년(1232) 1월 11일 자주성을 남겨둔 채, 고려에서 철수했다. 지난해(1231) 8월 14일에 침입한 지 5개월 만이었다.

회안공 왕정과 재상 김취려, 대장군 기윤숙(奇允肅)이 나가 철수하는 몽골 군사들을 전송했다.

정월 19일 조정에서는 북방 변경지역 책임자들에 대한 인사를 대폭적으로 단행했다. 이때 박돈보(朴敦甫, 대장군)는 동계병마사, 유준공(劉俊

公, 우간의)은 북계병마사, 최임수(崔林壽, 후군 지병마사)는 지서경유수로 나갔다.

몽골군이 철수한 지 열흘 뒤인 정월 22일에는 서울(개경)의 계엄령이 해제됐다. 이와 함께 항몽군으로 편성된 고려의 3군도 그해 2월 1일 철수하여 개경으로 돌아왔다.

이로써 제1차 몽골 침입은 매듭지어졌다.

그후 몽골은 북계의 40여 개의 성에 대해서는 자기네 영향권 안에 넣어서 통제하려 했다.

그들은 철수하면서 몽골인 다루가치(darugachi, 達魯花赤) 72명을 남겨놓았다. 다루가치는 점령지에 배치하는 몽골의 진수관(鎭守官)으로 전권을 행사할 수 있는 일종의 민정 감찰관이다. 몽골이 거란인들로부터 배운 점령지 관할제도다.

다루가치는 점령지에 머물러 있으면서 점령지가 약속한 것을 철저히 집행하고 현지의 조세를 받아 몽골 중앙정부와 황실에 전달하는 것을 주요 임무로 하는 군사총독이다.

다루가치는 주로 황실에 대한 충성심이 출중한 유능한 관인들로 구성됐다. 그들은 황실 인사들과 직접 통하는 연락망도 가지고 있었다.

살리타이는 다루가치들을 개경과 북계의 14개 사읍에 두어 고려를 감시케 했다. 그 때문에 새로 부임한 양계의 병마사나 서경유수는 다루가치의 통제에서 벗어날 수 없었다.

그 밖에도 몽골은 홍복원 등 고려인으로 몽골에 항부(降付)한 사람들을 북계에 두었다. 이런 부몽분자들은 친몽파가 되어 다루가치를 도와서 고려를 통제해 나갔다.

몽골은 다루가치를 통한 고려 지배권을 강화하기 위해서 따로 탐마적군(探馬赤軍)이라는 군단을 고려에 두었다. 탐마적군의 책임자는 예수델(Yesudel, 也速迭兒)이었다.

탐마적군은 새로 몽골의 영역으로 편입된 지역의 이민족들, 곧 거란인·여진인·한족 등으로 구성돼 있었다. 이들은 다루가치의 안전을 지키면서, 다루가치들이 고려에 힘을 행사할 때 그 도구가 됐다.

몽골의 점령정책의 특징은 이적제적(以敵制敵)이었다. 투항해온 적국인들을 앞장세워 그 적국을 격파하여 점령하고 통치하는 방식이다. 원천적으로 인구가 부족한 몽골로서는 불가피한 방법이었다.

고려에 들어온 몽골군 부대도 이미 점령된 거란·여진·중국 그리고 고려에서 투항해 간 사람들로 편성돼 있었다. 비몽골의 외국인이라는 점에서 그들은 무책임하고 교만했다

다루가치들의 극심한 내정간섭과 탐마군의 잔혹한 착취행위로 몽골에 대한 고려의 증오는 극에 달해 있었다.

몽골군이 철수한 그해(1232) 12월 고려 조정은 하늘과 신령들에게 글을 올렸다. 전란을 당하고 난 뒤에 그 참상을 되돌아보고 새로이 결의를 다지는 맹세문이었다.

이규보가 쓴 이 군신맹고문(君臣盟告文)의 내용은 이러했다.

군신맹고문

무릇 화복(禍福)은 저절로 오는 것이 아니라, 인간이 스스로 불러들이는 것이다. 오늘 날 우리가 불초해서 하늘이 나라에 환란을 내리사, 저 삽악(儳惡)한 몽골이 무고하게 국경을 침범하여 우리 변방을 짓밟고, 경기 지방까지 이르러 백성을 살육했다. 그 모습은 마치 범이 고기를 탐하듯 유린하고 약탈하여, 죽어 가는 백성들이 사방에 가득하다.

임금과 신하들은 막아낼 계획을 생각하나, 창황(蒼黃)하여 이를 어떻게 해야 할지 방도를 모르고 있다. 다만 무릎만 웅크리고 앉아 좌우를 돌아보며 길이 탄식하고 있을 뿐이다.

이미 지나간 일을 어쩌할 도리가 없겠으나, 앞으로는 이런 일이 다시 일어나지 않도록 조심해야 한다. 하늘이 우리를 아주 도륙하려는 것이

아니라면, 이대로 끝내 버려두실 리가 있겠는가. 우리가 각자 경계할 일을 따로 갖추어 하늘에 맹세하오니, 하늘이여 굽어 살피소서.

몽골이 고려에서 철수한 지 석 달이 지난 그해 4월이었다. 살리타이가 최춘명을 반드시 처형해야 한다고 고려 정부에 압력을 가해 왔다. 이 문제를 논의키 위해 임금이 재추회의를 소집했다.

고종이 먼저 말했다.

"최춘명에 대한 살리타이의 성화가 있었다. 짐의 심경도 불편하다. 그러나 이대로 있을 수도 없다. 최춘명의 문제를 어떻게 처리하면 좋겠는가?"

김인경(金仁鏡, 지추밀원사)이 먼저 나섰다.

"최춘명은 나라의 적을 맞아 용전분투하여 공을 세우고 국위를 떨친 장수입니다. 나라가 그의 공훈을 표창하고 상을 내려야 하거늘, 어찌 몽골의 압력을 받아 처벌하겠습니까. 이는 불가합니다, 폐하."

"그러하나, 최춘명은 항복하라는 국명에 불복하지 않았는가?"

김중귀(金仲龜, 지문하성사)가 나섰다.

"그가 싸운 것도 국명에 의한 것입니다. 항복하라는 어명은 우리의 자의에 의한 것이 아니고, 적장 살리타이의 강요에 의한 것이었습니다. 최춘명이 그걸 알고 따르지 않았을 뿐입니다, 폐하."

고종의 강화도 유배시절 스승이었던 유승단(兪升旦, 참지정사)이 무섭게 입을 열었다.

"그렇습니다, 폐하. 전쟁에서 국명에 따라 용감히 싸워서 공을 세운 최춘명 같은 장수를 처벌한다면, 이는 나라의 정기(精氣)를 말살하는 것이 됩니다. 통촉(洞燭)하십시오, 폐하."

재신들은 대체로 관용을 주장했다.

그러나 대집성(大集成)이 이런 논의를 듣다가 격앙된 어조로 말했다.

"그렇지 않습니다, 폐하. 전시일수록 군인은 국왕의 명령에 잘 복종해야 합니다. 그러나 최춘명은 폐하의 어명임을 알면서도 듣지 않았습니다. 이런 분명한 죄를 엄히 다스리지 않으면 후일에 국명이 강하게 시행되기 어려울까 두렵습니다. 당장 불러다 참형을 내리십시오, 폐하."

대집성이 엄중한 처벌을 주장하고 나옴으로써, 최춘명에 대한 조정 논의는 '엄벌론'(嚴罰論)과 '관용론'(寬容論)으로 양분됐다.

다시 김중귀가 나섰다.

"그런 점은 있습니다. 그러나 나라가 어지러울 때는 최춘명같이 공을 세울 장수가 더 많이 나오도록 나라에서 장려해야 하는데, 그런 충성스런 장수에게 상은 내리지 못할망정 오히려 형벌이라니, 이는 천부당만부당한 일입니다, 폐하."

김인경도 나섰다.

"최춘명의 용전 분투와 승리는 하늘이 폐하에게 내려준 크나큰 은혜입니다. 이를 저버려서는 안 됩니다, 폐하."

"하긴 짐도 그런 충신을 벌주고 싶은 생각은 없다. 그러나 명령에 따르지 않았으니, 이대로 방치해 둘 수도 없지 않겠는가."

시종 침묵을 지키고 있던 수석 재상 김취려(金就礪)가 입을 열었다.

"그러면 살리타이의 체면도 있고 하니, 가벼운 죄로 처벌하심이 합당할 줄 압니다."

엄벌론과 관용론을 절충한 일종의 '경벌론'(輕罰論)이다.

"그렇게 하십시오, 폐하"

관용파의 신료들이 경벌론에 동의를 표했다.

그러나 대집성은 계속 반대였다.

"최춘명을 방관한다면 국가의 기강이 무너집니다. 어명불복자(御命不服者)는 반드시 엄벌해야 합니다, 폐하."

"이런 전국(戰局)에 적을 물리친 구국의 공신을 처벌해서는 안 됩니다, 폐하."

이날 회의에는 최우가 참석하지 않았다. 그 때문에 재추들은 모두가 자유롭게 자기 의견을 말할 수 있었다. 그런 이유로 논의가 활발하게 이루어지고, 회의도 전례 없이 활력 있게 진행됐다.

최춘명에 대한 논죄가 갑론을박하며 진행되자, 소수파였던 엄벌론자 대집성은 회의 도중에 자리를 박차고 뛰쳐 나왔다. 그는 곧바로 최우의 집으로 달려가서 말했다.

"최춘명의 죄벌에 대해서 임금과 재추가 모두 망설이고 결정을 짓지 못하고 있습니다. 청컨대 공께서 독단하여 그를 처형토록 하십시오."

"그렇게 합시다. 그러나 일단 재추회의에서 논의를 시작했으니, 거기 가서 그렇게 결말을 짓도록 하십시다."

최우와 대집성은 함께 조정으로 달려갔다.

그때 대집성은 최우의 장인이 되어 있었다. 대집성의 딸 가운데 미색이 출중한 여인이 하나 있었다. 개경에 널리 소문난 미인이었다. 그런데 이 여인이 얼마 전에 남편을 여의어 과수로 있게 됐다. 이 여인에게는 오승적(吳承績)이라는 군인 아들이 하나 있어, 모자가 함께 살고 있었다.

마침 그때 최우도 지난해(1231) 여름 부인 정씨를 여의고 난 뒤였다. 최우는 첩실(妾室)은 몇 명 있었지만, 반년이 넘도록 정실부인 없이 살고 있었다. 대씨에 대한 소문을 듣고, 두 달 전인 고종 19년(1232) 2월 최우 쪽에서 청하여 혼사가 이루어졌다. 이래서 대집성의 딸이 최우의 후실로 들어갔다.

대씨를 맞아들인 뒤로 최우는 '후처에게 홀딱 반해서'(感於後妻) 다른 첩실은 거들떠 보지도 않고, 매일 대 여인과 밤을 함께 했다. 그때는 전쟁 직후여서 나라는 아직 어지러웠지만, 최우에게는 사적으로 아주 행복한 세월이었다.

며칠 전 대씨가 최우에게 몸을 낮춰서 말했다.

"어려운 말씀 하나 여쭙겠습니다. 친정에 가서 부모님 좀 뵙고 와도 되겠는지요?"

"여기 온 지 벌써 두 달이 다가오는구료. 그렇게 하시오. 내가 그 동안 너무 무심했나 보오."

"고맙습니다, 대감."

"처음 가는 길인데, 예물을 좀 준비해야겠군."

"감사합니다. 그러나 부담은 갖지 마십시오. 그냥 가볍게 다녀오겠습니다."

다음 날 최우는 군기별감 이자경(李資敬)을 불렀다.

"은병 20개를 구해올 수 있겠나?"

"예, 영공. 곧 준비하겠습니다."

은병 스무 개라면 대단한 재물이다.

이자경은 최우의 명을 받고 물러나와 백방으로 뛰었으나, 도저히 그것을 구할 수가 없었다. 이자경은 개경의 5개 상점에서 보관 중인 은병을 빼앗아 부족한 수를 메워서 최우에게 바쳤다.

대씨 부인은 최우로부터 그 은병 20개를 받아 가마에 싣고, 친정으로 가서 대집성에게 바쳤다.

"아니, 영공께서 이렇게 귀중한 것을 이렇게 많이……?"

대집성은 한동안 입을 다물지 못했다.

최우의 장인이 된 대집성은 권력의 실세가 되어 있었다. 그 때문에 3군의 후군 진주(陣主)로 출전할 수 있었다. 그러나 그는 아무런 공도 세우지 못하고 오히려 패전하여 돌아왔음에도 오만방자하기가 비길 데 없었다.

그런 대집성이 자기의 항복권고를 모욕적인 언사로 거부한 최춘명에 대해서 나쁜 감정을 가지고 이 기회에 혼을 내주겠다고 작심하고 있던 참이었다. 새로 사위가 된 최우의 입장에서는 후실의 마음과 장인의 체면을 생각해서 대집성의 청을 들어줄 생각이었다.

최춘명의 목을 베어오라

대집성이 최우와 함께 조정 회의장에 들어서자 고종과 재추들이 모두 긴장했다.

최우가 입을 열었다.

"전장에서 어명을 어긴 자는 비록 공이 있는 장수라고 해도 용서해서는 안 됩니다. 폐하의 위엄을 엄히 세우기 위해서도 최춘명은 마땅히 엄벌에 처해야 합니다."

최우의 말이 떨어지자, 그렇게도 최춘명을 옹호하여 감싸던 관용파 재추들은 일제히 입을 다물었다. 고종도 아무 말이 없었다.

유독 유승단(兪升旦, 參知政事, 중서문하성 종3품)이 반대하고 나섰다.

"부당한 처사입니다. 전쟁이 끝났다고 해서 최춘명같이 충성스럽고 전공이 큰 장수를 베어서는 아니 됩니다, 폐하."

그러나 최우가 꾸짖듯이 말했다.

"유공은 폐하의 위엄을 훼손하려는 것이오!"

선비 유승단의 심성이나 식견으로는 최우의 과단성 있고 성급한 언행이 항상 마음에 들지 않았다.

나는 스승의 입장에서 제자인 고종을 보좌할 책임이 있다. 나라의 원로가 돼있는 내가 젊은 권력자를 견제하여 임금을 도와야 한다. 오래전부터 그렇게 다짐하고 있던 유승단은 이제 때가 왔다고 생각하면서 최우를 향해서 말했다.

"최 공, 그대는 처음부터 몽골에 대해서 결사항전을 주장한 항몽 강경파로 알고 있소. 최춘명은 그런 영공의 입장에 따라서 끝까지 잘 싸워 공을 크게 세우고, 국가 위신을 높이 선양한 충장(忠將)입니다. 그런 장수의 목을 베겠다고 하니, 최 공답지 않소이다."

"논점을 분명히 해서 말씀드려 주시오. 지금 최춘명에 있어서 문제되는 것은 왕명을 어긴 사실입니다."

"최 공. 그 왕명이 폐하의 자의에 의한 것이 아니고, 강요된 명령임은 세상이 다 알고 있습니다. 폐하는 마지못해 그런 명령을 내리셨지만, 신하들이 그것을 알고 있다면 그 명령을 따르지 않는 것은 당연한 일입니다. 더구나 폐하의 명령임을 증명할 만한 문건을 전달한 것도 아니지 않소이까."

"장수가 임금이 보낸 중사(中使)의 말을 믿지 않는다면, 전쟁 중에 어떻게 상명하달(上命下達)이 제대로 이뤄지겠소이까."

"최 공, 지금 그대는 전쟁을 지도하는 고려 최고의 장수입니다. 그런 최 공의 전쟁 지도노선(戰爭指導路線)이 자주 바뀐대서야, 아래 장수들이 어떻게 맘 놓고 싸울 수 있겠소이까. 당초 우리의 전쟁지도는 몽골 침입군과 싸워 이겨서 나라를 지키자는 것이었습니다. 최춘명은 그 지도노선에 충실했던 명장입니다. 그런데, 뒤에 와서 지도노선을 바꾸고 죄를 받아야 할 패장들이 일어나서 오히려 승장의 목을 베자고 하는 것은 당치 않습니다."

강력한 집권자에 대해 서슴없이 퍼붓는 유승단의 용기 있고 올곧은 말을 듣는 사람들은 모두가 놀라고 탄복했다.

"패장이라 했소이까?"

최우는 자기를 패장으로 지칭한 것으로 생각한 것 같았다.

유승단이 대답했다.

"그렇소이다. 군사를 이끌고 적군 앞에 나갔다가 패하여 우리 중앙군을 괴멸시키고 돌아온 사람들이 오히려 외로이 성을 지키며 몽골군을 격퇴한 최춘명을 베자고 앞장서고 있으니, 나라의 장래가 근심되오."

유승단은 그렇게 말하면서 대집성을 바라보았다.

군사를 이끌고 나갔다가 패하여 돌아와서 최춘명을 베자고 앞장선 사람이라면, 그것은 최우가 아니다. 말할 것도 없이 대집성이었다.

다시 유승단이 말했다.

"촉한의 제갈공명은 실로 충성을 다하고 보탬이 된 인물은 비록 원수라 해도 상을 주었고, 임무를 어기고 태만하여 전투에 진 사람은 친하다 해도 반드시 벌을 주었습니다. 신상필벌(信賞必罰)을 엄히 시행한 것이지요. 그래서 모두가 제갈량을 두려워하면서도 존경했고 형벌이 준엄해도 원망하는 자가 없었습니다. 제갈량이 죽자 그에게서 벌을 받은 사람들조차 슬프게 눈물을 흘렸습니다. 지금 최 공은 제갈량의 일을 생각해야 합니다."

대집성은 그 말에 시종 분노한 표정으로 유승단을 응시했다. 그러나 유승단과 눈이 마주치자, 방향을 돌려버렸다.

유승단은 눈을 피하는 대집성을 향해서 말했다.

"보아하니 대집성 장군이 최춘명을 미워하여 처형하기를 바라는 것 같은데, 일은 감정이 아니라 대의에 따라 처리해야 합니다. 나는 대집성 장군의 훌륭한 가계(家系)에 대해 경의를 표해 왔소이다. 대씨가 어떤 집안입니까? 고구려 장수로서 연개소문과 함께 당나라에 싸워 나라를 지켰고, 고구려가 망하자 그 유민을 이끌고 발해국(渤海國)을 세운 태조 대조영(大祚榮) 장군의 후예가 아닙니까. 거란에 의해 발해가 망하자, 그 왕족인 대씨들 다수가 남하하여 우리 고려로 왔습니다. 대집성 장군도 바로 그런 발해 유이민의 후손임이 분명합니다.

"......"

"따라서 나는 대집성 장군이 고토인 북방영토에 애착을 갖고 몽골과 잘 싸우리라 믿었고, 그렇게 몽골과 잘 싸운 장수들을 보호하리라 생각했습니다. 그러나 실상이 그와 다르니, 실로 의외입니다."

대집성은 할 말을 잊고 멍하니 있었다.

유승단이 최춘명을 살려야 한다고 주장하자, 최우는 낯을 붉혀 고함치며 말했다.

"최춘명을 벌해야 한다는 것은 첫째는 왕명을 거역한 죄이고, 둘째는 살리타이의 요구를 거부할 경우 우리가 겪게 될 수난 때문이오. 그래도 유 참정(참지정사)은 최춘명을 놔두자는 것이오?"

"영공, 그대는 최춘명을 처단하여, 송나라의 애국 장수 악비(岳飛)를 처단한 정승 진회(秦檜)가 되겠다는 것이오? 최춘명은 실제로 끝까지 적과 싸워서 이겼소. 따라서 그 공은 악비보다 크고, 충성심은 하늘에 닿을 우리 장수요. 그런 최춘명을 처단한다면, 충신 악비를 모함하여 죽인 진회와 무엇이 다르겠소? 지금과 같은 국난을 맞아서는 권세만 휘둘러 생사를 자의로 여탈(與奪)할 것이 아니라, 오히려 애국자를 기르고 드높이 현창(顯彰)해야 할 것이오."

유승단이 최우를 진회에 빗대어 성토하자 최우는 다시 고함을 치며 말했다.

"남송의 고종이 악비를 처단하지 않을 수 없었듯이, 우리 폐하께서도 최춘명을 처단하지 않을 수 없을 것이오."

그때 '우리 폐하' 고종은 그 자리에 앉아 있으면서도 아무 말도 못하고 입을 다물고 있었다.

유승단이 고종을 향해서 말했다.

"최춘명 장군은 지모와 용기가 있고 인애와 신망을 갖추고 있으면서 위엄도 지녀, 장수의 조건을 다 갖춘 장군입니다. 더구나 몽골 대적을 만나 끝까지 성을 지켜 장수로서의 능력과 애국심과 충성심도 입증했습니다. 이런 장수를 갖게 된 우리는 모두 자랑스럽게 생각하여 그를 영웅으로 받들어야 할 처지인데, 오히려 그를 처단해야 한다니 나라의 장래가 어둡게만 보입니다. 귀주성의 박서 장군이 내쫓겨 그의 고향 죽주에 내려가 두문불출하고 있는데 다시 최춘명 장군을 처단하면, 이 나라에 다시는 용기 있고 충성스런 장수는 나오지 않을 것입니다, 폐하."

그러나 고종은 묵묵부답이었다.

유승단은 다시 머리를 최우 쪽으로 돌렸다.

"들리는 바로는 최 영공께서 김희제 장군을 처형한 뒤에 몹시 후회했다 합디다. 그것은 김희제의 능력과 충성심과 애국심을 높게 보았기 때문이었다고 들었소이다. 나는 그 얘기를 전해 듣고 인재의 가치를 알고 아끼는 최 영공을 다시 보고 경의를 느꼈습니다. 이제 그때와 같은 후회를 다시 하지 않으려면, 최춘명을 건드리지 않는 게 현명한 일입니다."

그 말이 최우의 마음을 찔렀다.

김희제는 순전히 최우의 개인적인 감정에 의해서 희생됐기 때문에 주변 정세가 험악해지자 그가 몹시 아쉬웠고 처형한 것이 못내 부끄러웠다.

그러나 최우는 바로 이럴 때 김희제 얘기를 다시 꺼낸 유승단이 미웠다. 그래서 그는 소리쳤다.

"유 참정! 어떻게 김희제와 최춘명의 경우가 같단 말이오?"

최우는 유승단에게 따지듯이 물었다. 유승단이 나서서 얘기할 태세를 갖추자 최우는 유승단이 입을 열기도 전에 내시석을 바라보며 말했다.

"이백전(李白全) 내시, 그대는 서경에 가서 최춘명의 목을 베어 어명의 지엄함을 보여주시오."

이백전은 속으로 '왜 하필 나야' 하면서 최우를 바라보았다.

"이는 조정 논의를 거친 어명이오. 내일 당장 떠나시오."

그것은 어명을 빙자한 최우 자신의 명령이었다. 장내는 조용했다. 어명 소리를 듣고도 고종은 아무 말이 없었다. 유승단도 눈을 감고 잠자코 있었다.

아, 강권자(強權者) 최우가 막가고 있구나. 최우는 저런 식으로 임금을 제쳐놓고 무슨 일이든지 맘대로 할 자야. 앞으로 이 나라가 이렇게 될지……

그때 유승단은 이미 연로한 데다 병까지 들어서 몸이 몹시 쇠약했다. 그날 회의장에서도 유승단은 시종 지치고 힘든 모습으로 최우와 대결하고 있었다.

다음 날 이백전이 임금 고종의 특사 자격으로 평양으로 떠났다. 고종 19년(1232) 5월이었다.

적군이 살려준 영웅

그해(1232) 5월 평양에 도착한 이백전은 지서경유수(知西京留守, 서경의 부유수) 최임수(崔林壽)의 방으로 들어갔다. 최임수는 몽골군 철수 후인 지난 1월 하순에 발령을 받아 서경에 부임해 있었다. 유수는 보통 다른 자리를 겸직하여 개경에 머물러 있었기 때문에, 지유수가 총책을 맡고 있었다.

이백전은 최임수에게 개경 조정회의에서 있었던 일의 전말을 자세히 소개하고 말했다.

"즉시 사람을 보내 최춘명을 잡아오도록 해 주십시오."

"알겠수이다."

최임수의 명령에 따라 서경의 군사들이 자주성으로 달려갔다. 체포조가 자주성에 도착하자, 자수성의 장령들이 최춘명에 달려가서 말했다.

"부사, 저 서경의 군사들은 과부가 된 딸을 팔아 권력을 구걸해서 방자해진 대집성에 놀아난 자들입니다. 저들을 잡아 처치해서 변방 군율의 엄정함을 보여 주어야 합니다."

최춘명은 차분히 말했다.

"아니다. 전쟁은 끝났다. 저들이 온 것은 나라의 명령이다. 항복권고처럼 강요된 어의가 아니라, 조정회의를 거쳐 내려신 합법적인 국명(國命)

이다. 당당한 무인이라면 설사 잘못된 국명이라도 따라야 한다."

"분명히 폐하의 순수한 어의는 아닐 것입니다. 이는 분명히 대집성에 놀아난 최우의 짓거리입니다. 장군이 나라를 위해 쌓은 공로는 하늘이 알고 백성들이 압니다. 이런 전쟁 공로자를 표창은 못할망정 적국의 요청을 받아 처벌할 수는 없습니다."

최춘명은 몽골군과 싸울 때와는 너무나 다르게 온순했다.

"그대들의 말은 맞다. 자주성의 모든 군인들은 실로 목숨을 걸고 장렬히 싸워 이겼다. 그 때문에 나라는 살아나고 몽골군들은 물러갔다. 그러나 나 또한 나라로부터 많은 은혜를 받아 오늘에 이르렀다. 우리는 어른들로부터 '남에게 베푼 은혜는 생각하지 말고, 남에게서 받은 은혜는 잊지 말라'(施人莫念 受恩勿忘)는 말을 들으며 자라왔다. 내가 나라의 군인으로서 여러분과 함께 적과 싸운 일을 가지고 어떻게 나라 명령을 어기겠는가."

최춘명은 부하들의 항명을 진정시켜놓고 순순히 묶여 평양으로 압송됐다. 평양에 도착하자 그는 곧바로 감옥에 넣어졌다.

다음 날, 최춘명은 형틀이 준비돼 있는 형장으로 끌려 나갔다. 이백전이 최춘명을 내려다보며 말했다.

"그대의 공로는 인정한다. 그러나 그대는 폐하의 명령과 조정의 방침에 불복한 죄를 범했다. 재추회의에서 논의 끝에 그대를 참형에 처하기로 의결됐음을 전한다. 할 말이 있는가?"

"없소이다."

최춘명은 아주 태연했다. 그의 안색이나 태도에 어느 한 점 흔들림이 없었다. 이백전은 '그래도' 하는 심정으로 최춘명을 바라보며 기다리고 있었다. 침묵이 흘렀다.

잠시 후 이백전이 형리들을 바라보며 말했다.

"형 집행 준비는 되었는가?"

"예, 이미 다 되어 있습니다."

이백전은 다시 최춘명에게 말했다.

"그대는 훌륭한 장수이나, 국명이 이러하니 어쩔 수가 없다."

이백전은 망나니들을 바라보면서 말했다.

"최춘명을 참하라!"

"옛."

시퍼렇게 갈아놓은 칼을 들고 망나니들이 나섰다. 그들은 손바닥에 침을 뱉어 가며, 최춘명 앞에서 요란스레 칼춤을 추기 시작했다. 춤은 한참 동안 계속됐다. 그러나 최춘명의 자세는 조금도 흔들림이 없었다. 안색도 태연자약했다.

그때였다. 웬 낯선 사나이 하나가 나섰다.

"잠깐! 이 태산처럼 무겁게 생긴 죄인은 누구요? 그가 무슨 죄를 지었기에 처형하려는 것이오?"

다루가치로 남아있는 몽골의 관인이었다.

그를 바라보며 이백전이 말했다.

"이 자는 몽골에 항복하라는 조정의 명령을 거역한 자주성의 부사 최춘명이오."

"아, 최춘명 장군. 나도 압니다. 고려의 전쟁 영웅이지요. 그가 우리 몽골에는 역명(逆命)했으나, 고려에는 충성을 다한 장수가 아니오? 우리 몽골은 이런 충신은 죽이지 않소. 놓아주시오."

"그러나 최춘명을 꼭 처형하라는 귀국 살리타이 원수의 청이 있었소."

"나도 알고 있소. 그러나 전쟁은 끝났고, 고려와 우리가 이미 화친을 맺었소. 이런 때에 성을 온전히 지킨 충신을 죽이는 것이 옳겠소이까. 풀어 주시오."

장내가 조용했다. 망나니들도 칼춤을 멈추고 서있었다. 누구도 어떻게 해야 할지를 모르는 것 같았다.

그때 최춘명이 말했다.

"이 내시. 그대는 폐하의 근신(近臣)이다. 폐하의 명령에 의해서 이곳에 왔다. 그런 그대가 폐하의 명을 어기고, 일개 몽골 관인의 말을 들으려는 가. 빨리 나를 참하라!"

그 말은 추상같았다.

이백전은 계속 할 바를 몰라 가만히 있었다. 그는 본래 최춘명 처형에 대해 옳지 않다고 생각하면서도, 최우의 명령에 따라 어쩔 수 없이 형 집 행자로 평양에 왔다.

최춘명이 다시 소리 질러 말했다.

"이 내시, 그대는 뭘 그리 꾸물대는가! 벌을 줄 때는 벌불천열(罰不遷 列)이라 했소. '벌은 열을 바꾸지 말고 그 자리에서 주라'는 것이오. 그래 야 현장에 모인 많은 사람이 직접 그것을 보고 교훈으로 삼을 것이기 때 문이오. 내가 몽골에 의해 구명되어 살아난다면, 이것은 최춘명의 치욕이 요, 고려 무인에 대한 모욕이오. 빨리 이 최춘명을 참하시오!"

잠시 후 이백전은 생각의 정리가 끝난 듯이 말했다.

"다들 들으시오. 최춘명은 우리 모두가 잘 알고 있는 용장이요, 충신이 며, 공이 큰 장수입니다. 그런 최춘명을 처형하려 한 것은 몽골의 강력한 요청이 있었기 때문이지 우리 폐하의 뜻은 아니었소. 다행히 몽골 측의 간곡한 구명 요청이 있으니, 그 요청을 받아들여 최 부사의 처형을 취하 하겠소. 조정에 대해서는 내가 가서 잘 보고 드리겠소. 우리 고려는 이제 충성스러운 장수 하나를 새로 얻었소이다. 자, 모두들 기뻐합시다."

그 말이 떨어지자 형장에 몰려 있던 모든 사람들이 박수를 치고 함성을 질렀다.

"최춘명, 최춘명!"

"고려 장수 최춘명!"

"자주성주 최춘명, 만세!"

그런 선창에 따라 모두가 '최춘명 만세'를 불렀다.

"최춘명 만세!"

"만세!"

그러나 누구보다도 가장 기뻐한 것은 이백전과 몽골 관인이었다.

이백전이 몽골인 다루가치를 바라보며 말했다.

"고맙소이다."

"아닙니다. 당연한 일 아닙니까."

최춘명의 용전분투는 몽골의 장수들도 감탄케 했다. 그것은 박서·김경손 등 귀주의 장성들이 몽골의 노장을 감탄케 한 것과 같았다. 최춘명의 구명은 몽골 장수들의 그런 감탄의 결과다.

이백전은 홀가분한 기분으로 개경에 돌아왔다. 그는 곧장 궁궐로 들어가 고종과 재추들에게 진상을 보고했다.

고종이 그 보고를 듣고 말했다.

"그랬느냐. 거 참 잘 됐다. 몽골의 관인 중에도 훌륭한 사람이 있구나."

다른 신료들도 이백전의 보고를 받고 모두가 '잘 했다' '잘 됐다' 고 칭찬했다. 그러나 대집성만은 시무룩한 표정으로 혼자서 중얼거렸다.

저 더러운 몽골 놈들. 그놈들은 끝까지 나를 이렇게 모욕하고 있어.

동국통감을 편수한 조선조의 사관들은 최춘명의 일에 대해 이렇게 평했다.

최춘명에 대한 사평

바야흐로 몽골이 국경을 위압하여 들어오자, 삼군의 병사가 모두 이미 갑옷을 벗어 버렸고, 나라에서도 사신을 보내서 적을 맞아들여 항복했으니, 이것은 온 나라를 들어 오랑캐에 주고서도 괴이한 줄을 알지 못한 것이다. 어찌 사직의 수치가 아니겠는가.

홀로 최춘명만은 분발하여 자기 일신을 돌보지 않고 자주성을 굳게 지키며 의연하게 동요하지 않았으니, 비록 임금의 명령을 받지 않은 바는 있으나, 그의 시조를 어찌 깊이 가상하게 여기지 않을 수 있겠는가.

몽골인이 구해서 풀어주자고 말하지 않았다면, 최춘명은 반드시 억울한 죄로 죽게 됨을 면치 못했을 것이다.

아, 온 나라에 벼슬아치들이 많이 있건만, 그 계책이 도리어 더러운 오랑캐만도 못한데서 나왔으니, 어찌 애석하다 하지 않을 수 있겠는가.

전쟁영웅 최춘명(崔椿命)

여몽전쟁의 영웅으로 떠오른 최춘명은 해주 최씨로, 최측의 후손이다. 그의 아버지 최염(崔恬)은 위위경(衛尉卿)을 지냈다. 최춘명은 평소부터 강직하고 원칙을 준수하며 책임감이 강했다. 그는 성품이 관후하고 절조가 있는 장수였다.

1231년 몽골이 제1차 침공해 왔을 때, 최춘명은 평양 동북쪽의 자주성(慈州城) 부사로 나가 있으면서, 관민을 이끌고 포위된 성을 지키며 항전했다. 여몽 간에 화의가 성립되었으나, 최춘명은 항전을 계속했다. 몽장 살리타이의 압력을 받아, 조정에서는 내시낭중 송국첨을 보내 투항을 명했으나, 최춘명은 이것도 거부하고 성을 고수했다.

고려의 항몽군인 3군이 항복한 뒤에도 최춘명이 계속 항복을 거부하자, 살리타이는 화해사절인 회안공 왕정(王侹)에게 자주성의 항복을 독촉케 했다. 왕정은 3군의 후군 사령관인 대집성(大集成)과 몽골 관리를 자주성에 보내 투항을 권고했다. 최춘명은 임금의 항복교서(降伏敎旨)가 없다는 이유로 투항을 거부했다.

몽골군이 철수한 뒤 최우와 대집성이 최춘명을 항명죄로 처형키로 했으나, 고려에 남아있던 몽골 관리의 만류로 처형을 면했다. 목숨이 살아난 최춘명은 군복을 벗고 개경에 돌아와서 한가한 세월을 보내다가, 조정이 강화로 옮겨가자 함께 강화로 갔다.

최우는 강화에서 항몽태세를 다시 강화해 나가면서, 최춘명에게 다시 벼슬을 주었다. 최춘명은 고종 26년(1239) 경상도 안찰사로 나갔다가, 후에 추밀원 부사를 지낸 뒤, 1250년 강화에서 사망했다. 그는 박서와 함께 초기 항몽전의 양웅(兩雄)

으로 추앙됐다.

제1차 몽골침공을 격퇴한 뒤 논공행상을 할 때, 제1위 공로자가 된 것은 최춘명이다.

후세 사람들은 최춘명의 충용한 전공을 기리기 위해 평남 성천(成川)에 사우(祠宇)를 지어 제사를 올렸다. 이 사우의 이름은 무학사(武學祠)다. 그러나 같은 시대의 무장이었던 정의(鄭顗)[112]와 함께 향사(享祀)돼 있다고 해서, 그 사당은 쌍충사(雙忠祠)라고도 불리고 있다.

---

112) 정의(鄭顗); 고려 중기의 무인. 1217년 거란군이 침공했을 때, 고구려 부흥을 내걸고 평양에서 반란을 일으킨 최광수들을 베고 난을 진압했다. 다시 1233년 몽골군 침공 때 반란을 일으킨 홍복원·필현보의 난을 진압하러 갔다가, 반도들에게 살해당했다.

항몽전쟁, 그 상세한 기록 _❶ 풍운천하

초판 인쇄 | 2007년 7월 20일
초판 발행 | 2007년 7월 25일

지은이 | 구종서
펴낸이 | 심만수
펴낸곳 | (주)살림출판사
출판등록 | 1989년 11월 1일 제9-210호

주소 | 413-756 경기도 파주시 교하읍 문발리 파주출판도시 522-2
전화 | 영업부 031)955-1350 기획편집부 031)955-1369
팩스 | 031)955-1355
이메일 | salleem@chol.com
홈페이지 | http://www.sallimbooks.com

ISBN 978-89-522-0668-8 04810
       978-89-522-0671-8 04810 (세트)

값 15,000원